海棠微雨共归途 III

肉包不吃肉 著

广东旅游出版社
中国·广州

此烟火价值千金，极为难制，但墨燃浑不在意，

只求他的师尊不要生气。

哪怕隔着千山万水，哪怕岁不淹兮。

他也要楚晚宁听到这句话。

「弟子墨燃，恭祝师尊出关。」

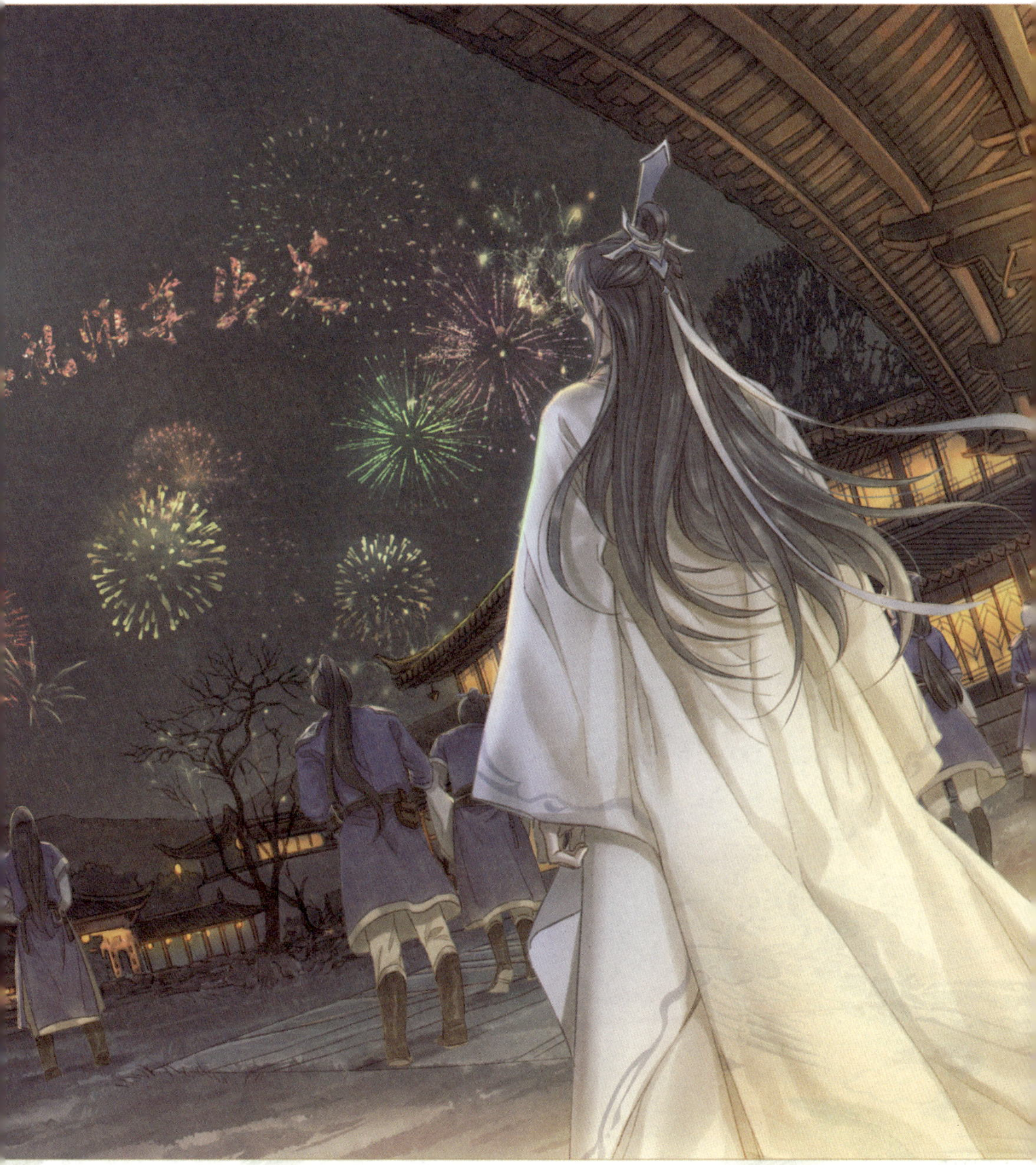

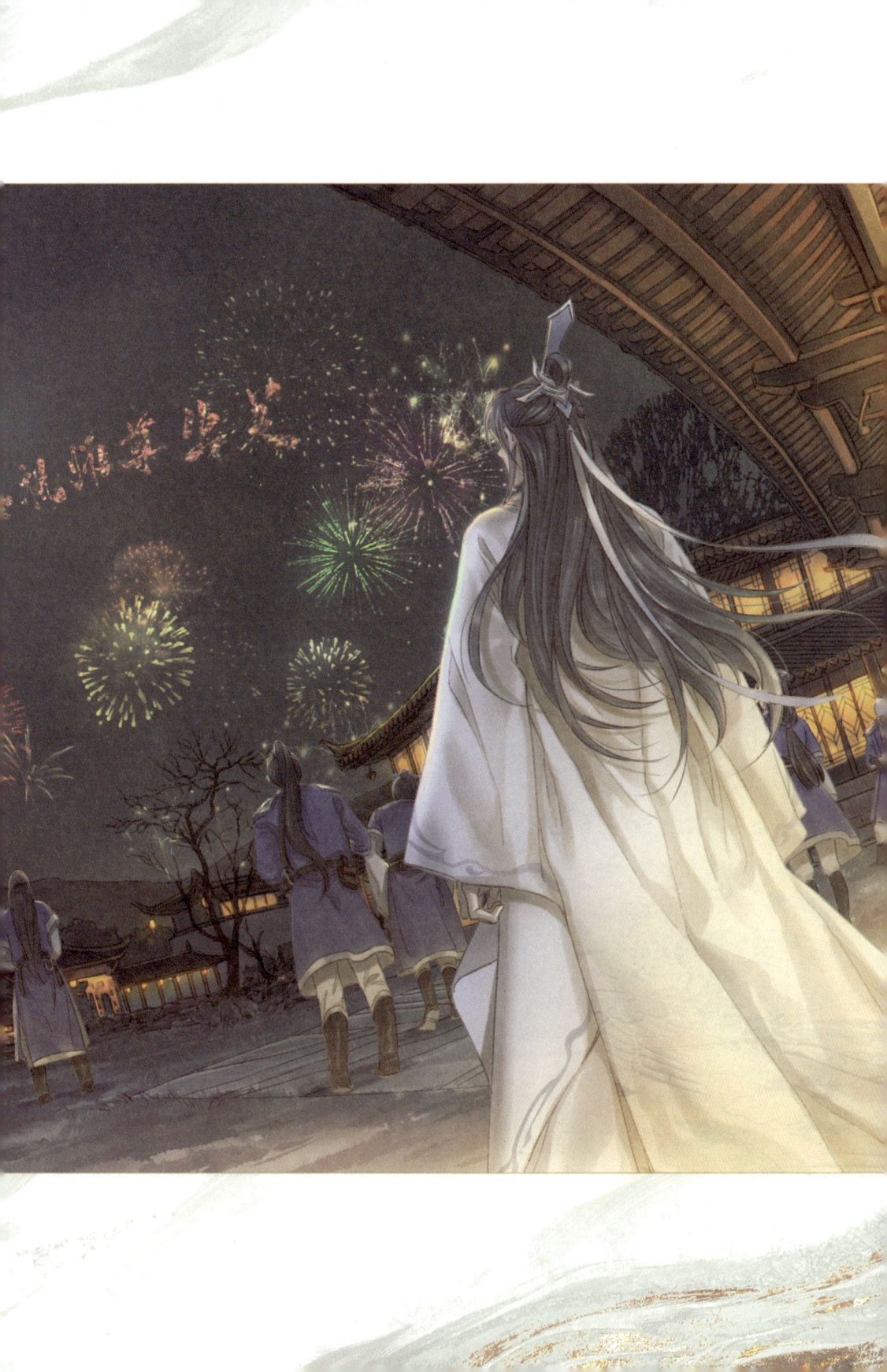

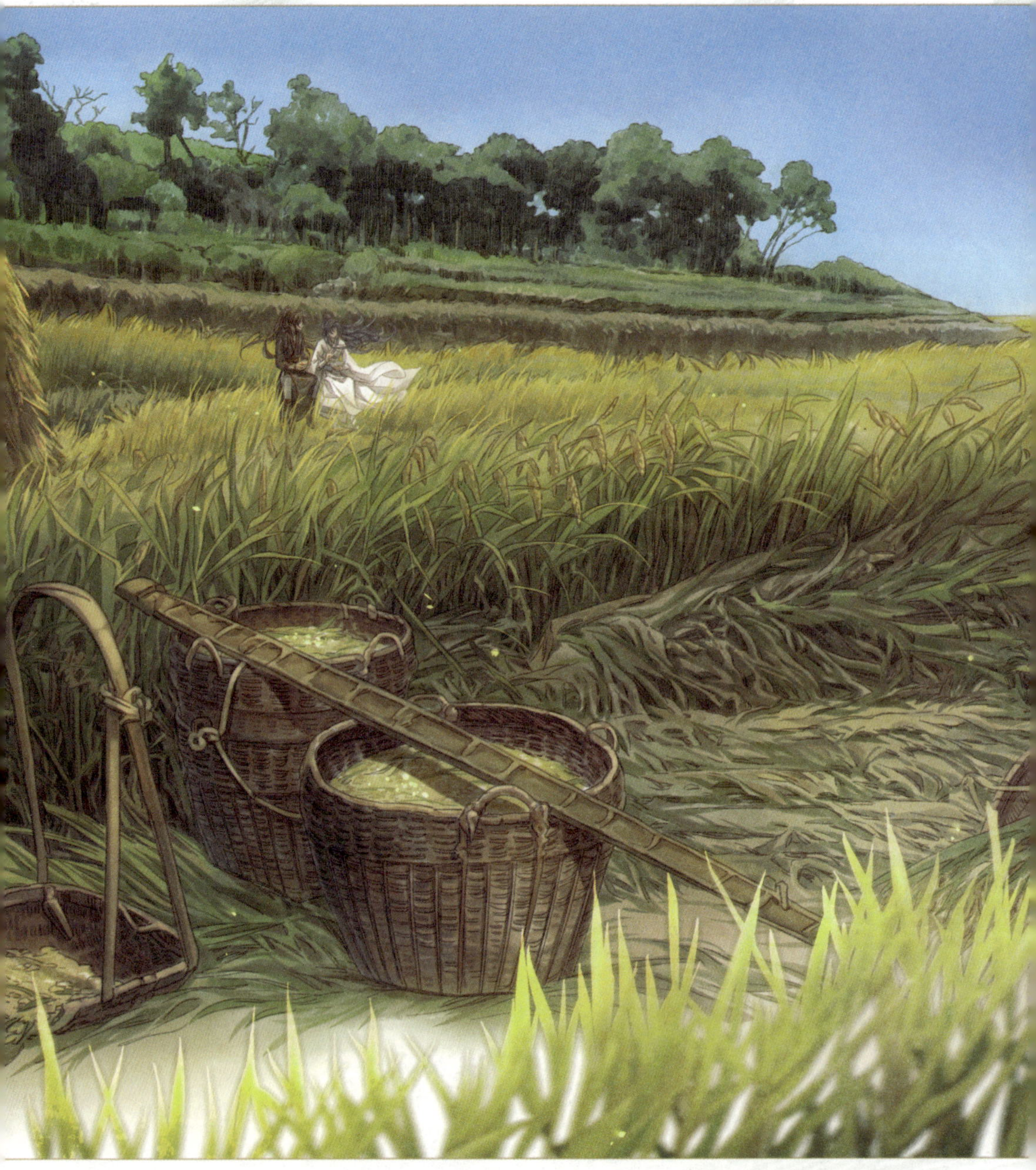

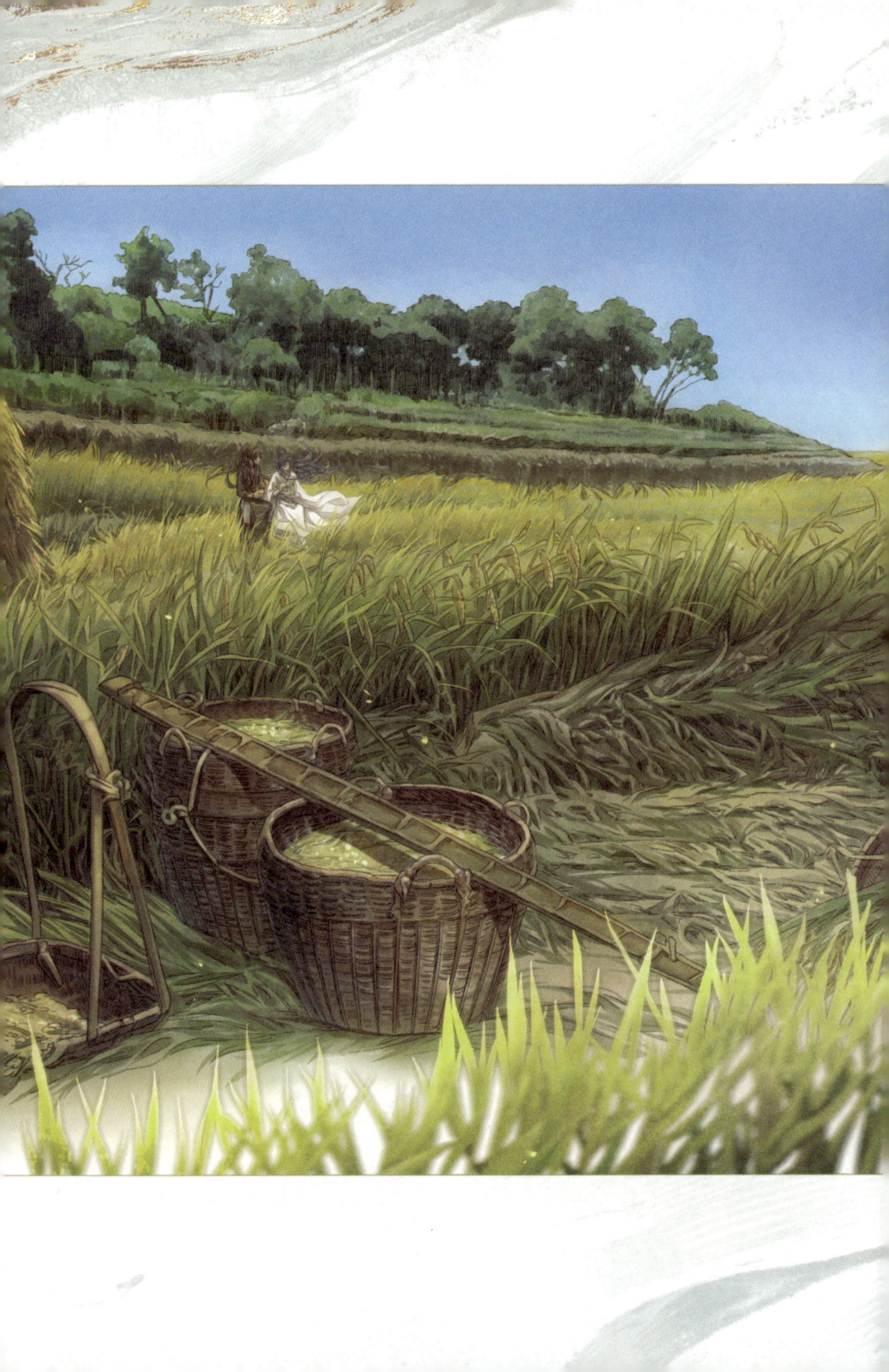

沙沙起秋风,稻香蛙声里,坐在楚晚宁身边,这一刻,墨燃忽然很荒谬地想,如果他们能就这样待一辈子,好像也挺好的。

他以前觉得自己什么都缺,于是什么都要疯了般去抢,如今却觉得自己什么都有了,不敢再多要。

第六章　伴那好华年　173

第七章　年年君若月　203

第八章　月澈向君心　241

第九章　心知昨日事　277

第十章　事事俱如烟　311

目录

第一章 阔别蒿里逢 001

第二章 逢旧竟离间 039

第三章 间年吾心蜕 073

第四章 蜕尽为宗师 113

第五章 师与吾再伴 145

师尊原是

白月光朱砂痣

心头血命中劫

第一章 阔别蒿里逢

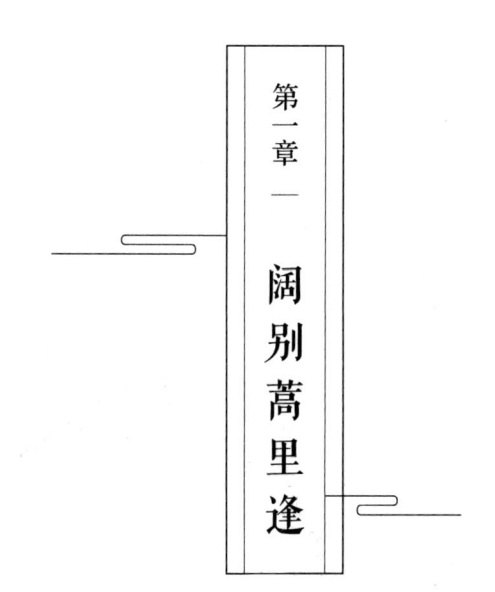

一

师尊何处寻起

"因为走火入魔来的？"守卫慢慢重复一遍他的话，而后哼了一声，"修道的？"

"嗯。"

"修道的年纪轻轻就来这儿了，你可真冤枉。"

守卫皮笑肉不笑，人界里许多人没慧根，结不了善缘，嘲讽道士时，总有些吃不到葡萄说葡萄酸的意思。

"我瞧你啊，魂魄不太对，不纯澈。"

怀罪大师在墨燃身上打了咒符，让他掩去修行气息，并能与魂灵接触，所以守卫看不破他，但守卫多少有些不舒服，于是施施然又坐下，跷起二郎腿，从屉里摸出把通体乌黑的尺子。

"丈罪尺。"他扬扬得意地说道，虽不知他有什么好得意的，尺子又不是他的，但官儿越小，越爱摆谱。守卫把尺子啪地往桌上一放，掀起眼皮盯着墨燃："手伸来，让本官测测你的功德如何。"

墨燃："……"

他的功德？守卫测出来后会不会直接把他扭送到阎罗大神那边捏成碎渣？

但众目睽睽，他也无处可逃，只得叹了口气，一手抱着引魂灯，一手伸了过去。

守卫将尺子往他的脉上一贴，几乎是刚一碰到，丈罪尺就尖声啸叫起来，黑色尺身冒出汩汩鲜血，伴随着千万人的哀哭。

"我死不瞑目……"

"墨微雨，你万世不得超生！！"

"阿爹！娘亲！狗东西，你为什么！！为什么！！！"

"不要……求求你，不要——"

墨燃猛地将手抽了回来，刹那间脸色惨白如纸。

守卫虎狼一般盯着墨燃，过了一会儿，又低头去看尺子。

尺子上的红光消失了，鲜血也仿佛是方才的幻觉，不知流去了哪里，桌面上干干净净的,唯有尺身渐渐浮出一行字。

罪无可赦,押解至第……第几层?因为墨燃还没等丈罪尺测完就收手了,上头没写完。

守卫猛地抓住他的胳膊,又凶又狠,极其毒辣地死盯着他,就好像无聊了许久的猎户,终于逮到一只稀世珍禽。守卫鼻翼翕动,眼睛里闪着奇异的光,肠子流了大半出来,但这回连塞都懒得塞回去了。

"别动,你给我再测。"

他急不可待地、贪婪地,露出近乎在向上级邀功的嘴脸。

他的指甲深深陷入墨燃手腕的皮肉里,强行把墨燃拽过去,如痴如狂地把丈罪尺又狠狠抵住对方皮肉。

要是让他抓住个能下十八层的魂灵,那可就是一件极大的功劳,他就可以升官调任,再也不用每日在这城门口撰记每一缕孤魂的往来了。

"测!好好测!"

丈罪尺又亮了,依旧是鲜血直流,哭喊漫天,冲天怨戾之气几乎要把尺子撑破。

"好恨……"

"墨微雨,我好恨你……"

墨燃的脸色越来越难看,他垂下眼帘,嘴唇紧抿着,眸中不知是怎样的情绪。

"你没有良心!"

"狗东西!!"

"啊啊啊——"

哀哭着,嘶号着,诅咒着,怨恨着,忽然在那么多声音里,墨燃听到一声微弱的叹息。

"对不起啊,墨燃,是师父的错……"

墨燃猛地睁开眸子,眼中一片哀痛。

他又听到了前世楚晚宁弥留之际的声音,那么轻柔,那么悲伤,却像一把尖刀狠狠地钻入他的头骨,几乎要把他的魂灵劈开。

那些声音渐渐轻弱,丈罪尺复归平静。

上面一行小字重新出现:罪无可赦,押解至第……

这次墨燃没有提前把手拿开,可这行字依然没有写完!

守卫一愣,拍拍黑尺:"坏了?"

岂料一拍之下,黑尺微微颤动,过一会儿,那行字竟自行消散了,尺面上飘起一缕薄薄仙气,无限灿烂的光辉熠熠闪出。

这回尺子里没有哭声传来,而是百鸟朝凤,纤音入云,仿佛九重天上的雅乐声降临，众魑魅俱是陶然若醉，就连守卫也不禁跟着出神。

等仙音止歇，守卫才蓦地回神，再一看，丈罪尺上已落下了六个大字——寻常魂灵，可行。

守卫失声道："这不可能！"

刚刚不还是"罪无可赦"吗，怎么就又"寻常魂灵"了？

他不甘心，又拿尺子丈量了许多次，但每次都是同样的结果：先是惨叫，再是佳音，到最后无一例外，都写着"寻常魂灵，可行"。

守卫失望至极，没有理由阻拦一个寻常魂灵进入城中。

他又开始恶狠狠地塞自己的肠子了，边塞边说："我看你还真是因为走火入魔来的。"

墨燃也颇为意外，并不知道是为什么。他想了想，猜测是怀罪大师的符咒迷惑了尺子，便稍稍松了口气。

"滚吧，照身帖拿着，耽误你爷爷半天，还不快滚！"

墨燃求之不得，正抱着引魂灯欲走，忽地守卫眼光一亮，高声喝住了他——

"站住！"

墨燃心跳得很快，脸上却还镇定着，似是无奈道："又怎么了？"

守卫抬了抬下巴："你怀里抱着的，是什么？"

"哦，这个啊……"墨燃摩挲着引魂灯，心中念头闪得飞快，转而笑道，"是我的法器。"

"法器？"

"对，法器。"

"嘿，有些意思。"守卫指了指桌子，眼中精光闪动，"把你的法器搁这儿，再测一遍。恐怕是你这法器，把丈罪尺迷惑了。"

墨燃心中早已把他骂了百遍，却无计可施，只得将引魂灯放下，再次忐忑不安地伸出手。

守卫似是胸有成竹，迫不及待地就又把尺子摁了上去，结果却还是一样，依旧是六个字，清清楚楚："寻常魂灵，可行"。

别说守卫了，就连墨燃都是浑不知所以然，但这样测过，对方总算是彻底死了心，摆手放他进去了。

墨燃不敢久留，抱起引魂灯，穿过长长的甬道，直到尽头，光线变幻，鬼界浩浩荡荡地展开在他眼前。

这是第一层，乍一眼根本望不到尽头，天空是猩红色的，像烧沸了的霞光，奇藤异木拔地而起，近处屋瓦嶙峋，远边宫舍林立，入口立一块通天巨石，上书"尔曹皮归尘，魂归南柯乡"，旁边巍峨矗立着红漆牌楼，金水描灌出"南柯乡"三个大字，每个字都有成年男性那么高。

原来这第一层，就叫南柯乡了。人们来了之后，全都暂居于此，十年八年，等候着唤到自己，再去第二层审判发落。

墨燃抱着引魂灯，边瞧边走。

过眼处，布局与人界竟无太多不同，街道、住户、瓦肆，一共十八街，九横九纵。居民四下穿行，笑语桀桀，哭声哀哀，端的是百鬼夜行。

东边有妇人在抽噎："怎么办？怎么办？都说改嫁的女人没有好下场，这可是真的？谁能与我说说，这可是真的？"

她身边也有衣襟袒露、鬓发凌乱的姑娘在抹泪："非我要做那暗门子，实在是生活不起，我曾去土地庙里头捐门槛，想要千人踩万人踏，替我赎罪。但村长偏生说要我付他四百两黄金，才能允了我把门槛换上，我要有那么多钱，又何苦去做皮肉生意……"

西边也有汉子在算："四百零一天，四百零二天，四百零三天……说好了我走她就走，一道儿来的，怎的我都在这里待了四百零四天，她还是没有跟着来？唉，她这般柔弱，该不会是路上迷了道？她若是真迷了道，又该如何是好？"

新来的魂灵三五成群地聚集在南柯乡的门口，仍是不甘心，徘徊不去。但再往前，都是已经认了命的老魂灵了。

他们从容得多，泰然得多，有些各自的营生，穷打发日子，挨着那漫长的时光，等着审判。

到了第三街，就能看到闹市熙熙攘攘，不亚于红尘。

到底都是没有断了尘缘的魂灵，从前是梨园的，仍在街头杂耍；当绣娘的，到了此间还扯了云彩在织衣裳；屠户倒是不敢再杀生了，但总可以接些磨刀、磨剪子的活儿。

叫卖声、叫好声，此起彼伏。

墨燃走到一个卖字画的魂灵面前，那魂灵从前大概一张画也没有卖出，因此面黄肌瘦，颧骨凸出，肋腹凹陷。

见有人坐到他的摊子前，瘦小的书生抬起昏花的眼，神情却是热切的："公子，买画？"

"我想让你替我画一张像。"

书生似乎有些惋惜："人物比山水，总缺意境，你瞧瞧这张《泰山烟云图》……"

墨燃道："我不喜欢山水画，就劳你给我画个人。"

"不喜欢山水画？"书生看了他两眼，不太高兴，"公子年纪轻轻，合该陶冶情操，多闻些丹青香味。我这幅《泰山烟云图》，原本是舍不得卖的，但你既来我的摊前问了，想来也不是慧根全无，这样，我便宜些与你——"

"我想画个人。"

书生："……"

两人目光对峙，书生又哪里是他的对手，不一会儿便厌了，厌了之后却又颇为生气，一张惨黄脸上竟也好像有了些恼怒血色。

"我不画人。要画，十倍价。"

墨燃道："鬼界也要银两？"

"家人朋友，捎来纸钱，总是有的。"书生冷然道，"有钱能使鬼推磨，我虽不爱沾那铜臭味，但君子爱财，取之有道。你与我非亲非友，也无伯牙子期之识，我为何平白无故替你受累？"

他叨叨了一堆，可苦了墨燃这读书不多的人，墨燃当即皱眉道："我刚来，还没人给我捎钱。"

书生道："无钱不画。"

墨燃思忖片刻，想了个主意，便指着那《泰山烟云图》道："好，不画就不画。但我左右闲着无事，能听你跟我讲讲这山水画吗？"

书生一愣，转怒为喜："你想听这个？"

墨燃点点头："听你说些学问，总不用付钱吧？"

"不用。"书生很是矜持高傲，脸上有些可笑又可怜的光彩，"学问不言钱，言钱便脏了。读书人的事，不可沾那俗气。"

墨燃又点点头，心道，他算是清楚这小书虫为何沦落至此了。虽然觉得好笑，心中却多少有些不忍，可惜囊中羞涩，不然他还真想给这小书虫些许银两。

书生兴冲冲地把那裱好的画从架子上取来，摆开架势，清清并不需要清的喉咙，忐忑又骄矜地说："那我开始了。"

眼见着小书虫上钩，墨燃笑道："请教高见。"

二

师 尊 的 肖 像

　　书生一说就是两个时辰,"之乎者也""孔孟朱王",直把墨燃听得头晕眼花、恹恹欲睡,偏还得做出一副兴趣深浓的模样,也是辛苦。

　　对于装听课,墨燃颇有一套,初时先来一声:"哦?"皱着眉头,似乎不解、存疑。等对方讲了一会儿,他再来一声:"哦……"眉心稍展,仿佛略微得道,渐渐领会。最后一定要睁大眼睛,目光灼灼,说一声:"哦——"要的就是让说话的人明白,自己是在对方的一番教导之后茅塞顿开,醍醐灌顶。

　　三个"哦",他没在楚晚宁的课上少用。可惜楚晚宁不吃这套,总是冷冷地看着他,让他闭嘴。可小书虫哪里受过这般礼待,讲到后面,两眼发光,雀跃不已,大有和墨燃相见恨晚之意,哪里还有半点儿方才的矜持高傲?

　　"我明白了。"墨燃笑道,"听你说完,再看这山水画,才知道丹青可贵,千金不换。"

　　小书虫高兴得手脚都不知道该如何放,只像个小孩似的笑着,瘦小的脸庞满是光芒。

　　墨燃第一次瞧见做这城里的居民做得这么开心的。觉得差不多了,他起身,朝对方行了个礼,说道:"时候不早,我再四处转转,找个落脚处。先生明日若是有空,我再来寻你。"

　　书生冷不防被叫了"先生",更是喜形于色,半是惶恐、半是极乐:"不不不,先生不敢当,我考了好多次,连个秀才都不得中,我……唉……"

　　墨燃笑道:"品学高低,不在利禄功名,而在于心。"

　　书生大为吃惊:"你、你竟说得出这样的话来?"

　　"这是我师尊说的,拾人牙丰而已。"

　　书生:"拾人牙慧……"

　　"是吗?哈哈哈哈……"墨燃笑着挠挠头,"又记错了。"

　　书生见时辰不早,想来今日也不会有人再来问画了,便收拾筐篓褡裢,说道:"左右闲着无事,难得遇到个能说话的。虽说君子之交淡如水,但也讲究酒逢知己千杯少,我看……"

见他又开始酸溜溜地掉书袋，墨燃笑着截去他的话，道："你是不是想说，我看天色不早，不如我们找个地方去喝一杯？"

"啊，对、对，小酌怡情，好不好？"

"好。"墨燃点点头，"先生付钱。"

书生："……"

油腻腻的小桌子上摆着一碟花生米，零碎十来颗，两盏小酒，局促半杯。酒肆里只亮一根烛，忐忑寒酸地燃烧着，尖嘴猴腮的老板在柜后擦一只豁了口的碗。

"地方是破了些，"书生显得有些不安，"但我也没收到过什么纸钱，去过的统共就那么几家店，这家还过得去……"

"挺好的。"墨燃拿起酒盏，仔细瞧了瞧，"魂灵还吃东西？"

"都是虚的，像祭品一样。"书生呷巴了一口花生米，花生米却并没有消失，他说，"你看，就像这样，尝个味道。"

墨燃不动声色地把酒盏放下了，他不是真的魂灵，吃东西会露出破绽。

书生酒过三巡，郁郁不得志的心境似乎好了些，和墨燃聊了一会儿，问："墨公子之前要小生帮忙画一张人物像，是意中人吧？"

墨燃忙摆手："不是不是，是我师尊。"

"啊。"书生一愣，"我在城中摆摊儿也有好多年了，见过来索美人图的，却没见过要我画师尊的。你师尊待你很好？"

墨燃心下惭愧，说道："好，特别好。"

"难怪。"书生点点头，"画他做什么？"

"寻人。"

书生又"啊"了一声，面露讶异之色："他也在城中？"

"嗯。"墨燃道，"我听闻死去的人要在南柯乡待上十年八年，我放心不下他，想寻到他，与他做个伴。"

书生浑然不疑，甚至有几分感动，沉吟半响，终是叹息道："难得见桃李情深。好！墨公子，我就帮你这个忙！"说着他起身去开箱箧，取了画具。

墨燃大喜过望，连声向他道谢，又问了他名字姓氏，暗自记在心里，想着回去后定要给这位穷苦兄弟多烧些金银细软。

两人你感怀，我激动，热热闹闹地铺纸研墨，结果开工之后没说两句，怂了。

"我师尊……他吧……"墨燃手握成拳，在膝上敲击数下，还是没敲出个所以然来，憋了半天，这言辞贫瘠的人最后憋出一句，"他总之是个美人，你画吧。"

书生瞪着他。

墨燃："画呀。"

"怎么个美法儿……？"

"这不是很简单？就是美，往好看里画。"

"我知道往好看里画，可是……算了算了，你说，他是什么脸？"

"什么脸？"墨燃一愣，道，"脸就是脸啊。"

书生有些气恼了："瓜子、杏仁、木字、鹅蛋，你倒是说一个啊！"

"我不知道这些有的没的，反正挺俊的。"

书生："……"

墨燃："算了，你不知道就照我的脸画，我俩脸型差不了太多。"

书生："……"

然后是眼睛。

"什么眼睛？"见墨燃欲开口，书生忽地止住他，补充道："别说眼睛就是眼睛。"

墨燃摆手道："我清楚你的意思了，他眼睛长得吧……这个，怎么说呢？又凶又……媚？又冷漠又温柔。"

书生把笔一摔，怒道："我不画了！你另请高明去！"

"别啊！"墨燃忙拉住他，"其他人画得没你好。"

书生忍了忍，瞪着他，但见墨燃满脸真诚，便硬邦邦地道："那你好好说，我问什么，你答什么。"

墨燃也委屈着，心想：自己刚才不也答得挺好吗？不也是人家问什么他答什么吗？但有事求人三分软，于是他只得乖巧地点点头，可怜巴巴地抱紧自己怀里的引魂灯。

书生道："还是眼睛。他是豹目、三白眼、杏眼、凤眼，还是……"

墨燃听得发晕，摇头道："缝眼？那岂不是很小！不是的，他眼睛往上挑，我也不知道叫什么，总之就是……呃，就是往上飞，还挺好看的……"

"那就是凤眼。"

墨燃张张嘴，但见书生面色不悦，于是悻悻地又闭嘴了："行，你说缝眼就缝眼吧。"

书生接着问："鼻子是高是矮？"

"高。"

"嘴唇是薄是厚？"

"薄。"

"眉毛是浓是淡？"

"浓。"

"粗细？"

"还好吧……眉毛我知道,应当是剑眉。"

"好。"书生又添几笔,再问,"脸上可有痣印?"

墨燃偏着头想了想,想着想着,脸却红了,嗫嚅道:"有……"

"在哪里?"

"左耳边。"墨燃慢慢道,"小小一点,颜色挺浅的,然后……"

墨燃像是想起了什么,欲言又止。书生挑挑眉:"然后?"

"没。"墨燃头摇得像拨浪鼓,脸更红了,"没有然后。"

书生颇为奇怪地看了他一眼,所幸光线暗淡,瞧不见他脸上的血色。笔尖润了润墨,书生又问:"一贯装束?"

"他喜欢穿白衣服,束青玉冠,或是高马尾。"墨燃想了想,补充道,"有时也披着,披着的时候,特别……"

"别再说好看了!"书生有些受不了。

"嗯,那就俊俏吧。"

书生:"……"

磨了半天,总算是画完了。墨燃吹了吹墨,举起来细看,觉得虽不如楚晚宁俊美,也不十分相似,但勉强能用,便笑道:"多谢先生。挺好的。"

"我只差画了潘安范蠡、西子貂蝉。"

"哈哈哈……"墨燃乐了,说,"待我找到师尊,一定好好再谢你。"

墨燃又陪着书生喝了些酒,聊了会儿天,待天色更暗,两人于酒肆前分道扬镳。墨燃揣着楚晚宁的肖像,据书生说,南柯乡第五街有栋楼,叫作"顺风楼",在那里可打听各种消息。

他准备去看看。

顺风楼外红招子幽幽飘摆,上头绘着一幅黑色蛇形图腾。墨燃推门进去,见大厅内横着一张长柜台,柜台后头坐了十来个穿着赭红衣袍的魂灵,俱戴着冲冠怒目的木漆面具,看不清真实容貌。这些面具魂灵前头,各自蜿蜒着长长的队伍,都是些神色各异、各有所求的魂灵。楼宇顶端飘浮着几百支白色蜡烛,重重叠叠的灯影照着重重叠叠的魂灵,端的是忙碌非常。

"小师傅,您能帮我查查看我弟弟在哪里吗?他叫张八一,姑苏人,来时二十一岁……"

"可有画像?"

"没、没有。"

"没有画像也能找,费用需贵十倍。"

"大哥——"

面具人咳嗽一声，声音清脆。

"啊，对不住，原来是大妹子。大妹子呀，是这样的，俺离开家乡的时候，家里头那口子跟俺说她绝不会改嫁，但我总瞅见她跟俺弟弟眉来眼去，俺咽不下这口气，你能不能帮俺查一下，看看她在家乡是真的规规矩矩守着家咧，还是跟俺弟弟好上咧！"

"查人界事，价目表是这张，您先瞧着。"

"叨扰了，小生喜欢过一位姑娘，但她千金贵体，瞧不上一个不及第的读书人。小生胆小，也从未与她表露过心迹。后来她嫁人了，小生原也替她高兴。谁料得她所托非人，竟是个已成了亲的男人……唉，后来发生变故，她……比小生先行一步。因此小生想查两件事，第一便是这姑娘现在何处，第二便是……想知晓我后面的缘分……"

"未来事，可查，但不收银两，需以来日寿命换取。至于姑娘身在何处，劳烦公子报上姓名，呈上肖像。"

"哦，好、好。画像是有的，在这里。姑娘姓姚，单名一个兰字……"

每个柜面前都是叽叽魂灵之语，执念放不下。

墨燃抱着引魂灯，左顾右盼地走了一圈，发现问什么的都有，顺风楼的人收钱财。他没有钱，一时惴惴，也不由得暗骂怀罪大师没头脑，不知道往自己兜里提前塞些银两。但看了看价目表，打听个人似乎并不算贵，墨燃把心一横，跑回酒肆附近，好不容易追上了那书生，好说歹说借来些微薄银两，又回到顺风楼。

他排了半天的队，好不容易轮到他了。

墨燃急着道："我寻人。这是画像。"

他把楚晚宁的肖像交给对方，正欲接着往下说，岂料那人看了之后，竟是轻笑一声，将画卷一合，问道："你寻他做什么！"

"啊？"墨燃一怔，"只看画，你就知道他在哪里了？"

"是啊。不过你先告诉我，你寻他做什么！"

"他是我一个故人。"

对方又瞥了墨燃一眼，然后道："你等一下。"而后俯下身去，和旁边一个同僚低声私语几句。等他再转回来时，语气和善不少。

"既然是楚先生的故人，银两就不收了。"那人起身，向他招了招手，"你随我到楼上去吧。"

三

师尊的地魂

　　墨燃稀里糊涂地跟着他上楼，脚踩在年久失修的木阶梯上发出嘎吱嘎吱的怪响，他忍不住问："你们叫他楚先生？"
　　"是啊，他是阎罗亲派来打理这座楼的，是我们的尊长。"
　　"……"
　　墨燃没吭声，心里头却有些惊讶。
　　"到了。"那人停下脚步，在二楼一扇半月形的拱门前停下，轻轻叩响了虚掩着的朱红色雕门，"楚先生，有您的故人来寻您。"
　　里头先是静了一下，而后响起温和的嗓音，犹如炉上暖酒、枕间柔发。
　　"故人？又是他？我说过，我不想再见他。你让他回去吧。"
　　那人轻咳一声："不，楚先生误会了，这回不是他。"
　　"那还能是谁？"里头沉默片刻，说道，"罢了，请进。"

　　暖阁里头十分淡雅素净，桌椅陈设简单得甚至有些清冷，但地上铺着丰奢的软毡，墨燃走进去，半只脚立刻没入其中，空气中也有些野兽皮毛刺鼻的腥味。与这气息格格不入的，是轩窗边正修剪花枝的那个男子。
　　他披着墨色长衫，白衣广袖，猩红色的花蕾在他的莹透指尖簌簌轻颤。或许是因为顺风楼一贯的规矩，他的脸上也戴着一张藏青色的鬼脸面具，獠牙狰狞，虎目暴突。可就算这样一张面具，戴在他的脸上，也莫名地温柔起来。
　　他剪下多余的残枝，拢到一处丢弃，而后才转过头。
　　墨燃觉得喉头发干，刚刚那人和楚晚宁的对话让他摸不着头脑，他隐约觉得不安，不知道这缕魂魄失去的是什么，要是楚晚宁不记得他……
　　正这样想着，男人搁下花剪，向他走来。天不怕地不怕的墨燃，竟觉得有些心慌，背心处起了细细的汗。
　　"师尊。"
　　男人停下脚步，距离有些近了。墨燃听到他似乎笑了一声。
　　"什么师尊？"他说，"小公子可认错了人？"

果然……怕什么来什么。

墨燃心中咯噔一下，胸腔里似乎有块巨石轰然砸落，把他带入无尽深渊。他怔怔地望着眼前的男子，一时间不知说什么才好。

那人见他没反应，便将修长白皙的手覆在面具上，轻轻地把浓墨重彩的鬼脸面具摘落，露出张清俊端庄的脸。

墨燃觉得那千钧重的巨石倏忽消失。

他惊讶地，却丝毫没有怀疑地望着摘了面具的男人，脱口而出："楚洄。"

难怪楼下的小师傅会弄错，楚洄和楚晚宁长得原本就有八分相似，不过楚洄柔和，楚晚宁冷冽，但只有极其熟悉的人才能辨出他二人的区别。

比如墨燃。眼前男子正是他在二百多年前的幻象里见过的临州城公子楚洄，因此他不假思索地就报出了楚洄的名字。

真实的楚洄却并没有见过他，因此有些讶然，笑道："……你还真认识我？"

墨燃忙摆手："不不，我是找错人了。但我也确实知道你……"墨燃说着，有些好奇地望着对方，楚洄是百年前就死去的人，但如今还没有往生，显然是阎罗委了他任务，让他暂脱轮回。

没想到居然还能瞧见楚晚宁的先祖，墨燃只觉得十分玄妙。

楚洄点头道："原来是这样。"又笑道，"小公子要找的人是谁？既然有缘上了楼来，我便帮你寻一寻。不然茫茫南柯乡，千万魂灵，也不知你要找到猴年马月去。"

墨燃原打算解释两句就去楼下再找人卜算，谁知楚洄有一副热心肠，竟愿意亲自帮他，他不由得很是高兴，说道："那真是太好了。就有劳楚先生了！"说着他就把画像递给了楚洄。

楚洄展开一看，笑道："难怪底下的人会弄错，倒真与我有几分像。他叫什么名字？"

"楚晚宁。"墨燃道，"他叫楚晚宁。"

"也姓楚？倒是巧了。"

墨燃心中一动，问道："会不会是先生的亲眷？"

"说不好。要看人界百态，须得去鬼界第九王那边。我……与九王有生死冤仇，自身不愿求他，红尘事就没有再过问了。"

他说的自然是当时破了临州结界，害死他一家的那个鬼王。戳到伤疤，纵使是他这般自若的人，神情也不免有些晦暗。

墨燃原以为此番可以确认楚晚宁与楚洄之间的关联，不料竟是这样，只得摇了摇头："倒是可惜了。"

楚洄笑了笑，没再说话，去博物架上取了一个镏金阴阳纹罗盘，请墨燃落座。

"用这个就能知道他在哪里？"

"十有八九。"

"还有一二是什么情况？"

"有些人的魂魄之力会有些奇异，寻不到也是有可能的。"楚洵道，"不过不常见，小公子应当不会这般倒霉。"

卜算落定，罗盘里头一尾金色的小针颤巍巍地指向了北，但过一会儿，又转向南，再忽而往东，忽而往西，最后竟又滴溜溜地旋转了起来。

楚洵："……"

墨燃小心地道："怎么样？"

"喀。"楚洵轻咳一声，神色有些尴尬，"小公子……确实有些倒霉。"

墨燃："……"

其实墨燃运气时常不佳，就知道不会这般顺遂。他叹了口气，谢过楚洵，准备重新投身茫茫人海，继续去寻楚晚宁的下落。

岂料这时，那疯狂转动的罗盘忽然停了下来，指向某个方向，颤巍巍地，似乎并不那么确定，过了一会儿，又指到了偏一些的方向。

楚洵忙唤住他："小公子，你再等等。"

墨燃立即站住，在桌边凝神屏息看着那罗盘，指针左右摇摆，就是不停下来，但大约指出了一个方向。

楚洵皱眉道："怎么回事……"

"这是代表着什么异象吗？"

"异象倒不至于，但是很奇怪。"楚洵看着那罗盘，眉心蹙得越来越紧，"好像两个方向，都有他的身影。"

墨燃猛地一惊——怎么可能？

如今识魂在楚晚宁的体内，人魂在引魂灯里，鬼界剩下的，应当只有一个地魂而已，楚晚宁怎么可能在两个地方同时出现？

楚洵道："总之一个东南，一个东北，小公子都去寻一寻，看一看，罗盘受了些法术影响，指得不准也不好说。"

墨燃十分心焦，谢了楚洵，急急地就出顺风楼，往东边奔去。

跑了很久，遇到一个岔路口，墨燃猛地停下了脚步。

是东南还是东北？他擎着引魂灯，心急如焚，但过了一会儿，望着手中那聚拢了人魂的灯，心中忽然生出一种模糊而奇异的感知。

他循着这种若离若即的感知，在纵横交错的窄街深巷走着。越往前，这种感觉就越明显，他甚至觉得楚晚宁的地魂，在无形中召唤着他手中的引魂灯，或者说召唤着他，往一个地方走去。

墨燃最终停在了一栋二层高的古旧木楼前面。

病魂馆。

他仰起头，目光扫过门口悬挂的硕大沉重的匾额。那匾额终日受风吹日晒，黑漆已经剥落，上面的红色符文更是褪了一大块颜色，露出下面斑驳霉烂的腐木来。

墨燃皱了皱眉，心中栗然，觉得这三个字让他很不安。病魂……什么意思？楚洄的罗盘失灵，是不是这个缘由？

他推开门，迈过高高的门槛，走了进去。

他很快就知道答案了。

病魂馆内摆着几百张床榻，上面躺着的都是一些无意识的魂灵。十余位戴着白色面具的魂灵在其中穿梭，往病榻上递送灵气。所谓病魂馆，便是鬼界的坐医堂。

墨燃寻到最里头那个统筹全局的医官，向他拱了拱手，道："大夫，我想……"

大夫很忙，颇为不耐烦地说："抓药二楼，诊断左边排队。"

"那寻人呢？"

"寻人往……啥？寻人？"

墨燃将画卷拿给他看："大夫可曾见过这位仙君？"

医官拿过画卷瞧了瞧，复又抬起头望着墨燃，黑洞洞的面具窟窿下，一双眼睛似露出些怜悯之色："你的亲人？"

"嗯，是啊。"

"他的地魂有损。"医官指了指楼梯，"在楼上最里头那个隔间躺着。这种病症我们医不好，只能拖着，你自去寻他吧。"

墨燃一惊："地魂有损？怎么损坏的？"

"谁知道！轮回本就是极痛苦的事情，没准他前几世魂魄就损伤了。但他这辈子是修行之人，没准是走火入魔伤了魂魄，总之就是魂魄不完整了。你问我，我问谁？"

墨燃焦急道："那……那地魂有损会影响到什么？"

"影响？"医官想了想，"也还好，毕竟只是三魂当中的一魂有些不全，影响不到他的轮回。要说真的有什么……大概也就是下辈子活得短一些，运气差一些，或是身体弱一些。"

墨燃听了，虽然心有不甘，但苦于无计可施，只得先谢过了医官，往楼上走去。

上头的布局不像下面那么紧凑密实，令人喘不过气来。

或许因为停放的都是病魂馆无法救醒的残魂，也不需要太多看护，楼上就只有一个医官闲散地在门厅的藤椅上小憩。

墨燃没有去叫醒他，径直往里头走。

偌大的空处，只摆了二十多张病榻，靠着红酸枝窗户，彼此之间拉一张素色屏风。

四下岑寂。

脚踩在地板上发出嘎吱嘎吱的脆响，墨燃的目光落在了最里面的那一个隔间。那里临着半月状的拱门，拱门外便是露台，月色透过垂着的薄薄纱帘照进来，清风摇曳着。

明明这里有二十余个病魂，但墨燃偏生不知为何，就有一种强烈的感知。

或许是引魂灯在冥冥中领着他一路向前，他心无旁骛地，就往最里头的那间走去，走到那片纯净朦胧的月色中。

墨燃抬手掀开帘子，楚晚宁的最后一片孤魂果然躺在那里。他闭着眼睛，脸色苍白，和霜天殿里停放的身体是如此相似。

饶是找到了他，饶是复生在望，墨燃看到这样血迹斑斑、清冷单薄的身影，还是忍不住心中隐痛，鼻尖酸涩。

他走过去，把引魂灯搁在床头，而后坐到楚晚宁地魂的床榻边，想轻轻握住对方冰冷的手。

但这个残魂和先前的人魂不一样，或许是因为损耗得厉害，灵体竟是虚无的，墨燃的指尖碰不到他，就那么穿过楚晚宁地魂的虚影，落到了洁白的床褥上。

墨燃因这样的虚无，生出些苦涩不堪的失落来。

若是稍有差池，若是怀罪大师不曾出现，若是楚晚宁的魂灵破碎得再多一些，若是师尊心灰意懒，天上人间不相见……

他俯下身，明明知道无法抵住楚晚宁的额头，却依旧忍不住，合着眸子，像是要拥住那缥缈的地魂一般，伏在了衽席之上。

"师尊。"

他与楚晚宁的亡魂交叠，月光洒落，不分你我。

墨燃喟叹一般，长吁了一口气，心里却是苦涩沉甸的。

他见过了楚晚宁冰冷的身体，见过了楚晚宁的人魂，如今又见到了这病了的地魂，每见一个，感受都不尽相同。他在身体跟前下跪，罪恶与愧疚几乎要把他撕碎；他在人魂前忏悔，牵着手恳求楚晚宁归来。

而地魂，他试图去相拥，却什么都捉不住，什么都碰不到。他忽然心中有一种无边无际的惶然，竟觉得这才是他理应拥有的结局。

他满身怨罪，满手血腥。他何德何能，能再与故人常相伴，不离不分？

墨燃合着眸，睫毛似乎有些湿润，浸暖了单薄的枕被。

曾以为上苍薄待于他，而今看来，竟荒谬得像一个笑话。原来事实并非如此，原来上苍待他很厚，只是他的心太薄，看什么都是阴暗的。

是他不好。他惊觉自己曾走了那样一条不归路，想此刻回头，想用余生去补，用后半辈子来还，不知道这样做，还来不来得及回到原点。

什么踏仙君，什么人界帝尊，都不要了，他只想好好来过，做个楚晚宁一直希望他去做的端正之人。有人说知错能改善莫大焉，但他的过错太大了。

他不知道要用多久才能偿还，或许到死的那一天，依旧摆脱不了这无尽的悔恨。毕竟划在水里的痕能复归平静，扎入木中的伤，却永远透骨三分。

"师尊。"良久后，他浸在月色里，浸在楚晚宁近乎透明的魂魄里，声音像是在哄一个孩子，说道，"走啦，我们回去了。"

他直起身子，提起引魂灯，默念咒诀，地魂入灯，淡薄的疏影，很快就沉入灯芯中消散无踪了。

墨燃等着，可是等了半晌，当地魂与人魂完全融为一体，又过了很久，仍是没有动静。

墨燃的脸色蓦地苍白下去。

怎么了？不是说地魂与人魂融合之后，他就能带着楚晚宁重返人界的吗？怀罪大师的法咒，莫不是失效了？！

四

师尊的第二个地魂

脑中一片混乱，嗡嗡发麻，墨燃只觉得手脚冰凉，怔怔地抱着装有楚晚宁魂魄的引魂灯下了楼。

"大夫……"

"是你？又怎么了？"

"您确定，楼上那个……是我师尊的地魂，没有错吧？"

医官有些不耐烦："当然是，我还能有错？"

墨燃不甘心，问道："会不会是识魂，或者……"

"或者什么呀？"医官"啧"了一声，"一个人就三个魂，地、识、人，我都在这里行一百五十年的医了，这三个魂我要是分不清楚，阎罗还不早就让我滚蛋轮回去了？"

墨燃抿了抿嘴唇，忽然生出一种并不确定的想法。

"大夫，你行医一百五十年，有没有见过一个人……会有两个地魂？"

"你有病吧！"医官怒道，"我看你脑子也不好使，要不留下来，让我给你号号脉？"

他当然不能让医官给自己号脉，怀罪大师虽然施了法咒，但若不小心，大概还是会被瞧出端倪来。他连忙道歉，抱着装满了人魂与地魂的引魂灯，匆匆跑出了病魂馆。

鬼界的天空一向昏暗，要辨别晨昏，只能仰头去看苍穹。若是瑷瑅红云后头是一轮半温半凉的太阳，那就是昼；若是寒月高悬，那就是夜。

这时候已经是夜了，道路上也渐渐清冷起来。

墨燃怀抱着引魂灯，低着头，在街头孤孤单单地走着，越走就越觉得茫然无措，越走就越觉得孤立无援。

这种无助和茫然在他很小的时候常常伴他左右，这感觉令他很不好受。他甚至想起了一些自己还在勾栏瓦肆里混日子时认识的人，当年醉玉楼一场大火，只有他活了下来……

算算年岁，除了他的阿娘，其他人应当尚未入轮回，他不知道再这样走下去会遇到谁。

继而他又想到了薛蒙。

他想起薛蒙怒喝着要夺他手里的引魂灯，薛蒙骂他："瘟神！"

——你怎么配？你怎么有脸？

墨燃抱着引魂灯，越走越慢，最后停在墙边，眼眶忍不住红了。他低头望着那温柔的金色灯火，小声喃喃道："师尊，你是不是……是不是真的不想跟我回去？"

那灯火没有作答，只是无声地燃烧着。

他在原地站了很久，才平复下来。

这茫茫鬼界，他不知道可以去哪里找个认识的人，忽然想起楚洄，好像抓住了救命稻草，匆匆忙忙地就往顺风楼跑。

墨燃跑到那边的时候，正好顺风楼要打烊了，有戴着面具的魂灵正准备关门落锁，墨燃忙止住了他，惶然道："抱歉，请等等！"

"是你！"那面具魂灵正是先前引他上楼的那个，愣了一下，说道，"你怎么又来了？"

"我有急事，劳烦你……"墨燃跑得急了，喘着气，目光明亮而焦灼，他咽了口唾沫，沙哑道，"我想再见楚洄先生一面。"

楚洄正在阁中瞧着一枝插在细口白瓷瓶中的海棠花出神，忽见得墨燃去而复返，甚是惊讶。

"小公子怎么回来了，可是寻不到人？"

墨燃道："寻是寻着了，但是我……我……"

楚洄见他惶惶急急，似有难言之隐，便请他进屋，掩上了房门，说："坐下讲。"

墨燃因担心引魂灯拿在手上会被楚洄看出异样，便将其收入了乾坤囊里。

他并非觉得楚洄心怀恶意，但生人入鬼界这种事情，不到迫不得已，还是不要让这里的魂灵知道比较好。

"小公子去了东南方？"

"嗯。"

楚洄略微沉思，说道："是在病魂馆里吧？"

墨燃点点头，斟酌一会儿开口道："先生，我在病魂馆里见着了他，却是个不完整的地魂，不会动，也不会说话，甚至和其他鬼魂不一样，是半透明的，看得见，却摸不着。"

"地魂有损，大抵会如此。"楚洄的神情有些暗淡，"有些受了刺激的魂灵，也会魂魄离散，再难重聚。"

墨燃咬了咬嘴唇，嗫嚅着开口："地魂馆的医官说，魂魄不全的人，转世命里都会有些薄处。但我要寻的那人……生前分明好端端的，所以我想，会不会是有哪里弄错了。"

他说到这里，顿了一会儿，抬头望向楚洵。

"楚先生，这世上会不会有人，拥有两个地魂？"

楚洵一怔："两个地魂？"

"嗯。"

他倒没像病魂馆的医官那样立即否定墨燃的说法，而是垂眸沉思，仔细想了片刻，道："我觉得……倒也不是没可能。"

墨燃一凛，猛地抬头，目光在房间昏幽的烛火里显得很亮。

"先生当真？"

楚洵颔首："寻常人都只有三魂七魄，但我曾认识一个女子，她有两个识魂。"

"愿闻其详。"

楚洵摇了摇头，睫毛帘子垂落，轻轻颤抖，静了一会儿，才说："是过去很久的事情了，我不想再提，如今那个女子也沉入第七层，饱受煎熬之苦。魂魄有恙的人，一旦被阎罗发现，都是要送去第七层，缓慢剥离的。"

听他这么说，墨燃更是心焦，光线暗淡，没有发现楚洵眸中已有隐痛，问道："那个女子为何多了一个识魂？那若是有人多了个地魂，是不是就要把四个魂魄都聚拢了才有用？"

"应是如此。"

"那先生说的那个姑娘……"

"她是死了之后，因受九王利用，被迫去人界……"楚洵顿了顿，搁在膝头的细长手指缓慢捏成了拳，"去人界，生食了亲生孩子。"

墨燃蓦地想起了桃花源中瞧见的临州旧事，这才意识到楚洵口中的"女子"，其实就是他的妻子，那应当是楚洵心中最痛的一段往事。

那么楚洵如今留在南柯乡，不去转世，莫不是就在等着发妻剥离多余的那缕魂，从第七层归来，与之重聚，共赴轮回？

墨燃顿时不忍心再问下去。

楚洵也不再说了，"生食了亲生孩子"这短短一句话，隔了二百年再轻描淡写地提起，饶是魂灵，喉间也压抑不住颤抖。

他合上眼睛。

"那女子魂灵紊乱撕裂，与孩童的识魂融为一体。"过了很久，他才慢慢讲下去，"所以她多出来的，其实是那个孩子的识魂，卡在她的三魂七魄之间，慢慢地与她同化，最后彻底衍生为她的模样，难以分离。"

这个人无论生前死后，只要有人求助于他，他总会自己隐忍着痛楚，尽力去帮助别人。

墨燃见状更是难受，不好明言，只得道："先生不必再细说，我已经清楚了。"

"我说这些话，是想告诉你，若是你寻的那位楚公子当真有两个地魂，那么有一个原本不是他的。"

墨燃思忖一会儿，问："就不可能会是一个地魂，分作了两半？"

"可能，但你这种情况，不可能。"

"为什么？"

楚洵道："一个魂灵分作两半，这种事情我也见过，那就是另一个故事了。这种人往往因为罪大恶极、杀人如麻，三魂无法承受，就会破碎。但这种情况下碎裂的都是主掌善良人性的人魂，绝不可能会是地魂或者识魂。"

"原来是这样……"墨燃喃喃。

听到"罪大恶极、杀人如麻"，墨燃就已觉得跟楚晚宁绝无干系了，反倒是自己，他想，等着这辈子自己真的死了，来到这里，会不会人魂分裂为二，得到应有的报应？

楚洵又道："更何况，如果真的是一魂两半，那么另外半个地魂肯定也无法行走，就会被送到病魂馆。既然小公子在病魂馆只瞧见了一个残损的地魂，我想，另外一个应当就是完整无缺的魂灵，不会有恙。"

墨燃被他这么一提点，顿时醍醐灌顶，忙道："多谢楚先生！那我……那我这就再去找找看！"

"好。方才司南除了指向病魂馆方向，还往东北方向偏移过，小公子不如往东北走着看看，不过茫茫南柯乡，来来往往，熙熙攘攘，都是等待发落的亡魂……"

楚洵叹了口气。

墨燃瞧他那双温柔的眼眸之中，隐约透着怜悯，心中已知他想说什么。

茫茫南柯乡，万千流离鬼。哪怕知道要往东北方向走，又岂是那么容易能找到一缕地魂的？

人若无缘，便是灯火通明，不夜天街，两人擦肩而过，一个向东，一个向西，都不会看到对方，瞧对方一眼。

如今寂静幽冥，更是不易。

楚洵终究还是温和的，抬起手拍了拍墨燃的肩："小公子怀一颗诚挚之心，定能与之重逢。"

他的容貌和楚晚宁极像，他说这番话的时候，烛泪流淌，烛火摇曳，照得他面目有些模糊。

在这模糊之中，墨燃好像瞧见了楚晚宁温柔的脸，好像听到了楚晚宁在对他说，还会相见。

墨燃一时难受，眼眸里便蒙上一层润湿水汽。他忙低头作了一揖，哑声道："先生，多谢你。"

楚洄却没有作声，直到墨燃转身离去，替他掩上了房门，他还怔怔地立在原处，凤眸里闪动着一丝愕然。

他……刚刚看见那个少年眼里……好像有泪？魂灵是不会哭的，是他瞧错了吗？还是……

他回过头，望着花瓶里那束静静盛开的海棠花，人界的花朵，极难承受鬼界阴气，纵使悉心呵护，还是飘了一片花瓣，落在古拙的木案上。

楚洄走过去，拈起那花瓣，花瓣很快便碎了，化作齑粉，从他指端散去，零落成泥。

"来人。"

"楚先生。"立刻有面具人推门进来，恭立于侧。

楚洄并没有回头，望着海棠花，轻声问："那个人，最近来过顺风楼吗？"

"没有，还是老样子，十天来一次，带一株海棠花。顺风楼他是不敢进的，从来都只托人送来。"

"……"

"先生，怎么了？是不是方才来的那个公子有哪里不对劲？要是那个人敢再派人来叨扰先生，先生自可向阎罗——"

"没有。"楚洄回过神，打断了他的话头，转头淡淡朝属下笑了一下，叹了口气道，"没什么，他应当不是那个人派来的，就算是，那个孩子只想找人，与我也是无关的。"

"可他若是那个人送来鬼界的，那先生何必——"

"罪不累及他人。"楚洄衣冠如雪，安静地立在花枝边，"由着他去吧。"

街头凄清一片，墨燃出了顺风楼，往东北方去。他拿着楚晚宁的画像，挨家挨户地问，却如海底捞针，问不出个所以然。

那些看了画像的人，大部分连连摆手，甚至有的连瞧都不愿多瞧，就避开了他。

"画像上这个人，没见过。"

"没见过没见过，别打扰我做生意。"

"别挡着！烦死了！没看到都这么晚了吗！滚出去滚出去！什么画像？不想看！拿走拿走！"

虽说南柯乡里都是魂灵，但这些魂灵七情六欲未曾根断，群居在一起，大多渐渐又活回了在人界时的模样。他们也会在这十年八年漫长的等待中，寻些朋友、亲眷；再不济养只猫狗，总之就要如在人界一般活着。因此他们虽并不需要睡眠，却也会在月上柳梢的时候，躺回床上歇息。

夜幕降临，没人愿意搭理他，更没有人可以给他一点信息，指一条明路。

东北方向漫长无止境的街道上，他一个人挨家挨户地访过来，低着头，赔着笑……

"都说了！！我看错了！仔细想了一下好像根本不是画上这个人，你能不能别烦我了！"

这个留着络腮胡子的男人准备和鬼界的老婆孩子歇息了，要关院门。

他先前从外头回来，墨燃在街上遇到他，就问了他是否见过画像上的人，他想了一会儿，说了句几天前好像在东市附近见过，可是他老婆给他使了个眼色，他就立刻住了嘴，像是意识到了什么，立刻摆手说不知道。

墨燃觉得他是知道的，因此不愿意放弃，一路求着他，跟他到了门口。

男人粗暴地把墨燃拦在门外，拉扯着木闩，墨燃焦急道："你能不能再想一想？东市哪里？画上的人，后来去了哪里？拜托你……"

"我不知道！"

周围一群魂灵听到喧闹，往此处张望，而男人则粗着嗓子怒吼着，也不管墨燃的手还扳在门框上，凶暴地要闭门。

五指被狠狠夹到，撕心裂肺地疼，可他顾不得，只死撑着，不愿意把手指从逐渐合严的门缝里抽出来，而是竭力地再去推，再去扳——

"劳烦你，求你再想一想，我只想知道他后来去了哪里……"

可是男人猛地开了门，也没注意到墨燃的手指都被夹出了血，重重地把人一推，而后喝道："说了不知道，就是不知道！滚！"

五

师尊所不知的奶狗往事

墨燃独自在街上走着,路上还是有鬼的,飘飘荡荡,幽幽怨怨。脚下青石台阶生出些寂寞的青藓,踩在足底又湿又滑……

与人激烈地争执过后,冷静下来,他才发现手指已经全部磨破了,那个门框制得粗糙,毛刺很多,扎在血肉里,幸得周遭昏暗,没被鬼怪发觉。

他垂着睫毛默默地看了一会儿,大抵是因为心里头难受得厉害,这样狰狞的伤疤,竟不觉得疼。

他回头看了一眼那扇紧闭的院门,清楚门后的男人不会再跟他多说一句话。

这样的拒绝,他其实并不陌生。墨燃是个对恶意司空见惯的人,这使得他从别人的一个眼神、两三话语里,就能知道自己的央求是否有用。

其实在男人改口跟他说"没见过"的时候,他就已经明白了这个人不会再对自己讲半句真话。只是事关楚晚宁的地魂,他不甘心,直到被推出门外,直到大门紧闭。

他已经很久没有被如此粗暴地推拒过了,但有的时候,岁月长短并不能决定什么,时来运转也改变不了根本,有些东西是镌刻到骨子里的。

薛蒙曾经骂他——"贱种"。

说来好笑,墨燃觉得天之骄子说出的这两个淬毒的字,并不能伤及他的自尊。

对啊,他原本就是众人口中的贱种,比这更恶毒的话他都听过很多,还有什么不习惯的?

他最后又回头看了那合严的木门一眼,在围观鬼怪的吃吃低笑中,慢慢走远。

嘲笑声,谩骂声,茕茕孑立,形影相吊。

难得又是这样落魄无助的场面,和脑海中模糊遥远的幼年记忆重叠,墨燃走着走着,大抵因为境遇实在太像,令他不由自主地、慢慢地回想起了自己和母亲相依为命的那段日子……

那段日子,他们还不在乐坊,而是流落在沂州街头,徘徊在儒风门附近。

那段日子,他至少还有母亲。

母亲疼爱他，不愿意让那么小的孩子出去乞食，就总是把他安顿在荒废的柴房里，自己上街去卖艺。

她底子好，凭一根竹竿，能跳竿上之舞，每日便多少总能赚些铜板回来，买一个饼、两碗粥，母子俩分着吃。做娘亲的总想让孩子多吃一些，可是墨燃总是咬了几口就说饼子太硬，粥没有味道，肚子已经填饱了，不肯再食。

但她不知道，其实每次她叹着气吃掉墨燃"剩下"的那半个饼、半碗粥时，蜷缩在旁边佯装睡觉的稚嫩孩子，都会眯着眼偷偷地看着她。看她吃完吃饱，他才终于放心，即使饥肠辘辘，心里也是安定的。

她也不知道，其实每天她离开，去往沂州东市卖艺后，自己的孩子就会从柴草堆里爬出来，偷偷去与自己隔了两条街的地方乞食。

娘亲在街口悠悠婉婉地唱着，十尺高竿撑起，单薄的身子在上头翩跹。下面铺满了碎石残瓷，若是不慎跌落，这些瓷片就会扎到她的肉里，但是看的人觉得刺激，觉得新鲜。她就用一条贱命，竭尽全力去博阔少阔太一笑。

而隔两条街的地方，她的孩子在沿街乞讨，在每家每户前和人咧嘴笑着，脸脏兮兮的，说着千篇一律的吉利话，想讨一点东西吃，可是并不常有。

有一日，一个富家少奶奶怀着身孕，嫌闷，心情不好，便在街上闲逛，瞧见了墨燃的母亲在跳竿上舞。

她觉得有趣，过去瞧了片刻，就让随从去跟那跳舞的女人说："你在地上铺的都是些碎石、破瓷片，这其实也就是装个样子，不够有诚意。我家太太说了，要是你愿意把这些碎石破瓷换成刀子，竖在地上，然后你再跳，我家太太就赏给你十两黄金。"

面对这样苛刻，几乎是要了穷人性命的要求，这个母亲居然只是说了一句："可是我没有钱，我买不起刀子。"

富家太太哈哈大笑，立时命人去铁器铺买了百把尖刀，竖在地上。

"跳吧。"

珠光宝气的女子抚摸着自己隆起的肚子，兴致勃勃地说道。

周围很快聚了一群看热闹的魑魅魍魉，丝绸和珠翠在日光下灼灼耀眼，他们像扑食尸首的兀鹫，闻到了血腥味，伸长脖子，眼里闪着精光。

"跳吧，跳啊。"

"跳得好了赏你钱。"

"给钱的、给钱的。"

儒风门的地界，最不缺的就是富人，最缺的，就是这样豁出命的刺激与热闹。

那些绫罗绸缎、金银珠玑环绕过来，将持着竹竿的母亲团团围住——围住这个穷困潦倒、衣衫褴褛的女人。

那个命如草芥的女人，就这样带着笑，朝食腐的兀鹫行着礼，谢过他们的捧场，而后，撑着竿子，燕雀一般轻盈地跃起。

她在刀尖之上，用性命，跳一曲歌舞；用性命，讨得欢心。

她虽功夫好，落地的时候，却因低头看了一眼那一排排开了刃的刀子而感到一丝惊惶，于是竹竿偏了数寸，随着众人的惊呼，她落下来——

避过了刀锋森密处，却仍然擦着了边，划破了腿，刹那间鲜血飞溅，惹得一众惊呼。

女人顾不得疼痛，仓皇站起，赔着笑脸，低头谢罪。

那些看热闹的人便笑道："娘子的功夫不到家，还需要再努力啊。"

"就是呀，出来混饭吃，总得有两把刷子，三脚猫的本事可是会露出马脚的。"

有几个人心善，眼角噙着泪花，颇为不忍："唉，快别说了，你们看看，这可怜姑娘，伤得那么厉害，快去药铺抓些药，敷上去吧。"

女人嗫嚅道："我没有……没有钱买药……"

那些人一愣，有的叹气；有的抬手摸了摸自己的珠翠，却不说话；有的则擦擦眼角，似是感怀良多。

"真可怜啊。"

"是啊、是啊。"

"看你日子这么难过，我给你些钱吧。"有个大腹便便的老妇人说着，摸出自己鼓鼓囊囊的荷包，从里面掏出一把金叶子，捏在手上，然后继续往荷包底下掏，掏出三个铜板，在手上掂了掂，放回去两个，郑重其事地把一个铜板放在了女人手中。

老妇人施舍了她钱财，便名正言顺地淌下两行泪水，不无慈悲地说道："姑娘，这是你应得的，快收好了。"

女人就捏着自己用性命换来的一个铜板，茫然地喃喃着："多谢……"

多谢……而那个说要给她十两黄金的阔太呢，早已怒骂着走远。

腿脚流血的女人蹒跚着，想要追上去问她要钱，却被她的随从一把推倒，骂骂咧咧的声音隔着一条街都能听到——

"真晦气！"

"太太要安胎呢，怎么就见了血光！这要让老爷知道了，不得心疼死！"

"你还好意思要钱啊，你跳的那是什么东西？也亏你血没溅到太太的身上，不然——有你吃不了兜着走的！"

"滚！"

女人被重重地推搡在地，因为那一家是沂州大户，一时竟没人愿意为她出头。她疼得在地上抽搐着，卑贱得蜷蚁般蠕动着。

没人愿意扶她一把……没人愿意再解囊相助……

她拿性命跳舞，换来的只有一个冷冰冰的、腥臭的铜板。

给她铜板的善女人说，这是她应得的。

她不替自己委屈，可是今天只赚得一个铜板，能买什么呢？只能换到一个不带馅儿的饼子，多碗粥都喝不起，眼下腿伤了，明日就不能跳舞，那她的孩子该怎么办……他还那么小，那么瘦，又要饿肚子了……

想到这里，她再也忍不住，蜷在沙泥间哀哀哭号起来，声音嘶哑，周围人叹着气，准备散去了。

这时候，人群里忽然冲过来一个浑身脏兮兮、散发着恶臭的小孩。

墨燃奔了过来，像困兽般哭喊呼号着："阿娘！阿娘！！"

他抱住她。

卑贱的孩子，抱住卑贱的母亲，像蜷蚁抱住草芥，刍狗抱住浮萍。

女人看到他，眼里闪过惊惶和讶异，女子本弱，为母则刚，她立时不再痛哭，日子已经太难了，每天都像在地狱里睡去，在炼狱里醒来，她不愿意在她的孩子面前露出软弱无助的模样。

她脸上的泪痕未干，却匆匆忙忙露出笑容，说："哎呀，你看你，你怎么来了？阿娘没事，一点点小伤……你看……"

她把手心里攥着的那个汗津津的铜板塞给他。

墨燃不住地摇头，小小的脸上被泪水冲出一道又一道水印子。

"够你买个饼啦，去……你去买回来，阿娘在这里等你，咱们回家。"

家？家是哪里？是那个破败的柴草屋，还是睡了两天就被赶出来的那个羊圈……

墨燃哽咽着，眼里闪着火光，说："阿娘，你坐着，你等着。"

"你要做什么——你可别乱来——"

墨燃冲到旁边，捡起把刀子，稚嫩的声音清脆响亮地喊了一声，引得将要散去的众人驻足而观。

"各位伯伯姨娘、公子小姐，请别走！请别走！还有一门绝活儿，请诸位贵人官人赏个脸，看一眼——"

他自幼体内就有灵气，虽不曾修行，却也比寻常毫无资质的人强上太多。

墨燃将那结实而锐利的刀握在手里，双手用劲，低喝一声，便将那刀子一折两半，扔在地上。

周围的人吃了一惊，围观者里有些修士，更是觉得诧异。

"这小孩儿可以啊。"

"再来一把！"

墨燃说着，这回拿了两把刀，如法炮制，将两把刀一并折断。

"好！！"有人鼓起掌来。

"三把！"

小孩子一把一把地把刀叠起来，越来越厚，越来越难折断，于是人群复又热闹起来。

"求各位叔伯哥哥、姨嫂姐姐给点赏赐，我再往上加。"

那些人要看热闹，就把最不值钱的铜板往他面前扔。

墨燃就为了这些铜板，加了一把又一把刀，到最后满手是血，再也折不动了，食腐的兀鹫便扑腾着黑漆漆的羽翅，各自散去了。

墨燃把钱都捡起来，用脏兮兮的小手小心翼翼地捧着，走到愣怔含泪的母亲身边。

他笑了："阿娘，够给你买药了。"

女人的眼泪再也止不住，滚滚而落："孩子……好孩子……让阿娘看看你的手……"

"我没事……"他的笑容灿烂、纯澈，烫疼了她的心。

她一把将他搂进怀里，不住地哽咽道："是阿娘没本事，照顾不好你……让你这么小就跟着受苦受罪……"

"没关系啊。"墨燃在母亲的怀里安静地说，"阿娘，和你在一起，我不觉得苦……我会好好地陪着阿娘，等我长大了以后，就让阿娘过上好日子。"

女人笑了，擦了擦眼角的泪痕："过不上好日子也没有关系，只要你安安康康地长大，就好了……就够了。"

墨燃用力点了点头，忽而又轻轻地说："阿娘，要是我以后出息了，你就再也不用受委屈了，谁都不能欺负你，方才那些人，我都要让他们过来，一个个地跟阿娘道歉，他们要是不肯，我就让他们也在刀子上跳舞，我……"

"傻孩子，可别这么想。"善良温顺的女人摸着他的头发，喃喃道，"千万别这么想，别去恨任何人，阿娘想看你成为一个好孩子，答应阿娘，要做一个好心人，好不好？"

那时候的墨燃太小了，像一株幼嫩青涩的秧苗，只消一点点的外力，便会朝那个方向倾去。他那位文识不深，但心地质朴的母亲做了他的第一盏灯，于是那个时候的小墨燃，懵懵懂懂地想了一会儿，最后认真地说："好。"

他说："阿娘，我答应你。"

"要是以后，我……我能有些出息，我就造很多很多的屋舍，都给没有家的人住，种很多很多的粮食，都给吃不饱饭的人吃……"他对母亲这样说道，"阿娘,那样就再也不会有人像我们今天这样了。"

女人出了会儿神,最后叹息着说:"那就好了。"

小孩子也跟着点了点头,说:"那就好了。"

他们那时都没有想到,说出这样话语的人,最后会满手血腥,踩着遍地骸骨,在漫天盘旋的兀鹫黑鸦中踏着腥风走来,成为为祸苍生的踏仙君。

而为祸苍生的踏仙君,也极少甚至根本不会愿意回首,再也不会兑现当年于母亲怀抱里,用稚嫩嗓音、清澈目光,认认真真许下的承诺。

那时候的墨燃因为有娘亲的劝导,哪怕活得艰难,也从来没有过仇恨,但多少会有些不甘。

日子依旧这样一天天过着,杂耍卖艺,看一次是热闹,看两次是无趣,看第三次,便是厌烦了。他们渐渐连一个铜板的赏赐都得不到,只能乞讨为生。

墨燃记得有一个富贾家的孩子与他差不多年纪,嘴角有一颗硕大的黑痣。那孩子坐在大院门口,手中捧着个碗,大约是筷子使得还不利索,就拿竹扦子戳着里头金黄酥脆的煎饺吃。那孩子很挑剔,啃掉里头的饺子馅儿,然后把外皮吐掉,扔在地上逗狗玩。

他就小心翼翼地走过去,站在旁边看着。

那孩子被他浑身的恶臭和污脏吓了一跳,惊叫起来:"什么人?!"

墨燃就轻轻地问他:"小公子,这个饺子皮……能……能给我吗?"

"给你?我为什么要给你?"

"你……你也不吃,所以我就想问问……"

"我不吃,我们家旺财也要吃啊。"孩子指着地上两条皮毛油光水滑、一身肥膘的狗,气呼呼道,"狗都养不活呢,怎么可以给你?!"

墨燃就尽力地赔着笑脸,说:"那要是狗吃不下……"

"怎么可能吃不下!它们每日喂红烧肉都不够,饺子皮而已,两口就没了,没你的份儿,走走走。"

墨燃听到红烧肉,目光落到那两条狗上,忽然觉得那么肥的狗,要是煮来吃了,那一定……

他忍不住对着那两条狗,吞了口口水。

举动尽数落入了那孩子眼里,那孩子先是一愣,而后大惊:"你在打什么主意?"

"我没有……我只是……"

"你想吃旺财和旺福?"

墨燃惶然道:"不、不是,我只是太饿了,忍不住想想,对不起……"

小公子哪里管他说什么,听到"忍不住想想",就已骇得变了脸色。

他这样富贵人家的孩子，怎么能理解有人会对着看门的可爱小狗，想到食物上去呢？他大惊失色，只觉得眼前的人变态又可怖，便大喊大叫起来："来人啊！快！快把他给我赶走！"

仆从围过来，不由分说，对墨燃拳打脚踢，墨燃在那些没轻没重的拳脚中尽力多抓了几块地上的煎饺皮，紧紧攥在手里，任由别人又踢又赶，也没有松开。

小公子像是吓傻了，手中剩下的饺子也不要了，连着竹扦子一起丢在地上，然后跑掉。

墨燃就往那边努力地爬着，瘦小的身躯被打得青紫，一只眼睛也被踢到，痛得睁不开，但伸手抓住那剩下的饺子时，他还是开心地笑了。

还剩了两只呢，是裹着馅儿的……

一只自己吃，一只给娘亲……或者两只都给娘亲，自己吃饺子皮就好……

可是他来不及揣着饺子走，混乱中就有一只家丁的脚踩下来，把他竹扦上穿着的饺子都踩碎了，酥皮碎裂，肉馅被踩成了泥。

他就呆呆地握着那根污脏断裂的扦子，雨点般的拳脚落在他身上，他不觉得痛，但看着饺子再不能吃，他的眼泪就流了下来，从肿胀的眼皮缝里，淌到那张脏得看不清五官的小脸上。

他只是想吃一点别的孩子吃剩下的、不要的东西啊！

为什么浪费掉，碎掉，成了泥，也不能属于他？

后来，墨燃成了死生之巅的公子，门派中许多人逢迎他、追捧他，甚至寿诞之时，还会有根本说不到几句话的人来给他送礼、祝贺。

那个曾经连饺子皮都要跪在地上抢的孩子，终于收获了沉甸甸的褒赞和溢美。他站在一堆用心挑选出的贺礼前，心里却生出一丝模糊不清的畏惧来。

他怕这些礼物很快就会不见，怕会被砸碎，怕不知哪里飞来一场横祸，眼前的一切就会和当初握在手里的饺子一样，还没到嘴边，就被踩得稀烂。所以他很快就把那堆东西里能用的都用了，能吃的都吃了。实在不能用不能吃的，他就在弟子房里开辟出一小块暗室，把它们仔仔细细地藏好，每天数一遍，再数一遍。

薛蒙那时候还指着他哈哈大笑，笑话他："不过一盒临州清风阁小食铺的糕点而已，浪费了就浪费了，你瞧你，跟饿死鬼投胎一样，一顿就全塞肚子里了，谁会跟你抢呀？"

那个时候他刚来死生之巅，其实内心深处还有着莫大的不安。

因此面对堂弟的嘲笑，他也只是咧了咧嘴，嘴角沾着点心屑，然后埋下头继续去拆另一盒糕点吃。

薛蒙觉得惊奇："你胃口好大，不撑吗？"

他只顾着吃。

"实在吃不下就别吃了……我每年寿诞，都能收到好多糕点，哪有都吃掉的道理……"

墨燃脸颊塞得鼓鼓的，他吃得太急，其实有些噎住了，用湿润漆黑的眼睛望了对面的少年一眼。

那一瞬间，他忽然想到了自己幼时遇到的那个小公子，可以肆无忌惮地挑剔着，把煎饺的馅儿吃掉，皮都拿去喂狗。

薛蒙也是这样长大的吧，所以可以轻描淡写地说出"浪费了就浪费了""谁会跟你抢呀"之类的话。

他是真的、真的、真的非常羡慕他们。

如今他终于也成了锦衣玉食的名门公子，理应舒舒坦坦，肆意挥霍。

可是他不敢。他最后做的，也只是抓起旁边的水杯，咕嘟咕嘟喝了好几口水，把噎着的点心咽进喉咙里，硬吃下去。

再后来，他成了踏仙君。神州四野，都是他的囊中之物。

那个时候，美人、美酒、美食、金银珠玑、华翠宝器，都会有五湖四海的人，络绎不绝地给他送过来。

有一天，从沂州来了一户铜矿巨商，说掘矿时得了一块极为难得的万年火玄玉，要呈送给踏仙君。

这种拿着宝物来求个一官半职，或者求荫庇照拂的寻常人实在太多了，墨燃其实没什么兴趣理会。

但那天，恰巧楚晚宁病了，寒证。墨燃皱皱眉头，想着火玄玉最能驱寒，不如早点把那病秧子救得鲜活了，省得整天躺在床上，看着就晦气碍眼……于是他鬼使神差地，接见了那个来送宝物的富商。

那商人和他差不多年纪，生得微胖，嘴角有一颗硕大黑痣，带着毛。

墨燃坐在巫山殿的宝座上，修长双手交叠，指尖点着下巴，默不作声地瞧着他，直把那肥大的商人看得腿脚发软，汗湿背心，半晌才打着哆嗦，嘴唇抖动，扑通一声跪下来，连连磕头，嗫嚅着："陛下，小民……小民……"

他"小民"了半天，竟也不知该说些什么好，肥大的身躯在金丝线做成的衣衫下头，簌簌抖动着。

墨燃忽然笑了。

哪怕和这个人只有一面之缘，他也不会忘记。

那年辉煌气派的富庶宅邸前，那个嘴角有黑痣的小孩子，以一种墨燃以为自己这辈子都不可能有的奢侈做派，用竹扦子吃着那一碗金黄饺子，油汪汪的嘴角，油汪汪的酥皮……

他微笑着说："你知道吗，你家的煎饺特别好吃。"

虽然他根本没有尝到，却惦念了半辈子。

墨燃坐在宝座上，看着下面那个人由惶恐到惊愕，由惊愕到茫然，又由茫然变为献媚，口中念叨讨好着他，说马上就把自己府上的厨子请来死生之巅，赠予踏仙君。

那一刻，墨燃比任何时候都更清醒地认识到，原来这世上有很多人，宁愿跪着去舔强者的鞋面儿，也不肯低下头，去给予弱者一点点怜悯与善意。

墨燃摇了摇头，努力把脑海中这些往事甩掉。

他其实已极少会去回忆过去的这些事情，那是他的软肋。

可是挨家挨户地询问，挨家挨户被拒绝的情形和过去是那么像，不由得就解开了脑海深处的枷锁，让他暂沉于漆黑的往事之中。

他有些茫然地发了一会儿呆。

他想，原来自己年幼时，是曾答应过母亲"不会去记恨"，答应过她"安得广厦千万间，大庇天下寒士俱欢颜"的……

他却没有做到。

到最后，他害死了这世上最后一个待他好的人，害死了楚晚宁，害死了自己的师尊。

楚晚宁……

墨燃想到他，心底便一阵疼，下意识地从怀里摸出绘着楚晚宁肖像的那张薄纸。纸已经有些皱了，墨燃抿着嘴唇，不作声地默默抬手，想把纸张抚平，可是手一摸上去，血就沾在了上头。

他几乎是立刻惶惶然地收了手，怕把画像弄脏了，不敢再去碰。

从第五街走到了第三街，他继续不甘心地挨家挨户问着，可那些鬼怪都说"没有见过画像中这样的男子"。

他一个人在无尽长夜里走着，夜色那么浓，好像再怎么努力地行走，都永远无法行至破晓时分。墨燃终于走得有些累了，滴水未进、粒米未食，实在是有些支持不住。赶巧瞧见街口有一个云吞摊子支出来，有人在卖夜宵，他便去买了一碗，趁人不注意悄悄吃进肚子里。

鬼界的食物都是冰凉的，连云吞都不冒热气。

墨燃把引魂灯拿出来，兜一勺子云吞，往引魂灯前递："师尊吃不吃？"

师尊当然不会有反应。

墨燃就自己吃了，边吃边道："不过你一向不喜欢云吞，你就爱吃甜的。回头我寻到你,咱们回去了,我天天给你做糕点吃。"

寂静夜色里,一个人伴着一盏灯坐在孤寂的夜宵摊子前,晚风飕飕的,偶有几片枯叶打着卷儿追逐而过,鬼界此时竟也显得很安宁。

"桃花糕、桂花糖、核桃酥、云片儿糕……"他一样一样对引魂灯掰手指头数着,好像楚晚宁听到了就会愿意搭理他似的,数了一会儿,他苦笑,"师尊,你的另一个地魂,到底在哪里呢?"

青年细长的手伸出,轻轻摸了摸引魂灯的绸面,就像他三十岁那年,楚晚宁死了,他抱那尸身在怀里,出着神,发着愣,说"楚晚宁,我好恨你啊",却低下头,带着些难以言说的情绪,轻触了楚晚宁的脸。

"娃儿,刚来这里吧?"

忽然,一个破锣似的嗓音响起,卖馄饨的老头老眼昏花,摸索着坐到墨燃的身边。他应该是寿终正寝的,一张黝黑的面孔像荒漠中的胡杨木一般干瘪皱缩。他从寿衣里摸出一支烟,咬在嘴里,而后带着老年人独有的慈祥和多事儿,挨过去与墨燃聊天。

墨燃吸了吸鼻子,回头笑了笑:"嗯,第一天。"

"是啊,瞧你眼生得很。问一句,怎么年纪轻轻就来了呢?"

"走火入魔。"

"哦……"老头子嗫着并没有火的烟,"是位仙君哪。"

"嗯。"墨燃点点头,看了看他,并不怎么怀希望,但还是掏出怀中的画卷,说道,"老伯,我想寻个人,这位是我师尊,也是不久前来的。不知道您有没有瞧见过他?"

老伯接了画,佝偻着凑到灯下,眯着结着翳的眼珠子,慢慢地打量着,打量了很久。

墨燃叹了口气,想把画收回来:"没事,我问了很多人,您不知道也没关系,反正大家都是这么——"

"我见过他啊。"

墨燃吃了一惊,几乎瞬间激动得血液奔涌,忙拉住他:"老伯,您见过他?!您、您不是看错?"

"没看错啊。"老头子盘腿坐在条凳上,抠了抠脚,"长这个模样的,一年到头也见不到几个,跑不了,就是你师尊嘛。"

墨燃已经站起来了,觉得突兀,又朝老人拜了拜,抬头恳切道:"老伯指点我。"

"哎呀,小娃娃不用这么客气。大家来到这里,转眼就要再去人界了,上辈子能有的记忆,也就只剩十年八年可以留。老头子儿子走得早,见你们娃娃都心疼。"他擦了擦眼泪,又用袖子擦了一次鼻涕,这才道,"前头第一街,那个特别气派的宫殿,你瞧见了吧?"

"瞧见了,师尊在那里?"

"对咯,就是在那里。"

"那是什么地方?"

"是鬼界四王的别宫。"老头子叹了口气,"四王不住在这里头,却特意让手下在南柯乡修了座行宫,不为别的,就是为了搜罗鬼界的美人,都软禁在里头。四王每过一阵子就亲自来宫里选人。选上的被他直接带去第四层,若是没有看得上的,据说就赏给手下处置,唉,你说这世道——"

他话没说完,就见得身旁的小仙君已火烧火燎地抱起旁边的灯笼,如同狼犬一般闯入茫茫夜色中。

老人愣了一下,随即有些羡慕,慢吞吞地喃喃道:"年轻就是好,跑得真快啊……"

六

师尊如刀君如水

　　四王行宫只有一个入口,外有禁卫把守。墨燃自然不会傻到从正门走进去,掠上房梁,又担心引魂灯的光芒会招来不必要的注意,因此又把引魂灯匿到乾坤囊中,于纵横交错的屋瓦上疾走,身影快得像一道黑色闪电。

　　这座行宫从外头看上去就很宏大,里面更是曲院回廊,重重叠叠。墨燃飞身跃至一座阙楼楼顶,轻巧地俯下身来,与黛色砖瓦融为一体。他抬眼向下看去,整座行宫犹如一方小城,竟是一眼难望到边。

　　墨燃心中无限焦躁。他总算知道为什么先前那个男人不肯告诉自己师尊的去处了,想来也是怕得罪鬼王。他此刻虽知楚晚宁在这行宫里,却依然束手无策——

　　这里的宫室没有一千也有九百,楚晚宁会在哪里呢?

　　他好像一个快要寻到珍宝的人,心和手都比初时颤抖得更厉害。

　　师尊……你在什么地方?

　　他正思索着,忽见得拐角处有一行人提着幽红色的风灯,踢踢踏踏地走过来。他们都披着金黄甲胄,蹬战靴,一个挨着一个从东门行至主步道,七弯八拐后,来到了一间并不起眼的偏室。那偏室长着一株参天老槐,正好遮去了墨燃的视线,他只能看到一半院落,还有一半掩在繁盛的枝叶后头。

　　那些阴兵进到里头,先是传来一阵桌椅乒乓之声,呼呼喝喝,乱作一团,陡然间一声凄锐尖叫划破长空,一个蓬头散发的女人被揪着丢到院子里,她衣袍半敞,在阴兵粗暴的推搡中滑落大半,露出雪一般的肌肤。

　　"让你逃!我让你逃!"

　　鞭子狠狠地抽在女人身上,那应当是鬼界的刑具,即使是鬼怪也会被抽得痛不欲生,死去活来。

　　女人趴在地上发着抖,似乎是想跑,但到处都是官兵,她没有地方去。

　　"臭娘儿们,进了四王宫,你还想着要出去?"

　　"我活着的时候清清白白!我没有罪孽!你们为什么要这么对我!"女人尖叫着,"放我出去,我要去投胎,我不要待在这里!!"

　　又是一顿鞭笞,打得她哀声连连。

"服侍四王可免遭轮回之苦！你可真是给脸不要脸！"

"他没瞧上我！我凭什么不能走？我——啊——！"

又是一道鞭子迎着她的脸抽落，女人痛哭起来，不住地发着抖，却还是想要往外爬。

她兽一般的困顿似乎越发取悦了四王手下的那些阴兵，男人们在大笑，偏室内的"贡品"们接二连三地被拽了出来。

领首的那个阴兵道："诸位同僚辛苦，这院子里头的都是四王挑剩下的。知你们平日憋得难受，各自挑些喜欢的把玩去。要有特别喜欢的，来我这里登记，带回自己家里也成。"

四王手底下的那些淫鬼便啸叫着，放肆地笑着，去屋里头挑拣极漂亮的女人。外面那个女人自然也不能幸免，就在树下被几个人围住，饿狼一般扑向她，像是要把她的灵魂都嚼碎。

屋里头霎时间浪语一片，有人在哭，有人在叫，有人在求饶。

还有人实在受不住这样的酷刑，想要解脱，便豁出了魂灵去曲意逢迎，卖力讨好。芸芸众生之丑，无论是在鬼界还是在人界，都是一样的。

墨燃轻巧地从阙楼楼顶落下，借着夜色潜至偏殿屋顶。他心道，按馄饨摊老伯的说法，楚晚宁刚来，应当还没有受过鬼王遴选，并不会在这里，但他仍有些放心不下，便掀开小半片黛瓦，悄然朝下望去。

屋内一派迷离乱象中，他看到一个人的脸。容九。那个前世他颇宠信，却借着他的宠信算计他，想夺他修为的旧人，竟也在其中。

容九是最机灵的，知生也知死。

这屋内的许多魂灵在挣扎，不愿相从。有的魂灵在迷离乱象间，口中还唤着人界自己爱人的名字；有的则是顾全名节，不断唾骂。但容九不一样，墨燃清楚容九爱财、爱命，当然，如今没有机会可以爱了，但容九也珍视自己的魂灵，并不想再饱受虐待。

凌乱宽大的床榻上，那些落选了的"贡品"几乎都在告饶、挣扎，唯独容九合着眼眸不挣扎。

墨燃望着容九的脸，心底渐渐生出寒意。

他想到了楚晚宁。

容九是绕指柔，楚晚宁是百炼刚。

乍一看，仿佛玄铁一般冷硬，谁也摧他不得。可是在这般情形下，容九会讨好，会逢迎，会愿意俯下身来用自己的柔软来为自己筑起坚不可摧的城堞。

可楚晚宁呢？

墨燃连想都不用想，就能知道那人会怎么样——宁愿魂飞魄散，宁愿坠入十八层地狱，谁动得了他？

流水从不会断，折的唯有钢刀。

"砰！"端的是一声惊响，令屋内的人和屋顶的人都悚然。

墨燃脸色煞白，抬头朝院中望去。

方才那个烈火般的女人当胸被阴兵刺了个窟窿，她的魂魄渐渐变得透明，眼睛里有泪水流下，而后，凝顿须臾，倏忽散为点点尘埃——魂飞魄散。

毁了她魂魄的那个阴兵咒骂着站起来，他脸上有一道狰狞的鞭痕，想来是刚才那女人夺了他的镇魂鞭，抽在了他的身上。阴兵唾道："真晦气！都进城了，还这么想不开，呸！"

墨燃如坠冰窟。他觉得自己方才看到的不是那个素未谋面的女子，仿佛看到了楚晚宁会做的抉择。

容九还在和那些淫鬼纠缠，丝萝般依附着比自己刚硬的对象，天罗地网般用温柔把人吞没。

屋子里的那些"贡品"渐渐都屈从了，腥烂的臭气熏得人喉头发紧，几欲作呕。

不知过了多久，一场大戏才缓缓落了幕。

容九果真是叫人依依不舍的，有阴兵披上了衣衫就去头儿处登记，待给四王过了目，就可以将人领回自己家里头去。

这些人都是四王手下的，不入轮回，跟着他们虽不如跟着四王好，但也是个免去折辱还能舒服过日子的去处。

容九为此很是餍足。

那要带容九回去的阴兵还要去换岗，便先走了。那一行恶魔渐渐行远，偏殿内凄清凌乱，宛如一场酣宴散了，残酒和人情都洒了一地，缓缓凉透。

容九懒洋洋地坐起来，反倒是这些人里头最从容的，梳妆毕，对着铜镜张看，觉得自己死后的脸色憔悴，并不如活着时白里透红，不衬眉眼春意。

于是容九不理会那些在抽泣、在发呆、在瑟瑟发抖的女人，欣然整理好衣冠，穿上丝履，踱到院子中去。

地狱里头也开胭脂花，甚至比人界的更为红艳灿烂。容九折了一串，纤细指尖点着花汁儿，在唇尖晕染，在腮边抹开。

每个人在乎的东西不一样，容九生来就苦，在此人看来，所谓情谊，那都是吃饱了饭，高高在上的贵人们才能追求的东西。自己本就是泥土里的脏种，在乎不了什么礼义廉耻，怀里揣着的只有自己的命，命没了，就揣着自己的魂。

忽而身后有细微的簌簌声，似乎有人碰到了花叶，容九以为是那阴兵去而复返，于是将眼波里的春情毫不吝啬地捐出来。

容九嫣然回眸，端的是风华绝代。

只是瞧清楚花丛边冷然立着的人时，容九猛地后退一步，眸子睁大，嘴唇轻启，似是遭了雷殛——"是你？！"

"是我。"墨燃道。

容九一张柔媚脸庞换过千百种表情，惊讶、犹豫、幸灾乐祸、恼怒、忐忑、故作张扬，最后定在一种清冷的表情上。

容九做惯了笑脸人，那种太过张牙舞爪的狠劲儿，戴在脸上嫌沉。

"墨公子怎么也来了？"两人上次见面十分不愉快，容九站直了身子，显得漠然。

墨燃道："寻人。"

容九似乎嗤笑了一声："想不到墨公子这般风流人物，到了鬼界竟还有放不下的。"

墨燃不想与这人说太多话，将画卷取出，交与容九："见过他吗？"

容九柔媚地瞥了一眼，冷笑道："不过如此姿色而已，你如此惦记吗？"

墨燃皱眉道："少说别的，你就说见过他没有。"

"没有。"容九淡淡道，"见过也不愿告诉你。"

"……"

"我乏了，回去歇息。墨公子打哪儿来上哪儿去吧，不送。"

墨燃喊住他："容九！"

纤细的身影顿了顿，侧过妩媚的脸来，带着些得意："怎么？"

"我要救他去。你若愿意，我也一并救了你。此间无道，你总不可能真的跟那些阴兵厮混。"墨燃说，"早些入轮回去吧。"

容九偏过大半张脸来了，媚声道："瞧墨公子说的，此间无道，哪间又有道呢？容九命苦，人间活了二十岁，觉得和这里也没什么不同，轮不轮回，又有什么分别？"

"你这是在刀尖下头讨生活。"

容九这回是真的笑了，笑着回过神来，打量着墨燃："我哪天不是在刀尖下头讨生活？人为刀俎，我为鱼肉，遇到些好人，能多赏些银两。若是遇到墨公子这般的'大好人'，钱不付是小事，卷些细软跑了，转头还当不认识我。墨公子，你先是刺了我，回头再劝我小心刀子，你可真有善心哪。"

第二章 逢旧竟离间

一

师尊不可辱

容九说的是墨燃那天,满身怨怼之下的所作所为。

此时想来,虽说容九前世是对不起自己,与常公子合起伙来要谋自己性命,但那终究是前世的事情。这一世容九尚未与常公子做到这一步,墨燃当时拿了容九的银两,的确是解释不清的。

"是我不好。"如此情形下,墨燃也不愿与容九相争,只道,"当时拿你的,往后都捎来还你。"

"你怎么还我?"容九问道,"再者说,我眼下要那些金银珠宝又有什么用?"

墨燃:"……"

"那些珍珠手钏,你能还给我,那我的命呢?"

"什么?"墨燃一怔,"你的命?"

"对,我的命。"容九似乎触到了心口某处伤痛,神情渐渐沉下来。

"你知道,我是怎么死的吗?"

"……"

容九大约是压抑已久,此时忽然揭盖,底下腾腾的蒸汽就都疯狂地冒出来,再也按捺不住。未及墨燃作声,容九神情忽然变得激愤,继而扭曲,阴恻恻地道来。

"那个姓常的歹毒,见你不再看重我,就觉得我不值什么钱了,便骗我说——他待我是真心的,但无奈他家里嫌我是馆子里的人,不干净,今后还是少来往地好。我当时眼瞎,还以为他情深义重,做此决定只是受父母所迫,被逼无奈……呸!我信了他的一派胡言!"

墨燃道:"那你也该怨姓常的,怨我做什么!"

容九起了三分薄怒:"怎的不怨你?原本我蓄的那些钱财,是够自己赎身的,但都叫你拿走了。我当时心灰意冷,不想继续在馆子里待着,但没钱就不能光明正大地走,只得偷偷逃出来。你要没拿我的,我何至于如此狼狈!"

"你逃走了?"

"对,逃走了,我逃去他家。"容九恨恨地,"但那姓常的不肯给我开门,馆子里的人又追了上来。最后我挣扎无用，还是被他们带回去，一顿毒打折磨，重新关了起来。"

墨燃沉吟道："可是姓常的说，你是去彩蝶镇找亲戚的时候，遇上鬼界破漏，这才丧了命。"

"哈！"容九的脸上浮起一丝嘲讽，"他可真有脸说。亲戚？我在彩蝶镇，哪有什么亲戚！"

"……"

"你不是跟我说，我是在刀尖下头讨生活吗？我来告诉你什么叫刀尖下头讨生活！"容九越来越激动，五官有些扭曲，此刻是真的有些像是厉鬼了，"我来告诉你我是怎么死的！你们这些……哈哈——侠士！

"我在馆子里待了那么久，被关着，没饭吃，受苦受难，没人来管我的死活。过了好多天，我都快绝望了。姓常的又突然找回来，哭着跟我说那天他之所以不给我开门，是因为他爹娘正发脾气，怕我一进去，就要被他家的仆人活活打死！"

这样明显的谎话，墨燃听着直摇头："你总不会信。"

"不。"容九眼中有光彩发着抖，"我信了。"

墨燃："……"

"我信了啊。"容九怨戾冲天，盘出一个笑来，嘴角扭曲，"我为什么不信？信不信是有退路的人才能谈的。我算什么？别人抛出什么我信什么，不然连一线生机都没有。"

容九缓了缓，继续道："姓常的跟我说，他会兑现承诺，把我接进他家。但说他父母眼下接受不了我，让我先跟他去附近一个小镇上暂住。"

"彩蝶镇？"

"对。彩蝶镇。"

墨燃隐隐猜到发生了什么，神情便沉了下来。

果不其然，容九道："我欢天喜地地收拾了东西，哦，对，其实也没什么好收拾的了。我这些年得来的钱财，都被你一时高兴盗了个精光。但没关系，我那时候想，我有常公子。"

"呵。"容九静默一会儿，抽搐似的笑了一下，又将这三个字在唇齿间狠嚼，"常公子。"

"是他骗你去彩蝶镇之后，在那里害死了你吗？"

"不。"容九"桀桀"笑着，眼神幽怨，"不是他害死了我，是你们一条一条堵死了我的路，我才与他上的贼船。是你们，是你们害死了我。"

容九吸了口气，继续道："到了彩蝶镇之后，我跟着姓常的，进了一座大宅子，但里头冷清清的，也没有什么用人，他跟我说还没来得及置办家具，让我在那宅子里先休息，他出去买些东西。我就待在那里等，过了一会儿，我看到他跟一个男人走进了院里来——"

墨燃听到这里，蓦地色变："你可看清了那男人的相貌？"

"没。"容九道，"那男人戴着面具，披着斗篷，我什么都瞧不见……然后我就看到姓常的在那个男人面前跪下来，笑得比我还谄媚。他真该看看自己那时候的模样，叫人恶心极了。他跟那个男人说，我身上有什么木灵精华的残存，说我先前与你接触过——是个好祭品。谁知道，我不修行，也不想修行，我听不懂他们在说什么。"

墨燃觉得头皮阵阵发麻。

他自然清楚，他与容九接触过，容九身上多少会存着些木灵精华。那个假勾陈一直在找合适的替代品，容九体内萦绕的灵气虽然微乎其微，但毕竟纯澈，确实适合拿来施法。

"后来的事，也没什么好说的了。"容九那轻浮惯了的脸上难得浮现一丝彻骨的冷，"如墨公子所见，我来到了鬼界。"

若是前世的墨燃，或是刚刚复生的墨燃，必定嗤之以鼻，嘲笑道："你倒霉就倒霉，跟我又有什么关系？"

此刻墨燃却有些笑不出来。

他是憎恶容九，容九也确实不择手段，前世甚至想要谋他的性命。他先前与容九有些纠葛，两人从未坦诚相对。忽在这鬼界听到容九一番自白，他百感交集。

墨燃想了想，觉得千丝万缕算不清，不如就此算了。

他叹了口气，说道："容九，这件事，对不住。"

容九活了一世，从未有人对自己说过"对不住"，忽地一愣，像是全然不认得墨燃一般，瞪大眼睛来回打量他一番，而后道："即便你如此说，我也不会告诉你画像上那个人在哪里。"

墨燃道："与画像无关。"

容九低着头，顿了一会儿，忽然开口："墨公子，你知不知道，常公子之前与我盘算，说是要杀了你，夺你修为？"

"我知道。"

"你……你知道？"

墨燃点头："我知道。"

容九出了会儿神，恨恨地道："定是那姓常的走漏消息！"又凛然抬头，眼中闪动着愤恨，"早知最后如此，我还不如听他的，杀了你，总还有些好日子可过，不至于过得那么惨。"

墨燃望着他："别人叫你做什么，你就做什么？"

"不然能怎么样？"容九道，"我只想过好日子。这有错吗？就和别人卖鱼卖肉一样，为讨口饭吃。我知道你们这些公子都瞧不起我，瞧不起我也没关系，自尊、脸面有什么用？都不如一口好酒、一块烧肉。所以如果当初杀了你，我就能活下来，我为什么不对你动手？"

墨燃嘴唇微动，原要反驳，却忽然想起了自己前世的所作所为，竟是说不出否认的话来。

容九愤然道："人为了活着杀禽吃肉，为什么不能为了活着杀人？"

墨燃叹了口气，喃喃着问："这样活着有意思吗？"

他像是问容九，又像是隔着红尘，去问上一世高座上的自己。

"不知道。我不知道什么叫有意思。"容九漠然道，"我从十六岁就被卖到馆子里。你问我什么是有意思，我不知道。我在人界的时候就想有钱，有钱就能赎身，我就不用再赔着笑脸伺候别人。可是我到来鬼界都没有自由身，都是你们这帮畜生害的。"

墨燃没说话，良久，才问容九："再给你一次机会，你选跟姓常的合伙杀了我？"

"不错。"

墨燃道："好，再给我一次机会，我也还是会回头，卷尽你所有银两，让你没好果子吃。"

"你！"

容九激愤，脸上胭脂花染出的薄红似乎更艳了，身体摇晃一会儿，而后才慢慢稳将下来。

少顷，自知失态，容九抬起手捻过额边鬓发，又隐忍着，重新挂上惯有的柔媚微笑，只是眼光中仍闪烁着怒意。

"随你怎么说吧。我容九，有我容九的活法。"

"但愿你在鬼界能活得自在逍遥。"

容九眯起眼睛："那定然是很自在逍遥的，只要我愿意，就能换来轮回永脱，不再受苦，我比屋里头那些傻子都瞧得清楚，我情愿得很。"

墨燃笑了笑，道："但是容九，这些人是四王手下，你是死是活，是去是留，其实还得凭上面一句话。"

容九一震，随即警惕起来，一双美目盯着他。

"你什么意思？"

若非如此情形，墨燃实在不愿再与容九这般撕扯胶着，但容九性子虽软弱，恨起来却也是油盐不进，墨燃只得沉下气来，与容九说："你觉得画像上那人不过如此，我却觉得他很好。各人眼光不同，谁都说不好鬼王会不会瞧上他。"

"这般冷冰冰的相貌，谁瞧得上他？"

"那可未必。"墨燃道，"鬼王若是喜欢柔软之人，何不当时就挑了你去？"

容九不吭声了，神色却有些难看。

墨燃趁热打铁："他这个人，脾性刚烈，若是让他选上了，恐怕会将这鬼界掀个底朝天。到时候问罪下来，四王这边难辞其咎，杀几个阴兵那是没跑的事儿。你要做丝萝，总得要树立得稳妥。要是你才刚缠上去没几天，树就倒了，没有依靠是小事，连着你的藤藤蔓蔓一起拔起，那就是魂飞魄散的结局。"

容九原本苍白的脸色，好像越发苍白了。容九仍不无娇媚却又狠毒地说："我不信这邪。"

墨燃："……"

"墨公子，我赌了，我偏生看不惯你过得比我好。"

沉默一会儿，墨燃忽然也狠了，盯着容九的脸："我不跟你赌。容九，这个人我是一定要救的，你非要这么玩，我跟你玩命。"

容九仰起头，目光灼灼，忽而蛇蝎般把手贴上墨燃胸膛："他是你的谁？跟你相好多久了？有我久吗？他有我待你好吗？"容九顿了顿，睫毛悠然垂落，"墨公子，你不是会替人玩命的那种痴情主，你这人心底是没情意的，瞒不过我。"

墨燃将容九拎开，漆黑的眉目竖着，眸中跃动着焰火："从前没有心，现在有了。"

容九猛地抬眼，对上他的面庞，忽然发现这个人是炽热的，甚至有些陌生。

人好像还是那个嬉笑怒骂的墨微雨，魂却好像有哪里不一样了。

容九像是被这样的墨燃烫到，不由自主地打了个冷战，想转身跑走，却被对方死死掐住。

"还有，"墨燃说，"他……清清白白，我敬他，你莫要辱他。"

他说着，这才把容九一推，容九撞在柱上，难以置信地望着眼前的人。

"他不是你的……不是你的……"

墨燃道："不是，他是我师尊。"

容九几乎能确定，墨燃是很在乎画像上的那个人的，这念头让根本得不到关爱的自己，不禁生出一股苦涩的妒意。

最是风流墨公子，也会为一个人上刀山下火海，豁出命去救。

容九忽然想，如果当初对墨公子真心一些，掏出真肺腑，那墨燃会不会……也为自己露出些纯澈的真情来？

然而容九还来不及想完，就听墨燃复又开了口，声音又狠又冷，不似玩笑："容九，我最后问一遍他在哪里，你若还是不知道——我是修行的人，该怎么样下药或是施法蛊惑一个人的心志，还是清楚的。你信不信我豁出自己去见鬼王？"

这下容九是彻底惊呆了："你……"

"我为非作歹了一辈子，现在想好好来过，但要是没人成全我，我便还是那个墨微雨。"他轻声说，"容九，你想清楚了，我是不怕死的，也不怕魂飞魄散。你要是这么绝，我什么都做得出。"

两人便都没再说话了，只是四目相对，刚毅的碰上怨憎的，执着的碰上不甘的，烫的碰上冷的。

而后容九眼里的冰化了，在墨燃火烧火燎的逼视下，颓然败下阵来。容九的妒恨很深，墨燃的执念也不浅，两相对峙，容九不会是踏仙君的对手。

容九面如死灰，即便胭脂花娇艳，也盖不住一脸枯槁，如断壁残垣。

"你为什么，要为他做到这份儿上？"

"他待我最好，我却拿他当最恨的人来欺负。我欠他的。"

"我确实没有见过这个人。"半晌之后，容九轻声道，但见墨燃神情，又慢慢补上一句，"我没有骗你。但是，新捉来的魂灵都被关在东边最大的那个殿里。一人一个窄小的房间，和笼子没什么两样，上着锁。有戒严卫在来回巡逻。你去那边，应当找得到。"

墨燃哪里还能再等！他转身就往夜色里奔。容九愣怔地立在原处看着，不知是怎样的苦涩情绪涌上心坎儿。容九忽然无法遏制地朝着墨燃的背影喊起来："墨微雨，你——你想好好来过？谁能好好来过！咱们都是污泥里头浸过的人！谁都不能好好来过！

"墨微雨！你瞧着，我容九就是要过好日子，就是好死不如赖活着。我卖了魂魄，整个人都烂掉，也要穿金戴银！你瞧着吧！你以为你脏到骨子里擦一擦嘴角就能把腥味擦掉了？你想得美！你从你的良，我作我的恶，看谁日子能过得好啊！墨微雨！"

容九嚷着，直到墨燃的背影都瞧不见了，才忽然抬手，猛地捂住脸，蹲下来哽咽道："凭什么你能重来啊？凭什么你这么烂的人，也有人待你好啊……凭什么……"

二

师尊被囚

东边第一大院，果然如容九所言，上下三层，每层都是房间挨着房间，虽然场子最大，但最为脏乱，院门口一棵老树枯朽，上头栖息着无数乌鸦。每只乌鸦嘴里都衔着一颗眼珠，滴溜溜地疯狂打转，扫视着四下的异状。

两小队阴兵来回穿梭着，踢踢踏踏，看守着准备献给四王的"贡品"们。

墨燃侧身隐在角落，一边算着这些鬼怪行进的路，一边打量宫室的死角。

那些格子般的小房间都亮着灯，里面时不时地传来哭泣声、轻叹声，呕哑嘲哳，夜幕里犹如亘古的吟诵，令人毛发倒竖，不寒而栗。

这里头的房间粗略算来有三百多间，下头巡逻的阴兵每一盏茶就巡逻一轮，他绝无可能在一盏茶的工夫内就轻而易举地寻到楚晚宁，更何况每层的楼梯口还立着个守卫，持着碎魂鞭，脖上挂着戒严哨。

墨燃暗自焦灼，这时候，忽见远处独自行来一个阴兵，腰间悬着黑底红字的令牌，穿着和那些守卫相同的制服。墨燃往暗处隐了隐，看着他从自己跟前走过去，到了楼梯口。

他对杵在楼梯口的守卫点了点头，夜晚很是岑寂，于是墨燃轻而易举地听到了他们的对话。

"七哥，你换老三的岗来啦？"

"嗯。你也快了。"

"我还得再待一会儿，人还没来呢。等他来了我就歇息去。"

换岗的阴兵转到楼上去了，一楼的守卫百无聊赖地打了个哈欠，继续守在风里。

见他们如此交接，墨燃忽然灵机一动，想到个有些危险的主意……

远处传来了三声梆子响，当当当。

枝头乌鸦"哇——哇——"地喊了两声，似乎发现了什么异动。

守卫清醒过来，四下张望，瞧见薄薄夜雾里，缓步行来一个人影。

离得近了，发现是个他从没瞧见过的青年，守卫越发警惕。

"什么人？"

"来换岗的。"那人说道。

红云飘过，露出天幕上一轮明月，照亮他的脸，好一个俊俏的守卫。

可他五官挺拔周正，眉梢眼角天生有情，这个来换岗的守卫，不是墨燃又是谁？

他也不知从哪儿弄来阴兵的甲胄，披在身上，腰间黑红相间的令牌不住晃荡，戒严哨挂在胸前，散发着寒凉银光。

守卫说："以前没见过你。"

"新来的。"

守卫将信将疑地伸出手："牌子。"

墨燃将牌子解了，递给他，脸上八风不动，内心却已绷到了极点。

所幸那守卫将令牌翻来覆去看了好多次，没觉察出哪里不对，便也懒得再管，拍拍他的肩道："那后半宿靠你了，我回家去了。"

"前辈好走。"

这声"前辈"叫得舒坦，那鬼怪嘎嘎怪笑两声，摆了摆手："好小子，再会、再会。"

"哎……前辈，等一下！"

"怎么啦？"那守卫回头。

墨燃笑了笑，很是自然地问了一句："这批贡品里，有几个姓楚的呀？"

守卫有些提防："你问这个做什么？"

"帮顺风楼的楚先生问一问。"墨燃道，"楚先生有个远方亲戚，说是也进城来了。顺风楼里却找不到他，不知是不是在这里。"

果然楚洄的名声还是有些震慑力的，守卫犹豫一下，指了指二楼："靠里头的那三间，关的都是姓楚的。你可以去看看。"

墨燃笑逐颜开道："多谢前辈指点了。"

"不客气。"前辈十分蠢笨，"应该的。"

那守卫说完，哼着小曲儿悠闲地走了，路过角落时，并没有发现本该来与自己换岗的真正同僚早已被禁缚咒捆着，丢到了阴沟里。那可怜鬼浑身甲胄都被扒光，露件薄薄单衣，满目愤怒，奈何嘴巴被堵了个彻底，竟是哼也哼不出声，只能干生闷气。

墨燃并不放心容九，虽说那些落选了的"贡品"被成群地关在偏殿，也没人看管，只在外面施了禁咒结界，但保不齐有阴兵巡逻，以容九对自己的厌恶，到时候必然会将自己的行踪捅出去。

事不宜迟，他必须速战速决。

墨燃在原地站了一会儿，等来回走动的那一拨阴兵过去，便立刻闪身直奔二楼，二楼也站着一个守卫，横过长枪拦住墨燃。

"站住，干什么的？"

"我是今天新来换岗的，在一楼。"

那守卫皱着眉头："那你就在一楼待着，跑到我这一层楼来做什么？"

墨燃还是抬了楚洵来当敲门砖，岂料这个守卫非但不买他的账，反而厉声道："即便是顺风楼的楚先生又怎样？只要进了行宫，就都归了四王所有。他要是想救自己亲戚，自个儿找四王说去。我可不揽这事儿！"

墨燃暗自叫苦，心道这个家伙比楼下那位可机灵多了，只得硬着头皮道："我也没非要今日就把他带走。但我总得看一看我有没有找错人吧。"

"这还不好办？你跟我说了名字，我帮你查。你又何必进去？"

墨燃觉得焦躁万分，压着怒火，说道："楚晚宁。他叫楚晚宁。"

守卫本来是要拿名册查的，一听这三个字，却把名册放下了。

墨燃见他如此，心中陡然生起一些不安，问道："怎么了？有什么问题？"

"有什么问题？"守卫冷笑着反问，而后道，"你还真是新来的，不知天高地厚。四王今日来行宫挑人，早已看中了这位楚仙君。若不是此人三魂还未聚全，不能带到四层去，只怕今天晚上就要被献与鬼王。你跟我要他？你说有什么问题？"

墨燃听到一半时就已脸色铁青，等守卫说完，半天才道："四王看中他了？"

"怎么？"

"没怎么……那就算了，叨扰。"墨燃脸色不无阴沉地转过身，往楼下走了两步，然后在对方未反应过来时，神武见鬼已凝于掌心，猛然翻身勒住守卫的脖颈！

红光刺目，一闪而过。

所谓神武，能伤鬼能杀神，那守卫只来得及瞧见眼前猩红色柳叶翻飞，听到这个新来的青年不无愤恨地说了句"你还真当老子不敢和鬼王抢人"，便瞬间神消志散，昏迷在地。

墨燃抬手施法，将他捆严实了，嘴也给封上，踢到一边，便急不可待地朝走道尽头跑去。

尽头三间，每间都是楚姓孤魂。

墨燃不知为什么，仿佛心中有所感应一般，甚至没有细想究竟是为什么会有这样的异感，就砰的一声推开了门。因为跑得太急，他微微喘着气，在第二间门前站定。

他喘息着，一缕细碎的墨色长发垂落在眼前，忘了去拂开，只定定瞧着里面——容九说得不错。

这是个与兽笼差不多大小的单间，四壁凄清，一切都是死一般的灰白色，唯里头的那个人，显得很温暖，像茫茫冷白里的火焰。

并不是每个"贡品"都是被锁缚着的，至少楚晚宁没有。或许因为他已经被四王看上，守卫不敢得罪，在他房间的地上甚至铺着雪白的毡子，厚实柔软，犹如隆冬里的一场新雪。

楚晚宁躺在毡子上熟睡。这个人看似杀伐果决，其实内心总有些不安宁，睡着的时候这一点最明显，习惯蜷着身子，把自己缩得很小，好像在给自己取暖，又好像怕占了谁的地方，薄薄的人，显得有些可怜。

这个魂魄和人魂不一样，脸上没有血污，清俊英挺，身上的衣衫也换了，穿的是一件晚霞般织锦灿烂的红色绸裳，宽袍、大袖，盘龙飞凤，金蝶曼舞。

墨燃几乎是踉跄着上前，在他身边跪下，伸出颤抖的手，去抚摸他的脸："晚宁……"脱口而出的不是"师尊"，而是前世他最后一段时光，惯于唤他的那两个字。

仇恨血海，入骨缠绵。

楚晚宁被他抱起，昏沉沉地，良久才醒，睁开眼睛，却瞧见自己靠在墨燃怀里，眼前那张青年稚气未脱的脸，何曾有过如此关切。楚晚宁觉得这或许是梦，于是眉头紧蹙，半响叹了口气，复又把眼帘合上。

"师尊！"

耳边有人唤他，这回唤的不是"晚宁"了。

"师尊！师尊！"

楚晚宁蓦地睁开凤目，面色虽然未有多变，指尖却出卖了他，微微颤抖起来。

下一刻，墨燃就捏住了他的手，贴在自己的脸上，又是哭又是笑，明明如此英俊的五官，却在情切之下变得那样狼狈、失态。

"师尊。"他哽咽着，眼睛一眨不眨地望着楚晚宁，好像其他什么都不会说了，只会不住重复，"师尊……"

楚晚宁被他紧紧抱着，终于回过神来，下意识觉得不妥，于是挣开墨燃，起身瞪着他，愣怔良久，一语不发，忽然怒极。

墨燃未曾反应，楚晚宁的手便抽走了，而后楚晚宁反手一巴掌抽在了墨燃脸上，黑眉怒竖，剑拔弩张："混账，你怎么也死了？！"

墨燃张了张嘴，正想解释，却忽然瞧见朦胧月色下，楚晚宁怒意虽盛，长睫毛下的那双眼睛却是隐忍的、悲伤的，似乎有不甘，似乎还有一碰就碎的无边水色。他骂完之后，便紧咬着下唇，要把那些让他觉得屈辱、觉得丢人的哽咽都死死锁住。

有的人破了个口子，就恨不得让全天下知道他受了伤；但有的人心高气傲，那些委屈苦痛，纵使会扎得满喉咙鲜血，也要生生吞下，不与人说。

他不说，墨燃从前也就不知道，如今知道了，只觉得很心疼。

他想去抱楚晚宁，但楚晚宁推开他，声音沙哑地道："滚。"

楚晚宁侧过脸，一层冷硬覆去万重心伤。

"你年纪轻轻就死了，还有什么脸面来见我？"

"师尊……"

"滚出去。"楚晚宁把脸转得更偏了，"你我师徒情谊已断，我玉衡座下，不收盛年夭亡的废物。"

盛年夭亡……

墨燃原本难过，听他这么一本正经地斥责自己，忽然觉得心头一暖，似有春水汩汩流出。墨燃拿手拍了拍自己的额头，而后覆到眼睛上，忍不住又是苦甜又是酸涩地笑了。

楚晚宁听到他的轻笑声，勃然大怒，回头厉声道："你笑什么？你——"楚晚宁恼火之下又要去扇墨燃巴掌，手却被墨燃捉住。

青年温润的眼睛缓缓眨了眨，没说话，而是带着他的手，郑重其事地覆在自己胸膛上。

三

师尊，答应我

怦、怦、怦——心跳既沉又缓。

楚晚宁也跟着眨了眨眼睛，目光中充满惊讶和喜悦，尴尬和局促一闪而过。玉衡长老真不愧是玉衡长老，十年如一日地清冷着，要收拾颜面当真比谁都从容不迫，很快便敛了过多的情绪，似乎方才对墨燃失望怒斥的人并不是他："你既没死，那下来做什么？"

这话问出口，楚晚宁便后悔了。

瞧墨燃这样子，当是来救自己的，但若是墨燃亲口对自己说出这句话，楚晚宁觉得自己恐怕会心跳失速，一派兵荒马乱。

他紧张之下，都忘了自己已经死了，哪里还能有一颗心。

墨燃直直地凝望着他，却没有这样讲话。

他大约是明白如果自己说"我来是为了你"，会让楚晚宁尴尬无措，所以略微沉吟，最后抿了抿唇，反倒垂着睫毛，温和地问："师尊猜我下来做什么？"

"你下来找不自在。"

"师尊什么时候改个名儿叫不自在了？"墨燃笑道，"都不告诉我。"

楚晚宁像是被他从未有过的温柔扎到，迅速又抽回了手，羞极又怒："胡言乱语，当真放肆。"

墨燃总算是发现了一个秘密。

他发现楚晚宁的怒，是一张面具。这人太别扭，情愿把这张牙舞爪的油彩面具覆在脸上，遮掉下头所有波澜，无论是温柔的、喜悦的、开怀的、羞涩的，还是悲伤的——好傻。

楚晚宁傻，面具戴了一辈子，不嫌累；自己也傻，从头活了两辈子，方觉察。

但这样说了一番话，气氛总算不再像方才一般凝重了。楚晚宁四个魂都已寻到，复生在望。

墨燃心情也好，又拉住楚晚宁不松手，跟他絮絮叨叨地讲了自己为什么会到鬼界来，讲了怀罪大师，说到一些事情的时候，总忍不住停下来，待喉头哽咽消散，才又红着眼眶，继续说下去。他这一番解释，里头出现最多的三个字，便是"对不住"。

楚晚宁实在不知道该说什么。

他待人好，并不是想要拿这种好来换取什么，也怕别人收了他的好从此惴惴不安。

其实他是怕自己一腔热血，奉上热气腾腾的心肺，却被对方轻描淡写地搁在一旁，兀自凉掉。

所以他虽然光明磊落，却独在与人为善这一节躲躲藏藏。

他戴了一辈子面具。

可是有一天，墨燃伸出手，直突突地就把他脸上浓墨重彩的愤怒摘掉了，好像摘掉了他的螃蟹壳。

他怔怔地站在原地，忽然就不知道该怎么办好。出神间，墨燃已经在他跟前跪了下来，一只手仍然握着他的手，好像怕他会消失一样。

楚晚宁一瞬间出现一个荒谬不羁又羞耻的念头。

他这徒弟素来胆大妄为，且不按常理出牌，他忽然被墨燃握住手又这样对待，竟觉得对方似乎是想做些什么。

他有点被自己这个念头骇到了，脸色越发阴沉，不知道该以什么表情面对，只好习惯性地高冷。

但墨燃没有做任何事情，只是牵着楚晚宁，像牵着失而复得的珍宝，那是他前世弃如敝屣的人。

"师尊。"

一切仇恨放下后，他跪在师尊跟前，是诚恳的、恭敬的甚至炽热的。

"从前都是我不对，以后你说东我就往东，你说西我就往西，我只想你好好的。"许是感情深了，墨燃虽然仍笑着，眼眶却有些湿润了，"你跟我回去吧。好不好？"

楚晚宁没说话，脸上寡淡如水，心中烽火狼烟。

"师尊。"

青年的声音很柔和，软糯，带着些少年余韵。

墨燃恨一个人的时候，那是真恨；但要待一个人好，那就是掏心窝子地好。

他从来偏执，向来极端。

"跟我回去吧，你答应我，好不好？"

楚晚宁依旧没动静，只淡淡地低眸望着他，不知在想什么。

墨燃怕他不高兴，因此心中虽然难过，但脸上仍挂着笑，尽力不让自己太难堪平白给师尊添堵。墨燃拉着他的手晃了晃，逗他哄他："师尊要是愿意，就点个头。"

"……"

墨燃又怕他一直不点头，想想又道："我数三下，可以吗？"

"……"

"师尊要是不说话，我就当你是答应了啊。"墨燃局促而温柔地说，顿了顿，慢慢数，"一，二，三。"

可楚晚宁就像一个冻久了的人，骤然把他放到温水里，他感到的不是暖，而是疼。

他以前是个没人稀罕的，因此冻的时候也不觉得难受，而一旦有人待他好了，温热裹住了他，他才好像终于有了痛的权利，忽然每一寸血肉都疼起来，每一寸皮都在皲裂。他这才觉得好疼。

他的手指尖，在墨燃逐渐汗湿的掌心微微发着抖。

墨燃见他不吭声，越发紧张，怕他心灰意冷并不想回到人界。

可墨燃不敢动，怕一动，楚晚宁便会弃他而去。他维持着融融笑意，说："刚才数得太快了，你应该没有准备好，我再数一遍。一，二，三。"

楚晚宁："……"

墨燃喉结滚动，也在发抖了，近乎笑着哀求："师尊，你听到了吗？"

楚晚宁的凤目似乎终于有了些神，但依旧显得茫然，定定地看着墨燃的脸，没有任何表示。

"我再慢慢数一遍，我怕你听不到。"墨燃说，"一，二，三。"

"……"

"我再数最后一遍哦……

"一，二，三。

"真的是最后一遍了。

"一，二，三……"

楚晚宁似是无情地瞧着跪在他跟前，一遍又一遍，和傻瓜一般数着"一，二，三""一，二，三"的人，好像这样一次又一次地重新来过，就能让时光倒回，让枯木开花，故人复生。

眼前的那个徒弟，执拗又卖力地数着，笨拙又固执地数着，好像在数着自己的罪，数着师尊待他的好，数到最后，声音是颤抖的，笑容是惶然的。

"师尊。"

墨燃仰起头，眼眶是红的，但他已害得楚晚宁到了如此地步，不想在意识清醒的楚晚宁面前哭，再惹师尊难过。

于是他忍着，依旧笑着，以商量般轻松的口吻说话。

"我再数一遍，你理理我，好不好？"

楚晚宁忽然被他这样的恳求，刺得心如刀割。

他几乎是觳觫地，要把手从墨燃的指间抽出。

但这一次墨燃握紧了他的手，说什么也不放开。

青年坚定地、缓慢地、眼睛一眨不眨地望着他，犬一般地执着。

他说："一，二……"

外头忽然传来了急促的脚步声、喊叫声、咒骂声，楚晚宁蓦然抬头，远远望去，楼下灯火如海，浩浩荡荡的鬼界大军追了过来，直扑他们的所在。

容九终究还是逮到机会告密了。

"在那里！楼上！楼上！"

"抓住那个小贼！"

"翻了天了这是！"

惶惶急急，翻天覆地，火把和鬼影像潮水一样从远处滚滚而来，要把他们两个人吞吃抹杀掉，打入无间地狱，万世不得超生。

墨燃却没有回头，那一刻握着楚晚宁的手，忽然很平静。

楚晚宁是他珍爱的、敬重的人，是珍爱着他的、待他好的人。他看着楚晚宁，心是稳的。

楚晚宁斥他："你昏了头吗？还杵着做什么？！"

他说着，反拉住墨燃的手，将墨燃从地上拽起来。在飘零灯火中，他目光灼灼，与在人界时没什么不同，楚晚宁蹙眉怒道："走啊！"

墨燃愣了一下："我们吗？"

楚晚宁气恼至极："还能是谁？！"

墨燃怔怔地颤抖着闭上眼睛，又睁开，而后忽地笑了，那笑容很好看，眼眸里还染着水雾，像是沾着露珠的繁花，锦绣无边。

他终于、终于松了口气，紧紧扣住楚晚宁的手指，抵住楚晚宁的额头，小声地、庄重地说："三。"

"三什么三！快走！"

外头无尽的厉鬼追来了，墨燃这才回头看，"啊呀"一声，有些急了："师尊，先开个结界挡一挡！然后我把你渡到引魂灯里去！"

"不会。"

"啥？！"墨燃呆若木鸡。

楚晚宁冷着脸，依然有些尴尬，恼羞成怒："我若还有法力在，岂能被困在这破笼子里？"

"……"

得了，楚晚宁的这个魂魄，缺掉的是"修为"。

由于把魂魄收入引魂灯中，需不受打扰地吟唱一段咒诀，用时虽不长，但眼下这种情况是绝对不可能的，墨燃便只能拉着楚晚宁跑。

所幸楚晚宁修为虽失，但身手仍在，并不会拖墨燃后腿。两人夺路而奔，后头是滔滔无止的阴兵狂流，跑到正殿门口，楚晚宁问："你认得路吗？"

墨燃道："不认得。"

楚晚宁："……"

墨燃并不泄气，指了指高耸的宫墙："走上面，看得清楚些。"

所幸楚晚宁轻功底子扎实，即便没有修为支撑，飞檐走壁仍然不成问题。他飘然踩上檐瓦，低头见群鬼已怒嗥着扑杀过来，便对墨燃说："你将见鬼召出来！"

墨燃依言照做，手掌相擦，一道刺目凛冽的猩红色光辉如同螣蛇吐芯，猛地蹿将出来，绯红柳叶冷冷拂动，神武柳藤盘在他脚边。

"灵气过五里，入曲池，汇集商阳，抽下去。"

唰！楚晚宁像是忽然想到了什么，补充道："少灌些灵力。"

墨燃闻言一愣，待要收势已来不及，只听得轰的一声巨响，咝咝游蛇在甩出的瞬间天火爆裂，犹如吞吐着焰电的腾龙，怒吼着，自墨燃掌心直贯群鬼。那烈焰浑熊的火舌几乎燎尽了整条廊道，带火移星陆，升云出鼎湖。几乎眨眼间将咬在最前头的几十个兵卒连带砖瓦草木，焚了个干净！

楚晚宁："……"

墨燃："……"

"不是让你少灌些灵力吗！"楚晚宁蹙眉怒道。

"你说的时候我已经……"突然想到不能和师尊顶嘴，要恭敬，墨燃悻悻闭嘴了，道，"师尊教训得是。"

"罢了。"楚晚宁一拂衣袖，"也是我说得迟了些。"

墨燃一愣——原来要师尊服软，只需自己先把过错揽过来就好了吗？

他眨了眨眼，不由得笑了起来。

楚晚宁瞥他："傻笑什么？还不走？"

四

师尊已有山盟

　　"走走走。"墨燃应着，忽然想到什么，面露忧色，"师尊，我杀了这么多阴兵，鬼界恐怕要和我们算账。"

　　"无妨。"楚晚宁说，"方才那个招式并不会令对手魂飞魄散。他们只是灵魂被震碎了，过个几日会聚起来。"

　　墨燃闻言仔细再看，果然看见焦灼余烬中有点点魂灵碎光在飘浮涌动，像是萤火虫一般，未及多瞧，楚晚宁已经拉过他，说："跑。"

　　断壁残垣后是更为暴怒的一群兵卒狼奔豕突，楚晚宁和墨燃在碧瓦飞甍上疾行，墨燃边跑边问："师尊，既然他们不会死，就得罪不了鬼界，为何不让我多灌些灵力把他们都击退了？"

　　楚晚宁冷言道："你再试试方才那招。"

　　墨燃虽不知他为何这样说，但还是照着试了一下，岂料这次挥出去的，却只是一小簇烟火，见鬼似乎很是疲惫，哪里还有方才吞日月镇山河的气势！

　　"所灌灵力越多，所需休整的时间越长。"楚晚宁道，"过犹不及。可记得了？"

　　"记得了。"顿了顿，墨燃又说，"师尊，我忽然想起一件事，你猜我想到了什么？"

　　"什么？"

　　"我想到在桃源幻境里，你也是这么教我使藤鞭的。那时候夏司逆特别矮，"墨燃咧嘴笑了起来，拿手比画一下，"连我腰都不到。"

　　楚晚宁闻言，陡然被绊了一下。

　　"小心！"

　　"滚开。"要是还活着，楚晚宁的耳根就该红了，他恼羞成怒道，"你就那么点出息，与夏司逆比身高，怎么不和我比？"

　　墨燃笑笑，他不和楚晚宁比，如今自己虽拔高了身段，不再像彩蝶镇时明显不如师尊高挑，但也不过是平起平坐而已。

　　他余光瞥着师尊，暗暗记下一笔，心道再过几年等自己这具躯体彻底发育完成，一定要再拉着楚晚宁好好比较比较。

这边踏仙帝君打着小算盘，那边晚夜玉衡心情复杂。他虽猜到墨燃多半已经清楚自己就是夏司逆，但亲耳听墨燃这么说，还是觉得大跌颜面，毕竟……他可是脆生生地仰着头喊过墨燃"师哥"啊。

越想越尴尬，越想越气愤，楚晚宁跑得更快了，把墨燃甩在后头。

墨燃知他心思，也不急着追，只留着半步之遥，牢牢跟在他后头。他们迎着呼啸的夜风奔逃，墨燃看着近在咫尺的那个男人，红衣欺血，如坠枫流霞，衣袍上金蝶绣得栩栩如生，随着袍摆越发溢彩流光。

他心中陡然生出一丝苦涩又甜蜜的餍足。这一刻他是感恩的，他还能见到楚晚宁，还能像往日一样受楚晚宁的指教。

再过几年，要是顺遂，他还能低下头，笑眯眯地气楚晚宁："徒儿与师尊比比身高，徒儿乖乖站着，师尊可以踮脚。"

他心里很暖很热，他想，上苍真的待他不薄，并不是每个人犯了错，都能有从头再来的机会，也并不是每个人受了伤痛，都能去包容、去原谅。

他的师尊是个面冷心热的人，他竟花了这么久才知道。

又驱了两拨追兵，行宫入口正门咫尺在望，往后看一眼，那些兵卒都被甩得很远，已经追不上他们了，墨燃稍微松了口气，然而这一口气还没松到底，就听得前面忽劈一道惊雷。

雷火之中，出现一张巨大肩舆，肩舆下跪着八个肌肉结实的勇夫，稳稳扛着。一位裹着白色裘皮，披散长发，举止慵懒的微胖男子躺在上头，左右手各搂着个美人，一个在给他捶肩，一个在喂他樱桃果儿。

这大腹便便的男子竟已有肉身，因此果子竟被直接吃下，并不是只尝个味儿。

男子舔了舔嘴唇，掐住那美人的下巴，腻乎乎地亲了一口，这才掀起眼帘，不紧不慢地看楚晚宁和墨燃一眼，嗤笑道："这可真是不妙。本王扣押的宝贝儿，竟有不识相的来抢了。"

男子接着悠然道："小仙君，是谁给你的胆色呢？"

楚晚宁脸色铁青，神情极其难看。

他居然当着墨燃的面，被四王叫了"宝贝儿"……若是他法力尚在，天问恐怕已经将这混账铰成碎渣儿了。

墨燃脸色也不好看，但知自己如今修为尚不足以在保护楚晚宁的同时与鬼王交手，因此只能言谈。他上前一步，抱拳道："王爷，对不住，毁了你宫舍那么多间，但这个人，我是要带走的。"

"哦哟，你说带走就带走啦？"四王笑道，"你瞧他身上穿的是什么？我教你个乖，那个呢，叫作冥契之袍，换句话说，就是咱们鬼界的订契之服。他穿了我的契服，就是我的手下了，是迈不出行宫之门的，不信你试试。"他顿了顿，补上一句，"你若是强带他出门，只怕在行宫门口就会被这契袍上的灵力粉碎魂灵，可要想清楚了哦。"

墨燃这才陡然明白为何容九说大家在正殿内都是被绑缚着的，楚晚宁却没有，原来身上这件衣服……

捏指成拳，墨燃道："我要带他走，自然是不能让王爷吃亏。王爷想要什么，我尽力奉上。"

看墨燃和楚晚宁如此神色，四王也觉得有趣，慢条斯理地坐起来，说道："说句实话，本王在鬼界待了这么多年，第一次瞧见有人闯进我行宫里头撒野。倒是有些意思，能好奇问一句吗，你是他什么人？"

墨燃道："他是我师尊。"

"师尊而已嘛。"四王一摊手，笑道，"我还以为是什么要死要活的关系。"

墨燃道："他的心又不顺着你，你强留又有什么用？"

四王懒懒摆手："幼稚，顺不顺着的，哪有那么重要？"

"……"

"再者说了，"四王笑吟吟道，"他不顺着我，难道顺着你吗？他要是真愿意听你的，死活不肯跟我，我也不喜欢强扭的瓜，我放他去便是了。"

这番话，墨燃听了先是一愣，而后忽然笑了："王爷可是认真的？"

"本王堂堂鬼界第四层之主，骗你个小鬼做什么！"

"那我多问一句，师尊若早有盟誓，再穿上王爷这件契服，可还有效？"

"自然是没用的。"四王皱皱眉，"不过你问这个做什么？你师尊与谁有契？"

楚晚宁要脸，说道："没有。"

墨燃不要脸，说道："有的。"

四王："……"

未及楚晚宁多言，墨燃忽然拽过他的手，拉着他就往正门处走，一边走一边回头对四王道："王爷，你别理他，我师尊记性不好。你看你刚刚说了，他要是与人有过盟誓，这鬼界契服就不会有效。咱们不磨嘴皮子，我自带他出去，若是顺利走出，便请王爷放我们一条生路；若是我说谎，则是生死不怨。"

楚晚宁道："墨燃——你疯了？当初在彩蝶镇，不过是逢场作戏，根本不会算——"

"怎么不会算？"墨燃毅然决然，倒是很笃定，"酒也喝了，头也磕了，上有高堂，下有后土，怎么就不算了？"

"墨燃！"

四王在鬼界的生活百年千年如一日，待得着实有些腻味，忽然见到这样的争执，觉得十分好笑，坐下来托着腮倒也瞧得起劲。他拍拍旁边那美人的大腿，让她再喂自己吃颗果脯，边嚼边道："成啊，你们走啊，要是顺顺当当地走出去了，我便不拦你们；若是死了，也是自找的。"

墨燃道："多谢。"

行宫正门布着一层闪动着淡淡紫光的结界，显是困住魂灵用的。楚晚宁离那结界越近，便越是不情愿。他心想，那种半吊子的盟誓，怎么可能会作数……

墨燃却在这时靠近他，低声与他说："师尊莫要担心，彩蝶之盟，定是奏效的。"

"如何就有效了？！"

"你听我一次。这件事，我心里有数。"他说着，反手扣紧了楚晚宁的手指，掌心有细汗，"若是万分不幸，我也陪着师尊。"

楚晚宁浑身一震，睁大了凤眼，愕然瞧着他，好像从来没有瞧清过眼前这个人。

墨燃冲他展颜，梨窝融融："我欠师尊好多，这一回，不会再留师尊独身。"

楚晚宁沉默良久，低声道："何必！"

"那师尊呢？又是何必！"

楚晚宁垂睫，而后轻轻叹息一声，终是不再推却。二人携手站在紫电流窜的结界门口，身后是闲坐着看热闹的魑魅魍魉。

"走吗？"

"走。"

不知是谁先扣紧了谁的手，那么用力，冰冷的叠着滚烫的，汗湿的裹着干燥的，苍白的贴着麦色的。

天火在奔腾，雷电在嘶吼。

那结界仿佛巨大的洪流与瀑布，他们几乎是同时迈入，电光石火，扑杀而下，气吞山河，势如破竹，仿佛下一秒就要将这两个胆敢踏出生死门的人撕碎，劈成片，烧成灰。

那雷火爆出灼目光华，耀眼到近乎成了白色，眼见着就要劈落在二人身上，墨燃虽在此之前心中想的一直都是从今往后要敬师爱师，不可再忤逆，更不能对师尊存有越轨的心思——

可是在这存亡未知的瞬间，他猛地扭头，忽然就很想再看看楚晚宁的脸，却发现，结界形成的湍流密雨中，楚晚宁竟也在望着自己。那双凤眼曾经凌厉、决绝、痛惜、憎恶、隐忍……这一刻却好像有万事将息的宁静。

墨燃从未看过楚晚宁这样的眼，脑中轰鸣，感到城堞楼宇皆在坍塌，胸腔中忽然有一股热烈的熔流，顶开坚实灰黑的岩层，破土而出。他甚至没能来得及思考那究竟是怎样的一种澎湃心潮，只觉得心是滚烫的，血是沸腾的。

雷鸣电闪间，他不假思索地伸出手，将楚晚宁紧紧护在怀中，狂乱的心跳撞上颤抖的魂灵。

在下鬼界之前，其实并没有过要与楚晚宁一起死这种念头，可是当死劫真的降下，他便不由自主地，将楚晚宁护在了怀里。

楚晚宁，我陪着你，我……

"哎呀，没想到还真是对苦命的小可怜儿。"耳边忽然传来悠悠然的戏谑声响，"本王竟抓错了鬼？这位仙君，居然真是许过盟发过誓的有主之魂了？"

墨燃倏忽睁眼——那本该将他们撕碎的雷电竟不知何时化成了千万朵蒲公英，绕在他们身周轻舞飞扬，飘摇回雪。

四王笑吟吟地站了起来，在离宫门不远处站定，慢条斯理地拍了拍手："无聊几百年，今日倒是看了一出好戏。"

楚晚宁："……"

墨燃还未回神，脑袋仍是昏沉的，看看四王，又扭头去看怀里的人，忽然意识到自己这样抱着师尊实在不像话，便仓皇地收了手。楚晚宁也从恍惚中回过神来，侧过头，面上不知是怎样的神情，过了一会儿，整顿衣冠，一语不发地立在旁边。

墨燃为了打破尴尬，抬头问四王："如何？王爷可肯放人了？"

"一日复一日，多久没有见过这般热闹了。好吧，就冲你们让我看了一出好戏，自行去吧。"

墨燃立刻心下开朗，想道：这四王比楚洄曾经遇到的那个九王可坦荡多了——好歹言出必行，有个王爷模样。

他这样想，拉着楚晚宁就要走。

岂料这时，天空中云雾飘散，月光照在墨燃的身上，不动声色地，投下一道浓黑阴影。

四王初时不曾反应，仍是笑吟吟的，因看着了难得的热闹而自喜，转过身，示意旁边的美人再喂给他一颗葡萄。

美人的指尖剥开幽紫果皮，将鲜甜晶莹的果肉递到四王唇边，四王正欲张嘴，猛地觉出不对，蓦然回头厉声道："站住！"

他的眼睛紧紧盯着地面的阴影，目光一寸一寸抬起，最终落到了墨燃脸上。

"……你看看，地上那是什么？"

墨燃垂眸，猛地发现自己脚下竟还残存着一道模糊不清的影子！

四王戏谑贪玩的神情一扫而空，眯起狭长的眼，那里面闪烁着兀鹫扑食前的光泽。

"你是一具活人血肉，竟也下得了鬼界？"

五

师尊遇容九

楚晚宁看到鬼王手里的光亮凝聚，当即推了一把墨燃，道："快跑！"

哪里还用得着他讲第二遍，墨燃拽起楚晚宁的胳膊，两人掠地而起，往宫门奔去。

墨燃气得直骂："怀罪大师的咒法真不细致，怎的还给我留了影子，叫人看出把柄？！"

听到自己的徒弟骂自己的师父，楚晚宁不知为何居然没有太大反应，只用余光瞥了墨燃一眼，想说什么，但最终还是没有说。

"想逃？"四王在后头哼道，"哪有这么容易！"

他们俩轻功都极好，眼见着宫门将要完全关闭，两人一踩墙垣，扶摇而起。与此同时，四王手中召来雷霆，一挥手，天空中劈斩惊雷，落在宫门之上，刹那间，原本只有数十尺高的宫墙瞬间拔地而起，似要上接天日。

而宫门也以极快的速度轰然关闭，四下封死。

墨燃暗骂一声，拉着楚晚宁掉头跑，出不了宫门就先不出，不被四王抓住才是正经的。

这可算墨燃歪打正着，鬼界诸王各有所长，各有所短，四王虽法术强悍，但大概是荒淫千年，身子骨还真不比其他王强劲，别说让他跑一里地了，就是让他跑个五十步，他都能呼哧气喘。

秉持着能躺着绝不坐着，能坐着绝不站着的享受铁则，四王懒了几千年，把自己懒成了个轻功废物。

他见楚晚宁和墨燃越跑越远，不由得大怒，但由于经常在鬼界其他王的领地上搜罗美人，跟其他八个王关系不算太好，因此出了这样的事情，竟也不愿意通告众王合力围捕。

"跑得快有什么了不起？本王虽丰满，但你们一样逃不出本王的手掌心！"四王摸着自己的肚腩，竟气得有些委屈，一回头看到替自己扛着肩舆的八个勇夫岿然不动，更加不悦："站着干什么？本王腿脚高贵，不方便追，你们难道也不追吗？"

"……"

这四王据说清瘦时是个美男子，因为太久没有尝过人间美味，所以终日暴饮暴食，坐着吃，躺着吃，走路吃，蹲着吃，哪怕工作最繁忙的时候要赶奏折，字都来不及写了，还要左右两个人立着，不是负责研墨铺纸，而是负责给他切鲜果、喂糕点。

　　就这样，好端端一个风华绝代美男子，硬生生把自己吃成了个胖子，虽然他底子好，再怎么吃也不会胖得太离谱，但终归是走了样。这之后四王把行宫里所有镜子都叫人丢了出去，平日里最不高兴听到的也是"胖""肥"这两个字，据说曾经有俏丽侍妾给他唱小曲儿，开头三句唱的是："月半弯，月半弯，月半……"最后一个"弯"还没说出口，就被四王一脚当胸踹了出去。四王还骂道："胖胖胖！忍你两个胖还不够，还要唱第三个，别以为你拆开了本王就听不出来你在拐弯抹角地贬损本王，胆大包天的东西！"

　　所以这些抬轿子的汉子虽然勇猛，却也不敢去追楚晚宁与墨燃，一个个低着头，由着四王抱怨，最后还是其中一个机灵些，说道："王爷身手矫捷，王爷都追不上的人，我们哪里追得上呢？"

　　四王这才喘口气，干脆也不追了，扭头对随侍道："嗯，此话倒也有些道理……算你们有自知之明。行了吧，就这样，去传本王谕令，行宫所有大门全部关闭，宫墙布满封禁之咒，连只苍蝇都别放出去。"

　　他啐了口，把方才一直含在嘴里的葡萄籽给吐了出来，阴恻恻道："我看他俩能跑到什么地方去！"

　　墨燃和楚晚宁身手迅敏，且宫殿内七弯八拐，他们很快就将追捕而来的鬼魅抛在了后头。两人藏匿于一条幽窄的小巷子里，楚晚宁是魂灵，跑再久也不会觉得累，倒是墨燃肉体凡胎，靠在墙上调节呼吸。

　　楚晚宁郁沉地往外看了一眼："他把行宫封死了。"

　　墨燃缓口气，摆了摆手："没关系，师尊，你进到引魂灯里来，这样我们就能直接返回人界，他定然没有办法拦着。"

　　楚晚宁点了点头，但不知道为什么，眉宇间有些忧心之色。

　　墨燃没有注意，将引魂灯拿出，默念咒诀，然而金光闪了几次都迅速熄灭了，楚晚宁的地魂依然好端端地立在他跟前，纹丝不动。

　　"怎么回事？"墨燃吃了一惊，"怎么没有用？"

　　楚晚宁眉间的悒郁更明显了，他叹了口气，道："和我想的一样，在这里传送法咒是失效的，我们恐怕得出了行宫，才能再施法回人界。"

　　墨燃闻言咬紧了嘴唇，眼神固执，半晌才哑声道："不管怎么样，我都要带你出去。"

楚晚宁看了他一眼，说："得快一些，行宫广大，鬼卒要找你并不容易，但是这里无水无食，我且无恙，你却撑不了太多日子。"

墨燃笑了："我受得住饿，从小这么过来的。"

缓了一会儿，等周围完全陷入静谧，两人出了巷子，走在空荡荡的青石长街上，月凉如水，浸着归人。一个有影子，一个没影子，两人并肩走着。

墨燃道："师尊。"

"……"

"刚刚在门口，冒犯你了，对不住。"

楚晚宁似乎愣了一下，随即垂落睫毛，目光冷了下去："无妨。"

"情况所迫，言语上……也有冒犯，也对不住。"

楚晚宁："……"

"说你已与人订契，更是不对，还是对不住。"

楚晚宁忽然停下脚步，冰冷道："你要道歉至何时，就不会说些别的？"

"别的？"墨燃愣愣地、颇为认真地想了一会儿，小心翼翼地换了个词，"那……真抱歉？"

"……"

楚晚宁拂袖而去。

可怜墨燃并不知道自己哪句话又惹得他不高兴了，但终归生怕搅扰了他，又怕说更多让师尊更恼，原地挠了挠头，老老实实地跟了上去。

"师尊。"

"嗯？"

墨燃走了一半，忍不住问道："你之前……是不是有过什么因缘际遇？"

楚晚宁一顿，回头问道："怎么说？"

"我在鬼界，找到了你的另一个地魂，也就是说，你比寻常人多了一个魂……我先前在顺风楼，见到了楚洵，我就问了他，他说一般多出来的那个魂魄，应该不会是你自己原本就有的。"墨燃有些犹豫，"但加上人界的，我确确实实见着了四个师尊，所以我想……师尊是不是之前结了什么缘……"

楚晚宁沉默一会儿，似乎想到了什么，眸底光亮微动，但随即闭上眼睛，说道："应当不会。"他顿了顿，似乎是有些疑惑，又有些犹豫，接着问，"我当真有四个魂？"

"嗯。"

楚晚宁也不知道这是为什么，思忖一会儿，叹了口气："此事非我所能解答的，左右也没什么影响，由着它去吧。"

两人一边继续小心谨慎地沿着偏僻小路走，一边探查着四王用以封死整座行宫的法术灵力。

"凡是结界，必有软处漏洞。"

楚晚宁说着，来到一座阙楼前，手指拂过粗糙墙垣，那墙垣上流淌着细碎的蓝色光泽，合眸捕捉着砖石下涌动的灵流，但是因为眼下毫无法术，感受起来十分费力。半晌之后，楚晚宁有些懊丧地垂下手，摇了摇头。

"我魂灵不全，力量有损，一时半会儿还不知该如何突破。"

墨燃道："要不师尊你教我，我来试试看？"

"不成，结界之术精深复杂，非一两日就能习得。"

墨燃问："那通常而言，法术结界的弱点会是什么呢？我们要不一个一个试过来？"

"每个结界的弱点都不同，没有什么通常不通常的，要是一个一个试过来，真不知道要试到何时。"

"不试试怎么知道？"墨燃笑道，"没准我运气特别好呢？"

楚晚宁正欲开口说什么，忽然余光瞥到拐角一个晃动的白影，眉峰一压，习惯性地就要召唤天问，结果一伸手，什么都召唤不出来，不由得脸色更差，厉声喝道："什么人？！"

那白影立刻就要逃。

墨燃哪里会给对方这个机会，立即飞掠过去，猛地将那鬼怪擒住，一把蒙住那鬼怪口鼻，让其无法呼叫，而后把对方双手扭到背后，踹其跪于地面。他定睛一看，不由得怒火中烧："容九！"

跪在地上的人娇嫩白皙，如扶风之柳，眼里却淌着一丝不甘，容九别过头，不吭声。

墨燃怒道："你又要去告密？你真以为我不会杀你？！"

楚晚宁走过来。他没有见过容九，低头看了一眼，问墨燃道："你认得此人？"

墨燃不知该说什么，心道当年被楚晚宁押至善恶台公审，就是因为容九这件事。当时只觉得楚晚宁心狠手辣，对其含怨颇深，但这个旧账此时又摊在了面前，他却无地自容起来。

楚晚宁却没有觉出异样，只道此人是墨燃的旧识，说道："既然跟你来了，那就别把人留在这行宫里，等找着了出去的法子，我们一起走吧。"他说着，又仔细打量了容九一番，"挺好一个人，早日轮回才是正事。"

墨燃："……"

容九原本还有些慌张，闻他所言，先是一愣，而后忽地笑了，斜过柔媚眼儿，去瞧墨燃："这便是师尊了？"

"什么师尊？师尊也是你叫的？"墨燃气着了，"我师尊！"

容九心怀怨怼，存心给他添堵，便慢条斯理道："哦，我师尊。"

"你！"

一来二去，楚晚宁琢磨出不对劲来了："墨燃，你与此人有过节？"

"我……"

容九微笑道："好师尊，你可别凶他，我与他算不上有过节，有些旧交情罢了。"

容九说得模棱两可，语气间却极尽暧昧，楚晚宁没作声，眼睛微眯，嘴唇也渐渐抿起，瞧上去挺淡漠，眉宇间的阴郁却是无从掩藏。容九打小在瓦肆里头泡大，最善察言观色，楚晚宁这纯良性子，眼底眉梢的情绪，又如何能逃得过容九的眼？

容九睁着一双妖媚含情的桃花眼，上上下下打量着楚晚宁，正准备再说几句添把火，对方却先开口了："死都死了，旧交情还有什么可拿出来谈的？"

"这不是仙君问我吗？"容九笑道，"我如实作答而已。"

"谁问你？"楚晚宁冷冷道，"我从一开始问的就是他。"

"他"指的是谁自然不言而喻，语气中迸溅着火药味儿，要和容九划清界限的意思简直不能再明显。墨燃听楚晚宁偏着自己，心下微宽，胸腔一热，想和他说几句话，岂料人还没走近，楚晚宁就怒而回首："怎么处理，你自己瞧着办。"

墨燃心里头其实没底，放了容九吧，怕这人回头就给他俩使绊子、通风报信；不放吧，在身边就跟个火药桶子似的，万一说了什么不该说的，恐怕能把楚晚宁饯死。纠结一会儿，见楚晚宁又到旁边去查看四王的结界了，墨燃一把薅起容九的衣襟，压低声音道："你究竟想怎么样？"

"我心里堵，不平静。"容九细细的睫毛颤着，里头闪着微光，"我就是看不惯你这种恶人能从头来过。"

墨燃却知道容九并非这种损人不利己的货色，哪怕再怨恨，舒坦安分地过日子对于容九而言才是最重要的。容九没有理由会冒着灰飞烟灭的风险跑出来跟着他们。

他的视线一扫，落到了容九的脚上。

那双过于纤细白皙的脚一只穿着鞋，一只却没有穿，脚上沾着污泥，显然是匆匆忙忙出逃才会有的结果。

墨燃眯起眼睛："说实话。"

容九："我不是说了吗？实话就是我看不惯——"

"你要再打主意撒谎要挟我，我立马就把你眼睛蒙了嘴堵住找口枯井丢进去，你已是魂灵，在里头饿也饿不死，逃也逃不出，运气好的话，过个三五天就有巡逻的发现你；运气不好，你就准备在井里头待个十年八年。"墨燃顿了顿，低声道，"你自己看着办。"

容九果然色变。

半响，容九说："我改主意了，我不想留在这里，你得带我出去。"

"怎么？不打算长留于此了？"

容九紧咬嘴唇，而后愤然抬头："我也要过正常日子，也能从头开始。"容九深吸了口气，说，"我要轮回。"

"好。那我再问你一声，之前是不是你跟巡逻告的密，让他们知道了我的踪迹？"

"……"

"你不说，我也有法子审你。"墨燃手中红光闪动，低声道，"说。"

"是啊，是我告密，但那又怎样？"容九仰起下巴，眼里闪着丝丝怨恼，"要不是趁着给他们指路的工夫，我能跑出来？"

墨燃猛地把容九的衣襟松开，怒极反笑道："你倒是会落井下石。"

"我还会含血喷人呢。"容九慢慢地将自己的衣冠整理清爽，往不远处楚晚宁那边瞥了一眼，"墨仙君，那人你特在乎吧？你从前是怎么待我的，我跟他仔细说一遍，都不需要添油加醋，你觉得他会怎么样？"

六

师尊让我滚出去

　　墨燃琢磨了这番话，觉得容九是要把自己那些破账都交代给楚晚宁，徒弟这么多荒唐事，一件一件数给师父听，那师父脸上还挂不挂得住？不得气死？

　　墨燃当即道："你别打他的主意！"

　　容九笑了，很是娇媚，柔声道："那你连我一起护了，带我一起离开，我就乖乖的，保证什么都不说，也不添乱。"

　　墨燃实在没辙，暗骂一声，转头就走。容九知他这是默许，喜滋滋地跟了上去。墨燃没走两步，猛地回头，手指朝容九点了点，低声道："容九，你要是不老实，我保准你连轮回井都摸不到就魂飞魄散。"

　　容九嫣然道："你不犯我，我不犯你，你不欺负我，我保准老实。墨仙君，我是怎么样的人，你还不清楚吗？你可是我的老朋友呢。"

　　以前墨燃有多吃这软声软语的一套，眼下就有多恶心，但又没办法，眼瞅着容九飘飘然走到楚晚宁身边去了，竟是百思不得其解——自己当初是瞎了？

　　宋秋桐、容九……这些都是什么货色，自己怎么就在他们身上浪费时间？

　　若是能到以前的自己面前，他可真想掐着踏仙君的脖子，把那家伙的脑袋开个瓢，看看里头究竟浸了多少水，这一件件的，都叫什么事儿？

　　好在容九方才话没说满，楚晚宁这人在感情一事上又是一张白纸，容九这种老手跟他笑盈盈地解释一番，楚晚宁紧皱的眉头便缓缓松开了。

　　他甚至想，原来是自己心思不纯澈，竟误会了这少年方才的"旧交情"之意，虽然脸上神色不变，内心却有些尴尬。

　　容九既然加了进来，就不能不干事，他对这宫殿熟悉，说道："这条街虽然人少，但也不算隐蔽，如果要安心探测结界该怎么破的话，我带你们去另外一个地方。"

　　容九所说的另外一个地方，事实上是一个存放鬼界织衣布料的仓库，白麻布匹堆得很高，用来掩饰行踪再好不过。

　　三人找了个偏僻位置，楚晚宁的手指像是给病人号脉一般触上墙面，尽力去感受此刻布满了行宫的结界之术，然而过了很久，依旧无法探知，反倒是楚晚宁的魂魄越发虚弱，墨燃覆住他的手背，将他的手从墙上移开，说道："你休息一下。"

楚晚宁又是恼，又是无奈，盯着自己的手掌生闷气："为何我这魂魄偏偏少了灵力？"

"我的分给你，可不可以？"

"用不了。"楚晚宁看了远处的容九一眼，稍微放轻了声音，"你是人，我是魂灵。"

原处休憩了片刻，楚晚宁便又试着探测，如果三魂俱全，法术在身，那么只消将强大的灵流探入结界之中，便能觉察结界的法咒薄弱在何处，但现在灵力低微，勉强融入结界，就像在大海汪洋之中要捕捞一片浮叶，实在是太难了。

等了一个时辰，容九变得有些焦躁。

容九跑过来拉住墨燃："到底出不出得去？"

墨燃道："你别闹，老实坐这里。"

"我都要急死了，你给我一句准话，到底出不出得去？"

"急也没用，等着。"

容九道："你师尊不该是很厉害的？为何半天了，还是一点儿动静都没有？"

"他三魂未聚全，这个魂魄正巧缺了修为。你能不能安静些？"

容九听了，显得有些懊丧，睫毛忽闪着，重新坐回了白麻垫起的布堆上。

又过了一个多时辰，容九站起来，走到楚晚宁身边："仙君，你还有别的法子吗？"

楚晚宁没有睁眼，指尖依旧贴着墙面，说道："没有。"

"那，那有没有其他方法，让你多少恢复些修为？"

楚晚宁听了，沉吟片刻，反问道："你有灵力吗？"

"没有……"容九微怔，"仙君为何这么问……"

"你要有，传我一些就能用。"

容九喜道："竟是这样容易？那赶紧让墨仙君……"

楚晚宁打断容九："他的没用。"

容九当然不知道墨燃并非鬼怪之身，听到墨燃的不能用，脸上的笑容立刻僵住了："为什么？"

"没为什么，属性不同。"墨燃知道楚晚宁不善说谎，自己并非鬼怪的真相最好也别让容九知道，于是立刻打断了容九的话，"劳驾你能不能到外头去守着，要是有人来了，请你跑回来报个信。"

容九气恼地瞪了他一眼，无奈三个人此时是一条绳上的蚂蚱，容九便只好去了仓库大门附近，不情不愿地靠在门边，一边剥着手指甲，一边抬着烟雨朦胧的桃花眼往外扫视。

墨燃看了容九一眼,而后在楚晚宁身旁坐下。

他犹豫了一会儿,仍觉得不想蒙骗楚晚宁,便开口:"师尊,我想……我想跟你认个错。"

"你何错之有?"

"就是,你还记不记得有一年你把我押送善恶台惩戒,因为我犯了……"墨燃顿了顿,没有好意思说下去。人的脸皮当真是十分微妙的事物,无所谓的时候可以厚得像城墙,一旦在意了,却又和纸张一样轻薄,一戳就破。

墨燃低下头,很是赧然,轻声道:"因为我犯了第四、第九、第十五条戒律。"

第四戒,盗窃。

第九戒,淫乱。

第十五戒,诓骗。

楚晚宁当然不会不记得,睁开眼睛,却没有看墨燃,只道:"嗯。"

瞧着那张清俊淡漠的脸,墨燃更觉无地自容,半晌就把眼帘垂下了,低声道:"师尊,对不起。"

楚晚宁其实已隐隐猜到他要说什么,心中虽然恼恨,但在大事面前素来分得清轻重缓急,何况墨燃那一阵子的混账事,又不是此刻才知晓,便冷冷道:"不都已经罚过你了?后来你也不曾再犯,如今拿出来重提做什么?"

"因为外头那个容九……其实……"

墨燃没有再说下去,楚晚宁也良久不作声。

半晌,墨燃听到楚晚宁冷笑一声:"原来是此人?"

"嗯。"

他完全不敢抬头去看楚晚宁,虽说死生之巅从不禁弟子婚嫁,年轻的修士在外头有相好的恋人,那是再正常不过的事情,但楚晚宁不一样,楚晚宁修的是清心之道,素来鄙薄这些。

何况自己当年不是寻常规规矩矩找个恋人……

薛正雍宠溺侄儿,或许会觉得无所谓,反正墨燃弱冠已过,修的又不是清心之道,成天清心寡欲多不好,睁一只眼闭一只眼就算了,但楚晚宁是忍不了的。

他会恶心,那年在善恶台惩戒的时候,墨燃就已经清清楚楚地从楚晚宁眼中看到了厌恶、鄙薄、嫌憎。

尽管过去这么多年,自己也没有再做过同样的事情,但如今容九居然在鬼界和楚晚宁撞上了,楚晚宁心头能舒坦吗?墨燃觉得这可真应了一句话:不是不报,时候未到。

他倒也不怕楚晚宁打他骂他,甚至恨不得楚晚宁能再拎着他拿天问狠抽一顿，只要别出什么岔子，只要别因这陈年旧账，把这好不容易找到的地魂气跑了。要是楚晚宁负气离去，那墨燃恐怕真能杀了自个儿。所以他越想越不安，与其留着容九这个行走的火药桶，不如自己先去跟楚晚宁坦白、认错。

他想好了，说这话的时候站的位置是靠门那个方向的，要是楚晚宁听了起身就走，他就立刻冒大不韪，把人给捆了，事后楚晚宁怎么生气都没关系，总之，说什么也不能让这人撂下自己消失。

这边墨燃脑袋里正演练着该怎么堵楚晚宁的路，那边楚晚宁衣衫微动，金红丝缎在昏暗的光线下微微发着亮光。

墨燃的心都在颤抖，他小声道："师尊……"

楚晚宁道："罚也罚过了，事情都过去这么久了，你跟我说这个做什么？"他侧过眸子，眼神冷淡，薄嘴皮子一开一合，甚至有些讽刺，"与我何干？"

没想到他竟会说出一句"与我何干"……

墨燃愣住了。

楚晚宁那满腔的怒火，他竟是没有觉察，只觉得很慌乱，以为师尊对他失望透顶，不愿意再管他了，不再在乎他了，登时就急了，说道："师尊，从前都是我不好，你不要生气……"

"我为何要生气？有什么可生气的？"口上虽然这么说，心里头却越想越不痛快，到最后楚晚宁怒道，"我就知道没那么简单，什么旧交情，还想着要蒙我？给我出去！"

"……"

"出去！"尽管知道这都是陈年旧账了，但楚晚宁仍是不自觉地低声骂道，"真不知羞耻。"

墨燃没滚，呆呆地坐在他旁边，一双黑白分明的透亮眼睛就那么直勾勾不绕弯地盯着他，半晌说："我不走。"

楚晚宁怒道："走！我这会儿不想瞧见你！"

"我不走。"墨燃嘟哝道，坚持着，像一块破石头似的堵在那里，明明是那么可恨的一个人，望着楚晚宁，眼圈却红了，那可恨里，无端又生出些微弱的可怜与固执来。

"我怕我走了，你就跑了……师尊，你别丢下我。"

"……"

楚晚宁不知道他会这样想。

这件事情，虽然提一次恶心一次，可他毕竟也不是头回知晓了，修真界的旧俗他是知道的，弱冠之后，但凡不修清心一道的人，男子也好，女子也罢，有相好的人是常事，没什么好奇怪的。

墨燃不是薛蒙，薛蒙从小受着优良的栽培与呵护，父母端正，家教严格，这才没有和别的世家子弟一般胡来。但是墨燃呢？任性随意的性格，从小在瓦肆勾栏长大，没有父亲，母亲又是个乐坊伶人。他就是个没人管的狗崽子，顽劣不堪，长到了十五岁，才被伯父从烂泥潭里叼回来，夯着毛，一身的泥水。

要说他清清白白，美玉一块，楚晚宁除非傻了才会去信。

但清楚归清楚，真的见到容九容美人，楚晚宁还是被硌硬到了。

他赶不走墨燃，干脆转头闭着眼睛管自己探测结界。

有的东西，听起来是一回事，真的瞧见却完全是另外一回事了。瞧见了就忍不住想，越想越受不了——楚晚宁测着测着，蓦地睁开眼睛，端的是怒火中烧，起身狠推了墨燃一把："滚出去！"

"师尊……"

"滚！"

墨燃没有办法，只得低着头，慢慢地来到仓库门外。

容九瞧他来了，有些诧异。

"呦，墨仙君，怎么，和你师尊吵架了？"

墨燃压根儿不想理容九，这会儿看到容九就头疼，以往自己不过是想从容九这里得到一些难得的温情，复生后与容九纠缠，那是存心怀恨，想要给容九整不自在——但是不管怎么样，走过的路就和划在木桩上的痕迹一样，都是再也无法还原的东西。

墨燃道："你别坐这儿，我想一个人守着，你到别的地方去吧。"

仓库门口最是危险，容九乐得离开。

但容九走了两步，却忍不住回头又看了看墨燃，忽然有些好奇，不知道墨燃是怎么来鬼界的，怎么几年不见，性子好像变了那么多，像受了什么重大的刺激似的，真是奇怪。

长睫毛呼扇呼扇，这妙人儿将墨燃的背影上上下下一通打量，忽觉哪里不太对，仔细又瞧一遍，容九的目光便落在了墨燃脚下微弱的影子上……

容九一下子怔住了。

第三章 间年吾心蜕

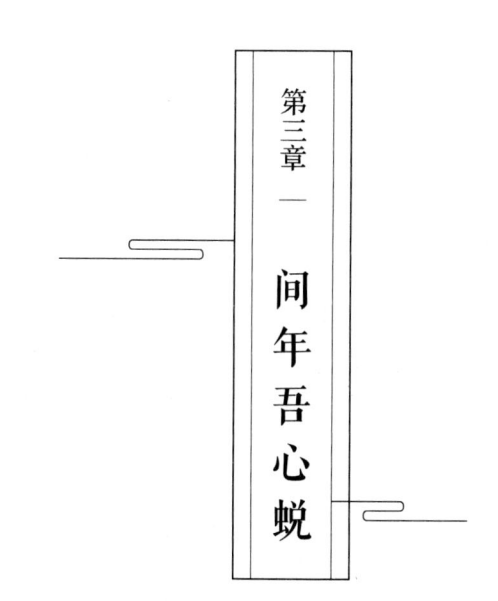

（一）
师尊偶尔也会上当

墨燃有影子。

他……不是死人？

脑海中电光石火闪过许多细节，若是容九还有血肉之躯在，那这会儿一定先是被这真相惊得浑身发冷，继而热血涌上颅顶，一片混乱。

容九木僵地立了一会儿。一个人遇到大事的反应，往往和其平日里所处的环境有很大关系。比如有些人，平常就是惊弓之鸟，遇到变故就极易吓破胆子；再比如薛蒙那种天之骄子，素来从容不迫，寻常事情根本惊不到他。

而容九这种一辈子活在泥淖里的人，经历过的苦难让容九在大事面前，第一个想到的是——此事会不会危害到自己，如果不会，那该怎么样从中捞到一些好处。

容九很快就意识到，墨燃是个混入鬼界的活人，这对自己的好处，那可真是太大了。

自己只消把墨燃的身份抖搂出去，那便是大功一件，铁定能在鬼界捞到一官半职，到时候扬眉吐气，意气风发。从前潦倒又怎样？只要抓住机会，照样能平步青云。

这可真是天上掉落的馅儿饼。

自己还需要去轮回做什么？立即就能过最舒心的日子，彻底翻盘，一雪前耻，重新来过。

桃花眸子微微眯起，里头碎光潋滟，容九几乎能瞧见自己加官晋爵，和那些鬼界的官差一样，坐在垂落青纱的竹肩舆里，老神在在，自魑魅魍魉间从容而过。

容九越想越欣慰，但转念思索，自己生得柔弱无力，若要从墨燃眼皮子底下溜掉去告密，几乎是不可能的，须得寻个法子，让墨燃自顾不暇……

容九脑筋一动，目光落到了楚晚宁的身上。

"楚仙君。"

容九在楚晚宁身边落座，托着腮，和人打招呼。

楚晚宁却只管自己探着结界，一声都不吭，双眸冷冰冰地闭着，睫毛都像是凝了层霜雪。

"还没探出来吗？"容九试着问。

等了片刻，见楚晚宁还是不搭理自己，但也没赶自己走，容九就自顾自地坐在那儿，有的没的说了好几句，然后轻声道："楚仙君，其实刚才吧，我有件事儿没有跟你说实话，怕你听了瞧不起我，不愿意可怜我，撂我一个人待在那里。"

楚晚宁漆黑的眉头蹙得很严实，他虽不曾言语，眉宇之间却像攒着一簇火，只是还按捺着，还克制着，没打算发泄。

但这火光，又哪里逃得过容九的眼睛呢？

容九细软的小嗓音，柔柔弱弱地说道："我方才在外头仔细想了想，觉得实在不该跟仙君撒谎，心里头过意不去，所以想来跟仙君认个错……"

容九这开场也真是巧了，歪打正着和墨燃一样，都是想要"认个错"。

楚晚宁原本还没那么恶心，但一听容九这么说，终于郁沉地睁开了眼，却没有看容九，冷冷问道："你从前是哪家馆子里的？"

容九一愣："仙君……知道了？"

容九下意识地往墨燃那个方向看了一眼，暗道不妙，姓墨的居然没有打算瞒着楚晚宁，先一步坦白了，自己这会儿再添一把火，还燎得动吗？

"我和墨仙君……"

容九话未说完，就被楚晚宁打断："我问你，从前是哪家馆子里的。"

容九咬了咬嘴唇："紫竹镇的仙桃楼。"

"嗯，仙桃楼。"楚晚宁重复一遍，冷笑，又不作声了，脸色瘆人。

容九偷偷瞄了他好几眼，抿了抿嘴唇，试探着说："楚仙君，你不会看不起我吧？"

楚晚宁："……"

"我命苦，身子又弱，打小被卖到馆子里，要是有的选，我又何尝不想像仙君这样，飒爽英姿，除魔歼佞？"容九说着，叹了口气，似是惆怅地喃喃道，"要是轮回之后，我也能成为仙君这般的俊杰，那就好了。"

"灵魂性格不会因轮回而改变。"楚晚宁淡淡道，"抱歉，但我们不是一路人。"

容九被他一堵，脸上笑容竟是不曾动摇，低头道："我知道，我和仙君是不能比的，这也只是心里头奢望而已。像我们这种人，若是不给自己一点盼头，不给自己一点念想，恐怕在馆子里挨不过一年半载，就想着要自尽了。"

见楚晚宁漠然不语，容九先是用余光瞥了一眼墨燃，估摸着他应当听不见自己和楚晚宁的对话，而后才轻声叹道："毕竟啊，馆子里来的客人，往往都是粗鄙凶狠，不把我们当人对待。那个时候，能接像墨仙君这般的恩客，已算是令人眼馋的活儿了。"

楚晚宁依旧一句话也没说，贴着墙的手背却仿佛经脉暴突，若是有灵力，恐怕这墙面都能被他生生戳出五个窟窿。他忍了一会儿，还是没忍住，极低沉地说："有何可眼馋的？"

容九那张柔媚可人的脸上，流露出一丝情意，不多不少，恰到好处。

"墨仙君是个好人啊，虽然他最后是犯了糊涂，拿了我的钱，但我想，大约是我之前不曾将他服侍妥当。他往日里总还是讲理的，性子也讨喜。"

楚晚宁一脸冷淡，默默听着。

"我们那楼里，但凡是陪过他的人，都念着他的好。"

"他经常去吗？"

容九佯装苦笑："怎样算经常呀？仙君这么问，我心里也没数。"

"那你就说他多久去一次，最后一次去是什么时候。"楚晚宁薄薄的嘴唇跟刀子似的上下一碰，一个个问题都溅着寒光，像能要了墨燃的命。

容九装作看不出楚晚宁眼底的森森寒光，添油加醋地答道："多久来一回，这我也没有记，但一个月三十天，十来天总是能瞧见他的……唉，但这都是过去的事情了，楚仙君就莫要再怪罪他了……"

"我问你最后一次去是什么时候。"楚晚宁的脸庞简直冰冻三尺，"说。"

其实墨燃自复生那日之后，就再也没有去拜会过容九了，也再不曾去过馆子。但容九瞧楚晚宁的脸色，心知当然不能答真话，便佯装糊涂，又添一把柴火："这我也……说不好，但直到我来鬼界之前，馆子里也偶尔能瞧见墨仙君的身影……应当，也离得不远吧。"

话音未落，楚晚宁蓦地站起，纤长五指撤回，广袖落下。

朦胧夜色中，他整个人都在微微地发着抖，眼中溅落一片灼热星火。

容九心中窃喜，暗道这单纯仙尊果然好骗，自己在风月场厮混久了，最知拿捏他人心思，只要一开口，楚晚宁这种正派的人，保准会上钩。

容九脸上却端出早已准备好的惶然，忙道："楚仙君，怎么了？是我说错了什么吗？如……如今这都是前世恩怨了，您可千万别再责怪墨仙君……他……他不是个恶人……"

"他是不是恶人还需要你跟我说？"楚晚宁气得发抖，厉声道，"我教训徒弟，又轮得到你来管？！"

"楚仙君……"

楚晚宁根本不理他，眼里腾腾的全是凉意，凉意里却又飞溅着炽烈的怒火。他推开拦在自己面前的容九，大步朝仓库门口走去，一把薅起墨燃的领子，将墨燃拽起。

墨燃吃了一惊，忙回头："师尊？"

楚晚宁收了手，似乎觉得墨燃的衣领都是脏的，像是低声喝吼伺机扑杀的猎豹，紧盯着墨燃的脸，半响，竟是气得一句话也说不出来。

他还能说什么？

善恶台那样一番惩戒，都没能让墨燃警醒，墨燃明明已认过错，在自己面前人模狗样的……

谁知道墨燃竟还会偷偷去什么仙桃楼？！

墨燃浑然不知自己被阴了，但见楚晚宁眉目间满是愠色，神情又是愤慨又是嫌恶，不知是不是瞧错了，竟还有一簇压抑着的悲愤。

"墨微雨，你说过的话，究竟几句是真的，几句是假的？"

楚晚宁的嗓音嘶哑，睫毛簌簌，半响后低声道。

"……你……当真是品性劣、质难琢！"

这句话犹如磐石落海，激起万丈水花。

墨燃猛地一震，后退两步，摇着头茫然看着他。

不对……

不对……

这是楚晚宁前世对自己失望极了，才说出口的话。

为何好端端的，他会再这么说一遍？

墨燃不知道发生了什么，登时就急了，想开口，却被楚晚宁生生打断，楚晚宁眼中的恼恨之意像是野火，似要把他的眼眶烧红。

他声音沙哑道："你还要骗我到几时？！"

墨燃头脑一片混乱。

什么骗？楚晚宁知道了什么？

墨燃有太多污脏不堪的往事，不能拿上台面，因此见楚晚宁如此可怖的眼神，竟一时也没有想到是容九捣鬼。楚晚宁步步紧逼，墨微雨步步后退，直到退无可退，背脊贴上了墙。

楚晚宁停下脚步，望着墨燃的脸，死寂一会儿，墨燃听到自己师尊的声音竟有些哽咽了。

"你要我回去做什么？继续被你骗，被你气，被你蒙在鼓里耍得团团转？我以为你从善了，墨燃——我以为孺子可教！我以为你变好了！我以为我可以教好你……"他缓缓闭上眼睛，半响，轻声道，"朽木不可雕。"

"师尊——"

"滚！"

"……"

"你听不懂滚吗？！"楚晚宁蓦地睁眼，里头尽是寒凉，"墨微雨，你太让我失望。你让我如何装作什么都不知道，再与你一同返回人界？"

墨燃的心都揪紧了，不顾他恼恨，抓住他的宽袖之下的手腕，摇了摇头，眼眶湿红了："师尊，你别生气，发生了什么你跟我说，好不好？我要是哪里又错了，我改，好吗？你不要赶我走……"

改……当时墨燃就说要改，改了吗？如果不是遇到容九，自己能知道这些破事吗？！

都说关心则乱，楚晚宁原是最冷静不过的人，但性子烈，于感情上更是意气用事，加上容九和墨燃先前关系确实不堪，容九演得又像，因此竟硬生生地把楚晚宁骗了过去。

楚晚宁被墨燃拽着不能脱身，盛怒之下，抬手欲召天问，可是哪里又能召得来呢？

他气得摇摇欲坠，若有血肉之躯，都该吐出血来了。

忽然亮起一簇耀眼璀璨的红光，墨燃唤来了见鬼，把见鬼递到了楚晚宁手里，自己在师尊面前跪下，只是另一只手仍然紧紧攥着楚晚宁的手腕，生怕他会随时离去。墨燃道："师尊，我知道自己……做了很多惹你生气、让你难过的事情……但是来鬼界之后，我对你说的话，都是真的。"

他抬起头来，忍着泪，望着楚晚宁："都是真心的，我没有骗你……"

楚晚宁攥着见鬼，心中怒焰灼烧，却也觉得难受极了，墨燃握着自己的力道是那么大，不住地颤抖，近乎是绝望的，却又死死不肯松开。他的痛楚似乎就要这样扎到自己的魂魄深处，自己又怎么可能感受不到？

墨燃道："师尊要是不开心，不愿意原谅我，那就打我、骂我，都可以。如果真的不想再见我……觉得我……觉得我……品性劣、质难琢……"

他说到这里，蓦地哽咽了。

墨燃低下头来，跪在楚晚宁跟前："如果师尊真的不想……再要我……"

他不想让楚晚宁瞧见他哭，可是肩膀忍不住颤抖，眼泪落下来，滴在地上，无声地洇染："我以后，就……离开死生之巅……再也……再也不出现在师尊面前……但是求求你……求求你……"

他跪着，额头几乎要贴上泥泞的地，可那只握着楚晚宁腕子的手，却攥得那么紧，那么固执，死也不松开。

"求求你，别走。"

"……"

"师尊……"

楚晚宁闭上眼睛。

"你答应过我的,要跟我一块儿回去,求求你,不要走……"

心口又疼又酸,明明只是一缕残魂而已,为何会如若刀割,烈火灼心?楚晚宁蓦地睁开眸子,愤恨地说:"我答应过你?那你答应过我的呢?善恶台上你明明已说知错,青天殿你也跪地说过自己不会再犯——你为何就做不到!墨微雨,你真当我永远也不会知道,不会再罚你吗?"

墨燃吃了一惊,却觉得云里雾里,倏忽抬头,睁着湿润的眼:"什么?"

话音未落,见鬼已是红光闪过,唰地照着墨燃的脸颊便狠抽下去,刹那间火光噼啪飞溅,血花也洒落一串,溅在墙上地面。楚晚宁是真的气狠了,气噎了,这一藤鞭抽下去,竟是分毫力气都没省。

墨燃脸颊划开一道狰狞血口,不住地往下淌着血珠子,但他全然顾不上疼痛,攥着楚晚宁的手,睁大眼睛追问道:"什么善恶台?什么青天殿?我……我瞒了你什么?骗了你什么?"

他这连声的反问,让楚晚宁气得越发眩晕,想甩开他,却又甩不开。

墨燃忽然觉出哪里不对了,猛地扭头,往仓库里头看去——容九那家伙,趁着两人争得如火如荼,彼此眼里浑然容不进第二个人的时候,竟偷偷地溜出去,跑得没影了!!

墨燃立刻反应过来,神色大变:"师尊,咱们着了容九的道!快跟我走!这里很快就不安全了,快走!"说着,他拉着楚晚宁就夺门而逃,跑出去没两步,就见远处容九引着一队阴兵过来,口中还不住道:"在这边,那个活人,带着一个残魂……他们俩……"

墨燃怒极:"怎的没杀了你!"

来不及解释更多,墨燃紧紧握着楚晚宁的手在宫墙巷陌之间穿行,后头的追兵越来越多,梆子声和哨声响彻行宫,楚晚宁往后看了一眼,见四五道灯火从几条主巷子汇集到一处,犹如嗞嗞吐芯的火蛇,向他们蜿蜒扑杀而来。

容九面上放着光彩,那具因昔日里备受欺凌而羸弱至极的身体,极力追逐楚晚宁和墨燃,犹如饿惨了的豺狼追着猎物。容九因觉得自己首告有功,心中极美,竟迸发出些挥斥方遒的豪杰意气来:"抓住他们——抓着那个擅闯鬼界的活人!"

跑了一半,胳膊忽然被拧住,容九怒而回首,却看见是先前羁押自己的那个卫队长,不由得心里一虚,但还是愠怒道:"捉我做什么!还不去抓前面的人?"

"他们逃跑,你不也是想跑吗?"那卫队长眯着眼,不怀好意地望着容九。

容九大惊,说道:"我、我跑是想替四王抓人,是我发现的活人……是我发现了墨微雨不是鬼怪,你莫想把我抓了,好在四王面前抢功!"

卫队长先是微愣,而后琢磨过来了,便大笑:"你先发现的?有功?哈哈哈，我抢你的功劳？"

那肆意的大笑蓦地拧紧。

"我看你是想出头想疯了吧！那个活人是四王亲自瞧出来的！不然你以为为了阻个寻常小鬼，四王用得着把整个行宫都用结界封死？哈，还抢功，我看你瞎了眼，要和四王抢功吧！"

容九大震，脚下一个趔趄，猛地栽倒在地。

眼前是滚滚的阴兵大军汹涌而过，追着墨燃和楚晚宁的背影，容九嘴唇颤抖，不住哆嗦打战，喃喃道："早就发现了？四王早就……自己瞧出来了？我……我不是第一个？没……没有功劳？我……"

那屡履风流、夹道相迎的富贵景象似乎轰然坠地，又被周遭的阴兵狂流踩得粉碎。

容九愣了一会儿，忽然癫狂起来，挣扎着要往前扑。容九身影渺弱，如同卑微却不肯认命的蜉蝣、趋烛而死的虫蛾。

容九的生活从来不易。

一个不见天日的小屋子，瑞脑金兽，晨昏难辨，那是容九的一辈子。

太黑了，夜永远没有尽头，为了明天，为了那一线生机半点希望，容九愿意豁出自己的尊严、肉体、颜面、善意、良知……这些仅有的东西。

为得寸光，只身拥火。

"等等！等我！楚仙君，救救我——！"

"把这人抓起来！私自叛逃，过后押给四王亲审！"

"不——不要！"容九苍白无血色的手指紧紧扒着地面，头发在挣扎中散乱，一张花容月貌的俏脸在惨然月色下显得格外阴森可怖，双目暴突，口中颠三倒四地嘶吼着，"不要！楚仙君，救我！"一会儿又歇斯底里地嚷道，"是我先发现的！我先发现的活人！是我！你们不能这样对我！没有我，你们根本找不到他们俩！你们都要抢我的好处，你们都要抢我的功劳！"

容九被拖曳着拉远，疯癫的尖叫很快就被隆隆的脚步声淹没了……

师尊四魂聚齐

楚晚宁虽然没有听到容九在后头喊了些什么，但就这阵仗，不需更多解释，也明白过来方才在仓库里是容九故意激他，要他生气，好看准时机逃去告密。

想到自己遇事总会三思，但如今碰上与墨燃有关的事情，却变得不再那么冷静，竟被三言两语骗上钩，楚晚宁有些噎着了。

他看着墨燃在自己前头不远的地方跑着，忍不住问了句："你后来……有再去过仙桃楼吗？"

冷不防听到这个都快被自己淡忘的名字，墨燃的脚下趔趄，气得大骂："容九这个畜生！什么叫我后来又去了仙桃楼？！我怎么可能再去过！师尊，你是因为这个气我，说我骗你？"

"……"

"善恶台之后我再也没有去过那些……那些地方，我不曾诓骗师尊，若是师尊不信，便用见鬼捆了我再审问。"

"不用了。"

楚晚宁垂下眼帘，看着自己手中仍紧握着的见鬼，想到自己不管不问，就用灌注着灵力的柳藤将墨燃抽了个皮开肉绽，实在是……

等一下，神武？！见鬼的火光将他的眉眼在夜色里映照得极为明亮，楚晚宁盯着瞧了片刻，心中已翻起惊涛骇浪，试着将见鬼里的灵流往自己的掌心之中灌注，登时感到强悍充沛的力量源源不断地奔来。

楚晚宁忽地明白该从哪里取得灵力了——

神武的灵力无所谓人鬼神魔，只要武器本身不抗拒，那便都是共通的！

墨燃跑了一半，忽觉楚晚宁停下了脚步，立马回头，焦虑不安地问："师尊，怎么了？"他脸上还挂着彩，淌着血，衬着那双黑亮的眼睛越发可怜。

楚晚宁抿了抿嘴唇，既有些尴尬，又有些不忍，但骨子里的自尊自傲又让他觉得虽然自己冤枉了墨燃，但这小子从前确实是和那些张三容九的纠缠不清，该打。

如此思量片刻，楚晚宁也不知道自己该用什么语气、什么表情面对他，于是只好简单着来，继续没有语气，也没有表情地说："墨燃，你站着，退到宫墙边上去。"

"……做什么？"

楚晚宁淡淡道："给你变个戏法。"

"……"

还没反应过来师尊这话是什么意思，就瞧到见鬼的红光源源不断地涌到了楚晚宁的残魂里头，将他整个魂魄笼上一层炙热火焰，墨燃睁大眼睛，看楚晚宁与见鬼如此呼应片刻，忽然间火焰消失，楚晚宁擎着呲呲吐焰的柳藤，回头对自己道："墨燃，对见鬼下个命令。"

墨燃已隐约知道他要做什么了，虽难以置信，但仍立刻喝道："见鬼，师尊如我，听其号令。"

柳藤在楚晚宁手中刺啦流窜，爆裂出一串晶莹的红色火花，藤身上的柳叶流光溢彩，发出灼灼光芒。楚晚宁抬起另一只手，指尖一寸一寸地擦过见鬼的藤身，所过之处，光华涌动。数千阴兵此时已赶至二人身前不远处，他们俩身后就是高耸入云、被结界封死的宫墙，无路可退。

但是，楚晚宁也没打算退。只见他目光里溅落一道辉光，浮起千层涟漪，罡风骤起，衣袍狂舞，楚晚宁持着柳藤凌空狠狠一抽，刹那间，见鬼如腾龙掠出，金光大盛，照彻夜幕！见鬼听从了墨燃的指令，再也不排斥楚晚宁，而是把自身强悍的灵力，源源不断地汇聚到楚晚宁的地魂之中。

楚晚宁眸里闪着那刺目耀眼的光华，声音既沉且稳："见鬼，万人棺！"

"轰——"刹那间，无数道金红交错的柳藤破土而出，将恢宏磅礴的殿堂撕扯成残砖碎瓦，一道道粗壮的古藤紧扼住那些阴兵鬼怪，把他们拖曳到柳藤中央死死封住。

墨燃愕然瞧着眼前这一切，看着神武与残魂相呼应，相融合；看着楚晚宁衣袍翻飞，墨发如烟云——这惊天动地的炽烈英气，无人可挡。

乘此良机，楚晚宁猛地掠后，将手抵在宫墙上，闭目的工夫，就立即断出了结界的薄弱点。

"往上九尺，向右四寸，你用火攻！"

墨燃立即按他所说的一跃而上，在行宫内众鬼怪尚未来得及反应之时，掌中汇集烈火之咒，朝着楚晚宁所指的位置猛地砸下去！

刹那间，地动山摇，通天的宫墙迅速委顿瓦解，恢复成原来的高度样貌，那镇守着四周的封印结界也四分五裂，崩碎为齑粉。

"出去！"

用不着说第二遍，墨燃跃至墙头，回身拉住随后上来的楚晚宁，两人从四王行宫破困而出，身形极快，顷刻消失在茫茫夜色当中……

窄小的巷陌里，楚晚宁和墨燃一人靠着一面墙，彼此望着，什么话都没有说，最后墨燃没有忍住，先笑了出来："那老鬼怕是要气死……咝！"他一咧嘴，脸颊上的伤口就扯得疼。

楚晚宁说："你别笑了。"

墨燃就不笑了，昏暗的巷子里，他睫毛轻动，漆黑温润的眼睛望着对方："师尊，你还气不气我？"

他若是说"师尊，你冤枉我了吧"，那楚晚宁听着或许会不舒服，但他问自己还生不生气，楚晚宁踟蹰片刻，默默绕开了这个话题："你快施法，我们是从四王行宫里头逃出来的，他一时半会儿还没脸去跟别的鬼王说，但拖得久了就未必了。"

一听这话，他就知道楚晚宁不走了，不离开了，从方才起就一直紧揪着的心总算是放松了下来。

墨燃忍不住又笑了起来："嗯。"笑着笑着又疼，他不由得捂着脸。

楚晚宁："……"

墨燃拿出引魂灯，捧在手中，低头默默吟念着咒诀，往复三轮后，引魂灯忽然发出耀眼刺目的光，照得人根本睁不开双眼。他仿佛听到了怀罪大师的吟诵之声，隔着奔流雄浑的黄泉之水传来，隔着静谧安详的忘川芦絮传来。

"何时来归……何时来归……"

那声音很邈远，几乎难以分辨，过一会儿，"何时来归"的吟诵声似乎离得近了一些，继而怀罪大师的声音在墨燃耳中响起。

"为何会有两个地魂？"怀罪大师朦胧的嗓音里带着一丝疑虑。

墨燃闭上眼睛，便在脑中把事情都跟怀罪说了一遍。

那渺渺嗓音静了片刻，说道："你见到了顺风楼的楚洵？"

"嗯。"

"……"

"大师？"

"没什么，既然楚公子说有两个地魂也是正常的，那应当便是如此了。"怀罪道，"只是贫僧从未尝试过同时从鬼界召回两个地魂，所需时间会久一些，劳烦墨施主再多等片刻。"

墨燃看了四王行宫一眼，问："要多久？我们方才从四王行宫里头出来，不知他们何时会追上……"

"不会太久，请墨施主宽心。"怀罪留下这句话，声音就渐渐淡去，过了一会儿,完全被"何时来归"的吟诵声淹没。

楚晚宁听不到怀罪的声音,微微蹙着眉头:"怎么了?"

"师尊魂魄特殊,大师说需再等一等。"墨燃说,"这里离行宫太近了,我们走远些吧。"

楚晚宁点了点头,两人行至一拐角处,这个时候天快亮了,先前那位指路的老人正准备收摊,见到墨燃,"哎呀"一声,很是诧异。

"寻着人啦?"

墨燃也没有想到会再次碰上他,愣了一下,而后道:"寻着了、寻着了,多谢老伯。"

"这有什么好谢的?是小仙君自个儿福运好。哎……你脸咋破了?"

"哦,被……被阴兵的散魂鞭打的。"墨燃胡诌道。

"难怪呢,我就说寻常东西应当是伤不到我们的,唉……这该多疼啊。"

老伯想了想,把收拾好的屉子又放下,煮了两碗小馄饨,捧给他们:"左右这些剩下的今日是卖不出去了,请你们吃一些再走吧。"

墨燃道了谢,目送老伯又挑起担子,悠悠远去,这才把汤碗搁到旁边的小石凳上。

楚晚宁不爱吃葱韭,老伯的馄饨汤里头撒了些葱花,墨燃将自己面前那碗的葱都舀掉了,然后和楚晚宁面前的对调,说:"师尊,吃这碗吧。"

楚晚宁瞧了他一眼,也没有推却,拿起勺子慢慢尝了起来。

墨燃就看着他吃,鬼界冰冷的汤头触及他色泽浅淡的嘴唇,馄饨和汤都分毫未少,正宗鬼怪的吃法儿。

"好吃吗?"

"还成。"

"没你做的龙抄手好吃。"

"喀!"楚晚宁猝不及防,像是被呛到了,蓦地抬起头来,错愕地瞪着眼前托着腮、笑吟吟瞧着他的人,忽而觉得自己像一只被强掰了壳儿,暴晒在烈日下的河蚌,半点秘密都没了。

"什么龙抄手?"

玉衡长老蹙着眉,神情庄严,试图装傻,掩藏他落了一地的师威。

"不要装啦。"可那一地师威还没拾起来,就被墨燃伸出来揉他头发的手又打得粉碎。

楚晚宁对此震怒,也很沮丧。

"我都知道了。"

"……"

墨燃把装了人魂的灯笼从乾坤囊里拿出来，摆到石凳边，说道："师尊在人界的时候别扭，来到鬼界了，也只有人魂是老实的。"

"我给你做，不过是……"

墨燃扬起眉，似笑非笑地望着他——不过是什么？心怀内疚？怕你饿着？颇为后悔？这些话他都说不出口。

楚晚宁觉得自己内心是有隐疾的，他总有着强于常人太多的自尊，把"对别人好""喜爱一个人""有所依恋"都看作一种羞耻的事情。多少年风里雨里，他孤身惯了，成了一株挺拔森严的参天巨木。

这种巨木，从不会像花朵一般枝头乱颤，惹人情动；也不会像藤蔓丝萝，随风摇曳，勾人心痒。他只那样沉默肃穆地立着，很稳重，也很可靠，默不作声地给路过的人遮风挡雨，让靠在树下的人纳荫乘凉。

或许是因为生得实在太高了，太繁茂，人们必须刻意仰起头，才会发现——啊，原来这片温柔的树荫，是他投下的。

但那些过客来来往往，谁都没有扬起过头，谁也没有发现过他。

人总是习惯往比自己低的地方看，至多与自己持平，所以渐渐地他习惯了，习惯了也就成了自然。

世上其实本没有谁天生是依赖者，也没有谁天生是被依赖者。

只是总是攀附在强者身上的那些人，会变得越来越娇媚，越来越柔和，舒展开无骨的腰肢，以逢迎、谄媚、蜜语甜言来谋得一片天下。

而另一种人，比如楚晚宁，自出山以来，都是被依赖者，这种人会变得越来越刚毅，越来越坚强，后来容颜都成了铁，心成了百炼刚。这些人看惯了别人的软弱、瞧尽世间奴颜媚骨，便极不甘心流露出一星半点的柔软来。

他们是握剑的人，须得全副武装，枕戈待旦，不可露出软肋，更不知何为温柔乡；日子久了，好像就忘了，其实人生下来的时候，都是有情有义、有刚有柔的，孩提时也都会哭会笑，会跌倒了自己爬起来，也会渴望有一双手能扶起自己。

他可能也曾期待一个人来扶他。可是等了一次，没有，第二次，还是没有，他在一次次的失落当中，渐渐习惯。待到真的有人来扶他的时候，他只会觉得没有必要，觉得耻辱。

只是摔了一跤而已，腿又没断，何必矫情！

那要是腿断了呢？这种人又会想：哦，只是腿断了而已，又没死，何必矫情！

那要是死了呢？这种人当了鬼也要想：唉，反正死了，说再多都是矫情。

他们在努力摆脱生为弱者的矫情，但不知不觉，就陷入了另外一种矫情里，一个个罹患"自尊病"，且无可救药。

墨燃就瞧着这个无可救药的人，看他要说什么。

楚晚宁终究什么也没说，抿抿嘴唇，干巴巴地把汤勺放下了。
他很不开心。
于是半晌后，他蓦地站起，说："你再试着施个法，我要到引魂灯里去。"
"啊……"墨燃愣了一下，笑了，"引魂灯是海螺壳吗？不好意思了就躲进去。"
楚晚宁神情威严，衣袖一拂："不好意思？你倒说说看，我有什么不好意思的！"
"师尊不好意思当然是因为……"
没料到他真的能脸皮厚到讲出来，楚晚宁宛如被针扎了般，怫然道："你住口。"
"因为对我好。"
"……"

墨燃也站了起来，鬼界的红云飘过天空，被遮掩着的昏沉弯月探出头来，在地上洒了一层清霜，也照亮了墨燃的脸。他不再笑了，神情是庄严的、郑重其事的。
"师尊，我知道你对我好。我眼下说的这些话，不知道你回去之后，还能不能记得，但是……不管怎么样，我都想告诉你，从今往后，你便是我在世上最重要的人之一，徒儿从前做了许多荒唐事，明明有着全天下最好的师尊，却还心存怨恨，如今想来，只觉得后悔得很。"
楚晚宁望着他。
墨燃道："师尊是最好最好的师尊，徒儿是最差最差的徒儿。"
楚晚宁原本内心是有些不安的，但听到墨燃用他可怜巴巴的辞藻在努力表达着自己的意思，竭尽全力，却依旧那么笨拙。
楚晚宁忍了一会儿，没忍住，终于淡淡笑了。
"哦。"他点了点头，重复道，"师尊是最好最好的师尊，徒弟是最差最差的徒弟。你倒终于有了些自知之明。"
楚晚宁从不是个贪心的人，给别人的很多，自己索要的总是很少。
他本是个感情上穷得叮当响的人，那么穷，却不愿意乞讨。
有人愿意给他一小块热乎乎的烧饼啃着，他觉得很开心，小口小口啃着饼，就很满足了。
倒是墨燃这个蠢家伙，愣怔地瞧着这一片魂魄也被自己逗笑了，心里草长莺飞，说不出地欢喜，他说："师尊，你该多笑笑，你笑起来比不笑好看。"
楚晚宁反倒不笑了。
"自尊病"。觉得"好看"是那些野花野草卖弄风情才该得到的褒赞，比如容九之流，他不要。

可墨燃那个没眼力见的还在苦思冥想地赞扬他的好师尊："师尊，你知道吗？你笑起来……呃……只有那个词能形容……"

他在努力想着能表述出方才看到的美好景致的词，与笑有关的。

鬼界的梆子又响三声，此人福至心灵，脱口而出："对！含笑九泉！"

"……"

楚晚宁这次是真的怒了，再也不肯理睬墨燃，倏忽挥开衣袖，捧起引魂灯，厉声道："墨微雨，你啰里啰唆地还不施法？你若再多讲一句废话，我便自行回那四王宫去，也好过重返人界终日听你胡言乱语！"

墨燃愣住。

含笑九泉……他用错了吗？

在鬼界含着特别好看的笑，没、没毛病啊……

在路口争执终究有些张扬，墨燃又不知道自己哪里说错了，但既然师尊让他闭嘴，就闭嘴好了。这样想着，墨燃挠了挠头，把楚晚宁拉到角落。此时他脑海中那缓慢的吟诵声越来越响了，墨燃试着问怀罪："大师，快好了吗？"

那边静了片刻，传来咚咚的木鱼声，怀罪的嗓音似乎就在耳边，已变得无比清晰。

"马上好了。"

怀罪话音方落，点点金光就从楚晚宁的第二个地魂里飘散而出，面前立着的魂魄随着金光流散变得越来越淡，到最后蓦地化作万道流萤，星河般尽数淌入了引魂灯之中。

墨燃听到了大师的吟诵之声，隔着奔流雄浑的黄泉之水传来，隔着静谧安详的忘川芦絮传来。

"何时来归……何时来归……"

一切苦厄都在这悠长到近似叹息的声音中被渐渐洗到苍白。墨燃怀抱着引魂灯，只觉得身体越来越轻盈，越来越虚无。

"咚！"一声脆硬的木鱼响，像是一把利刃，猛然间击碎了这恍惚渺然的吟诵。

墨燃猛地睁眼，似被惊醒！

鬼界的一切都消散了，就好像是他不久前做的一场大梦。他发现自己躺在竹筏上，竹筏停靠在死生之巅的奈何桥边，竹片子底下是滔滔无休止的水流在涌动，浪花在飞溅。

天空是蟹青色的，但已洇染了些薄红，大河两岸竹叶纷飞，万叶千声都是鲜嫩的。

黎明好像要来了。

他恍惚地眨了眨眼，忽然发现自己怀里的引魂灯没有了，惊得心神俱散，猛然坐起。

"师尊——！"

"别喊。"

有人淡淡地说。

墨燃喘着气，犹如历经了噩梦的人，面色苍白地转过脸，瞧见怀罪蹲坐于岸上，敲了敲搁在青石上的木鱼，掀起眼皮子。

"你喊，他此刻也听不见。"

引魂灯搁在木鱼边上，流光溢彩，金辉潋滟，楚晚宁的灵魂之力，说不出地漂亮。怀罪拎起引魂灯，从岩石上站起，朝墨燃点了点头："墨小施主，你做得很好。"

墨燃一骨碌爬起来，从竹筏上跳到岸上，拉住怀罪急着说："大师，咱们去霜天殿找师尊吧！快一点快一点！我怕晚了魂魄就又散了。"

怀罪忍不住笑了："哪有这么容易散？"又道，"你别着急，贫僧已经让薛施主去和贵派掌门言说了，楚晚宁此刻应已被移至红莲水榭，贫僧要在那里闭关施法，将你师尊的魂魄再次渡入躯体之内。"

墨燃说："那快走，咱们快走！"瞧见怀罪似笑非笑的神情，又忙道，"大师慢来，不急、不急。"

可分明眉毛皱着，脚下意识地往前迈着，他还有些想伸手去拉怀罪衣袖，哪有半点不急的模样？

怀罪摇摇头，叹了口气笑道："小施主急也没有用啊。"

墨燃连连摆手："不急不急、不急不急，稳妥要紧。"

"是啊，稳妥要紧，魂灵离体，不能瞬息附回肉身，否则逆天而行，极易魂飞魄散。贫僧自然是慢慢来。"

"对对对，好好好，慢慢来。"墨燃连声附和，但还是忍不住，犹豫了一下，小心翼翼地问，"那师尊得要多久才能复生？"

怀罪很平静："五年。"

"原来如此，五年？就五……五年？！"

墨燃大惊失色，觉得自己被噎到了。

"最快五年。"

墨燃："……"

三

师尊闭关

朝曦初破,红霞漫天。时辰虽尚早,但红莲水榭外早已有大批弟子云集。他们身披缟素,皆是垂眸低首,立于道路两边。

"咚——咚——咚——"

通天塔传来晨钟之响,远处有几个人抬着棺材缓慢行近。为首者是薛正雍,然后是贪狼长老,后排是墨燃和薛蒙,左右立着师昧和一位袈裟半旧的僧人。他们踩着湿滑的青石板路,从薄雾中渐渐走来。

僧人手提着一盏灯笼,明明天已大亮了,但这灯笼的光辉在白日里竟不减绚烂,金色的光华犹如夏日繁花,粲然夺目。

众弟子纷纷低下头去,凝神敛息。他们已经听闻无悲寺的怀罪大师专程为了玉衡长老赶来,想必这位其貌不扬的僧人便是了。对于这传说中的人物,晚辈们终究还是敬畏压过了好奇,长长的山道上,竟无一人敢仔细打量,只听得竹杖噼啪,低头的视野里瞧见一双麻草缠出的僧鞋经过,大师便这样飘然行去了,留下众人肃立。

棺材一路稳稳地抬着,由于并非下葬,并没有人哭泣。到了红莲水榭,怀罪环顾一番,说道:"就放在荷花池边吧,那里灵气充沛,便于施法。"

"好,全听大师的!"薛正雍引着其余几人,把玄冰棺在那里搁落,"大师还有什么需要,尽管开口便是。您救了玉衡,便是救了我薛某人半条性命,薛某人定当尽力相助!"

"多谢薛掌门好意。"怀罪说道,"贫僧暂无所求,若今后有了,再告与掌门不迟。"

"成,那大师可千万别客气。"

怀罪双手合十,浅笑着与薛正雍行了个礼,然后又转身看向其他人:"贫僧不才,替楚长老回魂,需要五年之期。为免去纷扰,自即日起,红莲水榭将闭门谢客,五年后楚长老醒来之日,方重开。"

薛蒙虽然之前就已经听说了,但再次从怀罪口中确认师尊要五年后才会苏醒,不由得还是红了眼眶,默默低下了头。

"诸位施主若有要和楚长老暂别的，便请前去棺边吧，今日之后，要一千多日才能再会了。"

众人便依次去了。

先是薛正雍与诸位长老，他们一一在棺椁前肃立告别，薛正雍道："愿早日相逢。"

贪狼道："早醒。"

璇玑道："愿一切顺遂。"

禄存叹了口气道："有些羡慕你，五年的岁月冻住了，便越发地不会显得老。"

其余长老或长或短，各有一番说辞，很快便轮到了薛蒙。薛蒙原本想忍，但素来意气用事惯了，竟没有忍住，终于又在楚晚宁的棺椁边落下泪来。

他一边用力擦着眼泪，一边哽咽道："师尊，你不在，我也会好好练刀的，在之后的灵山大会上，我绝不给你丢脸。等你醒了，我便告诉你我的好名次。我师尊座下，没有言败的徒弟。"

薛正雍走过去，拍了拍他的肩膀。薛蒙没有像往常一样揽着父亲，而是抽着鼻子倔强地转开了。他不想再在师尊面前当个只依赖父亲的纨绔少年郎。

而后到了师昧，师昧眼眶也是湿润的，没说什么话，低头看了楚晚宁一会儿，默不作声地退到了一边。

他走了之后，一朵淡粉色的海棠花被轻轻搁在了棺椁中，搁花的那只手仍有些少年形态，却已经十分细长了。

墨燃立在棺边，风轻轻吹过湖面，送来荷花馥郁的清甜。他额边的碎发被吹得纷乱，他抬起手，整理的却是楚晚宁的容颜。

墨燃抿着唇，似乎有很多话想说，可是到最后，只是嗓音沙哑地轻轻道了句："我等你。"

等你什么？

他没有说。他觉得自己应该是想说"等你醒来"，但只说这一句，又觉得不够，好像无法表述出他内心充盈着、拥挤着的感情，他的心底像是有滚烫的岩浆在流动。那些岩浆找不到准确的出口，便在他胸腔里横冲直撞，撞得他发慌发疼。

他觉得总有一天自己的心会被顶破，到时候熔岩将奔流不可收拾，他会在那怒海翻波中被熔成灰烬。

红莲水榭终是关闭了。

巨大的结界落下，犹如一扇分割生死的门，将众人隔绝在外。

从此夏荷芬芳，冬雪岑寂，足足五年，都不再有他人可于水榭中赏。

竹叶萧瑟，海棠花落，从红莲水榭外绵延至山门前，众弟子纷纷跪下，而墨燃、薛蒙、师昧三人跪在这无尽长河的前头。

薛正雍声振林木，响遏行云："送，玉衡长老闭关。"

众弟子垂首沉声："恭送，玉衡长老闭关。"

数千人的声音参差不齐汇聚成流，蓦然炸响在这烟云缭绕的死生之巅，惊得鸦声四起，呕哑啁哳，绕着树梢却不敢依附。那轰隆隆的人声像是闷雷，碾过滚滚流云，直贯霄汉。

"恭送，师尊闭关。"墨燃轻声说。

长磕而下。

守君五载。

玉衡闭关之后，其座下三名亲传弟子不愿暂师于其余长老，各自修行苦练。因资质、心法等，师昧与薛蒙留在山上，而墨燃选择了远行。

之所以做出这个抉择，除了因为他本身适合历练，更因为这一世，有很多东西和曾经的不一样了，且不说楚晚宁这边的变化，最让他忧心的是那个假勾陈。

他心里隐有猜测，觉得那个一直躲在幕后的人，说不好也是复生的。毕竟此人对于珍珑棋局的掌握可以说有十之八九，而前世直到他自戕而亡，世上也没有第二人可以把这门禁术发挥到如此地步。

调查那人的身份并非他之所长，经历过彩蝶镇一役后，整个修真界都在凝神细瞧，等着那暗夜里的老饕露出尾巴，此事并不需他插手太多。

墨燃知道自己并不聪明，唯灵气浑厚充沛，修行天赋惊人，既然日后注定有一战，他能做的，便是尽快让自己拥有复生前的强悍实力。

前世，他是毁灭者；这一世，他要去做保护者。

楚晚宁闭关不久后，墨燃站在死生之巅的山门前。

他背着行囊，将远行，来送他的人不多，薛正雍、王夫人，还有师昧。

薛正雍拍了拍他的肩膀，有些尴尬地说："蒙儿不来，他说……"

墨燃笑了："他说他要在林中练刀，没工夫来送我？"

薛正雍更尴尬了，不由得骂道："那混小子真不懂事！"

墨燃笑道："他一心想在灵山大会上夺冠，练得勤快些是应该的。给师尊长面子就靠他了。"

薛正雍犹豫地看了墨燃两眼，道："灵山大会是正统仙术的竞技巅峰，燃儿此去四海云游，虽能大有长进，但恐怕大会不认三教九流的混杂功夫。要是因此错过了，也是可惜。"

墨燃道："有我堂弟嘛。"

"你就不想着要拿个名次？"

墨燃这回是真的笑开了。

名次？

前世他因做错了事，被罚禁闭没有参加灵山大会，心中存着怨恨。但如今看来，这点小事又算什么呢？他是经历过多少生离死别的人了，在劫难的洪流里，从不甘到渴望，从渴望到怨恨，从怨恨到释然，从释然到愧疚。

如今，他墨燃所求的，不再是美酒佳人、万世朝拜，更不是复仇抱怨、杀伐刺激。

云端的无限繁华、纸醉金迷，他已经看过，也已经看腻了，不想再回去，只觉得那里很冷，谁都不陪在他身边。

都是当过踏仙君的人了，曾在群山之巅呼风唤雨，看尽人间花，哪里还会在乎灵山上的几点掌声、三两喝彩？

至于排名……谁爱排谁排去吧。

"我还是想做些别的。"墨燃笑道，"薛蒙是公子嘛，公子有公子的活法儿，而我是个混混啊，混混有混混的日子。"

王夫人忍不住怜惜道："傻孩子，说什么话？你和蒙儿是一样的，哪有什么公子、混混的差别？"

墨燃嘿嘿一笑，心里却有些苦涩。

天生富贵和生来卑微，即使得了好运来到这死生之巅，但前面的十多年是浑浑噩噩度过的，他和薛蒙又怎会是一样的呢？

但见王夫人神情温柔关切，他自然也不好说什么，点头道："伯母说得是，是我没讲好。"

王夫人笑着摇摇头，给了他一个乾坤小锦囊，上头刺着杜若花，说："你在外游历，无人照料。这个锦囊你拿着，里头有不少伤药，都是伯母亲制的，比寻常店家卖的要好，仔细收着，莫要丢了。"

墨燃很是感激："多谢伯母。"

师昧道："我没什么东西给你，只有这块玉佩，你戴着吧，是温养灵核用的。"

墨燃接过一看，果见白玉如凝脂，触手生温，是极为难得的上上之品。他忙把玉佩塞回师昧手里，说道："这个我不能拿走，太贵重了。何况我灵核本就是火系，要再温养……只怕得走火入魔。"

师昧笑道："什么乱七八糟的？怎会走火入魔？"

"反正我不收。"墨燃很是坚持，"你身子骨羸弱，自己佩戴着会更好。"

"可我是托人在轩辕会上拍给你的……"

墨燃听他如此说，感到很暖，更多的却是心疼："轩辕会的东西都是天价，这玉佩我留着真没有太大用途，倒是对你极好。师昧，心意我领了，但东西你自个儿收着吧，平日里记得戴着，养一养灵气。"

师昧还想再说什么，墨燃已经将玉佩的细绳解开，替他佩戴在襟前。

"挺好看的。"墨燃笑着说，抬起手，拍了拍师昧的肩膀，"你戴着比我戴着合适多了。我这么粗糙的一个人，怕是没两天就把东西给磕了碰了。"

"燃儿说得不错，这玉佩虽然人人都能佩戴，但还是水灵核的人最舒服。昧儿自己留着吧。"

既然王夫人都开口了，师昧自然是听她话的，点了点头，又对墨燃说："那你多保重。"

"别担心，我会常常给你写信。"

离别在即，师昧有些难过，但听他这样说，又忍不住笑："你写的字，也只有师尊看得懂。"

提到楚晚宁，墨燃心中竟不知是什么滋味。

蚀骨的仇恨散去了，愧疚仍在，好像伤疤在结痂，整颗心又疼又痒。

他就揣着这样的心情，孤身一人，下了山。

"一，二，三……"

他低着头，一边走，一边在心里默默地数。

"一百一，一百二，一百三……"

走到山脚下时，忍不住回头，向云雾缭绕的死生之巅遥遥望去，绵延的台阶望不到边，他喃喃道："三千七百九十九。"

他一路走，一路数下来。

这是通往山门的台阶数，那一天，楚晚宁背着他爬过的台阶数。

他觉得自己这一辈子都忘不掉楚晚宁的那一双手了，冰冷的，满是血迹的，残损的。

一个人向善或是行恶，其实往往并非天性如此。每个人都像是一块田地，有的人幸运，垄间撒落的是禾稻麦苗，季节轮转，五谷丰登，稻香麦浪，一切都是好的，都是令人称道的。

但有的田地，没有那么好的运道。泥土中种下的是罂粟花的籽儿，春风吹过，生出极乐的罪恶来，漫天遍野都是金红色的污血。人们怨憎它、唾骂它、恐惧它，又都在它的腥臊里醉生梦死，腐朽成渣。

到最后，义士仁人会联合起来，一把火被投入田中，在扭曲升腾的焦烟里，他们说它是业孽的温床，说它是厉鬼恶魔，说它吃人不吐骨头，说它该死，没有良心。

它在火中痛苦地抽搐、呻吟，罂粟花迅速蜷曲，化为焦臭的泥土。

可它也曾是一块良田啊，也曾渴望甘霖与阳光。

是谁投下了第一粒黑暗的种子，后来罪恶成灾，一发不可收拾？

这一块田，温良过，灿烂过，点了火，成了灰，抛荒了，再也没有人要了——他是一块废弃的旧地。

所以他从没有想过，还会有一个人来到他的人生里，再给他一次翻土犁耕、从头再来的机会。

楚晚宁。

楚晚宁要与他五年后才能相见，今天是五年里的第一天。

他忽然发觉自己竟然已经开始想念楚晚宁的脸，严厉的、气恼的、温柔的、庄重的、正直的。

墨燃缓缓地闭上眼睛。

他在细细地回想前世今生，多少往事风吹雪散，逐渐意识到，原来鬼界天裂这件事，竟是他人生最大的分水岭。

前世，他爱护一个人；后来，那个人捐了性命，而他入了地狱。

这一世，有另一个人爱护他；后来，那个人捐了性命，渡他回了人间。

四

师尊才是宗师

墨燃走后的第八天，薛正雍收到了他的第一封信。

浣花纸，字迹歪七扭八，极力想要端正，可惜无济于事。

"伯父勿念，我今日在繁花渡，一切都好。这边日前闹了邪祟，所幸并无伤亡。侄儿已将闹事的水怪收拾了，如今渡口船只往来，甚为太平，收了船老大五百两银票，与信一同附上。问伯母、师尊安好。"

第一百二十天，第二十二封信。

"伯父勿念。侄儿近日机缘巧合，得一极品灵石。若是镶于薛蒙的龙城弯刀上，可成不世利器，虽不能和神武相提并论，但也十分难得了。问伯母、师尊安好。"

第一百三十天，第二十四封信。

"伯父勿念。侄儿近日于雪谷修行，雪谷终日天寒，易产奇花异木，其中以霜华雪莲花最为难得，但可惜花田处有千年猿妖镇守。侄儿初来时灵力低微，功夫不深，无法摘得。这些日子大为精进，竟也能破其防备，采了十余朵，一并与信寄回。问伯母、师尊安好。"

随信寄来的，往往还有一些珍玩物件、灵药木石。

除了给薛正雍写信，墨燃也会私下里给师昧写信，内容大约是四海见闻、问暖添衣之类的琐碎事情。

墨笔在纸面上洇染，一开始还会有错字出现，到后来，那字虽说不上有多好看，但横平竖直，结构渐趋工整成熟，写错的地方也越来越少了。

转眼过去一年。

这日，薛正雍喝着新上的春茶，又收到了墨燃的一封信。

他笑着看完了，又把信递给王夫人瞧，王夫人瞧着瞧着，笑起来："这孩子的字倒是越来越漂亮了。"

"像一个人的。"

"谁的？"

薛正雍吹了吹茶叶，从案头书卷中找了一本《上古结界集注》："你看玉衡的字，是不是与其有七分相似？"

王夫人捧着书卷翻了翻，讶然道："还真是像。"

"他初来死生之巅，便是拜玉衡为师。玉衡让他自己先看看书，他却斗大的字儿不识几个。后来玉衡就教了他好些时日，从他自己的名字，到简单的，再到难的。"薛正雍摇摇头，"当时他学得不仔细，总是画符一般应付着，如今倒是像模像样了。"

王夫人笑道："他就应该下山多走走，我看他在外头真沉稳了不少。"

薛正雍也笑，说道："不知他游历五年，会变成什么模样。他那时该几岁了？二十二？"

"二十二。"

"唉。"薛正雍叹了口气，似乎有些感慨，"我原以为玉衡会带他们一直到二十岁，人算不如天算。"

人算不如天算，墨燃也是这么想的。

他走过天南海北，从江南烟雨地，到塞北大散关。夏日里靠坐投醪河喝过一口越酒，冬雪里围着火塘子听过一曲羌笛。

前世称帝之后，天下都是他的，他却从没有踏遍万水千山，去看东边的渔舟灯火，西边的坎儿井流；没仔细瞧过挑着担子的脚夫踩在石板路上的黝黑双足，皮肉皲裂，脚底板硬得像铁；没再听过苇塘子里梨园小童咿咿呀呀地吊着嗓，纤音入云，声如裂帛："原来姹紫嫣红开遍，似这般都付与断井颓垣……"

他不再是踏仙君，这辈子也不会再是踏仙君了。他是——

"大哥哥。"这是坊间孩童的脆嫩嗓音，"大哥哥，你能帮我救救这只小鸟吗？它翅膀折了，我……我不知道该怎么办。"

"小仙君。"这是石臼村的老村长沙哑的嗓音，"多谢你、多谢你，咱们这个村里头都是些孤寡老弱，那妖邪作乱，要不是仰仗你，我们只能背井离乡。仙君大恩大德，老朽……老朽没齿难忘啊。"

"好心人。"这是路上遇到的乞儿，颤抖着嗓音，"好心人，我们娘儿俩已经许多日子没吃着顿饱饭了，求您行行好，发发慈悲……"

墨燃闭上眼睛，又睁开，因为有人叫他。

"墨宗师。"

他多少有些被这称呼刺痛，抬头看向这样称呼他的那个黝黑汉子，有些无奈："我不是宗师，我师尊才是，可别再这般喊我了。"

汉子憨厚地挠挠头："对不住，村里头人人都这么喊你，我知道你不喜欢，却总也改不过来。"

墨燃近些日子小住在下修界边陲的一个村子里，这村子外数里处矗立着一座巍峨雪山，常有雪怪下山作祟。那都是些灵力低微的小妖，有师尊留下的夜游神机甲便足够应对了。可惜这小村太偏僻，夜游神并未惠及此处，他没办法，便依着师尊留下的图谱试着做做看。

失败许多次，终于做出了第一个，他做的夜游神远不如师尊的漂亮，也不如师尊的灵便，但嘎吱嘎吱的，倒也能用。

这新奇玩意儿可把这些穷乡僻壤的村民高兴坏了，一口一个"墨宗师"地唤他，唤得墨燃好不尴尬；更尴尬的还在后面。

那是一个傍晚，落霞染红了半边天，他自泰山书院听学回来，走在熙熙攘攘的杏林小径上，忽有人喊了一声："楚宗师！"

听到这个称呼，墨燃甚至来不及思考，便立刻回头，随即又觉得自己真是好笑，世上姓楚的术士这么多，他如今倒是听了风就是雨，竟以为是自己师尊提早醒了。

怎么可能呢？

他笑着摇了摇头，正欲转身，忽又听到了一声喊："楚宗师！"

"……"

墨燃抱着一摞书，眯起眼睛在人群里看。忽见着有人在与他招手，可惜离得太远了，他无法瞧清楚那人的面目，只能大约瞧见那人的衣冠体态，是个着碧蓝道袍的青年，背着一把弓，身边跟着一只狼犬。

那人很快走近了，但当墨燃与他能相互看得清五官时，彼此都是齐齐愣住。

"你是……"

"墨燃。"他比对方先反应过来，抱着书卷，不方便行礼，简单地点了点头，目光好奇地在那青年脸上停了片刻，"没想到能在这里遇到南宫公子，好巧。"

原来喊他"楚宗师"的人，正是儒风门掌门的嫡子南宫驷。

前世因为这家伙死得早，墨燃从未与他打过照面，但楚晚宁不一样，楚晚宁曾是儒风门的客卿，南宫驷必然与他熟识。墨燃上下打量他一番，目光在南宫驷手上拎着的箭囊上停了一会儿。

那是一只非常旧的布箭囊，上头绣着山茶花的纹饰，由于隔着太多时光，花纹已经褪色了，鲜艳的瓣叶透着微微的枯黄，像是绣在布上的芬芳也终究不能长久，终有一日也会凋零。

南宫驷浑身光鲜亮丽，唯有这箭囊很破，甚至能清楚地看到缝补痕迹，墨燃心知，这箭囊对他而言必是珍贵之物，但这世上谁没有两三样敝帚自珍的东西呢？再风光无限的人，也会有揣在心口长久陪伴的一段记忆。

谁都不是瞧上去那样简简单单、没心没肺的。

南宫驷皱着眉头："墨燃……记起来了。楚宗师的徒弟？"

"嗯。"

既是这样，南宫驷态度便稍稍好了些，说："不好意思，方才隔得远了。瞧你身形、打扮，还以为是楚宗师提前出了关，而我不知道。"

墨燃把目光从箭囊上移开，并没有不识趣地过问，而是平和地答道："方才听你这样喊，我也以为是师尊提前出了关，而我不知道。"

南宫驷笑了起来，或许是因为出身金贵，即便是大笑的时候，英俊的眉目间也有几分嚣张之气。且他的嚣张和薛蒙那种嚣张又不一样，薛蒙是恃才放旷的骄傲，而南宫驷，似乎多了几分戾气，有点骄纵、暴躁的意思。

但他生得极好，这种戾气并没有让他变得可怕，反而多了些野性。

墨燃忍不住在心里头想，南宫驷、南宫驷，倒真是一匹自由自在的烈马。

他正兀自出神，就听南宫驷说道："之前鬼界天裂，楚宗师不幸蒙难，我还难过了许久，幸好有大师指点，能让楚宗师复生。回头他醒了，我一定去死生之巅造访。"

"那就恭候公子大驾了。"

南宫驷摆摆手，忽见到墨燃手中的书本，奇道："墨兄这是在做什么？"

"读书。"

南宫驷原以为他说的读书，应当是读些晦涩艰深的卷文，岂料仔细一看，却发现不过都是些《逍遥游》《礼记》之类的经典，先是一愣，而后道："这些……都是基础经卷，我小时候都背得出来，你看这些有什么用？"

墨燃倒也不觉得羞耻，目光坦然，说道："我小时候，连自己的名字都不会写。"

"咯……"南宫驷有些尴尬，"报了个书院读书？"

"嗯。这些日子刚好要在泰山上采集些修行用的灵石，看到杏林书院开了新讲，左右无事，过来听一听。"

南宫驷点点头，看看时候不早了，说道："看这样，墨兄还没吃过晚饭吧。既然来了儒风门地界，你又是楚宗师的徒弟，我自然要尽地主之谊。正巧我的同伴在附近一家酒楼等我，怎么样，一起去喝一杯？"

墨燃想想，觉得反正也没什么事，便道："却之不恭。"

"舞雩楼，沂州地界最有名的酒楼之一，做的九转肥肠再好吃不过，听说过没？"南宫驷边走边问他。

"怎么没听过？"墨燃笑道，"上修界数一数二的食肆。南宫公子，你真会挑地方。"

"地方不是我挑的。"

"哦，那是……？"

南宫驷道："我同伴挑的。"

作为活过一世的人，墨燃多少也清楚儒风门错综复杂的关系，虽然嘴上不说，心里却有些诧异，暗自思忖道：叶忘昔也来了？

可他随着南宫驷登上酒楼，撩开厢房的珠帘迈步进去，里头的人却让他差点呛到——只见宋秋桐一身轻罗素衣，婷婷立于窗边，外头桃花开得稠艳，她闻声回头，鬓边金步摇簌簌闪烁，更衬得肤若凝脂、唇若点朱，说不出地好看。

墨燃探进去的半只脚下意识地缩了回来。

他在想，这会儿跟南宫驷说自己不爱吃鲁菜，尤其不爱九转肥肠，还来得及吗？

五

师尊的倒影

"来，墨兄，给你引见引见，这位是我门下一位小师妹，叫宋秋桐。"

最终墨燃还是硬着头皮坐了下来，由着南宫驷兴冲冲地在酒桌上介绍。宋秋桐、宋秋桐，他连她背上哪里有瘊子，哪里有胎记都知道得清清楚楚，哪里还需要南宫驷多说？

但他脸上仍是绷着，克制地点了点头："宋姑娘。"

"这位是楚宗师的亲传弟子，死生之巅的墨微雨。之前在彩蝶镇上你应当也见过他，不过那时候人多，估计你也记不清了。"

宋秋桐温婉一笑，起身敛衽一礼道："小女秋桐，见过墨仙君了。"

"……"

墨燃也不起身，深幽的眸子看了她半晌，而后才道："客气。"

对于前世的这位发妻，墨燃其实是打心底里恶心的。这种恶心并不是转生之后才有的，反而前世就已深入骨髓，不可磨灭。

前几次相见，他都未曾与她直接照面，因此虽然嫌恶，但也没有像今日这样不痛快。

她是个柔柔弱弱的女人，说话总是轻声细语的。她就像初秋时树上结出的青涩果实，掩映在茂盛的叶片后头，气味不如花朵芬芳，色泽也并不逼人，却很招人喜爱，纤细饱满的身躯里，装了无尽的青涩与温柔，好像轻轻啃一口，就能尝到汁水酸甜的味道，只有啃到深处，才会发觉里头躺着一条腐烂发臭的虫子，死在果核里面，虫身流脓，长着霉斑。

诚然，比起他来，前世宋秋桐好像也没有做过什么十恶不赦的事情——无非就是背叛救了她性命的儒风门；无非就是墨燃屠城时，供出了叶忘昔以自保；无非就是，沂州尸山血海时，她因得了墨燃的赏赐而喜不自胜，穿金戴银，把自己打扮得花枝招展，去小心伺候新的主人；无非就是，屠城结束后，她为表忠心，在叶忘昔再也不会开口说话的尸首面前，恸哭不已，说叶忘昔待她凶恶，从不给她一天好日子过，要不是墨燃来了，只怕她一辈子都要给姓叶的当牛做马。

还有呢？墨燃沉默地想着。还有什么？

南宫驷是个急性子，有几道菜迟迟未上，便催菜去了，于是厢房里只剩下前世的夫妻二人。

"墨公子，我敬你一杯。"她盈盈地为他斟酒，半截小臂从水袖里探出来，腕子上有一点嫣红朱砂。

鬼使神差地，墨燃抬手，扼住了她的腕子。

她轻轻"呀"了一声，抬起眸子，惊慌失措地瞧着他，目光惶恐，犹如带水青葱："墨公子，你这是……"

墨燃盯着她的脸看了一会儿，目光下移，停在她玉指纤纤的酥手之上。

"真是一双好手。"良久，他轻声说，神情冷峻，"宋姑娘可会下棋？"

"略……略通一二。"

"这么好的一双手，当也下得一手好棋了。"他冷冷道。外头传来南宫驷的脚步声，还有他驯养的狼犬，在门口汪汪叫唤。

"失礼。"墨燃松了宋秋桐的细腕，而后取了块巾帕，仔细擦净自己的手指。

外头霞光漫照龙光射，这里春夜楼台华宴开。

墨燃神色如常，仿佛什么都没有发生过一样。宋秋桐虽无缘无故遭了鄙夷，但素来能忍，席间还起身替墨燃斟了一回酒。

他不喝她斟的酒，于是再也没有碰过杯子。

南宫驷道："墨兄，不多久就是灵山大会了，你好歹是楚宗师的徒弟，总不能叫他丢了面子。可都准备好了？"

"我不去。"

"你不是在说真的吧？"

"真的啊。"墨燃笑道，"我堂弟去就够了。全天下的门派都往灵山赶，我怕热闹，不想去。"

南宫驷似乎根本不信，眯起褐色的眼睛，神情像是洞若观火的鹰隼。

但墨燃一双眸子坦荡荡，毫无保留地看向他。

鹰盯着岩石看了一会儿，发现岩石就真的只是岩石而已，没有藏着狡兔，也没有藏着滑蛇。

他靠回椅背上，转着筷子，忽然咧嘴笑了："有些意思，那我在灵山大会看不到你了？"

"看不到我了。"

南宫驷以手抚额，笑了一声："楚宗师的徒弟就是厉害，如此盛会都不稀罕参加。"

"……"

墨燃心道：这着实很难说啊，怎么解释？难道跟南宫驷说，不是这样的，他是个三十多岁的老鬼，让踏仙君和一群初出茅庐的小孩子打闹，台上再坐一圈儿前世被他打的打、杀的杀的掌门，这群掌门还要给他举小牌子，打小分？

——简直胡闹。

咳嗽一声，他说："并非不稀罕参加，而是我不善正统术法，学得不扎实，要是去了，恐会给师尊丢人。南宫公子如此好的身手，才当有自负本钱，就不要嘲笑我了。"

这话让薛蒙这种天真烂漫的小雏鸟听了，大概会很高兴，觉得墨燃摸对了毛，但南宫驷身在派系错综复杂的儒风门，自幼又没了母亲，日子其实过得并不那么简单，因此听了墨燃的恭维，也只是笑笑，并没有飘然不自知。

他咕咚喝了几口酒，喉结滚动，随后拿袖子一抹，说道："既然墨公子不参赛，旁观者清，不如猜一猜，此次大会，魁首到底最终花落谁家。"

墨燃心想：你还真问对人了。

花落谁家还能有谁比他更清楚？除了那个也极有可能是复生过来的假勾陈，世上当然就剩他墨微雨知道当年这场灵山论剑的结果。

获胜的人是……

"南宫驷。"

忽然包厢珠帘被唰地撩开，在拂摆不定的光晕里，来人沉着半张脸笼在阴影里的脸。屋子里两个男人还没反应，宋秋桐却像被针扎了一般，蓦地站起来，脸上满是令人怜惜的惶然，低头歉声道："叶……叶公子。"

来者身段笔挺，一身绣着暗金边的黑衣，扎着护腕，腰身极其精瘦，眉目间三分秀美，七分英俊，不是叶忘昔又是谁？

"没叫你。"叶忘昔看都没看她一眼，撩开珠帘，走进屋内，目光一直停在一个人身上，显得很冷，却闪着些别的细碎流光，"南宫驷，我喊的是你。你要是听到了，抬个头。"

南宫驷没有抬头，反而对宋秋桐道："你站起来干什么？坐下。"

"不了，南宫公子，我辈分卑微，我还是站着吧。"

南宫驷忽然暴怒，喝道："坐下！"

宋秋桐瑟缩一下，扶着桌边，犹豫着。

叶忘昔不想如此僵着，冷淡道："你听他的。"

"多谢叶公子……"

叶忘昔不再理会宋秋桐，而是说："南宫驷，你还要闹到什么时候？掌门都气疯了。起来，跟我回去。"

"那最好。我就当他疯了，他就当我死了吧！回去是没的谈了，在他收回成命之前，我不会踏回儒风门半步。"南宫驷一字一顿，"叶、公、子，你请回。"

"你——"叶忘昔手攥成拳，整个人都在微微发抖，墨燃在旁边看着，觉得他好像随时都会把一桌宴席给踹翻揪起南宫驷直接拉走，但叶忘昔终究是个君子，竟硬生生地把那滔天怒火压下。

"南宫驷，"他沉默一会儿，而后开口，声音是沙哑的，带着些与他挺拔面目背道而驰的疲惫，"你当真要做到如此地步吗？"

"是又怎样？"

叶忘昔闭上眼睛，微不可察地叹了口气，又缓缓睁开眼睛。他立在桌前，此时终于转头看了墨燃一眼。

都说家丑不可外扬，门派内的事情当然也不希望别人知道，墨燃识趣地站起来，对叶忘昔行了一礼，说道："刚刚想起来，我还约了成衣店掌柜的晚上去取衣裳，去晚了平白让掌柜久等，就先走一步了。"

叶忘昔朝他点了点头："多谢墨公子。"

"不谢不谢，你们好好聊。"

墨燃走过叶忘昔身边，和他擦肩时，有意无意地看了他一眼。离得近了墨燃才发现，叶忘昔虽然依旧挺拔如松柏，气质稳重深沉，但是眼尾微微泛着些薄红，似乎来之前，刚刚哭过。

墨燃忽然觉得叶忘昔的隐忍，竟有那么几分与楚晚宁相似。

他一时心血翻涌，忍不住回头与南宫驷说："南宫公子，虽然我不知道你和叶公子之间有什么纠葛，但我觉得他待你是很好的。你要愿意，就跟他好好谈一谈，别藏着掖着有话不说。"

南宫驷却不领情，正在气头上，也不顾亲疏，冷冷道："不要你管。"

这短命鬼！

墨燃走了，还未行至楼下，就听得厢间里传来南宫驷的怒喝，那狼犬一般的青年在用他的尖牙利齿撕扯着叶忘昔的魂灵。他在质问叶忘昔——

"叶忘昔！你给我父亲灌了什么迷魂汤？让他把你看得比我更重要！！回去？我跟你回去做什么？从小到大，我的什么事情能自己做主过？叶忘昔，我问问你，你们究竟……你们究竟把我当作什么！！"

"哐当"一声，桌倒椅伏，碗碟杯盏噼里啪啦碎了一地，过道处立着的侍女无不心惊胆寒，还有客人从自己的厢间探出头来。

"怎么啦？"

"哎哟，这谁这么暴脾气？瞧这架势，可别把酒楼砸了。"

墨燃抿了抿嘴唇，回头又看了一眼走道尽头。

他听到叶忘昔的声音像秋日的枯叶一般干枯，了无生气。

"南宫，如果是我让你在家里待得不开心了，那么我走，再也不出现在你眼前。"

"……"

"你回去吧。"叶忘昔说，"求你。"

若不是亲耳听见，墨燃是无论如何也不会相信，像叶忘昔这般坚硬的人，会说出"求"这样软弱的字眼来。

在他的印象里，叶忘昔是八风不动的君子，是无往不胜的战神。墨燃可以想象他流血，却无法想象他流泪；可以想象他的死亡，却无法想象他也会下跪。

可今天，他竟然在酒楼上，当着宋秋桐的面，跟一个男人说"求你"。

墨燃闭上眼睛。

一个人活一辈子，有多少事情，是不得而知的？

谁都不是赤裸裸地展示于人前。人们用衣裳掩藏身体，用辞藻和表情掩藏情绪。人们把自己重重包裹，脖颈像花枝一样托着头颅探出来，所有人都给世界一张喜怒分明的脸谱，唱青衣的唱青衣，唱小生的唱小生，天下如戏，生旦净末丑，行当分明。

生唱得久了，谁能接受水袖一挽、凤目一勾，转而唱起了旦？

但当铙钹停息、月琴寂灭、夜深人静了，每个人洗掉浓重的油彩，脏腻污水带走白日里一张张棱角分明的脸，露出陌生的五官——

原来花旦是英气男儿郎，武生有一双温柔缱绻眼。

墨燃回到自己暂居的小屋，心想，他活了两世，到底看清了众生几分，又看清了自己几分？

一个楚晚宁，就让他的心生而又死，死而复生……

于是他又想起今天南宫驷居然把他错认成了楚晚宁，觉得有些好笑，这怎么会错？

洗漱时他却忽然发现铜镜里的那个人，束着高马尾，穿着一件简简单单的白色术士袍。

马尾是早上随意扎的，术士袍是因为前些日子，旧衣裳小了些，他去铺子里挑衣服，转了一圈儿发现一件白衣服很漂亮，也没有多想，没有去思考自己为什么会觉得这衣服漂亮，就将它买了下来，着于身上。

看着镜子，他才忽然明白过来。

原来这白衣，和楚晚宁曾经穿的那一件是如此相像。

铜镜昏黄，前世如梦，墨燃看着镜子里的人，就像透过这梦一般沉重的颜色，看到楚晚宁的碎片，看到楚晚宁的幻影。

洗脸水未曾擦干，顺着线条渐渐硬朗的下巴淌落，他立在镜前，多少有些明白过来，就像他的夜游神在拙劣地模仿着楚晚宁的夜游神，他自己也在拙劣地模仿自己的师尊。

墨燃下意识地在红尘里找寻楚晚宁的身影，找不到，自己竟就慢慢成了他。

日月如梭。我因悔恨，或者其他。

我见不到你，想着你若是遇到这般事情，会如何去做。你见到什么会微笑，看到什么又会恼。

我在做每件事情之前都想到你，做每件事的时候都想让你开心。

我想着"要是你在，我这样去做，你会点头吗？会不会愿意稍微地夸一夸我，说我没做错"。

我每天都这样想，埋进骨髓，成了习惯。所以后来啊，连我自己都不曾意识到。

原来光阴荏苒，我已然活成了我心目中，你的模样。

六

师尊入我梦，明我长相忆

"赵道长、李道长，你们可都看了榜文？这回灵山大会杀出的那匹黑马，真厉害极了！"

珍珠滩茶馆里头，几个散修就着一碟子花生米、一壶热茶，正眉飞色舞地谈论着比这热茶更热的江湖消息。

"我当然早就看啦！获胜的居然是死生之巅啊，下修界的门派，可把上修界那帮遗老气死咯。尤其是儒风门，哎哟，他们老祖宗的棺材板恐怕都要压不住了！获胜的那个小仙君是叫薛凤凰吧？"

"啊？哈哈哈哈，薛凤凰？老赵，你可真要笑死我了，凤凰儿是他的绰号啦，他姓薛，名蒙，字子明，他老子是薛正雍嘛。虎父无犬子，这个薛子明，身手好得很！"

火塘子旁坐着个披着斗篷、身形高大的男子，正自顾自喝着油茶。听得他们这么说，那男子忽然低低地"嗯"了一声，茶盏停在唇边，没有再动。

"都说他是凤凰之姿，这可不是虚的。别的少主都有神武，他倒好，一柄弯刀生生断去别人退路，真神了。"

"那你也不看看他是谁的徒弟！晚夜玉衡门下的弟子，能是吃素的吗？"

"不过我觉得，薛子明是险胜，你们难道没听闻，在双人对垒的时候，薛子明和南宫驷打得不相上下，要不是南宫驷带着的那个女娃子拖了后腿，嘿嘿，要我说，胜负还未可知呢。"

一直在凝神听着的男子听了这席话，终于把悬而未饮的茶盏放下。

他回过头来，端的是目锐如疾电，秋水沉霜华，生得一副极好皮相。他朝那几位修士笑了笑，搭话道："几位同修，叨扰了。我前些日子在山里头修行，不知日月晨昏，因而错过了灵山大会。方才无意听到诸位说薛蒙得了魁首……有些好奇，不知能不能多问几句？"

那些人巴不得有听众，连忙热情地招呼墨燃，给他腾了个位置，让他和他们坐到一块儿去。

墨燃也不失礼，如今是比刚下山的时候稳重多了。他让茶馆的老板娘添了六壶灵山妙雨，再送上蜜枣、酸条仁、醴酪樱桃、蛇胆瓜子，分与大家，这才笑着开口道："薛子明天之骄子，即便没有神武，斩下第一也不算太意外。只是方才听诸位说，双人对垒时，儒风门的南宫驷带了个姑娘……"

这一圈都是男子，总是乐意多讲一讲与姑娘相关的事儿，尽管那姑娘并不是他们的。

"可不是吗？真是美人香埋葬英雄志，不然以南宫驷的法术，能不能让薛子明占了上风还不一定呢。"

"这倒是有些意思。"和前世的结果并不一样，前世灵山大会，是叶忘昔和南宫驷并驾齐驱得了第一名。墨燃原本觉得是楚晚宁的死刺激了薛蒙，让小凤凰奋而发起，但眼下看来，变数好像不仅仅在薛蒙身上。

"不知那位姑娘又是什么身份？"

"那妮子姓宋，叫什么桐的……不记得了，总之好看得紧。我看儒风门那位公子哥儿的心算是彻底给她掳去了。"

"何止是漂亮？简直国色天香。换我是南宫驷，宁可不要这灵山大会第一，也是要哄得美人高兴的。"

墨燃："……"

果然是这样。

灵山大会分单人竞技、双人对垒和群杀淘汰，三项名次中和，才得出最后的翘楚。

前世，薛蒙与师昧一组，双人对垒，对战的是南宫驷与叶忘昔。而叶忘昔后来是全天下除了楚晚宁之外，武力最为强悍之人，这场比赛，结果可想而知。可这一世不知哪里出了问题，南宫驷竟然不和叶忘昔配合，反而带了宋秋桐那个女人拖后腿……

墨燃放下茶盏，抬手揉了揉自己的额角，真不知道那家伙是怎么想的。

"女人啊、女人啊，就算是南宫驷那匹野马，不也被收拾得服服帖帖？"有人这样感叹了一句，其他人都跟着哄笑起来。

墨燃忍不住问："叶忘昔呢？"

"什么？"

墨燃道："叶忘昔。"

看众人一片茫然，墨燃心中隐隐觉得有些不是滋味。那可是前世给了他好大苦头吃的战神啊……你们怎么能不知道！

于是他比画着说："就是儒风门的另外一位公子，腿很长，人高高的，脾气很好，不怎么爱说话，使一把剑，还有……"看所有人呆滞的神情，墨燃叹了口气，已经隐约知道结果了，但还是把最后几个字说完，"还有一把弓。"

"不知道。"

"没名气啊，这个人。"

"兄弟，你听谁说的啊？灵山大会上儒风门出了十六个弟子迎战，没有一个是姓叶的。"

果不其然，这一世，叶忘昔没有参战。

墨燃静默片刻，想到酒楼上叶忘昔跟南宫驷说："如果是我让你在家里待得不开心了，那么我走。"他忽然有些不忍心，有些不安。

这不会是真的吧？叶忘昔，难道真的离开儒风门了？

想起前世，叶忘昔在临终时对行刑的人说，他想死后葬在儒风门的英雄冢，和南宫驷的墓在一起。墨燃就不住地叹息，事情怎么会变成这样？一点点微妙的改变，竟扩漾成无限的涟漪，然后天翻地覆，沧海也变成桑田。

原来，命运的变幻可以风起云涌，要祭上滚烫的鲜血和苦痛的眼泪才能换浪子回头，前嫌尽释，比如他之于楚晚宁。

但是命运的变幻又可以悄无声息，比如叶忘昔之于南宫驷。

也许只是那天在客栈里，南宫驷收留了叶忘昔他们落脚，夜间南宫驷渴了，起身去楼下要了壶茶水，正巧遇上楚楚可怜的宋秋桐。

也许是宋秋桐给他倒了一杯水，也许是她腿脚不便，上楼时不慎跌了一跤，谁知道呢？

甚至，也许只是他喝水莽撞，淌了一些到宽阔的胸襟上，她小心翼翼，给他递了块手帕。

当时云淡风轻，大约南宫驷只简单说了声"谢谢"。

但他们谁都不知道，其实参商沉转，北斗轮换，他们的人生因着一块手帕、一杯水、一声"谢谢"而轰然改变。只是当事人，谁都没有听到命运的巨响：南宫驷打着哈欠上了楼；宋秋桐纤纤立着望着他；而叶忘昔在房里挑亮烛火，读一卷未读完的书。

墨燃前世不知天高地厚，以为自己通天彻地，已参透了生死轮回；如今才知道，原来他们都是世上的浮萍，一夜风吹散，一夜雨飘零。岸上的人投一块石子，就能将青色的魂灵打得粉碎。

他是何其幸运，飘远了，还能回到楚晚宁身边，还能在师尊面前尽孝，还能对楚晚宁说一声："对不起，是我辜负了你。"

喝罢茶，与众人告别，外头起风了，不久就要落雨，墨燃披起斗篷，往莽莽榛榛的深林里走去。

他的身影越来越邈远，越来越虚无，在暮色中渐渐成了一个小点，犹如洗砚池里洇开的墨，最终淡到看不见。

"轰隆隆——"

阴沉的天际爆响一声惊雷，紫电青光，骤雨如千军万马纷至沓来。

"落雨啦。"茶馆里有人探出头去看，觉得雷霆之势惊人，又缩了回来。

"好大的雨啊……真是……家里头晒的谷子没人收，怕是要给泡坏了。"

"算啦算啦，老板娘，再来一壶茶。等天晴了，再回家去。"

墨燃在雨里疾行，在雨里奔走，在雨里逃亡，在雨里躲避他前世荒唐度过的三十二年。

他不知道这样的暴雨能不能洗去他的恶，楚晚宁原谅他了，但他自己并没有。他心事沉重，要被自己逼得喘不过气来。

他愿意用他的后半辈子去行善，来偿还。

可是余生的瓢泼大雨，真能洗去他骨子里的罪恶、血液里的污脏吗？

他恨不能让这雨一落五年，只想等楚晚宁醒时，自己站在师尊面前，能稍微干净一点点，再干净一点点。

他不想到时候，还像如今那么肮脏，脏到犹如泥沙，犹如尘土，犹如脚夫鞋底的垢，乞儿甲缝内的灰。

他只想在楚晚宁醒来前，做得好一些，再好一些。

这样世上最坏最坏的徒儿，或许才能凭着些微弱的勇气，再唤一声世上最好最好的师尊。

这天夜里，墨燃病倒了。

他身体一向硬朗结实，这样的人一旦生病，往往是势如山崩，不可收拾的。

他躺在床上，盖着厚厚的被子睡着。夜里他梦到了前世的事情，梦到前世自己是怎样折磨楚晚宁的，梦到楚晚宁在他手下挣扎，楚晚宁在他怀里死去。他从睡梦中惊醒，外头凄风楚雨，他摸索着火石想要点燃蜡烛，可是无论他怎么打，火石都不亮。

他自暴自弃般地将火刀火石扔到一边，脸埋进手掌中狠狠揉搓，痛苦地揪着自己的头发，喉结滚动，嗓子里发出野兽似的悲噑。

他逃过了死亡，逃过了谴责，却最终逃不过自己的心。

他很害怕，有时候分不清梦境与真实，有时候会不断地去确认自己到底是醒着还是睡着。

他很痛苦，觉得自己的灵魂裂成了两半，前世的和今生的，这两个灵魂在互相撕咬，一个唾骂另一个为何满手血腥，丧心病狂，另一个也不甘示弱，质问对方凭什么像没事人一样，还有脸活在这世上。

今生的魂魄在怒斥前世的魂魄——

墨微雨，踏仙君，你不是东西，你为何犯下如此罪孽！你让我这辈子怎样偿还！

我想从头来过，你为何苦苦纠缠，在梦里在醉里在灯火阑珊处，在每个我猝不及防的时候，跳出来用扭曲的面孔诅咒我？

咒我万世不得超生，咒我恶人将有恶报。

你咒这一切都是梦，总有一天会再碎掉，你咒我总有一天醒来，会发现自己仍然躺在巫山殿，你放肆大笑说我这辈子都没有人疼惜。

唯一愿意为我赴死的人，是我害死了他。

可那人是我吗？！不，不是我，是你啊踏仙君！是你墨微雨！！

我与你不一样，我与你不同……我手上没有血，我——我可以从头来过。

另一半魂魄也在嘶声啸叫，它张开尖利的嘴，它面目扭曲——

你不是歉疚吗？你不是做错了吗？

那你怎么不去死？你怎么不用你的血去祭奠前世被你无端伤害的人？

畜生！伪善！

你与我有什么不同？我是墨微雨，你难道不是吗？你带着前世的罪孽，你带着前世的记忆，你永远摆脱不掉我，我是你，我的梦魇是你的心魔，是诸天神佛叩问你令人作呕的灵魂。

从头来过？凭什么？你有什么脸、有什么资格要从头来过？你把世人蒙在鼓里，你把爱你的人蒙在鼓里。

你做尽善事，不过就是为了抹平你心里头那一点点可怜的内疚！哈！墨微雨！你敢让他们知道你前世是怎样的人吗？

你敢让楚晚宁知道，前世，是你，刀子刺在他颈上，让他鲜血流尽，生不如死！是你！让天下饥馑成灾，哀鸿遍野！

是你啊。

哈哈哈哈……孽畜，我就是你，你亦我，你逃不掉的，我就是你啊墨微雨，你敢说"不"吗？

墨燃被逼得近乎疯狂，又去床沿摸火刀火石，想努力点亮烛火，驱散指爪狰狞的黑夜。

可是连蜡烛都不要他，蜡烛都不屑于救他。

他被抛在黑暗里，他颤抖的手一下一下地擦着火石，一下一下，什么都没有，什么都没有。

他终于倒在床上号啕大哭起来。他不停地道歉，夜色里，床铺周围仿佛围满了人，那些攒动的人影都在咒骂他，都在向他索命，都跟他说他一世为恶世世为恶。墨燃不知道该怎么办，忽然变得很无助，他只能不停地说："对不起……对不起……"可是没人理睬他。谁都不原谅他。

额头滚烫，心如火焚，忽然间，他好像听到有人在轻轻叹息。

魍魍魉魉中，他睁开眼，看到楚晚宁来了。楚晚宁依然和从前一样，白衣曳地，广袖宽袍，眉目英挺，如同往昔。

楚晚宁走过来，走到他床前。

墨燃哽咽道："师尊……我是不是……不配再见你……"

楚晚宁没有说话，只是拾起了火刀和火石，把墨燃没有点亮的蜡烛，缓缓点亮。

有师尊在的地方，就有火；有楚晚宁在的地方，就有光。

他立在烛台前，垂着纤长的睫毛，抬起眼帘，静静地看着墨燃，而后平静地笑了，笑容很浅。

他说："睡吧墨燃，你看，灯亮了。你不要怕。"

墨燃的心脏像是被什么钝重的东西狠狠撞过，觉得自己脑颅都痛得要裂开，觉得这句话很熟悉，似乎什么时候听到过。

可是他想不起来了。

楚晚宁拂开衣袖，在他床沿坐下。寒雨连江夜入吴，可屋内是暖的。黑夜不见了。

楚晚宁说："我陪着你。"

他听到这句话，心脏又涩又痛，几乎拧成了一团。

"师尊，你不要走。"他拉住了楚晚宁宽袖下的手。

"好。"

"你走了，天就黑了。"墨燃哭了，觉得有些丢人，抬起另一只手，遮住了眼，"求求你，不要丢下我……我求求你……我真的……我真的不想再做帝君了，师尊……你别不要我……"

"墨燃……"

"求求你。"或许是因为发烧让他脑子都有些昏沉，让他格外脆弱，或许他心里隐隐知道这其实是自己做的一场梦，知道醒来楚晚宁会消失不见，所以不住地喃喃，"求你，别不要我。"

这一夜，窗外铁马冰河，无数怨灵敲打着窗子，似要进屋索了他的命去。

但在墨燃梦里，楚晚宁点亮了灯，那一点点微弱的光芒驱散了无边无际的寒意，楚晚宁说："好，我不走。"

"不走？"

"不走。"

墨燃想开口言谢，可是喉咙里发出的是一声呜咽，犬类想要小心讨好时，带着些委屈的声音。

"你们都说不会走，说不会丢下我。"快要坠入梦中时，墨燃半睁着眼，忽然浑浑噩噩地喃喃，"可是到最后，都不要我。没人稀罕我，我当了半辈子弃犬……谁都是收养我几天，然后就抛弃我……我好累……真的……师尊……我真的好累，我受不了了，走不动了……"

就像风餐露宿、无家可归的流浪犬，毛是脏的，爪子是破的，为了活下去，不得不和乞丐、和野猫去争抢食物。

被欺负得久了，对谁都不信任，看到有人朝它蹲下来，家犬或许觉得那是要给它喂食，可是弃犬只会觉得别人要拿石子砸它。

他仓仓皇皇，惴惴不安地走啊、走啊，对谁都龇牙咧嘴，这是他的命。

"师尊，如果哪天，你不想要我了，就杀了我吧，别丢掉我。"

他哽咽着，轻声说。

"一次一次被舍弃的感觉太难受了，宁愿死……"

他当真是烧糊涂了。

到最后，他都不知道自己究竟身在何处，也渐渐记不清梦里出现的那个人究竟是谁。

"阿娘，"沉睡过去前，他最后说了一句话，"天黑了，我好怕……我想回家……"

第四章 蜕尽为宗师

一

师尊复生

花开花落，红莲水榭外的结界，无论晨昏，都在流淌着细碎光华。里头的人不出来，外头的人也进不去。

五年时间转瞬而逝，人间譬如走马灯，每一天每一夜都在变，每一旬每一月都在变。

茶馆里、史书里……那些岁月，最终都成了一行行小字，成了一段段评书。

往事历历，回首而顾——

楚晚宁闭关第一年，其弟子墨燃下山，薛蒙、师昧留于死生之巅，自行清修。

这一年，墨燃的字比往日好看了些许，薛蒙突破了寂灭刀第九重，师昧于岁末前往孤月夜药门切磋，获益良多。

其间，墨燃前往益州盐商常家，因私事拜会常公子，却得知常公子已于不久前暴毙身亡。墨燃在鬼界得知了常公子与假勾陈勾结，本欲探听一二，谁知对方早已杀人灭口，连尸体都烧成了灰烬。

线索中断。

楚晚宁闭关第二年，修真界办灵山大会，薛蒙得魁首，梅含雪次之，南宫驷得第三。师昧于下修界悬壶广济，而墨燃穿行江南漠北，一路除魔行善，而后归于山林修行，行踪杳然。

楚晚宁闭关第三年，逢鬼年，阴气盛。昔日彩蝶镇血战处结界衰微，魍魉出世，野鬼夜哭，薛蒙率死生之巅弟子前往镇压，虽未重现当年厉鬼遮天之景，但下修界依旧民不聊生，陷入灾年。

上修界因幅员辽阔，黔首众多，为求自保，九大门派各出百名弟子镇守于上下修边境处，筑起拒祟墙，以阻止鬼怪流民东渡。

那些无家可归的下修贫民被统统拒于墙外，万里城防，防鬼，也防人，于是墙内海晏河清，墙外尸横遍野。薛正雍多次与上修界交涉，未果。当年在彩蝶镇死生之巅弟子洒下的热血，尽付东流。

岁末，隐于山中清修的墨燃接到伯父书信，得知蜀中大乱，重入红尘。

楚晚宁闭关第四年。

墨燃与薛蒙并肩作战，率诸人于下修界横扫魑魅，荡平恶寇，最终于彩蝶镇故地挑起巅峰决战，薛子明剿杀妖邪千余，驱鬼百计，墨微雨重补天裂，以一己之力封印邪煞。

此一役后，上修界撤去城防，允准下修界百姓入关。

薛蒙和墨燃则声名大噪，前者凤凰之雏威望无人可及，后者因补天裂时，结界之术与楚晚宁极似，故世人皆称之为"墨宗师"。

白云苍狗，岁月蹉跎。

自灵山一战后，薛蒙虽得美名，却不似少年时那般沾沾自喜、极易自满，只要无事，便在竹林里勤修参悟，冬练三九，夏练三伏，即便偶有生病，也绝不停歇。

他记着师尊的话，即使没有神武在手，天之骄子依旧是天之骄子，只是要付出更多的血汗。他不再天生优渥，但勤终能补拙。

有时候他施展完一套刀法，轻盈飘逸地自竹林端落下，在穿林透叶的阳光中，侧过头去，偶尔会觉得眼前一晃，似乎看到那个坐在岩石上，吹奏着树叶的小小身影。

这让他不由得又想起那天，身形变小了的楚晚宁在林中看他练刀，曲声悠扬，指点他何时当急、何时当缓。

薛蒙偏着头细细回忆，那曲音仿佛就在耳边。

于是他闭上眼睛，凝神静气，再睁开时见一片枯叶飘然而落，眸底蓦地刀光一闪，龙吟嗡鸣，刀影张弛有度，起势时亟亟如潮鸣电掣，收势处漫漫似飞雪连天。

待龙城撤回，他站直身子，那枯叶已被削成千丝万缕，无声落于靴边；低头时，好像还是面容稚嫩、沉不住气的少年郎；再抬眼，眉宇挺拔，目光清冽却稳重，像是湍急的溪流终于奔腾着归入湖海，变得平和广阔。

五年了。

薛蒙擎着刀，拿一块白布擦拭着霜刃，正欲收刀回鞘，忽听得远处一阵急促脚步声，有弟子冲过来，嘴里不住喊着："少主！少主！"

"怎么了？"薛蒙皱了皱眉头，"慌慌张张的，一点仪态没有。什么事情？"

"红莲水榭——"那人跑得上气不接下气，脸红彤彤的，大口喘着，"怀罪、怀罪大师走了！玉、玉衡长老——醒、醒了！！"

"当啷"一声，百战之兵龙城竟被主人失手掉落在地。

薛蒙一张俊美白皙的脸庞霎时变得苍白，随即又立刻涨得通红，嘴唇开了合，合了开，最后竟然连自己的兵刃都不记得捡，就飞也似的奔向死生之巅南峰，中途还差点被石头绊了一下，跌跌撞撞、踉踉跄跄。

"师尊！师尊！！"

刚刚还教训别人一点仪态都没有的薛子明，自己的仪态在眨眼间掉得连渣子都不剩了，跑到红莲水榭外头，还没进主厅大门，就看到薛正雍大步从里头走出来。见到儿子如拼命三郎似的往里面去，薛正雍笑容满面地拦住他。

薛蒙急死了："爹爹！"

"好好好，知道你想见玉衡。"薛正雍笑道，"但他刚复苏，精力不足，和我说了几句话，就睡着了。你总不好意思打搅你师尊休息。"

薛蒙一愣："话是这么说没错，但是……"但是五年的时光实在太难挨了，他有好多话想跟师尊说，想现在就扑过去告诉师尊自己拿了灵山大会第一名，想告诉师尊自己镇压了百鬼作祟，自己……

"要懂事。"

"懂事"两个字就像蛇的七寸，捏住了，薛蒙也就服帖了。他几乎是长长叹了口气，脚步虽停了下来，脖子却往前伸了伸，似乎这样就能掠过体魄魁梧的父亲、虚掩着的房门，径直看到榻上卧着的人。

薛蒙抿抿嘴唇，有些不甘心："我就、就进去看师尊一眼，我不说话。"

"我还能不知道你？一高兴就大喊大叫。"薛正雍瞪了他一眼，"灵山大会获胜回来，在外人面前倒是一副高冷样子，回到家里嚷嚷了四五天，见人就讲你是怎么把南宫驷从妖狼背上踹落的，如今连孟婆堂的李婶都能背出你讲的原话。你说你不吭声，谁信？"

"好吧……"

薛蒙蔫蔫的。

"父亲教训得是。"

"那是，你爹的话什么时候错过？"

薛蒙撇撇嘴，还是忍不住好奇："爹，师尊怎么样？"

"挺好的，怀罪大师连摘心柳留下的余毒都给他拔除了。"

"啊，那就是说师尊今后不会再变成小师弟了？"

"哈哈，不会了。"

薛蒙挠了挠头，想到再也见不着夏司逆了，竟隐约觉得可惜。

"那、那其他也都还好吗？有没有什么不舒服？"

"别担心啦，没有，真要说有，那就是他知道自己睡了五年后，脸色有些难看。"薛正雍想起楚晚宁的神情，笑了，"幸好他还没有太多力气，不然能拉着我问好多事情。哎，对了——"

他忽然想到了什么，对薛蒙道："蒙儿，安排个事儿给你去做。你师尊他与世隔绝了这么久，错过了不少事情。光靠我们跟他讲，我们讲得累，他听起来也费劲。这样，你问你娘去要些银子，到山下的无常镇买些书籍回来。不是有那种编年载事的册子吗？事无巨细的那种，买给他瞧瞧。"

薛蒙一听，不对啊，爹爹这个老狐狸是嫌他吵闹，要把他踢下山去做苦力啊。但是他转念再想，这苦力是给师尊做的，好像就……也没有那么难接受了。反正师尊眼下又睡过去了，自己确实不能肯定进屋之后会不会情绪失控冲过去把人吵醒。

于是他叹口气，极不甘心地嘀咕道："买书就买书。"

"多买点，讲上修界的、下修界的，都买一些，玉衡本身就爱看书。"

"哦，好。"薛蒙很是沮丧，一个人默默地下山去了。

薛蒙不爱看书，来到无常镇的书摊子前，左右看了看，觉得从名字上实在也瞧不出什么花样来，便蹲下来问摊主："老伯，你这里讲修真界近些年变迁的书有没有？给我拿几本。"

摊主一看是死生之巅的人，虽不认得这位就是凤凰之雏薛子明，但也十分激动了，热情道："仙君要讲变迁的书，那当然有。我这里正史、野史都全，人物传记、编年史、地域志、降妖谱，连江湖上最著名的十位说书先生的手稿都有。仙君喜欢哪一种？"

薛蒙听得脑仁疼，便挥手道："都、都拿过来好了，不差钱。"

对生意人而言，世上最悦耳动听的话绝不是"爱你""疼你""想要你"，而是"买""不差钱""每样来一份"。

摊主立刻喜笑颜开，搓着手应了薛蒙，转身到挑来的书篓子里去给他挑了。薛蒙闲着无事，就随手在摊子上翻一翻，忽然发现一本薄薄的小册子很有意思，摊开的那一页上写着——

修真界富户排行榜。

第一，姜曦。身份：霖铃屿孤月夜掌门。

第二，南宫柳。身份：沂州儒风门掌门。

第三，马芸。身份：西湖桃宝山庄庄主。

…………

如此云云，用蝇头小楷洋洋洒洒写了一整页。

薛蒙立刻来劲了，特别想知道自己在哪里，于是来来回回在这页上看了四五遍，看得都快成斗鸡眼了，也没找到"薛蒙"两个字。

他顿时大为沮丧，随即又有些生气，想想看，觉得不甘心，往后翻了一页，打算继续找，却看到后面只有三四个名字，以及一句话："编纂精力所限，所有排行榜均只计入百名，百名以后者，略之不叙。"

薛蒙愤怒摔书："本少爷有这么穷吗？？"

摊主被他吓了一跳，一看他在瞧的册子，忙拾起来安抚道："仙君不要生气，这民间编的小册子，总是排得乱七八糟的，而且啊，各个地界流传的也都不太相同。你要在沂州买书，君子榜第一位肯定是南宫掌门。坊间看这个就是消遣，莫要生气，莫要生气。"

听他这样说，薛蒙觉得也有几分道理，而且对这册子的其他内容，仍旧很好奇，于是哼了一声，又从摊主手里拿过来，随手又翻了两页。

这回，他看到了一个更古怪的排名——

世家公子骄纵榜。

二

师尊不需要找道侣

该榜单上的字迹十分工整，万分笔挺，赫然写着——

第一，南宫驷。身份：儒风门少主。

第二，薛蒙。身份：死生之巅少主。

薛蒙："……"

他啪的一声合上书，面上的肌肉都在抖，似乎稍一松懈就会关不住心里的洪水猛兽，焚书坑儒。

"可以。"薛蒙阴沉着脸，拿那册子拍了拍惊惶不安的摊主，每个字都从牙缝里嘎巴嘎巴咬碎了吐出来，"这书给我单独包起来，我自个儿拿回去细究。"

把《不知所云榜》往衣襟里粗暴地一塞，薛蒙抱着一大摞摊主挑给他的书籍卷轴，摇摇晃晃地爬回了山上。

他很气，快要气死了——世家公子骄纵榜排行第二？

呸！哪个瞎了狗眼的排的榜？要让他知道了，他非得把那人揪出来按在地上揍个百来拳不可，那才解气！去你的骄纵！狗玩意儿！

这种气愤倒是把他心里的狂喜给中和了一点点，返回红莲水榭时，薛蒙的情绪总算正常些，不会一点就燃，一燃就爆了。虽然他还是很激动，但因为刚刚生气过，一来二去，脑子还算清醒，不糊涂。

这会儿水榭外头站了两个高阶弟子守卫，其他人一律不放行，以便让长老休憩。

但薛蒙是少主，谁敢拦？于是薛蒙顺顺当当地进去了。

此时天色已暗，水榭主厅的窗子半敞，透出蜜一般柔和的光亮。薛蒙不知道师尊究竟醒了没有，于是放轻脚步，捧着书本推门进去。

周围好安静，他听得到自己的心跳声，像枝头跃动的雀鸟。

他暂时把《不知所云榜》抛去了脑后，凝神屏息，目光明亮地往床榻上看。

良久沉寂，薛蒙呆住。

哎！床上怎么没人？

他正要往前细看，忽然一只冰冷的手搭在了他的肩上，一个泅着湿冷水汽的嗓音幽幽地在身后响起："阁下擅闯红莲水榭，意欲何为？"

薛蒙咔咔咔僵硬无比地扭过头去，对上一张苍白的脸，灯光昏暗，还不及看清，就吓得"哇"的一声大叫起来，手臂扬起朝着对方猛劈过去！

岂料对方比他速度还快，伸手如疾风厉电，蓦地劈中薛蒙脖子，而后一脚踹在薛蒙腹部，按着薛蒙直挺挺跪下，怀中的书册霎时散得满地都是，好不狼狈。

薛蒙原本只是突然受惊，但当被那人踹跪在地时，却着实震惊！

要知道他早已今非昔比，五年勤修苦练，南宫驷都不是他的对手，但这个他连脸都没看清的人却只在两招间就把他制得毫无还手余地，是谁？

薛蒙脑袋中嗡嗡作响，血都涌上了颅内，然而这时，听那人极其冰冷地说了句："我闭关五年，如今是什么人都敢往我住的地方闯了。你是谁的弟子？你师父呢？没教过你规矩？"

话音方落，薛蒙就已整个人倾身扑来，紧紧抱住了他。

"师尊！师尊！！"

楚晚宁："……"

薛蒙抬起头，原本是想忍的，却还是没忍住，眼泪就淌了下来，不住哽咽道："师尊，是我啊……你瞧瞧……是我……"

原来楚晚宁刚刚睡醒，出去洗了个澡，因此身上还是凉凉的，带着些水汽。他立在原处，灯火虽暗，此时静下来却足以看清了，跪在自己面前的，是个二十岁左右的青年。

青年皮肤白皙，衬得眉毛漆黑浓深，眼睛和眉弓的间距较常人稍近，因此显得面目深刻，眉眼有情；至于嘴唇，饱满润挺，唇形好看——这样一张脸，哪怕是生气的时候都带着些骄纵之意。其实这般相貌的人是很容易和"媚气"两个字沾边的，但他不会。

一个人脸上最有神韵的地方是眼睛，薛蒙的眼睛像烈酒，永远激滟着辛辣、热烈、放肆的光芒，十分逼人。有了这两池子酒，哪怕拿冰白柔腻的玉壶装着，也绝不会叫人认错。

毕竟五年过去了，楚晚宁身殒时，薛蒙才十六岁，如今二十一岁了。十六七岁是男子变化最大的时候，一年一个模样，半年一个身形，楚晚宁错过了五年，所以骤然相见，一时也没有认出他来。

"薛蒙。"

半晌之后，楚晚宁盯着他，慢慢唤了一声，像是在喊他，但也像在告诉自己，这是薛蒙，薛蒙不再是自己记忆里那个稚气未脱的少年了，他长大了，肩膀很宽，身高也……

楚晚宁不动声色地把他拉起。

"跪着做什么？起来。"

"……"

薛蒙的身高与自己相差竟也不多了。

岁月在年轻人身上流失得会格外快，三笔两笔就把一个孩子雕刻为成熟模样。初醒时，楚晚宁第一个见到的人是薛正雍，还没有感觉到五年的时光究竟有多漫长，但此刻见到薛蒙，才恍然明白，原来白驹过隙，很多人和事，已变了模样。

"师尊，灵山大会，我……"薛蒙好不容易稍微冷静，便拉着楚晚宁说东说西，"我拿了第一。"

楚晚宁先是看了他一眼，然后嘴角有了些笑意："理所应当。"

薛蒙红着脸，说："我、我和南宫驷打的，他、他有一把神武，我没有，我……"讲着讲着，觉得自己邀功的意思太赤裸，反倒有些不好意思起来，低头搓了搓衣角。

"我没给师尊丢人。"

楚晚宁淡淡地笑着，点了点头，忽而道："想是受了不少苦。"

"不苦不苦！"薛蒙顿了顿，说，"甜的。"

楚晚宁伸手，想如当年一般摸摸他的头，但想到如今薛蒙早就不是孩子了，这么做着实有些不合适，中途便偏转过去，拍了拍他的肩。

地上的书散得到处都是，师徒二人将册子一一拾起，搁在桌上。

"买了这么多？"楚晚宁说，"要我看到什么时候？"

"不多不多，师尊一目十行，一个晚上就看完啦。"

"……"

即便过了这么久，薛蒙的仰慕还是丝毫不减，倒是楚晚宁有些无言。他不知道该说些什么，便挑亮烛火，随手翻了几本。

"江东堂换掌门了？"

"换了换了，新的掌门是个女的，据说脾气特别差。"

楚晚宁又接着看，看的那一页讲的是江东堂纪事，洋洋洒洒一大篇，看得很专注，看着看着，对着"江东堂新掌门生平"，忽然状若随意地问了句："墨燃……这些年怎么样？"

他问得很克制、很浅淡。

因此薛蒙没有觉得太突兀，如实说道："还不错。"

楚晚宁掀起眼帘："还不错是什么意思？"

薛蒙斟酌了一下措辞，说道："就是像个人了。"

"他以前不像个人？"

还没等薛蒙开口，楚晚宁又点了点头。

"确实不像个人。你接着说。"

薛蒙最擅长的，是把自己的事迹讲得很长、很精彩，把别人，尤其是墨燃的事迹，讲得很短、很简单。

"他这些年到处在跑，懂事了些。"薛蒙道，"其他也没什么了。"

"他没去灵山大会？"

"没，他那时候在雪谷修行。"

楚晚宁便没再问了。

两人又聊了些其他有的没的，薛蒙怕他累着，虽然还有无数话要说，但还是按捺住，先行告退了。

他走之后，楚晚宁和衣躺在床上。

鬼界发生的事情都还记得，因此对于墨燃的转变，他并不意外。只不过浮生倥偬，一别几春秋，薛蒙如今都出落得让他差点认不出，他不知道墨燃如今又是什么模样。

他还记得薛正雍今天临走时跟他说："玉衡，明日在孟婆堂办个筵席贺你出关。你可千万别推却，我都把信函寄给燃儿了，你总不能让他千里迢迢赶回来，结果没饭吃、没酒喝吧？"

楚晚宁于是没有拒绝，虽不爱热闹，但墨燃从来都是他的软肋。

听薛正雍说，上一次彩蝶镇天裂，白头山脚下的许多村寨毁于一旦，如今活下来的人伤的伤，残的残，由于损耗得实在严重，到现在那些村寨都还破败不堪，整片雪原宛如人间地狱。

墨燃这些日子，都在那里帮忙重建村寨。

他在灯烛下看了会儿书，还是忍不住起身，挥袖召来一朵传音海棠，想了想，说道："尊主，劳你再修书一封，跟墨燃说，让他不用着急，赶得回来最好，若是回不来，我也不会怪罪于他。天气渐凉，白头山每年严冬都是酷寒难当，让他好生安顿村民，不可草率应付。"

抛走这朵海棠花之后，楚晚宁才叹了口气，重新躺回床上，拿起看了一半的修真界编年史，继续读了起来。

他的目力虽没有薛蒙说的那么夸张，可以一夜读完十几本书，但是看几本史册还是游刃有余的。

夜深了，烛台里灯花流成幽潭，楚晚宁掩卷闭目，眉头微微蹙着。

他已经将这五年修真界发生的事情大致了解了一遍，一开始，书册上的内容还无甚起伏，但写到彩蝶镇再次天裂时，出现了大量有关墨燃的描述。

楚晚宁原本是侧躺着的，一手支颐，一手懒懒翻着书页，读到此处，却不由得坐了起来，执卷细看。

"下修万民东渡，至边陲，遇上修筑壁坚守，不令其入。逢数日天阴，妖邪遍野。黔首于壁前死难数千，血流漂杵。至九月，粮道断，民不得食十七日，皆内阴相杀食……"

这里写的是下修界因鬼怪横行，许多百姓想要逃到上修界避难，却被拒之门外，到最后腹中无粮，竟互相残杀食肉以活。

那漫天的腥风血雨，而今成了纸上的寥寥数言，楚晚宁读来，万般不是滋味。

"死生之巅以少公子蒙、公子燃为仙首，剑出蜀中。龙城刀下前后除邪千余，驱敌破万，薛蒙声名鹊起。墨燃独补天漏，绝魑魅于鬼界，其结界之术，师楚晚宁，竟无所差，世人大震。"

楚晚宁虽知道这里描写的天裂并不如当年那么严重，但也有些惊讶，微微睁大眼睛："他竟能凭一己之力，将裂痕补上了？"

楚晚宁再往下看，又读到许多墨燃涉世除魔、压崇镇邪的事迹。

"……河东有祟，碧潭庄因故拒理此事，墨燃闻之前往，遇黄河水怪，战三日，斩怪首焚之，患除。然，公子重创，贯腹穿肋，幸遇孤月夜掌门姜曦……"

楚晚宁指尖都是冷的——"公子重创，贯腹穿肋"。

谁的腹，谁的肋？墨燃的？

他明明是从不会把字句看错的人，此时却不愿相信，又反复念了四五遍，第六遍把手指点在上面，一个字一个字看过来："墨燃闻之前往……战三日……"

楚晚宁眼前好像看到了一个黑衣萧飒的背影，长靴踩着滔天的黄河巨浪，一手负着，一手握着熠熠生辉的神兵柳藤。

"……斩魑首焚之，患除。然，公子重创。"

他的手在纸面上攥紧了，骨节捏成玉色。

他看到墨燃在惊涛骇浪中将柳藤掣出，烈火般的见鬼喷薄长啸，将水怪的脑颅削落，刹那间血花四溅，也就在同时，魑的利爪猛地穿进墨燃的腹肋！

失了头颅的巨兽摇摇晃晃，最终轰然坠地，庞大的身躯隔断了黄河水流。墨燃也跌落在河畔，再也站不稳，衣衫顷刻被鲜血浸透……

楚晚宁缓缓合上了眼睛，良久都没有睁开，只是簌簌颤抖的睫毛，微微湿润。

而后那些书册无一例外，都称墨燃为"墨宗师"。

楚晚宁看到这三个字，只觉得说不出地怪异，说不出地陌生。

他无法把记忆中那个笑嘻嘻、懒洋洋的少年，和"墨宗师"这个称呼关联在一起。他错过了太多关于墨燃的事情，忽然不确定，若是明日那人归来了，自己是不是还能顺利认得出这个徒弟。

多了伤疤的徒弟,成了"墨宗师"的徒弟,这样想着,楚晚宁心里不由得生出些模糊的不安来。

他很想见墨燃,但又不是很敢见墨燃。

在这样的心焦中,楚晚宁到了后半夜才模模糊糊睡过去。

哪怕是在鬼界走了一遭的人,还是不知如何照顾自己,躺在一堆卷宗里,被子也不盖,他实在是有些虚弱,精力尚未全然恢复,加上红莲水榭实在没几个人敢擅闯,没人唤醒他,这一觉睡得昏天暗地,当楚晚宁醒来时,竟已是第二日傍晚了。

楚晚宁推开窗,看着外面西沉的暮日,陷入了漫长的沉默。

红霞映着湖面,天边一只野鹤闲闲飞过,倦鸟归巢。

酉时了……他竟在床上躺了一天一夜?

楚晚宁的面色铁青,手搭在窗棂上,啪的一声,险些捏断了木条。

真不像话,尊主专为他设的筵席很快就要开始,可他居然还睡眼惺忪,衣冠不整,头发散乱……这该怎么办?怎么办怎么办怎么办?!

他暗自焦躁。

"玉衡!"偏偏这时,薛正雍竟上山来了,推扉入屋,见到一个坐在榻上、一脸高深莫测的楚晚宁,不由得愣住,"怎么还没起?"

"起了。"楚晚宁道,如果不是额角有一缕碎发翘了起来,他的模样着实是很有威严的,"尊主何事,竟需亲来一趟?"

"没事没事,就一天没瞧你下来过,有些担心。"薛正雍搓搓手,"起了就梳洗梳洗,一会儿去孟婆堂吃饭吧。怀罪大师走的时候特意交代过,要等十二个时辰后才能用膳,你从昨日醒来就没有吃过东西,眼下正好满了十二时辰。我让人准备了许多你喜欢的菜式,蟹粉狮子头啊,桂花糖藕啊,走,一起去吧。"

"有劳尊主费心了。"楚晚宁一听蟹粉狮子头、桂花糖藕,也懒得仔细打理了,准备随便换件衣服就跟着薛正雍下去。毕竟蟹粉狮子头要趁热吃,冷了就索然无味了。

"应当的、应当的。"薛正雍看着他下榻穿鞋,又搓了会儿手,忽然想起了什么,说道,"哦,对了,还有一件事。"

楚晚宁本来就不善料理生活,睡了五年,更是一时迟钝,将左右袜套穿反了,套了半天发现不对,这才不动声色地换回来。

他专心穿袜套,因此头也不抬,淡淡道:"什么?"

薛正雍笑道:"燃儿今晨送了急信来,说他今天晚上一定赶回。他还给你带了贺礼,这孩子真是越大越懂事,我都……哎,玉衡,你脱了袜套做什么?"

"没什么，这是昨天的。"楚晚宁道，"有些脏了，换套干净的。"

"那你刚刚为啥不换？"

"方才没有记起。"

薛正雍很是淳直，不作他想，只是四下环顾了一圈，感慨道："说起来，玉衡，你也老大不小了，我觉得吧，你是时候找个道侣了，你看你这屋子。怀罪大师走的时候还整整齐齐的，结果你醒来，都还没住热闹呢，就东一张纸，西一件袍的……要不我帮你留心留心？"

"烦请尊主出去。"

"哎？"

楚晚宁阴沉着脸，没什么好脾气："我换衣服。"

"哈哈……好，出去就出去，不过那道侣的事……"

楚晚宁蓦地抬头，目如冰湖，瞪着薛正雍那个没眼力见的。

薛正雍总算有些觉过味儿来了，干笑两声："我只是问问，玉衡这个条件，一般的你也看不上。"

楚晚宁垂落眼皮，看上去似乎是白了薛正雍一眼。

薛正雍叹了口气，无奈道："说错了吗？我知道你挑剔。"

楚晚宁淡淡道："我只是无此闲心而已，怎么就成挑剔了？"

"既然不挑，那你说说，什么模样的你能瞧得上眼？我呢，也不是要刻意强求，但至少能帮你留心留心。"

楚晚宁嫌弃他烦，懒得跟他啰唆，于是随口敷衍道："活人。女子。尊主去留心吧，不送。"说着就把薛正雍往门外推，薛正雍不甘心，经历了一番生死，他是真心实意地关切楚晚宁的终身大事。

当年楚晚宁殒身的时候，薛正雍就特别后悔，他想要是楚晚宁有个孩子留下来，就和他哥一样，那自己好歹有个念想，有个人可以照料，可以补偿。

但是楚晚宁既没有孩子，也没有兄弟，独来独往。

薛正雍那时候很难过，觉得很歉疚，更觉得楚晚宁孤独得可怜。

"你这要求说了跟没说不一样吗……玉衡，真的，我认真的——哎！"

薛正雍正要挣扎，楚晚宁已经把他推出去，砰的一声关了门，顺带着，还落了个结界，把他整个挡在外面。

薛正雍："……"

三

师尊，再等我一章！

　　玉衡长老出关，自然值得全派庆贺。但薛正雍知道楚晚宁不喜欢热闹，嘴又笨，因此该说的话、该做的事，都事先安排妥当了。楚晚宁本来还怕晚宴上会有些尴尬，但后来发现自己的担心完全是多余的。

　　薛正雍虽然看上去是个五大三粗的汉子，却有着玲珑心思，场面拿捏得很有分寸。他当着所有长老、众多弟子的面，说了几句掏心窝子的话，但说得不多，不显得煽情，反而很打动人。只有禄存长老比较没眼力见，笑着喊了声："玉衡，今日喜庆，你怎么还冷着张脸？你也说几句吧，这里有些新入门的弟子，还从来没有见过你的面呢。"

　　薛正雍就替他拦着："禄存，玉衡要说的，我都帮他说完啦，你非得拉着他再讲些有的没的做什么？"

　　"那可不一样，多少也得讲两句嘛。"

　　"可他——"

　　"无妨。"薛正雍还想说什么，却被一个清清冷冷的低沉嗓音打断，"既然有新来的弟子，我就讲两句。"楚晚宁说着，从座席上站了起来。他环顾了一圈孟婆堂，熙熙攘攘几千个人都在看着他，但是墨燃还没有来。

　　楚晚宁想了想，道："南峰红莲水榭，多机关兵甲，为防误伤，请诸位新入门的弟子，无事莫要擅闯。"

　　众人陷入了沉默。

　　禄存忍不住道："讲完了……？"

　　"讲完了。"

　　楚晚宁说着，垂眸低首，拂袖落座。

　　众人陷入了更漫长的沉默。

　　新来的弟子们大多在思忖，鬼门关走了一趟又回来，隔世五年，这是寻常人会有的经历吗？再怎么也该讲一讲自己心里头的感受，或者致谢自己的救命恩人，诸如此类。可这个人怎么跟在宣读教条似的，丢了这么一句话就完了，这也太没诚意了。

而年纪稍大的弟子们忍不住轻声笑起来，好几个人在跟旁边的同伴耳语道："是玉衡长老，没变。"

"还是话那么少。"

"噗，是啊，脾气差，性子急，除了脸好看，哪儿哪儿都不行。"反正人多嘴杂，隔远了，楚晚宁也听不到，有人这样戏谑道。众人说着相顾而笑，又去看坐在薛正雍旁边的那个白衣如雪的男子。

筵席开了，除了麻辣鲜香的川菜，还有许多精致的糕点，摆盘工整、口味清甜的江南菜，热热闹闹地摆了一桌。

薛正雍又开了百来坛上佳的梨花白，分至每桌，琥珀色的酒液被豪放地斟了满盏，楚晚宁正在吃第四个蟹粉狮子头，忽然一个深口大海碗"当啷"一声放在他眼皮子底下。

"玉衡！喝一杯！"

"这是一碗。"

"哎呀，管它是一杯还是一碗，喝了！你最喜爱的梨花白！"薛正雍浓浓的眉眼被喜气染得精亮，"要说你的酒量，我薛某人第一个服气！真是千杯不倒！万杯不醉！来来来——这第一杯，我敬你！"

楚晚宁便笑了，端起大碗，和薛正雍铿锵一碰。

"既然尊主这么说，那这第一碗，我喝了。"说罢，他一饮而尽，将碗盏翻出来给薛正雍看。薛正雍大喜过望，眼眶却又有些红了："好、好！五年前，你问我讨要窖里的一坛子上品梨花白，我那时不肯给你，后来心中后悔得很，我以为再也……再也……"他声音渐轻，忽而仰起头，长吁一口气，又朗声道，"不说了！说这做什么！以后你要喜欢，整个酒窖的梨花白都归你！我管你喝一辈子的好酒！"

楚晚宁笑道："好，赚了。"

这边正说着，那边薛蒙和一个人在角落窃窃私语了半天，忽然薛蒙拽着那人挪了过来，两人齐齐在楚晚宁跟前端正地行了一礼。

"师尊！"薛蒙仰起头，一张青春年少的脸器宇轩昂。

"师尊。"那人也抬起头，端的如芙蕖出水、轻云出岫，不是师昧又是谁？

师昧愧然道："弟子今日在无常镇的坐医堂里头义诊，脱不开身，到这时候才来谒见师尊，实在有愧，请师尊恕罪。"

"无妨。"

楚晚宁落下眼帘，端详了师昧一阵子，师昧出落得未免太风华绝代了。

如果说五年前，师昧还是个美人坯子，那如今，彻底长开的他就如未央长夜里盛开的一束昙花，嫩绿的花萼再也藏不住里面的莹白，芳菲颤悠悠地探出来，映得周围一切黯然失色。他有着一双顾盼生情的桃花眼，里头春水细软，不盈一握；鼻梁的弧度极为柔腻，增一分则太凌厉，减一分又太羸弱，嘴唇嫣红饱满，犹如浸过清露的樱桃，吐出的字都是鲜甜柔软的。

"师尊，徒儿很是想你。"

他极少这般露骨地表述自己的情绪，因此楚晚宁不禁愣怔，一时也不知该说什么好。

师昧眼眶红红的，极是情深意动。楚晚宁点点头，淡然道："都起来吧。"

得了准允，两个徒弟都站了起来。

楚晚宁原本已抚平了心绪，然而瞥了师昧一眼，忽地愣住——师昧比薛蒙高啊？这个比较让楚晚宁呛到了，他咳嗽两声，又忍不住多看两眼——高了还不止一点点。

可是这样，师昧的身段就更好了，肩宽，腰细，腿长，柔中带刚，说不出地细腻优雅。发身抽条的他，哪里还有少年时弱不禁风的模样？

薛蒙忽然红着脸，拿胳膊肘捅了捅师昧，使了个眼色。

师昧无奈，轻声道："真的要我去？"

"对，你去比较合适。"

"可这些东西五年来都是少主你准备的……"

"就因为都是我准备的才尴尬，你去，何况其他一些不是你今天带回来的吗？"

"好吧。"师昧叹了口气，拗不过薛蒙，只得从薛蒙背在身后的手里接过一只硕大的酸枝木楼，双手捧着，走到又坐下来吃蟹粉狮子头的楚晚宁面前："师尊，少主与我……这五年间备了些礼物，都是些……小小心意，还请师尊笑纳。"

薛蒙在后头听着，脸越发地红烫，为了掩饰自己的慌张，双手抱臂于胸前，状似悠闲地扭过头去，佯装忽然对孟婆堂的雕花梁柱起了浓厚兴趣。

别人送的礼物，照理说当面拆开是有失礼节的，但楚晚宁作为他二人的师尊，并不愿意收一些过于贵重的东西，因此想了想，问了句："是什么？"

"是……四处买来的一些小玩意儿。"师昧冰雪聪明，又哪里会不明白楚晚宁的心意，于是道，"都不值什么钱，师尊要是不放心，回去打开来瞧瞧就是了。"

楚晚宁却道："回去与现在也无甚差别，开了。"

"不不不！别打开！！"薛蒙愣了一下，连忙扑过来要抢。

楚晚宁却已经把盒子打开了，末了还淡淡地望了他一眼。

"跑这么急，你也不怕摔着。"

薛蒙："……"

那里头果然塞了满满当当，都是些零碎有趣的小物件，有一些刺绣精致的发带、别具匠心的束发环扣、鬼斧神工的玉带钩，楚晚宁随手拿起了一瓶安神宁心的丹药，烛火之下，寒鳞圣手的纹章熠熠生辉。

这一盒东西，价值连城。

楚晚宁实在不知该说什么好，抬起凤眸，瞪了薛蒙一眼。薛蒙的脸更红了。

薛正雍在旁边看着觉得好笑，说道："蒙儿既然有心，玉衡，你就收下吧。反正其他长老都给你备了礼，也都不轻，多一份也没什么。"

楚晚宁道："薛蒙是我徒弟。"

言下之意就是他不愿收徒弟这么多东西。

"可这都是我五年来，看到的适合师尊的东西！"薛蒙一听他这样说，急了，"我用的都是自己赚来的银两，没有花半分爹爹的钱，师尊，你要是不收下，我……我……"

"他会难受，会睡不着觉。"薛正雍替儿子说，"没准还会闹绝食呢。"

楚晚宁："……"

他实在不知怎么和这父子俩对话，于是又低头去看那盒子，忽然瞧见一堆东西里头，躺着另一个更小的木盒。

"这是……"他把它取出，打开看到里面躺着四个泥塑娃娃。

楚晚宁有些不明白，掀起眼帘，看了薛蒙一眼，却见薛蒙满面通红，几乎要滴出血来，瞧见楚晚宁在看他，连忙低下头去，好俊一个男儿，硬是和个毛头小子似的，被师尊盯得低眸垂首，说不出地羞赧。

楚晚宁问："这是什么？"

薛正雍也好奇："拿出来看看。"

"不……要……"薛蒙抚住了自己的额头，无力地喃喃。但自己老爹已经高高兴兴地把四个小泥人都摆了出来。那四个泥人捏得歪歪扭扭，极是丑陋，除了一个高一点，三个矮一点之外，几乎看不出它们之间的区别。这手笔，一看就是出自薛蒙的没跑了。

要知道薛蒙最初是想和楚晚宁学机甲术的，结果学了一天，楚晚宁让他改修了刀法，没别的原因，就因为这小子一个下午在红莲水榭什么都没做成，倒是拿着锉刀差点拆了机甲房。

以这样的"蕙质兰心"去捏泥人，也实在是苦了他。

薛正雍抓起其中一个泥人，颠来倒去地看了看，没看懂，问儿子："你做的这是个啥？"

薛蒙倔强道："随……随便做着玩的，没啥。"

"这黑漆泥人捏得真不好看，还是那个高一点的比较漂亮，刷的是白漆。"薛正雍嘀咕道，大拇指摸了摸小人的脑袋。

薛蒙道："别摸！！"

可是已经迟了，小人开口说话了："伯父，别摸。"

薛正雍："……"

楚晚宁："……"

薛蒙啪的一声打了自己一巴掌，胳膊挡着眼，都不愿意看。

薛正雍半天才反应过来，哈哈大笑："哎哟喂，蒙儿，这是你捏的燃儿？这也太丑了吧，哈哈哈哈……"

薛蒙怒道："那是因为他本来长得就丑！你看我捏的师尊！多好看！"他说着，涨红着脸指着白漆小泥人。

白漆小泥人被他的指尖扫到了脑袋，发出一声冷哼，说道："不可放肆。"

楚晚宁："……"

"哈哈哈哈哈哈！！"薛正雍笑得眼泪都要流出来了，"这个好、这个好，你还放了些灵音絮在里头吧？这小东西学玉衡说话的口气，还真挺像的，哈哈哈哈！"

楚晚宁拂袖道："胡闹。"但还是把四个小泥人都轻轻地拿起来，放回盒子里，摆到自己身边。这过程中，他脸上没什么表情，显得很是淡漠平静，只是当他再抬眼时，眸底却有些未退的温柔。

"这个我收下了，其余的你拿回去，这些东西你也用得到，师父不缺。"

"可是……"

"少主，师尊让你拿回去，你就拿回去吧。"师昧笑着，小声劝他，压低声音道，"反正少主最想送的，不也就是这盒小泥人吗？"

薛蒙的脑袋简直要冒烟了，他气恼地瞪了师昧一眼，踢了踢脚，咬着嘴唇不说话了。

薛蒙这个人，从小被捧得很高，从没有过什么话是不能说的、什么事是不能做的，因此表达喜恶的方式往往很热烈、很直白。

楚晚宁因此觉得薛蒙很难得，这种率性是自己从来都没有的，是薛蒙最难能可贵的品质之一，他有些羡慕。不像自己，从来都是个不坦诚的人，心里很是思念，嘴上却说不挂怀。

复生归来，虽好了些许，但也就这样了，不会变得多厉害。冰冻三尺，非一日之寒，他觉得自己大概用整个后半辈子来改，也改不了太多。改多了，大概也就不是他了。

筵席到了快散的时候，墨燃依旧没有归来。

楚晚宁其实心里闷得厉害，却也没有多说一句话，虽然真的很想问薛正雍，墨燃今日那封信究竟是怎么写的，想问问薛正雍能不能知道墨燃究竟到哪里了。

但他捏着酒盏，喝了一杯又一杯，指节捏得苍白，酒都烧透了肺腑，也没有把他的心烧得热络到能鼓足勇气，扭头去问一句，墨燃什么时候回来。

四

师尊，小心地滑

楚晚宁不问，薛正雍也没有提。

死生之巅的尊主喝得有些多了，头昏脑涨的，讲话也不利索。

他忽然凑近了，盯着楚晚宁说："玉衡，你不高兴。"

"没有。"

"你生气了。"

"没有。"楚晚宁道。

"是谁惹你不高兴了呢？"

楚晚宁："……"

问吗？问一句，自己心里会痛快很多，也许墨燃说的根本就不是今晚一定会回来，也许他说的是今晚尽量回来，只是薛正雍转述的时候讲错了，或者是薛正雍记错了……

楚晚宁遥遥望了一眼门外，夜色浓深，宴将散，席将冷。

他出关的第一天，墨燃没有赶回来。整个死生之巅的弟子唯独差了墨燃，其他的都全乎了，连那些他叫不出名字，甚至见都没有见过的人都来了。

差了墨燃，筵席就是残缺的，再多蟹粉狮子头、桂花糖藕、梨花白香雪酒，都装不满。

楚晚宁闭了闭眼，忽然听得远处，靠孟婆堂正门厅的地方，喧哗起来。

"哎呀——！看！外头那是什么？"

"天上那是什么啊！"

越来越多的人聚过去，屋子里的人都听到了，那噼啪作响的热闹喧嚣，那此起彼伏的春雷巨响。

人们走出屋子，站在孟婆堂前的茵茵草地上仰头看着，看那火树银花不夜天，星河碎成点点流萤，在空中恢宏盛开，蹁跹散落。

"放烟火啦！"那些年轻的弟子喜笑颜开，一张张青春稚嫩的脸庞被明灭闪烁的火光照亮，眼底里映着漫天碎星辰。

"好漂亮，从来没有见过那么大的烟火，过年也没瞧见过。"

楚晚宁也慢吞吞地从堂里踱出，心情并不是太好，薛正雍备下了如此灿烂的烟火盛会，他虽感激，却也依旧摆脱不了心口的沉闷。

"咻——"一声清脆的哨响穿云透月。

他淡淡抬起头，金红色的一束流光像离弦之箭，射入长空，真好看。

若是那个人也在……

"砰！"那一点耀眼的星芒在升到与吴钩齐平时，轰然炸开了，千万朵晶莹的金辉汇聚成流，于是银河失色，月宫无光。烟火像一树海棠吹落如雪，似万顷江河粼粼翻波，楚晚宁在这样流光璀璨的热闹中，缓缓合上眼眸。

"弟子墨燃，恭祝师尊出关。"

忽然间有人在他身后这样说，字字清晰，字字如针，楚晚宁蓦地微抖，像是芒刺在背，像是炭火在喉。他的心跳失了速，血液信马由缰，呼吸不来，猛然回首——身后站着几个刚从孟婆堂走出来的弟子，都惊讶地瞧着天穹，有人这样念道；渐渐地，念的人不再是一个了。

所有人都觉得新鲜，那些小弟子，男的女的，一个人站着的，三五成群的，都瞧着辉煌的夜幕，念出这个句子："弟子墨燃，恭祝师尊出关。"

一声声温柔低语犹如潮汐，犹如梦里的呓语，一句句坚决犹如磐石，犹如千钧的山岳。楚晚宁猛地抬头，夜空中火花因着灵力而流淌，闪烁着，以那样灿烂庞大的阵势，组成这个句子。

那火花凝成恐怕数百里外都能瞧见的盛大江潮，那五光十色的星辰像隔着万岳千山，隔着前尘往事，从未央长夜里向他奔来，那个人的喜悦悲伤、思念愧疚，也在这未央长夜里向他奔来。

他觉得自己忽然成了海中的浮木，海水是他在鬼界、在鬼王殿前，墨燃凝视着他时的那双眼，温情的、炽热的、决绝的。

他无处可逃。周围都是那个人的呢喃、那个人的欢笑，深似大海。

墨燃还是没有来得及在晚宴散前回来，哪怕披星戴月，哪怕马不停蹄，也还是关山路远。

所幸背囊里还有璇玑长老做的传信烟火，怕他在外有恙，应急用的，巧夺天工，可凝灵力写字于纸上，放入轴中点燃，而后就能将所写字句放成浩大的烟火，纵使相隔甚远，死生之巅亦能瞧见。

此烟火价值千金，极为难制，但墨燃浑不在意，只求他的师尊不要生气。

哪怕隔着千山万水，哪怕岁不淹兮，他也要楚晚宁听到这句话："弟子墨燃，恭祝师尊出关。"

两个时辰后，酒宴散去，回到红莲水榭时，夜已深了，楚晚宁身上有酒味，觉得不舒服，想洗个澡，但是天已转凉，红莲水榭的莲池太冷了，昨天洗了一次，差点冻坏身子。他想了想，回屋拿了几件换洗衣服，一个木盆，往妙音池走去。

妙音池是全派共用的澡堂子，他只在刚刚来到死生之巅的头几个月，在这里头洗过澡。这时候已经很晚了，没几个人会在里头沐浴。楚晚宁抬起手，掀了细葛浴帘子走进去。死生之巅许多地方改建过了，妙音池却没变，四周围着黛瓦高墙，踏进大门，先要经过一道纱幔飘浮的回廊，走到尽头，看到六级刷着桐油清漆的细窄木阶。

所有去洗澡的人都会在走下木阶前脱去鞋袜，因此只消在这里看一眼，就知道池子里有多少人正泡着。

楚晚宁脱鞋除袜的时候也留心了一下，发现这里只孤零零地摆了一双靴子，靴子挺大的，有些脏，但被很整齐地摆在了角落，没有因为场子空就随意乱丢。

楚晚宁心道，是谁？这么晚了还来洗澡……

但他也没多想，抱着他的小木盆就赤着足走下台阶，拂开挡在走道尽头的最后一重幔帐，下到院子里。

庭院中水雾弥漫，云蒸霞蔚，有一个巨大的温泉池子，依地势起伏，造出一帘极宽的飞瀑，发出隆隆闷响，朦胧热气、氤氲白烟自池中舒展柔嫩腰肢，翩然升至空中，散入每个角落、每寸罅隙。

因为雾气太重了，在这里一切都是模糊的，人和人要离得很近，才能瞧清对方的脸。楚晚宁踩着光滑的雨花石小径，穿过重叠繁重的天桃，来到最近的一个入浴口。那里陈设着青石凿成的矮架，是专门用来放换洗物品的。他把小木盆和袍子都搁在了上头，而后脱去衣服，缓缓走入池中。

真暖和——他忍不住满足地轻叹了声。

要不是不想和那么多人挤澡堂，又不愿意每天半夜来泡澡，他还真有些嫌红莲水榭又冷又简陋。

薛正雍毕竟是个事无巨细、考量甚周全的人。妙音池是他监工造的，池边有花，终年繁盛，尽头瀑布，用以冲洗，要是泡累了，还能躺到旁边一个小木亭里，用地热卵石压一压经络穴位。

比起昨天匆匆忙忙在红莲水榭洗的那个糊涂澡，这里实在是太过舒服了。

楚晚宁一时忘怀，有些愉悦，见四下无人，便舒展开修长的身形，径直泅到了瀑布边。

"哗！"他刚刚从水里浮出，抹了把脸，唇边浅浅笑容未散，猛地看到近在咫尺的地方有个男人正背对着他在激烈的瀑布下冲澡，瀑布的水声太响了，以至于楚晚宁离得那么近了，都没有听到另一个人的动静；只怕他要是再晚浮起一点,继续往前游的话,手指尖都能摸到那男人的腿了。

所幸悬崖勒马,没有碰到人家,但这距离依然近得有些唐突无礼,楚晚宁几乎就站在那个男人的身后,男人很高,比楚晚宁还要高出许多,皮肤晒成蜜色,显得很野,肩膀宽且挺,肩胛骨随着手臂的动作而耸动着,像是金色的山岳,蕴藏着摧枯拉朽的力道。

他的肌肉不夸张,但结实匀称,水流哗哗地冲打着他的身子,有的水丝在阳刚宽阔的原野上汇聚成流,有的则飞溅到四周,有的像是痴缠上了这具躯体,甘愿化作一层薄薄的水光覆在他身上,与他难舍难分。

楚晚宁是个清冷惯了的人,哪里见过这样炽热的场景?楚晚宁登时耳根就红了,忙转身要走。可是不知是池子底太滑,还是他脚步有些不稳,竟是一个趔趄,猛地栽进了池水中,溅起大簇水花!

"喀喀!!"

这回楚晚宁是连脸都尴尬到涨红了,因为心慌,连呛进了好几口水,想到这水还是身后那家伙的洗澡水,更是又气又恶心,也顾不得什么从容了,扑腾着急着要从水里头站起来。

他堂堂玉衡长老,岂能——忽然一只线条流畅、结实有力的手扶住他,把手忙脚乱、颜面尽失的楚晚宁,从湍急的水流里拉起,那个男人显然是被他的动静惊到了。

"你没事吧?"男人抓着他的手臂,声音低缓,他们的身高相差,正好让男人低头说话的时候,呼吸拂在楚晚宁的耳朵,"这里的石头很滑,要小心些。"

楚晚宁的耳根更红了,他几乎能感觉到那人的胸膛就在他背后,咫尺之遥的地方,起伏、起伏——伏的时候心慈手软,饶了他的性命;起的时候却那样剑拔弩张,几乎就要贴到他的背脊。

楚晚宁一时羞愤交加,他几时与人这样接触过?

猛地甩开男人的手,楚晚宁面目阴沉,目光却闪躲着:"我没事。"

瀑流声很大,将楚晚宁的嗓音冲刷得不甚清晰,但不知为何,听到他说话后,那个男人蓦地一震,一下子愣住了,微微抬起手,好像想说什么,但又没有勇气说⋯⋯

踌躇间,楚晚宁已经走到稍远的地方,迈进了,或者说是躲进了沸反盈天的热闹水帘后。

五

师尊，衣服不能乱穿

楚晚宁的心跳很快，脸气得都有些红，余光扫到那个男人，仍山岳般在原处立着，身形似乎有些木僵，楚晚宁没正眼去看他，却能感到他赤裸的、不加掩饰的目光，直直地盯着自己，像刚刚从铸剑池提出来的刀剑，犹在丝丝蹿着惊人的热，刺过瀑布，水流都被剑身蒸成了烟雾，刺到自己身上。

楚晚宁没来由地觉得自己受到了极大的冒犯，脸色越发难看，咬着嘴唇，往瀑布更深处躲。

岂料那男的竟是个痴的，楚晚宁往里躲，他也如牵线木偶般，跟着往前走了一步。

"……"

楚晚宁大怒，这让他想到了死生之巅总有那么几个无聊至极的人，以前甚至有个女的，竟然大晚上不睡觉，爬到红莲水榭的屋顶上，偷偷趴着，等着看自己洗澡。这个回忆让他头皮有些发麻，被那个男人抓过的胳膊，似乎也忍不住起了鸡皮疙瘩。

不过，好在他躲在瀑布最深处吃了半天的水珠子，那男人总算像是放过了他，一步三回头地回到水流下，继续冲起了澡。

楚晚宁忍着心头的火焰，也不想多泡了，打算尽快洗完尽快离开。

他伸手去肩上拿浴巾，却猛然发现，浴巾，还有裹在浴巾里的皂角熏香，都因为刚刚那石破天惊的一跌，掉在了水里，此刻怕是已经融掉了……

再上岸拿？

他光着身子，从那个男人眼皮子底下走过去？

楚晚宁现在不是脸红了，脸色是青的，薄唇紧抿，很是屈辱。

他不去。

于是他像傻子似的双手抱臂，背靠着山石，继续在飞瀑最深处冲着自己。

楚晚宁："……"

男人："……"

忽然遥遥地，那个人在远处提高声音，犹豫地问了声："你要不要皂角？"

"……"

"还有熏香。"

"……"

"总不至于就这样一直冲着吧。"

楚晚宁闭了闭眼,依旧没出去,冷冷道:"你扔过来。"

那人没有扔过来,似乎觉得这样待一个陌生人,太过失礼、太不尊重。楚晚宁在瀑布下等了一会儿,看到一张桃叶,被施了灵力,载着一枚皂角、两枚熏香,悠悠朝他漂来。

楚晚宁把东西拾了,仔细一瞧,却愣了一下。

皂角没什么,大家用的都差不多,但熏香那人拣了梅花、海棠两种味道,正是他最喜爱的。

他不由得透过晶莹踊跃的水帘子,多看了那隐在远处的高大身影一眼。

男人问他:"是要这两种吗?"

楚晚宁说:"凑合。"

男人便又不说话了,两个人隔得很远,各怀心事,沉默地冲洗着。楚晚宁洗着洗着,稍微自在了些,便小心翼翼地从瀑布深处又钻了出来。毕竟原本立着的地方水太急了,冲得他实在不舒服,可他一出来,那个男人又往他这边瞧了过来,瞧过来就算了,楚晚宁总觉得这家伙的眼神怪怪的,似乎欲言又止,有话想跟他说,又犹豫着不知该不该上前,直把楚晚宁盯得浑身发毛。

洗了一会儿,受不了了,楚晚宁打算自己先离开。

可惜衣服放在入池口,他须得原路返回,才能顺利穿上。没办法,楚晚宁只得硬着头皮、沉着脸、咬着后槽牙,往那个男人站的地方走去。

岂料走到男人正前方,两人之间隔着段说长不长、说短不短的距离时,那人忽然也动了,他把长发束起,甩着湿漉漉的额发,跟在楚晚宁身后,也准备出浴。

楚晚宁额角青筋暴跳,加快了脚步,谁知那男人竟是如此厚颜无耻,也跟着加快了脚步。

楚晚宁:"……"

他手指尖已有天问的金光在流淌了,之所以忍着不召武器,倒不是怕打伤别人,而是觉得不管怎么样,总要先把衣服穿了再打,于是又走得快了些。

这回男人没有再跟着他了,停了下来。

楚晚宁松了口气,可那口气松到一半,连叹都没完全叹出来,就听到那个男人在他身后说了句:"你头发上……还有泡沫。"

"……"

"不去冲干净吗?"

正在楚晚宁心头火大的时候,男人又缓缓走过来,这次走得很近了,声音也很清晰,就在他身后。

如果楚晚宁没有那么生气,应当能顺利听出这声音虽然变了,但依稀还是有些耳熟的,可惜心中正烈焰欺天,狂流四起。

"你……"男人还想再说什么。

楚晚宁终于忍不住了,蓦地转身,手中金光骤起,唰地朝对方劈头盖脸地抽下去,眼中更是雷鸣电闪,雪亮如刀。楚晚宁怒不可遏,恨不能暴起而杀之:"你有病吗?"

天问之光劈开朦胧水雾,朝着那人胸膛疾掠而去,刹那间,荧荧金光照亮了那个男人的脸,楚晚宁看到一双眼睛,明亮的、温柔的、羞赧的,里面像星河流萤,伴着风起云涌,又像静水深流,藏着往事成荫。

墨燃?!

楚晚宁手下要收势,已经来不及了,柳藤啦啦作响,正打在墨燃结实光滑的胸膛上,墨燃闷哼一声,却未再作声,只低了会儿头,再抬起脸时,眸中依旧没有任何怨恼,只是湿漉漉的,像刚下过一场缠绵悱恻的临州初雨。

楚晚宁倏地收回了天问,僵直地立在原地,半晌,嘶哑道:"你怎么不躲?"

墨燃道:"师、师尊……"

楚晚宁愕然。他想过很多次两人再见面的场景,却独独没有想到过会在妙音池,在温泉池水里见到墨燃:"你在这里做什么?什么时候回来的?!"

"刚刚。"墨燃轻声道,"赶路匆忙,身上太脏了,不能看,所以想先洗个澡,再去拜见师尊,没有想到……"

楚晚宁一时说不出话来。

他们都没有想到。

他们都是想端端正正、庄庄重重地再相见。

墨燃大约还想衣冠楚楚、干干净净地出现在楚晚宁面前。

结果呢?

他非但不端正,还很可笑;非但不庄重,还很荒唐;不但没有衣冠楚楚,而且赤身裸体;干干净净倒是勉强符合了——如果不是干净到连衣服都没有,不着寸缕的话。

"师尊,真的……真的是你……"墨燃倒是没有太在意这些,五年来,楚晚宁睡着,他醒着,对于楚晚宁而言只是一场梦的时间,对于他,却是钻心刻骨的一千余天。

他的心情远比楚晚宁的复杂,他的眼眶是微红的,强按着感情汹涌:"那么久了,我、我方才…都不敢认。觉着自己是认错了人,我还以为……"

楚晚宁觉得脑内嗡鸣,一时间竟也不知该说什么好,半晌才道:"你若不确定,自己来问我不就好了,跟在后头不声不吭地做什么?"

"我也想问。"墨燃轻声道,"可是五年了……突然之间……好像看到了师尊就在眼前,我其实……都觉得自己是在做梦……"

近乡情更怯,不敢问来人——大抵,墨燃看着他的侧影时,就是这样的心情吧。

五年来已经梦得太多了,怕又是自己疯魔,醒来枕上有泪,所谓相逢,不过是空欢喜一场。

楚晚宁胸臆慌乱,只是强作清冷镇定,也真是难为他了,明明心底都是润湿的,口中还要干巴巴地说:"什么梦能荒谬成这样?"

听到楚晚宁这么回答,墨燃先是微怔,随后似乎想到了什么,抿了抿唇,眸底有光晕流淌。其实他原本并不打算一见面就说起那件事,但踌躇着,大约觉得自己接下来的话,若不趁着此刻楚晚宁还未高筑城墙就问,以后就再难有机会了。

于是他顿了顿,开口:"……师尊不记得了吗?"

"不记得什么?"

墨燃的眸子沉黑,幽深不见底:"是你以前跟我说过的,太好的梦,往往不是真的。"

"那不过是因为……"话说一半蓦地顿住,楚晚宁猛地意识到这句话是自己在金成池救墨燃的时候说过的,因为当时真的心里难受,所以说出这样消沉的语句,隔了这么久,竟还能轻易想起。

可是墨燃怎么会知道金成池的那个人其实是自己?难道是师昧跟他说了?

楚晚宁抬眼去看他,却见墨燃也正望着自己,这时才恍然明白墨燃根本就不确定真相,之所以这样说,只不过是为了观察自己的反应。

墨燃轻声道:"果然是师尊吗?"

楚晚宁:"……"

墨燃抬起手,胸膛的皮肤被划开了,有血色渗出来,苦笑道:"这些年,总是在想一些往事,想知道师尊到底都为我做了些什么,想了很多,后来也想到了金成池的那个幻境——师昧是从来不直接唤我名字的。"

他顿了顿,接着道:"那些回忆,都是越想越煎熬,所以我就想等师尊醒了,见到你,很多事情,都要亲口问一问你。"

"……"

"最想问的一件事,就是……师尊,当年在池底救我的人,其实是你吧?"

墨燃说着，朝他走过去，楚晚宁想往后退。

因为他忽然发现墨燃是那么高，岳峙一般，躯体的每一寸都像是蕴含着能要了人命的气力。他忽然发现墨燃的眼睛是那么明亮，像是旭日落进了那两池灵明里，波光潋滟处，尽是霞光。

楚晚宁没来由地觉得心慌，他说："不是我。"

墨燃显然没有信。

楚晚宁慌乱间抓住了另一个话头，就像抓住了救命的稻草，不过他因为太惊愕、太紧张、太尴尬，甚至忘记了这个问题他刚刚已经问了一遍，而墨燃也已经回答了他。

他望着这个胸膛被自己划开一道血痕的男人，又说："方才误伤你，你怎么不躲？"

墨燃愣了一下，忽然垂落浓深睫毛，笑了。

"你说梦太好了，不会是真的。"他也又答了一遍，顿了顿，似是喃喃，"我想感到疼。疼了，就不会是假的。"

他已经走过来，立在楚晚宁跟前了。

大抵是因骤然相逢，心中的喜悦与温柔、怜惜与酸楚超过了一切，墨燃也没有做任何他想，甚至忘了他应当与楚晚宁保持恰到好处的距离，一段师徒当有的距离。

但他没有。

此时此刻，他只记得眼前之人是晚宁，不是师尊。

墨燃的眼眶越发地湿红了，他笑着抬起胳膊："方才好像被水花溅到了。"说着他擦了擦脸，也擦过了眼睛。

楚晚宁不愿再仰望着墨燃英俊无比的脸，可目光偏下去几寸，瞧见的是挺拔的肩，宽阔的胸膛，大问劈出的血色缓缓洇开，未干水珠随着墨燃的呼吸而微微颤抖着，周遭都是墨燃的气息。

"师尊，我……"

我什么？

墨燃还什么都没来得及说，就见得楚晚宁忽然转身，拔腿就跑。

他惊呆了。

真的是跑——墨燃第一次见得楚晚宁这样匆忙、这样着急地要跑走，好像后面有东西能吃了他，会要了他的性命，嚼碎他的魂灵。

"我真的很想你。"

墨燃立在原处，因为惯性，呆愣愣地说完这整句话，然后抿上了唇。

干吗要逃……墨燃有些委屈，上了岸，看到脸色青一阵红一阵，正急着穿衣服的楚晚宁，不由得更委屈了。

"师尊。"他嘟哝。

楚晚宁不理他。

"师尊……"

楚晚宁还是不理他，在缠腰封。

"师尊啊……"

"干什么！"好不容易披上衣服的楚晚宁，总算松了口气，觉得自己的颜面以及理智，都随着衣袍的遮掩，回到了血肉里。他剑眉怒挑，一双凌厉的凤眸，恶狠狠地瞪着那个胆敢比自己更高的逆徒："有什么事不能出去再说？你这样跟我讲话，像什么样！"

墨燃有些尴尬，手握成拳，凑在唇边咳嗽一声："我也不想这样。"

"那你还不穿了衣服再说？"

墨燃顿了顿，目光偏开，望着旁边一株桃树，说道："是这样的……"他深吸了口气，终于下定决心说出来，"师尊，你穿的，是我的衣服。"

讲完这句话，墨燃盯着满枝摇曳的桃花，脸也有些红了。

六

师尊，满意你看到的吗

短短一瞬间，楚晚宁脑中翻江倒海，风雨交加，雷鸣电闪，黑云泼墨。

还，还是不还？这是个要命的问题。

不还，似乎是不合适的，他都已经知道自己穿错了衣裳，总不能装作没有听到墨燃方才的话吧？

还……怎么有脸？他好不容易穿起来的衣服，总不至于当着墨燃的面，再一件一件地还回去。

一阵诡谲沉寂过后，墨燃道："不过，这件衣裳我洗得很干净，师尊若是不嫌弃，就……穿着吧。"

楚晚宁："嗯。"

墨燃松了口气，他这个人向来有些钝，方才话说出口，都没有意识到楚晚宁已经把衣服穿了大半，自己这个时候再提点师尊，难道是在逼迫师尊还自己衣服？

他的脸更红了，幸好这些年在外头奔波惯了，不再如少时那般细皮嫩肉，小麦色的皮肤倒也不容易看出来，只是他觉得自个儿心跳的声音有点响。他做贼心虚，怕楚晚宁听到，于是忙低头去拿楚晚宁的衣服，闷头穿了起来。

等整理好衣冠，两人互相看了一眼，却陷入了另一重尴尬——不合身。

墨燃披着楚晚宁的衣袍，明显有些紧了，衣襟都无法叠拢，襟口敞开，露出紧实的大片蜜色胸肌，腿更是露了半截儿出来，瞧上去捉襟见肘，说不出地委屈。

楚晚宁那边的状况也没好到哪儿去，披着墨燃的外袍，袍缘委地，遮住了整个脚面不说，还拖到了地上，一段白衣烟云般披在身后，瞧起来倒是挺好看，挺端正的，可这意味着，他如今竟已比墨燃矮了这么许多。

楚晚宁有些被伤着了。

他沉着脸，说："走了。"意思是"我走了"。

墨燃没有理解对，当他是邀请自己一块儿走，于是点点头，主动替师尊拿过木盆和换洗的衣裳，殷勤地跟在他身后。

楚晚宁："……"

两人走到浴池门口，撩开帘子，外头不比温泉附近，有些秋凉。楚晚宁不由得打了个哆嗦，墨燃看到了，问他："冷？"

"不冷。"

墨燃如今又哪里会不知道他是嘴硬，于是笑道："我有些冷。"说着抬手凌空一捻，掌心中踊跃出红色辉光，一层驱寒结界瞬间将两人笼在其中。那结界很漂亮，光华流淌，顶端有细碎花痕。

楚晚宁抬头看了看，神情讳莫如深："不错，长进了。"

"不如师尊。"

"差不多了，我做的驱寒结界，也未必会比这更好。"楚晚宁专注地看了一会儿，看着光阵上浅淡的花朵痕迹，开口道，"桃花很漂亮。"

"是海棠。"

楚晚宁心中微微颤了一下，涣入眸底，是一道涟漪。

墨燃道："花朵有五瓣。"

楚晚宁扑哧笑了，习惯性地想要盖去自己眼底的动摇，于是故作从容，甚至有些嘲讽："学我？"

岂料男人目光纯澈直白，就那样坦荡荡地看着他，竟点了点头："学得不好，让师尊见笑了。"

楚晚宁无言以对。

两人肩并肩沉默地走着，走了一会儿，楚晚宁不想站在他身边，于是步伐稍微快了些，墨燃在后头跟着，忽然问："师尊，我晚宴没有来得及赶回来，你……是不是生气了？"

"没有。"

"真的？"

"骗你做什么？"

"那你为什么走这么快？"

楚晚宁当然不可能说"因为你太高了"，沉默一会儿，看了看天色，说道："因为好像快下雨了。"

结果他这个乌鸦嘴，说完之后没有过多久，原本就阴沉沉的天空，真的噼里啪啦落下了水珠子，散入珠帘湿罗幕。

墨燃笑了。

他的笑容依旧和五年前一样好看，甚至因为多了几分率真之意，瞧上去竟显得格外耀眼。

楚晚宁瞪着他："傻笑什么？"

"没什么。"墨燃酒窝很深、很甜。

青年非常高大,但是睫毛长卷,回望着他的时候很乖,并没有丝毫的凌人之气。

他甚至是有些羞涩的,说道:"只是很久没有看到师尊了,眼下瞧见了,就很高兴。"

"……"

楚晚宁瞧着他,瞧着他脸颊边的梨窝,本以为这两池甜蜜将永远属于师明净,后来却发现不是,原来自己只要付出性命,竟也是能侥幸得一坛的。

楚晚宁骂他:"傻子。"

墨燃睫毛垂下来,纤细柔长,就真的笑成了一个傻子。

这样一忘形,墨燃就不慎踩到了一直在小心翼翼避开的衣摆,楚晚宁低头看了看地,然后看他,神情威严,却不说话。

墨燃很耿直:"这衣裳师尊穿大了些。"

真是哪壶不开提哪壶。

墨燃一路将楚晚宁送回红莲水榭。楚晚宁其实有些不习惯,一个人独来独往惯了,很少有机缘与别人共撑一把伞,无论是油纸伞还是结界伞。

所以走到一半的时候,他停下脚步,说道:"我自己来吧,开个结界而已。"

墨燃愣了一下:"走得好好的,为什么……"

"哪有师父让弟子打伞的道理?"

"可是师尊为我做了许多事。"墨燃沉默一会儿,嗓音低缓道,"这五年来,我每天都希望自己能变得更好一些,因为师尊什么都会,什么都能自己做。我就想会的比师尊再多那么一点点就好了,这样能让师尊用得到我,能报答师尊。磨炼了那么久,我还是觉得高山仰止,可能师尊的恩情,一辈子也还不清了。所以……"

他低着头,手不自觉地在腿边握成拳,地上的雨渐渐汇集成流,一朵朵水花开了又荼蘼。

"所以以后,打伞这种小事,还是交给我吧。"

楚晚宁没有说话,安静地看着他。

"我想给师尊撑一辈子伞。"

楚晚宁觉得心口很烫,明明是那样暖心的语句,他听了,却忽然觉得很想掉眼泪——明明经历过那么多苦楚,他是不会轻易示弱的。

他好像一个走了很久很久的旅人,终于找到了一个可以容身的地方,一个可以躺下来歇息的地方。

他倒下了,骨头都像要分崩离析。

这一世——

墨燃今年二十二岁，有人讲过，人过了二十岁，看到的时光是和二十岁之前不一样的，二十岁之前，三年，五年，都好像漫长得可以称为一辈子。

但二十岁之后，就会开始觉得时日奔流去，逝者不复还，一切尽是匆匆。

墨燃说要在这样的匆匆里停下来，为他撑伞。

楚晚宁得到过的温情太少了，胸腔里陡然盛了这样的好意，只觉得疼得厉害。他望着墨燃，望着那个低着头的男人，忽然说："墨燃，你看着我。"

男人便抬起脸来。

楚晚宁道："你再说一遍。"

墨燃望着楚晚宁，这张脸对楚晚宁而言仍是有些陌生的，和记忆里，和曾经荒谬的那些醉梦中的人，都不一样。

他是温柔的、沉稳的、刚毅的，有着火的热烈，铁的硬劲，那两束目光笔直地迎向楚晚宁，没有迟疑，没有闪烁。

明明楚晚宁五年前最后看他的那一眼，他还是个稚气未脱的少年；一晃眼，他成了这样英挺坚毅的男人。

这个男人在楚晚宁面前单膝跪下，仰着头，说道："师尊，我想为你撑一辈子伞。"

楚晚宁怔然望着他，望着他漆黑的眉毛，俊朗的脸膛，望着他明亮的眼睛，高挺的鼻梁。

墨燃已然长成了极好的松柏，与他齐平，而后超过了他。有一天，楚晚宁这棵在风雨里岿然肃立了太久的树木，忽然自浮生一梦中苏醒，眨眨眼看到雨停了，云开雾散，鲜嫩的初阳里，有一株比他更高大、更毅然的树，挨着他挺立着，风一吹，金光点点，万壑松涛。

这棵树说要陪他一辈子。

直到他们倒下，病木发枯，繁枝不再。以后每个春夏秋冬，楚晚宁都不再是一个人。

楚晚宁望着他，忽然明白过来，墨燃再也不是他五年前从彩蝶镇背回来的那个血迹斑驳、少不更事的徒弟了。

楚晚宁站在雨里，站在飘飞着海棠花的结界下，头一次仔仔细细、一寸不漏地检视着墨燃，检视着这个男人为他许下的永恒诺言。

然后楚晚宁觉得自己心里头一直沉眠的熔岩在苏醒，在深渊里舒活着筋骨，随时准备暴烈地喷发出来。

那熔岩，要把他素来引以为傲的矜持、高傲……都烧成灰烬，焚成残渣。

第五章 师与吾再伴

〈一〉
师尊，蹚过五年来见你

一辈子都为自己撑伞吗？楚晚宁不相信墨燃能真的做到，于是心生刁难，依旧是淡淡地问："一辈子？"

"一辈子。"

"我可能会走得很快，并不管你。"

"没关系，我追着。"

"我也可能会站着，不想走了。"

"我陪师尊站着。"

楚晚宁被他不假思索的回答弄得焦躁，拂袖道："那我要干脆走不动了呢？"

"我抱你走。"

楚晚宁："……"

墨燃愣了一下，觉得好像有些不敬，有些唐突，于是睁大眼睛，摆摆手急着道："我背你走。"

楚晚宁闭了闭眼睛，不得不尽了所有的努力，来按捺住自己渴望将眼前这个傻子扶起来的那种心情。他甚至有些无措，而这种无措让他蹙起眉头，他看上去很着急，有些恼怒："谁要你背？"

墨燃张了张嘴，却不知道该说什么。

他的师尊就是那么难伺候，背也不好，抱也不好，总不能抬着，更不能拖着。他很笨，不知道怎样才能哄得楚晚宁开心，于是有些失落地低下头，像是弃犬。

他小声道："那我也不走。"

"……"

"你要想淋雨，我陪你一起。"

楚晚宁被这样严丝合缝的纠缠逼得手足无措，他这般独立惯了的人，几乎是不假思索道："我不要你陪。"

墨燃终于不说话了，从楚晚宁这个角度，只能看到他宽阔的额头，漆黑的眉毛，还有两排纤长眼睫，像雾帘般垂落，微微颤抖着，好像有风吹着帘子起，吹落帘子伏。

"师尊……"楚晚宁焦躁之下的拒绝，让墨燃误会了他的心意，墨燃说，"你是不是还在生我气……"

楚晚宁还浸没在自己的心绪中，无法摆脱，因此也没有听清，只道："什么？"

"在鬼界的时候，我就与师尊说过，说过许多次对不起，但是我知道不够。这五年来，我无时无刻不在愧疚中度过，我知道我欠你。"

楚晚宁："……"

"我也想做得更好一些啊，想至少能在你跟前站着的时候，不会觉得自个儿太脏，不会觉得抬不起头。可是我……我追不上你……我几乎每一天醒来，都在担心这是梦，担心梦醒了，你就不在了。我耳边总是响起金成池里你救我的时候，跟我说过的话，你说梦太好不会是真的，我就……我就很难过……"

墨燃的声音有些嘶哑了。

他还有些话想说，但是不愿说，他觉得没有脸在楚晚宁跟前继续讲这些，他如何能狠心让楚晚宁再知道这五年里的种种？

他……有时候一个人待在雪谷里，分不清时光，也分不清自己身在何处。那个时候就拿针扎自己，一针一针刺在手指的骨缝里，很疼，痛得够了就知道自己的神志仍清醒，知道自己还弥留在这人世间。

知道这一切不是前世的他做的一场大梦，醒过来不会看到物是人非的死生之巅，满眼仇恨的薛蒙，被夷为平地的儒风门，不会看到红莲水榭里，楚晚宁和衣躺着，犹如生前。

犹如生前，犹如生前——还有哪四个字，能比这更字字泣血？

说来奇怪，在知道楚晚宁为了救他而死去的时候，在下到鬼界去救人的时候，他心头虽疼，却没有这样不可遏制地绝望过。

可是随着浮生倥偬，随着时光渐渐流逝，随着楚晚宁苏醒的日子一天一天靠近，墨燃却越来越痛，越来越心如刀割。

似乎是一个人独处的岁月，让他有了更多思考的空闲，又似乎是因为他在没有楚晚宁的日子里，曾那样歇斯底里、竭尽全力地模仿着那个人，恨不能将自己拆碎了，换为楚晚宁的倒影。

总之，很多曾经他没有留心、没有深想、渐渐忘怀的事情，回到了他的脑海里。那些往事，犹如潮汐退去后，裸露出的湿润滩涂，他孤零零地站在海边，海浪已经息了。

一切都看得那么清楚。

他想起前世，烽烟四起，穷途末路，薛蒙找上死生之巅来，在面目全非的巫山殿，薛蒙曾含着泪，一字一句地质问过他——他为什么要这样对自己的师尊。

薛蒙曾经逼迫他，让他在死前回头。

薛蒙说："墨燃，你好好想一想，你放下你那些狰狞的仇恨。你回头看一看。

"他曾经带你修行练武，护你周全。

"他曾经教你习字看书，题诗作画。

"他曾经为了你学做饭菜，笨手笨脚地，弄得一手是伤。

"他曾经……他曾经日夜等你回来，一个人从天黑……到天亮……"

那时候墨燃没有去听，不肯去看。

眼下走到命运的海岸边，退潮了，他低头看脚下，看到了一颗遗落的心。那颗心曾经待他那么好，曾经恳切到快要死去，快要将心血熬干。

是他刚愎自用，没有瞧见，踩在了脚下。

他就这样把楚晚宁的心踩在了脚下！

墨燃每每想到此处，都觉得遍体生寒，血肉模糊，他到底都做了些什么……都做了些什么啊？两世，十六年，他何曾有一天报答楚晚宁过？他何曾有那么一天——将楚晚宁放在心中第一位过？！

畜生！

自己难道从前是木石之心，竟不会疼？！

这五年来，他多少次在睡梦中看到楚晚宁着白衣归来，容颜如旧。

他醒过来，枕头都是湿润的，他每天都在说："楚晚宁，师尊，对不起，是我不好、是我不好。"

他每天都说，却不能减分毫内疚。

后来，他看到春日的芳菲，会想到楚晚宁；看到冬日的落雪，也会想到楚晚宁。

后来，每一个清晨都是金色的，就像楚晚宁的魂魄。每一个夜晚都是黑色的，就像楚晚宁的眼睛。后来每一缕月华皎白都如楚晚宁云袖拂雪，每一轮旭日都如楚晚宁目藏温情，后来他在天边的红霞里，在青蟹色的晨曦中，在壮烈的云海奔流中看到楚晚宁的身影——到处都是楚晚宁。

因着这样的痛楚和思念，他甚至渐渐淡去了对出身卑微的仇恨，淡去了对师昧的关注。

有一天，他看到雪谷外，墙缝里，探出一枝积雪的迎春花。

他平静地瞧了一会儿，只是犹如平日里一般地想。他想，啊，这花这么好看，若是师尊见到了，定然是会喜欢的。

他只那么淡淡想着，想着最简单、最随意不过的一件小事。

楚晚宁死去时，都没有将他逼疯、将他击垮的悲伤却在瞬息间呼啸着奔涌向他，千里之堤毁于蚁穴，他忽然就崩溃了。

他失声痛哭起来，深谷渺茫，雁阵惊寒，他的嗓音是那样嘶哑和刺耳，耻于去哭那一枝傲雪而生的金色繁花。

五年了，他从来没有原谅自己过。

"师尊……对不起……我今天拼命想要赶回来，我也给你带了礼物，想要见到你的时候，不空着手……"那些强撑的镇定终于灰飞烟灭，那些故作的从容终于土崩瓦解。

墨燃跪在楚晚宁跟前，终于自乱阵脚；如今，也只有在楚晚宁跟前，他才会自乱阵脚。

"我……还是很笨，你复生后，我答应你的第一件事，也没有能够做到。是我不好。"

楚晚宁见他这样，心中已是万分不忍。楚晚宁素来珍视墨燃，如今久别重逢，又哪里忍心让他这般委屈，但听他说到此处，却犹豫了一下，问道："你今日为何会来迟？"

"原本……也是来得及的，但在彩蝶镇遇到了一些作祟妖邪，我……"

"除妖耽误了？"

"对不住。"墨燃低着头，"非但耽误了，连备好给师尊的礼物，都毁了差不多……还弄得浑身都是污血，所以我就急匆匆地来洗澡，结果……"

楚晚宁心底软下去——墨宗师。这个墨燃，果然和五年前不再一样了。

五年前尚且自私自利，如今却也知道了孰轻孰重。楚晚宁并不是个一心想着风花雪月的人，若墨燃置彩蝶镇鬼祟之患而不顾，他反倒会生气，但如今这个老老实实跪在自己跟前，笨拙地请求原谅的男人，他却觉得，实在蠢得有些可爱。

楚晚宁缓缓上前，心中温流翻涌，伸出手正欲扶起墨燃，却忽听得墨燃闷声道："师尊，求你不要逐我出师门。"

这回轮到楚晚宁愣住了，他不知道墨燃那么深的愧疚与不安，所以也没料到墨燃会这样说，迟疑道："怎么……"

"哪怕下雨的时候，我陪着你、追着你、守着你、背着你，你都不要、都不满意，也求求你，不要赶我走。"

墨燃终于抬起了脸，楚晚宁的心头震颤。

他看到这个男人的眼眸微微泛着红，里头有雾气在氤氲。

楚晚宁一向利落果断，此时却骤然没了主意，手足无措地："你……你今年都二十二了，怎么还……"顿了顿，他长叹了口气，说道，"你先起来。"

墨燃猛地抬起胳膊，狠狠擦了擦眼睛，倔强道："师尊不要我，我就不起来。"

果然还是个无赖！

楚晚宁有些头疼，抿起嘴唇，抓住他的手腕，把他拉起来。

墨燃咬着嘴唇，咬了一会儿，似乎是横了心要倔下去，赶也赶不走的那种："请师尊不要赶我走。"说着又要再跪。

楚晚宁被他磨得实在无计可施，只得厉声止住："你再跪！我就真的不要你了！"

墨燃愣了一下，眼睛眨了眨，忽然明白过来，眸底骤然亮了："师尊，你没有怪我……没有因为我今天失约生我的气？你……"

楚晚宁怒道："我器量何曾如此小过？"

墨燃心下激动，忍不住就想要靠近他，这可把楚晚宁吓到了，他后退一步，剑眉怒竖："你做什么？成何体统？"

"啊。"墨燃这才顿觉失仪，忙道，"对不起对不起，是我忘形。"

楚晚宁的耳朵尖通红，强自冷然道："二十多的人了，还是这么没规矩。"

墨燃的耳朵尖也红了，嘟哝着："是我不好。"

"是我不好"似乎成了他的口头禅，楚晚宁听着，有些好气，有些好笑，有些怜惜，还有一些暖，他骂了一句："蠢货。"蓦地转身离开。

头上结界未偏移，墨燃真的就和许诺的那样，追着他远去。

〈二〉 师尊读书

这天晚上,楚晚宁躺在红莲水榭的床榻上,辗转反侧,睡不着觉。

他在想墨燃怎么会成长为如今这般模样,墨宗师,墨微雨,闭上眼睛都是那个男人英气勃发的脸庞。

这些年……他不在的五年,墨燃到底都经历了些什么呢……

楚晚宁思来想去,竟是辗转难眠,只得抓了一本书聊作消遣。

摊开了的书也不知是薛蒙买的哪一本,打开就瞧见密密麻麻的一排蝇头小楷,楚晚宁初时还看不进去,过了好一会儿,才猛然意识到自己在读什么,只见薄薄纸页上,无比端正地写着一行字:"修真界盛年英杰不可言说排行"。

每个字都认识,可是堆在一起,却让楚晚宁有些看不明白。

盛年英杰……不可言说……排行?

什么不可言说?

他再往下看,稍小的字迹又在旁边备了一句:"本排行榜所涉英豪,有从不在外沐浴者,不近花柳者,因此名录不全,儒风门英杰缺南宫驷、徐霜林,孤月夜缺姜曦,死生之巅缺薛蒙、谢枫玡、楚晚宁……"

楚晚宁愣了一下。什么意思?他居然还瞧见了自己的名字……

他皱皱眉头,指尖点着名谱,继续往下读。可惜第一个名字就让他噎了一下。

墨微雨。

身份:死生之巅公子,墨宗师。

再往下看,写着"德裕堂沐浴时观得,绝非俗物,令人叹服"。

楚晚宁:"……"

死寂后,玉衡长老脑袋嗡的一声,炸了。他像扔烫手山芋般将这册子从卧房这一头,啪的一声狠狠地丢到了那一头,目光闪烁,都气蒙了。

他看到了什么!恬不知耻!寡廉鲜耻!龌龊肮脏!浑不知羞!!!

坐在床上僵了半天,楚晚宁还是觉得不解气,又下床将那册子拾起来,指间发力,纸张顿时被震碎成零落残片……可是"绝非俗物,令人叹服"八个字,却像烧红的烙铁,刺啦一声烫在了他的心底。楚晚宁狠狠抹了把脸,半晌,抓住被子，蒙住自己的头。

　　出关第一天，他到底都遭遇了些什么……楚晚宁不无幽怨地想到——世道变了，他恨不能躺回去再死一次！

　　然而，玉衡长老一贯严于律己，纵使一夜未得好眠，心中再怎么惊骇，再怎么意难平，第二日，还是按时起床，梳洗穿戴整齐，依旧一张威严且冷淡的脸庞，飘然下了死生之巅南峰。

　　今日是每月一次的校检，善恶台甲光粼粼，数千名弟子都在那里演武，长老们在高台上验阅。

　　五年不在，楚晚宁的位置却没有变过，依旧设在薛正雍的左边，只见得他一袭白衣曳地，神情怏怏，自青石长阶行来，而后广袖一拂，径直坐于空位上，给自己斟了一壶茶，边喝边看。

　　薛正雍见他脸色不好，还以为昨天墨燃没有赴宴，让楚晚宁生气了，于是附过去，带着些讨好的意思，悄声道："玉衡，燃儿回来了。"

　　谁料楚晚宁的眉心抽了抽，脸色反而更差了："嗯，见过了。"

　　"啊？见过了？"薛正雍一怔，随即点点头，"那就好。怎么样？是不是变化有些大？"

　　"嗯……"

　　楚晚宁不是很想继续和薛正雍聊墨燃，毕竟昨夜受到的惊吓实在太大。他也没打算在底下茫茫人海里去寻找墨燃的身影，只低头，看了看桌案："好多鲜果点心。"

　　薛正雍笑了："还没用过早点吧？喜欢就多吃点。"

　　楚晚宁也不客气，拿了一块荷花酥，就着热茶吃起来。荷花酥色泽渐变有序，从花瓣底到花尖儿，豆蔻般绯红，酥皮层次分明，入口松脆，里头裹着的豆沙泛着桂花清甜。

　　"临州清风阁的手艺……"楚晚宁喃喃道，转头问薛正雍，"不是孟婆堂的师傅做的？"

　　"不是啊，是燃儿特意带回来孝敬你的。"薛正雍笑道，"你看其他长老桌上都没有。"

　　他这一说，楚晚宁才发觉，原来只有自己面前的木案上满满当当地摆了各色果点，糕饼类、蜜饯类都有，甚至有一只碧玉色的青瓷小碗，打开上面的小盖儿，里头不多不少盛着三个甜馅儿汤圆。

　　汤圆不是寻常的白糯米做的，而是用了临州产的藕莼，和在面皮子里，晶莹剔透，玉一般的色泽。

"哦，这个是燃儿早上去孟婆堂借了厨房做的小玩意儿，红的那个是月季豆沙馅儿的，黄的是花生芝麻馅儿的，绿的那个说是拿龙井茶磨了细粉，做出来的嫩茶皮子，都是挺新鲜的玩意儿，就是少了点……"薛正雍嘀咕了一句，"忙活一早上，精细得很，就做了三个。"

楚晚宁："……"

"玉衡，你够吃吗？"

"嗯。"楚晚宁静了一会儿，才点点头。

他吃汤圆，其实从来只吃三个，第一个甜，第二个回甘，第三个餍足，若是再吃第四个，就有些腻味了。

墨燃煮了三个，倒也是巧，不多不少，刚好合了他的心意。白瓷勺子舀着滚圆可爱的藕粉皮汤圆，送到唇边，大小也正合适，他正好可以一口吃下去，不像孟婆堂厨子在元宵节时做的那种，那么大一个，吃起来粘嘴还费力。

做汤圆的人好像很清楚，知道他的嘴能容多大的东西，尝着怎样大小的点心才不难受。

"他手艺倒是不错。"

"可惜只给你一个人做，别人都吃不着，连我这个伯父都没份儿。"薛正雍叹道，很是惋惜。

楚晚宁听着，淡淡地抿了嘴唇，也不吭声，只拿勺子搅动碗盏中的热水，汤圆已经吃完了，甜得恰到好处，在他心里缓缓融开。

吃了点心，也不管下面热热闹闹演武列阵，楚晚宁拿了案头一本卷宗，去看死生之巅近五年的一些整改、变动。

这些东西都是薛正雍整理出来的，言简意赅，楚晚宁很快就把卷宗看完了，抬手掩卷，却又看到下面还压着一本册子。

"这是……"他把它取出，是一本瞧上去很厚很厚的线装书。薛正雍瞥了一眼，笑道："也是燃儿给你的礼物，说昨日是在赶回来的路上和邪祟交手，书册不小心溅上了血污，还有好多页撕破了，不好意思亲手给你，所以今天早上托我放你桌上的。"

楚晚宁点了点头，将书本打开，细长的手拂过卷首，那上面端正工整的楷书写着四个字："与吾师书"。

他的眼睛微微睁大，有些惊讶——这是写给他的书信？

心头陡然像是被炭火烫着了，又热又疼，他掀起眼帘，想去底下茫茫人海，找墨燃的身影，看到的却是甲胄熠熠，如池鱼踊跃。

他一时找不到人，就继续低头看信。

原来楚晚宁闭关后的每一天，墨燃都会想念自己的师尊，心里头有许多话，怕时日久了就忘了，于是找人做了一本结实的书册，厚厚一本，里头有一千八百二十五张纸。他算好了，五年，他每天都给师尊写一封信，事无巨细，从吃了一个特别难吃的叶儿粑，到今日修行又有什么心得，都写在纸上。

他原先算好了一千八百二十五张纸，不多不少，写完之后，师尊就该出关了。

可是有时候停不下，字挤成小小一团，热切地拥在纸面上，恨不能让楚晚宁也看一看漠北的沙棘花，长白山的烟霞；恨不能把今日尝到的甜点藏进纸缝，等着楚晚宁醒来同甘。

那一行行小字，从头到尾不停歇，没有什么煽情的语句，也没有写任何悲伤的、难过的事情，只老老实实地记下五年来每个灿烂的瞬间，他只把好的东西，与师尊分享。

于是曾经算好的每天一页，最后自然是不够了，他就又附了厚厚一沓书信，在册子后面……

楚晚宁慢慢翻动着，眼眶有些湿润，看着墨燃的字迹从幼稚到挺拔，从挺拔到俊秀，最新的墨好像尚未干涸，最早的笔迹却渐趋青黄。

"与吾师书"四个字，每一封都有，每一封都不一样，慢慢地……时光从轻蹄快马，走到皓雪白头。

到最后，翎毛丹青，屈铁断金，端的是撇捺风流，横平竖直。

楚晚宁翻到最后一页，手指摩挲着卷首的四个字——"与吾师书"。

与吾师书。

他看着那端庄的字迹，好像看到墨燃的笔尖才刚刚悬起；狼毫搁下，那个男人抬起头，再也不是少年。

从第一封到最后一封，他好像看到墨燃从十六岁走到二十二岁，身体渐渐抽条，眉目渐渐深邃，只是每一日，都会坐到案前，写一封信给他。

"师尊！"

不知何时，演武结束了，楚晚宁听到有人在喊他，于是蓦地抬起头，瞧见在善恶台最前面，薛蒙兴奋地朝他挥着手。

而薛蒙旁边，一个男人宽肩窄腰，腿长身挺，正静静立着，男人演武之后的脸庞散发着热气，额头有汗水，在阳光里闪烁着晶莹的光泽，犹如猎豹鲜亮的皮毛。

墨燃瞧见楚晚宁在看他，愣了一下，忽而笑了。金色的晨光里，他的笑容是那样迷人灿烂，像是浸透了旭日的松柏在沙沙摇曳，他眼底有热切，睫上沾温柔，硬朗挺拔的面孔好像有些羞赧，鲜活而炽烈，令人目眩神迷——好俊的儿郎。

楚晚宁不动声色地抱臂坐在高台上，矜傲地俯视着他，旁人只瞧见他神情依旧清冷，却无人知道他的内心想法。

人群里，墨燃笑着笑着，忽然抬起手，指了指自己的衣服，又指了指楚晚宁。

楚晚宁没有反应过来，凤眸微微眯起，疑惑地看着他。

墨燃笑得更明朗了，双手拢在唇边，悄然做了几个口型。

楚晚宁满脸问号。

树叶沙沙，晨风习习，墨燃好像有些无奈，唇边噙着笑，摇了摇头，点了点自己的衣襟。

楚晚宁低下头，须臾后，蓦地红了耳根。

威仪棣棣的玉衡长老在徒弟的指点下，终于忽然发现，早晨起得太匆忙，红莲水榭衣服堆得又乱，他随意之下，披来的依旧是昨天错拿墨燃的那一件。

难怪他今天走路的时候总觉得有什么拖在地上！原来是衣摆！！

墨微雨，你可以的。楚晚宁一怒之下，愤然转开了脸。你这个没有眼力见，哪壶不开提哪壶的混账！

三

师尊与师昧

傍晚时分,倦鸟归巢,死生之巅众弟子结束了一天的事宜,前后往孟婆堂赶去,墨燃却没有走,立在木人桩边,似乎是在等着谁。

薛蒙这些年来与墨燃关系缓和不少,尤其是墨燃找了极品灵石给他的龙城佩刀镶嵌之后,兄弟之间的嫌隙便不再那样鲜明了,于是他扭头问墨燃:"吃饭去吗?"

"我再过会儿。"

师昧站在夕阳余晖下,更衬得肤如凝脂,绝色无双。他捋了捋鬓边碎发,问道:"阿燃在等师尊?"

"嗯。"

饶是晨修时墨燃就见过了他,和薛蒙携手填补天裂那年,也已窥见了师昧身量即将超过薛蒙,但这个时候,夕阳西下,他和薛蒙一前一后站着,仍是让墨燃觉得有些许的别扭。墨燃当然不是觉得师昧不好看,只是……

说不上来,墨燃不知道那是种什么感受,大约是从前习惯了看到师昧身姿柔弱,总被薛蒙遮在后面,没有想到现在会倒过来。

墨燃最后朝师昧笑了笑:"昨天错过了晚宴,想跟师尊赔个罪,请他到山下吃顿饭,所以今天就不去孟婆堂了,你们若是想去,就一起吧。"

薛蒙和师昧不习惯与楚晚宁一同进食,互相看了看,便走了。墨燃左右无事,蹲在块大青石上,随手折了根狗尾巴草一边拿着玩,一边等着楚晚宁下山。

等夕阳血色极深,月牙在紫红色的云端探出头来,南峰竹径里才缓缓走来一个人,那人已换了件清爽白衣,手里拎着个包裹,见到墨燃,愣了一下,神情有瞬息不自在。

"我正有点事想去找你……你怎么在这里?"

"等师尊吃饭。"墨燃说着,从石头上跳下来,手中还执着那根狗尾巴草,笑得很灿烂,"无常镇新开了家饭馆,听说请的是上修界的名厨,做的糕点是一绝,想请师尊去尝尝鲜。"

楚晚宁不咸不淡地把他从头到脚打量了一番:"出息了,有钱了?"

墨燃就笑，也不说话。

楚晚宁哼了一声，把布包扔给他，墨燃接了，问道："这是什么？"

"你的衣服。"楚晚宁说着，人已经往前走去了。墨燃忙追上去，与他并肩而立，笑道："这件衣服料子不错，穿着轻，但是暖和，如果师尊喜欢，我叫人改小一点，也可以……"

"我不穿别人穿过的衣服。"

墨燃微怔，随即有些尴尬："我不是这个意思，我是……今天早上见到师尊穿着，以为师尊喜欢……是我没考虑周全，我托人去那家店里，让人再裁一件新的。"

楚晚宁问："你知道我穿多大的衣裳吗？"

墨燃心想，他怎么可能不知道楚晚宁的尺码。

偏生楚晚宁处子之心，浑然不知自己问了什么，还以为这个问题很高明，难倒了他的好徒弟墨微雨。

楚晚宁拂袖道："不知道你还裁什么衣服。"

"……"

墨燃心中温柔，愿意顺他哄他，低头道："裁衣服之前，自然是要请教师尊的。"

楚晚宁觉得有些奇怪，看了他一眼："你感冒了？"

"没有啊。"

"那喉咙怎么哑了？"

"上火。"

楚晚宁愣了一下，不知道想到什么，倏地转过脸来，紧抿嘴唇，眉心一片阴霾，耳背却有些泛红。这浅浅薄红直到他二人到达无常镇，坐到新开的仲秋楼临窗包间里，才总算是淡了下去。

墨燃第一次郑重其事地请楚晚宁吃饭，以前虽然也请过，但不是出于应付，就是出于无奈，心境着实很不一样。

仲秋楼的小二哥先泡上一壶庐山云雾，送上瓜子坚果，再将誊抄着菜名的两卷竹简恭恭敬敬地递给了二位死生之巅的仙君。墨燃接过竹简，朝小二哥自然而然地笑了笑，说道："多谢。"

楚晚宁微微抬眸，看了墨燃一眼——这人以前是没有道谢的习惯的。

"师尊想吃什么，随便点，不过我推荐这家店的松子鳜鱼，听说酸甜可口，样子也十分好看。"

楚晚宁点了点头："那就来一份，其他你看着办吧。"

墨燃笑着："那我按师尊的口味来。"

楚晚宁淡淡地问："你知道我爱吃什么？"

"嗯，知道的。"

以前虽然也知道，但他总会忘记，以后不会了。

正看着竹简，二人忽听得楼梯口传来脚步声，珠帘璁珑，叮当作响。小二哥的声音传过来："啊，仙君这里请，您要找的两位在雅间里坐着……对对对，酒水还未上。"

莹润白腻的手轻轻撩开青纱帐，玛瑙串珠帘子，一个柔发漆黑、唇红齿白的极美男子拎着一壶酒，眼底带着清风霁月般的笑意，出现在门边。墨燃回过头，显然是愣了一下："师昧！你怎么来了？"

"在孟婆堂里头遇到尊主，他听说你们下山来这里吃饭，想到这家店是新开的，菜式不错，却没有陈酿，就差我来送一壶梨花白。"师昧说着，晃了晃手中拎着的红泥酒壶，那酒壶用竹藤缠绕着，敦实可爱，里头酒液作响，似乎隔着封泥也能闻到酒香。

师昧笑了笑："幸好赶上了，不然你们要是点了喝的，我来就显得有些多此一举了。"

楚晚宁问道："你呢？吃过了吗？"

"我回去再吃，孟婆堂不会这么快关门，来得及。"

"来都来了，还走什么？"楚晚宁是知礼的人，说道，"坐下一起。"

"这……恐怕会让阿燃破费。"

墨燃笑道："怎么会破费？添把椅子的事情。"说着就让小二又去拿了一副碗筷。这仲秋楼也真是豪笔，雅间里头用的尽是末梢镶嵌金银细丝的细箸，烛火一照，流光溢彩。

师昧落了座，在夜光杯里给三个人各斟了一盏酒，梨花白馥郁的香气顷刻间漫了整桌。这酒香很熟悉，前世师昧死去之后，墨燃喝过；楚晚宁死的时候，墨燃更是在屋顶饮了一宿。

如今灾劫过去，他们俩都还活着。

墨燃忽然觉得过去的爱恨情仇似乎都不再那么重要。这两个人生中待他最好的人还在世上，他赚来钱财，还能请他们吃一顿饭，喝一次酒，这样就足够了。

三杯两盏，抵得过前世万里河山。

"小二，劳烦你，要一份松子鳜鱼，然后要蟹粉狮子头、水晶肴蹄、樱桃火腿、三鲜上汤、粽叶粉蒸肉，这些都是一点儿辣沾不得，然后再来一份水煮鱼、麻婆豆腐、夫妻肺片、宫保鸡丁，这些要重麻重辣的。咸点心要莹玉虾饺、豉油芋艿蒸排骨、瑶柱金钱肚和豉汁凤爪。甜点心……"墨燃看了楚晚宁一眼，合上竹简，"就不细看了，每样都来一份。"

楚晚宁眼皮都不抬："吃不完。"

墨燃说："带回去。"

"带回去凉了。"

"让孟婆堂热一热。"

楚晚宁觉得墨燃如今的模样着实有些像那种挖了矿山一夜暴富的商贾，铺张浪费得不像话，实在懒得与他再啰唆，便展开自己面前的竹简，看了看，说道："要一份芸豆卷、一份叶儿粑、三碗汤圆甜豆沙。多谢。"

菜很快就陆续端了上来，师昧爱吃辣，楚晚宁不沾红，于是墨燃分开点，半边桌子鲜嫩清爽，半边桌子红艳浓烈，色泽如此搭配，意外地十分好看。

"来啦，最后一道，本店的招牌菜，松子鳜鱼——"

随着小二哥的一声吆喝，一盘勾芡鲜艳、浓香四溢的鳜鱼被两位侍者端了上来。那鱼瞧上去足有五斤重，炸得金黄酥脆，装在天青色的巨大浅口瓷盘里，鱼身片成厚薄均匀的花儿，鲜亮红艳的酸甜稠汁浇淋在上头，并撒了碧绿的豌豆、细碎的云腿丝儿、晶莹的虾仁在上头，瞧上去就令人眼前一亮，食欲大开。

楚晚宁嗜甜，尤其爱酸甜，见到这鱼，脸上虽然喜怒不变，眼睛却不由得亮了亮。

这一亮，就被墨燃瞧见了。

小二看了看他们的桌子，见师昧面前还有空，便要去整理菜碟，好腾出位置摆在那里。

但一双手比他快了些，已然开始调整菜盘，墨燃起身，把楚晚宁不怎么碰的几道肉食，都摆在了自己那边，然后把几道口味不错的辣味菜，端到了师昧面前。这样楚晚宁面前的位置就空开了，墨燃笑着对小二说："把鱼放这里吧。"

"哦，好咧！"

遇到这样会帮着调整菜盘的客人，小二哥当然开心，立刻眉开眼笑地从两位侍者手里接过菜盘，搁到空出来的地方，点头哈腰地退下去了。

这个调整，墨燃做得很自然，旁人看了只会觉得他是随手帮了小二哥一把，师昧却觉察到了其中偏宠。他对墨燃此举有些诧异，目光中细碎光影流淌，良久后低下眉眼，似是有些怅然。

师昧觉得，墨燃五年后归来，非但整个人的模样变了，就连待他的好，似乎都淡去很多。

松子鳜鱼他也喜爱吃，缘何放得离他这么远？墨燃是不知道，还是……

师昧知道墨燃年少时过得不好，也甚少遇到对他好的人，对墨燃而言，最珍贵的是情谊。

别人给他一两，他就要还人千金。

如今师尊与他前嫌尽释，楚晚宁对墨燃的好，非是自己所能比的，思及此处，师昧忽觉一阵清寒涌上心头，猛地抬起脸来，去看灯影下那两个人的脸。

一个低着头喝酒，凤眸如水，睫羽如烟，神情和面色都很寡淡；而一个则笑盈盈地托腮望着喝酒的人，眸中映着璀璨灯火，灯火里有楼台春雪、映月梨花，睫毛轻动的时候，仿佛湖中落了涟漪，荡开星辰万点。

一时失神，手肘碰到筷子，只听得"啪嗒"声响，箸落于地，师昧回过神来，忙道歉，俯身去拾，弯下去，却愣了一下，那筷子不偏不倚，正落在墨燃靴边——幽莹色泽，安静地躺着，等着他去捡。

师昧低了头，伸出修长白净的手，去拾那双靠着墨燃腿脚的筷子。

原本可以让小二哥再拿一双来的，但是师昧从来不爱麻烦别人，或许面对这样的落差，饶是性情再温和、再自若的人，也会生出些许不甘，抑或并没有那么复杂，一个人所作所为，有时真的只是一时兴起罢了。

对于师昧而言，此时此刻，机缘巧合，他其实也真的很想知道墨燃如今待自己还剩几分关心……于是，一念之间，师昧仍是低了头，伸出细长白净的手，去拾那双靠着墨燃腿脚的筷子。

筷子落得太近了，自然而然，拾起的时候，师昧的手背，就不可避免地触碰到了墨燃的小腿。

四

师尊最清心寡欲了

墨燃那时候正在喝梨花白,忽感到有什么碰到了自己的腿,下意识地想让开,但还没来得及动,那种触碰的感觉就更明显,几乎是贴着他而过。

他微微愣怔,一时没有明白发生了什么,方才一直想着照顾楚晚宁吃菜,丝毫没有留心师昧的筷子掉了,等听到师昧温声喊了句"筷子脏了,小二哥,劳烦你去换一双吧",小二哥应声来了,又去了,墨燃才反应过来,一时有些尴尬。

师昧微微一笑道:"筷子掉得不是地方,正好在你脚边。"

"哦……"墨燃松了口气,心下一缓。他正要再跟师昧说几句话和缓气氛,却见师昧已将脸转了开去,起身去拿汤勺舀汤。

墨燃为方才对他的无视感到愧疚,便说:"我来帮你舀吧。"

"不用了,我自己来就好。"师昧说着就挽起衣袖,从从容容地替自己盛起三鲜汤来。

那汤是墨燃放的,放的位置离楚晚宁近,离师昧远,原本坐着还没有什么感觉,但他现在站起来舀汤了,远近就显得格外鲜明,几乎要伸长了手臂才能从桌子的另一头够到汤羹——一勺、两勺,慢条斯理。

墨燃:"……"

师昧对上他不安的眼神,没有说话,只是微微一笑,垂眸继续舀汤。

墨燃觉得有些尴尬,等师昧舀完,便问楚晚宁要不要,楚晚宁说"不要",他就把汤调到了中间,离谁都不是太近,也不是太远,刚刚好的位置。

他的恩师与他的师兄,原本就不应有偏。

席间,师昧忽然说道:"阿燃,你如今当真懂事了很多,不再是当初那个会惹师尊生气的徒弟了。所以有件事,今天我们三个人都在,我想跟你说一声,再跟师尊说声抱歉。"

墨燃见他说得郑重,不由得凝神:"什么事?"

"你还记得我第一次做抄手给你送过去吗?"师昧说,"那碗抄手不是我做的,我从来就不会包抄手,那是……"

墨燃就笑了："我还以为是什么事。原来是这件，我早就知道了。"

"啊，你早就……？"师昧微微愕然，睁大了一双美目，又转头去看正喝着好酒的楚晚宁，"是师尊告诉你的？"

"不是，是我在去鬼界前看到的。"墨燃正欲细说，忽然楚晚宁放下酒盏，轻咳一声，看了他一眼，神情甚是肃然寡冷。

墨燃知他脸皮薄，自然是不愿意让旁人知道他的柔软处，于是对师昧道："总之早在五年前我就已经明白了前因后果，说来话太长，还是不说了。"

师昧点点头："如此也好。"他又对楚晚宁道："师尊，当初你不肯自己将抄手端给阿燃，让我给他送去，本来我也觉得没有大碍，但是后来瞧见你们之间误会越来越深，心中很是过意不去，本来想找个时间自己跟阿燃解释的，但话到嘴边总是开不了口……其实我那时候也有些私心，我在死生之巅除了少主之外，也就阿燃一个挚友，怕他知道了心里会有些不痛快，所以……"

"无妨，原本就是我不让你说的。你有什么过错？"

"但我自己过意不去，觉得自己抢了师尊的心意。师尊，我对不住你。"说着，师昧垂下了眼帘，半晌又说："阿燃，我也对不住你。"

墨燃从来就没有因此怪罪过师昧，虽然对师昧最初的好意，阴错阳差地是因为楚晚宁的一碗抄手，但是后来师昧的温情都是真的，且这件事师昧只是按照楚晚宁的嘱托去做，根本没有存心揽功的意思。

墨燃忙道："没没没，你别在意这个，都过去多久的事儿了……"

他望着灯火下的师昧，这面容是他前世不曾见过的，因为在前世，师昧在这个时候早已死去了，芳华早逝，未及盛年便凋零风中，成了他毕生的痛。

他甚至都没有机会知道，啊，原来师昧活到二十四岁，会是这般相貌，身形高挑，脸庞冰白如玉，一双桃花眼春水盈盈，看上去那样温柔，恐怕生起气来，都会是软的。

他揪紧的、揉皱的心缓缓松开，暗自叹了口气，忽然觉得很开心，心中很暖、很踏实。虽然总觉得比起十九岁的师昧，二十四岁的这个师昧有一些陌生，不似曾经那般熟稔亲昵，但墨燃觉得稍假以时日，自己定会慢慢习惯的……

他四下漂泊了五年，踪迹难寻，其中有过几次危难，也不知道是不是那假勾陈蓄意为之的，但总而言之，幕后黑手还没有伸出来，也没有被人捉到，总觉得今后的日子不会太平，不能掉以轻心。

身边的这两个人，哪怕抛去自己的性命不要，他也要护得他们一世周全。

墨燃这边暂且放下了心魔，却不知道，心魔从不得闲，放过了他，却转而攀上了另一个人。

或许是因为晚上吃得太多，楚晚宁回去之后很快便犯困了，原本想要连夜将新的机甲图纸绘出，但才绘了一半就哈欠连连。他强撑一会儿，没有撑住，困倦地眨眨眼睛，连衣服都没换，就躺到床上睡着了。

睡得浑浑噩噩，他梦到了很多乱七八糟的东西。

朦胧烛灯里，楚晚宁的眉心微微皱了皱，似乎想摆脱这样不知来由的梦境，却身不由己，逐渐陷得更深……

然后，他又做了之前做过的那个梦。

变了样的死生之巅，物是人非的丹心殿，已彻底成熟的墨微雨捏着他的下巴，眼神恶毒、讥谑，与他说着污秽不堪的言语。

墨燃说："你跪下求我，我就答应你的条件。"

这个墨微雨和他见到的墨燃不太一样，神色太疯狂，英俊的脸庞也很苍白，皮肤并不是他见过的小麦色。

"你自己跪下来……好好求我……"

凌乱的句子断断续续自梦魇深处传来，脑颅中好像有什么东西即将碎裂，即将挣脱枷锁，朝楚晚宁扑杀而来。他感到不寒而栗，却又莫名地兴奋煎熬。

他在梦里，看到墨燃朝他逼近，天地倒悬，衣帛碎裂的声音从未如此清晰，紧接着，梦境猛然一黑，犹如沉入泥淖。和之前的无数次一样，这个梦又断在了此处。

若是以前，梦断了之后，他便会安稳睡去，一夜再无纷扰了。可是今天不知为何，这个梦结束之后，眼前又缓缓亮起了微光。

楚晚宁想看清面前的事物，可是新的梦境十分模糊，像隔着一层水汽。他瞧不清周围，只觉得模模糊糊是一大片猩红色。墨燃站在这猩红色中央，眼神里带着些说不出的妖邪，而自己好像被他困囿着，就像落在蜘蛛巢穴里的虫蝶，不管多么用力地挣脱，都逃不掉墨燃那一双疯狂的眼睛。

墨燃好像很恨他，很想折磨他。而他似乎只能被墨燃深深拽入这无尽的猩红之中，不住地在那荒唐汗湿的梦境中坠落……

或许是这梦做得太真实，也太累了，第二天，楚晚宁直到晌午才醒来，醒后躺在床上，脑袋昏昏沉沉得厉害，这梦太激烈，好像要把他的魂魄都揉碎了，半天都回不过神来。

楚晚宁把脸埋在手心里，狠狠揉搓了一把，再抬起来，还是很难受。

…………

自己究竟是怎么了？

楚晚宁抿了抿唇，想要去冷泉莲池浸一浸身子，可是足尖尚未落地，就感知到红莲水榭的结界波动了一下——有人进来了。

楚晚宁立即色变，猛地扯了被子遮住下身，那人步履也快，估摸着是以轻功行来的，他听到门扉"咚咚"响了两声。

"师尊，你起了吗？"

那是和梦境中的男人如出一辙的嗓音，只是梦中的声音更为低沉湿润，浸着无限疯狂；门外的声音却是平和恭敬的，甚至带着几分忧虑，估计是见到时辰这么晚楚晚宁还没有醒来，有些着急。

楚晚宁靠在床上，抱着棉被，听着这样的嗓音，梦境与现实的墙垣好像被击溃了。

他正准备躺下去装睡，忽听得外头墨燃说："师尊，你在不在屋里？如果可以的话，我就进来了。"

楚晚宁整个人疲倦地坐在床榻上，一时间还是有些分不清门外的声音是来自梦里还是现实。

他呆站在原处，直到墨燃推门进来了，才猛地反应过来，待要装睡，却已经来不及了。

于是墨燃一进门，看到的就是楚晚宁坐在床上，漆黑长发铺了一身，衬得阳光下那张脸如冰湖生辉。那个人的眉和眼长得都很凌厉，抬眸盯着自己时犹如霜刃初开，剑鞘下流出几寸寒光。

眼尾却是薄红色的，于是寒光染上旖旎，狠戾缠着屈辱，是由梦中带来的余韵。

墨燃看着他，放缓了呼吸，只觉得胸腔里仿佛落入一块巨石，掀起铺天盖地的巨浪……

五

师尊能吃

墨燃没有说话，半晌，喉结微微滚动，勉强稳住心神，似是自若地走到房中，笑着和楚晚宁打了声招呼。

"师尊，原来你在里头……怎么都不出声？"

"刚醒。"楚晚宁干巴巴道。

墨燃手中捧着一个五层楠竹食盒，瞧上去就沉甸甸的，想把食盒放在桌上，可是瞥了一眼，满桌全是锉刀、钻子、榫卯、铁钉，还有乱七八糟的图纸。没办法，他只得抱着食盒，走到楚晚宁的床边。

楚晚宁的起床气似乎比往日更大，看着他的时候明显有些焦躁，蹙眉道："干什么你？"

"师尊起得迟，孟婆堂里头已经没什么吃的了，我左右无事，自己做了些陪师尊过早。"说着，墨燃把食盒打开，将里头的东西一一摆出，最上头是一碟清炒野菇，然后是一盘嫩菱莴苣，再下头是银丝卷和蜜汁糖藕，最底下暖着两碗晶莹饱满的白米饭，还有一碗冬笋火腿汤。

两碗白米饭……

楚晚宁有些无语，原来自己在墨燃心里食量有这么大？

"桌上有些乱，师尊是在床上吃了起来，还是我去收拾一下桌面，再把菜端过去？"

楚晚宁当然不喜欢在床上吃饭，但是此时有些不方便，所以还是选择了后者。

"桌上东西太多，收拾起来要很久，就在这里吃吧。"

墨燃笑着点了点头："好。"

不得不说墨燃的手艺确实很不错，五年前做的菜肴就已十分可口，五年后更是寻常大厨难比。而且这人莫名其妙很吃得准他的口味，知道他早上并不那么喜欢喝粥，鲜菇选的是草菇，银丝卷里头没有包豆沙，用的是红薯，冬笋用的全是嫩尖，火腿肥瘦参半，色泽犹如天边红霞……

墨燃从没有问过他的口味，但一切恰到好处，仿佛共同生活过许多年。

楚晚宁吃得舒心，虽然姿态从容不迫，筷子却片刻没有停下来过，等喝完最后一口汤，抬头就看到墨燃坐在床边，一脚踩在旁边椅子的木条架上，一手支着腮帮子，正似笑非笑地瞧着他。

"怎么了？"楚晚宁下意识地拿出帕子擦了擦，"是不是嘴边有东西……"

"没有。"墨燃道，"看师尊吃得很香，觉得高兴。"

楚晚宁有些不自在，便淡淡道："你做得好吃，就是饭多了些，下次一碗就够了。"

墨燃似乎想说什么，最后却还是忍住没说，嘴咧了咧，笑着露出犹如编贝的整齐皓齿："嗯。"

真是个傻子，遇到大事很谨慎仔细，生活上却懒散得不像话，连食盒底下的筷子明明有两双都没有瞧见。

一个人吃了两个人的量，居然还跟他说饭多了点，有点撑……

墨燃越想越觉得好笑，忍不住拿手轻抚额角，睫毛垂下，簌簌抖动。

"你又笑什么？"

"没什么没什么。"墨燃怕伤着他的颜面，自己师尊的脸皮比什么都要紧，当然不能让他难堪，于是岔开话题道，"师尊，我忽然想起一件事，昨天忘了跟你说。"

"什么事？"

"我回来的路上，听说怀罪大师在你出关的前一天，就先行离去了。"

"嗯，不错。"

"所以你醒来之后没有见到他吧？"

"没有。"

墨燃叹了口气道："那这件事并不能怪师尊无礼，我先前在外头听人议论师尊不懂礼数，怀罪大师耗费五年心血为师尊还魂，等师尊醒来怀罪大师却连句谢都捞不到。可是大师是自己先走的，总不至于师尊一醒来，就要跑去无悲寺外跪着感激涕零。这些嚼舌根的人当真讨厌，既然问清楚了，我就让伯父在明日晨会上提一提——"

楚晚宁忽然道："不用。"

"为什么？"

"我与大师，早已交恶。"楚晚宁道，"即便我醒来的时候他仍在，我也不会谢他。"

墨燃愣了一下："这是为何？我知道师尊当年是自逐出寺的，与怀罪大师早已没有了师徒牵绊，但他在师尊危难时前来襄助，也不是——"话未说完，就被楚晚宁打断了："我与他的事，说不清，也不想再说。别人若是讲我全无良心、冷血薄情，就随他们去吧。分明也是实话。"

墨燃急了："怎么就是实话了？你明明——你明明不是那样的人！"

楚晚宁倏忽抬头，脸上竟骤然冷下来，似乎是龙被触了逆鳞，血流如注。

"墨燃，"他忽然说，"我的事，你又清楚多少？"

"我——"他看着楚晚宁透亮的眼睛，那里头寒霜凛冽，总也放不下提防，总是镇着万里城垣。

他有那么一瞬间，想不管不顾地说："我知道，你的许多事我都知道、我都清楚，就算你的一些过去，一些曾经是我不知悉的，我也愿意去听，愿意与你一同分担。你不要总把万事藏在心里，落上重重叠叠的锁，筑起层层峦峦的障，你不累吗？不会难受吗？"

可是他有什么立场这么说？他是楚晚宁座下的徒弟，不可造次，不可忤逆。

墨燃最终哑口无言。

半晌静默，楚晚宁紧绷得犹如弓弦的身子终于一点一点地松下来，似乎有些疲惫了，叹口气，说道："人非圣贤，在天命跟前更是力薄，有些事情不是自己想左右就能左右的。行了，怀罪大师的事，以后就不要再跟我提了。你出去吧，我要换衣服。"

"是……"墨燃垂下头，默默地收拾好食盒，走到门口时，忽然道，"师尊，你没有生我气吧？"

楚晚宁瞪了他一眼："我生你气干什么？"

墨燃展颜："那就好、那就好。那我明天还能来吗？"

"随你。"顿了顿，忽然想到什么，他补上一句，"以后不用跟我说'我进来了'这种话。"

墨燃愣了一下："为什么？"

"你进都进来了！这不是一句废话？！"楚晚宁又气着了，不知是气墨燃，还是气自己。

待墨燃一头雾水地走了，楚晚宁才下床，鞋履也懒得穿，赤着脚走到书柜前，拿出了一卷竹简。他哗的一声将竹简展开，盯着上面的字，目光晦涩，半晌无言。这竹简是怀罪走的时候放在他枕边的，被施了秘咒，只有楚晚宁能打得开，上头字迹端正工整，写的是"楚公子亲启"。

他的授业之师，唤他"楚公子"，当真荒谬。

书信的内容不长不短，讲了一些楚晚宁醒来后需要注意的事项，又花了大半篇幅，"请求"他一件事。怀罪大师请他精力恢复后，务必前往无悲寺附近的龙血山相会，言辞恳切，说自己年事已高，自觉时日无多，想到一些往事，心中备感煎熬愧疚。

"老僧圆寂前，望与君一叙。君身仍有旧疾，听闻受此旧疾连累，每七年便需闭关十日，老僧实感有愧。若君愿来龙血山，当可布阵疗愈。然法咒甚险，君需携一名木火双系的弟子，陪同镇灵。"

旧疾……龙血山……楚晚宁剑眉紧蹙，手指几乎陷入掌心。

怎么疗？被毁去的东西、失去的东西，在龙血山的那一百六十四天，怎能还原？

怀罪是有通天的本事，能把入木三分的伤疤填平吗？！他蓦地睁开眼，掌心金光四起，结实的湘妃竹竹简，刹那间在他指中震碎为齑粉，灰飞烟灭。

他这辈子都不会再踏进无悲寺半步，也不会再称怀罪一声"师尊"。

转眼楚晚宁出关已有四日，这天薛正雍把他叫到丹心殿里，递给他一份委托函，他抖开一看，里头简简单单几句话。

楚晚宁掀起眼皮子，说："给错了吧？"

"什么？"薛正雍把函书拿来自己又读了一遍，说道，"没给错啊。"

楚晚宁眯起眼睛："这上面写的是，帮玉凉村的村民务农。"

"你不会吗？"

"……"

薛正雍睁大眼睛："你真的不会啊？！"

楚晚宁被他问得有些尴尬，于是怒发冲冠："就没有正常些的，除魔驱邪之类的？"

薛正雍说："最近比较太平，还真没有什么地方闹邪祟。哎呀，反正燃儿也跟你一道去，大不了你坐着休息，让他去做苦力好啦，年轻人嘛，收点稻子打点谷子还不是小事情？"

楚晚宁眉心蹙得极深："死生之巅从什么时候开始接这种琐事了？"

"一直都接啊……无常镇王阿婆的猫爬到树上下不来了都是师眛去抱下来的。只不过以前棘手的事情比较多，简单的就没有劳烦你。"薛正雍道，"你不是最近才醒来吗？本来是想让别人去干的，可是我觉得你应该闲不住。"

"那我也不……想割稻子。"楚晚宁转了口气，才没说成"不会割稻子"。

薛正雍道："都说了让燃儿帮你，你就当出去散散心、走走路。"

"我不接任务就不能散散心、走走路了？"

"说得也是。"薛正雍挠挠头，"不过玉凉村离彩蝶镇近啊，那儿的天漏是燃儿补的，他毕竟不如你，你要不顺便去看看有什么需要加固的地方？"

他这样说，楚晚宁才终于觉得有了去的必要，于是不再说什么，把委托函收了，转身出了丹心殿。

六

师尊偷师

玉凉村是个很小的村子，村里头住的大部分人年纪有些大了，年轻人不多，因此每年农忙的时候，都会请死生之巅的仙君来搭把手。

这种与修行无关的委托，放在其他仙门是绝不会有人接的，但薛正雍和他大哥白手起家，从小过惯了苦日子，据说是吃百家饭长大的，所以对于老佃农的这些请求，非但拒绝不了，还每次都很当回事儿，派弟子好生完成。

那村子离死生之巅说远不远，说近不近，是个走过去嫌麻烦、坐马车太矫情的所在。

于是薛正雍给他们备了两匹好马，楚晚宁下到山门前，瞧见墨燃正立在一株高大枫树下。此时已是深秋，层林渐染，枫叶正红，风一吹，满枝霜叶犹如织锦灿烂，犹如红鲤踊跃。

手里牵着一匹黑马，而另一匹白马则亲昵地去蹭他的脸颊，他正拿着一把苜蓿花在逗它们。听到脚步声，回过头来，正巧几片红叶翩然落下，墨燃在花叶中仰头笑了。

"师尊。"

楚晚宁的脚步缓下来，末了停在最后几级台阶上。

阳光透过繁枝茂叶，浸润生着青苔的石阶，他看着不远处的那个男人，或许是因为要干农活儿，墨燃今天没有穿死生之巅的弟子服，也没有穿回来时穿的那件白袍子。

墨燃着一身黑色布衣，腕子上缠绑着护手，再简单不过的样式，但腰细腿长，肩膀宽阔，瞧上去身段极好，尤其是胸襟处，因为布衣领口开得低，能看到结实紧绷的胸肌，蜜色的皮肤随着呼吸而起伏。

如果说薛蒙那种银光闪闪浑身甲胄的穿法叫作明骚，是孔雀开屏，墨燃这个样子，就是闷闷的风骚，是无辜的风骚，莽撞清纯的风骚——总之一句话，我是个老实人，从不乱撩拨，除了埋头苦干，什么都不会。

楚晚宁来回看了他几遍，开口了："墨燃。"

"嗯？师尊怎么了？"体魄结实的男人笑着问。

楚晚宁面无表情："领口敞这么开，你冷不冷？"

墨燃微怔，旋即觉得师尊这是在关心自己，很开心，把紫花苜蓿放回马草筐子里，拍了拍手，三两下跑上了青石台阶，挺拔英俊地立在楚晚宁跟前，还没等楚晚宁反应，便捉住了楚晚宁的手腕。

"不冷，忙了一早上，其实我很热。"他心无城府地笑着，带着楚晚宁的手摁在自己起伏的胸膛上，"师尊看，是不是？"

好烫。

年轻男人胸口十分暖热，还有那双亮如星辰的眼睛，楚晚宁甩开他的手，脸色沉了下来。

"像什么话？"

"啊……有汗吗？"

想到楚晚宁那么爱干净，那么不喜欢与人接触，墨燃不禁有些赧然，挠着头道："是我一时莽撞……"

楚晚宁不给他继续乱来的机会，洁白的鞋履踩着湿滑的青石，径直朝那匹黑马走去，翻身，上马，动作如行云流水，一气呵成。

灿烂耀眼的阳光里，漫山遍野的红叶中，他一身白衣，骑在高头黑马上，侧过脸来俯视着站在地面的徒弟，一张冰玉般的面容显得桀骜，依旧是那再锋利不过的玉衡长老，俊得不能再俊。

"我走了，你快些跟上。"

楚晚宁说罢，细长的双腿夹紧了马肚子，一骑绝尘，扬长而去。

墨燃立在原处，愣了一会儿，抱起喂了一半的苜蓿花竹筐，把筐子系在白马鞍后，也翻身上了马，哭笑不得道："那匹黑马才是我的马呀，师尊怎么乱骑……师尊！等等我！"

两人纵马疾行，半个时辰不到，就来到了玉凉村。

村外稻田数十亩，金色穗浪滚滚翻涌，田里三十来个农人忙活着，因为人不多，所以不管是年轻的还是岁数大的，都在干活儿。他们佝偻着身子，挽着裤腿，抡着镰刀，一张张脸上淌落斗大汗珠，瞧上去十分吃力。

墨燃立刻去找了村长，将函书递给他，也不多话，换了麻鞋就往地里头去。他力气足，精神旺，加上是修行的人，割点麦子根本不在话下，忙了小半日，已经割了两大块田垄的水稻。

金色的稻穗堆在稻田边，日头一晒，尽是谷物清香。山原间响着农人耕作时镰刀沙沙的声音，还有坐在垄上的大闺女，一边忙着拾掇穗子，一边悠然地唱着农歌。

"太阳落山红花闪闪,四山红哟红花对牡丹,唱起情歌嘛一把红扇子,问情郎嘛绣球花儿圆。我拉着郎腰带,到底几时来。我今儿没的空啊,明儿要劈柴,我后儿天才到小妹家中来。"

这软洋洋的小调,羞答答的唱词,从农家女口中无心无意地荡出来,荡在天地之间,落在听者心坎儿上。

"我今儿——没的空啊,明儿要劈柴,我后儿天——才到小妹家中来。"

楚晚宁没下地,抱着一缸热水靠在树下喝,听着这歌儿,眼睛追着远远的那个黑色的勤快身影。

"靡靡之音。"水喝完了,他冷冷地评了四个字,去把瓷缸还给村长。

村长有些犹豫地看着他。

楚晚宁正有些暴躁,问道:"怎么了?"

"仙君……不下地啊?"老村长倒是个耿直人,既然他问了,就颤巍巍地答,白胡子抖着,白眉毛皱在一处,"仙君……是来监工的啊?"

"……"

楚晚宁头一次觉得这么尴尬——下地……

薛正雍不是跟他说,只消在旁边看着墨燃卖力就好了吗,还真要他下去?

他不会啊!

无奈老村长欲语还休地瞅着他,连带着旁边几个幼童老妪也闻声抬头,瞟着这个衣冠楚楚的男人。

童言无忌,有扎着髫髻的小孩子脆生生地问:"阿婆阿婆,这个道长哥哥穿得这么白,怎么下地呀?"

"他袖子好宽哦……"另一个小童喃喃。

"鞋子也好干净……"

楚晚宁被说得如芒在背,好生别扭。在原地立了一会儿,实在没有脸面再这样悠闲下去,他便挑了把镰刀,鞋也不脱,下到了水田里,湿滑的泥立刻裹住了他的脚,冰凉的积水则没过了踝部。楚晚宁试着走了两步,滑腻腻的感觉令人大皱眉头,又试着抡了两下镰刀,可惜力道总也使得不对,割得很笨拙。

"噗,这个道长哥哥好笨哦。"有两个小孩子托着腮,在桑树下看到了他的举动,这样嘻嘻地笑他。

楚晚宁:"……"

脸黑了大半,再也不愿意离这些人太近,楚晚宁费力地在泥潭中保持从容步态,板着俊俏的五官,朝着远处那个割稻子割得火热的身影大步走去。

他要去偷偷瞄一瞄墨燃是怎么做的。

三人行,必有我师,他要去偷师。

对于农事，墨燃显然比楚晚宁娴熟太多，只见烈日之下，他弯着腰，手起刀落，一丛丛金色的稻穗被割下来，无比乖巧地软倒在他宽阔的怀里。收来的稻穗他先单手抱着，抱了满一捆，再往身后的竹篓子里丢。

他做这些事情的时候很认真，并没有瞧见楚晚宁来了，而是老老实实、勤勤恳恳地垂着温软睫毛，高挺的鼻翼处有着模糊的阴影，汗珠顺着他的脸颊淌落。他身上有一种近乎野性的气息，灼热而狂野，沉闷而激情，阳光下，他的皮肤犹如烧滚的铜铁，像炝着惊人的星火，还在噼噼冒着铸剑池里的氤氲热气，那么亮，那么灿烂。

楚晚宁不远不近地欣赏了一会儿，忽然意识到自己在做什么，立刻皱着眉摇了摇头，嘟哝一句什么，又板着脸继续往前走。

他要去偷师！

他要看看墨燃的手到底是怎么握镰刀的，落下的弧度又该怎么倾斜，为什么这些水稻在自己手里坚硬如铁丝，到了墨燃的掌中却一束束都成了柔弱无骨的菟丝花，心甘情愿、争先恐后地往墨燃怀里靠？

大约是盯得太专注了，楚晚宁没注意脚下有只青蛙"呱"的一声跳将起来，蹦跶着往田埂上扑腾。

楚晚宁吃了一惊，忙收脚趋避，可水田太滑，他一个没留神，堂堂玉衡长老竟因一只雄赳赳、气昂昂的青蛙，猛地向前栽去！

"唰！"

眼见着脸就要埋到泥里，楚晚宁也顾不得施法，竟是下意识地去拉前面忙碌的那个身影。

不巧，楚晚宁猛地拽住墨燃的腰带，踉踉跄跄地往前踏了几步，然后就落入了墨燃的宽阔胸膛里，一双结实的臂膀环住了他。

第六章 伴那好华年

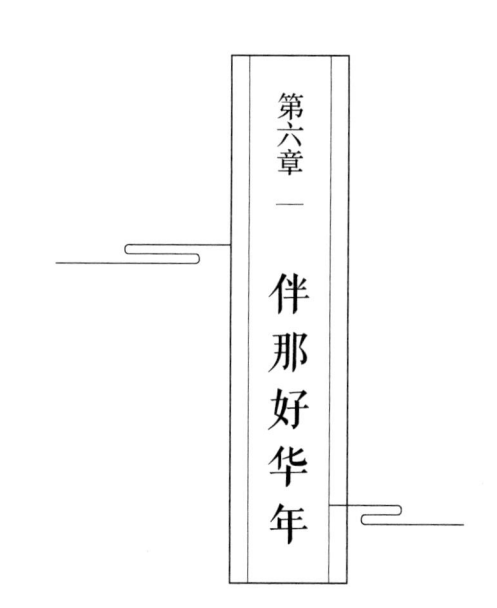

一

师尊，放松点

墨燃好好地割着稻子，自己的腰带忽然被揪着往下扯，这感觉也是够惊悚的，回头一看是楚晚宁，而且还是差点要摔倒的楚晚宁，就更惊悚了。

墨燃忙丢了镰刀，回身去扶他，但楚晚宁扑得太惨，半个身子要落地了，几乎扶不住。那淡淡的海棠花香，和白衣飘摇的人一起，结结实实地摔在他身上，墨燃不假思索便扶住了楚晚宁，原本臂弯里揽着的稻秸散落一地。

"师尊，你怎么来了？"墨燃惊魂未定，"吓了我一跳。"

楚晚宁："……"

"这水田里很滑，要小心点啊。"

楚晚宁低着头，也不吭声，已经尴尬得说不出半个字来。

楚晚宁收了拉着墨燃腰带的手，站稳身子。他喘了口气，猛地把人推开，神态虽然依旧算是平静，眼睛却亮得惊人，漾着波光，明明早已手忙脚乱，却还偏偏强作镇定。

墨燃忽然瞧见他的耳垂红了，很好看的色泽，皮肤淡绯，像是枝头嫩桃。

偏生楚晚宁这时怒发冲冠，也不知在生谁的气，几乎将银牙咬碎道："看什么！有什么可看的！"

墨燃连连摇头，脑袋甩得像拨浪鼓。

楚晚宁又怒道："你摇头摆尾做什么！很好玩吗！"

墨燃又立刻不摇了，但瞄了他一眼。

这个人明明是羞耻，却又习惯性地将恼怒这张面具戴在脸上，瞧仔细了，倒也容易分辨他眼里的色泽。

楚晚宁怕是觉得当着徒弟的面跌倒，还是因为一只呱呱乱叫的青蛙跌倒的，十分丢人吧。

好可爱——墨燃忍不住笑了起来。

岂料他这一笑，楚晚宁更为愤怒，一双黑眉怒竖，像是连鼻子都要气歪："你又笑什么？我就是不会种田、不会耕地，有什么好笑的！"

"是是是，不好笑、不好笑。"墨燃好言哄他，果然立刻收敛了笑容，一本正经起来，唇角的笑痕隐去了，眼底的却遮不住，依然光华明亮，说不出地灿烂。

忍了一会儿，这事儿似乎要就此翻篇，可偏生这时，那只成功蹦跶到了田埂上的青蛙鼓着腮帮子，又趾高气扬地"呱呱"叫两声，似在示威。

墨燃破了功，没有忍住，把脸一偏，手掩在鼻尖下似要以一声咳嗽掩盖过去，但没掩盖好，还是扑哧一声笑了。

楚晚宁简直要气疯了，拖泥带水地准备爬上田埂，却被墨燃喊住了。

两个人的距离很近，如果是平时，墨燃是会直接拉住楚晚宁的，但是今天没有。鼻尖似乎还萦绕着楚晚宁衣服上的海棠花香，眼前的这个人是那么好，墨燃要把他捧着供着，当神仙般敬重，不愿意再用自己的粗鄙，去伤他半分。

于是墨燃只喊他："师尊。"

"怎么，还没笑够？"楚晚宁乜他。

墨燃的梨窝很好看，里头并不是嘲笑，而是温柔："你想学着玩玩吗？我教你，其实一点都不难。师尊这么聪明，肯定一学就会了。"

当墨燃手把手地教他怎么割稻子的时候，楚晚宁忍不住想，自己明明是来偷师的，怎么就成了来拜师的呢？

真是乱了套。

可是墨燃教得很认真，也很仔细，看着他笨拙的手法，并没有笑他。

墨燃的眉毛漆黑，墨一般深，五官较年少时多了刀削斧劈的锐气，这样的相貌原本是英俊里带着些蛮横的，但偏偏他的目光柔和隐忍，似乎藏了许多心事，又似乎没藏，只因温柔太深，岁月太沉。

"就是这样，要用巧劲，明白了吗？"

"……嗯。"

楚晚宁就按墨燃说的去割，可惜还是不太灵活，平时都是玩些硬木头，这些软绵绵的稻梗反而叫他束手无策。

墨燃在旁边看了一会儿，伸出线条匀称、肌肉紧实的胳膊，帮他调整了一下握镰刀的手。

墨燃在他的身后教他："手指再下来一点儿，小心不要割伤了自己。"

他无比硬气地说："知道。"

"再放松一点儿，你不要这么僵硬。"

"……"

"放松。"

可墨燃越这么说，楚晚宁背脊绷得越紧，手越僵。

放松放松，他又何尝不想放松？但说得轻巧！

楚晚宁觉得自己的脑袋恐怕在冒烟。

墨燃倒是奇了怪了："你为什么这么绷着？你放——"

"我已经放松了！"楚晚宁蓦地回头，瞪着他，距离那么近，目光几乎就要成剑，穿透墨燃的心。

于是墨燃有些尴尬地收了手，讪讪地直起身子，说道："那师尊……自己试试？"

"嗯。"

墨燃又朝他笑了笑，拿起自己的镰刀，在他不远处割起了稻子，割了两下，忽然想到什么，又扭头："师尊。"

"干什么？"楚晚宁黑着脸。

墨燃指了指他的鞋，说道："你这靴子脱了吧。"

"不脱。"

"不脱容易摔跤。"墨燃很恳切，"你这个靴子底滑，不是每次摔倒，我都能及时拉住你的。"

楚晚宁不无阴沉地想了想，最终还是走到垄边，脱了鞋袜，丢在草垛子边，赤着脚回到水田里，埋头沙沙地割起了稻子。

晌午时分，楚晚宁总算熟练了镰刀的用法，动作也流畅起来，他和墨燃割的稻子堆在一块儿，高高地垄成一座金色的小山。

又一口气割了一片地头，楚晚宁有些累了，起身缓了口气，用袖角擦了擦汗水。微风吹过金色的稻浪，带来一阵秋高气爽的凉意，他打了个阿嚏，墨燃就立刻回头，很是关切。

"是不是有些冷？"

"没。"楚晚宁摇头，"鼻子里刚刚进了些草木灰。"

墨燃便笑了，正想说什么，忽听得远处桑树下，有农家女声音朗朗，手拢在嘴边喊道："开饭啦——吃饭啦——吃午饭啦！"

"是刚刚唱歌的那姑娘吧。"楚晚宁头也不回就说道。

墨燃侧过去，手搭在眉弓处，遥遥望了一眼，说："还真是她。师尊听出来了？"

"嗯，喊人吃饭声音都那么抑扬顿挫，没谁了。"楚晚宁说着，把最后一筐稻子搬到"金山"旁，也懒得穿鞋，反正都已经这么脏了，就往桑树下走去。墨燃笑着摇了摇头，立刻拿起他落在原地的鞋，追上了他的脚步。

农家饭是一大锅煮出来的，四五个农妇抬着三个木桶，揭开来，一桶是热气腾腾的白米饭，一桶是白菜烧肉，还有一桶是豆腐青菜汤。

其实下修界的民生不算好，肉对于寻常百姓而言有些奢侈，但死生之巅的仙君来了，村长说什么也不愿全拿蔬菜招待，于是白菜烧肉里还是放足了肉的分量，切了许多五花腊肉进去。

桶盖一掀开，那些五大三粗的村民都忍不住被肉香激得直咽唾沫。

"菜式不好，二位仙君将就着吃啊。"村长老婆是个膀大腰圆的女人，五十来岁，讲话的嗓门很大，笑起来嘴咧得很开，很爽快，"都是我们自己腌的肉、种的菜，别嫌弃。"

墨燃连忙摆手："不嫌弃、不嫌弃。"说着打了满满两碗饭，先端给师尊，再自己捧了一碗。

楚晚宁往那菜桶子里一看，只见白菜烧肉上铺着满满的一层辣子，便有些发怵，偏生那大娘还特别热情地招待他，给他打了一大勺热辣的汤汁，夹了好几块鲜香红艳的肉片。

对于惯吃辣的蜀人而言，这样的饭菜自然是好吃得要命。但对于楚晚宁而言，这一碗吃下去恐怕会要了他的命。

但乡人的热情又不好推却，楚晚宁正僵着，忽然一只手伸过来，端着另一只碗，递给他。

那碗里浇着豆腐青菜汤，虽然清淡了些，但楚晚宁喜欢。

"跟我换吧。"墨燃道。

"不碍事，你吃你的。"楚晚宁没有去接。

大娘见状，有些发愣，半天才反应过来，拍着脑袋叫道："哎呀，难道是这位仙君不能吃辣？"

楚晚宁见她愧疚，说道："不是，能吃一点的。"说着夹了一筷子浇了汤汁的饭送到口中。

一阵沉默，众人只见得楚晚宁的脸在众目睽睽之下越涨越红，绷着的线条也微微颤抖起来，最后——"喀喀喀喀……"

楚晚宁咳得惊天动地。

谁说这世上不能忍受的只有情爱、贫穷与喷嚏？

明明还有辣椒。

楚晚宁终究是高估了自己，低估了朝天椒，刹那间被呛到面红耳赤、言语不能，周围一圈农人都惊呆了，小孩子不懂事，躲在大人身后咻咻地笑，被大人拍了拍脑袋。

墨燃忙放下碗筷，重新盛了一碗汤给他，楚晚宁喝了汤，总算是好些了，但烫的遇上辣的，只会让舌尖更难受，他抬起脸来，已是面容酡红，眼角含波，便那么泪汪汪地看了墨燃一眼，声音沙哑道："还要。"

二

师尊与我在外留宿

墨燃立刻俯身去给楚晚宁再盛一碗汤。

汤碗递过去的时候，他的手指擦到了楚晚宁的手，他吃了一惊，手一抖，汤泼出来了些许。

楚晚宁皱了皱眉头，也顾不了那么多，端了汤喝下，缓去唇齿间的麻辣痛感。墨燃就在旁边一声不吭地瞧着他的嘴唇，因为辣而浸得嫣红，犹如叶间鲜果、枝头繁花。

"啪！"突然墨燃甩手就给自己一巴掌。

众人惊呆，鸦雀无声，都瞧着他。

墨燃不无尴尬地清了清喉咙，哑声道："有只蚊子停在我的脸上。"

"哎哟。"忽然一个朗朗女声响了起来，大惊小怪，"秋天的蚊子最毒啦，喝饱了血要过冬的，仙君可带了草药膏？"

"啊？"墨燃愣了一下，循声望去，讲话的是个盘靓条顺的大姑娘，梳着乌黑油亮的发辫，穿着碧色袄子，眉目如画，皮肤白嫩，眼神却很大胆，一碰到墨燃的目光，就越发热情雀跃。

墨燃一时没有反应过来，心里头只在想：哦，是方才唱小曲儿的那个姑娘啊。

他迟钝，但坐在那姑娘旁边的大娘很灵光，她是生了七个孩子的女人，对于姑娘家的那些心思，瞧得比谁都透彻，从善如流道："仙君不会在村子里久住，等农忙过了就回去了，怎的会带草药膏？菱儿，你回头给仙君送一罐去。"

那个叫菱儿的姑娘立刻灿笑："那当然好，等晚上我给仙君拿来。"

墨燃什么话都没来得及说，这热情如火的两个女人便一问一答地替他决定好了，墨燃不禁有些无奈。他扭头去看楚晚宁，见楚晚宁正掏了手帕，慢条斯理地擦拭着手上的汤渍，表情有些嫌弃。

墨燃不擅长应付女人，便小声和楚晚宁道："我手上也泼着汤了，你手帕擦完了借我也擦擦。"

楚晚宁便把自己的手帕递给他，依旧是绣着海棠花的那一块。

墨燃记得在桃花源，他用的就是这块帕子，楚晚宁看起来淡泊高冷，其实是个长情的人，前世墨燃就注意到，这个人的衣服款式、屋中摆设，往往十年二十年都不会有太大变化，只是没想到连这手帕也一样。

这手帕都用那么久了，上头绣的图案颜色都褪了，这个恋旧的人，也没有把它丢弃。

墨燃擦了手，又仔细瞧了瞧那帕子，忽然发觉那花朵虽然绣得细致，针脚却不好看，一瞧便是初学之人所做之物，便愣了一下。

估计是师尊闲着无聊的时候自己绣的，想到师尊板着脸一本正经地戳着小针绣海棠的模样，墨燃竟有些忍不住笑……

他待要再仔细看，手帕却被楚晚宁收走了。

墨燃说：“拿走做什么？我帮你洗。”

"我自己会洗。"楚晚宁说着，重新拿起了碗筷。墨燃哪里还愿意再看他作死，连忙和他换了一碗饭，说道："吃我这碗，我没碰过。"

村长老婆也忙说："仙君不能吃辣就别吃啦，没事的、没事的。"

楚晚宁抿起了唇，半响垂眸道："不好意思。"说着和墨燃换了饭食，墨燃接了他的碗筷，夹了块肥瘦相间的五花肉，送到口中。

沙沙起秋风，稻香蛙声里，坐在楚晚宁身边，这一刻，墨燃忽然很荒谬地想，如果他们能就这样待一辈子，好像也挺好的。他以前觉得自己什么都缺，于是什么都要疯了般去抢，如今却觉得自己什么都有了，不敢多要。

农忙要半个月多，这段时日，楚晚宁和墨燃就住在玉凉村。

这小村子虽然不富裕，收拾两间空屋子却也不难，就是环境困苦了些。村长老婆咬了咬牙，匀出两床厚褥子，说要给墨燃他们铺着，被两人异口同声地婉拒了。

楚晚宁道："铺着稻草也是暖和的，你们自己留着用吧。"

墨燃也笑着说："好歹是修行之人，总不能和你们抢被褥用。"

村长满是歉疚，连声说："真是对不住，以前还是有很多褥子的，但去年闹邪祟的时候，村子里走了水，很多东西……"

楚晚宁道："没事。"

又好言宽慰几句，村长和他老婆终于颤巍巍地走了。墨燃帮楚晚宁又理了理床褥，往垫被底下铺更厚的稻草，想尽法子让床软和一些，那样子有些像忙着往家里叼软垫卧枕的犬。

楚晚宁靠在桌边，淡淡地看着，说道："差不多行了，你再铺下去，恐怕我就不是在睡床，是在睡稻草堆了。"

墨燃被他说得有些不好意思，挠头道："今天赶了些，明天我去附近集市上给师尊买一床褥子回来。"

"你去买褥子了，农活儿全都我来做吗？"楚晚宁瞪了他一眼，"就这样吧，挺好的。"他说着，走过去闻了闻，"有稻谷的香味。"

墨燃说："不成，师尊你最是怕冷，不能……"

"冬天还没到呢。"楚晚宁皱着眉，"磨磨叽叽的，怎么这么多话？你快回自己房间吧，累了一天，脚都麻了，我要睡觉。"

墨燃便听话地走了。

楚晚宁刚脱了鞋，随意地从缸里舀了些水，冲了脚，准备爬上他的稻草床，就听到门咚咚被敲响，墨燃去而复返，在外头喊："师尊，我进来啦！"

楚晚宁大怒："我不是跟你说了以后别跟我讲'我进来了'这句话吗！"

墨燃由着他生气，笑嘻嘻地拿头蹭开了虚掩着的门，实在是没有手去推门，两手的袖子都卷到胳膊肘，露出蜜色的、线条紧实的手臂，提着满满一桶清水，水冒着腾腾热气。

年轻男人的眼睛在这水雾中显得格外明亮，格外灼人。

墨燃把沉甸甸的水桶提到他床边放下，脸上有光，梨窝融融，说："师尊泡个脚吧，累一天了，泡完我给按一按，师尊再睡。"

"不——"

"我知道，师尊又要说不用。"墨燃笑道，"要的。第一次做农活儿会腰酸背痛，师尊要是休息不好，明日起不来，村里头的那些小孩子，又该笑话你了。"

木桶里的水很暖、很热，甚至稍微有些烫，但并不会使人难以忍受。

楚晚宁赤裸的双足浸在其中，脚趾是圆润的、细腻的，踝骨极其流畅分明，他脚上的皮肤很白，因为长期不见日头，甚至可以称为苍白。

墨燃看到了，忽然觉得楚晚宁皮肤真好，比那些细腻晶莹的川妹子还要白皙。

于是楚晚宁在泡脚，墨燃坐在对面桌子旁看书。

书是他自己带来的，是有些枯燥的疗愈仙术书籍，屋子里很安静，安静到两个人都下意识地放缓了自己的呼吸，不想让对方听见。亮着一豆灯烛的屋子里，只偶然响起楚晚宁双脚晃动水波的声音。

"我洗好了，不酸痛了，你回去吧。"

墨燃却很坚持，再也不会信楚晚宁说的"不痛""不难受"了，他已经放下书，在楚晚宁床榻前矮下身子，半跪下来，捉住楚晚宁想要缩回去的一只脚，目光有些不容置疑的意味："给师尊按完，我再回去。"

楚晚宁想踹墨燃一脚，让墨燃麻利地滚回去，别在自己面前自说自话。

可是握着他脚的那只手是那样有力，有些粗糙，虎口和指腹的茧子贴着他的皮肉，他的脚因为热水浸润而变得格外敏感，他一时竟觉得有些痒，想要笑，于是力气全花在了忍住笑上头，竟然就这样错过了拾起威严、赶走墨燃的最后机会。

墨燃半跪着，已经把他的脚搁在膝头，低垂眼睑，耐心细致地捏了起来。

"师尊，水田里头很凉吧？"墨燃边捏边这么问。

"还好。"

"枯枝烂叶也多，你看这边，都划伤了。"

楚晚宁看了看自己的右脚侧面，果然有一道细小的口子："一点小伤而已，我都没什么感觉。"

墨燃道："我带了些跌打损伤的膏药，师尊等一等，我去拿来给你涂上，伯母调的，特别好用，一晚上伤口就能愈合。"他说着就出了房门，他的小屋和楚晚宁的面对面，中间只隔了个十来步就能走完的院子。他很快去而复返，拿来了一罐香膏。

"至于这么矫情？"

"哪里是矫情？万一溃烂了更麻烦，来，师尊，脚给我。"

楚晚宁有些难堪，他活了这么多年，脚是极私密的地方，平日里总是衣冠楚楚，当然不会赤着脚到处晃来荡去，这是没有几个人瞧见过的皮肉，更是没有人触碰过的皮肉。

正因为不知者无畏，刚才他不知道被人捏脚是什么滋味，于是由着墨燃捏了几下，谁料得到竟是那样酥麻酸软的感觉，心底像是有蚂蚁在啃噬，于是再要伸给墨燃的时候，就有些犹豫。

墨燃就瞧着那一双清清白白的脚半掩于衣下，热水总算给它们添了些血色，楚晚宁的脚趾匀称细致，指甲盖像是南方深冬时湖面上结着的一层薄冰，晶莹剔透，但刚浸泡过的趾尖又透着淡淡的绯红，好像冰层里，冻了一朵含苞待放的海棠花。

墨燃又跪下来，神情温柔且恭敬地把那一朵温热的海棠花捧在掌心。

他感到那海棠在自己手中微微颤抖，花瓣簌簌。

"师尊……"

"怎么了？"

似乎听到楚晚宁的声音有些沙哑，墨燃猛地抬起头，烛火在此时"噼啪"爆裂，爆出一串星火，烛泪缓缓淌落。他正巧迎上楚晚宁的目光，灯火里他们彼此的眼睛都很明亮。

"你……"

楚晚宁垂下自己的睫毛帘子，淡淡道："我脚怕痒，你快一些。"

墨燃咕哝着"哦"了一声，埋头加快了速度。

"师尊，涂好啦！"忙活许久的墨燃终于搞定。他心虚已久，此刻几乎是大声地喊出来，倒是吓了楚晚宁一跳。

楚晚宁穿好了鞋袜，这过程中墨燃一直低着头在旁边不说话，瞧上去像一只乖巧温驯的犬。

墨燃说道："师尊好好休息，如果明天有哪里不舒服，你就别下地了，我一个人做两个人的份就好。"

楚晚宁还没来得及说什么，就听到外头一个娇嫩欲滴的嗓音喊道："墨仙君、墨仙君，你在吗？"

三

师尊最吸引人了

楚晚宁掀起眼皮子，不咸不淡地看了墨燃一眼，说道："找你的。"

"啊？这时候谁能找我？"墨燃此时眼里只有楚晚宁，白日里和村里的人说了什么做了什么，早就忘去了交趾国。

"白天唱歌那个。"楚晚宁轻描淡写道，"就村里最好看的那个姑娘。"

"是吗……我怎么觉得这村子的姑娘都长得差不多……"

楚晚宁听他这么说，先是没说话，然后才道："五年不见，你是何时瞎的？"

"……"

楚晚宁语气平淡，墨燃抬眼瞬间，却瞧见楚晚宁眼底似有一丝笑意，似乎也有了闲心与他开开玩笑。墨燃不由得受宠若惊，心情也霎时间敞亮不少。

那个叫菱儿的姑娘抱着个青底白花的布包，铆着劲儿朝墨燃的那间屋子喊："墨仙君、墨——"

"我在这里。"忽地身后响起男人低沉的嗓音，菱儿回头，见墨燃撩开半边帘子，靠在门边朝她笑了笑，"姑娘，这么晚了，有什么事？"

菱儿先是一惊，再是一喜，立刻迎过去："幸好仙君还没睡，这个给你，我问三婶要来的，中午的时候跟你说过。你……你拿去用用看。"她说着，便把怀中揣着的布包递给他。

墨燃打开一看，里头是三个陶土小罐。

"这是……"

"草药膏。"菱儿热情地说，笑着指了指自己的脸颊，"中午在田里，你说你被蚊子咬了……"

"啊。"不过是一件小事，这姑娘还真的给他送了草药膏来，这不禁让他有些汗颜。

玉良村的村民也太淳朴了……

"不过咬得应该不厉害。"菱儿忽地踮起脚，认真地端详了墨燃的脸一番，笑得更灿烂了，"瞧不出有蚊子咬的包呢。"

墨燃干咳一声："毕竟是修行之人……"

菱儿就拊掌笑道:"你们这些人真有意思,特别好玩儿。我要是有天赋,也想修行呢,可惜福薄没缘分。"

两人又聊了几句,墨燃便谢过她,拿了草药膏回屋子里。楚晚宁已经换了个位置,坐在桌边,闲闲地翻着墨燃留下的书籍,听到动静就又抬眸看着他。

"草药膏。"墨燃讪讪道。

楚晚宁说:"你真被蚊子咬了?过来我瞧瞧。"

灯火下,墨燃脸庞的颜色犹如蜜糖,微微有些深,但衬得眉眼越发英气,楚晚宁盯了一会儿,问道:"包呢?在哪儿?"

墨燃便不好意思地挠挠头:"皮厚,早就消了。"他说着,把三罐清凉的草药膏都搁在了楚晚宁的桌子上,"这些我也用不着,师尊,你留着吧,你比较容易惹蚊虫咬。"

楚晚宁不置可否,只道:"又是金疮药,又是草药膏,再这样下去不如我开间药铺吧。"

墨燃揉着英挺的鼻子笑,笑得很含蓄、很淳直。楚晚宁看了,伸手戳了戳他的额头,说:"不早了,回你房间睡吧。"

"嗯,师尊好梦。"

"好梦。"

那天晚上,隔着十步就可以走完的小院子,两间旧草庐里躺着的人,却都与互相祝愿的不一样,他们谁都没有睡着,辗转反侧。

楚晚宁自然是不用多说,他觉得墨燃这般待自己,确实和五年前大不相同了,有时候虽还是不太习惯,内心深处却是万分柔软的。

而墨燃想得要复杂很多,他翻来覆去,脑袋枕在臂弯处,不停地抠着床板缝儿,想着这五年间发生的事,想着师尊。他觉得师尊对自己的态度也有些变了,比从前软了些许,像是宽宥了他的过错,重新包容了他,但又不知为何,有时会莫名其妙地生气。

想着想着,到了最后,他又想起了好像已经许久不见师昧。

对啊,自己也应当想想师昧——师昧……其实自从回到死生之巅,见到师昧后,他就一直感到自己对师昧有些陌生。

保护师昧,好像已经成了一种无须思考的习惯。他也无时无刻不在这么做着,可然后呢?对着五年前的师昧,他尚觉亲切,可是对着五年后的那个俊美俏艳的男人,墨燃心里头竟长出几分不适应来。

这陌生让他无所适从,忽然就不知道自己这是怎么了,又该怎么办才好。

第二天，楚晚宁起了个大早，走到外面的时候，正巧墨燃也撩了帘子出来，两人打了个照面。墨燃道："师尊早啊。"

"早。"楚晚宁看了他一眼，"没睡好？"

墨燃勉强笑了笑："床有些不习惯，不碍事，中午歇一会儿就好了。"

他们一起去了田间，清晨的风里弥漫着草木的清甜，四野空寂，偶尔能听到三两声蛙鸣和秋蝉清啼。

楚晚宁懒洋洋地打了个哈欠，眼尾忽然扫见什么，忍不住笑了起来。

"墨燃。"

"嗯？"

一只手伸过来，拂过了墨燃的鬓发，楚晚宁从他头发上拈下一截稻草，淡淡笑道："你该不会是在床上不停地打滚吧？弄得头上都有。"

墨燃刚想辩解，忽然看到楚晚宁发侧也有一小截稻草，不由得跟着笑起来："那师尊也打滚了。"说着也帮楚晚宁摘下来那一截金色的草梗。

旭日东升，师徒二人在铺天盖地而来的金碧辉煌里互相望着，依旧是一个微微低着头，一个微微仰着脸。

只不过五年前，低头的是楚晚宁，抬头的是墨燃，如今时光流逝，墨微雨已不再年少。岁月在此刻似乎终于愿意沉淀下来。在温柔的晨曦中，墨燃忽然忍不住跳到田里，张开双臂，朝田垄上的人笑道："师尊，你下来，我接着你。"

楚晚宁瞪着有半人高的田垄，说："你有毛病吧？"

"哈哈哈。"

他脱了鞋袜，自己轻盈地跳到水田中，水波荡漾，激得脚底微寒。他宽袖一挥，气势威严地划了一大片稻田进自己的范畴："这些都是我的，昨日割的稻子不如你多，今日定让你认输。"

墨燃伸出的双臂便抬起来，挠了挠自己的脑袋，嘴角翘起，一道特别好看的笑痕在他脸颊边晕开。

"好，若是我输了，我就给师尊做很多很多的荷花酥，很多很多的蟹粉狮子头。"

楚晚宁道："再加很多很多的桂花糖藕。"

"好！那要是师尊输了呢？"墨燃眼底映着潋滟的水光，透如星辰，"又当怎么样？"

楚晚宁冷然斜睨他："你要怎么样？"

墨燃抿着唇想了很久，而后说："若是师尊输了，就要吃我做的很多很多荷花酥，很多很多蟹粉狮子头。"顿了顿，更温柔的余声落在清风里，"再加很多很多的桂花糖藕。"

无论输赢，我都想变着花样待你好。

楚晚宁割稻子一回生二回熟，他是个不服输的人，昨日让人笑话也就算了，今天却不能叫人瞧不起。他心里头憋着一口气，埋头沙沙劳作，到了正午的时候，割下的稻子已经比墨燃多得多了。

坐在桑树下吃饭时他有些得意，虽然嘴上不说，脸上也瞧不出来，但一双眸子总往坝子上看，看自己打好的那些稻谷，高高地垒成一座金山。

"菱儿，去给仙君再添碗饭。"众人围坐一团，大娘瞥见墨燃吃得快，不消一会儿碗就见了底，忙说道。

墨燃却把碗筷一放，很着急似的，笑了笑说："不用，我吃饱了，我有点事儿，要先出村子一趟，迟一些再回来，你们先吃。"

菱儿很惊讶，旋即流露出了些不安："仙君就吃这么一点吗？可是饭菜不合你的口味？你要是不喜欢……我要不……再去给你单独做一些……"

"没有没有，很合口味。"墨燃自然是瞧不出姑娘家那些心事的，爽直地笑着摆了摆手，大步往马厩方向走去。

楚晚宁问他："你去哪儿？"

墨燃侧过半张脸笑："去买些东西，很快就回来。"

"仙君——"

"算了，随他吧。"楚晚宁夹了一块煎豆腐，淡淡地说道。

虽然这两位仙君是一块儿来的，但谁的地位高、谁的地位低、谁说话分量更重，明眼人都瞧得出来，更何况楚晚宁天生长得便有些肃冷，既然他开口了，村人也就不好多问，由着墨燃去了。

用过了饭，众人三五成群，要么在地里头嚼烟叶子，要么眯着眼打盹晒太阳，农妇聚在一块织御寒衣物，孩子们骑着竹马叽叽喳喳地玩闹，一只瘦不啦唧的家猫满怀期待地在地上嗅着，粉红色鼻尖一抽一抖，支棱着耳朵，想在残羹冷炙里找一些用以果腹的吃食。

楚晚宁捧着杯热茶，靠着一座谷堆在歇息，见那猫瘦小得可怜，便向它招了招手，想给它弄些东西吃，可惜它对生人很是警觉，见楚晚宁抬起手还以为楚晚宁是要打它，咻溜一声就蹿远了。

楚晚宁："……"他长得有这么凶，猫都不待见？

楚晚宁正不无阴沉地托腮想着，忽听到铜片叮当的声音。菱儿兴高采烈地也捧着一杯茶，坐到了楚晚宁身边。

楚晚宁转头看她，没有太多表情。这个姑娘十分俏丽，更难得的是并不瘦弱，是穷乡僻壤难得能出的丰满女性。也很懂得打扮自己，没有余钱买配饰，她就捡了些细碎铜皮铁片洗干净了，磨成温润的圆环，穿在衣摆上，走起路来叮叮当当作响，阳光下泛着灿烂的光。

"仙君。"她脆生生地喊他，声音像熟透的浆果。

楚晚宁道："何事？"声音像清冷的烟雾。

菱儿为他的不近人情而微微一愣，但随即笑道："没什么，看仙君一个人坐着无趣，想来陪仙君说说话。"

楚晚宁不认为自己长着一张和蔼可亲的脸，那只猫就是最好的佐证。但人和猫毕竟是不一样的，猫不会算计，人却可能别有所图。

果不其然，菱儿与他不痛不痒地讲了一堆有的没的之后，似是随意地问了句："仙君，你们死生之巅……要收怎样的人当弟子呀？你看我这样的……可不可以？"

楚晚宁道："手伸出来。"

"啊……"她睁大眼睛，随即有些兴奋地照做了。楚晚宁把指尖轻搭在她的脉门处，半晌之后撤了，说道："不收。"

菱儿的脸一下子就涨红了："是……是没有慧根吗？"

"我让你伸手，你就知道我是要测你灵核，那你自己应当之前也问过别人吧。"楚晚宁说道，"姑娘仙缘浅薄，只怕修到耄耋之年也无法筑基，空留山中只是虚度光阴，还是断了这个念头为好。"

菱儿就不说话了，垂了眼，很是失落的模样，半晌才摇了摇头，小声道："多谢仙君指点。"

"不谢。"

她默默地走了，楚晚宁看着她的背影，心情有些复杂。下修界的许多人会比上修界的人更渴望跻身仙门，因为修行对上修界的人来说不过是为了光宗耀祖，博一个好声名。

对于下修界的人而言，有的时候却意味着保命。

楚晚宁靠着谷堆，又喝了一口茶，如今天气已转凉，才这么一会儿没喝，茶水已经冷了。他三两口饮尽，闭上眼睛想小憩一会儿，然而昨天晚上睡得太迟，今天又忙了一上午，这一睡就成了深眠，转眼大半日过去。

待他再次醒来的时候，天空已是一片血色，树梢上昏鸦啁哳，田垄间只剩了整齐的稻梗和飘落的谷屑。

楚晚宁吃了一惊，蓦然睁大了眼。他居然靠着谷堆一觉睡到了黄昏，大约是因为他的身份，那些农人不好意思去叫醒他，非但由着他这么睡，还有人怕他着凉，给他身上盖了件衣裳。

衣裳……想要坐起来，鼻尖却忽然传来熟悉的味道，楚晚宁回过神来，垂了眸去看那件衣袍，料子很粗，但洗得干干净净的，针线缝隙萦绕着皂角的清香——是墨燃的衣服。

- 187 -

不知为什么，明白过来这一点后，原本要坐起来的动作停止了，楚晚宁放松背脊躺了回去，半张脸掩在衣袍下面，只露出一双清亮的眼睛。

他眯着细软的睫毛，在田间地头找那个人的身影。他很快就找到了，毕竟如今墨燃出落得这么英俊高大，站在哪里都会显得十分惹眼。

那年轻男人正在帮村长他们把割好的稻子抱到牛车上去，他背对着楚晚宁，大约劳作一天实在有些热了，和其他农人一样，把外袍和上裳都脱了，裸露着精壮的、蜜色的背脊。

似乎感到背后的目光，墨燃回过头来，楚晚宁连忙闭上眼睛，装睡。

过了好一阵子，他重新悄悄地把眼睛睁开一道缝隙，自睫羽帘子下头张望。墨燃已经转过身了，菱儿从垄上朝墨燃走过去，眼波含羞，递给墨燃一块手帕。

"仙君，擦擦汗吧。"

墨燃正抱着一摞稻草往车上运，闻言笑道："太忙了，等一会儿。"

菱儿显得很高兴，就站在他旁边看着，时不时伸出手去搭一把。墨燃对于这个姑娘的热心颇感意外，说道："谢谢你。"

她更加欣喜，身边这个高大壮实的男人身上，散发着触手可及的阳刚魅力。听见他的呼吸声，看着他张弛有度的肩膀，她不由自主地就红了脸，一时也忘了什么男女授受不亲，攥着帕子柔声道："仙君，你的汗要是再不擦，都要淌到眼睛里去啦。"

墨燃忙忙地说："没手、没手。"

"我来替你擦⋯⋯"她话还未说完，就感到背后一阵寒意。

楚晚宁不知何时已经来到了他们身后，肩头上还披着墨燃的黑色厚外袍，眉目间带着些刚苏醒时的戾气，他说："墨燃。"

"啊？"方才还没空的人，立刻放下了稻草，揉着鼻尖回头，在看到楚晚宁的瞬间展颜，"师尊总算是醒了。"

楚晚宁上下打量了他一番："冷不冷？"

墨燃笑着说："热。"

他话音刚落，攒在乌黑眉毛间的那滴汗珠就淌了下来，一不留神，淌到了他的眼睛里，他"哎呀"一声眯起一只眼，用另一只眼精亮而执着地望着楚晚宁。他当然不好意思问一个姑娘家借手帕，便央求楚晚宁："师尊，我的眼睛⋯⋯"

"我手帕洗了。"

"⋯⋯"

菱儿见状忙道："那用我的——"

楚晚宁却没有理会她，径直上前。他神情寡淡，却欺身仰头，抬起素白的衣袖，攥着袖口，细细地，替墨燃擦了眉眼。

四

师尊好梦

墨燃霎时间僵住了，鼻息间是熟悉的海棠花香味，楚晚宁虽无太多表情，但落在他眼皮子上的袖口很轻柔，拭得也很仔细。关键是这个白衣如雪的男人，此刻站得离自己是那么近，他甚至可以瞧清楚晚宁嘴唇上极细腻的纹理。

"你赢了，但你没叫醒我，胜之不武。"

楚晚宁擦完了他眉间的汗水，忽然这样说道。

墨燃一愣，随即笑了："我没赢，赢的人是师尊。"

"你下午没再割稻子？"

"没，剩下的不多了，我去了趟集市，买了些过冬的用品，挨家挨户走了一圈儿，耽误了些工夫。"墨燃说，"所以还是师尊割得比我多。"

楚晚宁不轻不重地哼了一声，似乎是满意了。

过了一会儿，他问："你去集市买了些什么？褥子？"

墨燃还没来得及说话，旁边站着的菱儿不甘寂寞，笑着插话道："仙君买了好多东西呢，可累死了那匹驮货的马儿。"

"也没有很多，就是炭火什么的，买了些肉，还有一些糖果。"

"不止呀。"菱儿说，"仙君还给每家都买了一床褥子，弹棉花那老太太都直接推着车跟他进村里头来了，装了满满一车。"

楚晚宁有些诧异："你哪里来的那么多钱？"

"平时攒的。"墨燃笑道，"其实那些褥子卖得都不贵，比上修界的便宜好多。"

"那肉呢？"

"随手买的，让村长拿回去明天烧给大家吃。"

楚晚宁的面色不变，又问："那糖呢？"

菱儿拊掌笑道："当然是买给村里头的孩子们吃呀，墨仙君一回来就分给了他们，麦芽糖和桂花糕都有，咱们村里许多丫头小子还从没有吃过这些甜点，别提多开心了。"

她顿了顿，似是有些甜蜜地说："我也得了一块呢。"

这姑娘属于会来事儿的那种，且自来熟，先前几次插嘴，楚晚宁都没有介意,但这句说完,他却转动眼珠,冷冷淡淡地瞥了她一眼:"好吃吗?"

菱儿浑不吝地说:"好吃呀,好甜的。"

楚晚宁竟似在冷笑:"那你多吃点。"说罢拂袖而去。墨燃不知哪里又惹楚晚宁不高兴了,正要去追,忽然眼前铺天盖地一阵黑,是楚晚宁将外头披着的袍子丢到了他脸上,他接住了,拉下衣袍焦急地望着楚晚宁。

"师尊?"

"赤身裸体,像不像话!你不冷,我看着都冷!"楚晚宁厉声道,"穿上!"

虽然很热,但既然楚晚宁这么说了,墨燃还是一语不发,立刻就把衣服披上了。汗沾着布料,湿答答的有些难受,他抬起簌簌的眼睫,茫然地望着对方。

楚晚宁蹙着剑眉道:"衣襟拉上!敞着给谁看!没规矩!"

墨燃又立刻把衣襟整好,领口很高、很严实,现在倒是没有半寸皮肉露在外头了。楚晚宁看了,莫名地更加愤懑,暗骂一声甩袖离去,留墨燃一个人傻狗一般愣在原地。村长夫妇和菱儿在旁边瞧着,都是一头雾水,菱儿心有戚戚道:"这位仙君……好凶啊……我还从来没见过脾气这么古怪的人……"她有些怜悯,甚至是讨好地小声说。

"你师父待你真不好,也就你性子温和,能忍着不——"

她边念叨边回头,却忽然对上墨燃的目光,半截话刹那就碎在唇齿间再也说不出来了。因她看到一直都笑吟吟很和气的墨仙君忽然面色沉炽,眼神里闪着狼齿般的森然。

她猛地住了嘴,但墨燃随即把脸转了开去,光线变幻,眼底的情绪就不再那么容易被瞧清。菱儿的心脏突突直跳,不知刚才是自己的幻觉,还是眼前这个山一般稳重宽厚的男人,在须臾间露出了另一张豺狼虎豹般的脸。

墨燃闷声道:"抱歉,你们先忙着,我不放心他,去看看。"说着他就大步行远了。

楚晚宁站在河塘边,漫天芦花飞舞,夕阳半浸在粼粼水波中,河中犹如有烈火在灼烧。

墨燃跑得急了,在他身后停下来的时候有些喘:"师尊。"

"……"

"我哪里做错了吗?"

楚晚宁道:"没有。"

"那你怎么不高兴了?"

"我高兴。"

墨燃一愣:"什么?"

- 190

楚晚宁回过头来，阴沉地说："我高兴不高兴！"

墨燃："……"

他不打算和楚晚宁绕口令一般地说话了，仔细瞧了瞧楚晚宁的脸色，忽然想到了什么，忍不住笑了起来："我知道师尊为什么不高兴了。"

楚晚宁的手在宽大的衣袖里攥紧，肩膀不易觉察地微微一动，脸上却还镇定："说了我没——"

墨燃却已走过来，站在树下，笑眯眯地背着手，那河边的老榕树有一些粗壮的经脉裸露在地表，像是遒劲的血管，慢慢扎到土壤深处去。

他就站在凸出的根脉上，显得更高。

楚晚宁心生警觉，又觉不爽，说："你给我下来。"

"哦。"

墨燃就轻轻巧巧地跳了一下，脚尖离开那突出的树疖子，落到楚晚宁跟前。这树盘虬卧龙，没有粗根的地方统共就那么一点儿，楚晚宁站着一块，墨燃就只能跟他站得特别近，才能避开高地。

他低着头，呼吸几乎能拂动楚晚宁的睫毛，于是楚晚宁又有些难堪，沉着脸道："你给我上去。"

墨燃忍不住笑了："上去下来上去下来，师尊在与我开玩笑？"

楚晚宁也知自己一怒之下在胡闹，被揭穿了就干脆阴沉着脸缄默不语。

墨燃把手从背后伸出来，不知从哪里变出的一把糖果，拿稻米纸裹着的，花花绿绿，都捧在掌心里，堆成了一座甜蜜的小山。

"别生气啦，给你留了。"

楚晚宁更气了，简直想吐血，简直勃然大怒，压着剑眉喝道："墨微雨！！"

"在！"墨燃忙站直了。

"谁要吃糖了？你当我是三岁小儿哄吗？我根本——嗯！"

一颗糖果被递到唇边，送进了口中，楚晚宁惊呆了，霎时间耳朵尖红了不说，脸也红了，不知是羞耻还是恼怒，一双凤眼睁得滚圆，惊怒交加地瞪着眼前笑盈盈的那个男人。

"牛乳味儿的。"墨燃说，"你最喜欢。"

楚晚宁忽然哑口无言，有些无力，像是被剪去了爪子的猫儿，张牙舞爪、奓毛的威胁变得全无用武之地。他含着牛乳味儿的糖果，额角一小撮碎发因为刚刚走得急，被风吹得微微翘起，草叶般在细软地颤动着。墨燃看了，心头觉得很痒，想伸手去压下那一缕头发。

他是喜欢实干的人，心中这样想着，然后，就真的伸手了。

楚晚宁："……"

墨燃笑道:"给村子里每个人都买了些糖果和点心,但买给师尊的是最好吃的,糖果我都偷偷藏在袖子里,糕点放在你的房间,晚上回去悄悄吃,别给那些小家伙看到,是荷花酥,很漂亮,要是给他们看到了,一准要缠着问你要。"

楚晚宁没说话,过了很久,才用舌尖卷了卷融化开了的牛乳糖,抬眼,在芦花丛中,老榕树下望着眼前的那个男人,半晌,前言不搭后语地丢出四个字:"桂花糖藕。"

墨燃笑了:"买了。"

"蟹粉狮子头。"

"也买了。"

"……"

楚晚宁偏过脑袋,觉得今日自己的威严掉得有些多,想把自己的威严拾起来掸掸灰尘,于是有心摆正了姿态,下巴微微扬起:"可惜差了梨花白。"

他大概以为自己抬下巴的模样很严肃,很有压迫力,然而那是过去,限于墨燃的少年时代,个头还没他高的时候。楚晚宁并不知道自己如今再这么做,只会让墨燃看到那线条柔和的下颌,还有下巴扬起后暴露出的喉结,以及那一管汝瓷般白皙的脖颈——傻子。

墨燃说:"有的。"

楚晚宁没反应过来,蹙着眉:"什么?"

"梨花白。"

"梨花白,也有的。"

楚晚宁:"……"

"走在路上觉得师尊可能会想喝。"墨燃说,"幸好我买了。"

楚晚宁瞪着眼前那个卖力讨好着自己的徒弟,忽然就说不出任何话来,觉得自己的刁难好没意思,那故作张致的硬冷,也好没意思。他终于缓缓放松了紧绷着的身子,背脊靠在老榕树上,来回打量着墨燃,而后道:"墨燃。"

"嗯。"

"你变了好多。"他说完这句话,不知为什么从墨燃眼底看到了一丝不安,而后墨燃忽闪着浓密纤长的睫毛,说:"那师尊喜不喜欢?"

楚晚宁说:"不讨厌。"然后他像是忽然想起了什么,又站直身子,手指抬起,在半空犹豫一下,还是落在了墨燃的腰侧。

墨燃猛地颤了一下,不明所以却又惶然不安地垂眸看着楚晚宁。

"在书上看到你与黄河水怪恶斗。"楚晚宁道,"伤的是这里吧。"

"嗯……"

楚晚宁微不可察地叹了口气,拍了拍墨燃的肩膀:"你如今很好了,可以当一声'墨宗师'了。"

"徒弟不敢。"

楚晚宁便微微笑了，用指尖戳了一下墨燃的眉心，然后垂下："也是，成天衣冠不整地跑来跑去的，确实没有宗师的样子。走吧，太阳落山了，早些回去休息吧。明天要做什么？"

墨燃想了想，说："好像说是把米饭蒸了，要打年糕。"

楚晚宁点了点头，忽然道："别再乱脱衣服。"

墨燃的脸红了："嗯。"

"热了就休息。"

"好。"

楚晚宁再思忖了一会儿，说道："自己要记得带块手帕，没事别总跟人家未出嫁的姑娘混在一起。你有手帕吗？"

"没有……"墨燃感到尴尬。

"那你平时用什么擦脸……"

"袖子……"墨燃为自己的糙，感到更加尴尬。

楚晚宁有些无奈，半晌说："我到时候帮你裁一块。"

墨燃的眼睛一下子亮了："给我的吗？"

"嗯。"

墨燃大喜过望："真好！师尊什么时候去裁？"

楚晚宁皱了皱眉头："总得等这阵子忙完吧。"

"那我……也想要那种有海棠花的，可以吗？"

"我尽量吧。"

得了许诺的墨燃便一晚上都喜滋滋的，沉浸在用一把糖果换来一块手帕的喜悦里，盖着新换好的被子，翻来覆去，开心得睡不着。

五年了，他一直都在醉生梦死里痛苦着。

这是他第一次因为喜悦而寤寐难眠。

心跳得很快，久久不得平息，后来他忍不住，从床上坐起，他的窗正对着楚晚宁房间的窗。他趴在边沿上，透过微微撑开的空隙，鼻尖是乡村夜间旷野的清甜，眼前是小小的院落，还有院落对面的那一片烛火。

楚晚宁还没睡。他在做什么呢？是在琢磨着怎么裁手帕，还是在吃自己带给他的荷花酥？瞧着那暖黄色的灯火从对面窗户里透出，看了很久很久，直到对面的光熄灭了，楚晚宁睡了，墨燃才依依不舍地小声道了一句："师尊，好梦。"

还有一句压在心底，即便是无人听到，他也不敢说出口。晚宁，好梦。

五

师尊，翻身

借墨燃吉言，这天晚上，楚晚宁又做了一个梦，可惜并不是个好梦。

梦里，他回到了彩蝶镇天裂那一年，只是与他补天裂的人，换作了师昧。

铅灰色的天空落着大雪，师昧支持不住，被鬼祟穿心，自盘龙柱上跌落，摔在苍茫无尽的雪地里。墨燃跑过来，抱起血流不止的师昧，跪在他的脚边，求他施以援手，救一救自己的徒弟。

他也想救，可是在双生结界的作用下，受了与师昧一般重的创伤，他苍白着脸，一言不发，只怕自己一张口，血就会呛出来，周围那些鬼魅就会一拥而上，将他们统统撕为碎片。

"师尊……求求你……求求你……"

墨燃在哭，在不住地向他叩首。

楚晚宁闭了闭眼睛，最终夺路而逃……

师昧死了。墨燃再也没有原谅他。

他梦到死生之巅的奈何桥，正是倒春寒时，天下着雨，满目春树嫩芽被雨水润泽，脚下的青石路漫长得没有尽头，他撑着伞，独自走着。

忽然，他看到桥对面遥遥行来一个人，一袭黑衣，没有撑伞，抱着一摞油皮纸裹着的书，朝他这个方向走过来。楚晚宁不由得放慢了脚步。

那个人显然也看到了他，但是脚下的步伐没有变缓，只是抬起雨水里被淋得湿漉漉的眼睫，毫无温度地瞥了他一眼。

楚晚宁想唤住他，想说：墨……

墨燃没有给楚晚宁任何说话的机会，抱着他的书，走在奈何桥的最左侧，再多一寸就该翻到河水里去了——只为了离走在右侧的师尊远一点儿，再远一点儿。

他们走到桥的中段了，一个从前习惯撑伞的人，在雨里走着；一个从前不习惯撑伞的人，也在雨里走着。

后来他们擦身而过。淋雨的人头也不回地走远了，而撑伞的人停下脚步，在原处立着。

雨点淅淅沥沥地敲击伞面，楚晚宁站了很久，久到腿都有些僵麻，好像蜀中潮湿的寒气都渗到了骨缝里。

他忽然觉得很累，再也走不动了。

梦境黑沉下去，又沉又冷——冷得像雨，沉得像再也迈不动的双腿。

睡梦中楚晚宁翻了个身，把自己的身子缩得很小，有什么东西从眼角淌落，湿润了枕头。他恍惚知道这只是一场梦而已，但为何会如此真实，真实到他能那样清晰地感受到墨燃的恨意、墨燃的失望、墨燃的决绝？

可是……只是这样吗？

到这里就结束了吗？

他不甘心，似乎是他的不甘心让周围又亮了起来，仍是在梦里，距离师昧离世，已经过了很久。

墨燃的性子一天比一天阴沉，话也越来越少，不过所有的修行课，他还是会来，只是听课，也不与楚晚宁多言。

楚晚宁并没有去解释当初自己为什么没有出手救师明净，墨燃的态度他看在眼里，他知道事已至此，说什么都已是无用。

这天的修行课，墨燃依照吩咐，立在一棵松树的顶梢，锻炼灵力的汇集。

可不知因为什么，墨燃忽然间体力不支竟直挺挺地栽了下来，楚晚宁不假思索，掠过去抱住他，但匆忙之间来不及施展任何法术，两人重重地从树梢跌落，摔在地上。

所幸泥土很软，还落着一层厚厚的枯叶，他们都没有摔伤，只是楚晚宁的手腕被尖利的树枝划破了，一道狰狞的口子，血往外淌着。

墨燃看着他的伤口，然后这么久以来第一次抬起眼眸，不加掩藏地，来回打量着楚晚宁的脸庞，最后说："师尊，你流血了。"

有些麻木的语气，但说的，总算还是缓和的句子。

"我的乾坤囊里有药膏和绷带，处理一下吧。"

他们坐在厚实的枯叶上，空气里弥漫着松柏的清香，楚晚宁没有吭声，看着墨燃低首，沉默地替自己缠绕绷带，一圈又一圈。

少年的睫毛在簌簌颤抖着，楚晚宁看不清他脸上的神情，有那么一瞬，忽然很想鼓起勇气，问一句：墨燃，你真的有那么恨我吗？

但那时候的风太缓，阳光太暖，枝叶间还有鸟鸣虫语，他受伤的手被墨燃静静握着，打理着绷带，一切都是安宁的、静谧的。

他最终还是没有问出口，没有去打破这幅岑静的画卷。

他忽然觉得答案并非那么重要，重要的是在这场梦里，在师昧故去之后，他的血、他的伤，居然多少还能换回墨燃的一点知觉，半寸和缓。

第二天，楚晚宁醒来时，仍有那么一瞬的恍惚。

他躺在床上，甚至能觉得自己的手臂隐隐作痛，又似乎留有余温。过了好一会儿，他才疲惫地揉了揉脸，不由得觉得好笑。

自己梦到的都是些什么乱七八糟的东西？

人都说日有所思夜有所梦，自己心生了些郁闷，竟到梦中来发泄，居然还梦到师昧死了……真是好生荒谬。

他穿衣起床，洗漱扎发，很快地，也就把昨夜这场零零碎碎的梦忘到脑后了。

今天村长他们要打年糕。

年糕在下修界是除夕必吃的食物，为的是讨个好彩头。粳米粉和糯米粉在头一天晚上就磨好了，然后需要女人和老人烧火热灶，上锅去蒸粉，这道工序颇费工夫，却用不到年轻力壮的男人们搭手，因此楚晚宁起得迟了些，再慢吞吞地走过去，也没关系。

他到了那里，看到偌大的晒场上支了口大锅，半人高的木桶正隔水蒸着，不断往外冒着滚滚热气，村长的老婆站在个矮脚板凳上，时不时地往里面补充米粉。几个小童绕着火炉在跑跳打闹，还时不时地从火塘子里拿铁梭拨出一串烤花生、一根玉米棒子。

令楚晚宁有些意外的是，墨燃起得依旧很早，正在帮着村长老婆看火，有个孩童嘻嘻哈哈地跑得急了，一个踉跄栽倒在地，抽噎数声，哇地大哭起来。

"怎么摔着了？"墨燃扶起她，拍了拍她身上的泥灰，说道，"有没有哪里磨破？"

"手——"那小女孩一边号啕，一边举起自己黑不溜秋的小手给墨燃看。

墨燃就抱起她，带她去水井边，打了一桶清水给她洗手。那距离有些远，楚晚宁没有听见他和那小孩子说了些什么，但小家伙噙着泪花，抽抽噎噎地，过了一会儿，就不再哭了，再过了一会儿，破涕为笑，仰着一张挂着鼻涕的小脸望着墨燃，开始和墨燃叽叽呱呱地讲话。

楚晚宁就安静地立在拐角看着他，看着他哄人，看着他把孩子又抱回了火塘边，他从旺火里拨出一个红薯，细细地剥了皮，递到小姑娘的手里。

他就那么看着，好像看到了墨微雨经过的那五年。

"啊，师尊来了？"

"嗯。"过了很久，楚晚宁才走到墨燃身边坐了下来，望着锅炉下跃动的熊熊烈火，看了片刻，问道，"里头都烤了些什么？"

"花生、红薯、玉米。"墨燃说，"你来了，给你烤一颗糖果。"

"糖果还可以烤？"

"师尊不能烤，一烤就焦了。"墨燃笑道，"我来会比较好。"

他说着就从兜里又摸出一颗牛乳麦芽糖，去了外头的稻皮纸，拿火钳夹了，凑到炉膛里稍微翻烤，然后就立刻收回，把糖果取了："哑，有些烫。"他吹了吹，然后才递到楚晚宁的唇边，"尝尝。"

楚晚宁并不习惯被人喂东西吃，于是伸手拿了糖果，奶白色的糖被烤得有些软，嚼起来奶香四溢，楚晚宁说："不错。你再烤一颗。"

墨燃就又烤了一颗，楚晚宁又用手接过来，自己吃了。

"再来一颗。"

"……"

墨燃接连烤了八颗，到第九颗的时候，有小孩子跑过来问墨燃要红薯吃，墨燃腾不出手来，就只能让楚晚宁去拿。

楚晚宁拿起另一把火钳，挑了一个最大的出来。墨燃看了一眼，说："这个搁回去，拿旁边那个小的。"

"大的好吃。"

"大的没熟。"墨燃笑道。

楚晚宁有些不服气："你怎么知道没熟？"

"你信我的，我常在野外烤了吃。拿那个小的给他吧，小的甜。"

楚晚宁便只好又换了小的出来，那小孩子不知道楚晚宁在修真界到底是何等翘楚，但见他愿意为自己挑红薯，便趴过来，小声对楚晚宁说："大哥哥，我想吃那个大的。"

"跟另一个大哥哥说去。"楚晚宁道，"是他不让你吃的，说没熟。"

小孩子就真的跑去找墨燃："墨燃哥哥，我想吃那个大的。"

墨燃说："要吃大的再等一会儿。"

"一会儿是多久呢？"

"从一数到一百。"

"可我只会从一数到十……"小孩子很委屈。

墨燃就笑了："那就罚你只能吃小的吧。"

那小家伙没办法，唉声叹气地，便只能接受了命运待他不公，蔫头耷脑道："好吧，小的就小的吧。"

楚晚宁就给他剥红薯，快剥好的时候，墨燃的糖果也烤到了最软，若再不吃，怕就要彻底化了。墨燃于是忙捻下来，递给楚晚宁："师尊，来，张嘴——"

手里头还有红薯，楚晚宁也没多想，自然而然地就张了嘴，直到墨燃把软暖的牛乳麦芽糖喂到他唇齿间，楚晚宁才猛地反应过来，自己这是吃了徒弟亲手喂过来的糖果，耳尖霎时就红了。

"还要吗？"

楚晚宁轻咳一声，幸好火光本就暖，映着他的面容，倒也瞧不出脸色的异样来，他说："不要了。"

墨燃笑道："刚好喂饱你，还剩最后一颗牛乳麦芽糖，再多就没有了。"

他因为放松而用词疏懒，不曾斟酌。

楚晚宁在这样粗糙的两个字里沉默着，半天没有缓过神来。

米蒸好之后要摊面板，这是体力活儿，村里的精壮汉子都要抢着木槌打年糕，村长给了墨燃一个包着纱布的木槌，又想递一个给楚晚宁，被墨燃拦住了。

墨燃笑道："村长，我师尊没有做过这个活儿，他打不好。"

楚晚宁在旁边默默无言。

他很是不甘心，甚至有些愠怒，因为他这个人，从出山到如今，还从来没有谁能够把他和"做不好"这三个字关联在一起。

在旁人嘴里，他能听到的永远是请求，是拜托，是"仙君，你帮个忙如何"。

这还是第一次有人将他拦在身后，说他不会，他做不好。

楚晚宁很恼，想振袖怒喝，你才做不好！

但他忍了忍，忍住了。

因为墨燃说的是实话，他真的是做不好。

最后他们被村长安排到一个石臼面前，石臼里已经搁了蒸好的米粉，正往外冒着灼灼热气。

墨燃道："师尊，那待会儿我打糕，你记着每打三下，就帮我把年糕翻个面儿。小心点儿，不要烫到手，也不要太急，别被我砸到。"

"你要是抡个槌子都能砸到我，你这行也别修了，回家种地去。"

墨燃就笑了："我只是说一声，不怕一万，就怕万一。"

楚晚宁懒得跟他废话，旁边已经两人一组地打起来了，他也不想太落后，于是站在石臼旁边，说："来吧。"

墨燃落下木槌，第一下就打得很沉，实实地击在了柔软烫热的米面里，米面凹陷一块，裹住了槌。他打了三下，抬起明亮的眸子，对楚晚宁道："师尊，翻身。"

楚晚宁就把米团子翻个面，墨燃又落了重槌下来。

几番配合，他们将节奏掌握得很好，基本是墨燃第三下打完一抬起，楚晚宁就利落地把年糕翻个面儿。当他的手刚撤走，墨燃就又打下了新的一击。打年糕看起来简单，但力道要掌握得很好，打的人必须很有力气，精力充沛，如此翻来覆去无数次，当米面彻底黏糊了，扯不断，才算完工。

如此忙碌了一会儿，墨燃倒是脸不红心不跳，旁边的农人却有些累，粗着嗓子开始喊："一二三——一二三——"他们喊的是落槌的节奏，墨燃觉得有些意思，便按他们的节奏一起打，打到米团半黏，旁边的人已是气喘吁吁，墨燃却没什么感觉，笑着对楚晚宁说："再来。"

楚晚宁看了他一眼，那年轻男人的额头已满是汗水，阳光下亮晶晶的，蜜一般的色泽；嘴唇也微微张着，并不像寻常人那样累得粗喘，但呼吸多少有些沉重，胸膛起伏着。

瞧见楚晚宁在看他，他愣了一下，抬起衣袖抹了把脸，一双眼睛璀璨如星辰，笑着："怎么了？是不是脸上沾了米面？"

"没有。"

"那是……"

楚晚宁看着他热得满头是汗，却又老老实实、规规矩矩地把衣襟拉到喉结处的模样，忽然有些不忍心。他问："你热不热？"

他昨天是问墨燃"冷不冷"，今天又问墨燃"热不热"，这实在让墨燃很困惑，明明两天的温度也差不了太多，愣了一会儿才道："我还好。"

"热了就脱了吧。"

"师尊不喜欢，我就不脱。"

楚晚宁道："闷出一身汗，更讨厌。"

本身就已经黏得难受了，既然他这么说，墨燃便把外袍和上裳除了，丢到旁边的石磨上，楚晚宁冷眼瞧着，心里却关心着墨燃。他看着墨燃在石磨边裸露宽阔的肩背，坚实的臂膀，里头一层内衫脱了之后几乎能感到扑面而来的滚烫热气，墨燃果然闷了一身的汗，阳光下淌着湿润油滑的光泽。他像出水的人鱼，转过身来，朝楚晚宁笑了笑，英俊到令人目眩心驰。

"两位仙君，要喝水吗？"村长的老婆端着个茶壶，挨个儿问过来，问到了他们。

墨燃回到石臼前，重新拿起了木槌，笑道："不用，我还不渴。"一只手伸过来，拿过了托盘上的一只茶盏。

楚晚宁在两人诧异的目光中，咕嘟咕嘟豪气干云地喝了一整杯茶，再把茶盏递给村长的老婆："劳烦再来一杯。"

"师尊，你很渴吗？"

这话不知哪里刺激到了他，楚晚宁蓦地抬头，目光灼灼，满是戒备："渴？不，我不渴。"他又咕嘟咕嘟喝了一整杯子水。

墨燃望着他，不禁有些纳闷，师尊什么时候自尊病严重到连口渴都耻于言表了？

六

师尊，别脱

喝了水，两人再次忙活起来。

大幅度的动作让墨燃身体的线条越发凌厉、紧绷，太阳的金光犹如瀑布泉水奔涌在他身上，顺着那一丛丛结实的肌肉往下流淌。他抬起手臂的时候，肩膀伸展得很开，胸膛光滑紧实，犹如晒得滚烫的岩石，蕴藏着惊人的热气与力道。

木槌狠狠地砸在石臼里，被湿软的米糕严丝合缝地包住，再带起来，连着白糯的年糕……

他一下一下刚猛用力地使着无尽的力气，力道那么大。墨燃神情专注，微微喘着气，胸膛和心脏一同起伏，漆黑的眉毛间有汗，喉结时而细微地滚动。楚晚宁在一旁瞧得渐渐走神，直到墨燃又喊了他一声。

"师尊。"

墨燃或许喊了好几声。

"师尊、师尊？"

他这才猛地回过神来，眼底微光潋滟，喉头滚动，目光有些失焦："嗯？"

墨燃清凉的眼睛俯视着他，因为体热，所以显得尤为火烫，说："师尊，来，翻个身。"

"……"

楚晚宁只觉得在这样的视线里，在这句话中，梦境和现实无限交叠。他忽然觉得头有些眩晕，眼前似乎闪过猩红色的光影。楚晚宁因着莫名闪入眼帘的虚影而震惊，猛地闭上眼，摇了摇头——怎么回事？幻觉？

楚晚宁心中栗然，热血上涌，冷汗却淌落。

墨燃觉察到了他的不对劲，把木槌搁下，到他身边："师尊，你怎么了？是不是有哪里不舒服？"

"没。日头太毒，有些眼花而已。你别站得离我这么近，都是汗。"

墨燃低头一瞧，果然，心中不安，知道楚晚宁素来爱干净，便立刻站到了旁边去，只是目光关切，仍是追着那人，片刻不愿移开。

这之后楚晚宁便一直沉默寡言，待到年糕蒸好。众人围坐休整的时候，他已经不在了。

"哦,你问楚仙君啊,他说他有些头疼,回屋子休息去了。"村长说道,"我看他走的时候脸颊是有些红,该不会是发烧了吧。"

墨燃一听,十分着急,也不帮着存放年糕了,匆匆地就往两人住的小院里跑。

一推门扉,床上不见人,更心焦,忽听见厨房里传来水声,墨燃忙掀了帘子冒冒失失地闯进去。

然后他就看见,楚晚宁的衣衫都脱了,正举着满木桶的水,赤脚站在砖红色的地面上冲凉。

十月底,霜降已过,楚晚宁……他在拿冷水冲凉?!

墨燃都惊呆了,脸上青一阵白一阵红一阵,瞪着赤身裸体的师尊。

"墨仙君!"忽然有人喊他,"墨仙君,你在吗?"

墨燃吃了一惊,回过头,还未阻止,门帘就被掀开,菱儿探身进来,边走边说:"你怎么急匆匆地就跑了?我阿娘让我来叫你去吃糖年糕,你——"

她看到楚晚宁在洗澡,陡然失音。

楚晚宁:"……"

菱儿:"……"

"啊!!!"姑娘惨叫一声,慌忙捂住眼睛。楚晚宁也是脸色极差,难得手忙脚乱地要去拿衣服,哪里想得到自己跑回来冲个凉,竟然会有两个不速之客往他屋子里闯,真是活见了鬼!

他一向随意,衣服脱了就丢在进门的地方,难道此时得赤身裸体地走过整间伙房,到大姑娘眼皮子底下去捞衣服?

正焦头烂额一筹莫展,墨燃径直朝他走来,竟抬手抵住墙,将他整个人挡在了身后。

墨燃扭头对菱儿道:"出去。"

"啊!是!是!"那姑娘也是吓傻了,居然愣了一会儿,才跌跌撞撞地冲出门去,饱受惊吓地跑远。

楚晚宁:"……"

墨燃的脸色阴郁,等确认她真的是走远了,才松了口气,回过头来,正对上楚晚宁一张冷漠的脸。

他这才发现自己这动作很像是护食的恶犬,龇牙咧嘴地吓跑入侵者,然后再呜呜地回过身,去舔来之不易的吃食。

他没说话,楚晚宁也不吭声。

"师尊……"静默了许久,墨燃开口道,"师尊,我去给你……拿衣裳。"

墨燃转身，大步走到门边，拿起楚晚宁丢在那里的衣袍。
　　楚晚宁依然靠着墙，却觉得历经了百里长跑，浑身脱力，竟是喘不过气来。他微微眯起凤眼，看到墨燃正背对着自己，在那边翻弄着自己脱下的衣服，忽然想到自己此刻……愣了几秒，他猛地清醒过来！
　　墨燃进门的时候，自己是背对着他在冲凉的，而等自己转身时，墨燃又贴得近，没有往下看。
　　可若是此时墨燃拿了衣服，再回头的话……
　　楚晚宁瞬间就急了，眼见着墨燃已经把衣裤都分开理好，抱在手里，眼见着他就要回过头来……
　　楚晚宁面前赫然只剩两个选择：一、装忽然腿疼，蹲下；二、戳瞎墨燃。
　　他还没有在这两个糟糕的选项里做出选择，墨燃便已经转过了身，说道："师尊，你——"
　　"你"什么？他没有说完。
　　剩下的话，在他看到眼前景象的那一刻，都断在了唇齿之间。

第七章　年年君若月

〈一〉
师尊，这是酷刑

原来就在墨燃转头的千钧一发之际，楚晚宁的脑中电光石火，几乎是在最后须臾反过身子，胳膊交叠着撑住墙面，留给对方一张匀实有力的后背。

这样墨燃就看不到他的正面了，楚晚宁觉得自己真是机敏。

墨燃愣了半晌，才道："师尊这是……做什么？"

做什么？

嗯……这个姿势确实有些怪异，他该怎么说才能不动声色地蒙混过关……

楚晚宁侧过脸，神情冷肃，欲盖弥彰。

墨燃已经放下衣服，朝他走来了。

楚晚宁想了很久，终于憋出两个字："搓背。"

"嗯？"墨燃潮湿的嗓音凝在喉咙里，带着些鼻音，显得很有磁性，"什么？"

这实在是楚晚宁急火攻心时想到的借口，但既然声已入耳，有力难拔，便只得故作镇定，沉冷道："既然来了，就搓个背再走。"

墨燃："……"

"这几天忙来忙去，身上都是汗，觉得不舒服。"楚晚宁竭尽全力显得很随意，很云淡风轻，"搓洗干净总是好的。"

他不知道自己究竟骗过墨燃没有，谎话说得是不是还算自然。

但总之，最后墨燃还是听了他的话，乖乖地取来了一块毛巾，用温水浇透了，替他搓起背来。

晚夜玉衡一向英明，这当真是他做过的最愚蠢的事情。

…………

墨燃的手摸过楚晚宁的肩胛骨，拿着搓澡巾，浑身绷得很紧，简直像是被施了全身束缚咒。他这五年来什么活儿差不多都学会了，可此刻站在楚晚宁面前，又好像什么都不会了。

眼前的皮肤薄得就像清晨的雾，他若是用力搓揉，雾散晨曦出，该把楚晚宁的皮肤搓红了，那师尊会不会疼？

可力道若是轻了，墨燃又感觉自己在这儿仿佛一个无用的摆设，起不到什么作用，只怕让师尊看笑话。

两个人各自难受了半天，楚晚宁终于按捺不住，哑着嗓子，说道："好了，你出去吧，剩下的我搓得到，我自己来。"

墨燃几乎是骤然松了口气，额头已尽是细汗。

他沉声道："是……师尊……"

门帘一起一落，墨燃出去了。

楚晚宁很久没有回过神来，依旧伏在墙上，额头抵着墙面，他的耳根是血红的，和背后被揉搓过的痕迹一样，也不知道墨燃究竟瞧见了没有。

转眼，他们来玉凉村已半月有余了，农忙将到尾声。

从搓澡的那日起，楚晚宁就对墨燃避之如蛇蝎猛兽，在徒弟面前那样失礼实在是太丢人了。

日子有惊无险地过着。

这天村里的猎户在山上打到一只肥美的獐子，村人提议晚上在村口的小晒场上，办场篝火会。

于是各家各户都拿出了一些吃食，或是糕饼，或是肉干；村长还开了两坛高粱酒，大伙儿热热闹闹地围坐一团，映着篝火，闻着烤獐子的油香，喧哗吃喝，好不痛快。楚晚宁和墨燃没有坐在一起，隔得有些远，中间烧着烈火，隔着火互相看着对方，又不想让对方发现。

你瞥我一眼，以为是悄无声息的，但两束目光总是在半路撞见，于是佯作只是无意扫过，淡淡地垂下去，过一会儿又乘人不备，偷偷爬上对方脸颊。

橙色的火光在涌动，柴火在噼啪作响。

周围欢声笑语，觥筹交错，可他们谁都听不见，谁都看不见，天上一片月，唯照两人心。

村长开的酒很快就见了底，诸人却觉得不够尽兴。

墨燃想起自己屋子里还有一坛上好的梨花白，就打了声招呼，起身回去拿酒，走到一半，却听到身后有动静。

他回过身来："谁？"

窸窸窣窣的脚步声一顿，然后一双葱绿色绣着黄花的鞋子从拐角慢吞吞地蹭出来，墨燃愣了一下："菱儿姑娘？是你啊。"

菱儿酒稍微喝得有些多，雪玉般的脸颊上泛着酡红，嘴唇更是丰润鲜艳。她站在月色里，凝睇含情，饱满的胸膛随着有些急促的呼吸而一起一伏，她说："墨仙君，你等等，我有话要跟你说。"

二
师尊原是白月光、朱砂痣、心头血、命中劫

墨燃就算再迟钝，瞧见她这样火热的眼神，哪里还会有什么不清楚的，立刻道："菱儿姑娘，你喝得有些多了，有什么话明日再讲……"

"我偏要今日讲！"

这女娃子发起飙来也是恶狠狠的，头发有些散落，眼神透着光。

怕被缠，想要用轻功远走，袖角却被她拉住了，墨燃又是好气又是好笑，说道："你放开我。"

"不放。"所谓酒壮怂人胆，何况菱儿的胆量本就不小，有这攀附死生之巅仙君的心思也不是一日两日了，便大声说道，"我中意你，你喜不喜欢我？"

墨燃："……"

见男人没有反应，菱儿有些急了。

她自墨燃刚来玉凉村时，就觉得这汉子长得威武英气，后来得知他就是这些年声名远播的"墨宗师"，一颗芳心就越发深陷，不可收拾。

算来农忙快要过去了，墨燃不久就要离开这里，她不过是下修界一个小丫头，唯一拿得出手的，也只有一张漂亮脸蛋和好体态。她虽然不知道墨燃对自己怎么看，但如果此刻不表达自己的内心，以后就极难再有机会了，因此今晚借着些酒劲儿，竟能鼓起勇气，尾随着墨燃，堵着他告白。

这般洪流般的勇气，说实话，墨燃都有些被骇到了。

菱儿一张俏脸憋得通红。

她想，若是墨燃答应自己，便好了，得了这样俊俏的情哥哥不说，攀上了他，就等于攀上了死生之巅，那以后自己也就不用窝在这个小破村子里头受腌臜气，就可以过上舒坦日子，就……

"不好意思啊，菱儿姑娘，你还是放手吧。"

可他的一句话，把她脑内飘飘然的空中楼阁，轻而易举地就击碎了。

菱儿脸上红晕未消，苍白又泛上来，一时间脸色十分难看，过了片刻急着道："我、我是有哪里不好看吗？"

"你哪里都好看。"墨燃很客气，轻轻挣开了她的手，"但我不喜欢。"

如果说刚刚他还留了几分薄面，那么这句"我不喜欢"，可以说是摧枯拉朽，把她最后的脸皮也给撕破了。

菱儿的眼眶刹那盈满了泪水，伤心倒是次要的。她虽然仰慕墨燃，但也没有到情根深种的地步，反是想一步高升的心思更重些，因此她更多的是美梦破碎的失落。

"那你……"她忍着泪，问道，"那你喜欢什么模样的？"

"我——"

她这句话，倒是问住了墨燃。

他喜欢什么样的？他一时间有些无措，竟答不出来。

"你说啊，你喜欢什么样的？"菱儿步步紧逼，一双美目盯着墨燃的脸，不放过他任何一丝神情变换。

她也是个可怜人，上头有个姐姐，嫁了个上修界的普通布商，早些年就移居雷州，过好日子去了。

她跟阿妈一块儿去探望过姐姐，背了一堆乡下的花椒鱼干，但姐夫嫌那鱼干腥味大，又觉得她们母女俩寒碜，住在自己家里头极为丢人，没几天就赶了她们回去。这件事在菱儿心里头深深地刻了一刀，她从那天起，就不甘心过穷酸日子，发誓要过得比姐姐更好，以后把当年受的委屈，尽数还回去。

所以她这些年一直都在物色一个英杰，想要委身于人，改换命运。

她实在不想放过墨微雨。

于是她几乎是有些焦急且痴狂了，酒气之下，昏昏沉沉地往他身上靠。她有柔软、玲珑有致的身子，夏日里她走过田间地头，男人们都会偷偷瞧她。她是在押注，想要用自己温软的躯体，去撕开墨宗师的甲胄。

"我到底是有哪里不好呢？你连想都不想，考虑都不肯考虑，就这样拒绝我？"

她火热酥软的身体贴上来，墨燃却觉得浑身不适应，推开她，脸已黑了大半。

"菱儿姑娘，我与你认识不久，我怎么会喜欢你，怎么会考虑你？"

"你不试试怎么知道！"

墨燃一看她又要过来，立刻道："你别再靠近了！"

"你就这么不喜欢？"菱儿睁圆了眼睛，难以置信道，"你一点点都……一点点都……"

"我一点点都不喜欢。"墨燃觉得自己说得还不够清楚，这种事情断得还是彻底一些为好，于是虽然残忍，但还是补了一句，"一点点都不心动。"

菱儿哑然。

不喜欢，她可以理解。

但是不心动……

有几个未曾婚配的男人，可以对着一个脸庞和身段都极好的女人，对着这样一个主动投怀送抱的女人，义正词严地说出这句"不心动"？可以对着温香软玉，一点儿欲望都没有？

　　她原地呆了半晌，说："你……你怎么能……你怎么会……"

　　她觉得有点儿难以启齿。

　　墨燃也从她的踌躇中觉出她的意思了，但也实在不愿和她多解释，他和她本就是萍水相逢，妄想有露水情缘，郎却浑然没有这个念头。

　　她爱怎么想，由着她喜欢。

　　墨燃低声跟她说了句"抱歉"，闪身潜入了夜色里。

　　夜风吹着他的面颊，他忍不住眯起眼睛。

　　与菱儿的一番相谈，令他忽然意识到，自己一直以来，关于情爱，可能都想错了一个点。

　　菱儿问他："你喜欢什么模样的？"

　　这个问题，他好像从来都没有问过自己。

　　得到温暖很少的人，总是没有太多选择的权利，只要谁对他格外好，他就将一腔热血都奉上。

　　"喜欢什么样的？"这是他潜意识里，想都不敢想的一个问题。

　　其实这世上的每个人，原本都是有自己特殊的口味与癖好的。墨燃小时候就常常在路边听到别的孩子拉着自己父母的衣角，说"我喜欢吃这个，这个有葱花"，或者"阿娘，这个红色的灯笼比黄色的好看，我喜欢红色的"。

　　但他不能说，说了也没用，他吃得起的，只有最廉价的白面饼子，还得掰开来，和母亲一人一半。

　　他在馆子里的时候，也会偷瞄那些来听戏的金主阔少，看他们摇着绢扇，慢条斯理地说出"我喜欢上回那个翠儿，这回唱戏，还是要她吧，秀气，嗓子甜"之类的话。

　　其实在墨燃眼里，翠儿姊姊远没有白蓉姊姊好看，但是谁会在乎他的想法呢？

　　永远也不会有人问他"你喜欢什么"，审美也好，选择也好，这些辞藻只和富贵之人有关。对于墨燃而言，别人端给他什么就是什么，有的吃就应当感激，有件衣服能蔽体就该涕零——"喜欢"？

　　他恐怕是在痴人说梦，他凭什么能喜欢，怎么敢喜欢，有什么资格喜欢？他只有一条要竭力挣扎，才能苟活的贱命。

　　日子久了，这种得到什么就紧握住的习惯深入骨髓，后来再多的金银珠宝缠身，龙涎瑞脑熏得他直打喷嚏，也没能把他骨子里的这股穷酸气遮盖住。

　　纵观墨燃前世，年幼时穷困潦倒，他的喜怒哀乐就像鞋底的泥灰，一文不值，所以"你喜欢什么"这个问题，没人会问他。

后来飞黄腾达了，简在帝心，伴君如伴虎，他的心思别人只能揣测，所以"你喜欢什么"这句话，没人敢问他。

而就在方才，菱儿忽然问了他这句话，简简单单几个字，竟把他问住了。

他喜欢什么呢？

从小到大，他一穷二白，哪敢去奢望那般珍贵的感情，也没有人真心实意地爱护他。他没有体会过爱，却有一个深深恨着的人。

可是他恨错了人。

他连他深以为了解的感情，都是错的，又如何在这种他未曾沾过的感情问题上给出答案？他从来也不敢深思。

直到这一刻被菱儿逼问着，他懵懂地去正视他的内心，才发现，如果非说要有一个重视的人，那他知道师尊是值得他感恩、尊敬和热爱的人……

他的师尊。

楚晚宁……

只有这一个名字，唯一忽悠悠地从内心深处破土而出。

脑颅中似乎有什么东西断裂了，一直以来被他的故步自封，被他的愚蠢固执压抑的那股狂流，以排山倒海的声势将他淹没，将他侵吞。

只有楚晚宁……

从来都是楚晚宁……这个问题的答案，从来都只是楚晚宁啊！

他觉得眼前阵阵发黑，两世的迷惑被打碎了，那破碎的砖瓦墙垣被猛烈的潮汐冲刷着，拍砸在他心口，令他几乎喘不过气来。

原来……竟会是这样……

他的师尊，是他唯一的答案。

墨燃抱着梨花白返回篝火会的时候，菱儿已经不在了。

众人当然不会觉察到一个少女的离席，自然也无人知晓方才墨燃和她的一番对话，依旧把酒言欢，好不热闹。

酒过三巡，乡人们玩起了游戏，他们拿稻梗编了个草环，请一个人上去击鼓，鼓声停止的时候，草环传到谁那里，谁就要被问一句话，不能不答。

这是下修界农民劳作时忙里偷闲想的乐子，玩法简单，容易上手，哪怕像楚晚宁这样与玩乐绝缘之人，也不难融入其中。

"好，到老白了！来来，老白来抓阄！"

老白就苦着脸从大海碗里，抓了一张叠好的字条，展开来一看，念道："是胸大的女人好看，还是屁股肥的好看？"

周围一圈人立刻哄笑起来。

老白气得一张老脸通红，扬着字条骂道："是哪个瓜娃子写的这种问题丢进去？"

"别啊。"一个村夫笑道，拉着他的衣摆，"你先回答问题啊。"

老白屋里那口子也坐在下头，正瞪着双牛蛙眼瞧着他，瞧得老白汗毛倒竖，支吾半天，才小声道："老子觉得都差不多。"

立刻有人笑着吼起来："你撒谎没意思哦！你明明前几日还跟我说，觉得屁股大的女人好看，好生养嘞。你咋个不说实话！喝酒喝酒！罚酒！"

老白没办法，苦着脸龇牙咧嘴地把酒喝了，下去后没少被媳妇儿提着耳朵数落。

楚晚宁隐在人群里头，看得又是尴尬又是新奇，但这种问题太粗鄙了，若是问到他身上，他定然无从回答。

这时候正好村长拿着一尺黑带，笑眯眯地说道："换个人来击鼓吧，把老张换下去，让他也玩一玩，谁来换他？"

楚晚宁立刻道："我来。"

他走到绑着粗牛皮的兽皮束腰鼓边，接过鼓槌，席地而坐。

村长替他仔细绑好了蒙眼的黑带，左右调试了一下，问道："紧吗？"

"不紧。"

"可会漏光？"

"不漏。"

村长笑道："那就请仙君击鼓吧，什么时候想停了，你就尽管停下来。"

楚晚宁道："好。"他执起木槌，在鼓上敲了敲，然后灵活地打击出密实鼓点，嘈嘈切切、错错杂杂。

他被蒙了眼睛，没有觉察到墨燃隔着篝火投来的目光。

墨燃看着楚晚宁，星火飞扬着，像是橘色的萤火虫散入黑夜。他看着黑夜里那个白衣委地的男人，目光一寸一寸，尖刀般划过楚晚宁的额头、鼻尖，划过楚晚宁的嘴唇、下巴。

他又一次感到内心的震颤，他又一次确认……没有错。

那个唯一的答案，就是楚晚宁。

只有他的师尊。

只有楚晚宁一个人。

他竟是那样糊涂，那样偏执，他竟是那么傻，把那当作恨，恨了楚晚宁那么多年，怎么也瞧不清。

他竟直到今日，才终于醍醐灌顶。

可他还来不及深思——

就听得"咚"的一声，鼓声停了，余音如涟漪扩散。

那一个草环不早不晚，就在此时，落在了他的膝头，他怔怔地拾起，一抬眼，看到楚晚宁松了口气，单手摘去黑带，睁开那双月华流照的凤眸，纯澈无瑕地望过来。

他也好奇，想知道自己停止击鼓时，草环落在了谁家，于是对上了墨燃的视线。

楚晚宁："……"

墨燃："……"

"墨仙君好运。"村长笑着，去拉墨燃上来。

墨燃犹豫一会儿，按照规矩，把编好的草环戴在了头上。黑眸子很亮，人却有些不知所措，他戴好了草环，小心翼翼地又看了楚晚宁一眼。那张晒得黝黑的俊脸，竟然就在这火光里渐渐涨红。

楚晚宁被他反常的举动吓到，于是眼睛睁得更大，圆溜溜地瞪着他。

在楚晚宁这样不加掩饰的视线里，墨燃低垂了眼睫，抿着唇不吭声，瞧上去有些乖顺，又有些腼腆，好像是那种愚钝的少年郎，一切都显得那么笨拙，笨到有些可怜，又有些可爱。

楚晚宁："……"

如果他刚刚还是惊，现在就可以说是骇了。

他怕是要瞎了吧！

不然他怎么会觉得，这五大三粗的"熊孩子"，忽然变得那么矫情，像吃错了药？

三

师尊，今晚的月色好美

墨燃从大海碗里抓出一张字条，展开。

看到字条上的内容，他先是松了口气，随即又有些紧张。

"是啥？"村长问道。

墨燃就把字条给他看，村长瞧了，说道："哈哈，幸好与墨仙君同来的，没有什么同门师姐师妹，不然怕是要得罪人。"

楚晚宁原本就很好奇墨燃抓到的是什么问题，一听村长这么说，更加好奇了，直盯着那张字条看，好像要把字条盯出个窟窿来。

墨燃笑道："可是村长，你瞧这张字条上面写的东西，应当犯规了吧？别人问的都是一个问题，他却等于问了我三个问题。"

"谁叫仙君点子准，摸到了这张。"村长说，"仙君要是不满意，那就丢了重新抓过。"

重新抓指不定会抓到什么"腿长的女人好看还是腰细的女人漂亮"这种问题，墨燃笑道："算了算了，就还是这张吧。"

他说着，把字条递还给村长，说："我抽到的，是说一说生平最喜欢的三个人。"

楚晚宁："……"

这时候菱儿眼眶红红地回来了，没有往前挤，怕旁人看出她刚刚哭过，就坐在炉火塘子的最外围，因此墨燃也没有瞧见她。

事实上墨燃说完问题之后，就谁也没有看，他觉得这样过分私密的问题，瞧着谁都别扭，都说不出话来，于是干脆盯着火。

篝火在他黑色的眼睛里闪烁，映得他一张英俊脸庞时明时暗，他就望着那团火焰，出神良久，而后道："那就先讲我阿娘吧。"

"我阿娘走得比较早，其实我已经不太记得她的容貌了，只记得有她在的时候，我总吃得上东西，也睡得了安稳觉。"墨燃道，"所以如果要说三个人的话，她会是其中一个。"

村长颔首："舐犊情深，好，给仙君算一个了。"

- 212

"那第二个，是我师哥，他待我温和，虽无血缘之亲，却胜过亲生兄弟。"

对于这个答案，楚晚宁早有预料，因此无论是脸上还是心里，都没有太大的波澜，这是再明显不过的事情。当初他在金成池，早已亲耳听见过，并不觉得意外，只是望着夜火映照下的那个男人，有着刀劈斧削的硬劲轮廓，显得极英俊，骨子里又有些倔头倔脑。一个人的精气神很大程度上能够在眼睛里反映出来，墨燃的眼睛又黑又亮，极其有神，像一盏除非油尽，否则绝不会熄灭的灯。

有这样一双眼睛的人，注定极为固执。

墨燃说了师明净这样那样的好，楚晚宁都没有听进去，觉得晚上的风有些凉，于是给自己倒了一盏热茶，捧在掌中，慢慢地喝着。

茶水一路暖着他的咽喉，落到胃里，把他的血肉都焐热焐暖了，连心都跟着软下来。

他又默默倒了一杯，正欲再饮，忽听得墨燃讲完师明净，顿了顿，说了一句话："还有一个人，第三个要说的，是我师尊。"

"喀喀喀！"楚晚宁仿佛被烫到了，口中的茶呛了点出来，连连咳嗽，一张脸涨得通红，埋头去擦拭水渍，不曾抬头看墨燃一眼。

感情上卑微惯了的人，你把他从地上拉起，他也只会为自己的满身尘土而惊慌失措，想要再一次躲回暗处，蜷缩着，藏起来。

但墨燃显然没有打算给他逃避的机会。

楚晚宁这个人太闷了，要是由着他去，他会一直给你一个背影、一个后脑勺。他看似炽烈，看似凶悍，眉眼间紫电青霜，隐隐都是雷霆攻伐之意，可墨燃清楚，这不过是一张打磨精致的人皮面具而已。

他看过了楚晚宁温柔的人魂，在孟婆堂的蒸腾水雾里，那么可怜，那么无助。

他不想让楚晚宁再这样自我糟践下去了。

楚晚宁不能再戴着那样狰狞可怖的面具，如果这患有自尊病的家伙不愿意摘，那么，他替楚晚宁伸出手来。

茶水只泼了一点点，早就擦干净了，可楚晚宁还是在不停地拭着那干透的水痕。

他惯于作茧自缚，所以没有抬头。

他渐渐地觉得周围很安静，静得有些诡异，而后有小孩子在咻咻地笑，声音好像压得很低，可是谁都能听到。

"阿娘，楚仙君好傻哦。"

阿娘忙掩住自家孩子童言无忌的小嘴："嘘——"

但楚晚宁还是听到了——傻……

不，晚夜玉衡这辈子都和"傻"这个字绝缘，他是嚣张锋利的，是凶悍冷酷的,是——

"师尊,你再擦,只怕桌子都要给你擦出一个洞来了。"

黑色的布靴落到他案几前,距离很近,近到几乎可以算是冒犯,然后才停住。楚晚宁看到一截漆黑的阴影笼罩下来,山岳一般压制住他,压得他几乎喘不过气,压得他有些屈辱,也有些恼羞成怒。

他忽然就有些愤懑了,气自己突如其来的软弱。

于是他把帕子一摔,猛地抬头,充满了挑衅,一双含着怒的凤眼瞪着墨燃,端的是剑拔弩张。

而几乎是同一时刻,墨燃不无恭敬、不无温和地说了一声:"师尊,你理理我。"

这句话真像一道魔咒,与楚晚宁的反应同生共长,只有楚晚宁自己知道,自己根本不是因为墨燃说"你理理我"才抬头的,这只是恰巧而已。

可这又有什么用呢?

除了他,墨燃也好,周围看热闹的人也罢,都觉得楚晚宁是因着这一声央求,才迅速应允了自己徒弟。

迅速。

没什么比这两个字更让人觉得屈辱,觉得颜面尽失了。

楚晚宁面色如冰,眼里却烧着星火,可撞上的,只有墨燃柔和温热的目光,像无边春水,轻而易举地,就包裹了他的怒气,他的尖牙利嘴。

墨燃说:"师尊,第三个答案是你。"

楚晚宁无处发泄他的恼怒,于是变得面无表情:"嗯。"

他表现得真淡定、真漠然,十分从容有气度,真不愧是看淡人间风月的楚宗师,楚晚宁在心里暗暗地为自己喝彩。

但墨燃好笑地瞅着他。

墨宗师心想,这位楚宗师,怕该不会是个小傻子吧?

楚晚宁浑然不知自己在徒弟的心里已经吧唧一声被贴了个"小傻子"的标签,因为紧张,从而越发显得冷漠骄矜。

他说:"所以呢?你过来是想做什么?"

这个问题倒是歪打正着,墨燃脸上的笑容僵了一下。

墨燃什么都想做,但什么都不能做。

楚晚宁是他的师尊,五年之前,都是楚晚宁在护着他、引着他,他对楚晚宁总是千般不顺,万般提防。如今他们的关系终于这样亲近了,他无时无刻不想着要对楚晚宁好。

可是,他该怎么对楚晚宁好呢?

他想不到太多。

他的师尊太要强，太完美无缺，好像他并不能为之雪中送炭，也不能给其锦上添花，他忽然就变得很笨，只知道应该与师尊保持距离，把师尊捧上神坛，自己在下面跪迎。

　　除此之外，他并不知道自己还能为楚晚宁做些什么才能哄得师尊欣悦，也不知道楚晚宁到底需要他做些什么。

　　墨燃于是回答："我……我只是想让师尊知道而已。"

　　楚晚宁静静地看着他。

　　墨燃说："只是，忍不住想要让大家都知道……"

　　"知道什么？"

　　墨燃笑了，黑眼睛十分亮，光焰很灼人。

　　"知道我运气好呀。"他笑吟吟地说，"拜了天下最好、最好、最好的师尊。"

　　他用了三个"最好"，十分拙劣、十分用力地表达，颇有一贯浑然质朴的粗糙风格。

　　楚晚宁高深莫测地望着他，只有睫毛动了动。

　　墨燃深吸一口气，也不知道哪里来的勇气，只觉得如果错过这一次，恐怕这辈子，都不会再有可以这样肆无忌惮地表达自己的时候了。

　　他忽然就半跪下来，想要与端坐在案前的楚晚宁齐平，可惜身形还是太高大了，这样跪着，依旧是低眸俯视着师尊的。

　　顾不了这么多，他觉得心跳是那么快，血流是那么急。

　　"师尊。"

　　楚晚宁忽然觉得有些不妙。

　　这个男人的眼神太焦灼了，逼得他不由得往后仰了仰。

　　可终究还是利箭穿了心。

　　他无路可逃，林中跳跃的梅鹿被猎户的箭镞刺中了腿脚，于是颓然摔落。楚晚宁怔怔地看着墨燃，那个曾经顽劣不堪的少年，那个曾经那样忤逆过他的少年，如今终于把一颗心捧出来，用那双再真挚、再热烈不过的眼睛，望着他。

　　这世上啊，总有一些人，不在意的时候没心没肺、肆无忌惮，走路可以横着走，天王老子来了都不怕。

　　可一旦在意了，就诚惶诚恐，担惊受怕，怕对方讨厌自己，这个也怕那个也怕，莫说是天王老子啦，这回便是树上的一只寒蝉叫两声，八竿子打不着边的事情，他们都会忐忑不安地想，天哪，树上的蝉叫了，真要命，那他是不是很讨厌我？

四

师尊有饭伴了

　　层林尽染，农忙结束了。
　　玉凉村的村民准备了大大小小好几个包袱，里头装着些肉干、年糕、香料、粗布，一个劲儿地往楚晚宁和墨燃的怀里塞。
　　死生之巅虽然不缺吃穿，但这是乡民的一片心意，若是不收，反倒不好，因此两人也没有客气，帮着村长把褡裢都装满。
　　菱儿也来了，抱着个竹篮，篮子上盖着块青色碎花小布，布掀开，里头装的是蒸好的馍饼，还有十来枚已经煮熟的绿壳子鸡蛋。
　　她来到墨燃的马前，黑白分明的大眼睛闪闪躲躲，想看他，但想起自己那天半醉半醒时大胆的表白，却又觉得不好意思，磨蹭了半天，才挨过去，把篮子举过头顶，对已经上马的英俊男人说："墨仙君，这些……这些都是我早上煮的，你带着，和楚仙君路上吃。"
　　墨燃不知她此举何意，因此犹豫着，不知该拒绝还是该收下。
　　菱儿却明白了他的顾虑，蓦地抬起头来，脸颊酡红，眼神却有些倔，也有点伤。
　　她虽铆足力气，想攀上一个了不起的仙君，但也不是那种没有尊严，被拒绝了还要继续死缠烂打的姑娘。
　　她说："仙君放心吧，菱儿没有别的意思，只是想谢谢这大半个月来，仙君对玉凉村的照顾。"
　　墨燃这才将竹篮收下了，坐在马背上，垂着睫毛看着她，诚恳道："多谢姑娘。"
　　"仙君客气了。"
　　墨燃见她拿得起放得下，心中多少有些感触，于是多问了她一句："姑娘今后有什么打算？"
　　"仙君为何这么问？"
　　"我觉得姑娘不是愿意久居村落的人。"
　　菱儿便笑了笑，眼神里又有了斗气："我想去上修界看看，听说儒风门宗主仁善，愿意广济天下寒士，我们这些下修界的人，只要能在沂州谋得一份活儿做，他都不会赶我们离去。我女红不错，也会烧饭，总能混些日子的。"

当然最重要的她没说——儒风门弟子是十大门派里最多的，属地广阔，共有大小七十二城，沂州更是仙门大都会，路上走着十个人，就有五个是修士，她去那里，会更容易找到一个好丈夫。

楚晚宁不知她的心思，听她说要去沂州，皱了皱眉头，道："儒风门水深，不是姑娘想得这般简单。若是姑娘今后想在上修界久居，不如考虑扬都霖铃屿。"

"扬都生存不下去，吃穿用度都太贵了。"菱儿说道，"多谢仙君好意，菱儿心中自有考量。"

既然她都把话讲到这份儿上了，楚晚宁知道自己再多说也是无用，便作罢了。

两人载着满当当的包裹，策马扬鞭。楚晚宁经过彩蝶镇附近的时候还特意留心了那边的结界，所幸灵流充沛，一切稳定。于是一路马不停蹄，到晌午时分，他们终于回到了死生之巅。

楚晚宁去和薛正雍汇禀情况，墨燃左右没什么事做，四处闲逛，在奈何桥边撞见一个人，那人正擦拭着桥柱上的石狮子。

墨燃心想，不知是谁又犯错，被罚来这里做苦力了。

受罚的人一般脸面上都会有些过不去，因此墨燃也没打算往桥上走，正欲转身，却忽听得不远处，那个人喊了他一声。

"阿燃！"

"……"

定睛一看，原来在擦石狮子的不是别人，竟是师昧，墨燃愣了一下，却觉得心里有说不出的怪异：一是怪异师昧这样循规蹈矩的人，居然也有被罚来擦奈何桥的时候；二是怪异师昧如今的模样。

算来自己第一次见到身体完全长开的师昧，已经过去很久了，却一直没有辨熟他如今的相貌容姿，反而随着时间的推移，感觉越来越生疏，以至于乍一眼在桥上看到他，墨燃竟然没有认出来。

"你怎么在这里？做错事了？"墨燃走到他的面前，问道。

师昧显得有些尴尬："嗯……和少主一起被罚了。"

"萌萌？"墨燃顿了顿，笑了。

这就没什么好奇怪的了，薛蒙犯错，不算新鲜事。

"他拉着你做了什么？"

"说是想去后山禁地捉几个鬼怪来练练手。"

"……"

"结果差点儿把师尊走之前封好的结界裂缝捅豁了。"

墨燃哭笑不得:"他以为鬼怪是猫猫狗狗吗?说捉就捉,说养就养的。你也是啊,他胡闹,你总不该跟着胡闹,怎的不劝劝他?"

师昧叹了口气,脸上满是无奈:"我当然劝过他,但是没用,我怕他出事,只能跟他一块儿进去……算了,不说了,幸好没有闯下什么祸来。阿燃,说说你吧,前些日子你和师尊去玉凉村农忙去了?"

"嗯。"

"怎样?都还顺遂?"

"嗯,都还挺顺的。"

两人又不咸不淡地聊了一会儿,等告别师昧之后,墨燃一个人默默地走在林荫小道上,拨开心意再回头看,便越发真切地觉出自己对师昧的感情,最初萌生,正是因为师尊的那一碗抄手。

是他弄错了人,辜负了深恩,看朱成碧,乱了眼与心,竟生生地将一段温情,错付了那么些年。

晚饭时候,薛蒙总算是编整完了藏书阁第二经书区的所有书册,累得唉声叹气,趴在孟婆堂直抱怨,连平日里最喜欢的辣子鸡丁,都没能够哄他开心。他正百无聊赖地玩着筷子,忽然见到楚晚宁进了饭堂,总算是精神一振,直起身子喊道:"师尊!"

楚晚宁看了他一眼,朝他点了点头。

墨燃坐在薛蒙的身边,他、薛蒙、师昧,三个人一贯是一起吃饭的,今日楚晚宁走进来,墨燃却将桌上的碗碟都挪了位置,空出一大片地方来。

"你做什么?"

墨燃却朝薛蒙笑而不语,站起来和楚晚宁招招手:"师尊,来这里坐。"

薛蒙:"……"

师昧:"……"

敬重是一回事,但一起吃饭,又是另一回事了。

能经常坐一张桌子啃骨头的人,多半关系不会太生硬,至少得习惯对方吧唧嘴,受得了对方难看的吃相、偶尔的失态。

瞧薛蒙和师昧脸上的神情,尽管楚晚宁吃相素来从容高冷,但他们依然不习惯、不接受和他共进餐食。

对他们而言,偶尔和师尊吃饭,那就和应酬是一样的,彼此都得绷着、得客气,一顿饭下来往往背脊都挺僵了,食不知味。

楚晚宁也明白这点,颇为意外地看了墨燃一眼,摇了摇头,还是端着些清淡的蔬菜,径直去了自己以前习惯去的位置。

五年没在孟婆堂进食了，一坐下来，楚晚宁就看到桌角打了个镂花小铜片，上面居然刻了"玉衡长老专席"六个小楷字。

"……"

薛正雍有毛病吗？！

重重地把木托盘往桌上一放，楚晚宁郁沉沉地坐下来，还没吃两口，忽然一个人拉开他对面的木椅，在"玉衡长老专席"上落座，端来的托盘就摆在楚晚宁的盘子前，两个盘子挨得很近，几乎碰在一起。

楚晚宁抬起眼："你怎么来了？"

"那边太挤了。"墨燃说着，笑眯眯地端起饭碗，"过来和师尊一起吃。"

楚晚宁瞥过薛蒙他们那边，有些莫名其妙：哪里挤了？

别说他莫名其妙，被墨燃扔下的另外两个人也都神情复杂，悄悄看着楚晚宁和墨燃那一桌。

薛蒙喃喃道："那狗东西莫不是疯了吧？"

师昧："……"

墨燃却不管这么多，方才瞅着楚晚宁打菜就觉得不舒服了。楚晚宁这个人，嘴挑，在饮食一道上特别矫情，经常不是吃了这个难受，就是尝了那个恶心，墨燃觉得这样子不好，以后年纪大了会有毛病。

他以前才懒得管楚晚宁吃些什么，但现在不一样了，师尊为了他捐了性命，最终又与他回了人界，生死相随过，他自然得待师尊无限好，哪怕细到饮食，也要好好关照着。

但是投喂楚晚宁是一门学问，和喂猫似的，不能一股脑儿地硬塞，人家不会想吃，他也强求不来。

所以墨燃灵机一动，夹了一块肥瘦相间的红烧肉放到楚晚宁的碗里。

"师尊，你尝尝这个。"

果不其然，楚晚宁皱眉道："我不喜欢五花肉，你拿走。"

墨燃早有准备，笑道："听说做得很甜，是江南风味呢。"

楚晚宁道："江南烹肉，和这个不一样。"

"你都不吃，怎么知道不一样？"

"看样子都能看出来。"

"可是厨子说就是江南风味啊。"墨燃抛下竿来，准备等鱼上钩，笑道，"孟婆堂的厨子是老厨子了，他说的还能有错？定是师尊离乡太久啦，忘了家乡的红烧肉长什么模样。"

楚晚宁道："胡言乱语，这个我怎么可能弄错？"

墨燃就自己吃了一块，似乎是真的很认真地尝了尝，恳切道："我觉得还真是师尊错了，这肉甜味很重，不信你尝一块？"

楚晚宁浑然没有觉察到墨燃别有用心，有些忿，拿起筷子夹起碗里的红烧肉，送到嘴里。

"怎么样？"墨燃忍着笑，看着上钩的鱼儿。

楚晚宁严肃地蹙着眉头，说道："不是，八角茴香味太重，我去跟厨子说，江南的红烧肉就不是这么做的。"

"哎哎——"墨燃立刻拉住他，禁不住有些无奈，谁知道这家伙会这么较真？要真跑去和厨子争论起来，自己可不就露馅儿了？

他忙道："师尊不急，这会儿厨子正忙着呢，既然师尊尝过了不是，那就肯定不是啦，一会儿我去跟他说去，咱们先把饭吃了要紧。"

楚晚宁想想觉得也是，便又坐下来，继续闷头吃饭。

墨燃就又盘算着哄骗他，这回夹了一块鱼。

楚晚宁的筷子顿了一下："鲫鱼？"

"嗯。"

"不吃，拿走。"

"为什么不吃？"

"不喜欢。"

墨燃就笑："是不是刺多？"

"不是。"

"可是师尊每次吃鱼，挑的都是那种没刺的，或者刺大容易挑的，师尊该不会是不会吃小刺儿鱼吧？哈哈哈。"

他熟知楚晚宁性格的软处，拿捏得极好，楚晚宁果然又上当了，有些发怒，说道："真荒唐。"他夹起墨燃给他的鲫鱼吃了起来，身体力行地表明自己并不是不会吃刺多的鱼类。

就这样，楚晚宁在墨燃的哄骗之下，不知不觉吃了比平时多得多的菜肴，几乎是各类蔬菜禽肉都沾了一遍，本来一个人吃得很快的一顿饭，稀里糊涂就拖了大半个时辰还没吃完。

待他们收拾碗筷出去，薛蒙他们早就走了，孟婆堂的弟子也只剩寥寥几个，墨燃陪着楚晚宁走在返回红莲水榭的林荫小径上，斜阳向晚，暮色四合。

晚风吹拂，他把手臂枕在脑后闲散地走着，忽然就笑了。

"师尊。"

"做什么？"

"不做什么，就是喊喊你。"

"我看你是晚上吃撑了。"

墨燃就笑得更温柔了："是啊，好撑。师尊，我以后能不能都和你一起吃饭？"

"为什么？你和薛蒙吵架了？"

"没有没有。"墨燃摆了摆手，笑道，"只是太久没有和他俩一起吃饭了，隔了五年，再坐一起，觉得有些别扭。要是师尊觉得我碍事，那我明天就另外找个位置，自己一个人吃好了。"

"……"

他当然不能说"你一个人吃饭我觉得很可怜"，也不能说"我想多给你喂一些菜"。这些话都不用出口，墨燃就知道是行不通的。他只能示弱，得说自己一个人可怜，得说自己需要人陪，楚晚宁素有善心，是不会拒绝他的。

墨燃简直都能看到他眼里的动摇了，只差最后一点点力度，于是继续道："不过其实，我真的不是很想一个人吃饭啊。"

"为何？"

墨燃垂下柔软的眼睫，笑容里一半情绪是真的，一半则是为了哄诱楚晚宁而生的："师尊不觉得吗？一个人随随便便地吃完东西，那叫果腹。"

他顿了顿，在一片锦绣红霞中，掠开被风吹到额前的碎发，梨窝深深，凝视着对方。

"要是两个人一块儿吃，聊聊天，说说话，吃到嘴里有味道，落入胃里是热的。那才是吃饭。"

"……"

"师尊，明天还能跟你一起吗？"

小狼狗烫心暖胃的话要真的说起来，实在是令人招架不住的。

墨燃固执得令人心动，他说："师尊，我在外头一个人过了五年，你醒了，我都是跟你一起吃的。"

"没你，我不习惯。"

"我不吃兔头，也不吃鸭脖啦。"说到最后，他扑哧笑起来，去拉楚晚宁的衣袖，耍无赖一般，"跟你吃小葱豆腐、桂花糖藕，你就答应我吧，好不好？"

他要不说这一出还好，一说，楚晚宁忽然想到了什么，脸就沉了下来，末了冷笑两声，道："可以是可以，但早上你得跟我吃一样的。"

墨燃还没反应过来，先答应了再说："好啊，一样的什么？"

"咸豆花。"楚晚宁不无残忍，"加紫菜。"

墨燃："……"

敢情这是翻他还是夏司逆的时候，一起吃火锅时记下的旧账呢！

楚晚宁磨着牙，一字一顿："还有虾干。"

五

师尊，她要成亲是真的吗

自那天起，孟婆堂里就出现了一个奇景，从来没有闲人敢坐的"玉衡长老专席"，多了个墨微雨。

往来的弟子们总能看到墨燃和楚晚宁一起吃饭，两个人面对面坐着，墨燃总会夹一些菜到他师尊的碗碟里。

"嘘，快看，墨师兄又给长老递了块牛腩，哇，那么大一块，我赌玉衡长老不会吃。"

不远处，一群弟子窃窃私语，压低声音下着赌注。

"我也赌不会吃，玉衡长老好像不怎么爱吃牛肉。"

"那我赌他会吃吧，毕竟前面那几枚鸽子蛋他也接受了呢。"

一行人就偷偷瞄着那边，凝神屏息，看到楚晚宁皱着眉头，筷子尖戳着那块牛肉，沉着脸和墨燃说了些什么。

距离远了些，他们听不清，但墨燃好像也讲了两句话，楚晚宁的脸色就更加不善了。

押注楚晚宁不吃的弟子甲乙丙立刻喜形于色，看得太入神，兜着汤的勺子都差点往鼻孔里送。

"看看看，长老不吃了，他不吃了！"

"你别拿胳膊肘捅我，小声点儿，要是被玉衡长老听到你们拿他押宝，非得活剥了你们一层皮！"

"嘿嘿嘿，我不管，这二十枚银叶子是我们的了！"

那弟子说着，就想去拿饭桌上摆来当筹码的银叶子，可手还没碰到，就听得旁边的人压低声音，无不紧张地低声喊道："等等，胜负未定，长老又动筷子了！"

"啥？"

再次望去，果然楚晚宁夹起了那块牛腩，这群赌徒眼巴巴地看着，觉得自己的心也跟着被那双白玉箸捏起来了，不上不下，掐得生疼。

"要吃了要吃了要吃了……二十银叶二十银叶二十银叶……"赌了楚晚宁会

吃牛腩的那个弟子不停地叨叨，紧张得直抖腿。忽然他目光一滞，整个人都好似被冻住了："啊！"

玉衡长老，竟然把已经夹起来的牛肉，不由分说地丢回了墨燃碗里！

"……"

"哈哈哈哈，险胜、险胜！"

"我就说长老肯定不吃的嘛，来，银叶子都归我们了啊。"

输了的弟子唉声叹气，顿时萎靡不振，一头撞在了餐桌上，偏着脑袋无语凝噎，望着楚晚宁那个方向发呆。

长老，我错了，我不该拿您押宝的，输得我连这个月买灵石的钱都没了！

正自怨自艾，忽然，他看到墨燃的胳膊肘动了动，高大的身子往前微倾，又和楚晚宁说了几句话，然后这名惨败的弟子就亲眼瞅见了他们的墨师兄又夹起了牛腩，连带着配了些蔬菜，再次递到楚晚宁唇边。

这弟子惊呆了——墨师兄这是打算直接喂长老吃东西？！

显然楚晚宁也极不习惯，毫不客气地拿筷子敲了一下墨燃的筷子，神情严肃地讲了两个字，那口型太好懂了：放下！

墨燃就笑着将那一筷子蔬菜和牛肉都放了回去，不过不是放在自己碗中，而是师尊的碗中。楚晚宁没办法，叹了口气，在十余道他没有觉察的鸡贼目光中，沉默地吃掉了那些蔬肉。

"……"

这桌赌徒已经看傻了，前番以为自己稳赢了的弟子们无不瞠目结舌，手中捏着的银叶子都滑落下来。

倒是趴着萎靡不振的那位哥们儿立刻弹起身子，满血复活，眼中直冒光彩，热切道："哈哈哈，反败为胜啊！反败为胜啊！师哥、师弟，对不住啦，这些银叶子还是都得归我，哈哈哈哈，发了发了，明天再赌啊，哈哈，明天再赌！"

那边师徒二人却浑然不觉，墨燃举着筷子，一边慢慢地扒着碗里的饭，一边看着楚晚宁低头吃掉了牛腩。

孟婆堂里有些热，墨燃左臂袖子一直卷到手肘处，露出一截结实修长的胳膊，那胳膊肌肉耸动，在蜜色皮肤下起伏，他舀了一碗汤，特地趁着楚晚宁没注意，在碗里多加了几块排骨，肉在汤底，不容易看见。

"师尊，喝碗汤吧，祛寒。"

"清汤？"

墨燃眨眨眼："好像是的，打的时候没注意，忘了。"

楚晚宁看了看汤面，浮着一片碧油油的毛毛菜叶子，瞧上去煞是可口，也就没有推却，拿过来喝了一勺。

"好不好喝？"

"还不错。"

"那就不要浪费呀。"墨燃笑道，"多喝点。"

楚晚宁淡淡地瞥了他一眼："你还敢说我？以后吃饭别打那么多菜，自己吃不下，都要我替你分担。"

"哈哈，好，那我下次少打一些。"

见楚晚宁点头，墨燃这才捧起了自己的汤碗，那汤有些烫口，他吹了吹汤面，氤氲热气散开，映得他刚毅的面庞很显柔和。

热汤是一种极为奇妙的食物，明明只是一碗煮开了的水，放了些肉菜调料，却能让整个人从胃里暖到心里。那种满足的感觉，就好像在水中投了一枚小石子，湖面上涟漪一层一层泛开，闪烁着光芒。

墨燃在这一世得之不易的宁静中，不由自主地轻轻叹了口气。

原来岁月悠然，喝到口中，只是一碗汤的味道。

他为了这一碗汤，曾经磨牙吮血，杀人如麻，也为了这一碗汤，如今入骨悔恨，痛断肝肠。

他捧着汤碗，喝得很快。

内心的不安也好，对于未来的不确定也好，悔恨愧疚也好，这一刻，他都不愿意想太多，他的好日子过得实在太少了，以至于需要日夜不息地去抢夺。他不是不想慢慢地品尝，优哉游哉，他其实很羡慕薛蒙这种人，因为天生富贵，所以永远是从容不迫的。

墨燃无法从容，他拥有的东西是那么少，以至于他永远在龇牙咧嘴地争抢，抢来的东西又怕被抢走，所以只能立刻狼吞虎咽地吃掉。他在这方面近乎保留了原始的兽性，觉得只有把食物吃进肚子里、藏到胃里，才能安心，才是真正拥有了，再也没人能夺走了。

小时候，他和别的孩子抢食；前世，他和众仙君抢天下；而这一世，他只想抢这碗汤。

他自知做了很多恶事，怕命运终有一日要与他清算，于是他只想抢来一点点可怜的幸福，然后夺路狂奔，把命运远远地甩在身后。

和所有那些犯下重罪后，幡然悔悟想要从头来过的人一样，墨燃虽然一直在笑，但内心依然不安。他知道"善恶终有报"不是一句虚言，在热闹渐冷的时候，他总会觉得眼前的安宁很假，就像海市蜃楼，镜花水月，最终自己还是会醒来，回到那个空无一人的巫山殿，回到地狱里。

所以，他想抢在汤冷之前，再多喝几口。

这样的话，如果有朝一日，真的恶有恶报，被世人唾弃，被命运审判，被再次推入寒潭深渊里，他也能凭这一口热气，独自一人走下去。

"在想什么？"楚晚宁问他。

"啊。"墨燃回过神来，轻轻应了，而后笑道，"没什么，吃饱了就喜欢发呆。"

楚晚宁看了他的空碗一眼："喝完了？"

"嗯。"

"你好像很喜欢今天的排骨汤？"

"哈哈，是啊。"

楚晚宁就拿过了他的碗，说："我再去给你添一点。"

很快去而复返，果然端了满满一大碗肉汤，有些烫，放下碗之后，楚晚宁拿手指尖焐了焐自己的耳朵尖，既暖了耳朵又降了手指的温度。

他重新坐下来，说："喝吧。"

"好满一碗。"

"你喝慢一点。"楚晚宁道，"不够还有的，没人跟你抢。"

墨燃便被这最简单的一句话触动了，捧住汤碗，浓黑眼帘垂落，带着浅浅的鼻音，笑着应了一声："好。"

楚晚宁不知道，其实那一瞬，墨燃尽了生平最大的努力，才没有捧着那一碗满满的汤，听着那一声"不够还有的，没人跟你抢"落下泪来。

楚晚宁走了五年，他煎熬自责了五年。

五年后，他的师尊跟他说，慢慢来。

墨燃心里忽然很痛很痛，他离楚晚宁越近，就越觉得难过。其实很多事情若是不去留心，是看不出背后的情的，但他如今用心看了，就看到楚晚宁待他是那么宽容，那么温善，那么好。

他前世竟糟践了这样的人，这一世何德何能，能再长伴君左右？

他的心在颤抖，在苦痛地挣扎，一面觉得自己不配，觉得自己应该离楚晚宁远远的，觉得自己哪里来的颜面，竟还有脸对楚晚宁笑，对楚晚宁好？厚颜无耻！

可是，另一面，他又无时无刻不渴望着——是不是就这样了，能不能就这样了？他们这辈子还很长，让他一点一点地赎还曾经犯下的罪，好不好？

我一身罪孽，自尸山归来。

我用前世满是鲜血的手，捧起今生醇厚温热的汤。

我愿余生跪地不起，死后魂归炼狱，只是希望你……还愿意捧盏，浅尝。

"师尊。"

不知什么时候，薛蒙来了。

墨燃回过神。其实自楚晚宁闭关后，他几乎整日整夜都是这样自责与不安，在这样的情绪里浸泡久了，整个人都会显得很沉重，这对其他人而言并不是什么好事，因此他一直都在努力调整情绪，最近一年，才稍微好了些。

但生活中偶尔有一两个点，还是会触到他，他还是会因为一句话、一件事，又陷入纠结和自我厌弃中。

他抬起头来，看着薛蒙的时候，脸上阴郁未消，倒把薛蒙吓了一跳。

"啊呀，狗东西，你干什么？用这种眼神看我，欠你钱啦？"

墨燃自知刚才神游，一下子收不回来，便勉强笑了笑，说："吃撑了点。你有事情找师尊？那你们说，我出去透透气。"

"别啊，别走，你坐着，这事儿跟你也有关呢。"

"跟我有关？什么事情？"

薛蒙脸上的神情有些微妙："说出来你可别失落……"

楚晚宁道："好了，薛蒙，就直说吧。"

"哦哦。"本来还想卖关子的薛蒙一听师尊发话，立刻道，"是这样的，刚刚接到请柬，宋秋桐要成亲了。"

墨燃悚然心悸，脸上霎时血色全无。

但这战栗并非因宋秋桐而起，而是因薛蒙——墨燃很清楚宋秋桐是个什么货色，因此这一世恨不能绕着她走，他跟她如今比清水还清，八竿子打不着。

可薛蒙……薛蒙为何会认为，宋秋桐成亲，自己会失落？

墨燃整颗心都揪紧了，几乎在瞬间想到了前番一直作祟的那个假勾陈，那个一直没有浮出水面、藏得极深的幕后黑手。

那个人，也极可能是复生的，若是如此，那人便对墨燃的过去清清楚楚，对于墨燃前世的罪孽，了如指掌！

墨燃白着一张脸，强作镇定，不动声色地望着薛蒙："怎么就和我有关？"

"你自己难道不清楚吗？"薛蒙神色有些怪异，说道，"今天儒风门来送婚帖，那位宋小姐还专门托人给你捎了一封信。你要是和她没有交集，她写信给你做什么？墨燃，不是我说你，你什么时候惹上的她？"

墨燃心绪难平，如芒在背，半晌才道："写给我的？该不会是弄错了……"

"错不了。"

薛蒙说着，从衣襟内摸出了一个信封，拍到墨燃面前的桌子上："白纸黑字，写着'墨仙君亲启，秋桐拜上'，还能有错？"

墨燃瞥了一眼那信封，心如擂鼓，脑中已闪过无数念头。

是宋秋桐的笔迹没错，可为何这一世他和宋秋桐萍水相逢，她会在大婚之前，给自己送一封书信？

　　薛蒙双手抱臂，很是不高兴："你是要回去私拆，还是在这里拆了跟我们一块儿看？"

　　墨燃侧过头，见楚晚宁也正望着自己，剑眉微微蹙着。

　　"拆吗？"薛蒙气不过，他最看不惯乱搞男女之事的行径，有些咄咄逼人。

　　如果事情真是如此，横竖都是躲不过的……

　　墨燃只觉得阵阵心虚，伸出去的指尖都是凉的，他沉默地拿过信笺，拆了开来。

六

师尊，有话好说

　　信笺里面只有薄薄一张纸，写着简短几句话。

　　墨燃看了一眼，心就落到了肚子里，几乎是暗自长松一口气，这才发觉自己的冷汗已湿透了重衫。

　　薛蒙也凑过来看了。

　　"什么啊。"一看之下，他眉头大皱，"怎么是这种事情？"

　　"不然还能是什么？都说了我跟她不熟。"轻松之下，墨燃是真的笑了，把信纸放在桌上，"你把事情说得那么蹊跷，倒真唬了我。"

　　原来，墨燃这些年在外头东奔西走，斩了不少臭名昭著的妖邪，其中有一个鲤鱼精，为祸云梦泽多年，由于法力高深，且处地荒僻，不少修士前去应战，最后都成了它用来装点洞窟的白骨。

　　虽说云梦泽妖气弥漫，是个极易让妖怪们修炼成精的地方，但鲤鱼并不是攻击性高的动物，按理说修炼出来的妖，杀心也不会这么强。墨燃与它斗战八十余回合，终将其勒杀于"见鬼"之下，剖开鱼肚子，这才知晓了其中缘由。

　　"当年那个鲤鱼精，腹腔内有一块望舒晶石。"墨燃笑道，"这晶石凝聚千年月华，是极品灵石，用来淬炼武器，或者修成灵核，都是上上之选。"

　　楚晚宁道："她一个蝶骨美人席，要这个做什么？"

　　"说是给自己丈夫求的，她丈夫属火性灵核，但这些年修行得太急，有走火入魔的危险，因此她不惜重金，想问我买望舒晶石，作为嫁妆带过去，给她丈夫压制邪气。"

　　薛蒙听了点点头："千金散去也要求丈夫安稳，她的心意倒是难得。"

　　墨燃听了笑道："她哪里来的钱，还不是伸手问儒风门要？她长得那么好看，软声软语说几句话，哪个师兄弟能拒绝她？换你，你能吗？"

　　薛蒙当即瞪大眼睛："你别说得我好像色令智昏似的。"

　　"你别生气，我只是打个比方。"墨燃说着，把这封信还给薛蒙，死生之巅的信函如果不回复，一般都需要存于藏书阁封匣内，墨燃道，"归档吧。"

　　薛蒙一愣："归档？"

"不归？那你烧了也成。"

"不是，"薛蒙有些急了，"人家大婚，跟你求块灵石，又不是问你白讨的，她都说了不惜代价，也算诚恳，你为什么不卖？"

"不是我不想卖，那灵石我留着也没什么用，但是我已经把它给你了啊。"

"给、给我？"

"对啊。"墨燃笑道，指了指薛蒙腰间的龙城佩刀，说道，"不是早些年就捎给你了一块晶石，让伯父替你淬炼龙城吗？今日龙城已非昔比，你用得好，和神武也相差无多。你还不谢谢那条鲤鱼精？"

薛蒙张大了嘴，半天说不出话来。

他只知道墨燃游历天下时，得到一块宝石，但从来没有关心过这宝石究竟是什么来头。对于墨燃，他心里总憋着一口气在，不管这个人是恶人还是从了良，他都多少保留着一丝不服气，一丝排斥，所以，当爹爹说墨燃给他的宝石可以升华龙城时，他心里虽感激，但也很憋屈，觉得自己平白无故收了竞争对手的好处，因此半句都不想多问，直接让他爹带着龙城去踏雪宫淬炼了。

岂料墨燃给他的，竟然是价值连城的望舒晶石，薛蒙的心情一下子更复杂了，说不出是什么滋味，过了半天才干巴巴道："谢谢。"

"不客气不客气。"墨燃笑着挥手，"赶巧而已。"

薛蒙的脸色更臭了，嘴硬道："我谢的又不是你，是那条一命呜呼的鲤鱼精。我谢谢它。"

"哈哈哈哈哈……那你以后就别吃鲤鱼肉了，给恩公积德啊。"

"哼！"

笑闹一会儿，墨燃忽然想到了什么，梨窝深深，问道："对了，方才被你唬得都忘问了，宋秋桐是要跟谁成亲来着？弄得这么大张旗鼓，她不过是个小师妹，竟然能惊动儒风门广发请柬，厉害啊，是不是要和碧潭山庄联姻？"

"不是啊。"

"不是和碧潭山庄？我以为那庄主老头长得色眯眯，儒风门与他们交好，就把宋秋桐给他了呢。"墨燃笑道，"那是哪一家？能和儒风门攀亲，还大张旗鼓操办……总不会是踏雪宫吧？"

"你想什么呢！"薛蒙瞪了他一眼，"怎么就非得联姻了？"

墨燃愣了一下，笑容有些僵住了："那她还能跟谁？"

"南宫驷啊！你忘啦，儒风门这位野马公子可是到婚娶的年岁了，宋秋桐那么漂亮，配他又不亏……"

他还没嘀咕完，墨燃就蓦地起身，惊愕道："南宫驷？！"

薛蒙吓了一跳："干什么？"

"她……她怎么就嫁给了南宫驷？怎么会……"太震惊了，墨燃心头掀起惊涛骇浪，久久无法平静，念叨着，"南宫驷……"

无怪乎他这个反应。

要知道，前世这个时候，南宫驷已经重病而亡了啊！

他这些年，一心牵挂流民战乱之事，并没有去关心名门正派的大事，儒风门与他交集不多，他自然更加不会挂心。直到此刻，薛蒙忽然跟他宣布了宋秋桐和南宫驷的婚讯，他才猛地意识到——不对。这一切都不对，这个世界的命运改变，不只发生在他自己身上，连看似不相关的儒风门，都变了。

早该进棺材的人却没有进去，反而白事变红事，竟还要娶自己前世的皇后当妻子……这消息有些悚然，他一时吞咽不能，有些噎着了。

还有，南宫驷是不是瞎啊！看上这么个女人？

但该庆贺的还是得庆贺，该送礼的还是要送礼，既然南宫掌门把请柬都送上门来了，他们哪有不去的道理？婚宴定在本月十五，薛正雍把门派诸事安排妥当，都交接给了贪狼与璇玑二位长老，准备启程前往沂州。

除了他，出于修真界礼节，王夫人、薛蒙和墨燃，都是一定要赴会的。另外，南宫驷专门点名邀请了楚晚宁，说是年幼时曾受过玉衡长老的提点，请长老务必赏脸莅临，所以楚晚宁也得去。

"儒风门是当今第一大派，他们的少主大婚，全天下有头有脸的人物怕是都会赶去庆贺。"薛正雍道，"死生之巅平日里不拘小节，但遇上这样的场面，还是要讲些规矩，莫要给人看了笑话。"

薛蒙问："讲什么规矩？我觉得我自己就已经够规矩了。"

薛正雍扯了扯他的发髻，说道："你这个发冠戴得就不对，你戴了个金发冠。"

"金发冠怎么了？"

王夫人柔婉笑道："蒙儿，这是你头一次参赴婚宴，许多事情还不懂，阿娘跟你说，你可听好了，在上修界娶亲，全场唯有新郎一人可佩戴金头饰，你若戴个金发冠去，便是去抢亲，要闹大笑话的。"

薛蒙的脸一下子涨红，磕巴道："抢亲？不不不，我不抢亲。"

墨燃就取笑他："到时候把你和宋姑娘抓起来关进小屋子里，你怕不怕？"

"你才被关进小屋子里呢！"薛蒙又羞又怒，"我不戴就是了！"

薛正雍道："我看你们对婚宴宾客衣饰的要求都不是很清楚，这样吧，我着人给你们各自去定做一件，到时候拿着穿就好。"

他顿了顿，看向楚晚宁，试探性地问道："玉衡，可以吧？"

其他人薛正雍倒是不怕的，顶多就是闹些笑话，但楚晚宁这个人，白衣服穿惯了，要是不提点他，他一身素白去参加人家婚宴也不是没可能，到时候南宫柳可能会气到吐血，那死生之巅和儒风门可就结梁子了。

楚晚宁道："可以。"

出发前一天晚上，薛正雍给每个人定做的喜宴衣衫都到了。这些衣服是他专程请了沂州的裁缝赶出来的，样式严正，针脚密实，样子都很漂亮，饶是薛蒙这样挑剔的人，收到衣服后都满意地点了点头。

墨燃捧着一沓干净衣物，上了死生之巅的南峰，进到红莲水榭，朗声道："师尊，伯父托我把这衣裳给你送来。"

他走到荷花池旁，看到楚晚宁正在舞剑。

他想起楚晚宁的第二把武器就是一柄剑，但那剑杀气重，有毁天灭地的声势，楚晚宁从不轻易动用。可刀不磨不锋利，功不练不娴熟，就算利刃没什么机会出鞘，楚晚宁依旧会时不时地拿别的剑来舞上一段。

此刻月色冷清，许是练剑热了，他脱了外袍，只留里头一件白绸中衣，绸衣随着晚风而微微拂动着，瞧上去灵动飘逸。

他没有梳惯常的高马尾，而是把头发都绾起来，绾了个严正利落的高髻，显得一张脸格外精神，也更加清瘦。长剑铮鸣，刃锋如雪，他舞剑的姿态刚中带柔，一双足绷收有致，霜花挽起时淡若芙蕖照水，冷电出势后犹如蛟龙破空，一张一弛，一收一放，都点在了最好处，墨燃立在不远处看着，竟是半点瑕疵也挑不出。

忽然间，楚晚宁眉峰一凛，长剑朝荷花池中一指，但见得招式凌厉，池中水波被剑气一分为二，竟是为剑锋所迫，久不能合——抽刀断水！他足尖轻点，长身掠起，轻盈飘逸地自划开的水波中央飞过，双臂张开，白袖涌动，神仙般飘然落至池子对岸的凉亭上。

"师尊！"

墨燃怕他再一掠就跑远了，连忙追到了亭子下喊他。明月高悬，夜色微凉，亭子边高大的海棠树飘落着霜雪般温柔的白色花瓣，楚晚宁踩着亭子的尖角，衣襟有些散开，漏进玉色的月光。他听到动静，低下头来，眼睛又黑又亮。他喘着气，嘴唇有舞剑后凝起的血色，因此难得显得很艳丽。

"你怎么来了？"

夜风吹着他额角散落的碎发，他眯起眼睛。

"来给你送衣服。你试试看，合不合身？"

楚晚宁轻轻哼了哼，忽然想起墨燃如今也被世人尊一声"宗师"了，自己苏醒之后，还没有和他过招，不由得心中一动，转念间，人已挟剑飘然而落，低喝道："你先试试能否接住我的剑！"

〈七〉
师尊是"天然呆"

墨燃吃了一惊,没想到他会来这招,匆忙闪避,剑锋擦着前胸刺过。

"师尊要和我切磋,好歹先试过衣服再说,伯父还等着我回他呢。"

"先切磋,后试衣裳。"

"伯父等得急,人家裁缝还在殿里,要是有不妥帖的地方得改。"

"那就快些拆招吧。"

"……"

这一点楚晚宁和薛蒙倒是很像,都是比武之心一起,就极难压下去的主。两人一说一答间,长剑已唰唰唰地刺过了墨燃好几处要害,得亏墨燃久经磨砺,避闪及时,不然人没事,衣服恐怕要给楚晚宁划得千疮百孔。

猛的一下剑身点了墨燃肩头,楚晚宁及时收势,只拿剑侧击了他一下,冷嘲挑衅道:"墨宗师,就这点本事吗?"

墨燃被这人逼得没办法,手里的衣裳又没处放,苦笑道:"师尊如今不打算让我了,反倒还欺负我。"

楚晚宁目如刺刀,剑眉微蹙:"你难道还想我让你一辈子?"

"哈哈……这倒没错。"

"你到底打是不打?"

"好好好,我打,我打还不成吗?"墨燃笑着,摇了摇头,手指尖光焰一起,"见鬼,召来!"

见鬼应声而出,但楚晚宁手中只是寻常武器,因此墨燃也没有往见鬼里灌注灵力,刚握住柳藤,正面又是一剑刺来,墨燃后掠数尺,倏忽挥出藤鞭,缠住楚晚宁的剑柄。楚晚宁却丝毫不以为意,手腕一掣,挣开束缚,身形已如鬼魅般迅速闪至墨燃身后,长刃一横,自后头抵住了墨燃的脖子。

楚晚宁贴在他身后,略显阴郁:"你没用心,重来。"

他软暖的呼吸拂在墨燃的耳根,墨燃觉得一阵燥热,喉结在剑刃下滚动,低沉笑道:"师尊先别急着把话说得那么满,再仔细看看,我用心了没有?"

话音方落,楚晚宁惊觉墨燃的柳藤不知何时已绕上了他的手臂,竟将他牢牢制在原处，半寸不得动。

楚晚宁盯着自己的手臂看了半晌，忽然眼底亮起一丝锐亮精光。

"嗯？不错，前言收回。"

墨燃笑道："哪有想收就收的？"

"你待如何？"

"我想要师尊去换衣服啊。"

楚晚宁冷哼一声："决了胜负再说。"

他说着，将自身强悍灵力灌入右臂，生生将见鬼逼退，而后猛地掠后，与墨燃拉开距离，同时一道剑光闪过，凌空掠起剑气，朝墨燃斩去。

墨燃没办法，只得提鞭再上，一时间柳藤与长剑在空中叮咚作响，两把武器都不曾喂灵，打起来没有灵流相撞、焰电齐飞的壮观声势，但一招一式都极尽巅峰，行云流水，墨燃单手还拎着要给楚晚宁换的礼袍，于是楚晚宁也只用右手和他缠斗，转眼间两人已拆过百余招，竟是胶着难分，上下难辨。

楚晚宁的呼吸沉重，一滴热汗透过他漆黑的剑眉淌下来，直逼眼睫，但他与墨燃较着劲儿，半点不容分神，那汗滴便透过睫毛，渗入眼眶中，他竟忍着不眨眼，一双眸子如夜火极光，闪着令人惊骇的光亮。

北斗仙尊的斗性已浑然被自己徒弟激起来了。他原本就爱酣畅淋漓的战斗与竞搏，平日里淡漠清冷，只因难遇对手。而墨燃就像一把火，轰的一声，把他这池烈酒点亮，刹那间焰照长空。

他们打到后头，长剑竟因无法承载这样高强的冲击而发出不祥的咯吱声，最后随着两人在空中的近身一击，竟铮然嗡鸣，在两大宗师间碎成千万点晶莹铁粉！

"剑都断了。"墨燃无奈道，"还打吗？"

楚晚宁眼中已是一片烽烟缭绕，他把剑柄一丢，白衣衣襟微敞，更衬得身形挺拔，他简洁有力道："打。"

"……"

墨燃还没来得及收回见鬼，楚晚宁便身形极敏，犹如拉满弦，箭出弩，又似林中猎豹，雪中鹰隼，径直朝墨燃袭来。墨燃慌忙撤去见鬼，抬手格挡，两个人复又以一种新的方式一争高低，打得难舍难分。

贴身近战和兵刃战不一样，身形强健高大的人往往会更容易占到优势，何况楚晚宁和墨燃的身手本就已相差无多，所以这一回，楚晚宁明显吃了亏。

墨燃笑了："师尊，别打了，不用灵力的话，说句老实话，你打不过我。"

楚晚宁怒极："逆徒嚣张！"

"不嚣张不嚣张，师尊要是生气，我就让师尊十招。"

"墨微雨！"楚晚宁恼羞成怒，拳脚上的功夫更快、更狠。

海棠花纷纷飘落，柔如风吹雪，树下师徒二人鞭腿劲袭，无所不用其极。又是八十多回合之后，楚晚宁渐渐觉得体力有些透支——他先是在墨燃来之前练了半个时辰的剑，后来又用兵刃和墨燃打了一百多回合，真的已经十分疲惫。

但他的眼睛很亮，心跳也很快，一张俊脸上满是精神与辉光。

他们越打缠得越久，力量的拼搏更胶着，楚晚宁倏地侧身，手肘向墨燃胸肋间劈落，却被墨燃一把抓住。

两人相互抵压，手臂都在发着抖……

楚晚宁的胳膊被墨燃握得那样紧，粗糙修长的手指像要把他的骨头都捏断。

墨燃的胜负欲，也在这肉贴肉的厮搏中被烧了起来，陡然一用力，终于把楚晚宁制住，而后忽然一反手——楚晚宁猛地一惊，待回过神来，已被墨燃牢牢勒在了汗湿的怀里。

"还打吗？"身后墨燃带着笑说道，他的脊背紧贴着墨燃宽厚的胸膛。墨燃的唇齿贴在他耳背，呼出来的气息灼热，全都喷在他裸露的脖颈后头，而楚晚宁因为绾了个高髻，没有头发的阻挡，更能感受到对方虎狼般可怖的气息。

"师尊，还打吗？"

楚晚宁死死地咬住下唇，凤眸爬上赤红。

他不甘心！

楚晚宁汗毛倒竖，咬牙切齿道："你给我放开！"

他的言辞虽凶狠，身躯却不可遏制地微微颤抖着，因为打斗脱力，墨燃无法辨别他究竟是因为什么而打战。

楚晚宁听到他低沉地开口，嗓子嘶哑，带着些戏谑的轻笑："放开之后，师尊就愿意回房换衣裳了吗？"

楚晚宁被激得凤目微红，怒道："放手！"

他的回避换来对方更有力、更粗鲁的钳制，楚晚宁的胳膊被捏得几乎要错位，他身子一软，竟忍不住就那样沙哑地低低哼了一声。

墨燃几乎是下意识地推开楚晚宁，不敢再从背后这样压制对方。

也就是在这放手的瞬间，楚晚宁得了空，端的是煞气汹涌，抱住自己被捏疼的手臂，回首一个鞭腿狠踹，用了实打实的力道，把猝不及防的墨燃一脚撂翻在地。墨燃哪里想到这家伙会突然尥蹶子，整个人都被踹蒙，躺在地上，觉得肋骨都要断了，疼得直皱眉。

"师尊，你这也太……"

"胜之不武了。"后半句没敢说，墨燃勉强眯起痛得水汽盈眶的眼睛，努力抬头去看楚晚宁。

他看到他的师尊中衣散乱，白绸衣襟因为剧烈的搏斗早已大敞，露出一片紧实光滑的胸膛，随着急促的呼吸而一起一伏。楚晚宁喘着气，猛地扯过自己散乱的衣襟，额发散乱，鬓角疏散，因为打斗激烈，此刻眼尾还泛着薄红。

楚晚宁缓缓站直身子，自上而下注视着他，下巴微微扬起，目光沉炽，威严倨傲。

他平复着喘息，说："你输了。个子高也没用。"

墨燃哭笑不得，讲话的时候嘴角都有血沫子上涌："可不是输了吗？连骨头都要被师尊踢断了。"

他这一说，楚晚宁有点儿发虚，刚才打得酣畅，也不记得自己最后那一脚有没有收势，过去俯身按了按墨燃的胸肋："踢哪里了？"

"这边……"

"疼不疼？"

疼是肯定的，但自己如今又不是十五六岁的少年郎，跟师尊喊疼像什么样子。

楚晚宁看他脸色不怎么好，就伸手拿过了那一沓衣服，另一只手发力，想把墨燃架起来，岂料自己的力气消耗得实在太多，墨燃又沉又高，楚晚宁这一拉之下没有拉动，反而整个人摔在了墨燃的身上。楚晚宁听得身下的人痛得闷哼一声，连忙坐起来，也顾不得多想，又去看墨燃的伤势。

"要不要紧？"楚晚宁的脸色都白了。

墨燃皱着眉头，以手抚额："你先从我身上下来。"

还好，还能说话，看来是没有压死——楚晚宁连忙准备起来，但脱力的人，往往一倒下就没那么容易起身，腿其实是软的，往往不太稳，没站住，有些狼狈地又摔坐了回去。

楚晚宁："……"

墨燃："……"

楚晚宁很少有这般失误的时候，顿觉万分丢人，青着脸爬起来，不发一言，转身就走。

八

师尊，我站不起来

第二天，薛正雍和王夫人早早地立在了山门前，等着赴会的其他三个人到来。第一个来的人是薛蒙，他往日里穿的都是死生之巅的蓝银铠甲，总显得锋芒毕露、盛气凌人，但今天穿着飘逸庄重的礼袍，头发也梳得简单，只留了一根碧玉簪子，整个人的气质便有些不一样了，端的是雍容华贵，屐履风流。

看到父母，他竟然有些不好意思，扯了扯自己的袖角，这才道："爹爹，阿娘。"

薛正雍不禁赞叹道："蒙儿真好看，和你娘简直是一个模子刻出来的。"

王夫人垂着一双美目，大约是被夫君这样夸奖，脸有些红了。

她跟薛蒙招了招手，说："来，蒙儿，你过来。"

薛蒙立在她的跟前，她便仰头瞧了他一会儿，眼神中似有岁月荏苒、时光蹉跎，半晌之后，轻轻叹了口气："这衣裳衬你，显得皮肤白，很不错。"

薛蒙便笑："还不是我阿娘生得好。"

"你也就会嘴贫，跟你爹一个样子。"王夫人说着，有些感慨，"转眼都二十多年过去了……"

薛蒙似乎料到她接下来要说什么，忽然笑容一僵，下意识地往后退了半步。但他退这半步又有什么用呢，还是躲不过母亲的念叨。

果不其然，王夫人下一刻就拉着他，语重心长道："蒙儿，今日我们是去儒风门，给南宫公子贺喜，你看看，你与他差不多年岁，是不是也到谈婚论嫁的年纪了？"

"阿娘，我还没想要成家……我没喜欢的人呢……"薛蒙咕哝道。

"娘知道你没喜欢的人啊，所以这次赴会，你得多留心留心别家的姑娘。不一定要大富大贵、国色天香，只要人不错，你中意，那娘亲就肯定给你好好张罗，找人给你说媒去。"

薛蒙的脸红了："八字都还没有一撇，阿娘怎的就直接想到了说媒？"

"娘也只是提一提而已……"

"可是我谁都看不上。阿娘，你就说上修界咱们见过的那些女的，一个个长得都还没我好看，我要是娶了她们，还不是我吃亏？不娶，不娶不娶。"薛蒙的头摇得像拨浪鼓，灵机一动，说道，"再说了，你们干吗只催我？墨燃比我还大一岁呢！你们怎么不操心他？还有我师尊——"

"玉衡长老那是什么境界的人？你能跟他比吗？"王夫人有些好笑，"行了，不逼你，娘也就是这么一说，要你留心看看，但你要真没看上的，那就算了。娘还能把你绑着拜堂不成？"

薛正雍却琢磨了一会儿，说："不过我觉得蒙儿讲得不错，上回我就跟玉衡提了道侣一事。"

"啊？"薛蒙一听，很是吃惊，"爹爹，你跟师尊提这种事情，他没跟你翻脸？"

"翻脸了啊。"薛正雍苦笑，"把我赶出来了。"

王夫人："……"

薛蒙哈哈大笑："我就说嘛，我师尊道骨仙风，不是天神胜似天神，像他这种人，早就断情绝欲了，要道侣做什么？"

薛正雍叹了口气，显然还是不甘心，正欲与儿子再辩，忽然王夫人以袖掩口，轻声道了句："夫君，莫要再说了，玉衡长老来了。"

未散的晨雾中，楚晚宁踩着湿润的青石板缓步行来，宽袍及地，衣袖飘摆。他披着一件绣合欢衣袍，袍身是端正的月白色，缘口压着金丝线，随着步履的移动，金线在阳光下隐隐淌动，束发的是一根白玉发簪，簪尾镶嵌了一朵红宝石雕成的梅花，整个人素净中染着端庄，清冷中带着孤高。

那一刻，薛正雍忽然有些无力，嘴张了张，闭上了。

他想，还是薛蒙说得对。

这样的人，旁边要摆上怎样的女子，才能不被他的光华湮没，不因他的气势蒙尘？

天神走到凡间，在山门前站定，皱了皱眉，看了薛正雍一眼。

"尊主。"

"哈哈……玉衡啊，衣服挺合身啊。"

楚晚宁抬手，一个线络和造型都极为繁复的香囊，在半空中晃动着，他道："和礼袍一并送来的这个香囊，和寻常的不太一样。"

"啊，那是按沂州的绳艺打的，怎么了？"

高高在上、无人可及的天神道长，微蹙剑眉，说："太难了，不会系，请尊主指点。"

薛正雍："……"

他教了楚晚宁三遍，楚晚宁还是绕不过去绳结，最后干脆放弃了，薛蒙看不下去，主动请缨帮师尊系香囊，三两下就在腰间佩好了，楚晚宁瞧着，有些意外，赞许道："不错。"

薛正雍在旁边又忍不住转了念头，心想，天哪，这样的人如果没有道侣，真的不会最终死于生活不能自理吗？

过了一会儿，墨燃也来了，脸色不太好，昨天被楚晚宁那一脚踹得太狠，又不好意思找人疗伤，别人肯定会问他这伤是谁踹的，他总不能说是惹了玉衡长老被踹的吧。

他只能自己打坐静疗，这会儿才总算是好些了，不至于胸口疼到呼吸都困难。

他看到了立在薛正雍身边，安静地等着他的楚晚宁。这个男人穿着月白色带有金丝绣边的正服，领口提得很高，又是清冷又是庄重——好正经的一个英俊男子。

墨燃觉得胸腔一动，好不容易顺直的气儿，好像又岔了，又喘不过来，乱了套了。

把派中事务都暂交贪狼长老处理，薛正雍拿上请柬，携妻带子上路了。

有楚晚宁出行的阵列里，只要不是日程赶，往往都是坐马车的，这次也不例外。一行人优哉游哉，沿着官道慢慢往沂州去，一路上游山玩水，遇到些小妖小怪，也都顺手帮着除掉。

如此行了十来天，他们才到岱城。

岱城的胭脂有名，一到城中，薛正雍就先带着王夫人去买胭脂，薛蒙嫌弃他们老夫老妻还腻歪，搓搓鸡皮疙瘩，不肯跟上，和楚晚宁他们先找了个茶摊子小坐，等爹娘回来。

故地重游，师徒三人都有些感慨。

薛蒙道："可惜师昧不在，不然就和六年前求剑的时候一模一样了，我们还能去旭映峰顶玩玩。"

墨燃笑道："你也不怕假勾陈还守在那里，见你来了，拉你进湖底再叙叙旧？"

说到假勾陈，楚晚宁皱了皱眉头："这五年间他似乎并无行动。"

墨燃道："说不好，出过几次大乱子，都是悬案，跟神武有关的，我怀疑是他，但是没有证据。"

薛蒙玩转着手中的杯盏，望着墨燃道："我倒觉得那些悬案跟他没关系。你想啊，几年前他费尽心思要找精华灵体，你是木灵精华，他便黏在你后面要害你，所以他要找的应该是人，而不是武器。"

楚晚宁沉吟道："但是这五年间并没有活人连续失踪的事情发生。"

墨燃托腮举手道："我也没有遇到任何的围堵或者陷阱。不过也有可能是我这五年行踪不定，他不知道我在哪里。"

三个人都各自沉默思索着，直到老板娘送来了他们点的茶水与果脯，薛蒙才挠挠头道："你们说，他该不会是坏事做多，引火烧身死了吧？"

"……"

"别这样看我啊，一般邪门的法术不都容易被反噬啊什么的，"薛蒙咕哝着，"不然为什么五年了，他还没有什么大动静？"

墨燃忽然道："有一种可能。"

"什么？"

"你看，师尊这五年也什么都没有做。"

墨燃话才说了一半，薛蒙就拿筷子敲他："你什么意思？你怀疑假勾陈是师尊？"

"你能不能等我把话说完？"墨燃无奈道，"我是打个比方，我在想，如果那些神武被盗悬案与假勾陈无关，那么他五年间就确实没有做任何大事。那么，他有没有可能是和师尊一样，出于某种原因，比如受了伤，必须待在某个地方不能出来。"

他讲到这里，忽然想到了什么，蓦地一怔。

"师尊……"

"怎么？"

墨燃先是摇了摇头，似乎并不相信自己的这个念头，但犹豫片刻，还是嗫嚅着说出了四个字："怀罪大师……"

这五年间，其他高手不知道，但显然有一个人，也和楚晚宁一样困在红莲水榭里，半步都不曾离开。

怀罪大师。

但这个念头太过大逆不道了，怀罪大师再怎么说也曾对楚晚宁有授业之恩，墨燃其实并不清楚师尊内心深处对于怀罪究竟是怎样的一种情感，因此也实在不敢太冒失。

楚晚宁道："不用想了，不会是他。"

他这句话说得轻描淡写，但是没有任何犹豫。

墨燃便立刻点了点头，既然楚晚宁不愿意说起自己少年时求学于怀罪门下的往事，那么他也绝不会勉强多问。

他便继续思忖道："那，还有没有其他高手，五年间从来没有现身的？"

"孤月夜的掌门姜曦。"薛蒙道，"灵山大会，其他所有掌门都到齐了，就他称病不来，很少现身。"

墨燃失笑："那是你娘的师兄吧？你怀疑他？"

楚晚宁道："姜曦自视甚高，从来不甘心孤月夜居于儒风门之下，所以自南宫柳当上十大门派之首尊以来，他任何聚会都不去，也不止这五年。"

"那就没有了。"薛蒙道，"唉，算了算了，想不通就先别想了吧，线索实在太少了，想得我脑壳儿疼。"

正巧这时候王夫人和薛正雍回来了，天色已晚，五个人便准备在岱城找个落脚的地方。

薛蒙道："我知道有个客栈特别好，还有温泉可以泡。"

墨燃："……"

他简直用脚趾头想都知道薛蒙说的是哪家了，不就是少年时他们投宿的那家客栈吗？

当年，他还和师尊一起泡了温泉……

思及此节，他不由得轻咳一声，默默把脸扭了开去，不想被人发现自己眼里细微的赧然与尴尬。

薛蒙这人，说话其实总有些夸张，喜欢的东西拼命捧，污点也看不到，他不喜欢的东西死命踩，一棒子打死不给翻身机会，但所谓知子莫若父，薛正雍觉得自己儿子的话只能信一半，便问墨燃："那家客栈燃儿也住过吧，觉得怎么样？"

墨燃又咳嗽两声，不敢与伯父对视："是还不错。"

"那就去住吧。"薛正雍拍板了。墨燃于是掌心盗汗，指尖因为内心的紧张而微微蜷起。

他低下头，看似驯顺而温良地"嗯"了一声，心里头想的却是：自己……是不是能再像当年一样，和师尊一起泡个澡……

商量完去处，其他人都已起身了，薛蒙吃完手上的花生，也拍拍碎末站了起来，扭头望向还坐在原地，神情有些莫测的堂兄。

"怎么啦？走啊！"

他伸手给自己又倒了一杯茶，坚持着不肯站起来，而是有些尴尬地继续坐着，轻咳几声说道："点了这么多都没吃完，浪费了，你们先走，我认识路，喝完了茶我就过去。"

第八章 月澈向君心

一

师尊与我换房

说起来，这座小镇当年是因为旭映峰而闻名的，但是后来闹出了假勾陈的那件事，金成池的武器尽数毁灭，转眼多年过去，镇子渐渐衰败，很多供求剑人住宿的客栈因为生意不景气，关门大吉，改行做了别的营生。

但是，当年师徒一同投宿的那家带着温泉池子的客栈还顽强地存活着，并且因为南宫公子大婚，往儒风门赶来贺喜的宾客都会先在岱城落脚，这家客栈竟又恢复了往日的生机。

薛正雍撩开竹帘，迈进大堂："老板，住店！"

"四个人？"

薛正雍还没回答，就听到身后一个低缓的嗓音道："不，五个。"

原来墨燃走得急，恰好在这时跟来了。

薛蒙瞧见他，有些惊讶："这么快呀？你是把瓜子全吞了，壳儿都没吐吧。"

墨燃："……"

"客官五个人，要几间房？"

薛正雍道："我和内人一间，另外再来三间上好的厢房，统共四间。"

掌柜很开心地说："好嘞，四间上房！"他翻身去柜子里取了钥匙，拉长声调地吆喝道，"客官，二楼，您请好了——"

墨燃沉默地看了他一眼，眼底有些阴郁。

墨燃想，蠢玩意儿，开四间房就这么高兴？有什么高兴的！有什么高兴的！多赚点钱又有什么好高兴的！

"燃儿，你捏人家柜台的桌板做什么？"

墨燃不动声色地收回手来，淡淡笑了笑。那板子朝下的地方已经被他捏裂了几道痕，怕是再用力就得碎了。他说："没什么。"

等从薛正雍手里拿了钥匙，上了楼，墨燃站到属于自己的那间房前，忽然怔了一下，转过头，瞧见楚晚宁也在看着他。

"你住这间？"

"嗯……是啊。"墨燃犹豫一会儿，先是垂着睫毛，而后还是忍不住抬起眼来，黑亮的眸子望着楚晚宁的脸，"师尊还记得？"

"记得什么？"

墨燃指了指自己那间房门，说道："我们来求剑的时候，师尊住的就是这间房。"

"……"

墨燃小心翼翼地看着他，声音很隐忍，却藏不住那微弱的期待："师尊，你还记得吗？"

楚晚宁心想：怎么会不记得？

走上这一层，往事纷至沓来，和年久失修的老旧楼梯一起吱呀作响，带着木头被岁月浸泡后腐朽的味道，慢慢泛起。

他几乎可以瞧见少年墨燃推开门，脸上带着玩世不恭的神情，冲自己咧嘴笑了，梨窝很浅，岁月很深。

见他良久不语，墨燃似是有些失望，垂下目光，说道："也可能是我记错了，弄混淆了……"

"没错。"

墨燃倏地抬起头来。

楚晚宁望着他，似是浅淡地笑了笑："你没记错，是这间。"

这句话就像一簇星火，点燃了墨燃眼底的荒原，墨燃嘴角渐渐展开甜蜜的笑容，好像吃了一颗滋味极好的糖果，又指着楚晚宁如今的这间房，说："还有啊，师尊今天住的，是我以前的那间。"

他很高兴，说得率真。

楚晚宁听了却有些不好意思，又不笑了，愠怒道："这个记不清了。"说着径自推门进屋，把墨燃关在了外头。

呃……自己又是哪里做错，惹师尊不高兴了？

是夜，墨燃躺在床上，脑袋枕着手臂，实在是百无聊赖，就开始思索自己与楚晚宁的相处方式。

他是个不太聪明的人，感觉楚晚宁就像一只大白猫，想对楚晚宁好，想照顾这只雪白的猫咪，可是总是捋两下毛，就换来白猫的一爪子，好像被他摸得并不舒服，也不如意。

他觉得很难过，但实在不知道猫咪身上哪里能碰，哪里不能碰，他像个刚刚养猫的人，对什么都一知半解，只会把白猫整个放在掌心下头舔毛，然后换来一声怒吼，以及一巴掌。

墨燃翻了个身，眨眨眼，很是郁闷。

他忽然想起来，这间客栈的布局，隔壁房间的床铺和自己这间，应该只隔着一堵木板墙。

这个念头一冒出，墨燃就更加睡不着了。

楚晚宁去洗过澡，还是正准备去？

可是墨燃没怎么听到楚晚宁屋里的动静……如果楚晚宁也不打算去洗澡，那么这个时候，是不是已经躺下了呢？

他忍不住睡得更靠里面些，紧贴着墙板，木头和泥土夯成的墙终究是不同的，木板是那么薄，最多只有三指宽，近到墨燃仿佛听到了楚晚宁的心跳，而楚晚宁，仿佛听见了墨燃的呼吸。

"咚咚咚！"

墨燃吃了一惊，没什么好气道："谁啊？"

他这一喊，隔壁的楚晚宁也是一惊，随即意识到墨燃是真的贴墙睡的，和自己挨得那么近，以至于这低沉嘶哑的一嗓子，好像就在自己枕头边喊的。

楚晚宁不由得捏紧了十指，漆黑中睁开一双凤眼。

"我，薛蒙。"外头那人说道，"我娘说她把我和你的行李放一块儿去了，你快开个门，真是的，等洗澡呢我。"

偷听当然不算什么好事，但楚晚宁心想，自己可没有偷听，是这木板太薄，是房间隔音太差，是薛蒙嚷得太响。

总之，他才不要听。

楚晚宁这样想着，裹着被子，往墙又靠了靠。

隔壁传来床铺的嘎吱声，过了一会儿门开了，薛蒙的声音再次响起："哎，你怎么已经睡了？这么早？"

"我困。"墨燃呛声，"赶紧的，睡一半被你吵醒了，拿了你的衣服快走，走走走。"

"你干吗这么急啊？"薛蒙顿了顿，声音带上一丝狐疑，"这么早落了门闩，闷在里头不出来，跟你讲两句话就着急上火的，你该不会是在……"

在干什么？

二

师尊，我昨晚说的是气话

楚晚宁正胡思乱想着，又听到隔壁墨燃低沉道："往哪儿看呢你？没有的事，拿了你的衣裳赶紧滚。"

薛蒙愣了一下："我看你哪儿了？"

墨燃："……"

薛蒙瞅着自己堂哥的脸色琢磨半天，忽然回过味儿来了，不由得羞怒交加，嚷道："想什么乱七八糟的！我之前想说，你关着门落着锁，该不会嫌下头澡堂子人多，想在房间里自己凑合着洗个澡，就你满脑子龌龊念头，还反过来赖在我头上！"

隔壁房间的楚晚宁脸色黑了黑——满脑子龌龊念头……

薛蒙重重地吐了口气儿，瞪着墨燃上下打量，而后道："本来都没想到那码子事儿，你这样一说倒是提点我了，你刚刚不会真的是在——"

"你不是洗澡吗？话这么多！"

"不是，我突然觉得你这个人很可疑啊。"见对方语气那么不善，黑眼睛里迸着星火，薛蒙越发觉得不对味儿，"你刚弱冠那会儿就成天往青楼里跑，这些年行走四方，却连你的半点风流韵事都没有，你怎么突然转了性？"

墨燃似乎有些沉默，楚晚宁就在这片沉默里等着，其实也想知道墨燃会怎样回答。

沉默的时间越长，他就越焦躁。墨燃为什么不吭声？尴尬、后悔，还是……

"你真想知道啊？"

墨燃开口了，语气明显是愤怒的。

他居然还有脸愤怒。

楚晚宁在心里啧啧称奇，觉得薛蒙问得挺在理的，没理由因为人家揭了你老底你就不开心，就遮遮掩掩——

最后一个"掩"字还没来得及想完，楚晚宁就听到墨燃说："玩腻了，玩够了，觉得没劲儿。好了，你可以滚了。"

楚晚宁："……"

薛蒙："……"

良久死寂后，薛蒙爆发了一声整个客栈恐怕都能听到的怒吼："墨微雨，你这个恬不知耻的狗东西！臭流氓！！"

"成吧，你说什么就是什么，出去出去，别打扰我睡觉。"

"别碰我，你！讨厌！"

"我哪里讨厌了？"

"你、你——"薛蒙磕磕巴巴，一张俊俏小脸涨得通红，本来是想给墨燃找不自在的，结果谁料到被墨燃厚颜无耻地反将一军，忍不住想起自己二十来岁了，这岁数，南宫驷与修真界第一美人成了亲，江东堂的四公子已经是三个孩子的爹，昆仑踏雪宫那个梅含雪……梅含雪还没得花柳病死掉，好像只有自己还未经情事，薛蒙觉得很憋屈。

倒不是因为好色而觉得憋屈，他其实一点都不好色，但觉得自己在这方面被墨燃比下去了，甩了十条街都不止，所以才气得厉害。墨燃如果避而不提，如果深以为耻，那薛蒙的心态大概会是另外一种，可墨燃居然一脸鄙夷、一脸不耐烦地丢给他了一句——"玩腻了，玩够了。"

小薛少主觉得自己有点不能承受，自尊受打击了。

他"你你你"了半天，最后恼怒地朝墨燃吼出一句："反正就是讨厌，你不是人！"说着他摔门而去。

楚晚宁也有些被噎着了，虽然他终究比薛蒙冷静些，听出了墨燃那是存心欺负薛蒙的气话，但内心还是忍不住江流潮涌，久久不能平复。

隔壁这厮用词太粗鲁，低喝的那一嗓子像是丛林中肌肉纠结气息爆发的雄狮，那低声的怒吼和粗糙的字眼合二为一，像一截粗热的火钳火棍，猛烈地捅进他的心脏。

楚晚宁喉头滚动，目光又是阴沉，又是闪烁。

墨燃以前可是因为逛青楼破过戒的，楚晚宁当然清楚墨燃不似薛蒙一般纯洁。

但此刻旧事重提，楚晚宁就禁不住地想到，墨燃曾经和那些妩媚的、白嫩的、娇艳欲滴的美人缠绵过，一而再再而三地挑战死生之巅的门规。

他就觉得怒火中烧。

在这样的恼怒中，楚晚宁的眼尾微微地有些烧红了，黑夜中，一抹海棠的颜色……

薛蒙去而复返。

"开门！"

"又怎么了？"

"光顾着和你吵架！我衣服呢？！"

- 246 -

"桌上呢，自己拿。"

"哼！"薛蒙抱着衣服气冲冲地走了。

这回总算是安静下来，楚晚宁听到墨燃沉重的脚步声，然后是床铺的嘎吱闷响，这回真真切切地听到了隔壁那个男人躺回了床上。他甚至好像感到了床铺的晃动，支撑着山岳般火热的身形。

他觉得很渴，想起身喝杯水。

但是听到墨燃躺下来了，他知道自己起身，那个人肯定也能听到这边的动静，所以一动不动，像一块外表冰冷冷，里头色彩纷呈的丹霞岩石。

隔壁，墨燃其实也有些不安。

薛蒙偏要挑休息这会儿来打搅他，一来二去地，没有控制住，刚刚没羞没臊吼的那一嗓子，也不知道楚晚宁听见没有。

如果楚晚宁没睡，肯定是听见了……

他躺在床上，越想越后悔，来回地翻身，楚晚宁也就在一墙之隔的地方听着他嘎吱嘎吱的响动，分担着他的焦躁。

过了一会儿，楚晚宁听到墨燃低沉地叫了一声："师尊……"

墨燃终究是辗转难安，憋不住自己的心气，便试着唤楚晚宁，看楚晚宁究竟有没有反应。

"师尊，你睡了吗？"

"……"

"你听得见吗？"

楚晚宁心如擂鼓，觉得自己的心脏跳得太响了，有些难堪，于是把被子悄悄拉过头顶，试图用一层棉被，盖住其实对方本来就听不见的心跳。

"师尊……"

可这一蒙被子，墨燃的声音又近在咫尺。

"你能听到我说话吗？"

楚晚宁打定主意当没听见，自然也清楚墨燃这样问，是希望他没听见。

不然明早一见面，两人都尴尬。

对方又嗓音沉炽地喊了他几次，见楚晚宁没有动静，轻轻叹了口气。墨燃是真的以为楚晚宁睡着了，放下了心，却也觉得有些遗憾。

他想让楚晚宁理睬他。

可楚晚宁不理，他就只能摩挲着那面阻隔两人的薄薄墙板，闭上眼睛，把无尽的，想与楚晚宁说的话，又一次深埋入心里。

第二天，墨燃起了个早。

这里是沂州，菜肴口味，楚晚宁是吃不惯的，客栈里也没有什么清淡的菜品，于是他去西市买了些食材，准备借厨房给师尊亲手煮一些东西。

"公子，这么早出来买菜呀，看看这萝卜，买一点吗？可水灵呢。"

"公子，瞧瞧这里的饰品，手钏项链、头花发簪，什么都有，工艺可好了。"

"来一来，看一看啦，各种灵石，淬炼武器必不可少，来来来——"

墨燃本来打算买了菜就走，可是拎着满当当的菜篮子，经过一家杂货铺，看到柜台上摆了一堆漂亮零碎的小物件，目光被其中一样东西吸引，不知不觉地就走了过去，停在柜台前。

那边还立着一个男子，穿着斗篷，正打量着琳琅满目的商货。

男子抬起手，黑色的袖袍下，露出极为苍白、极为细腻的漂亮五指，因为这五根水葱似的手指，墨燃留意到了这个人。

他看体形，原本以为这是个男人，可是瞧见那手，又觉得是个女人。

于是他转过头，有些好奇地去打量这个人的容貌，却只看到黑纱覆面，只露出一双清冷的眼睛，而那眼睛也遮在斗篷宽大的帽檐阴影里，瞧得并没有那么清楚。

两人对视，墨燃习惯性地朝他笑了一下。

那个人却撤回了自己正准备触摸摊前一块灵石的手，墨燃余光瞥见他的大拇指上戴着一枚扳指——银色蛇纹，鳞甲森森。

他忽然间觉得这扳指上的蛇纹有些眼熟，待要再仔细看，那人已经把手收回宽袖之中，不咸不淡地瞥了他一眼，而后一语不发，转身离开。

"真是个怪人……"墨燃喃喃道。不过儒风门公子大喜，婚帖广发，最近确实什么稀奇古怪的人物都往沂州赶，这种浑身被斗篷遮掩的，其实也不算什么。

这时候，墨燃听到小货铺的后门风铃声响，布帘一挑一落，老板娘从里头出来了。

墨燃便把黑衣人的事情抛到了脑后，笑着指其中一样灵器，问道："老板娘，这个怎么卖？"

三

师尊，看！梅含雪

老板娘才松开门闩，打着哈欠懒洋洋地伸了个懒腰，准备做生意。她睡眼惺忪，忽地看到灿烂晨光下，一个高大英俊的男人立在她店门口，明明是器宇轩昂、挺拔如松的姿态，理应佩一把剑、一柄刀，沉冷清高地走过街市，谁都不睬。

可这个俊男人，偏偏笑着，颊边梨窝浅淡，睫毛浓密又温柔，怀里还抱着一个竹篮子，篮子里不是灵石灵材，不是法术卷轴，而是鲜嫩蔬果，苹果红艳，萝卜白胖，莴苣青翠的叶子探出来，上头的露水晶莹欲滴，衬着他俊朗的脸。

老板娘打了一半的哈欠就这样僵住了，呆呆地看着眼前这个铁血与柔情并生的景象，眨巴眨巴眼睛，半天回不过神来。

"老板娘？"

"哎哎，仙君想要什么？"

"就这个。"墨燃拿起一对浅红色晶石吊坠，"怎么卖？"

"公子好眼光，这对坠子用的是上好的龙血晶，由昆仑宫的匠人雕琢的，用料虽然不贵，坠子本身却很奇特，龙血晶嘛，公子肯定知道的，会随着佩戴者体温的升高而变红……"

墨燃不知想到了什么，轻轻咳嗽一声："就这个吧，替我包起来。"

接着他给薛蒙、薛正雍和王夫人也各买了一件礼物，回到客栈后，墨燃放下杂七杂八的东西，从衣襟里摸出那个裹着龙血晶石的小纸包，那里头躺着的水滴状吊坠已经因为他的体温变得绯红，他挑了一个留下，另一个挂到自己颈间……

做完这些，他整了整衣襟，确保坠子不会露出来，然后才拿起剩下的那个，重新包好。

"送我的？"

吃饭的时候，薛蒙拿着墨燃给他的剑穗，露出见鬼般的表情。

"你给我这个做什么？你该不会是为了昨天的事情，想跟我赔礼道歉吧？"

墨燃跟薛蒙笑道："想什么呢你？明明是你先惹的我。这个是我觉得好看，就顺手买了，给你佩着玩。"他顿了顿，又道，"难得一起出来，总要买些东西吧。我给师尊和伯父伯母也买了，都是些小玩意儿，也不值几个钱。"

"我们也有啊？"王夫人显得很惊讶。

"伯母的是沉香木脂粉盒子，伯父的是折扇挂坠。"墨燃说着，呈了礼物，最后把龙血晶石给了楚晚宁，"还有这个，是师尊的。"

"什么东西？"

"一个吊坠。"墨燃手掌心热热的，有些汗湿，"龙血晶石能祛寒，沂州盛产这种石头，买来给师尊暖一暖身子。"

楚晚宁接过了，这种石头并不贵，但是很好用。他道："多谢。"

"不谢，师尊戴上瞧瞧？"

楚晚宁看了墨燃一眼，很自然地就佩在了颈间。浅红色的晶石熠熠发着光亮，薛蒙瞅着，情不自禁道："好看，这个不错，比我的剑穗好。你在哪里买的？我也想去弄一个戴。"

墨燃道："没了，整个摊子上只有这一个，我自己还想要呢，都买不到。"

薛蒙便大失所望，拎起自己的剑穗看看，又扭头看看楚晚宁颈间的龙血晶石，嘟囔道："我就不信了，反正这东西沂州多的是，等到了儒风门，我去问问南宫驷，他肯定有很多，堆成山那么高……"

墨燃不理他，而是瞧着楚晚宁，见楚晚宁戴上挂坠后，并没有贴肉放进去，而是悬在衣襟外面，不禁有些焦躁，忍了一会儿，没忍住，说："师尊，这个吊坠不是挂外头的。"

"嗯？"

"它要放在你的衣服里面。"他说着，探过身去想帮楚晚宁把吊坠收进去，一下子挨得太近，说话间呼吸烫着了楚晚宁的耳郭，被楚晚宁一把推开。

楚晚宁低眸垂眼，神情瞧上去很肃冷。但墨燃这回瞧仔细了，楚晚宁的耳缘泛上一层海棠花的绯红色。

墨燃有些惊讶，心想，自己好像也没做什么过分逾矩的事情，如果说是帮师尊摆弄吊坠，那也不算啥啊……

墨燃琢磨着，百思不得其解。直到楚晚宁赤着耳朵，沉着脸，一言不发地把吊坠塞到了衣襟里，他都没有想出个所以然来。

楚晚宁抬头看了他一眼，觉得心底有点热，伸出手——茶壶的提梁却被墨燃握住。

"少喝一点，这茶凉了，伤胃。"

楚晚宁默不作声，望着他，手仍然伸着，表明自己就是想喝凉茶。

"我去给你倒杯热的。"

"不用……"

但墨燃已经去找掌柜了，过了一会儿，他拎一壶新煮好的滚烫的茶，倒了一杯给楚晚宁："师尊喝这个。"

"对啊，玉衡，你喝热茶，冷的不好，真的伤人。"

楚晚宁没办法，只能接过那一杯热乎乎的茶水，吹了吹，却没有喝，搁在了手边。

一行人用过早饭，准备离店的时候，外头进来一群人。

为首的那个披着淡蓝色卷草纹厚斗篷，遮着脸，显得很低调，在人群中并不会被注意到。他进了客栈，瞧见薛正雍，却主动走过来，规规矩矩地行了一礼。

"薛伯父好。"

"你是……"

那人便除了斗篷，薛蒙见了，"啊"了一声，往后大退一步，薛正雍却笑了："哎呀，这不是含雪吗？"

梅含雪抬起脸来，生得肤白鼻高，眉骨分明，眸子深邃，有一种明显区别于众人的英挺俊美。而且此人皮肤极好，纵使屋内昏暗，依旧散发着淡淡华光，或许是因为自幼在冰冷极寒的昆仑雪地长大，眉眼之间浸满了霜雪气息，显得既剔透又孤高。

总而言之，光看他的气质，没人相信他就是那个花名满天下的风流种子梅含雪。

"宫中有事，在下今日才来，没有想到会在这里遇上薛伯父。"梅含雪长得太冷了，虽然客气地笑了笑，眼神却清清淡淡的，恭谦里带着凉气，"小侄便来向伯父伯母问安。"

"好得很、好得很，哎呀，要是蒙儿像你这么有礼貌就好了。"

岂料薛蒙听了这句话，却不高兴了，在后头不停地拿眼神向梅含雪发射小毒箭，一支比一支戳得更恶更狠。

他心想，这个梅含雪，人前一套，背后一套！明明是个臭流氓，当初在桃花源自己可是亲眼见过的，如今站在长辈面前，却一本正经，断情绝欲跟个得道高僧似的，这家伙可真能演！

梅含雪却连看都不看自己的这位幼时玩伴，只低眉敛目，连嘴唇开合的幅度都不大，极为规矩："伯父说笑了，薛公子天之骄子，是灵山大会的魁首，自然有他过人之处。"

"对啊，爹爹，这家伙可是我的手下败将呢——"

"蒙儿……"王夫人颇为尴尬，伸手去拉薛蒙，这暴躁的凤凰儿才总算不吭声了，但鼻孔里似乎还是往外冒着火。

梅含雪道："伯父是要启程去儒风门了吗？"

"时候差不多了，早些过去也无所谓，反正南宫柳最不差的就是房间，他不是说婚礼前后一个月，儒风门都空出了一整座仙城来给宾客落脚吗？"薛正雍笑道，"我们先过去看看，也好让晚辈们彼此间多些接触。"说着看了薛蒙一眼，言下之意，是要给薛蒙物色媳妇。

薛蒙："……"

"含雪不直接去儒风门吗？"

"宫主交代了一些事情，要买不少灵石回去，所以我先在岱城附近多留几日，等大婚前一天再去，也是来得及的。"

薛蒙小声嘀咕道："你明明就是怕早过去了，名门正派里那些被你辜负的姑娘撵着你打，把你打成狗。"

墨燃耳朵尖，笑道："萌萌你说什么？什么狗？"

"……"

薛蒙哼了一声，抱臂道："没什么，念心法呢我。"

"噗，你念的怕是折梅心法。"

"你再乱说！！"

梅含雪听他们你一句我一句，总算是看了他们一眼，薛蒙的目光便和他对上了，忽然微怔——有点不对劲儿，这个梅含雪怪怪的，明明上回在桃花源见到他，眼里是泛着桃花的，那双眼睛，仿佛生气时都是在笑。但眼前这个人，眼里别说桃花了，连一丝波澜都没有，整个都是凉凉的、工整的、清冷的，这双眼睛，仿佛笑的时候都在生气。

薛蒙眨眨眼，顿了片刻，想到天裂之战时梅含雪率踏雪宫弟子来帮忙，众人面前，亦是人模狗样、一本正经的，不由得怫然大怒。这家伙怎么就这么能演呢？怎么就这么装呢？真是人面兽心！斯文败类！

"哎，蒙儿，你去哪儿？"

"屋子里太闷了！我去外头等你们，聊完，你们再出来！"薛蒙说着，大步走到门口，一撩帘子，怒气冲天地走了出去，天之骄子实在是委屈。

他就纳闷了，满屋子人渣味儿，怎么除了他，就没个人瞧出来呢？

好气！

四

师尊最讨厌的掌门

薛蒙气归气，路还是要赶的。

告别梅含雪之后，他们自岱城往上，行了半个时辰有余，终于来到了天下第一大派——沂州儒风门。

从名字就能瞧明白，儒风门地处沂州，在这座城内，大大小小建了七十二座绵延的仙府，因为府邸太大，从正前门到正后门，骑马都需要一顿饭的时间，因此这些府邸干脆被称作了"城"，儒风门的这七十二城各司其职，等级分明，和一锅煮的草根门派死生之巅显然一个天一个地，根本不能相提并论。饶是薛蒙这种打骨子里厌恶上修界的人，站在城门口的时候，也不禁被震住了。

天潢贵胄儒风门——此言当真不虚。

他们来的是主城，也就是儒风门最大的一座城池，白墙黛瓦，上接天日，四隅角楼，巍峨峥嵘，东南西北四面立有星宿石阙，主城门描金漆红，绵延出来的车马道足有五尺宽，长长一条望不见尽头的大路，铺着的都是上等炼气石，拿来这种石头什么都不需要做，只消站在上头，就能汇集灵力，虽然汇集得不多，但聚沙成塔的道理大家都懂，因此这些石头每一块都可以卖到千金以上。

薛正雍感叹道："有钱真好啊……"

王夫人便笑："有钱，你也想在死生之巅铺一条炼气路吗？"

"不啊，我在下修界每个村子里铺座广场，这石头灵气充沛，一般小鬼小怪都不敢靠近，要是能每个村子都铺一座，遇到妖魔作祟，我们弟子赶不及去收拾的时候，村民们也能躲一躲了。"薛正雍叨叨着，掰着手指算了算，摇头道，"可惜铺不起。"

薛蒙听着也跟着叹气："死生之巅，唉，有点儿穷。"

"是啊。"薛正雍点头如捣蒜，"同样修行，也不知道儒风门哪里来的这么多钱。"

这时候一直没吭声的楚晚宁说话了："尊主知道，儒风门的普通弟子除魔，百姓委托要多少钱？"

"我没打听过，要多少钱？"

楚晚宁便伸出了四根手指。

"四百银？"薛正雍瞪大了眼睛，"这么贵？"

楚晚宁道："四千金。"

"……"

"上修界的富商巨贾多，儒风门来钱便容易，以尊主这每桩委托八十银的赚法，哪里追得上他们？何况有时候尊主还分文不取。"楚晚宁说着，眼神却很柔和，"走吧，进城去吧。"

大门派，待人接物往往都很有规矩，儒风门的司礼部这些日子都侍立在城门口等待，虽然对谁都满面笑容，但来了怎样的宾客，分量如何，心里清楚雪亮。

散客小修，就陪他们四下参观，然后带去居所就好，而有些地位的小门派，引去见主事的护法长老，由长老接待。

至于如今已经跻身十大门派的死生之巅，儒风门不摆架子，直接请他们到暖阁歇息，等儒风门掌门南宫柳忙完手上的事情，就来暖阁与贵宾相见。

暖阁里熏着浓郁的龙涎香，柔软的地毯踩上去几乎可以没过脚面。阁中摆着娇艳欲滴的山茶花，八朵异色同株，那叫八仙过海；白花瓣落着点点嫣红的，那是红装素裹；瓣茎上染着脉脉红丝的，那是倚栏娇。这些薛正雍看不懂，王夫人却明白，这里放着的每一株都是绝佳上品。

薛蒙也不懂，见其中一朵白山茶开得妩媚，柔软瓣身上落着一双黑色星斑，觉得好玩，伸手想摸摸。

楚晚宁说："别动。"

"为什么？"

楚晚宁没说话，只是摇了摇头。王夫人叹了口气，道："珍品眼儿媚，这样一株，可以卖上万两黄金。"

薛蒙脸色铁青地把手缩回去，然后颓然坐在了软垫太师椅里头。

他想到了之前在书摊子上看到的那本排名册，当时还因为修真界前百名青年俊杰富豪里面没有自己而气愤，眼下觉得，那本书诚不欺他，自己额头上简直印了个冒着黑气的大字——

穷。

不过话说回来，那本书也不知跑哪里去了，他都还没来得及翻完，就弄丢了……

过了一会儿，红珊瑚淡水珍珠交错穿起的帘子璁珑作响，两位秀气端庄的女修，穿着儒风门的雪纱仙衣飘摇而至，一左一右，撩起了珠帘，垂眸屈膝，声音如黄莺啼鸣："掌门仙君到。"

话音落，一个四十来岁的男子笑着迈进门来。他相貌平平，有些书生气，是丢在人堆里立刻就会被淹没的平凡模样，除了生得十分白皙，好像也没有其他什么可圈可点的地方。

但他一开口，坐在那儿喝茶的墨燃就差点把茶喷出来——"哎呀，薛掌门呀，薛掌门，区区盼星星，盼月亮的，每天都盼着您能早点来儒风门，您看看，您这一来，英姿勃发、器宇轩昂，天下英雄，谁人可及啊！太好了太好了，寒舍生辉了！好啊！好啊！好啊！"

薛蒙："……"

墨燃："……"

堂堂天下第一派掌门，面对十大门派倒数第一的死生之巅掌门，竟是不遗余力，大肆褒奖，一连三声"好啊"，一声比一声嘹亮，一声比一声激昂。

他这样卖力地夸赞薛正雍，薛正雍当然十分受用，笑眯眯地说："哪里哪里，南宫掌门真是客气。"

"不是客气，区区是由衷羡慕薛掌门，薛掌门一代英杰，威风凛凛，叫人拜服。再看区区，人到中年便无意气，已是一身死肉，空余肥膘，当真自愧不如。"

南宫柳说得热络澎湃，薛正雍本来还想憋，孔雀尾巴却已经憋不住，有些展开了："不敢当、不敢当，哈哈，哈哈哈哈，南宫掌门过谦啦。"

墨燃前世没有和南宫柳打过交道，屠儒风门的时候，这人很快就跑路了，墨燃根本懒得理会这么一条杂鱼，也没管杂鱼最后是死于刀枪乱棍了呢，还是逃出去隐姓埋名地过了后半生。

这一世还是第一次和南宫柳这么近地打照面，但一听南宫柳那腔调，墨燃就不喜欢，压低声音道："原来天下第一派的掌门，妙就妙在一张嘴。"

薛蒙听见了，竟难得地赞同他的话，小声说道："没错，你看他一开口，那真叫一个舌灿莲花、伶牙俐齿，满屋子花香我都闻不到了，啧，只剩下南宫柳嘴巴的甜味。"

南宫柳夸完了老的，又来夸小的。

"哎哟，这不是天之骄子，小薛公子吗？"

穷苦少爷薛蒙，人穷气不短。

他不咸不淡地拱了拱手："南宫掌门。"

"真是英雄出少年，俊俏！厉害！你看看这鼻子，这眼睛，啧啧，精神！果然虎父无犬子！"

薛蒙："……"

南宫柳回头对薛正雍道："薛兄，区区真是羡煞你了，你看，放眼当今天下，哪家公子有令郎的半寸气概！要说我，偌大一个修真界，那么多青年翘楚，令郎要是称第二，那没人可以称第一！"

薛蒙原本还端着，嫌恶他，但南宫柳好像根本没有看到薛蒙脸上的疏远似的，把一箩筐的热烈褒赞一股脑儿地往薛蒙身上砸，把好好的小薛公子都砸晕了，到最后竟也露出了一丝笑容。

等他再次悄声跟墨燃说话的时候，说的已经是："喀，这个南宫掌门，虽然浮夸了些，但讲的倒是大实话。"

"什么大实话？"墨燃好笑，斜眼看他，"说天下你是第二，没人敢称第一？"

"怎么了？我可是灵山大会的……"

"那是比赛，许多散修都没有参与，你以为天下英杰，就真的在那个小小赛场能角逐出来了？"

薛蒙的脸涨红了，过一会儿，不忿地嘀咕："算了，知道你羡慕我。"

若是年少时，墨燃必然又要嘲笑他一番，但是如今话到嘴边，又觉得薛蒙就这个争强好胜又自恋的脾性，有什么好与他争的，于是点点头，笑道："好好好，是羡慕你，你最厉害了。"

不过再抬眼去看南宫柳的时候，墨燃眼底的笑意却敛去了。

这世上的恶人分为很多种，有些人大逆不道，罪恶滔天，全天下的人都恨不能杀之后快。

但有些人呢，那可厉害了，凭着那一条三寸不烂之舌，溜须拍马之能，明明烂到骨子里，却不被众人所鄙夷。

墨燃前世是第一种人，但他最恨的，不是世上那些同他作对的善人，他不恨梅含雪，不恨薛蒙，甚至敬佩叶忘昔，可怜叶忘昔。

他最讨厌南宫柳这种，只要有一点可利用处，就跪在地上舔人家的吮痈舐痔之徒。

自打南宫柳进来，楚晚宁就一直立在窗边，看着外面儒风门屋舍整齐、恢宏壮丽的景象。

高处风急，吹得窗口遮着的香软纱帘一阵朦胧，楚晚宁立在那片朦胧光晕里，南宫柳脸上热火朝天的亲切凝了须臾，很快又收拾好，朝着窗边走去。

"楚宗师……"

楚晚宁没有看他，神情寡淡，说道："南宫掌门，你我之间，早已知根知底。"

那软成春水的香纱借着东风，一个劲地往他脸上拂动，惹得楚晚宁有些不耐烦了，一抬手，猛地抵住那恼人的玩意儿，淡淡道："不必寒暄。"

南宫柳就笑了笑，说："区区也没别的意思，想着多年没和宗师见面了，来问候一声，仅此而已。宗师，你又何必拒人于千里之外呢？"

"我来是为南宫驷。"楚晚宁依然没有转头，"不是为你。"

"驷儿看到你会很开心的，你虽没有收他为徒，却对他有启蒙之恩，你走之后，他常常跟我说想你。"

见楚晚宁终于没有出言反斥，南宫柳又道："宗师，彩蝶镇天裂时你慨然出手，令世人叹服，后来得了怀罪大师相救，重返人界，但想必身子还没恢复好吧？儒风门特意为你备了二十枚极品养魂丹，替天下仙士，对宗师表个心意，还请宗师收——"

"南宫柳。"

楚晚宁终于回头正眼看他了，但口中称呼也已变了。楚晚宁撤回了抵着香纱的胳膊，蓦地转身，修挺身影似乎融在了大片天光里。

他眸如焰电，眉凝冷霜，眼神极其阴森。

"别把我架在高处下不来，区区一个儒风门，如何就能替天下仙士谢我了？谁给你的脸面？"

南宫柳嘴角抽了抽，面上媚笑总算没有坠落，半晌笑道："你看你这又是何必……"

薛正雍知道楚晚宁和南宫柳关系不好，整个修真界都清楚，楚晚宁十五岁时，南宫柳拜其为客卿，好吃好喝好住，跟神一样地供着，但没过几年，楚晚宁忽然在儒风门大殿和南宫柳当众翻脸，两个人你一言我一语，说的是什么"金成池""神武""湖底精怪的要求""道义""久病""夫人"，反正旁人也听得一头雾水。

但所有人都知道，楚晚宁最后怒不可遏，拍案而起。

"当时受禄万金，每月有灵石灵符千余件，可他分文不取，锱铢不要。他立于殿前，当众解下腰间乾坤囊，将所有余钱尽数退还，然后沉着脸一言不发地摘下了当年拜客卿时，南宫柳赠予他的极品上师玉冠，散落长发，将玉冠交还给儒风门的司礼官。"

——这是下修界许多说书先生津津乐道的桥段。

"南宫柳面色难看，却依旧试图打个圆场，于是对楚宗师说：'仙长效力于本门那么久，即便要走，该结清的银钱也是要结清的，儒风门不想落一个占人便宜的口舌。'

"楚宗师却道：'昔日我效命殿前，只为报容夫人一饭之恩。而今夫人已逝，贵派与我道义相左，我无意再留。银钱也不必了，我耻于食君俸禄。'言毕他合目转身，辞离儒风门。"

薛正雍原本以为是说书先生在夸大事实，因此曾经试着问过楚晚宁，儒风门到底怎么得罪他了，但楚晚宁不爱在背后说人，因此也只摇了摇头，从未细讲。

但眼下看来，说书先生的话竟可能分毫不虚。

王夫人见气氛僵凝，忍不住出来打圆场，柔声道："玉衡长老，你不要动怒，气坏了身子可怎么好？"她又转身对南宫柳敛衽一礼："南宫仙君，您的好意我们心领了，但死生之巅不缺灵石珍药，您的养魂丹我们不能收……"

"哈哈，夫人说得不错，是区区考虑欠周到了。"南宫柳拾了个台阶下，便从善如流道："玉衡长老，得罪，请长老不要往心里去。"

墨燃在旁边看着，心道，这人被师尊泼了一脸冷水，居然还能笑得那么从容自若，真厉害。

这样想着，他低头喝了口盏中的日照雪青茶。

没承想就在他喝茶的工夫，南宫柳笑眯眯地，已来到了他跟前。

五

师尊，我去找叶忘昔啦

这就很不妙了，这一屋子人，南宫柳进来之后，王夫人、薛蒙、薛正雍，是立刻起身、以礼相待的。

但楚晚宁没这心情，所以依然立在窗边。

而墨燃呢，儒风门对他而言，就是个前世被他踏平的破烂门派。哪怕外表再光鲜亮丽，他也知道，儒风门只是一盘散沙，没什么值得敬畏的。不过他还真没有特意要给南宫柳难堪的意思，只是习惯了，所以压根儿没有想过站起来。

这场面就有些怪异了。

身为主人和长辈，南宫柳杵着，和颜悦色地微笑，也不生气，脸上堆满依旧热气腾腾的熟络。

身为客人和晚辈，墨燃那懒洋洋的坐姿却被抓了个正着，他跷着腿，靠在太师椅上，手里头还端着一杯热茶。

薛正雍方才没注意墨燃的举动，此时一回头，不由得大为窘迫。

墨燃也太没规矩了！

"这位是……近年来，声名大噪的墨宗师吧。"

墨燃茶也不喝了，掩了盖子，抬眼道："是啊。"

"当真是英雄出——"

墨燃却打断了他，笑道："南宫仙君，'英雄出少年'这句话你已经在我堂弟身上用过了，就别在我身上用了吧。"

他语气和缓，笑容温和，好像很有礼貌的样子，所说的话却半点不客气，甚至没有站起来。讲完这句话后，他重新端起茶盏，用青瓷小盖刮了刮杯沿，而后吹开袅袅升起的迷蒙水雾，垂落浓密纤长的睫毛，放着眼帘，不紧不慢地喝了口茶。

他年轻、英俊、高大又从容，那架势，仿佛他才是这儒风门的正主，是站在整个修真界巅峰的人，而南宫柳，不过是他座下一条狗而已。

"哈哈，墨宗师说得不错，是区区才疏学浅，一时想不到更好的措辞，所以——"

"哪里的话？"墨燃搁下茶盏，抬眸微笑，"南宫仙君自打进了这屋子，好话都说一箩筐了，要是仙君不会说话，谁还能称一声会说话呢？"

"哎呀，墨宗师的谬赞，区区可不敢当。"

"谁说我在夸赞你了？"墨燃一双黑亮眸子望着他，笑吟吟地说，"太会说话有时候也未必是件好事。"

薛正雍有些招架不住了，压低声音道："燃儿——"

在他看来，楚晚宁和南宫柳翻脸情有可原，至少有前因，楚晚宁也有这个立场，但墨燃……

墨燃却没有去理会薛正雍，而是对南宫柳道："这些恭维话，南宫仙君还是留着对其他晚辈说吧，我是个粗人，听不懂，也不想听。"

薛正雍："……"

墨燃当然知道自己这样做，伯父会不痛快，但并不后悔。

天下恶心人的事情太多了，楚晚宁烈火脾气，总愿意去做那个出头鸟。很早之前在罗纤纤府上除魔的时候，楚晚宁会因为陈家人欺辱一个弱质女子，不顾自己声名，将身为委托人的陈员外打得皮开肉绽。

楚晚宁明明并没有做错什么，却总被别人口诛笔伐，有人说他"冷血"，说他"恣意妄为"，说他"不近人情"。

墨燃不想让人再说他师尊"不讲礼数"。

所以他宁愿自己比楚晚宁做得更出格，做得更过火，只有用这样的笨办法，才能把楚晚宁护在身后。所以这个屋子里，三个人都出于礼节，接受了南宫柳的奉承与好意，墨燃却没有。

这不是一时兴起，自从他知道是楚晚宁背着他，从尸山血海中爬回；自从他看到，孟婆堂的那一缕人魂、那一碗抄手；自从他去鬼界深处，将楚晚宁救回，他就发过誓——只要楚晚宁还愿意，他从此都和楚晚宁站在一起。

南宫柳一连碰两次壁，换作别家掌门，早就该掀桌暴怒，逐客赶人了。

可南宫柳没有，只当什么事都没发生，乐呵呵地又和薛正雍说了几句话，倒把薛正雍搞得很尴尬。他拉南宫柳到一边去，小声道了歉，说自己管教侄子无方。

南宫柳则笑道："哎呀，年轻人嘛，谁还没点血性呢？我觉得墨宗师真是性情中人，好得很。"

与南宫柳见完面后，儒风门的弟子领着一行人去别院落脚。

墨燃一路上都在打喷嚏，薛蒙扭头看他："你该不会是刚刚口不留德，被南宫掌门诅咒了吧……"

"去去去，你才被诅咒呢。"墨燃眼泪盈着眼眶，"我……阿嚏，我闻不了太浓的熏香，刚刚那屋子——阿嚏！香料味实在太……阿嚏！太……"

"太难闻了。"

"啊，师——阿嚏——尊啊。"

楚晚宁递了手帕给他，皱眉嫌弃道："擦一擦，没样子。"

墨燃就含着泪，笑着接了绣着海棠花的手帕："还是师尊心疼我，谢谢师尊。"

楚晚宁被他说得有些尴尬："谁心疼你？"

"就是！"薛蒙不服气道，"谁心疼你？师尊最心疼的明明是我！"

墨燃略有鄙夷："你都多大了，还跟人比这个？"转而又拿着手里的帕子，正色道，"你看，师尊之前答应要给我绣一块一模一样的，你有没有？"

楚晚宁劈手夺过了手帕，厉声道，"墨微雨！"

薛蒙听了先是一愣，随即怒气冲冲："鬼才信师尊会给你绣手帕，白日做梦也不是你这么做的，臭不要脸。"

一行人说着话，来到了南宫柳给他们安排的别院，那别院有四进，薛正雍、王夫人一进，其余三人各一进，庭院内曲径通幽，花影婆娑，淙淙流水声不绝于耳，端的是风雅别致。

但墨燃刚刚还好好的，结果一看要住的是这个院子，整个人就愣住了，踌躇间，眼里不自觉地蒙上一层荫翳，等跟着众人迈进了别院当中，看到那一砖一瓦、草木山石，脸色就越发郁沉。

这是前世的儒风门给他留下极深印象的一个地方。

此时再临故地，他不禁想，如果这一世不是楚晚宁以命换他，或许他还是会走上老路，成为踏仙君，那么算来这个时候，他也应该率着百万珍珑棋子，将一代名门夷为焦土了。思及此，他不由得冷汗涔涔，一时间，千头万绪涌上胸膛。

墨燃闭了闭眼睛，他揣得住情绪，早已不是当年喜怒都很锋利的少年，因此也没有人看出笼在他心中的阴霾。

他们各自回房休息，墨燃站在留给自己的那间别院前，负手立了一会儿，却没有推门进去。

院子里相迎的侍女有些不安，小心问道："仙君可是对这房间不满意？"

"哦，没有。"墨燃回神，笑了笑，"觉得这院子和我以前住过的一个地方很像，触景生情了而已。"

"那真是巧了呢，奴婢还以为是仙君不喜此处。要是仙君另有要求，只需跟奴婢说就好了，奴婢自当尽力为仙君去做。"

墨燃微笑道："我没什么事，你们自己忙去吧。"

他说完，仰起头来看着院中足有一抱粗的百年老桂树，树荫像前世的鬼魅拂过他的眼睫。

他睫毛微微颤抖，心中愀然，忽地，他转身唤住了要离去的侍女："等一下！"

"仙君还有什么吩咐？"

"我想跟你打听个人。"墨燃顿了顿，抬起眸，目光如炬，"你知不知道，有一个……"

"什么？"

"算了，不问这个了，换一个问问。"墨燃道，"你知不知道叶忘昔在哪里？"

侍女道："叶公子是徐长老的亲传弟子，和徐长老住在一个院子里，仙君若是想要见他，去那里就好啦。"

墨燃闻言暗松了口气。墨燃最后一次和叶忘昔见面，是在酒楼，叶忘昔求南宫驷跟他回去，但当时南宫驷不肯，叶忘昔就说"如果是我让你在家里待得不开心了，那么我走"。

他其实有些挂念叶忘昔，他觉得前世叶忘昔受的苦已经够多了。叶忘昔和楚晚宁其实很像，都是九死不悔的君子，只不过一个内敛，一个炽烈，可都没有得到好下场。

墨燃为自己从前所为感到悔恨，所以希望这一世叶忘昔能过得好一点。他不由得庆幸，幸好南宫驷没有那么绝情真的赶叶忘昔走。

徐长老的别院名为"三生别院"，据说取的是"一饮孟婆水，忘却三生事"的意思。徐长老想表明人生在世能几时，该忘的东西就趁早忘了，不要留在心里徒增烦恼，反正死了之后，到奈何桥边，也都不再会记得。

听上去，徐长老是个很悲观的人，难怪教出了叶忘昔这个三棍子打不出一个屁的闷葫芦。

"有趣，这个鹦鹉真机灵，来，再背一段，一箪食，一瓢饮，在陋巷……"

请守卫通禀，告明来意，墨燃还没绕过照壁，就听到院子中传来一个男人懒洋洋的说笑声。

墨燃往前走了几步，看到满院阳光中立着一位约莫三十岁的男子。那人穿着一件素淡衣衫，袍角处居然还打着几个补丁，大冷天的，也不穿双鞋，赤着脚站在冰凉的石砖上，手里拿着一捧瓜子，正在逗弄一只尾羽纤长的雪白蓝眼鹦鹉。

那鹦鹉左右扑腾翅膀，在架子上来来回回地晃动，似乎很是得意，引吭高歌道："啊……一箪食……一瓢饮……在陋巷……"

"嗯，好，不错。你比小叶子聪明，小叶子小时候可没你厉害，这段他要死要活都背不出来。"男人喂给了鹦鹉一把果仁，"来，你老子赏你。"

"……"

这人跟一只鸟自称老子……意思就是他是个鸟人咯？

这男人回过头来，看到照壁旁立着的墨燃，先是嗑了粒瓜子，然后吐掉，倏地笑了起来，笑容灿烂，却又带些蔫坏的味道，在明晃晃的阳光下，整个人显得十分潇洒。

"墨燃，墨宗师吧？"他笑起来，"幸会。"

墨燃于是笑了，也道："幸会。"

他笑过之后，认真打量了一番这个男人的脸，觉得似乎有些面善，前世屠杀儒风门的时候，好像见过这个人，这人是……

"义父，你怎么又不穿鞋就到处乱跑了。"

忽地一个熟悉的声音响起，明明是那样轻淡的一句话，入耳却如春雷隆动。

墨燃蓦地转头，看到叶忘昔自半月拱门后走出来，还是那么修长挺拔，眉眼温润，手中提着一双明黄色缎履，走到青年跟前，俯身放下。

义父？叶忘昔的义父……

他心中的血液在狼奔豕突，他几乎能听到隔世的哭喊声，听到刀剑相撞，鼓角铮鸣。

"义父！"

记忆中猛地翻出一张血污纵横的脸。

是叶忘昔，叶忘昔在哭着嘶喊，声裂九霄……当年他屠杀儒风门的时候，南宫柳偷生跑路，七十二城群龙无首，霎时大乱，后来，儒风门的第一护法徐长老挺身而出，严整散沙，将墨燃原本瞬间就能摧毁的乱兵聚合在一起，与叶忘昔一同抵抗。

徐长老明明不姓南宫，却做了南宫掌门应当做的事情，以长老之身，与儒风门七十二城共存亡。

他明明不是叶忘昔的亲生父亲，却在灌满了灵流的尖刀刺向叶忘昔的后背时，挡在了叶忘昔面前，以血肉之躯，护得亲手养大的孩子一瞬周全。

墨燃那个时候站在城墙上俯瞰，看到了这一幕，嘴角浮起一丝扭曲的笑——天知道他那时候有多嫉妒。

毫无血缘，这世上竟有人能愿意为另一个人死！

他那狭隘的内心不无震撼，不无疼痛，嫉妒得像是要疯魔癫狂，眼眶都是血红的。

他在想，好，好极了，叶忘昔真幸运，他墨微雨……要是这茫茫天地间，除了他的娘亲，还能有一个人，能心甘情愿为了他而死，那么他何至于走到今天这一步？！

苍天对谁都好，只有对他是那么吝啬，那么狠毒！

他要把他嫉妒的人都毁掉，让这些抱团取暖的人统统滚下地狱。凭什么只有他没有一天好日子，没有片刻温暖？唯一对他温柔的人，早就已经死了。

他只有那么一点点温情了，凭什么还要被夺走？！！

他恨！

回头再想，墨燃只觉得自己当年是那么傻。红尘里，明明也有一个人，愿意为他赴死，是他自己错过了，是他自己辜负，是他不知道。

墨燃双目合实，平复了一下内心的涌动，这才再次抬眼。

他知道这个男人是谁了，是叶忘昔的师尊，也是叶忘昔的义父——徐霜林。

在屠儒风门的第二天，徐霜林就为了救叶忘昔死于战火之中。

墨燃转过头去，心中苦涩，竟是不忍再瞧着阳光下那个笑意浓深的潇洒之人。

他去和叶忘昔打招呼。

"叶公子。"

叶忘昔这才发现墨燃立在远处，不由得一愣，随即笑道："啊，墨兄也来了，好久不见了。"

"好久不见。"

其实叶忘昔这一世跟墨燃只有数面之缘，不是很熟，于是继续微笑道："是来找我义父的吗？"

墨燃看了徐霜林一眼，有些尴尬，摇头道："不，我是来找你的。"

"小叶子，这院子里多久没有进来过一个找你的人了？真不容易。"徐霜林懒洋洋地笑着，又往自己嘴里塞了一粒瓜子，"你在哪里结识的墨宗师？"

"桃花源。"

"那很好、那很好。"徐霜林笑着，把剩下的瓜子都丢到了鸟食盆里，说，"你们年轻人聊吧，我先到别的地方走走。"

叶忘昔拉住他："义父，你怎么又不穿鞋？"

"哦，忘了。"徐霜林笑眯眯地穿上了鞋子，说，"这样总好了吧。"

墨燃却用余光看见，这男人慢悠悠地踱到转角处，然后俯身把鞋又脱了，居然就那么揣进怀里，优哉游哉地走远。

"……"

这对父子的相貌和脾性，实在是"违和"得很，出于心法的缘故，徐霜林长得很年轻，面容停留在三十岁的时候不会老，瞧上去就像是叶忘昔的兄弟。

再结合脾气看的话，这人有些任性顽劣，还不像是哥哥，简直像是叶忘昔的弟弟，所以门外那块凝重庄严的"三生别院"匾额，是在逗人玩儿吗？

叶忘昔和墨燃肩并肩，沿着林荫道缓步走着。

这个院里栽种着很多花树果树，但此时正值隆冬，万木凋零，只有一些枯黄叶子挂在树梢，风一吹，颤巍巍地拂动。

"不好意思，上回在酒楼里，我让你见笑了。"

"没有的事。"墨燃道，"你这些日子还好吗？"

话说出口他就有点后悔，因为叶忘昔这种人，哪怕过得再不好，都是不会吭声的。果不其然，叶忘昔笑了笑，说："还行。你呢？"

"我挺好的。"

两人其实没有那么熟，墨燃来找他，也只是因为想到了前世冤孽，觉得心中难受，才想来看看如今还活着的叶忘昔，真的和叶忘昔单独相处起来，却又不知道该讲些什么了。

墨燃清楚叶忘昔的很多秘密，可这些秘密都不能说，就实在没有什么话题可聊，两人沉闷地散了会儿步，叶忘昔问："夏司逆怎么样？"

墨燃愣了一下，笑了："你还记得这名字？真厉害。"

"他的名字，特别好记。"

"哈哈……也是。夏司逆这回也跟来了，你之后能见到他。"

叶忘昔略显意外："他也来了？可掌门应该没有请……"

"你还不知道夏司逆是谁吧？"墨燃笑道，"我告诉你，这件事情，说来可真是话长了。"

于是他把楚晚宁就是夏司逆的前因后果都讲了一遍。叶忘昔听完之后愀然半晌，叹息道："墨公子何其幸运，能得此人为师。"

墨燃则说："儒风门何其幸运，能得叶公子为门徒。"

叶忘昔有些不好意思，微微笑道："墨公子言过了。"

他们走到了一座刷着红漆的小浮桥上，这一路走来，尽是一些枯枝败叶，唯此处青翠明艳，栽种的修竹傲雪迎风，高节不改。儒风门的水都施了灵力，不会冰封，因此立在桥头，脚下是溪水淙淙，两端是碧色环抱。

墨燃回过头，看到叶忘昔低眸凝视着那晶莹溪流，黑色的眼睛里不断有浮光踊跃，人还是那个人，但脸上的憔悴，其实谁都看得出。

南宫驷成亲，对他而言，实在太过残忍了。

墨燃忽然很不忍心，好像看到了那个付出良多，却得不到别人一瞬回首的楚晚宁，墨燃问他："叶公子，不如你来死生之巅吧。"

"什么？"

出言即觉莽撞，也知道叶忘昔会怎么回答，墨燃叹了口气："我就随口一说，公子不必放在心里。"

叶忘昔笑了，原本笑起来丰神俊朗，七分英气，三分秀美，但如今还是同一个人，还是同样的笑，颧骨却已微微凹陷，七分英气还在，三分秀美却枯竭了，唯剩两池悲凉。

他想掩藏，但那悲凉太深了，用尽了力气，依然没有藏好。

他笑着说："原来墨兄，是替死生之巅来挖人的？"

"哈哈……是啊是啊，不过，叶公子应当是不会来的，所以只是一句玩笑罢了。"

"嗯，我义父仍在此处，我便不会走。"

"公子今后打算怎么办？"

叶忘昔神情似有一痛，竟是不能立刻答来，今后打算怎么办？他也不知道，他觉得自己是飞蛾，南宫驷是灯火，他总想随那灯火而去，哪怕后果是灰飞烟灭。

可南宫驷弃他而去。

"就，还在儒风门里做自己该做的事。"叶忘昔微笑道，"辅佐掌门，辅佐义父，以后，辅佐少主。"

他顿了顿，手捏成拳，指节苍白如玉。

墨燃心惊于叶忘昔竟能心平气和地把最后半句说出口，竟真的能说得出口……"辅佐少夫人。"

他讲完了，似乎终于不再能忍受，垂下眼来。可是只是那么一会儿，他又抬头恭谦温雅地望着墨燃，脸上竟还是笑着，整个人如修竹般飒飒立在寒冬里。

骤然间西风起，吹起竹林间积着的浮雪，犹如苇花四下飘飞。

就在那一瞬间，墨燃想，不可以，南宫驷不能与宋秋桐成亲。

六

师尊，震不震惊

儒风门少主的大婚之日越来越近了，却有则流言甚嚣尘上，在各大门派的宾客间流传开来。

"张公子，在下近日得知一事，乍一听觉得离谱，但仔细想想，十有八九是真的，你想不想听一听？"

"巧了，我这里也有一件秘事，是关于儒风门的，也是骇人听闻，该不会和你想说的是同一件事吧。"

对方颇有深意地扬了扬眉，道："张公子所知道的秘事，是不是只跟两个人有关？"

"确实如此。"

两人齐齐交换了个眼色，其中一人压低声音道："我先说吧。我听说儒风门的叶忘昔，和……"

另外一人听到这里便绷不住了，公子风度也不要了，扑哧笑出声来，且猛拍大腿，眼中闪着八卦的光辉，激动道："对对对！哈哈哈……笑死我了，就是这件事！儒风门的叶忘昔和宋秋桐有染！"

"还真是好事不出门，坏事传千里，没想到连公子这般不爱听碎语闲言的人都知道了。不过聊这事儿，声音得轻一点儿，这里可是沂州，走哪儿都能撞上儒风门的人，怕是隔墙有耳。"

隔墙有没有耳，倒是难说，三人成虎却是真的，这件事情像浸在水里的棉絮，逐渐膨胀，哪怕没有一个人亲眼看见，内容却越传越离奇，越传越香艳……到最后，连在沂州城外那些小村子里不修真的平民百姓都知道了，田间地头都在传。

"狗蛋哥，我告诉你一个秘密，你可千万别跟人说哦。"

"什么秘密？这么慎重，说来听听，我的口风你又不是不知道，绝对不会走漏出去。"

"那你可得听好了，儒风门有个惊天大丑闻，那个宋秋桐，你知道的吧？就是马上要嫁给南宫驷的那个女的，那可真是个小荡妇，狗蛋哥有所不知，她呀，早就背着自己未婚夫，跟叶忘昔好上了！"

"这怎么可能？！"

"怎么不可能？你难道不知道，当年宋秋桐在轩辕会被拿出来拍卖，就是叶忘昔瞧她好看，动了那龌龊心思，将她买回来的吗？"

李狗蛋很是震惊，嘴巴张得大大的，半天才磕巴道："天、天哪……怎么还有这种事情……"

乡民李狗蛋的认知被颠覆了，晚上睡觉的时候，就搂着自己媳妇儿聊天，感慨道："春花呀，还是你好啊。"

乡民赵春花就眨巴着眼："怎么啦？忽然说这个？"

"你看，你虽然丑了点，胖了点，矮了点，但是勤快又能生，不像有的女人，背着丈夫偷汉子，不守妇道。"

赵春花有些恼："我哪里丑了？我不就脸色黄一些？"随即她又好奇，"哪家媳妇儿？我咋不知道？"

"不是村里人，是那帮成天踩着剑飞来飞去的道姑道爷。"

赵春花便大吃一惊："是谁？"

李狗蛋说："谁最近大婚，那就是谁。"

赵春花下意识地就没有往南宫驷那边想，愣了好一会儿，才恍然明白，猛地从床上弹坐起来："天哪，了不得了！竟有这种事情？你是乱说的吧？"

"我怎么会乱说？"李狗蛋挺了挺胸脯，为了让老婆更信自己，信誓旦旦道，"我一个朋友亲眼瞧见的，儒风门的叶忘昔和宋秋桐通奸啊！那俩人背着南宫驷，早就睡过了！"

男女艳情，往往是这世上飞得最快的东西之一，穷的富的，修真的不修真的，都乐意拿来当谈资。转眼间，聚集在儒风门的宾客多多少少知道了一些，等传到楚晚宁耳中，其内容已羽翼丰满，连叶忘昔某年某月某日与宋秋桐幽会都描绘得清清楚楚，还说宋秋桐在这时候与南宫驷成亲，是因为已经有了叶忘昔的孩子，但叶忘昔薄情寡义，为一己前程不愿与母子俩相认。

"不信你们等着瞧，看那小孩儿生出来长得是像南宫驷，还是像叶忘昔！"

楚晚宁了解南宫驷，却不了解叶忘昔和宋秋桐，因此也不确定到底是真是假，只觉得很恼怒，但他这种人，虽然擅长应对那种轮廓分明的恶，但对于这种飘忽不定，且牵扯到男女之事的，就束手无策了，不知道该如何是好。

这天，南宫驷来别院拜谒他，楚晚宁若有若无地敲打了他一回，但南宫驷什么言外之意都没听出来，依旧很高兴地跟楚宗师讲着他豢养妖狼璃白金的趣闻。

"前些日子给它配了种，都还挺顺利的，那母妖狼下个月就该临盆了，也不知道这一窝能生几只小狼崽子。"南宫驷笑道，"要是生出来有品相好的，我让父亲送一只到死生之巅去。"

楚晚宁一听，觉得这是个好机会，就说："嗯，但就怕那小狼崽子血统不纯。"

"怎么会不纯呢？瑙白金和那母妖狼都是雪狼一族修炼来的，纯得很。"

"你就确定那母妖狼之前没有别的妖狼配过种？"

南宫驷愣了一下："哪儿能啊？那母妖狼是碧潭庄豢养的，整个庄园就一只，它想配还没的配呢，全得仰仗我们家瑙白金。"

楚晚宁觉得自己提示得已经十分赤裸，十分明白了，他把人比作狼，暗示南宫驷留心一下那些流言蜚语，南宫驷怎么就理解不了呢？

楚晚宁想了想，觉得可能自己还说得不太到位，斟酌了一下，又道："碧潭山庄虽然只有它一只妖狼，但接过来给瑙白金配种的时候，总要在儒风门住上一阵子吧？你养了那么多妖狼，你说会不会……"

"不会不会！"南宫驷爽朗地笑起来，"宗师原来在担心这个？那母妖狼和瑙白金是合笼的，关在一个笼子里，别的妖狼哪有机会？"

"……"

笨死你算了！

南宫驷浑然没有瞧出楚晚宁的阴沉，起身邀请楚晚宁道："宗师，你走的时候，啸月校场还没建好，如今都已经扩修两次了，我带你去那边看看，骑一骑瑙白金吧？"

楚晚宁道："不去。"

南宫驷显得有些失望："为什么？"

"除了马，别的我都不会骑。"楚晚宁道，"你马上都是要当丈夫的人了，玩心别太重，成天不是在养狼崽子，就是在校场折腾，有工夫也该回去陪一陪宋姑娘。人和动物都一样，你不陪她，关系就疏远了。"

"不会，秋桐待我好得很，也很听话。"

"……"

"那宗师要是觉得我怠慢了她，我把她也一块儿喊来好啦。我时常跟她提起你呢，她应该也很愿意见见你。"

听他这样说，楚晚宁心想，自己对宋秋桐也不了解，传闻到底有几分真，几分假，自己也不清楚，能在南宫驷成亲前，对这对晚辈夫妇多些了解，也未尝不是件好事。

于是他点了点头，站了起来："可以，那你去找她吧，我在啸月校场等你们。"

南宫驷走了，出院门时，正好和打外头回来的墨燃碰上，两人在照壁前互行了一礼，墨燃进了庭院，看到楚晚宁立在桂花树下，面前的红泥小火炉正蒸腾着丝丝水雾，石桌上放着两盏喝到一半的八宝茶。

"师尊，南宫驷来找你？"

"嗯，让我去啸月校场看一看他养的妖狼。"楚晚宁说着，转身要回屋内，"这身衣服不便骑御，我去换件衣裳。"

妖狼凶悍，墨燃虽然知道楚晚宁有能耐，却也不放心让他一个人去，于是道："我和师尊一块儿去。"

楚晚宁闻言停下脚步，侧眸瞥了他一眼："你会骑狼吗？"

墨燃笑了，黑眼睛很明亮："怎么不会？我的马术好，触类旁通，别说骑狼，骑什么都擅长。"

啸月校场是一片广袤无垠的草场，如今天寒地冻，草木萧瑟，青黄交接的原野上结着一层薄霜，冬日不咸不淡地悬于天穹，却因云翳遮盖，显得有些薄冷，洒下来的阳光更是敷衍了事，毫无生气，倒是尽头儒风门茂密的私家狩猎丛林，松柏葳蕤，针叶蓬松，遥遥看去泛着一层金黄色，犹如雏鸟蓬松柔软的胎羽。

南宫驷站在木围栏前，正和宋秋桐说着话，忽然见到两个人自薄雾中行来，正是楚晚宁和墨燃，不由得先是微怔，而后笑道："墨宗师，你是不放心把你家师尊交给我，所以也跟来了？"

"不是。"墨燃也笑，"我跟来，是怕师尊万一遇到什么不顺心的事，逮不到别人生气，就跟南宫公子发火，那多委屈南宫公子。所以我是专门来做受气包的。"

楚晚宁乜了他一眼，冷然道："我看你是来做火刀火石的。"

"扑哧。"立在南宫驷身后的宋秋桐听了，低低笑出声来，抬起两帘雏羽般细软的睫毛，自未婚夫身后婷婷走出，端的是楚楚动人，云鬟花颜。

她瞧着墨燃和楚晚宁，柔声笑道："久闻楚宗师与墨宗师师徒情深，今日看来，果然如此呢。"

七

师尊好骑术

楚晚宁上下打量了她一番，之前在轩辕阁就觉得这人有倾国倾城之姿，此刻近看，更是娇如芙蕖出水，艳若明霞映日，一头乌木般的秀发仿佛能照得周围熠熠生辉，确实是人间绝色，难怪南宫驷会喜欢。

这样想着，他不由得悄然看了墨燃一眼，想知道墨燃又会是什么反应，岂料一注目，视线却与墨燃对了个正着，墨燃根本没有去看宋秋桐，好像南宫驷旁边站了个空气一样，反倒一直在凝视着自己，两人目光相触，墨燃温和地笑了笑。

楚晚宁被他看得不自在，偏偏脸上还要故作从容，与墨燃对视片刻，这才状似淡然地把目光转开。

"啸月校场养了许多妖狼，最勇猛的就是璃白金，我也最喜欢它。"

南宫驷引着众人走到空旷的草场中央，拿出腰间佩着的玉笛，吹了三声急哨。片刻沉寂后，远处茂林中妖风四起，一道雪白光影犹如旋风疾电，自林中纵跃而出，几乎只在眨眼间，一匹通体毛色晶莹、爪尖流金的妖狼腾跃空中，身子拉成一道流畅的弧线，它"嗷呜"发出一声嘶叫，背后映着那苍冷冬日，而后倾身落下，稳稳地驻足于南宫驷跟前。

"嗷嗷！"

南宫驷上前摸着它茸毛蓬松的脖颈，回头笑道："宗师，你瞧，它都长这么大了，你走的那年，它还是一只小崽子呢。"

"我走的那年，它已经有一个成年男子那么高了。"楚晚宁面无表情道。

"哈哈哈哈，是吗？我一直觉得它个头小，还是个崽儿。"

"……"

"宗师，你来骑骑看吧。"

南宫驷说着，又吹响横笛，从树林中唤来另外两匹通体雪白的妖狼："墨宗师，你也来玩玩？"

三个人各自翻身上了妖狼背部，南宫驷道："抓紧绳链或者颈毛，腿也要夹住，和骑马其实差不多。"说完之后他低头对宋秋桐说："秋桐，你跟我骑一匹，

- 271 -

我带你。"

楚晚宁原本以为自己不会，但跨上妖狼脊背，试着走了几步，便也觉得没什么难的，甚至因为妖狼灵性颇高，能清楚地明白骑乘者的心意，所以驾驭起来比普通驽马还要轻松得多。

南宫驷笑道："怎么样？跑一圈？"

"这里哪儿都能去吗？"

"都可以，后山林苑和啸月校场，随便跑。"

墨燃笑道："这是要比赛吗？"

"来一局吧。"楚晚宁看了一眼带着宋秋桐骑在妖狼身上的南宫驷，心想这是个人家夫妇增进情感的机会，便欣然应允了。

南宫驷笑着解下腕子上的一道灵石手链，说："既然这样，我们就先跑到林苑北边的甘泉湖，捕来里头五条石斑鱼，第一个返回此处的人就算赢，这个链子当彩头，怎么样？"

"七星灵石链，南宫公子出手也太阔绰了。"

"千金难买我高兴。"南宫驷拉紧了绳链，又低头对宋秋桐道："你坐稳了，不要跌下去，要是跑快了，就跟我说。"

墨燃瞥了宋秋桐一眼，微笑道："只怕南宫公子的链子，可以提前拿出来了。"

"哈，小瞧我，我可是打狼背上长大的，别说多带一个人，就算再带一个，那也是小意思，走吧，我数三二一，就开始。"

"三，二——一！"

话音方落，三道雪白的光影便如穿林羽箭般嗖嗖嗖破空而出，于萧瑟草场飒踏，顷刻跃至尽头的狩猎苑，消失在密林深处。

楚晚宁初时还放慢速度，跟在南宫驷和宋秋桐后头，但后来宋秋桐的尖叫声时不时地扑面而来，听久了耳朵不免受累，再加上那姑娘的娇嗔实在让人消受不起，便忍不住加快速度，超了过去。

随着身后"公子，你慢一些"的惊呼声渐远，楚晚宁也渐渐觉出一些骑乘妖狼的快意来，这种灵兽实在聪明绝顶，他甚至只需稍微动一动指尖，瑠白金便能明白过来他的心意，立刻做出反应，也难怪南宫驷稀罕这些动物。

冬日的风拂面而来，却不觉寒冷，楚晚宁仰起头看着眼前错落斑驳的阳光，延绵不绝，自足下一掠而过，继而如洪流奔袭，滚滚远逝，不免笑了起来，觉得这一场飞奔可谓痛快淋漓，于是驱使瑠白金发足狂奔，狼爪踩在厚厚的针叶林上，扬起滚滚尘土。

而他身后，墨燃纵着那一匹黑爪妖狼，自始至终紧紧跟随，须臾，楚晚宁胸臆之中竟生起一丝莫名的快慰与安心。

他忽然并不那么确定，自己好像终于有了可以任性往前的权利，好像自己不管跑到哪里，身后都会有这样的脚步声，这样的一个人，不断回响，再不分离。

楚晚宁几乎和墨燃同时抵达甘泉湖，那里碧波盈盈，湖水清如玄鉴，水系灵气极为丰沛，湖两岸因灵流滋养，花树果树竟不随四时变化，大冬天的，橘子树依然枝繁叶茂，碧绿的叶子后头，藏着无数金黄果实，风里也弥漫着一股清甜的柑橘芬芳。

稳稳地落到地面，楚晚宁环顾四周，说道："倒是个钟灵毓秀的好地方。"

墨燃牵着黑爪妖狼，走过来，笑着问："师尊喜欢，回去就在死生之巅也种上许多果树，一年四季拿灵气养着，想吃就摘。"

楚晚宁哼了一声，不置可否，走到湖边，抬手召来天问。

墨燃一看不对，拦住他："做什么？"

"抓鱼。"

"师尊该不会想把湖里的鱼都绞上来吧？"

"想什么呢？"楚晚宁瞪了他一眼，甩手将金色的藤蔓抛到湖面上，而后朝湖面淡淡说了句，"尔等有谁活腻？愿者上钩。"

如此说了三遍，楚晚宁把天问收了回来，金灿灿的叶片上，居然真的有几条胖头鱼生无可恋地翻着三白眼吐着泡泡望天。

楚晚宁看了看，转头问墨燃："他是不是说要石斑鱼？"

"嗯。"

"你认识石斑鱼长什么模样吗？"楚晚宁说完，觉得这样问起来可能太绕弯子了，干脆把天问整个拎起来，把钓上来的几条鱼都举给墨燃看，"这些里面，有吗？"

"还是我替师尊抓吧。"

墨燃抓了十条鱼，分别放到两条妖狼颈部的乾坤囊里，楚晚宁就把方才钓上来的几条"不想活了"的鱼放回水里，边放边淡淡地说："人生苦短，劳烦诸君，再多忍一阵子。"

听到这样的句子，墨燃只觉得这个男人既是好笑，又是可爱，放好了最后一条石斑鱼，转过身，就看到楚晚宁自碧水寒潭边朝岸上走来，湖水在他身后潋滟，将他白色的身影浸得一片朦胧。

"南宫驷也真是。"楚晚宁走到墨燃跟前，查看整理着瑙白金脖子上的乾坤囊，"带了个姑娘，跑得这么慢。"

"没准在做别的。"

墨燃沉声道。

楚晚宁愣了一下："做什么？"

墨燃这才反应过来，觉得失言，干咳一声，别过头去："没什么。"

楚晚宁却琢磨出味儿了，眼睛蓦地睁大，随即又危险地眯起来，显出薄怒来："想什么呢你？上马，回去！"

墨燃动了动嘴唇，想说"不是上马，是上狼"，但看到楚晚宁那郁沉的面色和涨红的耳尖，话到嘴边又咽了下去，下意识地摇了摇头。

这个举动恰好被楚晚宁瞧见了，楚晚宁问他："怎么了？为什么摇头？我还说错你了不成？"

"没有没有，师尊教训的都是对的，是我想得太多。"

墨燃在这样挥之不去的胡思乱想中，一路紧随楚晚宁驰骋，回到啸月校场时，看到宋秋桐和南宫驷已经在那里等着了。

宋秋桐坐在地上，晶莹如玉的脚伸出来，脚腕上头有血痕。

原来是她跑了一半，忘了南宫驷叮嘱过的要把腿收紧，所以被荆棘划破了皮肤，虽是小伤，但南宫驷也不会放任不管，就带她提前回来包扎。

墨燃瞥了她的腿脚一眼，那双足也算是生得好看，但他现在看到任何好的东西，都习惯性地要和楚晚宁比较一番，于是想，这和楚晚宁比起来，却是差远了，亏自己前世还颇喜欢宋秋桐的一双脚。

他真是瞎。

墨燃如今就觉得楚晚宁什么都好，横着看也好，竖着看也好，连看那双总是寒光熠熠、不近人情的鄙薄眸子，都觉得那是矜傲，那是气质，楚晚宁就该那样，真是好看极了，好看死了，好看到被他瞪、被他骂、被他翻白眼，都觉得心花怒放、莺飞草长。

"愿赌服输。"南宫驷很爽气，千金的链子，随意地就递给了楚晚宁，"这个给宗师。"

楚晚宁看了看链子，说："七星灵石善养灵核，我确实需要，多谢。"

墨燃听了不是滋味，莫名其妙地在旁边嘀咕了句："下回我给你买个更好的。"

"什么？"楚晚宁没听清，回头望着他。

墨燃看到他一双凤眼离得那么近，瞳水中清晰地倒映着自己的面庞，看了好一会儿，才道："我说，下次我瞧见更适合师尊的，就给师尊买回来。"

"好。"

楚晚宁干脆利落地答应，让墨燃又高兴了许多。

他甚至小心眼儿地去看南宫驷，人家南宫驷根本没在意这个，他还和人家较劲儿，得意扬扬地想让南宫驷知道，师尊收你的东西，是会客客气气说句"多谢"的，收我的就不会，你看，他跟我一点儿都不见外。

楚晚宁道："你记得让老板开个票据，我到时候把钱给你。"

墨燃："……"

十条淡水石斑鱼从乾坤囊里被拿了出来，南宫驷带他们去了啸月校场边的狩猎小木屋，那外头有一个积着灰的炉膛，锅碗瓢盆一应俱全，只是木屋瞧上去斑驳苍老，与恢宏壮丽的草场比起来，不像是同一时期所建。

楚晚宁指尖拂过栅栏，在拴在栅栏上的一束旌绳前停下，那旌绳历经了无数风吹雨打，早已不复当初绚烂斑斓的模样。

南宫驷拿了调料从木屋里出来，见楚晚宁在看旌绳，笑道："那还是宗师走的那年，我系在这里的，都快朽光了。"

楚晚宁没有说话，只是轻轻叹了口气，在木桩磨成的矮凳上落座。

他效力于儒风门的时候，南宫驷还只是个稚子，自己常常会带他来啸月校场走动，这个狩猎屋还是那个时候留下的。

火很快生了起来，石斑鱼被穿在果木枝条上烤，肥美的鱼脂从焦脆皮肉下咝咝淌落，散发出浓郁肉香。

南宫驷分了六条给蹲在木栅栏旁的妖狼，剩下四条撒上盐巴，分与众人。

宋秋桐只吃了几口，就把烤鱼递给已经飞快地啃完整条肥鱼的南宫驷，说："我吃不下了，公子替我分一些吧。"

楚晚宁往他们那边看了一眼，见南宫驷接过烤鱼，很开心地吃起了第二条，心想这个宋秋桐瞧上去乖顺温和，是个体贴人，和传闻中那红杏出墙的女子浑然不像，流言蜚语，果然不可当真。

他正思索着，一张荷叶递来，上头鱼肉细细分好，主要的刺儿都被剔掉了，白嫩的肉冒着热气和焦香。

楚晚宁微感诧异，转过头，墨燃正把随身佩戴的银色短匕首收好，笑道："师尊，吃这个吧。"

"你哪儿来的荷叶？"

"刚才在湖边捉鱼的时候，顺带采的。"墨燃把鱼肉递给他，"趁热吃，冷了味道就不好了。"

楚晚宁接过荷叶，心中涟漪微起，说道："谢谢。"

他确实不喜欢剔鱼刺，处理好的石斑鱼入口即化，一块一块地吃着，也不觉得腻，等全部吃完之后，挂在火上煮的茶也滚了，宋秋桐起身把铁壶取下，给每个人倒了一杯，双手奉上。

"楚宗师，请用茶。"

纤纤玉手捧着白瓷小杯，臂如皓月，腕间赫然一点守宫砂。

楚晚宁忽地想起当年在轩辕阁拍卖时，阁主说过她腕子上被寒鳞圣手点了一颗守宫砂，想来就是这一颗，既然守宫砂在，宋秋桐和叶忘昔有染这件事就是无稽之谈了。

　　思及此，楚晚宁心下总算是松了口气。南宫驷是个毫无心眼的人，像草原上的野马，像一意孤行的孤狼，有着刀劈斧削的浑朴刚烈，这样的人，楚晚宁不讨厌，所以不希望南宫驷遇人不淑。

　　宋秋桐的茶水敬到了墨燃跟前，墨燃接了，却并没喝，搁到了一边，微笑道："宋姑娘，我有一样东西要送给你。"

第九章 心知昨日事

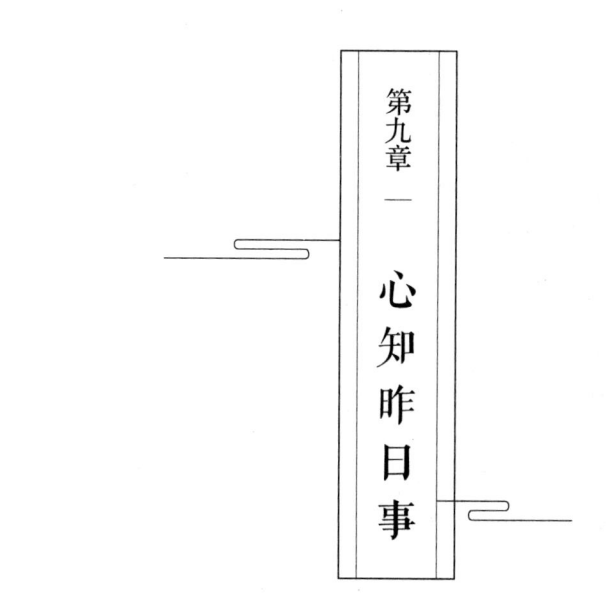

一

师尊，那年新婚夜，其实我……

　　他说着，取出一串细细的手链，那链子光华璀璨，由东海的珍珠母和祝融山的羲和晶穿成，一看就是价值不菲的物件。
　　"你先前修书，想求鲤鱼晶石，但实在不巧，那石头已经被我堂弟拿去炼剑了。我也没有准备别的贺礼，买了这串水火手链，你戴起来应当合适。"
　　"这……这太贵重，秋桐怕是不能收……"
　　"哪有贺礼不收的道理？"墨燃笑道，"何况水火手链能压制火系灵力，但是只适合女子佩戴，你戴在身上，往后常伴南宫公子左右，多少也能平缓一下他的灵流，算是实用的东西。"
　　宋秋桐回头望了望南宫驷，得了首肯，这才双手接过手链，恭谨地行了一礼，温声道："多谢墨宗师。"
　　四个人喝了茶，又坐着聊了一会儿天。
　　楚晚宁关心南宫驷的终身大事，便让他这些日子多去留心一下婚典上的各个细节是否都已安排妥当，不要临时出乱子。
　　南宫驷三两口就把茶水喝完了，把空杯子在手中抛着玩儿，然后笑道："宗师不必担心，我每晚都去看呢，我和小时候也不一样了，有些事情都知道该上心。这不，昨天发现秋桐的礼服上少镶了一颗珍珠，立刻就找人去返工了。"
　　他说到婚典，一向飞扬不羁的脸庞上，竟也有了些许腼腆。
　　他看了宋秋桐一眼，笑道："秋桐到时候一定很好看。"
　　这句话落入宋秋桐前世丈夫的耳中，墨燃心不在焉地又给自己倒了一盏茶，他当然知道宋秋桐国色天香，有绝代风情，但那又怎么样呢？
　　当年旭映峰祭天，踏仙君迎娶修真界的第一位皇后，大婚之夜凤烛高照，却未曾宿于新房。
　　那天晚上，他喝多了，红烛氤氲，罗帐昏沉，挑起新娘酡红含羞的脸，盯了一会儿。人在生命中的重大仪式前，总容易产生岁不淹兮、沧海桑田的感慨，纵使身为踏仙君，也不会例外。
　　他忽然觉得那么不真实，他的目光仿佛穿透了眼前的旖旎嫣红，落到多年前的漫天风雪里。

当他在寒风中衣不蔽体时……当他快要饿死渴死，得人怜悯，舔着那人掬来的米汤时……当他初来死生之巅，惴惴不安时……当他踮起脚，去折月下海棠时……当他跪在楚晚宁跟前，柳藤加身时……

他何曾想过，自己终有一日，会踏尽诸仙，为尊天下。

"夫君，在想什么？"她朱唇轻启，眼波凝睇，呼出来的气息都是香甜奢靡的，就像他今日高高在上的地位。

他好像什么都拥有了，美人、地位、权势……

如今他还有什么不满足的呢？

他想不到有什么不满足，却觉得很空虚，整个人像是站在料峭峰顶，周围只有一张一张低伏的脸孔，模糊不清。

他在这些阿谀谄媚的人脸中穿行，他们颂扬他、赞美他，他们跪迎他、巴结他，一张张一模一样的脸。

他听到有人在千娇百媚地唤着他，声嗓软嫩犹如牡丹花瓣："夫君……夫君……"

他觉得恶心，觉得厌倦，他想从这潮水般的拥簇中脱身而去，可这甜腻的声音像糖水裹挟着他。

他猛地将宋秋桐推开，娇媚的新娘伏倒在猩红的洞房龙凤红榻上，满头金银点翠都在颤抖，步摇叮当。在珠光宝气的幻影里，墨燃觉得一切都是如此扭曲，如此不真实，那金灿灿的光像是鬼火，那红艳艳的烛像是血泪。

他觉得好恶心……却不知道在恶心谁，宋秋桐，抑或是变成这样的自己。

他夺门而去。

前世，世上少有人知道，踏仙君大婚之日，皇后宋秋桐横遭冷落，墨燃穿一身金红华裳，推开了红莲水榭的门扉。

他走进去，过了一会儿，屋内传来争吵，而后水榭的烛火熄灭了。

直到第二日黄昏，薛蒙闯上死生之巅闹事，墨燃才懒洋洋地推开门，信步去了前殿。

当夜红莲水榭里两人究竟为何争吵，之后又到底发生了什么，却是外人全然不知的。

告别南宫驷二人，楚晚宁和墨燃一同返回落脚的别院。

楚晚宁忽然不咸不淡地问了句："刚才南宫说宋秋桐好看，你望着人家发呆做什么？"

墨燃说："我在想她穿婚服的样子。"

楚晚宁振袖一拂，面色极冷："非礼勿想，别人的未婚妻，你有何可惦记的！"

墨燃笑了："谁说我惦记她了？我是在想她穿婚服的样子，也就那样，不如师尊半分颜色。"

　　本是一肚子怒气要发泄，却猝不及防被小狼狗舔了手心，楚晚宁的脸白一阵红一阵，半天说不出一句像样话来，最后又一挥衣袖，说："鬼司仪幻境那荒谬之事，今后不得再提。"

　　墨燃心中叹道，不是我想提，是你要问我啊，我又不想对你说谎，夸你好看，还要被你凶——但是被你凶，我也觉得很开心；想到曾经失去过你，我只觉得被你这样神采奕奕地责骂一辈子，都像是浸在糖罐子里，楚晚宁……

　　日子过得很快，还有一天，南宫驷大婚的日子就要到了。
　　儒风门已住满了来自五湖四海的宾客，无论是大门派的掌门少主，还是江湖散修，甚至是一些没有灵力的富商巨贾，所有没提前来的，都在这一日来到主城前，一时间华盖如云，车马如织，身着盛装的男男女女络绎不绝，身上丝绸与珠翠的反光照得儒风天街犹如银河倒错，星子流曳。
　　薛蒙被他父亲一路拖着，去和那些年龄相若的女修打招呼。
　　"王仙君，好久不见，幸会幸会。哎呀，这不是小曼陀吗？都长这么大了呀，真是明艳动人，来，薛蒙，快来和你王伯伯问个好。"
　　薛蒙不情不愿地挪过去，开口道："王大伯好。"
　　薛正雍一巴掌打在他后脑上，脸上微笑，却咬牙切齿道："是王伯伯，不是王大伯。"
　　"哈哈哈，一样，都一样。天之骄子果然好俊俏，生得像你啊老薛，你有福气啊。"
　　一来二去，薛蒙被推搡着和小曼陀去花园里闲逛。小曼陀今年正是二八芳华，整个人却显得有些清冷，和薛蒙肩并肩走了一会儿，就道："长辈推我们一块儿出来的意思，薛公子不会不懂。"
　　"嗯。"
　　"但我话说在前头，散散步可以，只是薛公子这般心性的，我还真不喜欢。所以旁的你就别想了。"
　　"哦……嗯？？"
　　薛蒙震惊了，蓦地停下脚步，面色灰黑，等着小曼陀。
　　那小野花抬着下巴，颇为傲慢，示威似的乜着薛蒙的脸，冷然道："我自心有所属，即便你倾心于我……"
　　"你有病吧？！"薛蒙炸了，"我？"他拿手指点了点自己，满脸怔愕，"倾心于你？"
　　"不然你为何拉我走着荒僻小径？难道不是你心里有鬼？"

"你怎么不说是你脑子里有洞！"

薛蒙的暴脾气腾的一下就上来了，怒气冲冲，眼里迸射着火光，不住重复着："我喜欢你？我喜欢你？我——"

"你说这么多遍喜欢我做什么？你这个登徒子！"小曼陀很是刚烈，一跺脚，一抬头，啪的一巴掌掴在薛蒙的脸上。

薛蒙原本就已气得眼前阵阵发晕，平白无故又被这粉嫩小手打了一巴掌，几欲吐血。要不是王夫人平日里教导过他要礼让女子，恐怕他已经把小曼陀按在地上揍成喇叭花了。

正在这时，远处走来一个眸色浅淡、鼻梁高挺的男子，小曼陀一见，先是愣住，而后刹那间泪盈满眶，娇声喊着"梅公子"，径直朝那男子奔去。

行来的男人正是梅含雪，没有想到自己走了这么一条偏僻小路，还能遇上旁人，他显然愣了一下，但见小曼陀朝他飞奔而来，一抬手，凌空落下一道结界，砰的一下把人家姑娘拦在外头。那姑娘猝不及防，瓷实地撞在了流淌着雷电之力的结界外，惊呼一声，跌倒在地。

梅含雪也没打算扶她，低头看了她一眼，皱眉道："姑娘，你认错人了。"

"怎么会错？怎么会错……那一年你许我金香囊，说见我一面就再难忘怀，等我十八岁了，你就来娶我，你……你都忘了吗？"

梅含雪："……"

"梅公子……"

"你真认错人了。"梅含雪没有再多说，只是摇了摇头，丢下这么一句话，就从那满眼含泪的姑娘跟前走过。

薛蒙目睹了这一幕，只觉得又是好气，又是好解气——气的是梅含雪这风流种子，薄情寡义，难怪在这种场合只敢挑小路行走；好解气是因为薛蒙没有想到，小曼陀喜欢的居然是梅含雪这家伙，梅含雪这人和他的名字一样，又花又无情，据说勾搭女人前和勾搭女人后完全是两张脸孔，小曼陀钟情于他，可真是倒了八辈子血霉。

梅含雪走到他跟前，眯着浅色琉璃般的眸子，侧目望了他片刻。

薛蒙心想：看什么看？你这家伙居然敢这样看我？你花名满天下，我威名震九州啊，气势上不能输。

于是他傲然仰起头，拿眼尾扫着梅含雪，准备在两人擦肩时，颇为威严、颇为鄙薄地冷哼一声。

"你脸怎么肿了？"岂料梅含雪走了一半，竟然不走了，脚步停下来，站在他面前，淡淡地看着他，"肿得还挺别致。"

薛蒙一口气没上来，仍刹不住车，骄傲地"哼"了一声。

梅含雪："……"

薛蒙的脸迅速涨红，猛地扭头，杀气腾腾："你管我？我走路不小心跌的！"

"那你以后走路还是看着点。"梅含雪很平静地说，"能跌成这样，也是不容易。"说罢他就离开了，留薛蒙呆立原地半晌，震怒跳脚道："梅含雪！你这条狗！你、你给我等着！我和你势不两立！！"

受了一肚子委屈，薛蒙眼眶红彤彤地就从花园里跑了出来，跑得太急，冷不防撞到一个人的胸口。

薛蒙大怒，骂道："什么东西！走路不长眼吗？"一抬头，是个高大潇洒的青衣男子，衣裳上用金色丝线绣着杜若纹饰，头上戴着孤月夜的青玉发冠，两帘睫毛纤长温软，遮垂于眼前，他抬起眸来，里头是朦朦胧胧的江南烟雨，好一张勾魂摄魄的脸。

男子推开薛蒙，整了整自己的衣冠，心情似乎也不好，细长手指寸寸抚平襟前褶皱。薛蒙看到他的食指上戴着的玄武背甲纹银扳指，愣了片刻，忽然吃了一惊："姜曦？"

孤月夜的掌门，天下第一富豪姜曦！

此人年纪与薛正雍相仿，但心法不同，姜曦的长相也停留在二十余岁。此人大富大贵，容貌还极为标致，实在是上天眷顾的不二宠儿。

灵山大会时，十大掌门里头就缺了姜曦，那时候薛蒙还想呢，不知道这个缺席的家伙是什么模样，今日一见，竟是裘马风流，不由得大震，眼睛直勾勾地盯着人家猛看。

姜曦沉着脸，却没有好脾气："一派之主的名字也是你可以唤的？可笑。"

薛蒙一听这话，只觉得受的羞辱比方才在梅含雪那边受的更大，当即怒道："怎么了？年纪大了还不允许别人叫你名字了？还非得称你一句掌门仙君了是吧？南宫柳都没你那么大架子！"

"好没规矩！"姜曦森然道，"你是谁家的弟子？"

"凭什么你问我就答？你算什么？孤月夜的那群猢狲听你号令，我还要买你账了不成？我偏不告诉你！我看你就是个——"

"蒙儿！"

忽地一声柔婉嗓音响起，薛蒙猛地住了嘴，错开姜曦，朝他身后望去。

王夫人不知何时走了过来，大概是听到了刚才薛蒙没规没矩的顶撞，因此脸色显得有些苍白，也有些焦急，连忙阻止道："蒙儿，快别说了，你过来，到阿娘身边来。"

薛蒙又恶狠狠地瞪了姜曦一眼，甩手朝王夫人走去，恭顺地低下了头："阿娘。"

姜曦原地站了一会儿，也缓慢回身，眯起眼睛，那双明明生得如此漂亮的眸子里，却闪动着恶意的光芒。

他遥遥看着粉墙黛瓦旁的母子俩，碰齿冷然道："哦，这便是天之骄子，薛正雍的好儿子，薛蒙吧？"

王夫人："……"

姜曦的睫毛抖了片刻，而后他合上眼睛，再睁开时，里头尽是嘲讽："不愧是薛正雍的种，真是好涵养。"

"不许你侮辱我爹爹！"

"蒙儿！"王夫人立刻拽住他，把他拉到自己身后，然后白着脸，与姜曦敛衽一礼，"犬子薛蒙，任性惯了，还请姜掌门莫要见怪。"

"呵，姜掌门……"姜曦像是一条毒蛇，将这三个字在湿润的唇齿间浸淫片刻，慢慢吞咽下去，然后说道，"无妨。他身上好歹有师姐你一半的血，算起辈分来，我倒可以认他当个干外甥……"

"谁要当你干外甥啊！也不看看你那丑了吧唧的嘴脸，滚吧你！"

"蒙儿……"

姜曦冷冷一笑，盯了薛蒙片刻，眼神缓缓转移，落到了王夫人的脸上。王夫人则垂了眸子，说："请掌门莫要再开玩笑，妾身已不再是孤月夜的弟子了，又哪里能再与掌门论辈分？"

"好。"姜曦点了点头，冷冷道，"好，好极了。今日得见故人与故人之子，着实令姜某眼界大开。也不知死生之巅这腌臜之地是怎么养人的，好好的白玉兰，也能染上一身泥灰。"

"姜曦！你再说！我撕烂你的嘴！"

薛蒙听这人当着他的面辱骂他母亲，登时血往头顶涌，不顾一切就要往前冲，王夫人拉都拉不住他，眼看着局面失控，忽听得天空中一阵巨响，一朵璀璨烟火轰然炸开，钟鼓隆隆，儒风门的唱礼官以扩音术将一句话刹那间传遍七十二城。

"百家接风宴，酉时将于诗乐殿开席，恭请诸位贵宾莅临赏光——"

姜曦冷冷地看了薛蒙一眼，甩袖转身，怫然而去。

师尊喝喜酒

　　大门派娶亲，盛宴连摆三天，第一天是接风筵，在婚典前一天晚上举办，顾名思义就是给诸位来宾洗尘接风的。但这天晚上最大的热闹不在酒桌上，而在围猎校场。按照规矩，当天在太阳落山前，会有一位德高望重的长者把三头扎着红绸的灵角鹿放到林苑里，然后由新郎父亲遴选二十二个未曾婚娶的男女，让大家到林苑逐鹿。

　　三头灵角鹿，宾客要是猎到一头，就可以获得一千万金彩头，说到底，也就是儒风门、孤月夜这种富得流油的门派才会玩的噱头。

　　诗乐殿居高临下，碧瓦飞甍，从殿内往下看去，不远处的林苑正笼罩在落日余晖中。

　　宾客们陆续到齐，与南宫柳贺喜致礼。不论来者高低贵贱，南宫柳都一一客气地回礼、恭请入席。忙忙碌碌半个时辰，所有来宾才都坐到了位置上，随着司乐阁的编钟叩响一声，夜宴正式开始。

　　"也不知道南宫掌门会让哪些宾客到林苑逐鹿。"

　　"不是说抓阄吗？要我说呀，被抽中的都是运气特别好的，你们想想，猎中灵角鹿的，赏金千万，其他没有猎中鹿的，也可以得到林苑中的其他灵兽，或者仙果。这世上哪还会有更好的事儿？"

　　宾客正热闹讨论着，殿门忽然开了，南宫驷与宋秋桐一同步上楼台，郎俊女俏，金红交织，二人相携着来到掌门面前。

　　南宫柳起身，笑着点了点头，朗声说道："诸位贵客来自五湖四海、各大仙门府邸，能于百忙之中莅临儒风门，参加小儿婚典，实乃区区之大幸。"

　　下面的宾客就一股脑儿地捧道："掌门真是客气啊。"

　　"少公子与少夫人郎才女貌，真是一对不可多得的璧人哪。"

　　"是啊是啊。"

　　这些阿谀之词，和前世自己成亲时那些拥趸说的几乎一模一样，墨燃听得一阵厌烦，下意识在人群中睃巡，很快就找到了坐在霜林长老旁边的叶忘昔。

　　叶忘昔垂着眼眸，依旧是简简单单的打扮，正吃着碗里的饭菜，始终没有抬头去看南宫驷一眼。

他的神情也好，举止也罢，一切都与往常一样，甚至比往常更加平静，或许因为一直以来过得都很辛苦，所以这样的人已经很清楚自己是无力与命运抗争的。墨燃看着他，忽然想起自己小时候很喜欢夜市里卖的一盏宝塔灯笼。

那盏灯笼做得很精致，檐瓦都被勾勒出来，但老艺人要的价不低，所以灯笼虽好，却一直卖不出去。墨燃当然也买不起，但几乎每晚，都会等夜市开了之后跑到摊子旁去看一会儿，浮屠灯影流淌，华光庄严，照亮了稚子乌黑的眼眸。

直到有一天，来了一对年轻男女，穿着的都是绫罗绸缎，那少女一眼就看中了这盏宝塔灯笼，只撒娇般说了一句"喜欢"，她身旁的男人就掏了钱把灯笼买下。

宝塔灯笼被拿走了，墨燃仰着头，看着老艺人把它从挂了很久的木架子上取下来，双手交递到那个少女手中，摇曳的灯火最后照亮了墨燃满是渴望的脸，然后随着那一双璧人，消失在了夜市天街尽头。

墨燃当时觉得很难受，但也乖顺平静。

他和现在的叶忘昔是一样的，其实，在他们看到宝塔灯笼的第一眼，就知道这样的华贵之物，注定不会属于自己。其实，每一夜被宝塔灯笼照亮的时候，他们心里都已演练了千万遍失去这束光芒的情形。

他们不是放得下、能释然，而是从一开始，就很清醒地知道结局，所以从来就没有敢于拿起过。

"来来来，抓阄了、抓阄——"儒风门的主事老仆抱着一个青铜缠枝纹大盉，满面堆笑地来到尊位前，捧过头顶，呈到南宫柳眼前，"掌门，吉时已至，还请掌门抓阄！"

"好！来！南宫掌门来抓一个！"

南宫柳笑道："那区区就恭敬不如从命，抽二十二根签，被抽到的青年英杰们，还请务必赏脸，参加夜猎逐鹿。要是有谁不愿意去的，那就劳烦提前说一声，多谢、多谢！"

等了一会儿，有几家小门派的闺女修为低下，胆子又小，便托父母上去说了，让南宫掌门把自己的名字从盉里提前拿走。

徐霜林看了叶忘昔一眼，懒洋洋地笑着问："小叶子想要去玩玩吗？你要想去，我就替你做个手脚，开个暗门。"

"我不去了。"叶忘昔道，"义父，劳烦您跟掌门说一声，把我的名字也除了吧。"

"那怎么行？万一中了，有一千万金呢。"

叶忘昔："……"

徐霜林的性子远比养子桀骜不驯，他想了一会儿，嘴角卷起一丝莴坏的笑，道："若你不愿意去的话，就我去。"

"义父……您今年都四十好几了……"

"怎么着？我看着年轻。待我去把那三头鹿都打回来，三千万金就到手了。横财不取，地灭天诛。"

徐霜林一意孤行，完全没有看出义子的沮丧来，趿拉着鞋子，笑吟吟地就去找南宫柳了。他附耳在南宫柳旁边说了几句话，旁人只会以为他要拿走叶忘昔的签，谁知道他爱财如命，自己也想进去玩一把。

南宫柳很快就把逐鹿的宾客人选挑了出来。

"沈风、林笙、曲嫣然……"霜林长老则站在旁边，接过掌门手中的一把签，一个一个地报过去，慢条斯理的样子，"哦？这有点厉害，天之骄子，薛蒙。"

很快二十一个人都选齐了，还差最后一个，霜林长老脸皮极厚，笑眯眯地举手道："还有一个人是我，一把老骨头了，请多指教。"南宫柳知道自家这位长老的性子，也不阻拦，只无奈地笑了笑，给每个人一个引信烟火。

"逐鹿者，引信为证，三声响后，就代表三头灵角鹿都被抓到，狩猎就结束了。"南宫柳说，"届时我等会在啸月校场亲迎诸位归来，胜者，赏千万金。"

众人闻之热烈鼓掌，都在给自己的熟人鼓劲儿加油。

南宫柳又笑着说道："此外，受小儿嘱托，另加一条，得第一者，赏妖狼十匹。结下血契，带回家去！"

妖狼！如此珍贵的灵兽，黑市上一匹难求，十匹！

大殿沸腾了，有人忍不住站起来朝被选中的同门喊道："师兄，靠你了！你要是拿了第一，回头你我给你刷一年靴子！"

哄堂大笑。

有女修不服气，高声喊道："师哥，把他们都比下去，你要是赢了，我就答应与你结为道侣！"

"哇——这个好，这个厉害，哈哈哈……谁家仙姑那么大胆？"

一时间诗乐殿里欢声笑语沸反盈天，原本兴致缺缺的人眼中都流露出了一些期待，端着酒杯看着这盛大的热闹。

墨燃在一片欢笑中离席，与楚晚宁说："师尊，我先陪薛蒙一块儿到猎场去，你坐着吃好喝好，等我回来。"

楚晚宁道："去吧，看着薛蒙一点，他太莽撞。"

"好。"

墨燃与其余二十多人一同走下灯火通明的华美大殿，楚晚宁看着青年男女俊秀挺拔的身影消失在了茫茫夜色中，将杯中女儿红一饮而尽。

他觉得死生之巅回头就有钱在下修界造一条灵石路了，他的徒弟，他最有信心。

三千万金,唾手可得。

后生入林,不过转瞬,墨燃送了薛蒙还没来得及返回,天空中就砰地炸响了第一朵鲜红色烟火,南宫柳啧啧称奇,击节叹道:"真是厉害,我这一盏茶都还没喝完,竟已有人猎着了第一头鹿,不知是谁家弟子如此神勇,令人敬服!"

碧潭庄的李无心坐在南宫柳旁边,闻言捻须笑道:"在座诸位若有雅兴,不如我们来赌上一局?这二十二位青年才俊,究竟鹿死谁手?彩头五万,李某出了,给南宫掌门助兴。"

众人附议,于是二十二根写着名字的木签就被摆在了长案上,下面相应地放了红色缥绢,想下注的人纷纷上前写下筹码和落款。

薛正雍扭头跟楚晚宁嘀咕道:"碧潭庄怎么就给五万彩头?这么少,姓李的老头难道很穷吗?"

楚晚宁道:"小赌怡情,大赌伤身。"

薛正雍就嘿嘿笑着问楚晚宁:"那咱们也怡情一下?"

楚晚宁就目光犀锐地望着他,也不吭声。薛正雍被他望得有些脖子发毛,缩了缩颈,道:"好好好,知道你不喜欢,那就——"

"怡情干什么?"玉衡长老解下钱袋,拍在桌上,面无表情道,"要来就来伤身的。"

"……"

薛正雍瞪了他好一会儿,就跟见鬼似的,然后才问:"赌多少?"

"三十万。"

"这么多……赔了怎么办?"

"赔不了。"楚晚宁说,"你不是想要修灵石路吗?多凑些钱,可以在那几个瘴疠特别重的村子多修几条。"

薛正雍:"真去啊?薛蒙要输了呢?"

"不会输,你的儿子,你应该比我更清楚。"

"……"

见薛正雍仍惴惴不安,楚晚宁极干脆地说道:"赔了算我的,赢了归你,去吧。"

缥绢上陆陆续续都已写满了名字,原本不怎么想赌的小门派看着实在心痒,也忍不住花了些小钱上来碰碰运气。

南宫驷瞧着也觉得好玩,起身想要去赌一把,宋秋桐唤住他:"夫君,你怎么也去?"

"赢些钱给你买首饰。"

宋秋桐就不说话了，讷讷地垂了莹润脸庞，额前落下丝缕乌发，瞧起来格外羞赧怜人。楚晚宁无心往那边瞥了一眼，见此新婚夫妇的甜蜜状，又觉得别扭，很快就把头转回来了，因此没有瞧见宋秋桐脸上若隐若现的不安。

南宫驷笑着拿了笔，在长案前走了一遍，正准备也挑个人选，写个筹码，忽听得身后一声尖锐利响，电光石火之间，南宫驷反应迅猛如狼，蓦地侧身，后掠相避，一道雪白疾光擦着他的脸颊飞过，"砰"的一声，狠扎到金丝楠木做的大殿主柱上——粉屑四溅，入木三分！

"什么人！"

"有刺客！"

"戒备！吹戒严哨！"

尖锐的哨声顷刻响遍七十二座华府，方才还歌台暖响其乐融融的诗乐殿霎时间乱作一团，拔剑四起。

南宫驷目光晦暗，隐隐流淌着狠辣精光，猛地揩去脸颊上的血丝，大步走到柱子前，抬头去看。

那只是一支普通的羽箭，居然就这样刺入了坚硬的楠木深处，羽箭上带着一个小竹筒，南宫驷沉着脸把竹筒取下，犬牙凶狠，咬开封蜡，里面掉出一封信来。

南宫驷展开信笺，板着面孔看了第一段，忽地面色大变，手指蓦地捏紧，难以置信地又看了一遍。这一遍看下来，他整个人都在细细地发着抖，指尖甚至戳破了信纸。

"驷儿，怎么了？"

南宫驷抬头，鼻翼皱缩，面目狰狞。

"简直造谣！"说着他就要毁去信笺。

南宫柳却比他快了一步，一抬手，以灵力困住儿子，低沉道："怎么回事？把信给我。"

"父亲不必看，不过一纸荒唐言语而已！"

南宫柳却不听，挥手让左右从动弹不得的南宫驷手中取下信笺。他接过信笺，低头扫了一遍，极快速地看了宋秋桐一眼，脸上颜色也瞬间变得极为难看。还不等众人反应，他就把那信笺提到火上，瞬间烧成了黑灰，而后干笑道："吾儿说得不错，还真是满纸荒唐言，不知是何人所为，竟开如此低劣的玩笑，这当真是……"

"当真是什么呀？"檐角上，忽然传来一道低哑的嗓音。

众人皆是色变，叶忘昔唰地拔剑，横于南宫驷之前，楚晚宁也站了起来，盯着声音传来的地方。

要知道儒风门承办如此盛会，负责戒严的弟子都是本派高阶弟子，这个人居然神不知鬼不觉地就来到了诗乐殿顶上，且在他出声时还无人觉察，显然不是泛泛之辈，不可轻敌。

"南宫掌门，我好心提醒你，不要让你儿子平白无故娶了个水性杨花的女子，你非但不听，反倒说我满纸荒唐言，真是令我大开眼界。"话音未收，一道黑影闪过，待旁人瞧清时，他竟已负手立在大殿中央，立在了乌泱泱的人群中。

"啊！"

"逃，快逃啊！"

离得近的人瞬时大惊失色，潮水一般忽地落了下去，顷刻在他周围散出个无人的圈子来，师兄护着师弟师妹，掌门护着弟子，壮年的护着年幼的。

那黑衣人戴着一张狰狞的青铜面具，披着黑色斗篷，淡淡地道："逃什么？我若要伤人，这殿里早该血流漂杵了，都好好立着吧。"

三

师尊，我最怕天问了

　　南宫柳看似冷静，额头却已冒出了细密汗珠，心中估测着此人实力，觉得所言不虚，不由得越发心慌，只不过碍于天下第一大派的面子，硬着头皮道："阁下究竟是谁？夜闯儒风门，意欲何为？"

　　"我都说了，我只是为了提点你，不要让你儿子娶不该娶的人而已。"

　　他这话一出，四下宾客都不由得偷偷打量。

　　儒风门叶忘昔和宋秋桐有染这件事，早已传遍了街头巷尾，闹得尽人皆知，恐怕不知道的也只有南宫骊本人，还有南宫柳了。

　　但是请帖已发，婚书已下，此时反悔，儒风门脸上还有什么面子？南宫柳嘴唇抖了一会儿，发出一声冷哼，说道："犬子娶谁，只要他自己喜欢就好，不劳外人操心。"

　　黑衣人笑道："掌门好宽的心胸，竟也无所谓宋秋桐这一颗心，究竟是你南宫家的呢，还是他叶家的。"

　　宋秋桐惊怒，脸色煞白，一双美目圆睁，喊道："你血口喷人！"

　　"我怎么血口喷人了？你和叶忘昔，你们俩做过什么好事，自己心里难道不清楚吗？"

　　叶忘昔没想到他会提到自己，一下子愣住了，半天才想明白那黑衣人在说什么，但第一反应不是生气，竟是失笑。

　　"你在胡说些什么？"

　　"我未曾胡说，乃是言而有实，亲眼所见。"黑衣人讲得头头是道，"你在轩辕阁不惜重金将宋秋桐解救下来，这是全天下修士都知道的，重金买个美人回来，叶公子，你是什么居心？"

　　"见其可怜，不忍袖手而已。"

　　"好个不忍袖手，你救了她，放她自由就是了，为什么进进出出把她带在身边，还让她跟你一同回儒风门，收她做了随侍？"

　　"宋姑娘乃是蝶骨美人席，这是世人皆知的，我若放她离去，她恐怕便会立刻被不轨之徒盯上，是以带回儒风门，给她一处落脚之地。"

"好个落脚之地，叶公子真是柳下惠，终日与一绝色佳人相伴，竟无丝毫逾矩唐突。"

黑衣人言语间颇嘲讽，叶忘昔闻之却毫无愧色，说道："叶某问心无愧。"

他虽如此说，众人却不信，寻常人总是愿意以自己的见识来丈量所有人的胸襟。这帮人大多数来自上修界，若获得蝶骨美人席，哪怕头破血流都是要护在怀里的，或者直接炖来吃了，谁会信叶忘昔是清白的？

因此一群人互相交换眼色，神情间不由得都带上了鄙薄，原本惴惴不安的气氛里，也生出些明显的窥人隐私的快意来。

南宫驷阴沉道："我看阁下纯属没事找事，趁着这个时候，给我儒风门抹黑。我娶谁跟你又有什么关系？不必说了，你从哪里来，滚哪里去吧。"

"南宫公子，你当真是不识好人心。"黑衣人在大殿内踱步，走了一圈，忽然在宋秋桐前面不远处停下，朝她笑了两声，开口道："宋姑娘，你夫君如此盲目信任你，难怪你能脸不红心不跳地立在这个地方，以儒风门少主夫人的身份自居呢。"

宋秋桐却远没有其余两人那么淡定，紧张道："你莫要辱我清白！"

"你与叶公子有何清白可言？"黑衣人侃侃而谈，"你被他救下不久之后，就自愿侍奉他，你二人私下幽会时以为周围无人瞧见，却不知道我一直都在暗处看着呢，要想人不知，除非己莫为……"

宋秋桐蓦地喊起来，打断他的话："你胡说！"

"我若是胡说，你为什么要抖呀？"

"我、我这是受气……我……"她惶惶然去看南宫驷，"公子……"

南宫驷回到她的身边，将她护在后面，一双狼一般阴沉森冷的眼睛盯着黑衣人："你别再含血喷人。"

"是不是含血喷人，我且说一件事，你就知道了。"黑衣人笑道，"南宫公子，你这位宋美人的左腿上有一颗红痣，是也不是？"

南宫驷闻言一愣："你……"

"米粒大小，颜色鲜艳，不是暗红，而是血红。若是我没有亲眼瞧见她和叶公子寻欢作乐，又怎会如此清楚她身上这般细节？"

"这……"

"公子！"宋秋桐惊惶失措，拉着南宫驷的衣袖，含泪道，"不是的、不是的，他冤枉我……他定是趁我沐浴的时候……"

"你洗澡有什么好看的？"黑衣人有些不高兴，打断她，"不如去死生之巅瞧玉衡长老沐浴更衣。"

玉衡长老被女弟子偷看沐浴一事，也是修真界津津乐道的坊间逸闻，此时提起，众人都觉得有些好笑，胆子大的还往楚晚宁那边看了一眼，却被楚晚宁脸上惊人的杀气骇到，又纷纷低下头去。

黑衣人绕着南宫驷和宋秋桐走了一圈，忽然像是想到了什么，拊掌笑道："对了，我忽然记起一件事，当年叶公子拍下宋姑娘的时候，宋姑娘手腕上有一个寒鳞圣手亲自点下的守宫砂呢，若宋姑娘真是冰清玉洁，而我满口污言秽语诬蔑她，那她的腕子上必然还留着那一点朱砂。"

他顿了顿，对面无人色、浑身抖如筛糠的宋秋桐微笑道："宋姑娘，你若真要还自己清白，不如把那守宫砂展与大家瞧一瞧，如何？"

南宫驷恍然，回头安慰宋秋桐道："没事，你给大家瞧一瞧，你……"

但他见宋秋桐嘴唇都已褪去了血色，整张脸白得跟纸一样，瑟瑟打战，不由得怔愣，过了一会儿，有些疑惑道："你怎么……怎么了？"

宋秋桐松开攥着南宫驷的手，往后退了一步，捂着衣袖，含泪不住地摇头。

"不……不行……"

南宫驷眼睛蓦地睁大，仿佛已知发生了什么，竟说不出话来。

黑衣人冷笑道："怎么了？不敢？"

"不是的，不是这样……我也不知道……"宋秋桐颓然倒在地上，刹那间泪如雨下，凄然道，"我不清楚，我也不知道……求求你……放过我……"

她紧紧捂着衣袖，不让别人看清，但是这样的欲盖弥彰无异于告诉所有人，她手腕上的守宫砂，确实如黑衣人所说，消失了。

她以处子之身许人，还未新婚，手上的红迹却消失殆尽。

这下她跳进黄河都洗不清了。

黑衣人正欲再说，忽听得不远处一个清冷肃杀的嗓音响起，灯火之中，楚晚宁身形挺拔，说："宋姑娘腕上朱砂，前些日子还在，与你所说的宋叶二人私通时日不符，恐是你存心谋害。"

黑衣人不知为何，眼里竟闪过一丝无语，那咄咄逼人的气势，竟也莫名地在转身对着楚晚宁的时候，立刻化为无形。

半晌，黑衣人才叹了口气。

在座一些人觉得自己好像听错了，这个方才上嘴皮碰下嘴皮要把人往绝路上逼的男人，语气里似乎有了些纵容。

"楚宗师说得没错，但我刚刚并未说宋叶二人在之前就已私通，而只是说二人有染，真要谈及私通时间，大约也就是在前几天而已。"

叶忘昔喃喃道："简直荒谬……"

楚晚宁面目沉冷，气势威严："空口无凭，阁下所言是虚是实，容我一审。"

"你……"

言语间，楚晚宁指尖金光一闪，黑衣人瞳孔猝然收拢，侧身一避，险险避过凌厉破空而出的神武天问。

"楚宗师这是做什么？"黑衣人又是无奈又是好笑，身法极好，楚晚宁的藤鞭一时半会儿缠不上他，他也不还手，就那么满场地被楚晚宁的柳藤追着跑，原本紧绷诡谲的气氛，忽然变得有些滑稽，隐隐又透出些宠溺来，"别打我呀，我还没有把话说完呢。"

"阁下若要告状，何不摘了假面具再谈！"楚晚宁却剑眉低压，厉声道。

"你要我摘，我之后摘给你看，现在不行。"

"何以不行！"

"我长得不好看，灯火之下，恐吓到众人。"

黑衣人躲着天问跑了半天，眼见着楚晚宁术法凌厉，越战越凶，不由得暗道不妙，侧身闪到木柱后面，躲过天问金光四溅的一击，喝道："叶忘昔，你不是君子吗？今日我便让天下知你真面目！你买女人，强迫宋秋桐侍奉你，你罔顾人伦，欺凌主上之妻！你——你衣冠禽兽，人面兽心！"

叶忘昔大怒："乱七八糟的，讲些什么？！"

"我讲错了吗？宋秋桐的守宫砂是怎么没的，你难道不清楚？"黑衣人边躲边高声道，"她前日跪在你面前，说她已是南宫驷的未婚之妻，请你网开一面，莫要再与她纠缠，你却执意不听，你还说——"

叶忘昔的脸都气青了，咬牙切齿道："我还说什么？你编！"

"你说的话你自己都忘啦，还要我来提点你？你当时说，"黑衣人清清喉咙，换了一副口吻，模仿叶忘昔的语气，"宋姑娘，我一掷千金，却为他人作嫁衣裳，如今你得了南宫公子青眼，就要从我这里全身而退，与我一刀两断，你想得也太美了吧。"末了，他还"哈哈哈"大笑三声，那腔调，十足的地痞无赖。

叶忘昔："……"

四

师尊，你还记得当年客栈里的换音术吗

周围的宾客听了，不少人露出鄙夷之色，目光在叶忘昔、南宫驷和宋秋桐之间滴溜溜打转。

有人轻声道："真是败类……"

"南宫公子居然还不发怒？"

"原来宋姑娘竟是迫于无奈，才……唉，这也怪不得她……她一个女儿家，在两位风头正盛的公子面前，又能怎么办呢？"

黑衣人学得忘情，冷不防被天问抽到，幸好避得急，伤得不重，也没有被缠住，但斗篷还是破了个口子。血花飞溅，他闷哼一声，不敢再怠慢，躲楚晚宁的柳藤躲得更勤了，口中却依旧没有放过叶忘昔。

"叶公子，前日之事，宋姑娘不敢承认，恐怕是她担心伤了你与南宫公子的和气。但青天有眼，明镜高悬，你难道连半点羞愧之心都没有，不打算在众人面前低头谢罪吗？！"

叶忘昔气极，却也觉得可笑，说道："叶某何罪之有？"

"你没罪，难不成还是宋姑娘一个人的罪过？她虽后来不曾反抗，但我看也不过是受你威逼，难道你还想说是她主动勾引你，而不是你强迫她？"

这时候，一直没有说话的南宫驷忽然转过身，低头看了宋秋桐两眼，伸手想要把她扶起来。

宋秋桐却以为他伸手，是想要确认自己腕子上的守宫砂。她今日早上醒来，就发现腕子上的守宫砂不见了，心中慌得厉害，但这种事情越描越黑，一时也是解释不清楚的，想着很快就要与南宫驷洞房花烛了，到时候这守宫砂自己也会消失，所以这两天不如什么都先不要说，免得徒增误会。

岂料竟会有人如此泼她脏水……

想到自己确实是叶忘昔所救，曾经也做过叶忘昔的随侍，再想到自己守宫砂消失，腿上红痣又被人清清楚楚地指了出来，竟是百口莫辩，她一时间脑中嗡嗡作响，不知该如何是好。

一片混乱间，她抬起湿润的眸子，看向茫茫众人，只见那些人鄙薄又怜悯

地望着她，唧唧私语，议论纷纷，又看到叶忘昔孑然而立，沉着脸被千夫指，被宾客唾弃。

那黑衣人还在被楚宗师的柳藤追得满场乱跑，不住地嚷嚷着："叶忘昔！你我积怨已久，今日我便要揭穿你，你就是个伪君子！你私通少主夫人，强迫良家少女，何其歹毒！"

宋秋桐一愣，几乎猛然间明白过来自己该怎么做，洗刷罪名已是不可能了，听那黑衣人的语气，黑衣人似乎与叶忘昔冤仇颇深，千方百计要毁掉叶忘昔君子如玉的高洁名声。

私通之罪她担不起，但若是顺着黑衣人所言，说自己是被叶忘昔强迫的，那至少……

她几乎是歇斯底里地喊了一声："是他害我！"

南宫驷的手猛地僵住了，立在原地，怔愕地看着她，似乎不信新婚妻子真的被父亲的左膀右臂玷污，惊呆了。

宋秋桐掩面低泣，哽咽着说："是、是叶公子欺辱我，他……他强迫我……我从来就没有答应过……"

南宫驷瞪着她，烛火乍明乍暗，他的眼光骤阴骤阳，半晌，放下了要拉宋秋桐的手，嗓音嘶哑，星火四溅："你知道自己在说什么？"

见他震怒，宋秋桐心中更是惴惴，哭着道："公子，对不住……我害怕公子不容我，所以……一直……一直都不敢说……我更怕……更怕说出来之后，会让叶公子与公子交恶，他那么受掌门重用，若是你们起了嫌隙，儒风门又哪里能有半分好？"她说着，伏下身子，长袖委地，纤细的肩背不住地瑟瑟发抖，瞧上去又是可悲又是可叹。

"秋桐实在不知该怎么办……更不敢请掌门做主，所受屈辱，只能自己掩藏……公子，秋桐与你有愧，但……但对你是一片真心……"

南宫驷却脸色苍白，后退着，摇了摇头，口中重复："你知道……你知道自己在说什么吗？"

宋秋桐一头青丝铺满香肩，灯影中如绸缎般散发着幽光，更衬得她整个人楚楚可怜，她悲泣道："是秋桐不好，不应瞒着公子，可我孤苦伶仃，我……"

南宫驷陡然大喝，打断了她的话："你知道你说了什么吗？！"

"我……"宋秋桐被他喝得浑身剧烈一颤，仰面抬头，云鬟花颜濡湿，娇美脸庞尽是泪痕，嘴唇不住颤抖，"我……"

"你竟做得出这种事来？你、居然敢……你居然能做得出这种事来！"

众人听南宫驷这样说话，不由得皱着眉头互相交换了眼色，更有甚者，忍不住轻声说："早就听闻儒风门以男子为尊，女子卑贱，但没想到出了这样的事情，南宫驷怪罪的竟然不是叶忘昔，而是平白受辱的宋姑娘，真是令人心寒。"

"是啊，他可真是好赖不分。"

楚晚宁早在听到宋秋桐自己承认时，就已收回了柳藤，此时见南宫驷做出如此反应，也有些茫然。

在他的记忆中，南宫驷虽偶尔骄纵任性，但品行端正，绝非如此不明事理之人，此事若属实，追究过错，怎么说也该追究叶忘昔，而不是宋秋桐。

但眼下看来，南宫驷之怒，竟全在宋秋桐一人身上……怎会如此？

众宾客中，唯有梅含雪一人安然坐在席间，一边喝酒，一边瞧着热闹。若是薛蒙此时人在这里，就会发觉梅含雪和方才自己瞧见的，完全是两个模样，他这会儿倒是和桃花源里那风流种子一般姿态了，眼角含着春，举手投足风流偶傥。

宋秋桐还在泫然泣诉，把万般丑事都推到了叶忘昔身上，叶忘昔大约是被她的指认骇到了，竟是一句话也说不出来，只睁大眼睛，怔怔地瞧着这个自己从轩辕阁拍来的女子。

"是秋桐软弱，未有勇气在叶公子轻薄之前自戕以证清白。秋桐浮萍之身，所得一切，尽是公子所赐，如今……如今自知有错……我……悉听公子发落……"

南宫驷听完她的哀哭，蓦地仰起头，闭上眼睛。

那原本热闹温馨的灯火，如今照在他脸上，却翻涌起黑魆魆的阴影，他的睫毛抖动，似乎在极力按捺着什么，双手成拳，尽没血肉，他的喉结滚动，一如心中惊涛骇浪。他忍耐着，颧骨棱角森冷，额角筋脉暴突；他忍耐着，骨骼战栗，血流如烈火灼心。

他忍耐着，终是忍不住，怒骂一声暴起，拔剑猛地将宋秋桐面前的宴几斩成两半——杯盘狼藉！

"宋秋桐，你知不知道……我生平，最恨、最恨、最不能容忍的，便是说谎！"言毕，他蓦地喝道："叶忘昔！！"

"少主。"

"叶忘昔，你给我过来！"

"……"

他猝然回头，双目赤红濡湿："过来！！"

叶忘昔走过去，看戏的诸人觉得下一刻南宫驷的剑恐怕就要笔直地戳到叶忘昔的胸口，直接把虚与委蛇的禽兽开膛破肚，揪出心脏来甩在地上。他们凝神屏息，不无紧张地盯着眼前的这一切。

南宫驷喘息着，盯着叶忘昔看了一会儿，嘶哑道："你，把换音术解了。"

"换音术？"众人愕然，面面相觑，"这关换音术什么事？"

"对啊，哎，不过好奇怪，这个叶忘昔要用换音术做什么？他原本的声音难道很可怕，会吓到别人，还是说他原本的声音有什么见不得人的地方？"

叶忘昔却垂眸道："少主，解不开了。"

南宫驷一愣，盯着他："你说什么？"

"叶某自十三岁起，便终日以换音术加身，用此声音，已有十年之久，换音术已深入灵核。"叶忘昔顿了顿，平静道，"再也恢复不了原本的嗓音了。"

南宫驷后退一步，大骇，半晌之后抬头望着高坐上首、神情晦涩的那个男人，喃喃道："父亲？"

南宫柳终于发话了："驷儿，此事确实可惜，但……换音一事，确是叶忘昔自愿而为，如今到了这个地步，也是始料未及的。你也不必多想。"

"可是……"

南宫柳走下高台，站在重重叠叠的护卫之后，负手而立道："为父知道你对叶忘昔有竹马之谊，对他这些年恪尽职守，更是心怀感激。但一事归一事，他……私通宋秋桐，罔顾人伦，欺主犯上，乃是死罪。"

怎么也没想到南宫柳居然说了这样的话，南宫驷愕然道："父亲！！"

南宫柳挥了挥手，一道蓝光闪过，南宫驷立刻被笼罩在一道束缚结界里，先是一愣，随即愤怒地在里面吼着砸着，可那结界是儒风门世代相传的"规诫结界"，由于儒风门曾经发生过弑父夺位的事情，所以掌门之子在幼年时就与父亲签订血契。这个结界，是父亲专门用来羁押儿子的，可持续小半个时辰，纵使南宫驷武力高强，也丝毫挣脱不了。

他在结界里喊的话，更是被尽数封印，根本无法传到外面来……

事到如今，承认叶忘昔与宋秋桐私通，总比再抖出儒风门其他秘密要好。南宫柳来到黑衣人面前，拱手施礼，说道："区区虽不知先生与叶忘昔有什么过节，但多亏先生今日提点，不然区区，当真是要家门不幸了。"

黑衣人淡淡道："南宫掌门客气。"

"来人，即刻将叶忘昔拿下，押至——"

"慢着。"

黑衣人忽然阻止，让南宫柳顿生不安，但他脸上还是八风不动地笑着："先生还有何指教？"

"我在想，令郎不过是说了两句换音术的事情而已，掌门仙君，为何就要急着将叶公子关押入狱呢？"

"咳，这是我儒风门的私事，是以不便在此细说……"

黑衣人笑道："掌门仙君为了儒风门的脸面，还真的很清楚什么叫作弃卒保车啊。可怜叶姑娘为你门派出生入死十余年，如今你竟为了保全自家尊严，使她无辜受累。"

　　此言一出，其他人尚未反应过来，南宫柳的脸色却猛地变了。

　　席间，梅含雪笑了笑，又斟一壶酒，饮了一口，又放下。

　　南宫柳的脸色在烛火中显得有些蜡黄，半晌，他皮笑肉不笑地问："什么叶姑娘……先生，你……"

　　黑衣人目光炯然，声音清晰且响亮地回荡在大殿之中，一字一顿，字句惊心。

　　"叶忘昔，根本不是男子。"

五

师尊，带你飞

"叶忘昔，根本不是男子。"

一阵沉默，忽然鼎沸！

大殿中宾客纷纷失色，所有视线都集中在了叶忘昔身上，叶忘昔低垂着脸，闭着眼睛，一声不吭。

不是男子？！这个俊美挺拔的青年，居然……居然是个姑娘吗？

这句话犹如滴水入镬，刹那间掀起腾腾热浪，有人倒抽一口冷气，紧接着嗡嗡言语声便和飞溅的滚油一般噼里啪啦炸开了锅。

"叶忘昔是个女儿身？"

"天哪……怎么会……"

"难怪方才南宫驷没有怪她，他分明知道这件事情啊！那么宋秋桐刚才就……"

"就全然是在为了自保，栽赃于人！"

"这也太险恶了！没做就没做，为什么为了洗刷罪名，诬陷别人？"

"可是我还是不信，叶忘昔怎么会是女子？一点儿都瞧不出来啊……"

南宫柳眼中寒光闪动，盯着黑衣人露出的那双漆黑眸子，说道："先生莫要妄言，你哪里来的证据——"

"你若不心虚，就把南宫驷放出来。"黑衣人道，"所幸令郎性子虽野，但还是个正人君子，不似你一般冷酷无情。"

"……"

见南宫柳脸上浮起一层油腻汗水，捏拳不语，黑衣人冷冷道："怎么，你放啊。"

南宫柳拂袖道："区区管教不肖之子，还容不到先生一个外人来指手画脚、横加置喙！"

他这样一说，虽然不曾承认黑衣人所言为实，但大家心里其实都已了然如明镜，原本不信黑衣人话语的人，也忍不住心念动摇，重新去打量叶忘昔那张英俊的脸庞，想找出其身为女子的蛛丝马迹来。

这时，人群中忽然有个人朗声道："南宫掌门，这可就是您的不对了。"

众人纷纷回首，梅含雪身披狐裘，雍容华贵，笑吟吟地立在一片灯影中，说道："叶姑娘虽英气逼人，却是不折不扣的女儿身，掌门仙君身为男子，理当怜香惜玉，身为长辈，更应宽厚仁善。怎么能为了不丢儒风门的脸面，就这样欺负一个姑娘家？"

他说着，缓步走到殿前，微笑道："小侄不才，曾在桃花源与叶姑娘有一面之缘，当时便觉得她飒爽英姿，与扶风弱柳不同，心中喜爱，奈何小侄嘴笨，言语间反而冒犯了叶姑娘，令她心生厌弃，与小侄起了争执。领教叶姑娘高招后，我不免感叹儒风门果然豪杰辈出，女修亦是身手不凡，还为叶姑娘的师门暗自喝彩，但今日见掌门仙君行事……唉，却觉得皇皇儒风门，配不上如此傲骨红颜了。"

"梅仙君，你和叶忘昔仅有一面之缘，会看错也是人之常情。"南宫柳面色晦暗，双唇之间却仍旧死咬笑意，说道，"念在昆仑踏雪宫的分儿上，我且不与你计较，你可别再走眼了。"

他言语之间，已不如初时从容镇定。

黑衣人轻笑道："梅公子风流之名四海皆知，若是看不出一个人是男是女，恐怕世上就没有第二个人能看出来了。"

南宫柳听他这样说，不由得怒火中烧，硬邦邦道："先生方才还一味地指摘叶忘昔欺辱宋秋桐，此时却又说叶忘昔是个女子，如此颠来倒去，根本就是想扰乱我儒风门清正，坏我门派声名！"

黑衣人道："我若不出此下策，又怎能让南宫公子看清宋姑娘的真性情？他若是娶错了人，那可真够恶心大半辈子了。"

"但你方才分明说得有理有据！更何况，若叶忘昔是女子，宋秋桐手腕上的守宫砂又是怎么消失的？"

"你问她自己啊，问我做什么？"黑衣人冷笑道，"更何况你儒风门上上下下有几千名男弟子，掌门仙君若有闲心，也可以把他们一个一个盘问过，肯定能找到个满意的答复。"

此事事关儒风门脸面，因此众人噤声不语，眼神里的鄙薄和好奇却是藏不住的，南宫柳在这样的目光中只觉如芒在背，在原地立了一会儿，忽地扭头朝叶忘昔喝道："你过来！"

"……"

"你自己说，宋姑娘究竟冤枉你没有？"南宫柳盯着叶忘昔的脸，他在赌，他手上还捏着最重要的筹码。他知道叶忘昔对自己儿子用情至深，定不希望儒风门声名败裂："你告诉大家，你到底是何身份！"

叶忘昔从来都很听话，从小到大，都是他棋盘上最乖顺的那枚棋子。

他甚至清晰地记得叶忘昔十三岁那年，奉命来到金碧辉煌的儒风门大殿。殿门紧合，只有他们两个人。

他坐在冰冷的华座之上，往下俯瞰，十三岁的女孩尚未发育，穿着青碧小袄，发辫上扎着缎带，手上戴一枚小银镯。

他微笑着对她说："忘昔，今日叫你来，意思你也已经知道了。"

叶忘昔跪下来，长磕而下："是，尊主。"

"你义父前番多次受重伤，筋骨有损，已经不适合再当暗卫统领了。你是他的养女，又是驷儿的青梅竹马，其他人我信不过，我只信得过你。"

叶忘昔没有起身，依旧安静地伏在地上，发髻之下露出纤细的脖颈，像引颈就戮的羔羊。

南宫柳道："你天赋卓绝，前途不可限量。我有心将你栽培成儒风门暗卫首领，往后统领七十二城中的一城。这样一来，你既可以为你义父分忧，也可成为驷儿的左膀右臂。从此，他在明，你在暗，你们共承儒风门百年辉煌。"

他顿了顿。

"不过，如果你不愿意，那也无妨。你义父多少还能支持一阵子，我再找找更合适的人选。这件事，你的牺牲终归太大，我心里有数，你不必勉强。"

南宫柳说完了，便在高座上换了个姿势，好整以暇地等着。这个女孩无父无母，无依无靠，他心中有十足把握，他等着她点头。

最后叶忘昔直起了腰背，安静地望着他。

有那么一瞬间，南宫柳不寒而栗，似乎自己的谋算和假笑都被这个女孩看透了，但下一刻，叶忘昔道："我的性命是义父给的，为报父恩，我没什么不愿意。"

南宫柳静了须臾，叹道："到底是委屈你了。"

叶忘昔沉静且淡漠地说："是我该多谢尊主，青眼有加。"

南宫柳话锋一转："但是，儒风门从来男尊女卑，女人嘛，从来软弱无力，尽是妇人之仁。这世上唯有身为男子，方能服众，才配统领一城。忘昔，你那么聪明，应该清楚怎么做。"

叶忘昔沉默片刻，当着南宫柳的面，神情冰冷地摘下了手上的银镯、辫上的缎带，然后把上袄除落，只余洁白中衣。做完这一切，她又将发辫放落，改作马尾，高高束起。阳光照进来，照在她身上，她腰背挺拔，神情刚毅，虽然还是年少体态，气质却已如松柏。

"不错。"南宫柳滴水不漏，提醒她，"以后自当如此打扮，但你别忘了，还有声音。"

叶忘昔垂落睫毛，从进来的时候就已经发现了，自己的席位前早就提前摆好了一把金色的剪子。

她拿起那把剪子，一发狠，在喉间抹下，鲜血滴答。

"旧音泯灭，终身不改。"

她缓缓吐出这八个字的咒诀，而后闭上眼睛，将剪子掷落席前。

剪子上的血迹斑驳，南宫柳盯着看了一会儿，说道："好、好。从此你就是暗城的继任首领，是儒风门的叶公子，哪怕是驷儿，我也会叫他让你三分——"

叶忘昔开口，却已是另一种少年声嗓。

"烦请尊主，从此不要再让义父孤身犯险，我愿为之分忧。"

所以，南宫柳太清楚叶忘昔这个人了。

十年了，她学尽男子仪态，滴水不漏，发育后更是每日服用秘药，独忍药性痛楚，才长成了如今偏男性的体态容姿。

在他眼里，她是儒风门养大的狗，为报养育之恩，她绝不会背叛。

十年前她割喉洒血，永远换音；今天，她也不会令他失望——他赌叶忘昔会帮他。

只要叶忘昔亲口说出"我并非女子之身"，那么纵使众人不信，又能怎样？

黑衣人显然也是这么想的，上前两步，站在叶忘昔前面，抬手挡了她的去路，说道："南宫柳，叶姑娘已为你儒风门耗尽心血、献尽年华，如今你狡辩不能，还要用她的余生来祭吗？"

南宫柳正欲开口再辩，忽然，远处夜空中，一朵橘红色光点升入云霄，猛然炸开——又有人捕到了灵角鹿。

但是，在这儒风门秘闻面前，鹿死谁手已经不重要了，并没有人去关心究竟是谁拿到了第二，所有人的目光依然牢牢锁在大殿中央，那里桌椅倒了一地，宴几断成两半，神秘的黑衣高手横于南宫柳与叶忘昔之间，今夜的新郎被父亲困在结界里，而新娘跪在地上，满脸泪痕，泣不成声。

实在太出人意料了，从指摘私通，到夫妻反目，再到女儿之身，如今又是儒风门掌门死不认账。这一出闹剧，恐怕三五年后都会是茶楼酒肆里人们津津乐道的谈资。

谁还会去管那三头可怜的鹿呢？

所以，谁都没有觉察到密林上空缓缓裂开的一道暗红色口子，直到烟火炸开之声忽然此起彼伏，林中鸦雀惊飞呀呀地逃到黑夜深处去，二十朵传信烟火同时炸裂，将夜幕生生照成一片修罗血海。

诗乐殿的诸人，这才猛地觉出不对，纷纷涌到护栏边去看——

"怎么回事？"

"怎么所有人的烟火都一起炸响了？"

"你们快看！天空上面！那是什么？"

"……天裂！"

"是天裂！"

霎时间殿内一片死寂，紧接着惊呼声和尖叫声鼎沸而起："鬼界天裂！上修界怎么会有鬼界天裂！"

"在狩猎林苑上面！"

"师兄！我师兄还在那边！"

"姊姊——"

人群犹如池中游鱼，乌泱密实地挤作一处，惊惶和震惊是投入池中的饵，惹起一片水波踊跃。此时也顾不得什么门派丑闻、江湖秘事了，南宫柳大概是为了挽回面子，以扩音术喝道："诸君莫惊，不过一道鬼界天裂而已，众位身处儒风门，南宫柳绝不会令宾客有损！"说着他挥手召来自己的佩剑，踩上蓝光璀璨的剑柄，御剑立于猎猎夜风中。

"儒风门五系近卫，立即随我前往密林查探，其余长老弟子，镇守诗乐台，保宾客周全！"

他说罢，竟像是为了逃避黑衣人的审讯，率着五支近卫队，急匆匆往啸月校场方向御剑而去，婚宴这个烂摊子，却是连收拾都不想收拾了。

"好端端的，怎么会忽然这样？"

"是啊，上修界从来都没有发生过鬼界天裂，这、这到底是怎么回事？"

镶珠嵌玉的楼台之上，人心惶惶，这些上修界的修士平日养尊处优惯了，面对突如其来的鬼界天裂，竟是畏惧多过了责任感。要他们斩杀个落单的大妖还好，但是天裂不一样，裂的若是鬼界上层，出来的是普通鬼怪，那还没事；但若是和五年前彩蝶镇惊变那样，裂开的是无间地狱——

他们打了个寒战，想到楚晚宁那样的宗师都死于那场恶斗，不由得人人自危，挤在朱红色栏杆边，眺望着远处天空猩红色的裂痕。

楚晚宁起身，对薛正雍道："尊主，这道裂痕颜色不对，裂开之后，极可能是鬼界后几层。我不放心薛蒙他们，我也去看看。"说罢，月白华服掠地而起，他径直走到栏杆前，在众人惊异交加的目光中只身施展轻功跃于旁边的青瓦屋檐上，迅速远去。

"玉衡！"薛正雍想要唤住他，楚晚宁却已经消失在了沉沉的夜色之中。

他暗骂一声，自己也想跟着跳落，肩膀却被人抓住，一回头，对上一张龇牙咧嘴的青铜面具，那个黑衣人拍了拍他的肩背，压低声音道："伯父，你在这里守着伯母，师尊那边有我跟着，你放心。"

薛正雍大惊："燃——"

黑衣人抬起手，轻轻贴在唇边，摇了摇头。

薛正雍怎么也没有想到这个黑衣人竟然会是墨燃，而墨燃也没有等他再多问一句，就单手撑着栏杆，犹如鹰隼般纵身跃入黑暗中。他斗篷翻动，滚滚如墨，不消一会儿就跟楚晚宁消失在了同一个拱顶后面。

"师尊！"

墨燃施展轻功沿着屋檐跑了一半，嫌慢，召来了一柄与自己订过契的佩剑，御剑很快就追上了楚晚宁。

他抬起手，掀开自己那狰狞的青铜面具，露出一张英俊绝伦的脸："等等我。"

楚晚宁的眸子一下子睁大了："怎么是你？"

"上来，我带师尊御剑过去，路上再与师尊细说。"

楚晚宁握住了他伸过来的手，提足掠起，稳稳地落于剑身之上，而后就想松开手，那只宽厚粗糙的手却反而扣得越发紧，他就站在楚晚宁身后，一说话，属于年轻男人独特的灼热气息就拂在楚晚宁的耳背，猛烈冰冷的夜风中，显得越发滚烫。

墨燃道："这把剑势头太猛，飞得快，师尊抓紧了。"

两人御剑乘风，楚晚宁问："方才大殿上的一切，都是你算好的？"

"嗯。我这些年行走江湖，听闻了不少与宋秋桐有关的事情。"墨燃道，"她这人虽没有胆子作什么杀人屠城的大恶，却是个十足的落井下石之辈，若是她当真嫁给南宫驷，以后成了儒风门的少主夫人，恐怕这个门派会比现在还要恶劣。"

楚晚宁却道："儒风门不会比现在更差了。"

他讲完这句话，皱了皱眉头，又看了一眼墨燃的黑斗篷，心中隐生疑虑："说起来，你怎会知道叶忘昔是个姑娘？"

六

师尊，与你同战

"她的性别，不瞒师尊，我早在桃花源就知道了。"

其实是他前世就知道了，但这件事总不能和楚晚宁说实话。墨燃就笑道："走在路上的时候听梅含雪和踏雪宫的人说到了她，那时候我就相信梅含雪的眼光错不了，后来留心观察，更加确定了叶姑娘不会是个男子。"

"为何？"

"师尊不曾发觉她穿衣服衣领永远拉得很高吗？都是遮住脖子的那种，样式很是奇怪，寻常人有个一件两件也就算了，她是件件如此。"

"没注意。"

墨燃就拿那只空着的手，对着楚晚宁比画了一下："都到这个位置，差不多这样。"

他说着，指腹无意中轻轻地碰到了楚晚宁的喉结。那微微凸起的地方很脆弱，他忍不住在那里多磨蹭了须臾，他想，他的师尊那么狠戾，那么野性难驯，却会把喉咙这样薄弱的地方暴露在他的指间，师尊是这般地信任自己，对自己毫不设防……墨燃想着，一时恍惚，竟忘了去看路，那剑又迅猛，待听到楚晚宁一声"小心"，要收势已来不及，那柄重剑直挺挺地就那么撞在了一株参天巨木上。

"砰"的一声响，墨燃完全蒙了，唯记得要紧紧地拉着楚晚宁的手，焦急间，低唤了句"晚宁"，但唤得太急，耳边林木断裂的声音又那么嘈杂，楚晚宁并没有听清。

楚晚宁简直气晕了，御剑御剑，御什么剑！脚踏实地地踩着屋檐跑不好吗？非要嘚瑟不可！

两人实打实地跌在了地上，墨燃先着地，背脊猛地撞上了碎石遍地的林地，虽不至于摔伤，但痛是肯定的。可他仰躺着，看满天星斗透过枝丫在闪烁，忽然就觉得很开心——哈哈，幸好倒在下面的人是他，不是楚晚宁。

他忍不住笑了起来，虽然楚晚宁撞在他胸口上，撞得他肋骨也跟着痛，但就算痛也忍不住想要笑。他弯起了眼睛，咧开了嘴，酒窝深深的，眼神也很深。

楚晚宁一抬头就看到他这样笑着，不由得大怒："你笑什么？！摔傻了吗？"

虽然不适时宜，但这个时候，墨燃偏偏就想抬手去摸楚晚宁的头发。

他这样想，也就真的这样做了。楚晚宁说得对，他大概真的是摔傻了。

"师尊……"

这一声唤得太腻乎，腻乎到楚晚宁先是一僵，随即满脸通红，仓皇地拾掇起自己恶狠狠的威严："喊什么？御个剑也能摔倒，好本事啊。"

墨燃轻轻叹了口气，最后又摸了摸他的头发，清清喉咙苦笑道："师尊责备得是，还请师尊快从我身上起来吧。"

楚晚宁黑着脸，利落地起身，顺带把墨燃也拉了起来。

"怎么样？"他硬邦邦地问了句，"伤到哪里了没有？"

"没事。"墨燃笑了，"我皮糙肉厚，特别禁得住摔。"

楚晚宁刚想说什么，忽然发现墨燃头上顶着一朵打蔫的花，估计是摔下来的时候碰掉的，正好落在他发顶，不由得微眯凤目："你的脑袋……"

"有伤吗？"

墨燃抬手摸了摸，却是好好的。

"不，开花了。"

楚晚宁信手把花摘了下来，面无表情地递给他。墨燃则有些不好意思，挺含蓄挺腼腆地揉着后脑勺，笑容更加灿烂。

楚晚宁转过了头，轻咳："既然没事，那就往前走吧。"

墨燃说："御——"

"不御。"楚晚宁愤然回首，怒目而视，"轻功！"

"轻功就轻功。"墨燃招招手，不情不愿地把重剑收回了乾坤囊。

不过越往林苑深处去，树木就越茂密，御剑的速度其实反而不如轻功快，楚晚宁腿上功夫又好，掠地点水，行得飞快。

凉风袭面，将墨燃方才耐不住激荡的心情稍稍抚平。

楚晚宁的声音忽地从前方传来，他口气非常平淡，十分不在意地问："宋秋桐腿上有痣，你又怎么会知道？"

墨燃一愣，猝不及防，"砰"的一声，威风赫赫的墨宗师又一次当头撞在了一棵松树上。

楚晚宁："你是不是夜盲？"

"嗯，不是。"墨燃道，"抱歉，我今天有点心不在焉。"

楚晚宁微微蹙眉，随即仿佛想通了什么，大怒："宋秋桐腿上的痣很让你神思不属吗？修行之人清心寡欲最为重要，你窥见美色就如此心念动摇，还修什么？"

墨燃一时无言，竟觉得楚晚宁说得很有道理，只不过楚晚宁误会了，如今宋秋桐对他而言，早已不算什么美色。

他叹口气，望着楚晚宁的眉眼很柔和："师尊，我不喜欢宋姑娘那般模样的。你想多了。她腿上有痣，那也是我之前听轩辕阁拍卖行的人所说，并非亲眼所见，师尊不要生气。"

"我有什么好气的？罢了，我问你，既然叶忘昔是女子，那宋秋桐腕上的守宫砂是怎么没的？这应当不是巧合。"

"确实不是巧合，师尊还记不记得，我之前给宋秋桐的一串手链？"

"嗯。"

"那手链上有个术法，是我所创。"墨燃顿了顿，"花了四天时间，创得不怎么好，不过短时间之内，只要宋秋桐戴着那手链，就能遮盖她手上寒鳞圣手落下的守宫砂。"

楚晚宁不说话了，神色却有些不好看。

他觉得墨燃有事情瞒着他。

墨燃这些年变了很多，学去了自己七成爱管闲事的性子，但所谓闲事，也就是路见不平，倾力相助而已。他这样费尽周折，甚至费心到了要创个小法术去揭露某个人的真面目，阻止她嫁入儒风门，实在过了些。

除非宋秋桐和墨燃有大过节，或是叶忘昔与墨燃有大瓜葛，不然这家伙应当不会这样做。

墨燃在这样的沉默中，也觉出了楚晚宁的心绪。

他在楚晚宁身后咫尺远的地方飞掠着，说道："师尊。"

"怎么？"楚晚宁淡淡的。

前世的事情自然是不能说的，但是墨燃也不想让楚晚宁心里不舒服，想了想，便决意将自己内心一半的真情实意告诉楚晚宁："师尊，叶忘昔是个特别好的人，她在轩辕阁一掷千金，救了一个素不相识的女子，这事儿你也是知道的。"

"嗯。"

"但叶忘昔喜欢南宫驷，师尊瞧不瞧得出来？"

"还行吧，今晚算是看出来了。"

"师尊看出来了便好。我因为早就知道叶姑娘的真实身份，所以一直明白她的心意。再说宋秋桐，之前是不知道叶忘昔身为女子的，所以对她也只是敬畏而已，并没有什么歹念。宋秋桐若是嫁给了南宫驷，那么儒风门便不一定会对宋秋桐保守这个秘密，以宋秋桐的心性，必然视同样喜爱南宫驷的女子为眼中钉。"

墨燃顿了顿，想到了前世，宋秋桐心中妒恨楚晚宁，竟然趁着自己不在宫内，将楚晚宁的十枚指甲生生拔断。

这样的女人，叶忘昔落到她手里会怎样？答案自是不言而喻。

宋秋桐做的恶事，就都跟拔人指甲一样，不会恶得耸人听闻，但足够让她躲在别人更大的恶行后面苟延残喘。

这世道，行善和作恶一样，都是天塌下来个子高的顶着，先砸死最善良的人，比如楚洄，被一双双弱者的手推出去。先砸死最恶毒的人，比如踏仙君，天下共伐，万人诛杀。

可是，若不是那一桩又一桩的小恶堆积起来，岁月洪流中，若不是那一个又一个不算穷凶极恶的恶人，在墨燃身上砍下一刀又一刀，那么，世上真的会滋生出踏仙君墨微雨吗？

楚晚宁道："管这件事，你就不怕引火烧身？"

墨燃也知道这一次自己的锋芒太盛了。

可是前世叶忘昔是被他拖下血海的，这一世，纵使儒风门荣辱兴衰与他无关，他也欠了叶忘昔一条命，所以即便出格，即便会惹人怀疑，他也义无反顾地去做了这件事。

不只楚晚宁，他想要他前世亏待的人都过得好一点，仍奢望自己能赎罪。

"怕倒是怕的。"墨燃说，"但我既然知道了真相，总想求个心安。"

楚晚宁虽仍觉得墨燃此举太过冒进，但听他这样说，也就没有多想，正巧此时，风中忽然传来一股浓郁的腥甜味，与之同生的还有前方骤然起来的某种强悍灵流。

楚晚宁还未及反应，墨燃已变了脸色，低声道："不好，是珍珑棋局！"

"在那个方向。"

浓重的黑夜里腥风弥漫，天空中那道裂痕里已有鬼怪爬出，地面升起了五道冲天光柱，分别是金木水火土五道，和彩蝶镇惊变时如出一辙。

楚晚宁目光沉寒，说道："是他。"

墨燃自然知道他说的是谁，金成池、桃花源、彩蝶镇……五载消停，而今复出，是那个一直潜在幕后的人，那个假勾陈！

但是墨燃心中隐约有一种感觉，这次的珍珑棋局和前几次的完全不同，没有任何掩饰，没有任何伪装……那个人，似乎胜券在握，志在必得。

林中鸟雀惊起，扑棱着羽翅四下逃散。墨燃发足疾奔，和楚晚宁一前一后朝天裂之地赶去，离得近了，看到裂痕中滚滚涌出的魑魅魍魉，墨燃喃喃道："无间地狱……"

这次开的，竟和五年前彩蝶镇一样，依旧是无间地狱！

墨燃几乎是仓皇地回首，一把抓住楚晚宁的臂腕："师尊，你不要过去！"

"别说傻话了。"

墨燃也知道这是傻话，但是他走过两次人生，见过两次无间天裂。那两次天裂的后果都像噩梦挥之不去,如今见到这第三次,他如何能够不担忧?

可"你不要去"这种话,说了又有什么用?

一个人的心性是极难改变的,楚晚宁这种人,哪怕给他千万次选择的机会,他都不会在灾劫面前掉头逃避,因此墨燃望着楚晚宁,竟是不知道该说什么才好。

楚晚宁看了他一眼,说道:"放心,我会谨慎行事。"言毕,他抬手召出天问,金色华光熠熠流淌,火花四溅。

墨燃紧紧盯着楚晚宁,终是叹了口气,手中亦起一道刺目光华,见鬼破空而出,被握于墨燃掌心,火红色的光辉和天问的金光交相辉映,两把武器隔世相见,俱已沉稳强悍,势不可当。

"好,我知道了,我不劝你。师尊要做什么,我都陪着你。"

璀璨灵光照映在他们眼中,烈火灼烧着流金,流金晕染着烈火。

"我和师尊一起。"

楚晚宁看着墨燃傻愣愣要与自己同战的模样,觉得又是温暖,又是无措。

于是他抬手,戳了戳墨燃的额头,说道:"没有奖励。"

墨燃愣了片刻,把楚晚宁的手拉下来,握在掌中,笑道:"嗯,没有就没有,走吧。"

神武灵光犹如夜中仙影,金红相接,顷刻掠至狩猎密林的腹地。

甘泉湖。

楚晚宁和墨燃收势掩息,藏匿在橘树林里,往那边看去。供养着湖水的灵流被截断了,寒夜里,湖面结了一层厚冰,四周分别绘有四个阵法,各插一柄光彩流溢的武器。

楚晚宁低声道:"四把属性不同的神武?"

墨燃先是一愣,而后道:"这五年间的神武被盗案,果然和他有关……"

"可是在彩蝶镇他用的明明还是活人心脏,怎么忽然换了阵法?"

墨燃正想说什么,嘴却被楚晚宁抬指点住:"噤声,看那边。"

顺着他的目光瞧过去,墨燃看到了一群儒风门的近卫正在远处湖面慢慢行走,而之前到密林中狩猎的青年修士们也都在其中。他们胸口抽离出源源不断的灵流,朝着不同属性的神武汇聚而去。这些强悍纯粹的灵力让那一把把神武的光亮不断增强,光芒直通霄汉,而后在夜空中扯开一道巨大的裂缝,把无间地狱的口子疯狂地撕咬开来。

墨燃睁大了眼睛:"他们在干吗?"

"看样子这些近卫都已失了神志,似乎是被珍珑棋局操控了。"楚晚宁眉心紧蹙,神情悒郁,目光在人群里扫视着,忽然顿住。他脸色骤然间变得苍白,竟是一反常态，紧紧攥住了墨燃的肩膀，手指颤抖。

"……"

"怎么了？"墨燃扭头，片刻后，看到一个熟悉的身形行走在人群之中，悚然道，"薛蒙？！！"

第十章 事事俱如烟

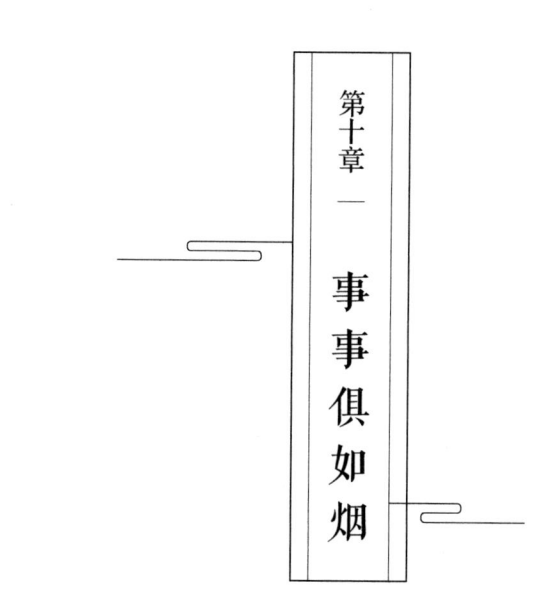

一

师尊与不归

　　作为林中逐鹿的二十多个青年中的一个，薛蒙体内也被埋下了一枚珍珑棋子，正不停地绕着湖面行走，眼神空洞无光。当天空中落下鬼怪时，他就和其他人一拥而上，骁勇无畏，犹如不怕痛不怕死的傀儡，将那些鬼怪斩于刀剑之下，不让它们破坏阵法，但那些往外围逃出去，蹿到夜色中的鬼怪，他们则袖手不管。

　　这些棋子的目的很明显——守护这个五行阵。

　　楚晚宁见徒弟受制，隐忍片刻，竟是无法忍受，眼见着就要起身掠出，墨燃猛地制住他。

　　楚晚宁咬牙，低声道："松手。"

　　"你别出去，再等等——"

　　"怎么等？那是薛蒙！"

　　楚晚宁的力道太大了，墨燃单手拽不住，只得狠狠地将他箍住，整个压制住，一手捂住他的嘴，任他在自己怀中百般挣扎也不放手，墨燃在他耳边低声说话，炽热的呼吸喷拂在他耳背。

　　"这个时候出去太冒进了，你不要这么意气用事，听我一回。嗯？"

　　回应他的是反手一肘，墨燃吃痛，楚晚宁掰开他捂着自己的手，喘了口气，凤目中满是恼怒，嗓音低沉："珍珑棋局操控之下，灵力损耗迅速，这里都是厉鬼，若有闪失，他会没命的！"

　　"不会的。"

　　"……"

　　墨燃捉住他的手，眼神沉炽而坚定："我了解珍珑棋局，你信我。"

　　楚晚宁见他如此严厉肃然的神色，不禁微微愣怔，呼吸却缓下来。这时候远处传来一声怪异啸叫，他们倏忽回头，见一只恶鬼破空而出，朝着薛蒙猛地扑下——"唰！"

　　龙城弯刀映月霜寒，薛蒙身轻如燕，刀刃顷刻将鬼怪贯穿！

　　"被珍珑棋局操控的活人，灵力渐渐耗损，最后不如从前。但他受控的时间短，暂时不会有事。"

楚晚宁转头看着他，眉心轧着一痕："你为何如此清楚？"

"游历所见。"

恶鬼倒下，很快破碎成灰，薛蒙将龙城弯刀拎在手里，刀刃上不断有黑色的血珠流下来，在雪地上拖出诡谲歪扭的痕迹。

月光照到他的脸上，他的神情冰冷，瞳仁无光。

墨燃的心都揪紧了。

薛蒙上前世没遭过当棋子的罪，究竟是谁……

忽然远处传来动静，墨燃回神，低声道："好像有人来了。"

林木中果然行来两个人，沿着结冰的湖面，走到阵眼。那阵眼处蹿着碧绿光辉，其中一人手里拿着一柄神武，但因为角度问题，墨燃并没有看清那把神武究竟是什么。

那人一掌击开冰层，将那神武投入阵眼，刹那间阵眼中心光芒大盛，乌云移散，月亮从浓云之后露了出来，清冷光辉照得冰面一片虚晃，也彻底照亮了守着阵眼的那两个人的身形。

一个华服镶金丝，雍容璀璨，但他外头披着件厚实大氅，戴着斗笠，看不清脸；另一个则大冷天地赤着脚，也不嫌冻得厉害。

这人抬起头来，看着无间天裂。

墨燃倏地睁大了眼睛。

"怎么可能！"

——徐霜林？！

错愕至极，震惊至极。徐霜林……霜林长老？

他可是叶忘昔的义父啊，是前世以血肉之躯挡在叶忘昔身前，死于乱刀之下的那个善人，怎么会是他？！

楚晚宁并不知道墨燃的惊愕，轻轻拍了墨燃肩膀一下，低声道："上。"

"他为何还没有出现？"徐霜林身边那个戴着斗笠的人说话了，墨燃一听，竟是南宫柳的声音。

南宫柳语气里有着明显的焦躁与悒郁，他忍不住咒骂："真该死，你是不是弄错了？"

徐霜林道："再等等看。"

"快一些！把这天裂再撕大一些，我不知道那些宾客什么时候会派人跟过来，再迟就来不及了！"

"我知你心急，但天裂能不能撕得更大，你难道不清楚吗？上次在彩蝶镇就是因为操之过急，让事态一发不可收拾，引得十大门派纷至沓来。你要沉不住

- 313 -

气,还是会功亏一篑。"

"唉!"

徐霜林闭了闭眼,说道:"掌门,你好不容易才寻到了这不同属性的五把神武,可以吸纳累积修士们的灵气,那么多年你都忍过来了,哪里还差这短短一晚?"

"你说得不错。"南宫柳深吸了口气,颔首道,"五年我都等过来了……不,岂止是五年?从我当上儒风门掌门的那一天起,我就一直在等……"他摩挲着衣袖里的那枚扳指,眼里闪动着幽暗萤火。

南宫柳喃喃:"我一直在等……"

"别等了。"

骤然间一道凌厉森严的男声在空寂的湖面响起,犹如雷电破云,惊得湖上二人抬头相望。

明月当空,万壑松涛,一个身形修长的男子立在树梢上,眯着狭长的凤眼,月白礼服滚滚翻涌,深色衣冠衬得他脸庞犹如冰中凝玉,俊美中渗着刻骨寒意。

"南宫柳,到此为止了。"

南宫柳吃了一惊,随即咬牙切齿道:"楚晚宁!"

天问噼里啪啦爆着金光,映得楚晚宁的眸子阴沉不定,整个人显得越发危险。

"好一个晚夜玉衡、北斗仙尊,彩蝶镇一劫怎么就没让你死透?如今又来坏我大事,孽畜!"

楚晚宁一怔,压低眉峰,厉声道:"原来五年前那一场灾劫,竟是你所为?"

南宫柳见事情败露,亦是无意掩藏,冷笑道:"是又如何?"

楚晚宁将天问抬起,手指掠过柳藤,那柳藤在他指尖一寸一寸擦亮,光芒几近白金。他眸如鹰隼:"当初,你于金城池求剑,池中精魅要你妻子的灵核交换,你便命人生生地把她的心脏剖开,掷入湖中。我那时恶心到骨子里,恨到要杀你,你却与我说,南宫驷年纪尚幼,不能没有父亲……你说你是一时鬼迷心窍,悔恨不已……你还说,从今往后当肃正儒风门,不再为恶,你……"

柳藤擦至最后一截,金光暴起,楚晚宁几乎将银牙咬碎:"南宫柳,你怙恶不悛,何其狠毒!"

"怪我?"南宫柳忽然低沉地笑了,"楚宗师怎么不怪自己当初青涩稚嫩,那时候还是个十五六岁的少年吧?真是十分天真烂漫,被我三言两语、几滴眼泪,再拿驷儿做个幌子,就手下留情放过了我。呵呵,宗师,你怎么不想想,我有今日,与你的网开一面也脱不了干系?"

话音未收,罡风已至,天问斩破暗夜,朝着南宫柳所站的地方直劈而去,刹那间龙光曼舞,焰破穹苍,将整个冰封的甘泉湖劈为两半,寒冰尽碎!

而南宫柳则暴喝一声:"都起!"

原本绕着甘泉湖行走待命的傀儡群便蓦地有了神光，纷纷回头，朝着楚晚宁的方向涌来，薛蒙战力最盛，竟是一马当先。
　　当！
　　龙城与天问猛地碰撞，楚晚宁怕伤薛蒙，及时撤势，后掠数尺，神情狠戾："南宫柳，你拿他人当盾牌，算什么本事？！"
　　"哈哈，让你无处下手，杀我不得，这便是我的本事。"南宫柳大笑道，"你打啊，他们都是活生生的人，只是成了我的珍珑棋子而已。楚晚宁，这位小薛公子是你徒弟吧？你下得去手吗？你束手无策，你坐以待毙，你和十多年前在金成池边一样，你无能为力，你只能放我走，你——"
　　他忽然"你"不下去了，脸上的笑容像是骤然被浇落一盆凉水，灰黑炭火在冒着残烟——楚晚宁的眼神太冷了。
　　他紧紧盯着楚晚宁，那人脸上的镇定令他陡然不安，不寒而栗，南宫柳的嘴唇翕动，竟似有些心虚："你想做什么……"
　　楚晚宁不与南宫柳废话，眸中一片森寒，抬手将天问挥去，厉声喝道："天问，万人棺！"
　　数十道金色的藤蔓拔地而起，将那一个个中了珍珑棋子的傀儡困锁其中，一根粗重遒劲的巨藤犹如苍龙自冰面下破浪腾出，冰晶四溅，楚晚宁飞身坐于古藤之上，吴带当风，衣袂飘飞，抬起一只修长有力的手，一字一顿："九歌，召来。"
　　丝缕金光自他掌心涌出，在他膝头聚合成一把通体乌黑的古琴，那古琴的琴尾翻卷着，犹如一株尚带生机的树木，尾梢枝繁叶茂，海棠花开，根根琴弦呈剔透的冰白色，丝弦上不断逸散寒气。
　　神武九歌。
　　天问最惯用的绝招是"风"，是杀招；而九歌最惯用的绝招则是"颂"，是清心疗愈之招。楚晚宁只是轻轻拨了几下琴弦，奏响了"颂"的小段，那些成了珍珑棋子的人就露出了迷茫的神色，原本还在天问藤蔓的缠绕下挣扎，此时却左顾右盼着，似乎有些被弄糊涂了。
　　南宫柳盛怒，口中默念咒诀，额头青筋暴突，与楚晚宁相抗衡，眼见支撑不住，怒而回首："霜林，去打断他的琴声！"
　　"我？唉，好吧好吧。"
　　徐霜林叹了口气，颇为无奈地想要朝着楚晚宁所在的巨木顶端飞掠过去，岂料一道黑影闪过眼前，墨燃立在风里，抬手横鞭，挡住了他的去路。
　　"霜林长老，请指教。"
　　徐霜林眨了眨眼，忽然嗤笑出声："拦我？你们可真是师徒一心，令人感动。"

楚晚宁则边打边对墨燃道："结界。"

"都设下了。"

原来方才墨燃没有出现，是奉命在甘泉湖周围一圈加设结界。这次的天裂虽然没有当年彩蝶镇的那么夸张，但是无间地狱关押的都是心性扭曲、神志全失的厉鬼邪魔，逃出三五个还好，若是逃得多了，到时候人界恐怕又是血雨腥风，多年不得消停。

墨燃和徐霜林交上手，转眼间拆了十来招。墨燃说道："霜林长老别总试图往我师尊那里跑，你该对付的人，是我。"

"为什么？"徐霜林笑了起来，"这年头打架还要强制对象了？不是我说，年轻人，你也太凶了，叔叔年纪大了，怕禁不起你那么粗暴。"

墨燃："……"

"跟你来，要被弄坏的。"他笑嘻嘻道，"小哥哥饶命，放我点水，让我去玩玩你师尊呗？"

墨燃其实并不知该怎样面对徐霜林，前世亲眼见过徐霜林的死，知道他应当不是恶人，岂料这辈子幕后之人，除了南宫柳，竟也有他，一时间有些无措，墨燃因此缄默不语，只专注于和他对招。

见鬼有着和天问一样的审讯之能，只要顺利缠住徐霜林，问出他内心真实想法就绝非难事，但徐霜林身法轻盈，进退之间，比南宫柳不知高明多少，一个人飘飘荡荡，在支离破碎的甘泉湖之上就如纸鸢飞舞，红光只能击中他，却不能牢牢地锁住他。

何况因为他是叶忘昔的义父，在事情没有弄清楚前，墨燃手下总忍不住留有三分情面……

徐霜林忽然又邪气地笑一声："差不多啦，墨宗师，我先跟你说句对不住。"

墨燃不知他为何这么说，一愣："什么？"

"因为我要欺负你师父啦。"

徐霜林抬手，指尖光影一闪，一道白练朝着高处楚晚宁抚琴的方向尖啸着扑杀而去。

墨燃最挂心楚晚宁，顿时分心，徐霜林眸色一暗，另一只手掣出腰间折扇，身手凌厉地往墨燃喉间递去。

"刺啦——"霎时间血花飞溅，墨燃虽避得快，但脖颈仍被扇尖尖利的倒刺刮伤，徐霜林收回那染着墨燃鲜血的扇柄，反手往地下一指，只见得一滴血珠落入湖中，湖底忽然亮起一道绿荧荧的光。

墨燃低头一看，原来南宫柳和徐霜林方才守护的木系核心阵法，那把神武竟浸在甘泉湖里，汲取着周遭草木精华。

此时，因着墨燃这一滴灵气极盛的鲜血，那把神武猛然爆发出夺目的碧色光华，大地震颤，一阵死寂后，一把古拙锋利、吹毛断发的凶悍黑刀破水而出，光芒大盛！

徐霜林朝南宫柳喊道："禁咒开了！他要出来了——快到天裂下面去，迎战！迎战！"

迎战？

他们从无间地狱唤出了某个人，难道就是为了打一架吗？

但这个念头只在墨燃脑中一闪而过，当他看清浮在半空中的那把神武时，却再也不作他想，整个人犹如被鞭子抽中，木僵而立，说不出半个字，因为那把汇集着木属性的武器，竟是……踏仙君的百战凶刃——神武不归！

墨燃忽觉得胸口一阵闷痛，眼前阵阵发黑，耳中似乎有某种他听不清的呓语在不住重复。他喘不过气来，只觉得前世的鲜血从夜色中扑杀而来，将他浑身浸透，他恶心、晕眩、心跳得虚快……

眼见着徐霜林拿了不归要做什么，墨燃来不及多想，抬起手，想要召回神武。可是灵力刚探出，就听得楚晚宁的琴声骤停，他突觉不对，忍着那莫名的窒闷，回过头去，瞳孔猝然收缩。

"师尊！！"

他怎么就忘了？！楚晚宁的灵核脆弱，早在从轩辕会出来时，就有郎中说过，不归似乎对楚晚宁有某种排斥作用，会反噬楚晚宁，会让楚晚宁原本就薄弱的灵核无法承受。

他怎么就忘了！

墨燃猛地断去了自己和不归的联系，飞掠上巨藤，在灵藤委顿的前一刻发足跃起，一把抱住痛到面色苍白的楚晚宁，与他一同落到旁边的橘树林里。

与此同时，楚晚宁召出的天问万人棺也纷纷破碎瓦解，但所幸那些被蛊惑的人已经被迷惑，虽然没有完全醒来，但也不再听南宫柳的指使，一个一个茫然呆立着，脸上都是做梦般的神情。

"师尊！"墨燃又急又悔，跪在雪地里，抱着眉心紧蹙的楚晚宁，不住地抚摸楚晚宁的脸，"你怎么样？"

他看到楚晚宁嘴角有血丝渗出，更是心疼如绞，手忙脚乱地替楚晚宁擦拭，擦着擦着就忽然想到了前世楚晚宁亦是这样躺在他怀里，在昆仑雪山之巅，七窍流血而亡。而他也和现在一样，仓皇地擦拭着斑驳血迹，却怎么也擦不干净——如锥入心。

他眼眶都红了："是不是很痛？"

楚晚宁受不归的煞气影响太大，他觉得那煞气在迅速往自己的胸口流窜，像要把他的胸腔剖开。更要命的是，他眼前似乎有很多残破的幻象在扭曲闪烁。他摇了摇头，努力把那些模糊不清的幻象甩开，挣扎着去看南宫柳那边，而只瞥了一眼，脸上最后的血色也猛地消退淬灭。

他竟不知哪里来的力气，一下子抓住了墨燃的胳膊，哑声道："那边，当心！"

墨燃见他面如金纸，一双眸子里闪着极大的震愕，映着火光……火光？

他回头，天裂里涌出的不再是小鬼小怪，而是滚滚的地狱熔岩，地火自天上翻沸着流下。那些同时逃出来的鬼怪都在这汹涌的邪火中被焚成焦灰，甚至连凄厉的哀鸣都来不及发出，就化成了一阵青烟。

这是怎样诡谲的情形？

地狱熔岩挂在天幕，犹如一道壮阔宏丽的金红色瀑布，缓慢从容地流淌，险恶瑰丽地舔舐，熔岩流到甘泉湖，碎冰和湖水竟也和柴火一般被点燃，开始熊熊燃烧。站在最前面的南宫柳和徐霜林开启了最强悍的水系咒诀，才不至于被大火吞没。

火焰流得虽缓，但也很快就要烧到那些僵立着、成了珍珑棋子的人。

墨燃暗骂一声，抬手结印，但水系阵法他不熟悉，结了一半，怀中楚晚宁蓦地摁住他的手，脸色苍白道："结错印了。我来。"

墨燃揽着他，让他靠着自己坐起，却止住了他的手："别再动了，你教我。"

楚晚宁虽然犹豫，但也知道自己的灵力一时受损，不一定能施好法术，人命攸关的事情，不能含糊，于是握住墨燃的手，将墨燃的十指一一搭好，摆正位置，而后沙哑道："施咒。"

灵流自指尖溢散，在空中迅速撑开结界，形成蓝色的水波，包裹住那些心智迷失的傀儡。

楚晚宁稍松一口气，想夸墨燃几句，岂料睫毛一抬，瞧见地狱之光映照下，那张英俊脸庞上，竟有湿润的泪痕闪烁。

他……怎么哭了？是因为谁？楚晚宁有些茫然。

师昧不在这里，薛蒙没有受伤，其他人墨燃都不认识，所以，他是否能斗胆包天地猜测，墨燃此番落泪，是为了自己？

"别哭。"

墨燃回过神，近乎是仓皇又胡乱地擦了擦脸。

"这么大的人了，像什么样子。"

墨燃只目光湿润地望着他，问他："疼吗？"

听他这样说，楚晚宁愣了一下，而后疼痛未息的胸口，陡生一阵柔软如温泉水的暖意。

"一点儿小伤而已，大概是方才同时召唤两把神武，灵力损耗太大，所以旧疾发作。"楚晚宁抬手，犹豫一下，摸了摸墨燃的头发，"不用担心，我不疼了。"

而后他又转过头，去看那漫天肆虐的地狱之火，烈焰红莲，眸色渐沉，眼底疼痛镇下，目光近趋狠稳。

"你看准了南宫柳要做什么，找好时机。"他顿了顿，再开口时毫不踟蹰，"杀了他。"

楚晚宁目光极恨，其中更有悔意。

南宫柳说得不错，在金成池边，正是当年十四五岁的自己，初涉红尘，涉世未深，放过了那时就已露出恶魔脸庞的南宫柳。甚至为了顾及上修界安稳，为了不让尚且年幼的阿驷知道，他也没有把南宫柳为了得到神武，献出自己妻子的事情公告于天下。

是他年轻时愚昧的天真、过多的善意，酿成了如今局面；是他放虎归山，惹来此刻熊熊红莲业火……

南宫柳究竟想要做什么！

二

师尊杀徒

像是回应他,翻滚的熔流中,忽然踏出一只巨大的骷髅脚,光是指甲就有车辐辘那么宽。这只脚落在甘泉湖里,半个湖便被填满,紧接着另一只脚又落下来,踩断了岸边无数橘树。

一架硕大无朋的骷髅咆哮着从天裂里跨出,转动僵硬的脑颅,仰天嘷鸣,声震九霄,随后擎着一把枷锁叮当的利斧,"嗬——"猛地劈在岸上。

巨斧入土,激起层层热浪,泥石翻滚,草木瞬折。

眼见着薛蒙站着的地方就要塌陷下去,忽然一道蓝光起,竟是南宫柳手持双剑,挥出浑身灵气与之相抗。只听得砰一声暴响,两股力量相撞,泥土和碎木纷纷炸裂。徐霜林在旁边支持着水系结界,喝道:"打它两肋之间!你瞧见了吗?!"

"瞧见了。"南宫柳咬牙切齿道,竟一扫平日里唯唯诺诺的软弱模样,朝着巨骷髅的胸肋处进攻。墨燃定睛一看,只见那骷髅头的胸口处燃着一簇火焰,火焰里影影绰绰是个被吊缚着的人形。他想再看清楚一点,却因为巨骷髅与南宫柳打斗时的火光跃动而瞧不真切。

照理说南宫柳从鬼界大费周章召唤出这样一个以一当百的煞神,怎么说也应该让它听命于自己,为祸人间,这才好理解。但看南宫柳如今架势,好像豁出了毕生修为要和这个东西拼命。

这真是太奇怪了……

但没有时间细想,薛蒙他们还立在原处,再这样打下去恐遭波及,墨燃回忆着楚晚宁的结印手势,低喝了一声:"见鬼,万人棺!"数十道红色柳藤犹如腾蛇从四面涌来,将岸上的那些棋子纷纷包裹住,而后往外围退去。

"不错,你用得好。"

楚晚宁的一句肯定让墨燃胸腔温热,此时此刻,他最重要的人就在身边,要保护的人也都受到了神武见鬼的庇护,墨燃这回看他们交战,心思就安定多了。

他发现南宫柳的攻击术法虽然上不了台面,但避闪和防御都是一流的,也不知道这人是不是从小就偏爱修这一类法术,难怪前世自己屠杀儒风门,这位赫赫威名的掌门逃得比兔子还快。

巨骷髅攻势虽狠辣，但碍于身形庞硕，行动迟缓，竟一时没有伤及南宫柳半分，南宫柳沿着它的森森骨架越升越高。他华袍招展，斗笠的鲜红穗子翻飞——站到了巨骷髅的胸肋骨上，隔着白骨，看清了骷髅心脏位置吊着的人……

　　南宫柳先是大喝一声，像是极度煎熬之后解脱的人，表情扭曲狰狞，随即仰天大笑起来："哈哈哈……哈哈哈哈哈！我找到了！终于……我终于找到你了！！"

　　他那双闪着精光的眼睛在斗笠深处暴着血丝，他怒喝着、狂喜着，嘶吼道："我找到了！"

　　那火焰里包裹着的是个双目紧合的男子，瞧上去单薄又脆弱，没有太出彩的相貌，是很容易令人淡忘的脸。

　　南宫柳不断地喃喃着，近乎癫狂："我找到了，我找到了……哈哈，哈哈哈哈哈……我找到你了……我找到你了……"

　　他猛地抬起手中蓝光流动的剑，朝着巨骷髅的内核，那个沉睡着的男子狠狠刺去！

　　岂料就在这一瞬间，那死一般沉寂的男人抬头，猛然睁开双眼。徐霜林在下头急怒攻心地喊道："别看他的眼睛！我告诉过你别看他的眼睛！"但是南宫柳和那男人的距离太近了，猝不及防地和那人四目相对，南宫柳只来得及看到那双犬兽般圆润的眼中瞳孔猩红，流出滚滚血泪，紧接着浑身便感觉撕裂般剧痛。

　　他"啊"地大喊一声，竟从高空直直坠下，摔在地面，要不是徐霜林撑起一道结界护着他，只怕能摔得筋骨皆断。

　　徐霜林快步行来，一双赤裸的脚在地上直跺："你看他做什么？不是和你说过一看他，就会感到他魂灵所受之苦吗？你……"

　　话说一半住口了，南宫柳从地上摇摇晃晃地站起，斗笠摔掉了，露出散乱的发髻和乱发下一双惊慌失措的眼睛。

　　"啊……啊！"

　　月光毫无遮掩地照在了他的脸上，他手指痉挛，极痛苦地去捂着自己的脸庞，但是没用，所有暴露在月夜里的皮肤都迅速地开始皲裂、爆开，翻卷出鲜红的嫩肉，血液不住地往下流。

　　"啊！"

　　南宫柳狂叫着，试图用衣袖去遮脸，这却使得他双手和小臂也在慌乱中露了出来，那里的皮肉也开始迅速撕裂，血肉斑驳。

　　墨燃和楚晚宁在远处看着，均是难以置信——南宫柳这是怎么了？

　　他居然……不能直接照到月光吗？

　　衣帛招展，鹰翅般猎猎抖开，徐霜林将自己的外袍脱了，劈头盖脸地甩在南宫柳脸上，将他罩得严实，自己则仅着一件洁白亵衣站在冬夜里，竟也丝毫不觉得冷。他衣襟微敞，下头是结实的胸膛在微微起伏，见南宫柳软如筛糠地瘫坐在地上，一时气恼，抬起光裸的大脚丫子，竟毫不恭敬地照着掌门的脑袋踢了一脚："坐着干什么？还不起来！要是聚起来的灵力耗完，你还没把它杀了，你这辈子都别想好！"

谁知南宫柳那个色厉内荏的废物点心，竟然一把鼻涕一把眼泪地坐在地上哭了起来："我痛死了……生不如死，真的生不如死……我脸上都是血……手上也是……我受不了了……霜林，我受不了了……你替我……"

"我替你我替你，什么都是我替你！"徐霜林勃然大怒，一脚又朝他的脸上踹去，"你怎么不干脆把掌门位置让给我？让我替你来当算了！"

"你以为我不想吗！"南宫柳被踹得摔倒在地，低号起来，"你以为我不想吗！我早就当腻了！罗枫华留下的诅咒害我一辈子！他让我在这个尊位上永世不得脱身！你来啊！我巴不得能有人替我！我只恨摘不下手上这扳指！"

"罗枫华？"墨燃低声道，"这名儿好熟悉，像在哪里听到过。"

"那是南宫柳之前的儒风门掌门。"楚晚宁听着他二人的对话，眉心蹙得极紧，"只当了两年，就罹患恶疾去世了。"

墨燃愣了一下："儒风门世代由南宫家族子嗣竞争继承，怎么会有掌门姓罗？不该姓南宫吗？"

"正常应该姓南宫，可是罗枫华是通过篡位夺权，成为儒风门掌门的。"

听楚晚宁这样一说，墨燃忽地想起来，自己早前读过的一本书上确实在记载儒风门史的时候提到过这个人，但是着墨不多，而且由于儒风门家史庞大混乱，里头涉及的恩恩怨怨太多，墨燃也实在没什么兴趣看这本家书，因此读时只随意翻了翻，并没有深究。

他微微睁大了眼睛："儒风门被篡权过？"

"嗯。因为这事情不光彩，且牵扯了现任掌门，所以如今很少有人会提。"楚晚宁道，"南宫柳这个尊主之位得来不易，年轻时，父亲走火入魔而亡，过世前虽已钦定他为继承者，但南宫柳还有个弟弟，那人心高气傲、法术绝伦，不服这个决定，便在父亲死去的当晚夺了儒风门掌门扳指，替代南宫柳，成为一派之主。"

"那篡位的人也应该是他弟弟，应该也姓南宫啊，怎么会姓罗？"

"你听我讲完。"楚晚宁看着远处南宫柳哆哆嗦嗦地从地上爬起来，披紧了霜林长老给他的衣服，再一次往巨骷髅胸口的火焰处奔去，继续道，"南宫柳那个弟弟血腥残暴，夺位之后短短三个月，就杀害了两个上修界的尊主，说是当年灵山大会比试，这俩人因为他是儒风门庶子，就给他小鞋穿，没有公正地评判胜负……后来更是为非作歹，把声讨谴责他的所有人都抓起来，拉到儒风门的广场上，一个个地挖掉了眼睛。我没有亲眼见过那场劫难，但有书上记载，他挖下来的眼睛装了三辆马车，才全部运走。"

墨燃心中栗然，缄默不语。

这时候应当发声怒骂几句才是正常的，可是他又有什么立场骂得出口？

这一世的楚晚宁根本不知道前世墨燃曾经做过什么，墨燃曾因一己私怨，杀了儒风门七十二城几乎所有的人，还把其中一个城的城主用凌迟果吊着一口气，折磨了他整整一年，才放那个人死去。

其实这次来儒风门，墨燃也一直尽量避免和那个城主照面，他与那人的仇恨太深了。

墨燃怕瞧见他，自己又会做出什么丧心病狂的事情来。

时至今日，仍有凶性——他又有什么资格骂别人血腥残暴？

那边南宫柳步步逼近巨骷髅的核心，再一次朝着那一团燃烧着的火焰提剑而去。他越靠越近，手中的佩剑在闪着熠熠寒光。

楚晚宁道："罗枫华身为那人的师尊，对他的暴行无可容忍，便与南宫柳一同哗变。两人在一天晚上起兵，顺利将那人赶下了儒风门掌门之席。但在权力驱使之下，罗枫华手握掌门扳指，却没有交给南宫柳……"

墨燃吃了一惊："他自己戴了？"

"不错。"楚晚宁道，"每个门派的掌门信物都附着强大的灵力，并且认主。儒风门的扳指也一样，谁戴了就是谁的，除非门派易主，否则唯死可破。"

"那罗枫华才当权两年就死了，难道是南宫柳为了夺回掌门之位杀了他？"

楚晚宁摇了摇头："儒风门正史上说罗枫华是病死的，病死之后，南宫柳夺回了掌门扳指，但真相如何，谁也说不好。你看南宫柳费尽心思引这个怪物出来打斗，口中嚷着诅咒什么的……当年的事情恐怕不会那么简单。"

墨燃也觉得事情不会那么简单，但心里头还有一个疑问："弟弟呢？南宫柳的那个弟弟，被赶下台之后怎么样了？"

"死了。"楚晚宁道，"哗变的那天晚上，罗枫华清理门户，亲手了结了自己徒弟的性命，据说是千刀万剐，剐成了肉泥。"

墨燃："……"

他不由得一阵心虚，心道，若是自己前世所为让这一世的楚晚宁知道了，那他的师尊会不会也要清理门户，把他碎尸万段，剐成肉泥？

他正胡思乱想着，忽听得"砰"的一声巨响，南宫柳的佩剑刺中了巨骷髅里面包裹着的那个男人，骷髅瞬时龇牙引吭，发出极为痛苦的怒吼，白骨嶙峋的巨掌在地上踩出一个又一个深坑。它怒而挥手，一巴掌就掀翻一大片橘树林，金黄色的果实滚落一地,又被踩碎。

在这血腥与果香交叠的诡谲气息里,巨骷髅忽然立着不动了,而后猛地跪于地面,熔岩飞溅,白骨刹那间化为齑粉,灰飞烟灭……

南宫柳一把抽出长剑,把巨骷髅里面跌落的那个男人一把夹住,狂喜道:"我做到了!我解脱了!诅咒破除了——诅咒破除了,哈哈哈哈!"

他御风而下,落于地面。而正在此时,一群见情况不对,从诗乐殿赶来的修士也纷纷来到了甘泉湖边。

孤月夜的掌门姜曦一见那滚滚流淌的岩浆,清俊孤高的脸上露出惊异之色:"无间地火?"他立即拂袖抬手,在身后诸人身上降下一层水系灵粉,每个门派防御的技能皆不相同,一般都是用结界,但孤月夜用灵粉,也一样能抵御炎阳炽焰。

姜曦做完这一切后,怒而回首,厉声责问:"南宫柳,这是怎么回事?!"

南宫柳却不答,紧紧抓着那个从巨骷髅里面被拽出来的男人,男人身体外面包裹的火焰已经消失了,与之一起消失的还有力量和意识。他并没有再睁眼,而是和普通的死尸没有任何区别,无力地倒伏在南宫柳的爪下。

薛正雍看到墨燃和楚晚宁,立刻冲过去,焦急喊道:"燃儿、玉衡,你们没事吧?蒙……蒙儿呢?"

墨燃忙安抚他道:"薛蒙没事,他在那里——"

薛正雍往他指的地方看去,薛蒙整个人被包裹在一根巨大的藤中,只有苍白的脸露了出来,不由得色变,跌跌撞撞地就要往薛蒙那里冲。墨燃拉住他道:"伯父,他只是暂时失去神志,一会儿就会好的,他在藤里会比较安全,你别过去,你和我们待在一起。"

薛正雍急道:"到底发生了什么?!大老远的就看有厉鬼降世,南宫掌门……"他说着回头,看到站在熔岩中的南宫柳,还有南宫柳怀里那具了无生气的死尸,话音顿时止住。

他忽然觉得有哪里不对,那具死尸,怎么有些眼熟?

好像很久很久之前,真的太久之前了……他见过这个男人的脸……

这个人的五官太平凡了,很容易淹没在往昔的岁月里,薛正雍一时也想不起来。可他觉得不对,这一切都不对。这时他看到南宫柳猛地抬起脸来,脸上血污纵横,嘴角却咧得极开。

南宫柳在哈哈大笑,眼中闪着异样光彩,和他一贯谄媚逢迎的模样完全不一样。

赶来的人群里有叶忘昔,也有南宫驷。

南宫驷喃喃道:"父亲……"

叶忘昔则看到了旁边的徐霜林，愕然道："义父？！"

徐霜林看了叶忘昔一眼，摇了摇头，示意她不要过来。烈火熔岩里，他衣襟微敞，松散的白色亵衣随风拂动着，脸上竟挂着一丝懒散的笑意，微微抬着下巴，看着眼前这一片热闹喧嚣，红莲地狱。

赤裸的脚踩在地上，圆润的脚趾动了动，踩起星星点点的火花，然后他低下头，似乎在等待着什么，火光倒映在他眼底，像是金红色的鲤鱼自暗夜池中游过。

"呀！"忽然间，人群里一个女修发出一声惊呼。

徐霜林没有抬头，只是微笑。他当然知道发生了什么，他已听到了身后的声音。

在他身后，南宫柳一把箍住了那个男人的肩膀，在月色下，低头咬上了那个男人的脖颈。

那一声惊叫之后，没有人出声，没有人指责，所有人一时间都没有明白过来眼前这一幕究竟是怎么回事，所有人都惊到了……

天下第一儒风门，掌门南宫柳，竟这样狠狠又狰狞地凌虐一具尸体？

这……怎么……可能……

"父亲！"

南宫驷是第一个崩溃的，疯了一般向南宫柳跑过去，叶忘昔拉不住他，便和他一同跑到了南宫柳的面前。

"父亲，你在做什么？你这是在做什么？！"

"掌门——"

南宫柳充耳不闻，用以遮面的衣服早就掉了，红红皱皱的皮肉在月光下不断翻卷着，惹得他越发痛苦。他越痛苦就越丧心病狂，仿佛那是甘泉，是苦口良药，是他求而不得的解脱。

有的修士受不了了，人群中传来呕吐的声音，有人在无力地呻吟呢喃着："怎么会这样……"

"疯子……疯子……"

"好恶心……"

月光缓缓移动，照到了南宫柳身上，南宫柳先是低头痉挛，而后猛地抬头，张开黏腻的血盆之口，震颤暴喝着："啊！啊啊啊啊！！"

他脸上开裂的皮肉并没有因此而愈合，依然在月光里片片裂开掉下。

他已满脸是血，唯有眼睛里头尚余白色。他一把将那尸体扔在地上，踩在脚下，回头猛地拽住徐霜林的衣襟，兽一般嘶吼咆哮道："怎么回事？为什么没有用……没有用！"

他的经脉根根暴突，双手不停地颤抖，眼中布满血丝，还有大颗大颗泪珠因为剧痛而滚落下来。
　　"痛……痛死我了……恨不能死……恨不能死！"他低喝着，近乎绝望，忽地想到了什么，又松开徐霜林，低头去掏那个男人的心脏，"灵核！一定是力量还不够……我要吃了他的灵核！灵核……灵核，灵核……"
　　他从男子胸口的剑创里探进去，不住地摩挲着，满手血污，近乎癫狂。
　　岂料这时，一只利爪猛地从他背后刺入，狠狠地洞穿了他的胸肋。南宫柳一时愣怔，似乎还没有反应过来发生了什么，也不觉得痛，就那么愣愣地回首。
　　他睁着血丝弥漫的双眼，看到徐霜林抬眸，干净清爽的脸上带着微笑。
　　"吃什么？你这种人，吃什么都是浪费。"

三

师尊，是他

被灌注灵力的爪钩猛地收回，带出大片鲜红。

南宫柳的嘴唇开了又合，合了又开，半天也说不出一句话来，好像完全没有想到徐霜林会在背后给他开个窟窿，半晌之后，才哇地吐出了一大口血，直挺挺地跪倒在地上。

"爹！"南宫驷的惨叫撕裂穹苍。

"掌门！！"

众人皆惊。

徐霜林心平气和地蹲下来，漫不经心地从乾坤囊里拿出一个果实，塞到了南宫柳口中，强迫他吞食下去。

墨燃眼尖，顿时色变："凌迟果？！"

徐霜林喂给南宫柳的，正是当时在桃花源吊着羽民一口气，让人求生不能求死不得的凌迟果！南宫柳顿时痛不欲生，整个人犹如虾米一般蜷缩跪地，剧烈地打着寒噤。徐霜林看着他，眼里映着火光，照得双眼十分温暖。

"掌门，我可怜你活了大半辈子，但终究还是个任人摆布的废物。"

叶忘昔悚然道："义父？！"

"父亲……你放开我父亲！你放开他！"终究是血浓于水，南宫驷再不堪，见他如此惨状，南宫驷仍是于心不忍，怒发冲冠，向徐霜林袭去，却被徐霜林单手以防御之界制在了外面。

徐霜林转动眼珠，冰冷冷地瞥了他一眼。

"长辈说话，晚辈插什么嘴？给我跪着！"说罢，手凌空一指，南宫驷只觉得背上落了千斤，竟是站立不住，死咬牙关忍了须臾，仍是重重双膝跪地。

"阿驷！"叶忘昔立时护于南宫驷身前，既不能举剑对着徐霜林，也不能袖手旁观，一时神情既痛楚又茫然，"义父，你不要伤他……"

"谁要伤他？他算什么！"徐霜林把目光转回去，落在南宫柳的身上，然后抬起脚，踢了踢南宫柳血肉模糊的脸颊，"时隔多年，如今当着天下豪强的面，我可忍不住要与这个人叙叙旧呢。"

南宫柳呛咳出一大口鲜血来："叙旧？叙什么旧！你不是跟我说过，只要从无间地狱把罗枫华的魂灵召回来，他对我施加的诅咒就能破除，我就能痊愈康复，再也不畏……不畏夜晚？你骗我……你竟然……你竟骗我……"

听到这句话，那些年轻的修士还没有反应过来，但薛正雍这一辈的，俱是色变，薛正雍猛地往那具青年的尸体看去。

"罗枫华？"

"是罗枫华！"

躺在地上的，正是南宫兄弟的师父，也是曾经篡位夺权的那位短命掌门，儒风门唯一外姓尊主，罗枫华！

"你想得未免太美。"徐霜林笑道，"诅咒破除？当年你亲手杀了他，现在你又喝了他的血，吃了他的肉，你这么残暴，居然还想要诅咒破除？你真是好天真哪。"

"我难道不该喝他的血，吃他的肉吗？！我虽为夺权位，送他早死，但他死前在掌门扳指上留下诅咒，让我戴上之后——这十余年！没有一天……喀喀，没有……没有一天……晚上能过正常日子！我……难道……不该……"

"该啊。"徐霜林面无表情地表示赞同，"太应该了。"忽而扭曲地又笑，他干脆蹲下来，抬起南宫柳的脸，说道，"你做得好极了，没人能做得比你更好、更出色，没人比你更听话……掌门，没人能比你更蠢了。"

他邪狞地笑着，总结道："废物。"

徐霜林说完，缓缓起身，脸上竟带着庄重又平和的温暖笑意，展开双臂，对所有人亲切道："诸位贵客，晚宴吃完了，徐某人这里还有一道饭后点心，想请诸位一同品鉴。"

有人怒喝道："徐霜林！你到底要做什么？！"

"其实也没什么，不过想请大家分享一些趣事而已。儒风门睥睨修真界百年，腥臭丑闻不胜枚举，而其中，有一件事，徐某等了十余年，今日就要当着全天下的面，公之于众。"他说到这里，声音由高亢变得和缓，而后轻轻巧巧地道了一句，"这恐怕是儒风门，最后一段秘史了。"

南宫柳听他这样说，心下忽然涌起一阵强烈的恐惧，急剧地觳觫着，嘴唇打战，几乎说不出话来，只有一双眼睛直勾勾地盯着立在熔流之上的那个人："你……你究竟是……谁？！"

徐霜林侧过脸，微微一笑，并不作答。他手里忽然亮起一道光彩，一把匕首出现在他掌心中，他用力一握，划破皮肉，鲜血从他手心里涌出来。他蘸着血液，在手臂上画了一个阵法，而后轻轻一吹，说道："西窗扁舟子，载君来入梦。"

而后他又回头笑道："掌门，你若要知道我是谁，看完这些东西，便一清二楚。"

墨燃欲阻他所为，被楚晚宁轻轻拦住。

"师尊？"

"不是恶咒，是回梦结界，和桃花源羽民使过的那种法术极为相似，是能让所有人看到他回忆的法术。"楚晚宁道，"等一等，看他究竟要说什么。"

徐霜林吹到风中的阵法光华流淌，越飞越高，不住地扩大，顷刻将整个甘泉湖都笼罩在了阵下。细碎的回忆残片犹如砂粉，从天穹中缓缓飘落，湖面很快被徐霜林的记忆所覆盖……犹如大雪将地面换上新装，随着法阵力量的不断溢散，场景变了。众人虽然仍然站在甘泉湖周围没有动，眼前的草木熔岩却在淡去，最终成了儒风门飞瑶台的模样。

这个幻象里的飞瑶台空荡荡的，只有两个人，一立一坐——立着的人赤着脚，穿着随性，头发也不好好梳着，发冠甚至戴得有些歪，是徐霜林；而坐着的那个人穿着暗红色黼黻华袍，面容腻白，是南宫柳。

南宫柳抚摸着大拇指上那枚嵌着幽碧翡翠的掌门扳指，脸上闪烁着激动又焦躁的光芒："那五把神武都准备好了？"

徐霜林懒洋洋地说："你已经问第九遍了，今天要是再问我第十遍，我就撒手不干了。"

南宫柳因为心绪难安，不住地抖着腿："好、好，那就等着宾客到齐，等着驷儿大婚那天吧……你再把祭品名册给我瞧一眼，我要看看到现在为止，这名册上的人还差几个没来。"

徐霜林丢给他一本名册，南宫柳立刻迫不及待地翻了起来，目光很狂热，像是渴疯了的人饮水一般，将名册翻得哗哗作响。他数了一遍，不放心，又数第二遍，手指戳在名册上，像是要把册子戳出个洞。

"都来齐了。"徐霜林见他念念有词的疯狂劲儿，说道，"二十多个五行纯澈的人，另外算上这些年你编整的五行灵力卫队，这些人的灵核之力凑在一起，再借助神武，威力虽然不如直接使用精华灵体来得厉害，但也足够了，保证打得开无间地狱的大门。"

南宫柳攥紧了名册，不住地点头："好。"

"不过这是最后一次良机，要是再搞砸了，你要想破除诅咒，恐怕是难上加难。"

"绝不能搞砸！"

徐霜林懒洋洋道："你应当说，绝不会搞砸。"

"好好好，绝不会搞砸，绝不会搞砸。"南宫柳顿了顿，又道，"霜林，我仍是不放心，我们再对一遍计划？"

"大哥，你已经对了一二十次。"

南宫柳不管："多几遍，谨慎一点儿总是好的。"

徐霜林显得有些无奈："行啊，随你。"

南宫柳就盘算道:"等驷儿大婚前夕,所有客人都会来到诗乐台,我就安排抓阄,抽出那二十一根事先做好了标记的签。"他抬头去看徐霜林,"接下来就轮到你了。"

"嗯,我会自请同往。"徐霜林没办法,只得应和着他,"进了密林后,我就引着祭品们来到甘泉湖边,步下珍珑棋局,让他们乖乖听话,把灵力献给神武。等这件事顺利完成之后,我会操纵所有人,往空中发射引信烟火,同时撕开鬼界裂痕。"

"好、好!"与徐霜林的懒散不同,南宫柳显得很激动,纸上谈兵着,"看到烟火之后,我就率领五支卫队,以平息天裂之乱为名,率先赶往狩猎林与你会合,而后我们把五支卫队也做成珍珑棋子,献祭出去!"

徐霜林点了点头,总结道:"应当不会出现什么失误。"

"绝不能出现任何失误。"南宫柳握紧了扳指,脸色发青,"我已经受够了,我受够了……"他喃喃了一会儿,猛地抬头问徐霜林,"霜林,不用精华灵体真的没有问题吗?万一神武的力量不够纯净……"

"你放心,这五把神武都是极品中的极品,巅峰中的巅峰,有移山填海之能,吸取了祭品灵流之后,必当成功。"

"万一呢?我说万一,万一无间地狱大门无法开启,万一又和彩蝶镇一样,有人出来阻碍……你看那个楚晚宁!"南宫柳啐道,"什么晚夜玉衡北斗仙尊,多管闲事!上回在彩蝶镇,歪打正着弄死了他,本是一件天大的好事,谁知道怀罪那个老秃驴居然有能耐让他复生——可恨!"

墨燃看到这段,心中不禁愤怒:当年彩蝶镇惊变,儒风门还派了大批修士来平乱,百余名儒风门弟子也死在那场混战中,这两个人也都心知肚明……

那么假勾陈是谁?是南宫柳,还是徐霜林?!

"楚晚宁命不该绝。"幻象中的徐霜林说道,"他是个有能耐的人,轻易死了,总是可惜的。"

"有能耐又怎样?我就看不惯他那张傲到天上去的脸!"

"哦,这么说,我倒是想起来了,掌门仙君,你前几日见过楚晚宁了吧?怎么样?死而复生,他灵力有没有受损?"

"灵力怎样倒是不知,但脾气丝毫没减。"南宫柳恨恨地说,"清高在上,目中无人。我在他面前就像一只在烂泥里打过滚的狗!"

徐霜林笑了起来:"掌门这比喻倒是有趣。"

"你不提倒好还,一提我就一肚子气!我堂堂天下第一大宗门的尊主,对着楚晚宁点头哈腰也就算了,还要看他徒弟脸色。他那个徒弟,厉害了,墨宗师,没规没矩,性子比师父还差。"

他缓了口气，眼神中闪着恶意的光泽。

"好一个木之精华灵体，我只恨不能弃了神武不用，还是和最初的谋划一样，拿着他的血肉当人柱之力去祭天！去撕开无间地狱的大门！"

"金成池、桃花源，失败了两次。"徐霜林道，"后来他独行五年，五年间，我们难以找到他的行踪，唯一一次诱他上当，成功地让他被黄河水怪重伤，那小子却福大命大，被路过的姜曦救了。如今墨燃羽翼已丰，再不是当初那个十六七岁的少年，我们谁都动不得他。精华灵体这条路，行不通的。"

"等着吧！"南宫柳怒道，"等破除了诅咒，我必功力大增，到时候不论是楚宗师还是墨宗师，都得跪在我面前听我的号令！"

徐霜林听他这样说，只是笑了笑，并没有搭话。

南宫柳自己负气一会儿，渐渐平静下来，缓了口气，盯着自己手上那枚扳指，忽然道："霜林，五年前你放弃了寻找精华灵体，不仅是因为墨燃下山游历，行踪杳然吧？"

目光缓慢地从扳指上移开，南宫柳说："还因为，你查下去，发现了土系灵体是叶忘昔，对不对？你舍不得献出你的养女了，她是你在这世上唯一的亲人……"

"我在这世上没有亲人。"徐霜林面无表情地打断他，"更何况掌门你也清楚，火属性灵体是令郎，就算我舍得叶忘昔，掌门你又能舍得驷儿吗？"

"罢了。"南宫柳挥了挥手，神情恹恹，"既然神武可以替代，那还有什么好说的？不说了，就这样吧。"

"那如果神武不可替代呢？"

南宫柳吃了一惊："什么意思？！你不是说绝无闪失的吗？"

"掌门何必紧张，我只是突然好奇而已，若是这世上唯有用那五个活人灵体，以驷儿做祭品，才能顺利地使得无间地狱大门洞开，尊主又会做何抉择？是继续忍受着诅咒之苦，还是……"他嘴角带着一丝讽刺，没有再说下去。

南宫柳没有答话，过了很久，久到众人以为这一段回忆就要这样结束了，南宫柳却轻声缓语地道了一句："人不为己，天诛地灭。"

听到他这样说，所有人脸上都起了异色，尤其是薛正雍这种爱子如命的，更是全然无法理解南宫柳的抉择，震怒道："荒唐……虎毒尚不食子，为了活命不惜牺牲自己儿子，简直荒唐！"

而南宫驷木僵地站在原地，脸上挂着些许茫然，除此之外，什么表情都不再有，眼中空荡荡一片……场景一黑，那些晶莹的记忆残片再一次拂动翻涌，发出风铃碰撞时泠泠的细碎声。幻象再一次显现时，众人眼前天高云阔，巍峨雪山反照刺目白光，有人惊呼道："是金成池？！"

四

师尊所敬重的容夫人

是金成池，池边"拟行路难"的碑帖遒劲有力，字迹鲜红。

场景中依旧只有南宫柳和徐霜林两个活人，之所以说只有两个活人，那是因为地上还横七竖八地躺着无数死人。

或者可以说，是一些死去的鲛人。

"快一些，再封着道路不让其他修士上山，恐怕会引起怀疑。"

"就快好了。"徐霜林给一只鲛人嘴里塞进一枚黑子，然后默念咒诀，那鲛人摇摇晃晃地从地上站起来，朝着两人行了一礼，扑通一声跃回漂浮着碎冰的金成池中。徐霜林道："这个禁术我用得还不熟练，等再纯熟一些，就不需要这样一个一个喂他们棋子，只要凌空点一点，就能秉承命令，供我差遣。"

"这么厉害？"

"不然怎么叫禁术？就算修炼到那种程度，都只是皮毛而已，我见过有人……"徐霜林忽地不说了，笑了笑，"我是说，我看到书上记载过有人可以保留生灵的全部意识，同时让他们心甘情愿听其差遣，那才叫厉害。我这种程度只能操纵肉体而已，控制不了精神，还差得远。"

南宫柳点了点头："你也不用修炼得太出色，惹人注目总不是什么好事。"

"尊主说得是。"

"不过亏你想得出来这个法子——解开我的诅咒，需要打开无间地狱大门，而打开无间地狱大门，又需要金木水火土五行灵力俱全。这世上的精华灵体不好找，我们总不能挨个儿门派测过去，但你竟有能耐将金成池改天换地，那些来求剑的修士是什么灵核，全都会老老实实地告知于你，真是坐享其成的好事。"

他一边说着，一边从旁边马匹的褡裢里取出个橘子，剥了皮，一边吃一边赞叹道："霜林，金成池的那些精怪都斗不过你，你可真有能耐。"

徐霜林微笑道："金成池虽是上古遗迹，但历经亿万年，勾陈上宫的神力早已削至微乎其微，不然以我之能，又如何可以乘虚而入？尊主过誉了。"

南宫柳哈哈大笑："说吧，要我怎么赏你？"

"我没什么所求的。"

"哎，不行，必须说一个。"

"那尊主赏我一半橘子吃吧。"

南宫柳一愣，随即笑道："这算什么？"但他还是剥了橘子，递给徐霜林，"整个都给你。"

"一半就好。"徐霜林淡淡笑着，"我要得也不多。"

"你这人真是奇奇怪怪的。那一半就一半吧。"

南宫柳说着，把橘子肉递过去，徐霜林的手指尖有血迹，不方便接，直接从南宫柳指尖叼去吃了，粲然道："甜美多汁，味道不错。"

那一瞬，日光下徐霜林的笑容似乎有些瘆人，橘子汁水洇染出了一些停在嘴角，被他伸出舌头舔掉，毒蛇吐芯般的姿态。

南宫柳忽地有些害怕，立刻便把手收了回来，但脸上随即又露出了懊恼而迷惑的神情，似乎不明白自己究竟在怕些什么。

徐霜林忽然道："你看那个。"

"什么？"南宫柳闻之望去，须臾之后，眼睛蓦地睁大了，一张微胖的脸上，露出极为复杂的神情来，"是……它……"

"食人鲳。"徐霜林把那条死了的鲳鱼拎了过来，摔在砂石嶙峋的滩涂上，俯身细细打量，那条狮面鱼身的怪物龇牙咧嘴，露出血渍斑驳的犬牙，一双灰黑色的眼睛暴突着，里头惨然无光。

徐霜林蘸了一点儿它身上的血，闻了一下，不由得下意识地蹭蹭光裸的脚丫子，皱眉道："哇，真臭。"

他站起来，踢了那鲳鱼一脚："这应该是金城池内少有的恶兽了，虽说勾陈当年留在池中镇守神武的都是瑞兽，但漫长的时间足以改变很多东西，厉鬼可以超脱，神明可以堕落，何况区区一只神兽。"

南宫柳喃喃道："当年就是它……要我献上容嫣的心脏……"

幻象外的众人闻言悚然，除了已经知道真相的楚晚宁，其余人皆比方才更为吃惊："什么？！"

"容嫣……那是……那是……"

有人念叨着，还有人已经回头看着南宫驷，又是错愕又是怜悯："那是他的……"

南宫驷先是愣怔，继而浑身都开始发抖，踉跄着后退，整个人跌跪在地，一张脸比死人更惨白，比鬼怪更可怖。

"娘？不可能……不可能的！"

叶忘昔忍着泪道："阿驷……"

"不可能的！！"南宫驷趋于癫狂，英俊的脸庞因着恐惧与愤怒、悲痛与惊悚而扭曲，五官近乎错位，谁的话都听不进去，什么声音都再听不到，"不可能的！

我娘是斩杀妖兽的时候死的！父亲跟我说过她是斩杀妖兽的时候被穿心而死的！"

紧接着他猛然一震，喃喃自语道："没有了心脏……穿心而亡……"

他没有哭，眼睛睁得滚圆，目眦欲裂，不住嗓音沙哑地重复着，从呢喃到低喝，从低喝到嘶吼，从嘶吼到疯狂地嚎啸："穿心！穿心！"

记忆猛地闪回，那年他还很小，父母和一行人一同出发，去金成池求剑。他记得很深刻，头一天晚上自己因为贪玩，和瑙白金在后山林苑里疯到很晚，露浓夜深了才偷偷溜回屋子里想要装在背书，却不知道母亲晚饭过后曾来找过他，要给他一个新绣的布箭囊，结果找了一圈，在公子府邸没有见着人，就知道他又偷摸着出去玩了。

容嫣是个性子非常沉冷的女性，从不像寻常娘亲一般对儿女亲密溺爱。她再次来到南宫驷的寝室时，南宫驷正装模作样地举着一卷《逍遥游》，摇头晃脑地诵读。容嫣便让他停下来，问他："你吃完晚饭后，都做了什么？"

南宫驷并不知道容嫣早已发觉自己出去玩，放下书，挠着头灿烂笑道："娘亲，我、我背书呢。"

"一直在背吗？"

小孩子怕被责罚，支吾半晌，仍是点头："嗯……嗯嗯！"

容嫣微微抬起秀逸的颈，扬着下巴，垂眸睥睨，眼神锐冷："撒谎。"

南宫驷吃了一惊，涨红了脸："我没有。"

容嫣并不多言，拿过他的竹简，合卷问道："举世而非之而不加沮，前一句是什么？"

"且……且举世而……而……"

"且举世而誉之而不加劝！"容嫣秀眉紧蹙，把竹简哗地往案上一拍，厉声道，"南宫驷，为娘平日是如何教你的？在外头疯玩到那么晚就算了，你如今怎的还学会了骗人？！"

"娘……"

"你别喊我！"

南宫驷见她着恼，不由得慌了神，比起敬畏和蔼可亲的父亲，他其实更敬畏自己这位素来戎装进出、英气逼人的母亲。

"你太不像话了。"

小小的孩子不由得红了眼眶，生怕她再责骂自己，便怀着一丝侥幸，争辩道："我、我也没有回来得太迟，只是吃完饭稍微在外头玩了一会儿。"

容嫣瞪着他，原本还没有那么光火的母亲，在儿子绞尽脑汁的狡辩里越来越失望，越来越愤怒。

"天一黑我就回——"

"啪！"一声响亮的耳光打断了南宫驷的话头。

容嫣胸膛起伏，仍维持着扬手的姿势，怒极而喝："南宫驷！贪怨诳杀淫盗掠，是我儒风君子七不可为，这句话你学到哪里去了？你还要继续骗你娘亲吗？！"

南宫驷被她打得发愣，过了好一阵子才回神，泪水霎时盈满眼眶，觉得委屈了，大声嚷道："要不是你这么凶，我、我干吗要骗人？你动不动就打我骂我……你、你待我一点都不好！我不喜欢你！我喜欢爹爹！"说着就要跑出去找南宫柳。

"你给我站住！"

容嫣一把将他拽着，脸色极为难看，一根施着鲜红豆蔻的手指点着儿子的鼻尖，眼中怒焰涌动。

"找你爹做什么？你爹成天唯唯诺诺、溜须拍马，就是个废物。你难不成要跟他学吗？！给我坐下！"

"我不要！我不要！"

容嫣咬着银牙，将不断挣扎的南宫驷拖回座位上，可一放手，南宫驷又要跑，最后不得不一抬手，轰然降下一道禁制，将他整个缚住。南宫驷跪倒在地，又是屈辱又是气恼，犹如一只笼中困兽，不住地喘息着。

"你放开我！我不要你这样的娘亲！你……你从来都没有对我好好说过话，你从来都不关心我，就只会骂我……你就只会骂我！"

容嫣脸色红了又白，嘴唇微微颤抖，半晌道："你给我老实待在屋子里，把《逍遥游》通篇背出，明日我来检查。要是再顽劣，我就……"

她说到最后，竟也有些茫然了，就怎么样？她其实并不知道。她素来铁血手腕，性子刚烈，哪怕面对自己那懦弱的丈夫，都能毫不客气地当众训斥，给他颜色看。

但南宫驷……她能怎么办？

她在原地站了一会儿，又是酸楚又是愤恨，又是伤心又是无奈，激怒攻心下，不由得剧烈咳嗽起来。她是有旧疾的人，咳着咳着就呛出了一口瘀血，但她浑不在意，在南宫驷未及看到的时候，就拿手绢拭掉了，而后声音沙哑而郁沉地开口。

"驷儿，你尚且年幼，这世上的是非对错，往往不是靠你一双眼睛就能看清的。有时候待你宽容的人，未必就盼着你好；对你苛严的人，也未必就望着你坏。你爹软弱无能，何况……"她顿了顿，没有立即说下去，斟酌一会儿，放弃了这句话，转而道，"娘亲不希望你以后成为他这样的修士，成为他这样的掌门。"

南宫驷咬唇不语。

"你顽劣，课业不用心，这些都不算大事，但你怎能学会说谎骗人？我儒风门皇皇百年基业,便是一直坚持着君子风骨,才有颜面立足于众仙之巅。这些道理你爹从不认真教你,但我是你娘,他不跟你说,便由我来耳提面命,一次一次跟你重复。哪怕你不听,哪怕你觉得我苛严,哪怕你恨我。"

"爹爹不跟我说,那是因为他把我当驷儿,他让我开心,他便开心,你呢?"南宫驷怒道,"什么娘亲?你只把我当儒风门的少主,当以后的掌门!我跟你在一起,半天好日子也没有!我不听你说的!"

容嫣恼得厉害,雪白的脸颊上泛起一丝不正常的潮红,以帕掩面,又是一阵咳,而后喘了半天的气,才严厉道:"好。你不听,我就一直讲与你听,讲到你终有一日明白为止。"

小孩子倔得厉害,干脆拿手捂住了耳朵。

容嫣坐在椅子上,慢慢平复下来,但心口还是阵阵抽痛。她想起自己早年除妖时受过的伤,虽然每日吃药吊着精气神,但如今还是转为沉疴,病得越来越重,再抬眼看灯烛之下稚子忤逆的模样,不由得闭上了眼睛。

半晌,她语气稍缓,说:"驷儿,娘亲不可能陪着你一辈子,总有一日会无法再盯着你,无法再警醒你,只希望你自己往后可以懂得……"

她忽然没有再说下去。

因为,她看到南宫驷蹲在地上,小小的身子蜷成一团,在她布下的禁咒结界里痛哭。她的孩子,那个一直开开心心、欢腾明快的驷儿,在她的打骂中,哽咽着。

容嫣愣怔良久,缓缓站起,走到禁咒结界前,抬起手,想要解开,想要俯身抱起他,抚摸他红肿的脸颊,亲吻他的额头。

可是她忍着,最终仍是狠绝地立着。

她慢慢地把后半句话说完:"你自己要懂得……贪怨诳杀淫盗掠,是我儒风君子七不可为。"

"我不懂,我不要明白,我……我……"南宫驷抬起泪眼模糊的眸子,朝禁咒结界外的母亲哭着大喊道,"我讨厌你!我没有你这样的阿娘!"

那一瞬间,禁咒结界外,容嫣的脸庞是那么苍白,素来冷毅的面目,竟好像是伤心欲绝的。

那张脸,二十余年来多少次在南宫驷的睡梦中出现,醒来时枕头早已湿润,那时候的自己就像一只剧毒的蝎子,挥舞着毒刺,把恶毒的汁液用力扎进母亲的心里。

痛,真的痛——历经一生也不会缓释,永远无法与自己和解。

第三天,容嫣没有来府邸看他,只让侍女给他送来了一只绣着山茶花的箭囊,还有一封书信。信上母亲笔迹端正肃穆,没有太多好言语,只说知道驷儿近日习武，喜爱弓箭，就绣了一只箭囊给他用。又说自己要和他父亲一同去金成池，待回来之后，还会抽背《逍遥游》，望他莫要再贪玩任性。

他呢？他是怎么做的？

他余怒未消，心怀怨怼，拿刀子把母亲缝制的箭囊划成数片，把母亲的书信扔到火塘里烧成了灰，撕毁了案上的《逍遥游》。在那四分五裂的决绝中，年幼的孩子觉得好痛快。

他报复她。他讨厌她。他要让她知道，他永远不会听这样糟糕的一个娘亲的教诲，他决不会妥协，他……

他龇牙咧嘴极尽恶毒，他心机费尽，城墙高筑。

他等着母亲向他低头，向他认错，或许……那时候的他，只是在用他那些令人怜悯的恶意，想换来娘亲的一句软话、一个拥抱。

可他什么都没有等到——认错也好，拥抱也好，悔恨也好，温柔也好。

他严阵以待，扬扬得意，等着向那个女人再次宣战，然而——

他等来了她的尸骨。

"儒风门掌门夜林遇袭，其妻以身相护，穿心而死。"

扶柩回来的时候，南宫驷呆呆地站在儒风门巍峨入空的城楼边，白帛与纸钱飘散一地，他作为唯一的嫡子，站在最前面等着，按习俗，长老摔盆，夫人的棺椁就可以跨过火塘，被抬回门派里面。这时候嫡子要跪地痛哭，以头抢地，迎接母亲灵归。

可是南宫驷哭不出来。

他觉得那么荒唐，一切都那么虚假，好像不是真的。太阳照在地面反出刺目的白光，他阵阵目眩，恶心欲呕。

不是真的。

……不是真的！

若是真的，他该怎么办？他怎么能够接受……这辈子，阴阳相隔，她对他的最后一句叮嘱，是"贪怨诳杀淫盗掠，是我儒风君子七不可为"。

而他回答她的，又是什么呢？

他不想记起来，可是偏偏那天恨得那么深，喊得那么刻骨，娘亲的脸在结界外是那样刺痛悲伤。

痛……

真的好痛。

他说，他这一生，对母亲说的最后一句话……他说的是……

"我没有你这样的阿娘。"

灵柩扶到,长老在旁边摔破了瓷盆,千人跪地哀哭,父亲在棺木旁早已泣不成声,而南宫驷只是站在那里,手中紧紧攥着的,是被他剪碎了的山茶花箭囊。

鲜红的花瓣,鹅黄的蕊,花上覆着雪,傲雪而生,好像她温暖的指尖才刚刚触碰过绢面,点开这姹紫嫣红。不知是不是她死前就有预感,抑或是巧合,她绣得很仔细,花朵栩栩如生,好像要把那些她没有说出口的爱意,把她余生所有的叮咛和嘱托都注入一针一线当中,锁在这只小小的箭囊里。

南宫驷紧紧攥着它。

那是他的母亲,他的阿娘,这辈子留给他的,最后一样东西。

五

师尊，我不想你再被人骂

幻象并不会因为南宫驷的苦痛而消失，仍在残忍地继续着，把当年那些血肉模糊的真相，一一摊在众人面前。

金成池边，南宫柳用脚踩着食人鲳的脸，左右打量一番，说道："畜生。"

"畜生想要夫人的灵核，尊主可以不给。"徐霜林道，"但尊主为了神武，还是把夫人卖了。"

"什么卖不卖的，别说得那么难听。容师姐本来身子就差，请了霖铃屿最好的大夫来看过，都说她时日无多了。若是她身体康健，我怎么会愿意将她献给这只恶兽？"

徐霜林微挑眉头，并没有说话。

南宫柳盯着那食人鲳看了一会儿，忽然有些生气，愠怒地抱怨道："命运不公。"

似乎是没有想到他这种名利双收的人还会指责命运，徐霜林有些诧异，居然失笑："什么？"

"我说，命运不公。"

"……"

"为何旁人求个神武，那些瑞兽所托之事，都是折枝花唱个歌什么的，到了我这里，偏偏召来一只恶兽，偏偏要我夫人性命——我能怎么样？我还能怎么选？"

南宫柳显得很愤懑。

"当年在金成池求神武的时候，你也看到了，随侍缄默，宗师指摘。那个楚晚宁……一个十五六岁的小子，竟然也敢那样触犯我，满口仁义道德的样子……真是站着说话不腰疼！我就不信如果是让他做选择，他会在一个快要病死的妻子和一把威力强悍的神武里选前者！"

徐霜林却笑了："那可真说不好。你别这样看着我，我是说真的，他们那种正人君子，你永远猜不透在想什么。"

"还能想什么？无非就是名垂青史、海内嘉赞而已。我能不知道他们？"

南宫柳越想越觉得憋屈，喋喋咒骂着踢了那鲳鱼一脚。

- 339 -

"自从当了这个掌门,我真是受尽了委屈,诅咒不说,还得整天对人笑脸相迎……也亏得我能忍气吞声,受得了胯下之辱,要不然恐怕求剑那年,我就得死在楚晚宁手里。"

"你说得不错。"徐霜林居然还是笑眯眯的,"我也觉得楚晚宁当年是真的想要杀了你。但没想到你居然劝得动他,非但从他的天问之下逃过一死,还封了他的嘴,让他没有把你在金成池边做的事情公之于众。要说保命的能耐,我还是挺佩服掌门仙君的。"

"他也知道儒风门不能大乱,再气又能如何?"南宫柳道,"何况我还有驹儿,让他以为他娘亲是除妖时重创而亡的,总比知道真相对他的刺激小得多。"

徐霜林叹了口气,居然很公正地点了点头:"难怪他要走,如果我是他,也该恶心透了你。"

"你以为我想啊?我有选择吗?我都说了——"南宫柳道,"命运不公。"

看到这里,有人悄然往楚晚宁这边看过来,嘀咕道:"原来容夫人那件事情,楚宗师竟然是知道的。"

"他知道还帮南宫柳瞒着,居然不告知天下。"

"他大概是怕事吧,他那时候才十五岁,要是真的得罪了儒风门,吃不了兜着走。"

有人轻声替楚晚宁说话:"我看不是,他只是因小失大而已,你听南宫柳不是说了,楚宗师不讲真相,是怕南宫驹知道了以后伤心呢。"

"可他这就有些轻重不分了,是一个小儿重要,还是一派之主的清正重要?唉,要是他早点说出来,儒风门也不至于到现在这个境地。"

"话不能这么讲,当年他要是真的说出来了,上修界恐怕要大乱一场……总之,各人有各人的抉择吧,换到你身上,你也不见得会愿意站出来。"

"呵呵,那可未必,换作是我,我绝对会立即出来点破南宫柳的真面目。这种事情,你要袖手旁观,就等于是帮凶。"

他们声音虽小,但墨燃耳力好,有几句飘到他耳朵里,他当即便怒了,正欲去论,衣袖却被人拉住。

"师尊!"

楚晚宁神情寡淡,摇了摇头:"无须多言。"

"可根本不是这样!他们没有听懂吗?那种情况下你怎么能把事情公之于众?是谁分不清轻重缓急?明明——"

楚晚宁淡淡地说:"生气?"

墨燃点点头。

楚晚宁道:"非要做点什么?"

墨燃又点点头。

楚晚宁道："行，那你帮我捂住耳朵。"

"……"

"我无意与之争辩，却也并不想听。你帮我捂着，等他们不说了，你再松开。"

墨燃就真的走到楚晚宁身后，抬起手，一边一只手，捂住了楚晚宁的耳朵。他垂眸看着面前的人，只觉得很愤懑，又很心疼，实在是想不明白，为什么楚晚宁把一切都做得那么好了，还会有人不满意？这个人两世仿佛都是为了别人活着的，从没有自私自利过一天，为什么只要一件事情做得有争议，只要一件事情处理得不是那么黑白分明，就要被那么多人戳脊梁骨？

好像事情总是这样，人们往往习惯于对恶人的一次善行感激涕零，而对好人的一点过错死咬不放。

前世踏仙君杀人无数，某日吃错了药，赠予无悲寺大师们每人万两黄金，于是人们交口称赞，都说踏仙君放下屠刀立地成佛了。那段时间，人们口中的踏仙君，因为这一件小善事，就简直浑身上下都散发着耀眼光辉。

而楚晚宁呢？楚晚宁是个无可争议的宗师，是天下至善至仁的仙尊，所以只要有一星半点儿的不对，都会被有些人恶意揣测。

多少次都是如此。

楚晚宁做事狠了，就有人怒骂他冷血；楚晚宁做事软了，就有人质疑他怕事。

墨燃在五年游历期间听到有人谈及当年彩蝶镇陈员外一事，竟指责楚晚宁是哗众取宠，所以才鞭抽雇主，伤及普通人——

"他就是个没有良心的木头人嘛，不然你们看看，正常人哪里会没有三五好友？再看这楚晚宁，十五岁叛出怀罪大师门下，后来就一直孤身一人，天下之大，谁愿意当他的朋友？"

"是啊，当年彩蝶镇那个陈员外，再怎么有错，那也是雇主，楚晚宁下手那么重，不顾及门派脸面，不顾及仙门规矩，我看他是孤苦伶仃久了，心理有些扭曲。"

心理扭曲？到底谁才心理扭曲？

这个人付出的，难道还不够多吗？

是不是真的要把他的血榨干、肉嚼碎，连骨头都分完，他才是对的，才是好的，才不愧天不愧地，才称得上名副其实的楚宗师？

墨燃捂着他的耳朵，楚晚宁身形高大修长，但是站在如今的墨燃面前，头顶只到墨燃的下巴。楚晚宁不是个柔弱无力的人，可是墨燃垂着睫毛望着他，忽然觉得他很可怜，忍不住生出无限的疼爱与柔软来。

墨燃比从前任何时候都想要支持这个人，只是单纯地想要支持他，想在这硬邦邦的天地之间，以血肉之躯，给他些微温暖，仅此而已。

对于这些不过脑子就说出口的质疑，以及"如果是我，我一定如何如何，怎样怎样"的话语，楚晚宁却是比墨燃习惯得多，显得很平淡。

这时候金成池的回忆也结束了，回忆碎片在崩塌重组，楚晚宁便把目光移开，落到了南宫驷身上。

南宫驷背对着他，一直跪着，再也没有站起来。

楚晚宁轻轻叹了口气。

他与南宫驷，虽无师徒之名，却有师徒之实，如果可以，他倒真的希望南宫驷这一辈子都以为容嫣是斩杀妖兽时不幸身亡的，可事与愿违，隔了那么多年，纸还是被火焰穿透，烧成灰烬。

在楚晚宁的目光里，如今跪着的南宫驷，和回忆里跪在灵堂里的那个孩子，就这样恍然重叠在了一起。

那个孩子在笨拙地背着《逍遥游》，但是背得很生涩，总是不连贯，他就一边擦着眼泪，一边慢慢地背给他的母亲听。

"北冥有鱼，其名为鲲。鲲之大，不知其几千里也；化而为鸟，其名为鹏……"他磕磕绊绊，每次停下来的时候，稚嫩幼小的脸上，都有着这个年纪所不该有的苦痛，"且举世……誉之……而不加劝，举世……非之……而不加……沮，定乎……定乎内外之分，辩乎……"

孩子细软的嗓音戛然而止，他没有背下来，小小的身子在轻轻颤抖着，像风中的蒲柳，他最后捂住脸，再也忍不住，放声大哭。

"阿娘……我错了，驷儿错了……你醒一醒好不好？阿娘……我再也不贪玩，你醒一醒，你再教教我，好不好？"

后来，《逍遥游》成了南宫驷每一堂早课都会誊抄默写的文章，伴着他，从垂髫小儿，到意气风发的儒风公子。

容夫人走了，再也不能教他；不久后，楚晚宁也走了，再也没有回头。

南宫驷便一直没有拜师，凭着这一只缝缝补补的旧箭囊，凭着那一句"贪怨讦杀淫盗掠，是我儒风君子七不可为"，终于在这人心隔肚皮的天下第一宗门里，长成了一位和他父亲截然不同的端正英杰。

而此时，离容夫人逝世，已过去了近十五年。

幻象再一次聚起，这一回，出现在众人面前的是南宫柳的寝殿，月圆之夜，南宫柳缩在床榻上，榻上铺着凉席，摆着竹夫人，显然是夏日，但是南宫柳却裹着好几层厚厚的褥子，不停地发抖，嘴唇青紫。

楚晚宁拍了拍墨燃的手："松开吧，我想接着看。"

墨燃道："你也可以不听，我说给你听。"他还是不想放下捂着楚晚宁耳朵的手，但被楚晚宁又拍了两下，心知拗不过，便只好把手垂下，然后阴沉地往周围扫了一圈，心想要是有谁再说楚晚宁的不是，自己就暗戳戳地记在脑子里，回头再找这些人单独算账。

幻象里，徐霜林从门口走进来，歪七扭八地行了一个礼，很没有规矩。不过南宫柳好像习惯了，并没有在意，眼里暴着血丝，哆嗦着问："霜林，药呢？药呢？"

"配了，失败了。"

南宫柳"啊啊"地喊出了声，竟是吓得鼻涕眼泪一起流："怎么会……怎么会……你明明说可以……我受不了了，我浑身的骨头都像长了尖刺在扎着自己！你，你快帮我把窗户都关严实，一点儿光都不要洒进来，一点儿都不要……"

"已经关严实了。今天是满月，就算你不出门，也会觉得疼。"徐霜林道，"没用的，你逃不掉。"

"不——不！药呢？"南宫柳有些疯癫，"药呢药呢药呢？你说可以配的！我信你！药呢？"

"我重新翻阅了宗卷，配不出来，你身上的这个恶诅太狠毒了，非得拿到一样东西才能解开。"

"什么？你要什么我都可以给！只要给我药！给我药！！"

徐霜林道："我要施咒人的灵核。"

南宫柳刹那间面色惨白。

"灵核……你要……你要他的灵核？"

"有吗？"

"怎么还会有！"南宫柳咆哮道，头发散乱，口角流涎，"你也知道是谁诅咒的我！我的好师尊，那个废物……脓包……君子！罗枫华！他篡了我的位，我把他赶下宝座的时候就已将他碎尸万段了！我还把他的骨灰压在了格局极险的血池，送他魂灵坠入无间地狱，永世不得超生！如今他尸骨都朽没了！你还要我去找他的灵核？我怎么找？我怎么找？！"

徐霜林静了一会儿，等南宫柳吼完了，渐渐趋于绝望，喉咙里溢出哽咽，才慢慢道："我还有一个法子，只是很难做到。你要不要听？"

"说……说说，你快说！"

"罗枫华虽死，但是你应当知道，《亡人录》里记载过，坠入无间地狱的鬼魂，虽然永世不得超生，却能聚合三魂七魄，生出犹如生前的肌肤骨肉，形成鬼胎，越是惨死的鬼胎，就越强大，有的甚至会在鬼胎外面再长出一只巨骷髅，护佑魂魄不散。"

"那又如何？我总不能去无间地狱里把他的尸身翻出来……"

"你不能去，但是，他可以来啊。"徐霜林微微笑了起来，烛火中神情很安宁，似乎是在谈论今晚去哪个友人舍间喝茶一般，"鬼界与人界以结界屏障相阻隔，只要聚合纯澈的五大灵气，就能撕开无间地狱的缺口。"

"撕开……无间地狱的缺口？"

徐霜林笑道："不错，撕开缺口，引得罗枫华的鬼胎出来，那鬼胎和生前的肉体一模一样，也有灵核，你吃了他的血肉，再掏出他的灵核，不愁诅咒不破。"

他顿了顿，又道："只是五大灵气有点难聚，最好有上佳的精华灵体……你不要心急，再容我想想办法。"

南宫柳张了张嘴想再说什么，发出来的却是一声可怖的哀号，他涕泗横流，趴在床上剧烈地发着抖。

"真的有这么痛啊？"徐霜林叹了口气，"你那个师尊，想必也是恨透了你弑师，竟会在扳指上施如此狠绝的诅咒，真是可怜。"

"呜……"

"好了，忍一忍，天亮就不疼了。"徐霜林说着，在床沿坐下来，双腿盘着，一只手托着腮，一只手抠着自己的脚丫子，"我陪着你吧，陪你说说话，分散分散注意力，你就没那么痛了。"

南宫柳整个人都拱到了被子深处，在里头不住地呼哧喘气。

徐霜林道："唉，讲什么呢？要不聊一聊驷儿？他也是个不容易的孩子，天生灵核暴虐，容易走火入魔，这好像是南宫家族的痼疾，听说他曾祖父也有这毛病？"

南宫柳缩在棉被下头，吞了吞口水："嗯。"

"你打算怎么办呢？"

"什么怎么办？"南宫柳的声音打着战，"他的病，比我的好……好应付多了。以后娶了妻……都、都是能通过修行，压制灵流的。你，还是……还是多关心关心我的诅咒吧……"

"我这不一直都在关心你的诅咒吗？但你越想，疼得就会越厉害。"徐霜林因此又转了话头，抠着脚趾缝笑道，"不过这样修行，会不会对道侣的身子不太好？听说驷儿的曾祖母年纪轻轻就去了呢。"

"废、废话。"

"哎呀，我也只是随口一问，没有想到她还真是因为修行早死的。"徐霜林感叹道，"儒风门当真水深，掌门居然要拿夫人的命助自己渡过劫难。"

"女人性命……本就……无用。"

徐霜林笑道："这么看不起女人啊。"

"太掌门之训，你又不是不懂。"

"我不懂，太掌门说过什么？"

"儒风门，当以君子率之。"

"没错啊。"

"君子是什么？是男子，懂了吗？"

"噗，说句不恭敬的。掌门，你把这句话曲解得怕是要把太掌门从英雄冢里气得活过来。"

南宫柳哆嗦道："你没有娶过妻子，你不明白。女人啊……没什么用，只有传宗接代，是……是她们之责。祖母能为祖父献身，也是心甘情愿的……"

"心甘情愿？"徐霜林笑了，"那你是不是也得替驷儿找个心甘情愿为他送命的人了？"

"已经找好了……"

徐霜林一愣："什么？谁啊？谁谁谁？"他显得很八卦，往床的更里面爬了爬，几乎想把南宫柳从被子里挤出来，"成啊，你心里头居然连儒风门的少主夫人都有人选了，那你快与我说一说。"

南宫柳裹着被子往床铺深处挪蹭，忍了一会儿痛，才声音沙哑道："你的义女，叶忘昔。"

〈六〉
师尊，有人诈尸

画面里徐霜林的眼睛蓦地睁大了，同时愣住的还有画面外的大部分人。

墨燃瞧到此处，隐隐觉得有哪里不对劲。

他是活过两世的人，这番对话和前世的一些事情串联在一起，让他琢磨出些耐人寻味的细节来。

他知道叶忘昔对南宫驷的情谊，其实并不仅仅因为前世叶忘昔死前曾要求与南宫驷葬在一处，还因为叶忘昔的女性身份很早就被公之于天下，南宫柳"钦点"她，让她与南宫驷成婚。

这一节如今看来，完全是父亲在给儿子找牺牲品，但是两人婚约订下之后没多久，南宫驷就暴毙了，叶忘昔却得以存活下来……墨燃忍不住想，南宫驷当年的死，真的只是巧合吗？

他觉得不像。

画面上，徐霜林的手指捏紧成拳，脸上虽然还笑着，语气却有了些凉意。

"你要小叶子嫁给阿驷？"

"嗯，她最合适。"

"哪里合适了？"徐霜林失笑，"你原先可是要培植她做暗卫统领的，把她弄成了不男不女的样子，如今又说要把她许给驷儿，你也不怕驷儿嫌弃她？"

"他确实不高兴，我原本见他常与叶忘昔说说笑笑，待她也好，还以为他多少能接受。可是我跟他说了成婚之事，他却大怒，说他根本不喜欢叶忘昔，之所以照顾她，只因她是个姑娘，在暗城混得不容易。他不肯接受这门婚事。"

徐霜林："……"

"我怎么可能妥协？他就与我大吵一架，说我不尊重他的心意，随意处置他的终身大事，对叶忘昔更是就此唯恐避之不及，冷漠疏远。我跟他说得越多，他态度就越恶劣，到了最后甚至觉得我偏袒叶忘昔，真是不识好歹的东西。"南宫柳骂道，"他不就嫌弃她长得不好看？"

徐霜林倒是颇为公正："若是先掌门突然让你娶一个你不喜欢的女人，你能愿意吗？我觉得这还真的不是好不好看的问题，你确实没尊重他。"

"他肤浅！娶妻要娶有用的、贤德的，他要是喜欢漂亮姑娘，难道以后身体调稳了，就不能再纳妾？"南宫柳叹道，"唉，这也怪我当初，喀喀，没有……及时，没有瞧出叶忘昔对驷儿的心意，要是她还是原来模样，驷儿会喜爱她的。"

"你也太荒唐了。"徐霜林道，"驷儿不会接受的。"

"除非他不要命。为他这样灵核暴虐的人牺牲，极为痛苦，若是娶了寻常女性……怕、怕是根本受不了……"南宫柳喘了口气，"叶忘昔喜爱他，她愿意，也受得住。"

"她怎么可能愿意？！"

"我问过她了。"

"什么？！"

"我问过她了，这件事，我已经跟她说了。"南宫柳道，"她怕驷儿有恙，胜过怕自己身死。"

徐霜林不说话了，头低垂下来，不知在想些什么，半晌才道："她可真是个傻子。"

看到这里，墨燃几乎可以确定了——前世南宫驷哪里是罹患恶疾忽然暴毙，十有八九就是徐霜林亲手杀害的。

南宫驷死了，叶忘昔就能活下去。

这一世之所以南宫驷仍然活着，可能还真是因为宋秋桐之事，歪打正着。宋秋桐是蝶骨美人席，嫁给南宫驷，当父亲的自然无话可说，甚至觉得是天上掉馅饼，不会强求叶忘昔与南宫驷成婚。

既然叶、驷二人的婚约作废，徐霜林这辈子不加害南宫驷，那就完全说得过去了。可是仍有一点墨燃百思不得其解——徐霜林如今瞧上去，根本就是个丧心病狂的魔头。可这样的一个魔头，为何会把叶忘昔看得如此重要？明明只是个养女而已……那个诡谲可怖、意图难辨的人，到底在执着什么？

徐霜林所求的，又究竟是什么呢？

这一段回忆不长，很快就结束了，等幻象再一次显现时，时间点早了很多。

南宫柳瞧上去明显比现在年轻，还没发福。他手里掂着一样闪烁着碧色光华的小物件，众人细看之下，发现那是儒风门掌门的扳指。

这枚扳指戴上去就拿不下来，直到卸任的那一天，而画面中南宫柳还没有戴上它，所以证明此时的他还没有成为儒风门真正的主人。

有随侍进来，跪地行礼，那随侍的道袍上还沾着血迹，看来是一场鏖战刚过。这段回忆，应该发生南宫柳弑师，重新夺回掌门扳指的那个夜晚。

"掌门，罗枫华的尸体，该怎么处置？"

南宫柳转着那枚扳指，思量着："葬在英雄冢吧，他好歹与我师徒一场，给他留个体面的归处。"

"是!"

随侍退下了。

墨燃微微皱起眉,觉得有些奇怪,按方才看到的回忆来看,南宫兄弟的师尊罗枫华,明明是被南宫柳碎尸万段,沉尸血池,化为厉鬼,沉沦无间地狱,永世不得超生的,但这里怎么又说南宫柳把他师父好端端地葬在了英雄冢?

幻象中的南宫柳摩挲着那枚碧荧荧的掌门扳指,眼中闪动着复杂而奇异的光泽,好像有些畏惧,却又充满了渴望。

他喉结滚动,最后慢慢地抬起手来,映着烛火,把那枚扳指郑重其事地戴在了自己的大拇指上。

他盯着自己的手,来回打量,嘴角慢慢勾起,似要绽放出一个灿烂痛快的笑来,可是那笑容的涟漪扩散未至一半,就蓦地止住。

南宫柳大喊一声,忽然从掌门宝座上栽下来,浑身都在颤抖。

"啊!啊!!"

"掌门!"

"掌门,你怎么了?"

左右忙去搀扶他,岂料南宫柳一抬头,却是满脸的血迹,方才还好端端的脸皮忽然撕开无数细小的口子。那些口子撕开又立即愈合,愈合了又马上撕开,血液不停地从那诡秘的伤疤里汹涌而出。

"怎么回事!"南宫柳惊慌失措,"痛……好痛……怎么……怎么会这样?怎么回事?!"

门外传来脚步声,一个男子逆着月光,赤着一双线条流畅的脚,踩在冰冷的砖石上,来到了南宫柳面前,一撩长袍,半跪下来。

这个人正是比现在更加年轻的徐霜林,他俯身捏起南宫柳的脸细细打量,南宫柳不住地喘息挣扎,眼泪鼻涕和鲜血混在一起。徐霜林似乎是有些恶心了,皱了皱眉头,然后问:"怎么忽然就这样了?"

"我不知……道……我不知道……霜林先生……先生救救我……"

这个时候徐霜林还只是辅佐南宫柳的谋士而已,所以南宫柳称他为霜林先生,而不是长老。

经过一番查探,徐霜林抓着南宫柳的右手,看着那枚熠熠生辉的扳指,蓦地色变:"这上面竟附着万劫咒?"

周围聚着的亲随在听到这个名字后,俱是倒抽一口凉气,唯有南宫柳,竟是浑浑噩噩,不知万劫咒为何物,只挂着眼泪茫然地抬起头,鼻腔里不住有晶莹的鼻涕流出来,和着血污,滴在地砖上:"啊,什么?那是什么?"

"死咒。"

徐霜林的脸色很不好看。

"这枚扳指上被罗枫华下了死咒，他诅咒后一个戴上扳指的人，只要照到丝毫月光，就会肌肤皲裂，生不如死……夜夜如此。"

"什么？！"

"还不止。"徐霜林的手抚过扳指上的翡翠，合眸感受那里头汹涌的灵流，"在十五月圆时，哪怕你足不出户，四壁封实，半点夜色都不透进来，依旧会感受到千刀万剐之苦痛，逃无可逃……"

他睁开眼睛，看了缩在地上已惨无人样的南宫柳一眼，轻声道："至死方休。"

浓稠腥臭的血污下，南宫柳的瞳孔猝然收缩，那样子像是惊慌失措的硕鼠，又像是黑暗洞穴里探首的毒蛇。

他滑稽地抽搐一下，喃喃道："至死方休？"

"嗯。"

"破、破不了？"

"破不了。"徐霜林说，"至少我此刻想不出任何可以破解的法子……只能以后……"

他话还没有说完，南宫柳就挣开他的手，惨叫狂笑着爬下台阶，在冰冷光洁的地砖上拖出一道歪七扭八的血印子。他一边哀叫，一边大笑，声音嘶哑扭曲到了极致，尖利得像针，连幻象外的许多人都忍受不了，堵住了耳朵。

"哈哈哈——咒我？你咒我？

"罗枫华！你夺了我南宫家的掌门之席，我把你赶下台来，留你全尸，已是……已是仁义至尽！你居然咒我？你怎么忍心——你怎么有脸！！

"我念你……授业之恩……把你葬在……葬在英雄冢……哈！英雄冢！你却要让我夜夜苦痛，皮开肉绽——至死方休！"

他咆哮起来，一寸一寸挪到大殿门口，蛰伏在大殿红铜重门投下的浓黑阴影里，指爪狰狞抽搐，猛地拍起，忍不住重击着地面。

"至死方休！你怎么能狠心！你如何能狠心——畜生！畜生！你毁我一辈子！"

"掌门……"左右亲随于心不忍，过去想把他搀回来，但是南宫柳怒吼着，大喝着，状若疯癫痴狂。

血肉模糊的脸上，从来都是懦弱无能大过其他任何色彩，今日却不一样，他脸上有着刻骨的仇恨，野火般跳跃在瞳孔里，烧得理智枯焦、寸草不生。

南宫柳歇斯底里地嘶吼道："传我……第一道……掌门令……"

随侍跪地听令。

"前代掌门罗枫华，罪大……恶极……无可饶恕！命人将他遗骸……千刀万剐……碎、尸、万、段——"

徐霜林静静地立在旁边，垂眸听着，看不出任何表情。

这时候新的一轮撕裂袭来，南宫柳承受不住，蓦地崩溃，又大哭了起来，但一边哭，一边仍旧将他登上儒风门宝座的第一道命令说完，一字一句，都从后槽牙里挤出："沉尸……血池……"

你诅咒我血肉模糊，至死方休。

我将你沉入无间炼狱，永世不得超生。

在这段幻象的最后，南宫柳睁着空洞茫然的双目，嗓音像是破漏的陶埙吹出的声音，极其嘶哑，他喃喃："罗枫华，畜生……你这个畜生……"

记忆碎片又开始雪片般崩塌重组了，这寸寸揭开的儒风门腥臊秘闻，让在场几乎所有人都看得入了神，有的人，比如叶忘昔和南宫驷，那是因为切身之事，不得不看，更多的人是被激起了一种窥探他人隐疾的快意。

嫉妒是这世上最丑陋的情感之一，这些受邀来参加南宫驷大婚的人，又有几个是真心实意拜服儒风门的？有多少经过那宏伟壮观的三出阙，经过寸土寸金的灵气石，看到天潢贵胄的七十二城，心中只有佩服，没有半点眼红的？

越是高耸入云的阁楼，坍塌起来，就能引来越多人围观，瓜子皮儿嗑得满地是，唾沫星子一溅三尺远。

他人的痛苦，永远是人们茶余饭后最好的谈资。

墨燃有些不愿意再看下去了，但是此事疑点重重，事关重大。虽然徐霜林的回忆瞧上去毫无问题，能解释金成池、桃花源之变，但他还是隐约觉得有什么地方不对劲。

他总觉得这段回忆里，有些东西格外不对劲。

……是什么呢？他蹙起眉，沉闷地思量着。

忽然间余光一瞥，他瞧见远处似有异光闪动。但由于这里正在展开一段又一段的幻象，没有人会往林子外头看，所以竟然没有人发觉——

墨燃愣了一下，而后脸色骤变，高喊道："劫火！"

众人闻言纷纷转头："劫火？哪里有劫火？"

"那边——在那边！"

"不对！这边也有！"

谁都没有想到在他们看徐霜林的回忆的时候，儒风门的四面八方，七十二城，竟都燃起了熊熊的猩红色烈火，那火光此时还邈远，他们所处的密林又深，因此不留心看的话，根本瞧不清楚。

劫火属厉火之一，除非天降大雨，以甘露止熄，否则不把周遭烧得寸草不生、灰飞烟灭，就根本不会停下来。

浓烟滚滚而生，火光犹如泼在绢面上的水，很快向四周晕染开，遥遥可见七十二城有一颗颗璀璨流星向四野飞逝而去，但仔细一看，哪里是流星，分明是一个个从火海里逃出来，御剑飞出的儒风门弟子。

林中众人见状，有不少陡然失色，大叫道："怎么回事？"

更有人立即反身往诗乐殿跑，连声呼着同伴的名字。薛正雍也是面目剧变，因为王夫人还在那边，她根本不会御剑之术……

"阿燃！玉衡！蒙儿就交给你们了，我去瞧瞧夫人——"

墨燃也很心焦，点头道："伯父快去，带伯母先离开，这里有我们，我绝不会让薛蒙有事。"

薛正雍用力拍了拍他的肩，往火光冲天的诗乐殿掠身而去。

看到骤然惊起的这一团乱，徐霜林静静地立在原处，忽地绽开极其灿烂的笑容："好一派树倒猢狲散的景象。"

墨燃蓦地回首，见徐霜林打了个响指，让那流光溢彩的记忆残片犹如千万雪花，涌聚到他掌心。

周围又恢复了一片火海汪洋，天空中无间地狱的天裂依然没有闭合，还是不断地涌出金红色熔流，以极缓慢的速度向林间扩散。

墨燃盯着徐霜林看，忽然不寒而栗。

这个人，眼睛里的神韵不对劲，这种眼神墨燃太熟悉了……

前世他在死生之巅，在空荡荡的巫山殿，在楚晚宁身死之后，每每揽镜自照，看到的都是这样一双可怖的眼，弥漫着疯狂与血腥，自暴自弃，想要让所有人为自己殉葬。

"你想毁了儒风门？"

听到墨燃这么问，徐霜林的反应，只是两个脚趾头互相搓了搓，然后微笑道："是又如何呢？我毁我自己家，轮得到你来管？"

"你自己家……"

徐霜林踩着滚滚熔流，走到南宫柳身边，一把抓起他的后领子，将他从地上拽起来，抬起眼皮说道："对，我自己家。"

他强迫南宫柳面对他的脸，然后抬起手，当着被凌迟果吊着一口气，生不如死的南宫柳的面，抬起另一只手，缓缓地，一寸一寸地，从脖颈底下开始，慢慢撕扯，一点一点……

"刺啦。"

到最后只是轻轻的一声响，一张百年蛇妖画皮做成的精致人皮面具被揭下来，露出后头一张芳华不再的脸。

南宫柳先是浑身一震，继而急剧地颤抖瑟缩，气若游丝的他，却仍是艰难地从喉咙里扯出断断续续的声音："你……是你……？！你……没有……死？你竟然……你竟然……"

"我没有死，你还活着，我怎么能比你先一步死呢？"徐霜林笑眯眯地说，"我可是处处都要强过你太多，包括寿数，你烂成泥了，我都会好好活着。怎么？你我久别重逢，你高兴得再也说不出别的话了吗？"

他生出一簇火，将那人皮面具随意烧掉，火焰一直蔓延，烧到了他的手指尖。他浑不在意，也不觉得疼，甩了甩手，将沾染着焦黑的指尖按压在南宫柳的唇边，歪头笑着说："掌门仙君，好久不见……或者说，我应该喊你一声……哥？"

七

师尊，第一禁术

"南宫絮！"

未走的人中，有年岁稍长的猛地反应过来，惊呼道："是他！"

"是南宫絮……"

"他不是早就已经死了吗？！"

"罗枫华当年亲手把他杀死的……他怎么……他怎么还会活着？"

叶忘昔更是惊呆了，一张俊俏的脸惨白惨白，嘴唇嗫嚅，含着泪，半晌，摇头退后："义父……"

徐霜林瞥了叶忘昔一眼，朝她微笑道："小叶子，来义父身边，义父不伤你。"

"你休想再碰她！！"蓦地有人暴喝一声，叶忘昔的手腕被一把抓住，她回过头，南宫驷眸子里弥漫着无尽苦痛，淋漓鲜血，"叶忘昔，你到我身后去。"

徐霜林笑了："我的好侄儿，你这脾气怎么跟你爹半点都不像，只像你娘？"

"你闭嘴！你不配提我阿娘！"

"我怎么不配了？"徐霜林慢条斯理地说，"你知不知道，你阿娘曾经最喜欢的人，根本不是你爹，而是我？"

看到青年面庞上扭曲盘绕的震怒与恶心，眼中迸溅出的痴狂和苦痛，徐霜林却反而觉得享受，他像是被这样刻骨的仇恨浇灌滋养了，忍不住哈哈大笑起来。

"你爹毁我声名，夺我一切，但是那又怎样？儒风门……儒风门——还是在他手里，走到末日黄昏了。恨我啊，驷儿，恨我啊——大哥！哈哈哈哈——你们以为，当年那个可怜巴巴的南宫絮就这么死了？以为我会乖乖躺在坟墓里面，看你们在世间逍遥痛快？"

笑容猛地僵住，他啐道："做梦！"

他说着，绕到气息奄奄，却不得断绝的南宫柳身前，一把薅起自己大哥的衣襟，就像薅起一摊烂泥。

"皇皇儒风门，落到这样的废物手里，能有什么用？掌门……呵呵，可笑！身为掌门，不照样这么多年被我耍得团团转！我说要什么，就跟狗一样撅着屁股乖乖给我找什么！"他笑嘻嘻地拍着南宫柳鲜血淋漓的脸颊，笑得亲昵，眼神里却闪着阴森的光,"大哥,你可真是个脓包孬种、废物点心。"

一旁的孤月夜掌门姜曦说:"阁下所图,竟只是毁儒风门百年基业于一旦吗?"

徐霜林回过头来,眨了眨眼:"百年基业?那算什么?基业毁了,可以从头再来,七十二城烧完了,也可以平地再建。唯有人心死了,便成散灰,风一吹就散了,那才痛快。"他顿了顿,竟是灿烂笑道,"我要毁了你们所有人的心。"

这句话说得不阴不阳,配上他春光满面的脸,端的令人不寒而栗。其他人尚未做出反应,南宫驷却再也按捺不住了。

他眼神里烧着无尽的业火,充斥着绝望的焦烟,那双眼睛里只有仇恨与疯狂,没有半点生欲。玉笛声响,一匹三人高的妖狼斩风破浪自林间长啸而出,腾跃至南宫驷跟前。南宫驷翻身上背,人未坐稳,影已疾掠。

"曼陀,召来!"随着他的嘶喝,一把闪着灼灼光华的神武弓出现在了他的掌中,南宫驷双腿夹紧了妖狼,骑在狼背上,半身挺直,臂开玉弓曼陀。他脸上闪耀着疯狂的仇恨,顷刻间已是三箭连发,直刺徐霜林的要害。

徐霜林笑道:"驷儿,你很淘气。"

他躲过两箭,眼见着第三箭闪不过去了,却也不急,而是一把揪过自己兄长软绵绵的半死之身,挡下了这一箭。

毕竟是自己的亲生父亲,哪怕对方再薄情,对于南宫驷而言,血脉之情却仍是刻入骨子里的。他忍不住浑身一紧,太阳穴突突直跳,犬牙早已咬破了嘴唇,满唇齿的血……

"还要不要和叔父玩?"徐霜林却是很亲热,笑着说,"叔父陪你。"

"南宫絮!!我杀了你!!"

"小孩子家家的,喊打喊杀做什么?"言语轻松,徐霜林手上的动作却分毫不缓,与自己的侄儿拆起招来。

才不过几招,他凌厉的身手令周围几乎所有的修士都看得目瞪口呆,甚至有人忍不住想——难怪当年南宫柳接任掌门,当弟弟的心态要扭曲——这兄弟二人的法术灵力,根本是天壤之别、云泥之异,当哥的给弟弟提鞋都不够看的。

"好厉害。"

"南宫絮当年不是偷学他哥的法术吗?他怎么会有如此本事?"

"简直和第一宗师不相上下……"

有几个原本想要帮着南宫驷上去围攻他的人,此时纷纷收敛了阵势,更有机敏之徒,心道儒风门此次灾劫看来已无法可解,竟趁着乱,转身遁跑。这种心态一个传一个是极快的,短短瞬间,那些没走的修士也都跑的跑,散的散,甚至顾不得那些先前被做成了棋子,还没有恢复神志的同门师兄弟。

转眼间林苑里已不剩几个人了,墨燃转头一看,只有自己、楚晚宁、叶忘昔还不曾离开——

不对，还有姜曦。

这他们倒是没有料到。

姜曦是天下第一富豪，孤月夜的掌门，世上最会做生意的商人，也是除了儒风门外，修真界最大门派的首领。

没想到他竟愿意收拾这吃力不讨好的烂摊子。

"姜掌门……"

微带颤抖的一声，让墨燃更是吃了一惊，他回头看去，刚才竟然没有注意到，橘子树后头还缩着一个人，虽然脸色灰败、嘴唇颤抖，却仍强撑着没有走。

李无心？！

作为上修界垫底门派的掌门，李无心咽了咽口水，稻谷壳般油黄的脸上泛着细汗，不甚确定地望着剩下的几个人："一起上吗？"

姜曦没有立刻答话，目光迅速自剩余的所有人身上掠过，而后果决道："李庄主，你与我过来，我去将那些沉睡的棋子都救下来，你负责御剑将他们尽数带去周全之地。"

"好、好好好。"

"至于楚宗师和墨宗师……"

楚晚宁道："墨燃，你去襄助南宫驷，我将天裂补上，即刻便来帮你。"

这道天裂与彩蝶镇的并不一样，没有成千上百的厉鬼汹涌，只剩下了金红色的地狱熔流，因此并不危险，只是撕裂的口子巨大，确实还是由楚晚宁来修补比较合适。

墨燃撤了见鬼万人棺，那二十余个被充作棋子的青年修士尽数绵软地倒在了地上，姜曦青色衣袖一拂，顷刻撒下万点药粉，平稳这些人虚弱的状态，而后侧头对李无心道："劳烦你。"

李无心点了点头，一柄闪着碧绿光华的重剑随即飞出。他默念咒诀，原本只能承载两三人的重剑忽然一扩数十尺，半悬在空中。姜曦将那些人一一抱上剑柄，最后一个轮到薛蒙，李无心的武器却怎么也支持不住了。

李无心道："带不动了，人太多，等我这趟走了回来再说。"

姜曦看了一眼不远处，强者交锋，火花四溅，灵流越发彪悍可怖，周围的橘树纷纷倒折，摧枯拉朽，显然很快就会波及此处。

他没办法，低头颇为嫌恶地看了薛蒙一眼，说："罢了，你走你的，剩下这个废物由我来带。"

言毕，他沉声唤了句："雪凰，召来。"

他脚下霎时出现一柄通体泛着蓝色辉光的银铸长剑，佩剑雪凰极为华贵精致，剑柄纤细，纹饰精美绝伦，但一看就不擅长负重。不过还好，两个人的重量还是吃得消的，姜曦横抱着昏迷不醒的薛蒙，想起这个人之前是怎样出言顶撞自己，又是王夫人和薛正雍的儿子，便难掩厌恶，嫌弃之意尽数写在脸上。

李无心："……"

看姜掌门这个样子，该不会御剑到一半，挑个最高处把死生之巅的少主丢下去摔成肉泥吧？

"看什么？还不快走！早点送出去，还需回来帮忙。"姜曦阴沉着脸道，"总不能真的让儒风门就此灰飞烟灭。"

两把神武乘风而起，载着那些灵流微弱的青年，朝着远处飞去。

与此同时，楚晚宁已将鬼界天裂补到最后一段，而墨燃他们和徐霜林的交战渐趋白热化。墨燃的实力强悍，而南宫驷更是杀心决绝，徐霜林虽然道法通天，却也在两人的合围之下变得有些招架不住。

捉襟见肘间，徐霜林朝着叶忘昔喝道："叶子，你杵着做什么？真要看你义父死在他人手下？还不快来帮我！"

叶忘昔指捏成拳，神情痛苦，整个人都在细细地颤抖，却不曾上前，反倒是一步一步地往后退。

"你当真要袖手旁观？你忘记小时候是谁把你从橘树林里抱回来，把你养大，给你名字了吗？"

"不是。"

她近乎崩溃，却因自幼坚强，掌门也好，长老也罢，都将她当个男儿来养，如今遇上了这样的变故，她依旧习惯性地坚持着，她的背脊仍是挺直的，脸虽涨得血红，却不像寻常姑娘一般失声痛哭。

但她的血肉好像已经碎裂了，这个时候好像随便谁轻轻触到她，她浑身的筋脉皮肉都会自骨骼上剥脱，零落成泥。

徐霜林见她这样，暗骂一声，却也没有再逼迫她，而是转过头更凶狠地与另外两人打斗。

"当！"

他手中的佩刀忽然发出刺耳的金属声，出自昆仑踏雪宫的极品武器竟再也无法支撑，于墨燃的柳藤抽击下四分五裂，断落在地。

墨燃冷然："你还能拿什么打？"

徐霜林心道不妙，此时忽听得头顶发出一声幽远犹如亘古遗音的轰鸣，猛地抬头，见楚晚宁已将天裂完全补上，林苑上头的夜空恢复原样，失去鬼界灵流的地狱熔岩在刹那间散作点点金红，像林中的萤火虫一般四下飘散。

繁星满天，楚晚宁飘然自夜空中下落，深色的礼袍在罡风中猎猎拂动，更衬得一张脸白如瓷胎，眉眼英俊绝伦，但再俊美，也遮掩不住他浑身鼎盛的杀气。

一个墨宗师已经够他受的了，再来一个楚宗师，这两人合力，放眼整个修真界，有谁能与他们单打独斗？

徐霜林往后退了一步，猛地拿刀子划开自己的手掌，挤下沥沥鲜血，抹了个咒印在额头，低喝道："还不来救我？拖到什么时候！"

而后，抬手凌空一抓，指甲突然暴增数寸，他"噗"的一声径直撕破了罗枫华躺在湖面上的躯体，把他的灵核血淋淋地揪出，揣入怀中，接着迅速后跳，竟是揪着自己半死不活的兄长，撤掉脚下结界，跃入甘泉湖中，一个猛子直扎湖底……

墨燃当即回神——那湖底插着方才开启鬼界天裂用的神武"不归"啊！

徐霜林水性极好，且光着脚，游动起来很快，即使拖着一个活死人，也立刻抓住了湖中的漆黑陌刀，而就在他冒出来的瞬间，天空中忽然再次出现一道裂痕。

楚晚宁眉宇低压："天裂？"

他说得并不肯定，那道裂痕很小，只有一人高，和寻常的鬼界天裂并不相同，里头没有任何阴气透出。

徐霜林甩着水花，一掠而起，一手抱着自己的哥哥，一手握着不归，以神武之刃朝下猛地挥出一道剑气，逼得欲追他的三个人均是步履微滞。他乘此机会，扶摇而上，而那狭小的裂缝中突然伸出一只极漂亮的手来，紧紧地攥住了徐霜林的胳膊。

"时空生死门！"

电光石火间，楚晚宁眼睛蓦地睁大了。他素来镇定自若，即便看到珍珑棋局，都不会如此震惊，但此时脸上血色在瞬间褪得干干净净，袖下手捏成拳，错愕难当。

墨燃则像兜头被泼了一盆冷水，他扭过头："什么？！"

这怎么可能？！

这居然是三大禁术之最强，传闻中可以撕裂时间空间，使身处不同时空中的人，逆天逆命，同时出现的法术——这是修真大陆早已失传的禁中之禁——时空生死门！

- 357 -

八

师尊，太污了别看

一晃眼的工夫，徐霜林已被那只从时空生死门里伸出来的手拉着，拖入了另一个空间，南宫驷想追，却是根本不可能，那条空间裂缝在徐霜林整个人爬进去的瞬间就轰然关闭，立刻封实。

夜空中什么都没剩下，只有一小片徐霜林的衣角，没有来得及在生死门关闭前带进去，此刻飘飘悠悠地，于死寂之中，落入湖里。白色的衣料很快被湖水浸透，缓慢地沉入湖中……

"怎么可能？"墨燃喃喃，"这世上怎会有人真正掌握了时空生死门之术？"

作为前世的踏仙君，他很清楚，世上禁术有三：珍珑棋局、复生秘术、时空生死门。

前两种禁术虽然难以习得，但在修真大陆也并非闻所未闻之事，比如前世的自己，比如怀罪大师，或多或少有人能施展这两种法术。

唯独关于时空生死门的记载，历史上寥寥无几，最近的一次发生在数千年前，曾经有一位大宗师因为爱女过世，心痛难当，于是开启过这扇禁门，想要把活在另一个时空之中的女儿带回属于自己的时空。

但是，他的举动被那个时空中的自己所觉察，同样身为父亲，那个世界的"他"又怎能允许爱女被夺？在两人的殊死对决中，开启的时空裂缝扭曲变形，最终将他们的女儿卷入了裂缝里，挤压成了碎渣……

那个宗师回来后就崩溃了，从此封印禁术卷轴于炎帝神木之中，而他则成了漫漫的岁月长河里，最后一位完全掌握了时空生死门禁术的人。

由于这门禁术久不出鞘，这些年来，越来越多的修士笃信这世上根本不存在所谓的时空扭曲法术，倒是前世的墨燃，因道法无边，竟凭着掌握在手中的残卷，以一己之力，撕开了一条类似的缝隙——

但是，那条缝隙仅仅完成了空间上的挪移，并且极不稳定，墨燃曾尝试着把一只兔子扔进去，想要把它挪送到几千里外的地方，兔子传是传过去了，只不过因为缝隙不稳，出来的时候它是内翻的，内脏翻在了外面，皮毛反而裹到了里头，变成血肉模糊的一团疙瘩，心脏还在突突地跳动……

后来墨燃又尝试了多次，百次里头总有五六次会出状况，一出状况，场面就极为恶心，分体的，支离破碎的，甚至有脑袋很快出现，但晚了半个时辰身子才被缝隙吐出来的。

即便是这样，在修真界也足够掀起轩然大波了，几乎所有人都觉得墨燃精通了时空生死门之术，他自己却并不确定：他没有见过数千年前的第一禁术，但是就史料上的记载，他觉得自己复刻出来的法术，和真正的时空生死门相去甚远。

楚晚宁掠至湖面，抬手将徐霜林留下的半片布料拾起，合眸细细感知后稍微松了口气，但随后又变得悒郁。

他摇头道："不是完整的时空生死门，那个人应当只找到了残卷，依这布料上遗落的灵力看来，只能称为空间门，不能称为时空门。"

"什么意思？"

"就是说，这个法术和真正的禁术还有很大差距。"楚晚宁道，"我能感知到的灵力残余只有空间上的，也就是说南宫絮被某个人通过这个空间裂口，瞬息拉到了另外一个地方。"

墨燃心道，这不就和自己前世还原出的生死门差不多？如果只是这样，倒也不是不可能实现。

但他心里头还积着一重阴影，他问："如果是真正的第一禁术呢？施展起来会怎么样？"

楚晚宁的神情不知为何变得有些微妙，他顿了顿，才说道："若是真正的时空生死门，能做到的根本不只是撕裂空间，甚至能带南宫絮去往另外一个尘世。"

听到这句话，墨燃神色微变，继而抿了抿嘴唇，没有再作声。

他前世没有太多学识，搜罗到的文献也不知有几分可信，对于传闻中那个大宗师撕开时空裂缝，把另一个时空的女儿带回来这种事情，他心里头其实是觉得不太靠谱的。

如今话出楚晚宁之口，墨燃才终于完全确信，这种确信带给他的却是阵阵寒意。

——楚晚宁不在的五年里，墨燃遍读经典，其实心中隐隐对自己的复生之谜觉得诡谲古怪。

他前世没有见过真正的复生术，原本以为所谓"复生"，就应当和自己一样，回到死前的某年某月，一切从头来过。

但是这一世看到怀罪大师亲手施展了这一大禁术，墨燃对某一处地方更是百思不得其解：大师的复生术，是让楚晚宁的魂魄从鬼界回来，回到原本的躯体中，然后在这个世上继续存活。

这种复生，和自己经历的，并不一样。

如果说前世，在自己死了之后，有人用了和怀罪大师一样的复生术来救活自己，那么自己就应该复生在巫山殿，还是令人闻风丧胆的踏仙君，楚晚宁、师昧、伯父、伯母……这些人应该是死了，谁都不会在自己身边。

他于是又猜测这世上的复生术，或许并不止一种，致使他和楚晚宁复生的方式不尽相同。但此刻，听到楚晚宁肯定了三大禁术当中最不为人所知的时空生死门，他忽然冒出一种非常可怕的想法——

自己会不会不仅被施了复生术，还同时受了时空生死门的左右，让本该在另一个时空饱受煎熬的罪恶灵魂，撕破时空，来到了一切都还没有发生，都还来得及回头的那一年。

如果是这样，那他的所作所为，岂不会都在幕后那个人的窥伺里？所有一切，包括他的复生，岂不就都是那人一手策划，并且那人在背后不出声地看着？

墨燃顿觉不寒而栗。

然而他未及深思，就忽听得远处劫火燃烧之地发出一声撼天动地的爆响。

楚晚宁道："过去看看。"

话音未落，儒风门那正在燃烧的七十二城，好像被劫火烧到了徐霜林离开前布下的某种器物，骤然火势猛烈，一冲数十尺高，火光直通霄汉！

此时此刻，纵使墨燃他们不赶过去，在离儒风门几百里远的地方，都能看到这一场将暗夜烧尽的熊熊烈火。

薛正雍已带着王夫人出了火海，这时候回头望去，忽见得大火盘绕成了两具热切纠缠着的躯体，一男一女渐渐成形，薛正雍惊呆了："这是……怎么回事？"

王夫人出身名门，对于宝器见得多，当即神色就变了，说道："是一种能记载回忆的画轴。这种画轴不需要任何的法术支撑，是施术人事先布下的，只要被劫火点燃，里面封存的回忆就会在大火之中出现，火焰不熄，画轴里的记忆就会一直回荡。"

"一直回荡？"薛正雍有些受不住了，望着被劫火吞噬的儒风门，眼里居然流露出了几分怜悯。

别人揭老底，都是找几个证人，拉一起讲几句话，再丢几个证物，这事儿差不多就结了。

徐霜林呢？那就是个疯子，把自己四处搜罗来的回忆统统做成卷轴，一把大火烧向苍穹，要让全天下都看到自己的家门有多肮脏龌龊。他以壮阔火海为画布，用法术将那些见不得人的耳鬓私语扩至雷鸣般巨响，恨不能让聋子都能听见这些声音。

"这个徐霜林，究竟要搞什么？"薛正雍坐在变大的铁扇上，和王夫人御剑于半空中，他的脸庞被那通天彻地的烈焰映得时明时暗，喃喃道，"难不成儒风门的破事老底他还没揭够，要接着揭？"

王夫人："……"

"够了吧，真是够了，儒风门都已经被他撕开那么多伤疤，沦为修真界的笑柄，他怎么还不放过呢……"

但随着一个女子的嗓音从火海中隆隆响起，那些逃脱红莲炼狱，在空中看好戏的修士纷纷愣住了。

薛正雍也愣住了。

"柳哥，咱俩都是那么大岁数的人了，你、你怎么还那么不正经……"

随着这一声绵软哼吟，火海当中原本模糊的两个人影渐渐清晰，纵横儒风门七十二城的劫火，将那两具赤条条翻腾的肉体极致扩放，光是那女人嫩白胳膊上文着的五蝠衔花文身，就被扩得有一座楼阁那么大，上头描绘的蝙蝠毛羽都根根清晰可见。

众人尽是目瞪口呆，全部扭头去看上修界十大门派之一的江东堂。

江东堂的弟子更是悚然，一个个眼睛睁得有铜铃大，愣怔地看着自己门派的女掌门戚良姬。

这位即位不久的女掌门端的是面如土色，木雕泥塑般地立在佩剑上，站在夜风中。

她的手臂上，清清楚楚，就绘着那五蝠衔花的纹饰……

她怎么也没有想到，自己与南宫柳私通，竟全部被人瞧见，并做成了回忆卷轴，如今无遮无掩——公之于众。

她脑子瞬间就蒙了。

同样蒙了的还有墨燃，几乎就在空中出现这位戚大掌门胴体的瞬间，墨燃就把楚晚宁的眼睛蒙上了。

"别看。"

楚晚宁："……"

这几乎是下意识的举动。

"不要看，特别脏。"

可不是特别脏吗？楚晚宁心想。就算捂住眼睛又能怎样？他的耳边依旧清晰地回荡着戚良姬和南宫柳的声音。

楚晚宁沉默着，由着墨燃双手叠放在自己眼前，想强作镇定，脸却不自觉地变得微烫。

也许是眼睛被遮盖，其余感官便越发灵敏，戚掌门的声音仿佛一只生着细小绒毛的爪，顺着人的脊柱往上攀爬，所过之处撩起酥酥麻麻的痒。

这动静让墨燃很焦躁，也很不知所措。

他想继续蒙着楚晚宁的眼睛，但又想捂住楚晚宁的耳朵；想要抬手去捂楚晚宁的耳朵，又不愿意把手先从眼前挪开。

似乎为了缓释这样的尴尬，楚晚宁低声骂了句："真不像话。"

"嗯。"墨燃喉头干燥，目光却很润湿，声音低沉附和，"是很不像话。"

"那个戚良姬，分明是个已婚之妇，丈夫新亡，由她接任江东堂掌门之位，谁知竟转头和南宫柳行出这般苟且之事。"楚晚宁十分鄙薄，言简意赅道，"荒唐！"

"嗯。"墨燃点头附和道，"是很荒唐。"

他淡淡扫了一眼天穹，幻象还在激烈翻腾着。

他依稀想起，戚良姬的年岁似乎比南宫柳还大上许多，她的丈夫是南宫柳的义兄，按辈分的话，南宫柳该尊称她一声嫂子。

也不知这俩看似清清白白的人，是怎么搞到一起去的。

饶是墨燃这厚如城墙的脸皮，都禁不住涨红了。

恰好这时，楚晚宁细软纤长的睫毛帘子在他的掌心微微颤动了一下，那两帘睫毛实在太轻太柔。墨燃愣了一下，望着眼前那个男人的后颈子，有些苍白的皮肤在夜色里居然也好像泛着些微桃花薄红。

墨燃："……"

墨燃怔愣地出神，不知什么时候手已经松开了。

楚晚宁回头看着他，脸颊有些红，却下意识地微扬着下巴，眼睛明亮清澈，显出几分骄矜。

"你怎么了？"

墨燃轻咳一声，别过头道："没什么。"

"那件事，你探过门下诸位长老的口风了吗？"

缠绵过后，南宫柳抚摸着戚良姬的头发，懒洋洋地问道。

戚良姬睁开柔媚眼儿："哪件事儿啊？"

"你看你，明明心知肚明，却总爱和我绕弯。"南宫柳说，"还能是哪件事儿？之前你不是跟我说，等你当上掌门之后，就着手让江东堂并入儒风门吗？"

"你说这件啊。"戚良姬笑道，"别急啊，我这才刚继位没多久，掌门扳指都还没焐热呢。"

"你可得快些，等咱们两派合二为一了，我就让你当儒风门的第一护法，到时候，一人之下，万人之上……"

南宫柳说着，又忍不住去摸她的细腰。

戚良姬却显得有些不高兴，尽管脸上酡红娇媚，抬手却阻了他的举动："好不容易爬上掌门的位置，你也不让我多待些日子，那护法有什么好做的？你也不把我明媒正娶抬回家，让我当个儒风门夫人。"

南宫柳讪讪地说："你也知道驷儿那个脾气，我要续弦，他定不答应。更何况你我如今地位，婚娶都不是一己私事，落在别人口里，也不知道会说出些什么难听的话来。"

"难听？"戚良姬眼泛薄怒，抬头瞪他，"你怕难听，我就不怕了？你难道忘了我丈夫是怎么死的？你以为我只是为了取而代之，来当这江东堂的掌门？南宫柳，自幼我待你怎么样，你心里头清楚！"

"好好好，你别气，别动气。"

"你让我怎么能不气？你当初为了让你那死鬼老子立你为继任掌门，娶了容嫣那个小贱人！我……我没了盼头，便嫁了我师兄，如今好不容易把他俩都熬死了，你、你难道只想着两派合并之后，让我当个护法？"

"良姬……"

"我不依！这护法谁爱当谁当去，你必须娶我！你那儿子南宫驷，野性难驯，和容嫣那贱人一般模样，你难不成真的打算让他继任掌门？"戚良姬武断道，"我不怕天下悠悠之口，咱们如今一个寡妇一个鳏夫，成个亲怎么了？碍着谁了？我非但要嫁给你，往后还要给你生十个八个公子，南宫柳，你是要我与你的孩子，还是要那个贱人给你留的崽儿？"

九

师尊，儒风门亡了

南宫柳显然被她逼得节节败退，只得哄道："好了，我当然是疼你，但此事须得从长计议，咱们还是按先前说好的，你先以掌门之令，让江东堂荫庇于儒风门，等两派合并之后，我们再……"

"不成！"戚良姬说着，眼眶竟有些红了，"当年我……我就是信了你，结果怎么着？你转头就去娶了容嫣……这次不成！你必须给我一个准话，你到底娶不娶我？"

"……"

见他犹豫，她更是着恼，低喝道："南宫柳，你要婆婆妈妈到几时？我能为你我之事，亲手杀了我丈夫——你呢？！点个头都不敢吗？！"

"啊！"看到此处，众人尽是骇然。

薛正雍也是极为吃惊，低声与王夫人道："江东堂的前掌门竟然是被她杀的！"

这下江东堂也漏天了，前掌门虽死，门派内却仍有不少他的老下属，更别提他的两位亲兄弟，登时冲上去就要和戚良姬拼命。

"大哥是你杀的？"

"你、你怎么忍心！他虽虚长你十余岁，却待你极好，你——你这蛇蝎妇人！你还我大哥的命来！"

这边在争吵打斗，那边烈火却仍不止，一幅一幅令人心惊肉跳的残卷破碎展开，在无限灿烂的光芒里，将那一桩桩一件件腥臭不堪、不能见人的往事统统现于世人面前。这些事情不仅关于儒风门，与上修界几乎所有门派都有关，而且和无数此番来儒风门赴会的名士大修有关。

继江东堂之后，无悲寺、火凰阁、碧潭庄……甚至是一向飘然出尘的昆仑踏雪宫，都有高阶弟子、长老的丑事被一一揭露。除了南宫絮自己的回忆，还有这些年他四下搜罗来的记忆，都赤裸裸地呈现在了所有人面前。

其中，甚至记载了当年南宫柳和无悲寺前任住持天禅大师的勾结——

"大师，明日就是灵山大会，胜负输赢对我而言极为重要，父亲本就嫌我愚笨，要是在盛会上再败于弟弟剑下，那我恐怕真的……与掌门之位无缘了。"

"南宫施主不必慌张，老僧之前交与你的法术卷轴，你可都记熟了？"

"记熟了。"

天禅大师捻须笑道："那明日，你无须担心输赢，只要全力将卷轴上的法术一一使出，令弟，自然不会是你的对手。"

南宫柳不解道："晚辈愚钝，还请大师明示。"

"那法术卷轴，乃是令弟南宫絮独创秘术，勤修苦练，决心在灵山大会崭露头角。"

"啊？"南宫柳极为吃惊，"既然是絮弟所创，那我……那我怎么可能用他的法术，打败他？"

天禅大师微微一笑："南宫絮为人孤高，研习出这一法术后，从不愿与人交流，自己躲在山洞里日夜精进。他说这法术是他自创的，谁信？"

"……"

"你就不一样了，南宫施主。有我与踏雪宫的四宫主作保，只要我们都说见过你施展这门法术，你再一口咬死，此术乃你潜心钻研所得，令弟就算舌灿莲花，也逃不掉'盗窃兄长独门法术'这一罪名。"天禅大师泰然自若道，"名声一旦脏了，便是千夫所指，永无翻身之日，拔得头筹，又有什么用呢？"

"原来如此……"南宫柳蓦地睁大了眼睛，犹如醍醐灌顶，抱拳道，"多谢大师指点迷津！晚辈继位之后，定不负与大师盟约，事成之后，儒风门将与无悲寺——百年交好！"

那照彻夜幕的滚滚长卷，将所有徐霜林痛恨的人，所有得罪过他的人，都撕裂伤疤于众人眼前。无论是修士，还是儒风门附近的百姓，都被这闪动着画面的大火所吸引，看到了所有掩埋在华袍之下，腥臭丑陋的虱子。

打开鬼界之门时，徐霜林曾灿笑着说："我要毁了你们所有人的心。"

直到此刻，周围众人才明白过来，他这句话真正的含义究竟是什么。

南宫絮以霜林长老之名，蛰伏儒风门那么多年，所图的，根本不只是毁掉儒风七十二城，百年基业。他要毁掉的，是所有他看不惯的人——所有负过他的人，诬蔑他，为了公私利益，把他逼上绝路的人。

而他的哥哥南宫柳，只不过是在这复仇祭坛上，第一个人头落地的。之后一位位掌门、一个个长老——

只要做过触怒了徐霜林的事，无论是谁，都逃不过这烈焰通天的刑台。

楚晚宁在这被火光照彻的无尽长夜中，忽然想起了在罗纤纤回忆里，那满身血污的少年郎，曾笑嘻嘻说过一句话：沂州有男儿，二十心已死。

一个法术卓群、天赋异禀的少年，一直得不到公正的对待，被算计，被谋害，被自己的家族所排挤，沥尽心血创造的法术被吞占，而那吞占他法术的人，到最后还要倒打一耙，指他为贼。这是何等荒谬……

"二十心已死。"

金成池、桃花源，徐霜林操纵的棋子曾嘻嘻笑着说，自己是一个从地狱里爬出来的鬼，要向活着的人索命。楚晚宁放眼望去，上修界各派，俱是人心惶惶，一片大乱，所谓树倒猢狲散，又岂止儒风门一家？

徐霜林用他的后半生为枯柴，去点燃这一把复仇之火。

他做到了。

"轰！"忽然一声爆响，儒风门第七城——暗城方向，升起一道通天紫光，刺得众人睁不开眼。

叶忘昔立时剑眉倒竖："不好！"说着就要往暗城方向御剑而去，南宫驷一把抓住她，那张桀骜不驯的脸在一夕之间显得十分憔悴，近乎崩溃。但他还是紧紧攥住了叶忘昔的肩膀，声音嘶哑道："别过去。"

"可是金鼓塔下面镇压着的妖邪要出来了，儒风门百年以来关押了数千邪物，要是都破除封印来到这世上……"叶忘昔没有说下去，只觉不寒而栗。

南宫驷说："你去，有什么用？"

"我……"

"叶忘昔，你为儒风门，已经做得够多了。"南宫驷目光空洞，手抬起来，有一瞬，似乎想要替叶忘昔擦去脸颊上溅到的泥灰，但最终只是动了动，什么都没有做。

"别再耗费心力。"他说，"金鼓塔需要汇集掌门与十大长老之力才能稳固，你去，是送死。"

"我知道是送死，但即便是送死，"叶忘昔顿了顿，神情显得很痛楚，"我也……不想袖手旁观。若是金鼓塔破，群妖降世，儒风门……必定为千夫所指……你……"

"你以为金鼓塔不破，儒风门就不会被千夫所指了吗？"南宫驷笑了，唇角沾着已经干了的血，笑容越发苍凉。

"别傻，儒风门已经走到头了，你好好活着，成吗？因为我真的……"南宫驷闭上眼睛，睫毛颤抖，喉头哽咽，"我真的不想再有人为这个门派而死了……不值得……"

熊熊火光中，叶忘昔愣怔地望着南宫驷，还未来得及说什么，忽听得暗城方向又传来轰隆隆的浮屠宝塔崩裂之声，转过头，见数千道亮白的流光从矗立着的金鼓塔里飞向四面八方，消失在茫茫夜色中。

叶忘昔血色尽失："金鼓塔……要倒了……"

"砰——"

大地震颤,脚下土地开始四分五裂,在儒风金鼓塔里镇压了上百年的大妖重归于世,化作一道强劲的血红色光辉,那红光瞧上去像是一条体形惊人的大鱼,尾巴如红莲盛开。那大鱼发出一声开天辟地般的嘶吼,音波震得几千里外的树叶都瑟瑟发颤。它猛地往东海方向窜去,巍峨的宝塔刹那间崩裂成万点残砖碎瓦,有御剑之人离宝塔太近,被大妖化作的气浪猛地掀翻,拍到了燃烧着的劫火中,连惨叫都来不及发出,就被烧成了焦灰。

"那是什么?"

"鲧!"

旁边的人闻之负气,抱紧了自己的佩剑生怕被忽起的妖风掀下去,破口大骂道:"滚什么?凭什么要我滚?"

"什么滚?我说这是'鲧'!上古凶兽之一!传说儒风门第一任掌门南宫长英曾于东海降伏恶兽鲧,造金鼓塔囚之——想不到……想不到居然是真的!"

凶兽问世,虽因元气未曾恢复,且在这宝塔之下镇得久了,对道士仍心有余悸,所以不曾久留就往东海逃去,但它掀起的滚滚浪潮不可小觑,焚烧着儒风门的劫火被这气浪一掀数尺高,原本安全的地方都瞬间被大火燎着。

薛正雍久经沙场,见状立刻大喊一声:"快跑——都快跑!"

一时间砖沙俱落,他吼完这一声,铁扇载着王夫人就朝着远处疾避而去,其余修士也纷纷逃窜,但也有打得如火如荼、你死我活的,比如戚良姬和自己门派里的几位长老,根本来不及脱身,甚至没有想要脱身,被劫火吞噬的那一刻,他们眼中死死映着的,还是双方闪耀着深仇大恨的脸……就此,灰飞烟灭。

南宫驷猛地翻身跃上璐白金,手伸给叶忘昔:"快上来!"而后回头又看向旁边的楚晚宁:"宗师——你也——"

"载不动的,你们先走。"

"可是……"

墨燃当机立断,对南宫驷道:"快走!我带师尊御剑出去!"

眼见着大火以可怖的速度越烧越近,南宫驷暗骂一声,从后面抱住叶忘昔,与她骑着妖狼一同消失在了茫茫夜色里。

树木纷纷倒伏,橘树林燃烧发出刺耳的噼啪声,风里弥漫着一股柑橘的异香。刻不容缓,墨燃召来订契长剑,与楚晚宁二人一同朝着前方烈火未曾烧灼的地方避去。

身后,儒风门的天潢贵胄、百年灿烂,就如那万顷的楼台廊庑、花草树木,都在这滚滚如潮的火焰中,一夕覆灭。

(未完待续)

图书在版编目（CIP）数据

海棠微雨共归途.3/肉包不吃肉著.— 广州：广东旅游出版社，2022.4
ISBN 978-7-5570-1895-5

Ⅰ.①海… Ⅱ.①肉… Ⅲ.①长篇小说—中国—当代 Ⅳ.① I247.5

中国版本图书馆 CIP 数据核字 (2022) 第 036230 号

海棠微雨共归途.3

HAITANG WEIYU GONG GUITU.3

出 版 人：刘志松
责任编辑：梅哲坤
责任技编：冼志良
责任校对：李瑞苑

广东旅游出版社出版发行
地址：广州市荔湾区沙面北街 71 号首、二层
邮编：510130
电话：020-87347732
印刷：北京盛通印刷股份有限公司
（地址：北京市北京技术开发区经海三路 18 号）
开本：700 毫米 ×980 毫米 1/16
字数：435 千
印张：23.5
版次：2022 年 4 月第 1 版
印次：2022 年 4 月第 1 次印刷
定价：52.80 元

【版权所有 侵权必究】

如发现图书质量问题，可联系调换。质量投诉电话：010-82069336